HET ITALIAANSE MEISJE

Ook verschenen van Lucinda Riley bij Xander Uitgevers

De zeven zussen (2017)
De zeven zussen – Storm (2018)
De zeven zussen – Schaduw (2018)
De zeven zussen – Parel (2018)
De zeven zussen – Maan (2019)

De nachtroos (2018)
De olijfboom (2019)
Het meisje op de rots (2019)
De lavendeltuin (2019)

Lees meer over Lucinda Riley en al haar boeken op
www.lucindariley.nl

LUCINDA RILEY

Het Italiaanse meisje

XANDER

Uitgegeven door Xander Uitgevers BV
Hamerstraat 3, 1021 JT Amsterdam

www.xanderuitgevers.nl

Oorspronkelijke titel: *The Italian Girl*
Oorspronkelijke uitgever: Pan Macmillan
Vertaling: Ireen Niessen
Omslagontwerp: Studio Marlies Visser
Omslagbeeld: Christophe Dessaigne / Trevillion Images
Zetwerk: Michiel Niesen, ZetProducties

Eerste druk 2019

ISBN 978 94 0161 081 0 | NUR 302

Noot van de auteur over *Het Italiaanse meisje*

Het is zeventien jaar geleden dat ik het verhaal van Rosanna en Roberto schreef; het werd in 1996 onder mijn oude auteursnaam, Lucinda Edmonds, uitgegeven als *Aria*. Vorig jaar vroegen mijn uitgevers me hoe het zat met mijn backlist. Ik vertelde hun dat mijn oudere boeken niet meer werden gedrukt, maar ze vroegen me of ik exemplaren voor ze had. Ik dook mijn souterrain in en haalde de acht boeken die ik al die jaren geleden had geschreven tevoorschijn. Ze zaten onder de muizenkeutels en spinnenwebben, en ze roken muf, maar ik stuurde ze op en legde uit dat ik toen nog erg jong was en dat ik het volledig zou begrijpen als de boeken in de vuilnisbak zouden belanden. Tot mijn verbazing was hun reactie juist heel positief, en kreeg ik de vraag of ik ze opnieuw zou willen laten publiceren.

Dit betekende dat ik ze zelf ook moest herlezen, en zoals iedere schrijver die terugkijkt op zijn of haar boeken uit het verleden, sloeg ik de eerste pagina van *Aria* met de nodige terughoudendheid open. Het was een vreemde ervaring, want ik kon me niet veel van het verhaal herinneren, dus liet ik me meevoeren als lezer en sloeg de pagina's steeds sneller om omdat ik wilde weten hoe het verder zou gaan. Ik vond wel dat het boek enigszins herzien en bewerkt moest worden, maar de verhaallijn en personages waren er al. Dus ging ik er een aantal weken mee aan de slag, met als eindresultaat *Het Italiaanse meisje*. Ik hoop dat jullie het mooi zullen vinden.

Lucinda Riley, januari 2014

Voor mijn eigen zoon, Kit

'Gedenk deze nacht
als het begin van voorgoed'
Dante Alighieri

The Metropolitan Opera House,
New York

Lieve Nico,

Het is vreemd om aan dit buitengewoon complexe verhaal te beginnen in de wetenschap dat jij het misschien nooit zult lezen. Of het schrijven over de gebeurtenissen van de afgelopen jaren een loutering voor mij zal betekenen, of dat het voor jou bestemd zal zijn, dat weet ik niet, maar ik voel me er in elk geval toe genoodzaakt.
Dus zit ik me hier in mijn kleedkamer af te vragen waar ik moet beginnen. Veel van wat ik zal schrijven, heeft zich afgespeeld voordat jij werd geboren – het gaat om een reeks gebeurtenissen die begon toen ik jonger was dan jij nu bent. Dus misschien moet ik daar maar beginnen. In Napels, mijn geboortestad…
Ik herinner me dat mamma *de was altijd aan een lijn hing die reikte tot aan het appartement aan de overkant van de straat. Als je door de smalle stegen van de Piedigrotta liep, leek het alsof de bewoners er altijd iets te vieren hadden, met al die verschillend gekleurde kleren aan waslijnen boven je hoofd. En dan waren er nog de geluiden, de vertrouwde geluiden van die vroege jaren. Zelfs 's nachts was het er nooit stil. Je hoorde mensen zingen of lachen, baby's huilen… Italianen zijn, zoals je wel weet, vrij luidruchtige, emotionele mensen, en de families in de Piedigrotta deelden hun vreugde en verdriet dagelijks met elkaar, zittend op hun stoepjes, waarbij ze tanig bruin verkleurden in de felle zon. De hitte was ondraaglijk, vooral hartje zomer, als de stoepen je voetzolen verbrandden en de muggen hun voordeel deden met je ontblote huid en je heimelijk bestookten. Ik ruik nog de talrijke luchtjes die door mijn open slaapkamerraam binnen kwamen drijven: de stank van het riool, waar je soms misselijk van kon worden, maar vaker de verrukkelijke geur van versgebakken pizza vanuit* papà's *keuken.*

Toen ik nog klein was, waren we arm, maar tegen de tijd dat ik mijn eerste communie deed, hadden papà en mamma een succes gemaakt van Marco's, hun kleine eethuis, waar ze lange dagen en avonden werkten. Ze serveerden er pittige pizzapunten volgens papà's geheime recept, dat in de loop der jaren beroemd was geworden in de Piedigrotta. In de zomermaanden werd het er nog drukker door de toestroom van toeristen, en stond de kleine ruimte zo vol met houten tafeltjes dat je er bijna niet meer tussendoor kon lopen.
Ons gezin woonde in een appartementje boven het eethuis. We hadden onze eigen badkamer, er stond elke dag eten op tafel en we hadden schoenen aan onze voeten. Papà was er trots op dat hij van niets iets had opgebouwd om voor zijn gezin te kunnen zorgen. Ik was gelukkig; mijn dromen reikten niet veel verder dan de volgende zonsondergang.
Maar op een warme avond in augustus, toen ik elf jaar oud was, gebeurde er iets wat mijn leven veranderde. Het is misschien moeilijk te geloven dat zo'n jong tienermeisje al verliefd kan worden, maar ik herinner me het moment dat ik hem voor het eerst zag als de dag van gisteren.

1

Napels, Italië, augustus 1966

Rosanna Antonia Menici hield zich vast aan de wastafel en ging op haar tenen staan om in de spiegel te kijken. Ze moest een beetje naar links leunen omdat er een barst in zat die haar gezicht vervormde. Zo kon ze nog maar de helft van haar rechteroog en jukbeen zien, en haar kin helemaal niet; daar was ze te klein voor, zelfs als ze op haar tenen stond.

'Rosanna! Kom die badkamer nou eens uit!'

Zuchtend liet Rosanna de wastafel los en liep ze over de zwarte linoleumvloer om de deur van het slot te doen. De knop werd meteen omgedraaid, de deur ging open en Carlotta drong ruw achter haar langs.

'Waarom doe je de deur op slot, dwaas kind! Wat heb je te verbergen?' Carlotta draaide de kraan van het bad open en stak haar lange, donkere, krullende haar vakkundig vast op haar hoofd.

Rosanna haalde schaapachtig haar schouders op; ze wilde dat God haar net zo mooi had gemaakt als haar oudere zus. Mamma had haar verteld dat God iedereen een andere gave schonk, en dat Carlotta haar schoonheid van Hem had gekregen. Ze keek nederig toe hoe Carlotta haar badjas uittrok en haar perfecte lichaam onthulde, haar weelderige, roomkleurige huid, haar volle borsten en lange, welgevormde benen. Iedereen die in het eethuis kwam, roemde mamma en papà's prachtige dochter, en men zei dat ze op een dag een goede huwelijkskandidate voor een rijke man zou zijn.

Er begon damp op te stijgen in de kleine badkamer terwijl Carlotta de kraan uit draaide en in het water stapte.

Rosanna ging op de rand van het bad zitten. 'Komt Giulio vanavond?' vroeg ze haar zus.

'Ja, die komt.'

'Denk je dat je met hem gaat trouwen?'

Carlotta begon zich in te zepen. 'Nee, Rosanna, ik ga niet met hem trouwen.'

'Maar ik dacht dat je hem aardig vond?'

'Ik vind hem ook aardig, maar ik... Ach, je bent te jong om het te begrijpen.'

'Papà mag hem graag.'

'Ja, dat weet ik. Hij komt uit een rijke familie.' Carlotta trok een wenkbrauw op en zuchtte theatraal. 'Maar ik vind hem saai. Papà zou me het liefst morgen met hem voor het altaar zien staan, maar ik wil eerst nog plezier maken, genieten.'

'Maar trouwen is toch fijn?' hield Rosanna vol. 'Je mag een mooie trouwjurk aan en je krijgt heel veel cadeaus en je eigen appartement en...'

'Een stelletje krijsende kinderen en een uitdijende taille,' maakte Carlotta de zin af, terwijl ze afwezig met de zeep over de slanke contouren van haar lichaam streek. Haar donkere ogen flikkerden in Rosanna's richting. 'Waar zit je nou naar te staren? Ga weg en laat me een keertje tien minuten met rust. Mamma heeft je hulp beneden nodig. En doe de deur achter je dicht!'

Zonder antwoord te geven liep Rosanna de badkamer uit en de steile houten trap af. Beneden opende ze de deur en stapte het eethuis binnen. De muren waren kortgeleden witgekalkt en boven de bar achter in het vertrek hing een schilderij van de Madonna naast een poster van Frank Sinatra. De donkere houten tafeltjes glommen van de boenwas en midden op elk tafeltje was een kaars in een lege wijnfles gezet.

'Daar ben je! Waar was je nou? Ik heb je al een paar keer geroepen. Help me even om dit spandoek op te hangen.' Antonia Menici stond op een stoel met het ene uiteinde van de felgekleurde stof in haar hand. De stoel wankelde vervaarlijk onder haar aanzienlijke gewicht.

'Ja, mamma.' Rosanna trok een andere houten stoel onder een van de tafeltjes vandaan en sleepte die naar de boog in het midden van het eethuis.

'Opschieten, meid! God heeft je benen gegeven om te rennen, niet om te kruipen als een slak!'

Rosanna pakte het andere uiteinde van het spandoek en ging op de stoel staan.

'Hang die lus om de spijker,' instrueerde Antonia haar.

Ze gehoorzaamde.

'Goed, help nu je mamma naar beneden, zodat we kunnen zien of het recht hangt.'

Rosanna klom van haar stoel en haastte zich om Antonia veilig met beide benen op de grond te krijgen. Haar mamma's handpalmen waren klam en Rosanna zag de pareltjes zweet op haar voorhoofd staan.

'*Bene, bene*.' Antonia keek tevreden omhoog naar het spandoek.

Rosanna las de woorden hardop voor: 'EEN FIJNE DERTIGSTE TROUWDAG GEWENST, MARIA EN MASSIMO!'

Antonia sloeg haar armen om haar dochter heen en gaf haar een zeldzame knuffel. 'O, wat zal het een verrassing zijn! Ze denken dat ze hier voor een etentje met alleen je papà en mij komen. Ik ben benieuwd naar hun gezichten als ze al hun vrienden en familie hier zien zitten.' Haar ronde gezicht straalde. Ze liet Rosanna weer los, ging op de stoel zitten en veegde haar voorhoofd af met een zakdoek. Toen leunde ze naar voren en wenkte Rosanna naar zich toe. 'Laat ik je een geheimpje vertellen. Ik heb Roberto geschreven. Hij komt naar het feestje, helemaal vanuit Milaan. Hij gaat voor zijn mamma en papà zingen, hier in Marco's! Iedereen in de Piedigrotta zal het er morgen over hebben!'

'Ja, mamma. Hij is een liedjeszanger, toch?'

'Liedjeszanger? Dat is heiligschennis! Roberto Rossini is geen liedjeszanger, hij studeert aan de *scuola di musica* van La Scala in Milaan. Op een dag zal hij een groot operazanger zijn en op het podium van La Scala staan.'

Antonia drukte haar handen tegen haar boezem en keek Rosanna aan, precies zoals ze altijd deed bij het gebed tijdens de mis in de kerk.

'Goed, ga nu papà en Luca maar helpen in de keuken. Er is nog veel te doen voor het feest en ik ga naar *signora* Barezi om mijn haar te laten doen.'

'Komt Carlotta ook helpen?' vroeg Rosanna.

'Nee, zij gaat met me mee naar signora Barezi. We moeten er vanavond allebei op zijn voordeligst uitzien.'

'Wat zal ik aantrekken, mamma?'

'Je hebt je roze zondagse jurk.'

'Maar die is te klein. Dan zie ik er stom uit,' zei ze pruilend.

'Nee hoor! IJdelheid is een zonde, Rosanna. God komt 's nachts om al je haar uit te trekken als hij je ijdele gedachten hoort. En dan word je de volgende ochtend kaal wakker, net als signora Verni toen ze haar echtgenoot voor een jongere man verliet! Nou, ga nu maar naar de keuken.'

Rosanna knikte en liep naar de keuken, zich afvragend waarom Carlotta al haar haar nog niet kwijt was. De intense hitte overviel haar toen ze de deur opendeed. Marco, haar papà, stond aan de lange houten tafel deeg voor de pizza's te maken. Marco was mager en pezig, in tegenstelling tot zijn vrouw, en zijn kale hoofd blonk van het zweet als hij aan het werk was. Luca, haar lange, donkerogige oudere broer, roerde in een enorme, dampende pan die op het fornuis stond. Rosanna bleef even als betoverd staan kijken hoe papà op bedreven wijze het deeg op zijn vingertoppen boven zijn hoofd liet rondcirkelen, waarna hij het in een perfect gevormde cirkel op de tafel wierp.

'Mamma zei dat ik moest helpen.'

'Droog die borden op het afdruiprek maar af en zet ze op een stapel op de tafel.' Marco stopte niet met zijn taak terwijl hij de opdracht gaf.

Rosanna keek naar de berg borden, knikte gelaten en haalde een schone theedoek uit een la.

'Hoe zie ik eruit?'

Carlotta bleef met een dramatisch gebaar in de deuropening staan terwijl de rest van het gezin haar bewonderend bekeek. Ze droeg een nieuwe jurk van zacht, citroengeel satijn, met een laag uitgesneden lijfje, een rok die strak over haar dijen spande en tot net boven haar knieën viel. Haar dikke zwarte haar was fraai in model gebracht en hing in uitbundige, glanzende krullen over haar schouders.

‘*Bella, bella*!’ Marco liep door het eethuis naar Carlotta toe en stak zijn hand naar haar uit. Ze pakte hem aan en stapte de vloer op.

‘Giulio, ziet mijn dochter er niet prachtig uit?’ vroeg Marco.

De jongeman stond op van de tafel en glimlachte verlegen; zijn jongensachtige gelaatstrekken in contrast met zijn gespierde lichaam.

‘Ja,’ antwoordde Giulio instemmend. ‘Ze is net zo beeldschoon als Sophia Loren in *Arabesque*.’

Carlotta liep naar haar vriendje toe en gaf hem een kusje op zijn gebruinde wang. ‘Dank je, Giulio.’

‘En ziet Rosanna er ook niet mooi uit?’ zei Luca, met een glimlach naar zijn zusje.

‘Natuurlijk,’ zei Antonia kordaat.

Rosanna wist dat mamma loog. De roze jurk die Carlotta ooit zo beeldig had gestaan, gaf haar eigen huid een vale teint, en door haar strak gevlochten haar leken haar oren groter dan ooit.

‘Laten we een drankje nemen voordat de gasten arriveren,’ zei Marco, zwaaiend met een fles flonkerende Aperol. Hij maakte hem met een zwierig gebaar open en schonk er zes glaasjes van in.

‘Ook eentje voor mij, papà?’ vroeg Rosanna.

‘Ook eentje voor jou.’ Marco knikte haar toe en overhandigde alle aanwezigen een glas. ‘Moge God ons samenzijn zegenen, ons beschermen tegen het boze oog en deze dag speciaal maken voor onze beste vrienden, Maria en Massimo.’ Marco hief zijn glas en leegde het in één teug.

Rosanna nam een nipje en stikte bijna toen de scherpe, bittere oranje vloeistof haar keel bereikte.

‘Gaat het, *piccolina*?’ vroeg Luca, haar op de rug kloppend.

Ze keek hem met een glimlach aan. ‘Jawel, hoor.’

Haar broer pakte haar hand en bukte om in haar oor te fluisteren. ‘Op een dag zul jij veel mooier zijn dan onze zus.’

Rosanna schudde heftig haar hoofd. ‘Nee hoor, Luca. Maar ik vind het niet erg. Mamma zegt dat ik andere gaven heb.’

‘En dat is natuurlijk ook zo.’ Luca sloeg zijn armen om het tengere lichaam van zijn zusje en trok haar tegen zich aan.

‘*Mamma mia*! Daar zijn de eerste gasten al. Marco, pak de prosecco. Luca, ga kijken hoe het met het eten staat, snel!’ Antonia trok haar jurk recht en haastte zich naar de deur.

Rosanna zat aan een hoektafeltje te kijken hoe het eethuis volstroomde met vrienden en familieleden van de eregasten. Carlotta stond te midden van een groepje jonge mannen te glimlachen en haar krullen naar achteren te schudden. Giulio keek jaloers toe vanaf een stoel in de hoek.

Toen daalde er een stilte over het eethuis neer en draaiden alle hoofden zich om naar de figuur die in de deuropening stond.

Hij torende boven Antonia uit en boog zich voorover om haar op beide wangen te kussen. Rosanna staarde naar hem. Het was nooit eerder in haar opgekomen om een man als mooi te beschrijven, maar ze kon geen ander woord voor hem bedenken. Hij was lang en breedgeschouderd; de spieren van zijn onderarmen, die onder de korte mouwen van zijn overhemd goed zichtbaar waren, toonden zijn fysieke kracht. Zijn gladde, ravenzwarte haar was achterovergekamd om zijn geprononceerde gelaatstrekken goed uit te laten komen. Rosanna kon niet zien welke kleur zijn ogen hadden, maar ze waren groot en ze glansden. Zijn lippen waren vol maar toch stevig en mannelijk, in tegenstelling tot zijn huid, die voor een Napolitaan ongebruikelijk licht was.

Rosanna ontwaarde een vreemd gevoel in haar buik, dezelfde kriebel die ze had als ze op school een dictee moesten maken. Ze wierp een blik op Carlotta. Ook zij staarde naar de figuur in de deuropening.

‘Roberto, welkom.’ Marco gebaarde Carlotta hem te volgen terwijl hij zich tussen de aanwezigen door een weg naar de deur baande. Hij kuste Roberto op beide wangen. ‘Wat ben ik blij dat je ons vanavond met een bezoek vereert. Dit is Carlotta, mijn dochter. Ze is volwassen geworden sinds je haar voor het laatst hebt gezien.’

Roberto bekeek haar van top tot teen. ‘Inderdaad, Carlotta, je bent volwassen geworden,’ beaamde hij.

Hij had een diepe, welluidende stem die de vlinders in Rosanna’s buik opnieuw rond deden fladderen.

'En hoe gaat het met Luca en… eh…'

'Rosanna?' antwoordde papà.

'Ja, natuurlijk, Rosanna. Ze was nog maar een paar maanden oud toen ik haar voor het laatst zag.'

'Ze maken het allebei goed en…' Marco zweeg toen hij achter Roberto twee mensen over de straatkeitjes aan zag komen lopen. 'Stil allemaal, daar zijn Maria en Massimo!'

Het gezelschap dat zich in het eethuis had verzameld was meteen muisstil, en een paar seconden later ging de deur open. Maria en Massimo bleven staan, verrast door de zee van bekende gezichten die hen opwachtte.

'Mamma! Papà!' Roberto zette een stap naar voren en omhelsde zijn ouders. 'Gefeliciteerd met jullie trouwdag!'

'Roberto!' Maria's ogen vulden zich met tranen terwijl ze haar zoon tegen zich aan drukte. 'Niet te geloven, niet te geloven,' bleef ze maar herhalen.

'Nog wat prosecco voor iedereen!' zei Marco, van oor tot oor grijnzend om het welslagen van de verrassing die ze hadden bedacht.

Rosanna hielp Luca en Carlotta de mousserende wijn rond te delen tot iedereen een glas in zijn handen had.

'Even stilte, graag.' Marco klapte in zijn handen. 'Roberto wil iets zeggen.'

Roberto klom op een stoel en glimlachte de gasten toe. 'Vandaag is een heel speciale dag. Mijn dierbare mamma en papà vieren hun dertigste trouwdag. Zoals jullie allemaal wel weten, wonen ze al hun hele leven hier in de Piedigrotta, waar ze hun bakkerij tot een succes hebben gemaakt en een brede vriendenkring hebben opgebouwd. Ze staan net zo bekend om hun vriendelijkheid als om hun heerlijke brood. Wie een probleem heeft, vindt achter de toonbank bij Massimo's altijd een luisterend oor en goede raad. Ze zijn de meest liefdevolle ouders die ik me had kunnen wensen…' Roberto's eigen ogen werden vochtig toen hij zijn mamma alweer een traantje zag wegpinken. 'Ze hebben veel opgeofferd om me naar de beste muziekopleiding in Milaan te kunnen sturen, opdat ik de kans zou krijgen operazanger te worden. Nou, mijn droom wordt langzamerhand werkelijkheid. Ik hoop dat het niet al te lang meer duurt voordat ik in La Scala mag zingen. En allemaal dankzij hen. Laten we drinken op hun geluk en gezondheid.' Roberto hief zijn glas. 'Op mamma en papà – Maria en Massimo!'

'Op Maria en Massimo!' spraken de gasten in koor.

Roberto stapte van de stoel en viel onder luid gejuich zijn moeder in de armen.

'Rosanna, kom. We moeten papà helpen het eten op te dienen,' zei Antonia, en ze loodste haar mee naar de keuken.

Later keek Rosanna toe hoe Roberto met Carlotta praatte, en nog wat later, toen Marco een plaat op de grammofoon had gelegd, die hij vanuit hun appartement mee naar beneden had genomen, zag ze hoe Roberto's armen als vanzelfsprekend om Carlotta's smalle middel gleden terwijl ze samen dansten.

'Ze vormen een prachtig paar,' fluisterde Luca, alsof hij Rosanna's gedachten las. 'Giulio lijkt er niet blij mee te zijn, hè?'

Rosanna volgde de blik van haar broer en zag dat Giulio, nog steeds vanuit de hoek, nors naar zijn vrolijk lachende vriendin in de armen van Roberto zat te kijken. 'Nee, niet echt,' reageerde ze.

'Heb je zin om te dansen, piccolina?' vroeg Luca.

Rosanna schudde haar hoofd, 'Nee, dank je. Ik kan niet dansen.'

'Natuurlijk wel.' Luca trok haar mee uit haar stoel en voerde haar mee tussen de gasten die aan het dansen waren.

'Zing eens wat voor me, Roberto,' hoorde Rosanna Maria haar zoon vragen toen de plaat stopte.

'Ja, zing voor ons, zing voor ons,' scandeerden de gasten.

Roberto wreef over zijn voorhoofd en haalde zijn schouders op. 'Ik zal mijn best doen, maar het is wel lastig zonder begeleiding. Ik zal "Nessun dorma" zingen.'

Er daalde een stilte neer toen hij begon te zingen.

Als betoverd stond Rosanna te luisteren naar de magische klank van Roberto's stem. Toen die het hoogste punt bereikte en hij zijn handen uitstrekte, leek het alsof hij ze naar haar uitstak.

En op dat moment wist ze dat ze van hem hield.

Er volgde een donderend applaus, maar Rosanna kon niet klappen. Ze was te druk op zoek naar haar zakdoek om de onwillekeurige tranen die over haar gezicht hadden gebiggeld af te vegen.

'Encore! Encore!' riep iedereen.

Roberto haalde weer zijn schouders op en glimlachte. 'Vergeef me, dames en heren, maar ik moet mijn stem sparen.' Er klonk wat teleurgesteld gemompel terwijl hij zijn plaats aan Carlotta's zijde weer innam.

'Dan zal Rosanna "Ave Maria" zingen,' zei Luca. 'Toe, piccolina.'

Rosanna schudde krachtig haar hoofd en bleef als vastgenageld aan de grond staan met een verschrikte blik op haar gezicht.

'Ja!' Maria klapte in haar handen. 'Rosanna heeft zo'n prachtige stem en het zou veel voor me betekenen om haar mijn favoriete gebed te horen zingen.'

'Nee, alsjeblieft, ik...' Maar Rosanna werd in Luca's armen omhoog gezwaaid en op een stoel gezet.

'Zing maar zoals je altijd voor mij zingt,' fluisterde Luca zachtjes.

Rosanna keek naar de massa gezichten die toegeeflijk naar haar glimlachten. Ze haalde diep adem en opende automatisch haar mond. Eerst zong ze zacht, amper luider dan een fluistering, maar naarmate ze haar zenuwen vergat en zichzelf in de muziek verloor, begon haar stem voller te klinken.

Roberto, die tot op dat moment vooral oog had gehad voor Carlotta's weelderige decolleté, keek met een blik van ongeloof op. Die zuivere, volmaakte klank kon toch zeker niet uit dat iele kleine meisje met die vreselijke roze jurk komen? Maar kijkend naar Rosanna zag hij niet langer haar vaalbleke huid of haar dunne, slungelige armen en benen. In plaats daarvan vielen hem haar grote, expressieve bruine ogen op en zag hij een zweempje kleur op haar wangen verschijnen terwijl haar zoete stemgeluid in een crescendo opsteeg.

Roberto wist dat hij niet naar een schoolmeisje stond te luisteren dat had geleerd om een liedje te zingen. Het gemak waarmee ze de noten raakte, haar natuurlijke stembeheersing en haar overduidelijke muzikaliteit waren talenten die niet aan te leren vielen.

'Pardon,' fluisterde hij tegen Carlotta toen het applaus door de ruimte schalde. Hij liep door het eethuis naar Rosanna toe, die net uit de enthousiaste omhelzing van Maria tevoorschijn kwam.

'Wil je even met me meekomen, Rosanna? Ik wil graag met je praten.' Hij begeleidde haar naar een stoel, ging tegenover haar zitten en nam haar kleine handen in de zijne.

'*Bravissima*, kleintje. Je hebt dat mooie gebed perfect gezongen. Heb je zangles?'

Rosanna was te zeer onder de indruk om hem aan te kijken; ze staarde naar de vloer en schudde haar hoofd.

'Dan zou je nu les moeten gaan nemen. Je kunt er niet vroeg genoeg mee beginnen. Als ik zelf vroeger was begonnen...' Roberto haalde zijn schouders op. 'Ik zal met je papà gaan praten. Er is een leraar hier in Napels van wie ik zangles heb gehad. Hij behoort tot de besten. Je zou meteen bij hem aan de slag moeten gaan.'

Rosanna sloeg haar ogen op en ontmoette zijn blik voor het eerst. Ze zag nu dat zijn ogen een diepe, donkerblauwe tint hadden en warmte uitstraalden. 'Vindt u dat ik een goede stem heb?' fluisterde ze vol ongeloof.

'Ja, kleintje, beter dan goed. En met de nodige lessen kan je gave worden gestimuleerd en gekoesterd. En dan kan ik op een dag zeggen dat het Roberto Rossini was die jou heeft ontdekt.' Hij glimlachte naar haar en gaf een kus op haar hand.

Rosanna dacht dat ze zou flauwvallen van vreugde.

'Wat heeft ze een mooie stem, hè?' zei Maria, die achter Rosanna opdook en een hand op haar schouder legde.

'Meer dan mooi, mamma, ze...' Roberto gebaarde expressief met zijn handen. 'Ze heeft een gave Gods, net als ik.'

'Dank u, *signor* Rossini,' was alles wat Rosanna kon uitbrengen.

'Nou,' zei Roberto, 'dan ga ik je papà maar eens zoeken.'

Rosanna keek op en zag dat verschillende gasten naar haar keken met de warmte en bewondering die gewoonlijk alleen Carlotta ten deel vielen.

Er verspreidde zich een gloed door haar lichaam. Het was de eerste keer in haar leven dat iemand haar had verteld dat ze speciaal was.

Om half elf was het feest nog steeds in volle gang.

'Bedtijd, Rosanna.' Haar moeder kwam naast haar staan. 'Ga Maria en Massimo nog maar even welterusten zeggen.'

'Ja, mamma.' Ze zigzagde behoedzaam door de dansende gasten. 'Welterusten, Maria.' Rosanna kuste haar op beide wangen.

'Dank je dat je voor me hebt gezongen, Rosanna. Roberto heeft het nog steeds over je stem.'

'Reken maar.' Roberto voegde zich bij hen. 'Ik heb zowel je papà als Luca de naam en het adres van die zangleraar gegeven. Luigi Vincenzi heeft gedoceerd aan La Scala, maar een paar jaar geleden is hij met pensioen gegaan en hier in Napels komen wonen. Hij is een van de beste zangdocenten in Italië en hij neemt nog steeds getalenteerde leerlingen aan. Als je naar hem toe gaat, zeg je maar dat ik je gestuurd heb.'

'Bedankt, Roberto.' Rosanna bloosde onder zijn blik.

'Je hebt een bijzondere gave, Rosanna. Die moet je koesteren. *Ciao*, kleintje.' Roberto bracht haar hand naar zijn mond en gaf er een kus op. 'We zullen elkaar vast nog eens ontmoeten, dat weet ik zeker.'

Boven, in de slaapkamer die ze met Carlotta deelde, trok Rosanna haar nachthemd over haar hoofd, reikte onder haar matras en haalde haar dagboek tevoorschijn. Ze vond het potlood dat ze in haar la met ondergoed bewaarde, klom op het bed en begon met een geconcentreerde frons te schrijven.

16 augustus. Het feest van Massimo en Maria...

Rosanna kauwde op de achterkant van haar potlood en probeerde zich te herinneren wat Roberto ook alweer tegen haar had gezegd; wat zijn exacte woorden waren. Nadat ze ze zorgvuldig had opgeschreven, glimlachte ze vergenoegd en klapte het dagboek dicht. Daarna ging ze achterover op haar kussen liggen luisteren naar de muziek en het gelach van beneden.

Ze kon de slaap niet vatten en ging weer zitten. Ze opende opnieuw haar dagboek, pakte haar potlood en voegde nog een zin toe.

Later ga ik trouwen met Roberto Rossini.

2

Rosanna schrok wakker, deed haar ogen open en zag dat het al bijna licht was. Ze hoorde het gerammel van de vuilniswagen op zijn ochtendronde, draaide zich om en zag Carlotta op de rand van haar bed zitten. Ze droeg nog steeds haar citroengele jurk, maar die was erg verfrommeld en haar haar hing slordig om haar schouders.

'Hoe laat is het?' vroeg Rosanna.

'Sst, stil nou! Ga maar weer slapen. Het is nog vroeg en je zult mamma en papà nog wakker maken.' Carlotta trok haar schoenen uit en ritste haar jurk open.

'Waar ben je geweest?'

'Nergens,' zei ze schouderophalend.

'Maar je móét wel ergens geweest zijn, want je gaat nu pas naar bed en het is al bijna ochtend,' hield Rosanna vol.

'Hou je nou stil!' Carlotta keek boos en angstig terwijl ze haar jurk op een stoel gooide en haar nachthemd over haar hoofd aantrok. 'Als je mamma en papà vertelt dat ik zo laat thuis was, praat ik nooit meer met je. Beloof me dat je niets zegt.'

'Alleen als je me vertelt waar je was.'

'Goed dan!' Carlotta liep zachtjes naar Rosanna's bed en ging zitten. 'Ik was met Roberto.'

'O,' zei Rosanna verwonderd. 'Wat hebben jullie dan gedaan?'

'We... hebben gewoon wat rondgewandeld.'

'Waarom gingen jullie midden in de nacht wandelen?'

'Dat zul je wel begrijpen als je ouder bent,' antwoordde Carlotta abrupt. Ze liep terug naar haar eigen bed en kroop onder de lakens. 'Nou, ik heb het je dus verteld. En wees nu maar stil en ga weer slapen.'

Iedereen in huize Menici had zich verslapen. Toen Rosanna beneden kwam voor het ontbijt, zat Marco met een enorme kater aan de keukentafel en liep Antonia te redderen om de rommel in het eethuis op te ruimen.

'Kom me helpen, Rosanna, of we zijn nooit klaar voor openingstijd,' zei Antonia terwijl haar dochter de chaos in ogenschouw nam.

'Mag ik eerst ontbijten?'

'Als we het eethuis hebben schoongemaakt. Hier, breng deze doos met troep maar naar de binnenplaats.'

'Ja, mamma.' Ze pakte de doos en droeg hem naar de keuken, waar haar vader, die er grauw uitzag, inmiddels pizzadeeg aan het uitrollen was.

'Papà, heeft Roberto het met je over zangles gehad?' vroeg ze hem. 'Hij zei dat hij met je zou praten.'

'Ja, inderdaad.' Marco knikte vermoeid. 'Maar hij wilde gewoon aardig zijn, Rosanna. En als hij denkt dat wij het geld hebben om je naar een zangleraar aan de andere kant van Napels te sturen, is hij niet goed wijs.'

'Maar papà, hij vond... Ik bedoel, hij zei dat ik een gave heb.'

'Rosanna, je bent een meisje dat zal opgroeien en op een dag een goede echtgenote zal worden. Je moet leren om talenten te ontwikkelen als koken en het huishouden, en je tijd niet verspillen aan een fantasie.'

'Maar...' Rosanna's onderlip trilde. 'Ik wil later zingen, net als Roberto.'

'Roberto is een man. Hij moet werken. Op een dag zal jouw lieflijke stem je helpen om je baby's in slaap te sussen. En nu genoeg hierover. Breng die troep maar naar buiten en kom terug om Luca te helpen de glazen af te wassen.'

Terwijl Rosanna de doos naar de vuilnisbakken op het binnenplaatsje achter de keuken droeg, rolde er een traan over haar wang. Er was niets veranderd. Alles was nog hetzelfde. Gisteren, de beste dag van haar leven – toen ze speciaal was – had net zo goed niet gebeurd kunnen zijn.

'Rosanna!' Marco's stem klonk vanuit de keuken. 'Schiet eens op!'

Ze veegde met de rug van haar hand haar neus schoon en liep terug naar binnen, haar dromen met de troep op de kleine binnenplaats achterlatend.

Later die dag, toen Rosanna langzaam de trap op klom om naar bed te gaan, uitgeput van urenlang pizza's serveren, voelde ze een hand op haar schouder.

'Waarom kijk je vanavond zo sip, piccolina?'

Ze draaide zich om en keek Luca aan. 'Misschien ben ik gewoon moe,' zei ze schouderophalend.

'Maar je zou blij moeten zijn. Het komt niet elke dag voor dat een zingend jong meisje een vertrek vol mensen tot tranen toe roert.'

'Ja, maar Luca, ik...' Ze ging bovenaan de smalle trap zitten en haar broer wurmde zich naast haar.

'Vertel me wat er is, Rosanna.'

'Ik heb papà vanochtend gevraagd hoe hij dacht over zanglessen, en hij zei dat Roberto alleen maar aardig wilde zijn, dat hij niet echt vond dat ik zangeres zou kunnen worden.'

'Ach!' Luca vloekte zachtjes. 'Dat is niet waar. Roberto vertelde iedereen hoe prachtig je stem was. Je moet echt zangles nemen bij die leraar die hij heeft aanbevolen.'

'Dat kan niet, Luca. Papà zegt dat hij er het geld niet voor heeft. Zangles zal wel heel duur zijn.'

'O, piccolina.' Luca sloeg zijn arm om de schouders van zijn zus. 'Waarom is papà zo blind als het over jou gaat? Want als het Carlotta was geweest, dan...' Luca zuchtte. 'Luister, Rosanna, geef de hoop niet op. Kijk.' Hij tastte in zijn broekzak en haalde een stukje papier tevoorschijn. 'Roberto heeft mij ook de naam en het adres van die leraar gegeven. Het maakt niet uit wat papà zegt. Wíj gaan gewoon samen naar hem toe, goed?'

'Maar we hebben geen geld om hem te betalen, Luca, dus het heeft geen zin.'

'Maak je daar geen zorgen over. Laat het maar aan je grote broer over.' Luca gaf haar een kus op haar voorhoofd. 'Welterusten, Rosanna.'

'Welterusten, Luca.'

Terwijl Luca de trap af en door het eethuis liep, zuchtte hij bij de gedachte aan alweer een lange avond in de keuken. Hij wist dat hij dankbaar zou moeten zijn omdat zijn toekomst zekerder was dan die van andere jonge mannen in Napels, maar hij had weinig plezier in zijn werk. Hij ging de keuken binnen, liep naar de tafel en begon een berg uien te snijden; zijn ogen prikten van de scherpe lucht die opsteeg. Terwijl hij de uiringen in de koekenpan schoof, dacht hij na over zijn vaders weigering om zanglessen voor zijn zusje mogelijk te maken. Rosanna had talent en Luca was niet van plan om haar deze kans te laten ontzeggen.

Op Luca's eerstvolgende vrije middag namen hij en Rosanna de bus naar de chique wijk Posillipo, die tegen een heuvel lag en uitzicht bood op de Golf van Napels.

'Luca, wat is het hier prachtig! Zoveel ruimte! En wat een koele lucht!' riep Rosanna toen ze de bus uit stapten. Ze ademde diep in en vervolgens langzaam weer uit.

'Ja, het is een fraaie buurt,' zei Luca instemmend terwijl hij bleef staan om over de baai uit te kijken. Het glinsterende, azuurblauwe water was bezaaid met boten; sommige waren aan het varen, andere lagen dichter bij de kust voor anker. Recht voor hen uit leek het eiland Capri als een droom aan de horizon te drijven. Als hij de bocht van de baai naar links volgde, zag hij verderop de Vesuvius opdoemen.

'Woont signor Vincenzi hier?' Rosanna draaide zich om en keek naar de elegante witte villa's die op de helling boven hen lagen. 'Jeetje, dan is hij vast heel rijk,' voegde ze eraan toe toen ze over de kronkelende weg omhoog begonnen te lopen.

'Zijn huis moet hier ergens staan,' zei Luca. Ze liepen langs een aantal prachtige entrees. Voor de laatste stopte hij.

'We zijn er – Villa Torini. Kom, Rosanna.' Luca nam zijn zusje bij de hand en trok haar mee de oprit op, naar de met bougainville overdekte veranda waar zich de voordeur bevond. Na een paar seconden geaarzeld te hebben belde hij ten slotte een tikje nerveus aan.

Even later ging de deur open en gluurde er een huishoudster van middelbare leeftijd naar buiten.

'*Sì? Cosa vuoi?*'

'We zijn hier voor signor Vincenzi, signora. Dit is Rosanna Menici en ik ben haar broer, Luca.'

‘Hebben jullie een afspraak?’

‘Nee, ik... maar Roberto Rossini...’

‘Nou, signor Vincenzi ontvangt niemand zonder afspraak. Dag.’ De deur werd voor hun neus dichtgegooid.

‘Kom, laten we naar huis gaan.’ Rosanna trok zenuwachtig aan Luca’s arm. ‘Wij horen hier niet.’

Ergens vanuit de villa kwam de klank van een piano hun kant op drijven. ‘Nee! We zijn helemaal hiernaartoe gekomen en we gaan niet terug voordat signor Vincenzi je heeft horen zingen. Kom mee.’ Luca trok zijn zusje bij de voordeur vandaan.

‘Waar gaan we heen? Ik wil naar huis,’ smeekte ze.

‘Nee, Rosanna. Vertrouw me nou maar.’ Luca greep haar arm stevig vast en volgde het geluid van de muziek, dat hen naar de zijkant van de villa leidde. Daar bleven ze staan op de hoek van een elegant terras met grote aardewerken potten waarin oudroze geraniums en dieppaarse maagdenpalm bloeiden.

‘Blijf daar,’ fluisterde Luca. Hij hurkte neer en kroop langs het terras tot hij bij een paar tuindeuren uitkwam, die openstonden om de middagbries binnen te laten. Hij tuurde voorzichtig naar binnen en dook weer uit het zicht.

‘Hij is daarbinnen,’ fluisterde hij, terug bij zijn zusje. ‘Toe, zingen, Rosanna, zingen!’

Ze keek hem beduusd aan. ‘Hoe bedoel je, Luca?’

‘Zing het “Ave Maria” – snel!’

‘Ik...’

‘Nu!’ spoorde hij haar aan.

Rosanna had haar lieve broer nog nooit zo onverbiddelijk gezien. Dus opende ze haar mond en deed wat hij had gevraagd.

Luigi Vincenzi had zojuist zijn pijp opgepakt en stond op het punt om zijn middagrondje door de tuin te gaan maken toen hij de stem hoorde. Hij sloot zijn ogen en luisterde een paar seconden lang. Toen kon hij zijn nieuwsgierigheid niet meer bedwingen en liep door de kamer en het terras op. In de hoek stond een meisje van een jaar of tien, hooguit elf, in een verbleekt katoenen jurkje.

Het kind stopte met zingen zodra ze hem zag; er gleed een angstige blik over haar gezicht. Een jonge man, overduidelijk familie van het kind, gezien de gelijkenis, stond naast haar.

Luigi Vincenzi bracht zijn handen naar elkaar toe en klapte langzaam.

'Dank je, lieve meid, voor deze charmante serenade. Maar mag ik vragen wat jullie beiden zonder toestemming op mijn terras doen?'

Rosanna schoof achter haar broer.

'Neem ons niet kwalijk, signor, maar uw huishoudster wilde ons niet binnenlaten,' legde Luca uit. 'Ik heb geprobeerd haar te vertellen dat Roberto Rossini mijn zusje heeft gevraagd naar u toe te komen, maar ze deed de deur voor ons dicht.'

'Aha. Mag ik jullie namen weten?'

'Dit is Rosanna Menici en ik ben haar broer, Luca.'

'Nou, kom maar binnen dan,' zei Luigi.

'Dank u, signor.'

Luca en Rosanna volgden hem door de openslaande deuren. Het ruime vertrek werd gedomineerd door een witte vleugel die midden op een glanzende grijze marmeren vloer stond. De muren waren bekleed met boekenplanken waarop slordige stapels bladmuziek lagen. Op de schoorsteenmantel stonden verschillende ingelijste zwart-witfoto's van Luigi in avondkleding en met zijn arm rond de schouders van mensen van wie ze de gezichten kenden van kranten en tijdschriften.

Luigi Vincenzi ging op de pianokruk zitten. 'Goed dan, waarom heeft Roberto Rossini je naar mij toe gestuurd, Rosanna Menici?'

'Omdat... omdat...'

'Omdat hij vond dat mijn zusje zangles van u zou moeten krijgen,' antwoordde Luca voor haar.

'Welke liederen ken je nog meer, *signorina* Menici?' vroeg Luigi haar.

'Ik... niet zoveel. Vooral gezangen uit de kerk,' stamelde Rosanna.

'Zullen we "Ave Maria" nog eens proberen? Dat lijk je heel goed te kennen.' Luigi glimlachte en draaide zich om naar de vleugel. 'Kom eens wat dichterbij, meisje. Ik bijt niet, hoor.'

Rosanna liep naar hem toe en zag dat zijn snor en grijze krulhaar hem een streng uiterlijk gaven, maar dat zijn ogen onder zijn dikke wenkbrauwen warm sprankelden.

'Toe, zing maar.' Luigi begon de openingsakkoorden van het lied op de vleugel te spelen. Het geluid was zo anders dan dat van alle andere piano's die ze ooit had gehoord dat Rosanna vergat op het juiste moment in te zetten.

'Is er een probleem, Rosanna Menici?'

'Nee, signor, ik luisterde alleen maar naar de mooie klank van uw piano.'

'Juist, ja. Nou, probeer je dan nu te concentreren.'

En geïnspireerd door de vleugel begon Rosanna te zingen als nooit tevoren. Luca dacht dat zijn hart zou barsten van trots. Hij wist dat hij er goed aan had gedaan om zijn zusje hier te brengen.

'Mooi, mooi, signorina Menici. Prima. Dan proberen we nu een paar toonladders. Zing maar na wat ik speel.'

Luigi leidde Rosanna omhoog en omlaag over de toetsen om haar stembereik te testen. Hij was normaal gesproken niet iemand van superlatieven, maar hij moest toegeven dat het meisje het meeste potentieel had dat hij in al zijn jaren als docent was tegengekomen. Haar stem was opmerkelijk.

'Prima! Ik heb genoeg gehoord.'

'Wilt u haar lesgeven, signor Vincenzi?' vroeg Luca. 'Ik wil er wel voor betalen.'

'Ja, ik wil haar lesgeven.' Luigi wendde zich tot Rosanna. 'Signorina Menici, je krijgt hier eens in de twee weken een uur les op dinsdag, 's middags om vier uur precies. Ik reken vierduizend lire per uur.' Het was de helft van wat hij gewoonlijk rekende, maar de broer leek niet ruim bij kas te zitten en veel eergevoel te hebben.

Rosanna's gezicht lichtte op. 'Dank u, signor Vincenzi, dank u.'

'En op de overige dagen oefen je ten minste twee uur. Ik verwacht van je dat je hard werkt en nooit een les overslaat, tenzij er een familielid is gestorven. Begrijp je dat?'

'Ja, signor Vincenzi.'

'Goed zo. Dan zie ik je aanstaande dinsdag. En dan laat ik jullie nu via de voordeur weer uit.' Luigi leidde Rosanna en Luca mee door het huis, naar de voordeur. 'Ciao, Rosanna Menici.'

Ze namen afscheid en liepen rustig de oprit af totdat ze het hek door waren. Toen nam Luca Rosanna met een zwaai in zijn armen en zwierde haar vol vreugde rond.

'Ik wist het wel! Hij hoefde alleen maar je stem te horen. Ik ben reuzetrots op je, piccolina. Je weet dat dit ons geheimpje moet blijven, toch? Mamma en papà zullen het er misschien niet mee eens zijn. Je mag het zelfs Carlotta niet vertellen.'

'Nee, dat doe ik niet, beloofd. Maar Luca, kun je die lessen wel betalen?'

'Ja, natuurlijk.' Luca dacht aan het geld dat hij twee jaar lang had gespaard voor een scooter, die de eerste stap naar zijn lang gewenste vrijheid zou betekenen. 'Natuurlijk.'

Toen de bus eraan kwam, gaf Rosanna haar broer een spontane knuffel. 'Dank je wel, Luca. Ik beloof je dat ik zo hard mogelijk zal werken. En op een dag betaal ik je terug voor je goedheid.'

'Dat weet ik, piccolina, dat weet ik toch.'

3

'Pas goed op jezelf, Rosanna. De buschauffeur weet waar je uit moet stappen, voor het geval je het zelf niet meer weet.'

Rosanna glimlachte naar haar broer vanaf het trapje van de bus. 'Luca, dat heb je me al honderd keer verteld. Ik ben geen baby meer. Het is maar een korte rit.'

'Dat weet ik, dat weet ik.' Luca kuste zijn zusje op beide wangen terwijl de chauffeur de motor startte. 'Heb je het geld goed opgeborgen?'

'Ja, Luca! Je hoeft je echt geen zorgen te maken.'

Ze nam plaats op een stoel voor in de bus en wuifde door het groezelige raam naar Luca terwijl de chauffeur het busstation uit reed. De rit was plezierig en bracht haar uit de bedrijvigheid van de stad naar de frisse omgeving van de heuvels. Rosanna's hart begon een beetje sneller te kloppen toen ze de bus bij de juiste halte verliet en heuvelopwaarts naar de villa liep. Ze belde behoedzaam aan, denkend aan de ijzige ontvangst van de vorige keer, maar deze keer zwaaide de deur open en werd Rosanna met een glimlach door de huishoudster begroet.

'Kom binnen, signorina Menici. Mijn naam is signora Rinaldi en ik ben signor Vincenzi's hulp in de huishouding. Hij wacht op je in de muziekkamer.' De vrouw voerde Rosanna mee door de gang naar de achterkant van de villa en klopte daar op een deur.

'Rosanna Menici, welkom. Ga zitten.' Luigi gebaarde naar een stoel aan een tafel, waarop een kan citroenlimonade met ijsblokjes stond. 'Je hebt vast dorst na die rit hiernaartoe. Wil je wat drinken?'

'Graag, signor.'

'Noem me alsjeblieft Luigi, nu we gaan samenwerken.'

Hij schonk voor hen beiden een glas limonade in en Rosanna dronk gretig.

'Dit weer is zeer onaangenaam.' Luigi veegde met een grote geruite zakdoek zijn voorhoofd af.

'Maar in deze kamer is het koel,' waagde Rosanna te zeggen. 'Gisteren was het volgens papà wel vijftig graden in de keuken.'

'Serieus? Die temperatuur is alleen geschikt voor bedoeïenen en kamelen. Wat doet je vader voor de kost?'

'Hij en mamma hebben een eethuis in de Piedigrotta. We wonen erboven,' vertelde Rosanna.

'De Piedigrotta is een van de oudste buurten van Napels, zoals je wel zult weten. Is je vader er geboren?'

'Onze hele familie.'

'Dan zijn jullie echte Napolitanen. Zelf kom ik uit Milaan. Ik leen jullie prachtige stad alleen maar.'

'Ik vind het hier veel fijner dan daarbeneden, vooral als de toeristen er zijn.'

'Werk je in het eethuis?'

'Ja, als ik niet op school ben.' Rosanna trok een gezicht. 'Ik vind er niets aan.'

'Nou, Rosanna Menici, als je er geen plezier aan beleeft, moet je ervan leren. In de zomer komen er vast veel Engelsen in jullie eethuis?'

'Ja,' beaamde ze. 'Heel veel.'

'Luister dan goed naar ze en probeer wat Engels te leren. Dat zul je in de toekomst nodig hebben. Leer je ook Frans op school?'

'Ik ben de beste van de klas,' antwoordde ze trots.

'Een aantal van de grootste opera's zijn in het Frans geschreven. Als je deze talen nu begint te spreken, zal het je later gemakkelijker afgaan. Vertel eens, wat vinden je mamma en papà van de stem van hun dochter?'

'Dat weet ik niet. Ik... ze weten niet dat ik hier ben. Roberto Rossini heeft tegen papà gezegd dat ik les zou moeten nemen, maar papà zei dat we daar geen geld voor hebben.'

'Dus je broer betaalt?'

'Ja.' Rosanna haalde wat lirebriefjes uit de zak van haar jurk en legde ze op de tafel. 'Dit is genoeg voor de volgende drie lessen. Luca wilde vooraf betalen.'

Luigi pakte het geld met een hoffelijk, goedkeurend knikje op.

'Nu, Rosanna, zou ik graag van je horen hoeveel je van zingen houdt.'

Rosanna bedacht hoe speciaal ze zich voelde nadat ze op het feest van Maria en Massimo had gezongen. 'Ik vind het heel fijn. Ik ben in een andere wereld als ik zing.'

'Mooi, dat is in elk geval een goed begin. Nu moet ik je wel waarschuwen dat je nog erg jong bent, te jong voor mij om te weten of je stem zich op de juiste manier zal ontwikkelen. We mogen je stembanden niet forceren – we moeten ze zorgvuldig koesteren, leren hoe ze werken en hoe we het beste voor ze kunnen zorgen. Ik geef les in belcanto. Daarbij komen stemoefeningen kijken die steeds moeilijker worden en die steeds toegespitst zijn op specifieke aspecten van de zang. Als je die onder de knie hebt, ken je alle potentiële stemproblemen al voordat je ze in de muziek tegenkomt. Callas heeft op deze manier leren zingen. Ze was niet veel ouder dan jij toen ze begon. Ben je bereid om zo hard te werken?'

'Ja, Luigi.'

'Ik moet erbij zeggen dat je de grote aria's pas zal mogen zingen als je veel ouder bent. We zullen eerst de verhalen van de grote opera's bestuderen en inzicht proberen te krijgen in de personages. De beste zangers hebben niet alleen een schitterende stem, maar zijn ook voortreffelijke acteurs. En denk niet dat twee lessen per maand genoeg zijn om je stem te verbeteren,' waarschuwde hij. 'Je moet de oefeningen die ik je meegeef elke dag doen, zonder uitzondering.'

Luigi zweeg even toen hij Rosanna's grote ogen zag en grinnikte plotseling. 'En jij, Rosanna, moet me er af en toe aan herinneren dat je nog een kind bent. Aanvaard alsjeblieft mijn excuses; ik wil je niet afschrikken. Het mooie van je jeugdige leeftijd is dat we veel tijd hebben. Goed, laten we beginnen.' Luigi stond op, liep naar de pianokruk en nam plaats. Hij klopte op het lege plekje naast hem op de kruk. 'Kom, dan leer ik je waar de noten zich op de piano bevinden.'

Een uur later verliet Rosanna Villa Torini met een leeg gevoel. Ze had de hele les geen noot gezongen.

Toen ze thuiskwam, vermoeid van de hitte in de bus en de spanning van de middag, ging ze rechtstreeks naar haar slaapkamer. Luca volgde haar naar boven, met zijn handen onder het meel.

'Dus je hebt de weg terug kunnen vinden?'

'Ik ben er toch, Luca?' Ze glimlachte naar zijn bezorgde gezicht.

'Hoe ging het?'

'Heel goed. Luigi is erg aardig.'

'Mooi zo. Ik...'

'Luca!' Marco schreeuwde de naam van zijn zoon vanuit de keuken beneden.

'Ik moet gaan. Het is druk.' Luca gaf Rosanna een kus op haar wang en haastte zich de trap af.

Rosanna ging op haar bed liggen, haalde haar dagboek onder het matras vandaan en begon te schrijven. Even later kwam Carlotta binnen.

'Waar was je? Mamma had je hulp nodig, maar we konden je niet vinden. Ik heb de hele middag tafeltjes lopen bedienen.'

'Ik ben weggeweest... bij iemand thuis. Ik heb honger. Is er iets te eten?'

'Weet ik niet. Vraag maar aan mamma. Ik ga uit.'

'Met wie?'

'O, Giulio maar,' antwoordde Carlotta verveeld.

'Ik dacht dat je Giulio leuk vond? Dat hij je vriendje was?'

'Dat was hij ook... Ik bedoel, dat is hij ook... O, hou je vragen voor je, Rosanna! Ik ga in bad.'

Toen Carlotta de slaapkamer had verlaten, maakte Rosanna haar verhaal af in haar dagboek en legde het terug op zijn gebruikelijke verstopplaats. Daarna liep ze naar het keukentje om zichzelf een glas water uit de koelkast in te schenken. Ze wist dat mamma en papà een klusje voor haar zouden bedenken als ze naar beneden ging om iets te eten. En ze was erg moe.

Ze sloop over de overloop en opende de deur naar de ijzeren trap die van het appartement naar de straat beneden leidde. Ze kwam hier vaak als ze tijd voor zichzelf nodig had, ook al keek ze uit over de vuilnisbakken achter. Zittend op de bovenste tree dronk ze van haar water en herleefde ze elk moment van haar les bij Luigi. Hoewel ze het uur hadden doorgebracht met alleen het leren van de zwarte noten in de bladmuziek, zonder ze te zingen, hield Rosanna van Luigi's rustige huis. En ze was opgetogen over het feit dat ze eindelijk haar eigen geheim had.

Ze liep terug naar haar slaapkamer en trok haar nachthemd aan. Carlotta stond op het punt om weg te gaan en sloeg een omslagdoek om haar schouders.

'Veel plezier vanavond,' zei Rosanna.

'Dank je.' Carlotta schonk haar eerder een grimas dan een glimlach en verliet de kamer, de geur van haar parfum in de lucht achter zich latend.

Rosanna stapte in bed en vroeg zich af hoe ze om de dinsdag naar Luigi's villa kon ontsnappen zonder gemist te worden. Uiteindelijk besloot ze een denkbeeldig vriendinnetje te verzinnen. Ze zou haar Isabella noemen en haar ouders vermogend maken, omdat dat indruk zou maken op papà. Ze zou om de dinsdag naar Isabella kunnen gaan zonder in de problemen te komen. Wat het oefenen betreft zou ze proberen om elke morgen een uur vroeger op te staan en de kerk binnen te glippen voor de mis begon.

Nu ze de oplossingen gevonden had, viel ze in een diepe slaap.

Het was eind september. Het was inmiddels rustiger in het eethuis, de zomertoeristen hadden de stad verlaten en de verstikkende hitte had plaatsgemaakt voor een aangename warmte. Luca liep naar buiten, naar het binnenplaatsje, en stak een sigaret op, genietend van de verkwikkende avond. Carlotta verscheen achter hem in de deuropening van de keuken.

'Luca, heb je een paar minuten voor me, voordat het druk wordt in het eethuis? Ik... moet even met je praten.'

Hij keek naar Carlotta's ongebruikelijk bleke gezicht.

'Wat is er aan de hand, Carlotta? Ben je ziek?'

Ze bleef staan en deed haar mond open om te antwoorden, maar hoorde toen Antonia's zware voetstappen de trap af komen.

'Niet hier,' fluisterde ze. 'Kom om zeven uur naar Renato's aan de Via Caracciolo. Alsjeblieft, Luca.'

'Ik zal er zijn.'

Carlotta reageerde met een lusteloos glimlachje en verdween weer.

Een paar dagen later liep Rosanna door het eethuis en opende ze de deur naar de trap van hun appartement. Terwijl ze de trap op klom, hoorde ze papà schreeuwen vanuit de woonkamer. Bang dat hij haar geheim had ontdekt, stopte ze bovenaan de trap om te luisteren.

'Hoe kon je dat nou doen? Hoe kon je?' bleef Marco maar herhalen.

Rosanna hoorde Carlotta luid snikken.

'Snap je niet dat je het zo alleen maar erger maakt, Marco?' Antonia klonk ook al alsof het huilen haar nader stond dan het lachen. 'Zo tegen haar tekeergaan zal haar niet helpen! Mamma mia, laten we kalmeren en nadenken wat we het beste kunnen doen. Ik haal wel wat te drinken voor ons.'

De deur van de woonkamer ging open en Antonia verscheen; haar gebruikelijke rode blos was uit haar gezicht getrokken.

'Mamma, wat is er? Is Carlotta ziek of zo?' vroeg Rosanna, haar door de gang naar het kleine keukentje volgend.

'Nee, ze is niet ziek. Ga maar naar beneden, naar je broer. Hij maakt wel wat te eten voor je.' Antonia's stem klonk gespannen en ze ademde zwaar.

'Maar mamma, vertel me alsjeblieft wat er is gebeurd.'

Antonia pakte een fles grappa uit een kast in het keukentje, draaide zich om en gaf haar dochter een zeldzame kus op haar kruin.

'Er is niemand ziek, we zijn allemaal gezond. We vertellen je later wel wat er aan de hand is. Nou, ga nu maar en zeg tegen Luca dat papà over een paar minuten beneden komt.' Antonia forceerde een glimlach en verdween weer naar de woonkamer.

Rosanna liep door het lege eethuis naar de grote keuken, waar Luca bij de achterdeur een sigaret stond te roken.

'Luca, wat is er gebeurd? Papà schreeuwt, Carlotta huilt en mamma kijkt alsof ze een spook heeft gezien.'

Luca nam een lange trek en ademde langzaam uit door zijn neus. Daarna trapte hij de peuk met zijn voet uit en liep de keuken binnen. 'Heb je zin in lasagne? Net klaar.' Hij opende de deur van de oven.

'Nee! Ik wil weten wat er is gebeurd. Papà schreeuwt nooit tegen Carlotta. Ze moet wel iets heel ergs hebben gedaan.'

Luca diende de lasagne zwijgend op. Hij zette twee volle borden op de keukentafel, ging zitten en gebaarde Rosanna hetzelfde te doen.

'Piccolina, er zijn dingen waarvoor je te jong bent om ze te begrijpen. Carlotta heeft een erge vergissing begaan en daarom is papà zo boos op haar. Maar maak je geen zorgen. Ze lossen het wel op met z'n drieën en het komt allemaal goed, dat beloof ik. Nou, eet je lasagne maar op en vertel me over je les bij signor Vincenzi.'

Rosanna wist dat ze niet meer informatie los zou krijgen en pakte zuchtend haar vork.

De volgende ochtend werd Rosanna wakker van een zacht gesnik. Ze ging rechtop in bed zitten, knipperend in het grijze licht van de naderende dageraad.

'Carlotta? Carlotta, wat is er?' fluisterde ze.

Er kwam geen antwoord. Rosanna stapte uit haar bed en liep naar haar zus toe. Carlotta had een kussen over haar hoofd getrokken in een poging haar gesnotter te dempen. Rosanna legde voorzichtig een arm op haar schouder en van onder het kussen kwam een gekweld gezicht tevoorschijn.

'Niet huilen, alsjeblieft. Zo erg zal het toch niet zijn?' zei Rosanna troostend.

'O... jawel, jawél. Ik...' Carlotta veegde met de rug van haar hand een snottebel weg. 'Ik moet trouwen... Ik moet trouwen met Giulio!'

'Waarom dan?'

'Om iets wat ik heb gedaan. Maar... O, Rosanna, ik hou niet van hem, ik hou niet van hem!'

'Waarom moet je dan met hem trouwen?'

'Papà zegt dat het moet, en ik kan niet anders. Ik heb tegen hem gelogen over de... o...' Carlotta begon weer te snikken en Rosanna sloeg haar armen om de schouders van haar zus.

'Toe nou, niet huilen. Giulio is een leuke man. Ik vind hem aardig. Hij is rijk en je gaat in een groot appartement wonen en je hoeft niet meer in het eethuis te werken.'

Carlotta keek haar zusje aan en glimlachte zwakjes door haar tranen heen. 'Je hebt een goed hart, Rosanna. Misschien zullen mamma en papà je meer waarderen als ik eenmaal getrouwd ben.'

'Dat hoeft niet, hoor. We kunnen niet allemaal mooi zijn – dat snap ik best,' antwoordde Rosanna zacht.

'Nou, moet je zien wat mijn schoonheid me heeft gebracht! Misschien ben je beter af zonder. O, ik zal je missen als ik weg ben.'

'En ik jou. Ga je snel trouwen dan?'

'Ja, papà gaat morgen met Giulio's vader praten. Ik denk dat we binnen een maand getrouwd zullen zijn. En iedereen zal het vermoeden, natuurlijk.'

'Zal wat vermoeden?' vroeg Rosanna.

Carlotta streek haar zusje over haar haar. 'Er zijn echt dingen die je pas zult begrijpen als je ouder bent. Blijf maar zo lang mogelijk jong, klein zusje van me. Volwassen worden is niet zo leuk als het lijkt. Nou, ga nog maar even slapen.'

'Oké.'

'En Rosanna?'

'Ja?'

'Dank je wel. Je bent een lief zusje en ik hoop dat we altijd vriendinnen zullen blijven.'

Rosanna kroop met een zucht weer in bed; ze begreep er nog steeds niets van.

Vier weken later stond Rosanna als bruidsmeisje in een blauw satijnen jurkje achter Carlotta toen haar zus haar trouwgeloften aan Giulio aflegde.

Naderhand was er een feest in het eethuis. Hoewel Rosanna wist dat dit eigenlijk de gelukkigste dag van Carlotta's leven behoorde te zijn, zag haar zus er bleek en gespannen uit, en leek Antonia al niet veel gelukkiger te zijn. Marco maakte wel een vrolijke indruk; hij opende de ene fles mousserende wijn na de andere en vertelde zijn gasten over het fraaie appartement met twee slaapkamers waar het jonge stel zou gaan wonen.

Een paar weken na de bruiloft ging Rosanna bij Carlotta op bezoek in haar nieuwe appartement dicht bij de Via Roma. Ze staarde vol ontzag naar de televisie in de hoek van de zitkamer.

'Giulio moet wel heel veel geld hebben dat hij die heeft kunnen kopen,' riep Rosanna uit toen Carlotta met koffie de kamer in liep en ze samen op de bank gingen zitten.

'Ja, hij heeft geld,' beaamde Carlotta.

Rosanna nam slokjes van haar koffie en vroeg zich af waarom haar zus zo bedrukt overkwam.

'Hoe gaat het met Giulio?'

'Ik zie hem bijna nooit. Hij vertrekt om acht uur naar kantoor en komt pas na half zeven weer thuis.'

'Hij zal wel een belangrijke baan hebben,' zei Rosanna bemoedigend.

Carlotta negeerde de opmerking. 'Ik maak het eten klaar en ga daarna naar bed. Ik ben tegenwoordig zo moe.'

'Waarom?'

'Omdat ik een baby krijg,' antwoordde Carlotta vermoeid. 'Je wordt binnenkort een *zia* – tante Rosanna.'

'O, gefeliciteerd!' Rosanna boog naar voren en gaf haar zus een kus op haar wang. 'Ben je blij?'

'Ja, natuurlijk ben ik blij,' reageerde Carlotta somber.

'Giulio zal wel heel gelukkig zijn dat hij een papà wordt.'

'Ja, natuurlijk. Maar hoe gaat het thuis?'

Rosanna haalde haar schouders op. 'Papà drinkt veel grappa en is vaak in een slecht humeur, en dan schreeuwt hij tegen mij en Luca. Mamma is steeds moe en gaat heel vaak even liggen.'

'Er is dus niet veel veranderd.' Het lukte Carlotta te glimlachen.

'Behalve dat ik denk dat mamma en papà je missen.'

'En ik mis hen ook, ik...' Er welden tranen op in Carlotta's ogen. 'Sorry, het komt doordat ik in verwachting ben. Daar word ik emotioneel van. Heeft Luca nog steeds geen vriendin?'

'Nee, maar daar heeft hij ook geen tijd voor. Hij staat om acht uur 's morgens al in de keuken en hij is pas laat klaar.'

'Ik begrijp niet waarom hij het nog pikt. Papà is zo horkerig tegen hem en betaalt hem zo weinig. Als ik Luca was, ging ik weg en begon ik ergens anders een nieuw leven.'

Rosanna keek verschrikt. 'Je denkt toch niet dat Luca weg zal gaan?'

'Nee. Gelukkig voor jou en helaas voor hem denk ik van niet,' antwoordde Carlotta langzaam. 'Onze broer is een heel bijzondere man. Ik hoop dat hij op een dag het geluk vindt dat hij verdient.'

Eind mei beviel Carlotta van een meisje en ging Rosanna naar het ziekenhuis om haar nichtje te bewonderen.

'O, wat is ze mooi, en zo klein. Mag ik haar vasthouden?' vroeg ze.

Carlotta knikte. 'Uiteraard. Hier.'

Rosanna nam de baby van haar zus over en wiegde haar in haar armen. Ze staarde naar de donkere ogen van het kindje.

'Ze lijkt niet op jou, Carlotta.'

'O. Op wie vind je dan dat ze lijkt? Giulio? Mamma? Papà?'

Rosanna bestudeerde de baby. 'Ik weet het niet. Hebben jullie al een naam bedacht?'

'Ja, ze heet Ella Maria.'

'Wat een prachtige naam. Wat mooi bedacht, Carlotta.'

'Ja hè?'

De twee zussen draaiden zich om naar Giulio, die binnenliep.

'Hoe gaat het, *cara*?' Giulio gaf zijn vrouw een kus.

'Het gaat goed.'

'Mooi.' Giulio ging op de rand van het bed zitten en wilde Carlotta's hand pakken.

Ze trok haar arm snel weg. 'Waarom geef je je dochter geen knuffel?' opperde ze.

'Natuurlijk.' Giulio stond op. Rosanna gaf hem de baby en zag de pijn in zijn donkere ogen.

Toen ze weer alleen was, ging Carlotta achteroverliggen en staarde naar het plafond. Ze had gedaan wat ze moest doen, daar was ze van overtuigd. Ze had een succesvolle echtgenoot, een prachtig dochtertje en ze had zichzelf en haar familie niet te schande gemaakt.

Ze draaide haar hoofd om in de wieg te kunnen kijken. Ella's donkere ogen stonden wijd open, haar volmaakt witte huid contrasteerde met het zwarte haar op haar hoofdje.

Ze wist dat ze de rest van haar leven zou moeten leven met haar bedrog.

The Metropolitan Opera House,
New York

Goed, Nico, je hebt gelezen waar en wanneer ik Roberto Rossini voor het eerst ontmoette en hoe de zaadjes voor de toekomst werden gezaaid. Toen Carlotta met Giulio trouwde, was ik nog erg jong en naïef; ik was me van veel dingen die om me heen gebeurden niet bewust.
In de vijf jaar daarna werkte ik hard aan mijn zang. Ik ging bij het kerkkoor, wat me het excuus gaf om thuis zoveel als ik kon te oefenen. Ik beleefde veel vreugde aan mijn lessen bij Luigi Vincenzi en naarmate ik me verder ontwikkelde, groeide mijn passie voor de opera. Ik had geen enkele twijfel over wat ik wilde worden.
In die tijd leidde ik als het ware een dubbelleven. Ik wist dat ik mijn geheim op een dag aan mamma en papà zou moeten vertellen, maar ik hoopte dat het juiste moment zich vanzelf zou aandienen. En ik kon niet riskeren dat ze me zouden tegenhouden.
Verder veranderde er weinig in mijn leven. Ik ging naar school en werkte hard aan mijn Frans en mijn Engels. Ik ging twee keer per week naar de mis en ik werkte elke dag in de bediening van het eethuis. Andere meiden uit mijn klas droomden ervan om filmster te worden en experimenteerden met make-up en sigaretten, maar ik had maar één droom: om op een dag op het podium van La Scala te zingen met de man die het voor mij allemaal in gang had gezet. Ik dacht vaak aan Roberto en ik geloofde – hoopte – dat hij soms ook aan mij dacht.
Op de meeste dagen kwam Carlotta met Ella, haar schattige dochtertje, naar het eethuis om ons te bezoeken. Terugkijkend besef ik dat ze zich doodongelukkig voelde. De levendigheid die ze altijd tentoon had gespreid, was verdwenen en haar ogen hadden hun glans verloren. Destijds had ik uiteraard geen idee waarom…

4

Napels, mei 1972

'Welkom, Rosanna. Kom binnen en ga zitten.' Luigi gebaarde naar een stoel bij de enorme marmeren haard in de muziekkamer.

Rosanna deed wat hij vroeg en Luigi nam plaats in een stoel tegenover haar.

'De afgelopen vijf jaar ben je twee keer per maand naar me toe gekomen. Ik geloof dat je niet één les hebt gemist.'

'Nee, dat klopt,' beaamde Rosanna.

'En in die vijf jaar heb je de basis van het belcanto onder de knie gekregen. We hebben de oefeningen zo vaak gedaan dat je ze in je slaap nog kon zingen, toch?'

'Ja, Luigi.'

'We hebben uitvoeringen in het Teatro San Carlo bezocht, we hebben de grote opera's bestudeerd, de verhalen geleerd en het karakter van de personages die je op een dag misschien gaat spelen verkend.'

'Ja.'

'Dus nu is je stem een perfect geprepareerd doek dat klaar is om met kleur en vorm in een meesterwerk te veranderen.' Luigi wachtte even voordat hij verderging. 'Ik heb je alles bijgebracht wat ik weet, Rosanna. Ik kan je niet meer lesgeven.'

'Maar... maar, Luigi... Ik...'

Hij boog voorover en nam haar handen in de zijne. 'Rosanna, alsjeblieft. Weet je nog dat je hier voor het eerst was, met je broer? En dat ik je in je eerste les vertelde dat je nog te jong was om te weten of jouw talent zich op de juiste manier zou ontwikkelen?'

Rosanna knikte.

'Nou, het heeft zich ontwikkeld en het is uitgegroeid tot iets wat te zeldzaam is om voor mezelf te houden. Je moet nu een stap verder gaan, Rosanna. Je bent bijna zeventien. Je moet naar een goed instituut gaan waar ze je kunnen geven wat ik niet kan bieden.'

'Maar...'

'Ik weet het, ik weet het,' zuchtte Luigi, 'je mamma en papà weten nog niets van je zanglessen. Ze hopen vast dat je komende zomer, als je klaar bent met school, een aardige jongen vindt om mee te trouwen, met wie je hun vele kleinkinderen zult schenken. Heb ik gelijk?'

'Ja, Luigi.' Rosanna kromp ineen bij zijn maar al te juiste analyse.

'Nou, laat me je dit dan meegeven, Rosanna. God heeft je een gave geschonken, maar die brengt ook beproevingen en lastige beslissingen met zich mee. En jij bent de enige die kan bepalen of je moedig genoeg bent om die te nemen. De keuze is aan jou.'

'Luigi, de afgelopen vijf jaar heb ik geleefd voor mijn lessen bij jou. Het gaf niet als papà tegen me schreeuwde of als mamma me elke avond in de bediening liet werken, want ik kon altijd denken aan de uren die ik hier doorbracht.' Rosanna's ogen glinsterden van de tranen. 'Wat ik het allerliefste wil van alles op de wereld is zingen. Maar hoe moet ik dat voor elkaar krijgen? Mijn ouders hebben geen geld om me een opleiding te laten volgen.'

'Maak je niet onnodig ongerust, Rosanna. Ik wilde alleen horen dat je met heel je hart van zingen je vak wilt maken. Ik ben me bewust van je ouders' financiële situatie en op dat vlak kan ik misschien helpen. Over zes weken houd ik hier een soiree, een muziekavond,' legde Luigi uit. 'Al mijn leerlingen treden dan op. En voor deze soiree heb ik mijn goede vriend Paolo de Vito uitgenodigd, de artistiek directeur van het operahuis La Scala in Milaan. Hij is ook directeur van La Scala's scuola di musica, zoals je weet de beste muziekopleiding van Italië. Ik heb Paolo jouw verhaal verteld en hij is bereid om helemaal uit Milaan te komen om je te horen zingen. Als hij het met me eens is dat jouw stem iets bijzonders heeft, zal hij je misschien kunnen helpen een studiebeurs te krijgen, zodat je aan zijn school kunt gaan studeren.'

'Echt?' Rosanna's gezicht lichtte op.

'Ja, echt. En het lijkt me een goed idee om je mamma en papà ook voor mijn soiree uit te nodigen. Dan kunnen ze je zelf horen zingen. Als ze zich in een ruimte bevinden vol mensen die van jouw talent overtuigd zijn, kan dat gunstig zijn voor onze missie.'

'Maar ze zullen heel boos zijn dat ik al die jaren tegen ze gelogen heb. En ik denk niet dat ze komen.' Ze schudde mismoedig haar hoofd.

'Je kunt het ze in elk geval vragen. Vergeet niet dat je bijna zeventien bent – en dus bijna volwassen. Ik begrijp dat je je ouders niet van streek wilt maken, maar vertrouw op mij en vraag ze of ze willen komen. Beloof je dat?'

Rosanna knikte. 'Beloofd.'

'Goed, genoeg tijd verspild. We gaan aan de slag met een van mijn lievelingsaria's. Die zou je kunnen zingen op mijn soiree: "Mi chiamano Mimi" uit *La bohème*. Het is moeilijk, maar ik denk dat je er klaar voor bent. Vandaag gaan we de muziek instuderen.' Luigi stond op. 'Kom, laten we aan het werk gaan.'

In de bus op weg naar huis zat Rosanna in gedachten verzonken. Toen ze thuiskwam, liep ze meteen naar de keuken om met Luca te praten.

'Ciao, piccolina. Wat is er? Je kijkt zo gespannen.'

'Kan ik je even spreken?' vroeg ze, en ze voegde eraan toe: 'Onder vier ogen.'

Luca keek op zijn horloge. 'Het is rustig vanavond. Ik zie je over een half uur op onze gebruikelijke ontmoetingsplaats.' Hij knipoogde en Rosanna haastte zich weer weg voordat papà of mamma haar zou zien.

Op de Via Caracciolo wemelde het van de auto's en toeristen. Luca wandelde richting de zee. Hij zag zijn zusje over de reling leunen, uitkijkend over de schuimige golven die diepblauw kleurden in de najaarslucht. Hij keek met een mengeling van broederlijke trots en beschermingsdrang toe hoe twee mannen langs haar liepen en achterom keken. Hoewel Rosanna nooit zou geloven dat ze net zo aantrekkelijk was als haar zus, wist Luca dat ze langzamerhand in een schoonheid veranderde – ze was nu lang en slank, en haar kinderlijke stunteligheid maakte geleidelijk plaats voor een natuurlijke elegantie. Haar lange, donkere haar viel om haar schouders heen en omlijstte haar hartvormige gezicht met de bruine ogen en volle wimpers. Hij kon haar niets weigeren als ze naar hem lachte, en de enige reden waarom hij nog steeds in het eethuis werkte, waar hij het meeste werk verrichtte terwijl zijn vader aan een hoektafel met zijn maten zat te drinken, was dat hij met het verdiende geld haar zanglessen kon betalen.

'Ciao, bella,' zei hij toen hij naast haar kwam staan. 'Kom, laten we een espresso gaan drinken, dan kun jij me vertellen wat er aan de hand is.'

Luca loodste Rosanna mee naar een terras voor een café. Hij bestelde twee espresso's en bestudeerde zijn zus' bezorgde gezicht. 'Vertel me eens wat er is gebeurd.'

'Luigi wil me niet langer lesgeven.'

'Ik dacht dat hij zo tevreden was over je vorderingen?' zei Luca geschokt.

'Dat is hij ook, maar hij wil me niet langer lesgeven omdat hij me alles heeft geleerd wat hij weet. Luigi heeft een belangrijke vriend bij La Scala, die over zes weken naar me komt luisteren op een soiree in Luigi's villa. Hij kan me misschien een studiebeurs bezorgen voor een muziekopleiding in Milaan.'

'Maar dat is geweldig nieuws, piccolina! Waarom kijk je dan zo sip?'

'O Luca, wat moet ik tegen mamma en papà zeggen? Luigi wil dat ze ook naar de soiree komen om me te horen zingen. Maar áls ze al komen, zullen ze het nooit goedvinden dat ik Napels verlaat om naar Milaan te gaan. Dat wéét je.' Rosanna's mooie bruine ogen vulden zich met tranen.

'Het maakt niet uit wat zij vinden.' Luca schudde zijn hoofd.

'Hoe bedoel je?'

'Je bent oud genoeg om je eigen beslissingen te nemen. Als mamma en papà het er niet mee eens zijn, als ze je talent niet kunnen waarderen en je niet willen steunen, dan is dat hun probleem, niet dat van jou. Als signor Vincenzi vindt dat je goed genoeg bent om een beurs te krijgen voor een studie in Milaan, en zelfs een belangrijke vriend uitnodigt om naar je te komen luisteren, mag je je niet laten tegenhouden.' Luca pakte haar hand. 'Dit is het nieuws waar we allebei van gedroomd hebben, toch?'

'Ja.' Rosanna voelde de spanning langzaam wegebben bij Luca's woorden. 'En ik heb het aan jou te danken. Je hebt al die jaren voor mijn lessen betaald. Hoe kan ik je ooit terugbetalen?'

'Door uit te groeien tot de grote operaster die ik altijd heb geweten dat je zou worden.'

'Denk je echt dat dat mogelijk is?'

'Ja, dat denk ik echt.'

'En mamma en papà dan?' vroeg ze.

'Laat die maar aan mij over.' Luca tikte tegen zijn neus. 'Ik zorg ervoor dat ze naar je komen luisteren.'

Rosanna leunde over het tafeltje heen en gaf Luca een kus op zijn wang; haar ogen glansden van de tranen. 'Wat had ik zonder jou gemoeten, Luca? Dank je. Dan ga ik nu snel naar huis. Ik moet vanavond in de bediening werken.'

Rosanna stond op en liep weg. Luca staarde over de baai richting Capri; zijn hart voelde lichter dan het in jaren had gedaan.

Als Rosanna naar Milaan ging, wat hield hem dan nog hier?

Niets. Helemaal niets.

5

'Rotzak!' Carlotta barstte in huilen uit en zonk neer op de bank. 'Hoe kon je, Giulio?'

'Carlotta, alsjeblieft, het spijt me.' Giulio keek haar wanhopig aan. 'Maar we zijn inmiddels vijf jaar getrouwd, en de laatste vier heb ik je niet mogen aanraken! Een man heeft zo zijn behoeften – lichamelijke behoeften.'

'En die vervulde jij dus met je secretaresse! Iedereen in de firma weet het natuurlijk. Ze lachen me vast allemaal uit!'

'Niemand weet ervan, Carlotta. De affaire heeft maar een paar weken geduurd en is nu voorbij, ik zweer het je.'

'En wie was het vóór haar? Met hoeveel andere vrouwen ben je achter mijn rug om naar bed geweest?'

Giulio liep naar Carlotta, ging op zijn knieën zitten en nam haar handen in de zijne. 'Cara, wil je alsjeblieft proberen het te begrijpen? Ik wil jou, alleen maar jou. Ik heb altijd alleen maar jou gewild. Maar sinds de dag dat je met me bent getrouwd, heb ik nooit het gevoel gehad dat jij mij óók wilde.' Giulio huiverde. 'Je bent zo kil. Ik denk dat je alleen maar met me bent getrouwd vanwege de baby. Of niet dan?'

Carlotta keek hem aan en trok haar handen uit de zijne terwijl vijf jaren van wrok en misère eindelijk overkookten. 'Ja, je hebt gelijk. Ik heb nooit van je gehouden; ik wilde helemaal niet met je trouwen. Ik had iedere man die ik wilde kunnen krijgen! Als ik denk aan het leven dat ik had kunnen leiden... En nu zit ik hier mijn beste jaren te verdoen met een man die ik niet eens leuk vind! En weet je wat het idiootste van alles is?' Bevend van woede stond Carlotta op. 'De baby was niet eens van jou. Ze is niet eens van jou.'

Er viel een korte stilte voordat ze een hand voor haar mond sloeg. Ze had meteen spijt van wat ze zojuist had gezegd.

Giulio staarde haar aan. Zijn gezicht was doodsbleek. 'Is dat waar, Carlotta? Vertel je me nou dat Ella niet mijn kind is?'

'Ik...' Carlotta durfde hem niet aan te kijken. Ze legde haar hoofd in haar handen en begon te snikken.

Giulio stond op en verliet het appartement, de deur achter zich dichtslaand.

Carlotta zakte weer neer op de bank. 'Mijn god, mijn god, wat heb ik gedaan?' huilde ze tegen de zwijgende muren. Ze wilde hem zo graag pijn doen om wat hij haar had aangedaan, omdat hij het enige wat ze nog had – haar trots – had geschonden.

Twee martelende uren later kwam hij terug. Toen hij de zitkamer in liep, vloog ze snikkend naar hem toe. 'Vergeef me, vergeef me, Giulio. Ik voelde me gekwetst door je affaire en ik wilde je pijn doen. Het was een leugen, ik zweer het je. Natuurlijk is Ella van jou.'

Giulio duwde haar vol weerzin en met emotieloze ogen van zich af. 'Nee, Carlotta, het was geen leugen. Nu ik eraan terugdenk, valt het allemaal op zijn plek. Niet te geloven dat ik zo blind ben geweest. De baby was vijf weken te vroeg en toch al zo volgroeid. Ik wist dat je geen maagd was toen we voor het eerst met elkaar naar bed gingen, maar daar heb ik nooit wat van gezegd. Je ongelukkige gezicht op onze huwelijksdag, hoe je terugdeinsde als ik je aanraakte... zeg eens, was je verliefd op die andere man?'

Ze besefte uiteindelijk dat er geen weg terug was en schudde langzaam en verslagen haar hoofd. 'Nee, het was een vreselijke vergissing, een eenmalige nachtelijke stommiteit.'

'En vervolgens besloot je dat ík daar ook onder moest lijden?' Giulio zakte neer op de bank. 'Mamma mia, Carlotta! Ik wist dat je egoïstisch was, maar ik had geen idee van je totale harteloosheid. Wie weet hier nog meer van?'

'Niemand.'

'Vertel me de waarheid alsjeblieft, Carlotta. Dat ben je me toch op zijn minst verschuldigd.'

'Luca,' gaf ze toe.

'Jullie hebben dit dus samen bekokstoofd?' beet hij haar toe.

'Nee, zo is het niet gegaan. Ik was wanhopig. En ik dacht... aangezien ik toch met jou zou trouwen...'

Giulio greep haar bij haar arm. 'Was dat zo, Carlotta? Want eerder vandaag zei je dat je nooit van me gehouden hebt, dat je me zelfs niet leuk vond?'

'Au! Alsjeblieft, Giulio, je doet me pijn. Ik zei toch al dat ik dat allemaal niet meende, ik...'

'Maar je meende het wél.' Hij liet haar arm weer los en slaakte een vermoeide zucht. 'Ik ben geen slechte man. Ik heb steeds alleen maar het beste gewild voor jou en Ella. De afgelopen jaren heb ik mijn uiterste best gedaan om jou van me te laten houden zoals ik van jou hield. En nu kom ik erachter dat mijn huwelijk al een farce was voor het goed en wel was begonnen!'

'Alsjeblieft, Giulio, alsjeblieft!' smeekte ze. 'Geef me nog een kans. Ik zal het goedmaken, dat beloof ik je. Nu ik het je heb verteld, kunnen we opnieuw beginnen, zonder dat er leugens tussen ons in staan. Met een schone lei...'

'Nee,' lachte Giulio bitter, 'er is geen weg terug, Carlotta. Toen ik net weg was, heb ik rondgelopen en nagedacht, en ik heb een besluit genomen. Nu je eindelijk eerlijk tegen me bent geweest, wil ik dat je je spullen pakt en vertrekt. Je mag iedereen vertellen dat je je echtgenoot hebt verlaten omdat hij je bedroog. Niemand hoeft ooit de waarheid te weten. Ik ben omwille van Ella bereid de schuld op me te nemen. Ook al is ze niet mijn vlees en bloed, ik heb van haar gehouden alsof ze dat wel was. En ik wil haar niet te schande maken.'

'Nee, Giulio, alsjeblieft! Waar moet ik naartoe? Wat moet ik doen?' kreunde Carlotta wanhopig.

'Dat is mijn zorg niet meer. Onze firma heeft kantoren in Rome en ik ga zo snel mogelijk een verzoek tot overplaatsing indienen.'

'Maar Ella dan? Ze beschouwt jou als haar vader. Ze houdt van je, Giulio.'

'Dat had je moeten bedenken voordat je ons beiden misleidde.' Hij keerde zich van haar af, nog trillend van boosheid en emotie. 'Ik ga nu naar bed. Ik ben moe. Jij kunt hier slapen en als ik morgenochtend naar kantoor ben vertrokken, pak jij je spullen en zorg je ervoor dat je weg bent voor ik thuiskom.'

Antonia drukte haar dochter tegen haar aanzienlijke boezem aan. 'Natuurlijk kunnen jullie allebei een tijdje bij ons wonen. Dat hoef je niet eens te vragen, dat weet je. O Carlotta, mijn arme kind, wat is er aan de hand? Wat is er gebeurd?' Ze bekeek haar dochter met een bezorgde blik. 'Je ziet eruit als een geestverschijning. Wil je even gaan liggen? Je kunt met Ella in je oude kamer slapen; dan slaapt Rosanna wel op de bank in de woonkamer.'

De bleke Carlotta knikte vermoeid. 'O mamma, mamma, ik...'

Antonia zag de kleine Ella angstig naar haar moeder kijken. Ze riep Luca, die in de deuropening verscheen. 'Neem jij Ella even mee naar de keuken beneden? Geef haar maar wat te eten, dan kan ik met je zus praten,' mompelde ze. 'God weet wat er is gebeurd.'

Luca keek naar Carlotta. Haar radeloze gezicht vertelde hem het enige verhaal dat hij kon bedenken.

Antonia haalde haar zakdoek tevoorschijn en veegde haar voorhoofd af terwijl ze haar dochter naar de slaapkamer dirigeerde. 'Lieve hemel, het is vandaag veel te warm voor zulke problemen.'

'Het spijt me. Ik blijf niet lang.' Carlotta zeeg neer op het bed en Antonia plofte naast haar neer. 'Gaat het wel, mamma? Je ziet er ziek uit.'

'Ja hoor, het gaat best. Het ligt aan de warmte. Vertel me nou alsjeblieft wat er is gebeurd. Hebben jij en Giulio ruzie gehad?'

'Ja.'

'Maak je geen zorgen.' Antonia omhelsde haar dochter. 'Alle getrouwde stellen maken weleens ruzie. Je papà en ik deden niet anders. Nu hebben we er de energie niet meer voor.' Ze lachte stijfjes. 'Als je hebt geslapen, zul je je wel rustiger voelen. En dan kun je teruggaan naar Giulio om het goed te maken.'

'Nee, mamma. Ik kan nooit meer terug. Giulio en ik zijn verleden tijd.'

'Maar waarom dan? Wat heb je gedaan?'

Carlotta draaide haar hoofd weg van haar moeder en begon te snikken. Zuchtend stond Antonia op van het bed. 'Ga nu maar even rusten, Carlotta. Dan hebben we het er later over.'

Toen Rosanna die avond van de koorrepetitie thuiskwam, trof ze tot haar verrassing een klein hoopje aan in haar bed. Haar nichtje, Ella, lag er te slapen, dus verliet ze zachtjes de slaapkamer en liep door de smalle gang naar de woonkamer. De deur was dicht maar ze hoorde haar ouders praten.

'Ik weet niet wat er is gebeurd, Marco. Ze wil er niets over zeggen. Ze zit beneden met Luca te praten. Misschien kan híj iets uit haar krijgen. Ik heb naar hun appartement gebeld om Giulio te spreken, maar er wordt niet opgenomen.'

'Ze moet natuurlijk terug naar haar echtgenoot. Daar hoort ze thuis. Dat zal ik haar vertellen.' Marco klonk woedend.

'Laat haar vanavond alsjeblieft met rust. Ze is enorm van streek,' smeekte Antonia.

Rosanna duwde de deur open. 'Wat is er gebeurd?' vroeg ze.

'Je zus heeft haar man verlaten, en zij en Ella logeren hier een paar dagen. Jij kunt zolang hier op de bank slapen.' Antonia haalde hortend adem. Ze stond langzaam op.

'Gaat het, mamma?' vroeg Rosanna, en ze liep naar haar toe.

'Ik... Ja, het gaat wel.' Antonia wankelde een beetje en hervond haar evenwicht. 'Ik moet nu naar beneden. Ik heb frisse lucht nodig.'

Ze wuifde zichzelf lucht toe terwijl ze de kamer uit sjokte.

'Papà, waarom is Carlotta bij Giulio weggegaan? Ik...'

Er klonk een zware bons vanaf de trap.

Marco en Rosanna holden de woonkamer uit en haastten zich door de gang. Ze zagen Antonia onderaan de trap liggen, bij de deur naar het eethuis.

'Mamma mia! Antonia! Antonia!' Marco snelde de trap af naar het languit uitgestrekte lichaam van zijn vrouw en knielde bij haar neer; Rosanna volgde hem op de voet.

'Ga de dokter halen, snel!' schreeuwde haar vader. 'En waarschuw Luca en Carlotta.'

Rosanna haastte zich door het verlaten eethuis naar de keuken. Luca had zijn armen troostend om Carlotta heen geslagen terwijl zij tegen zijn schouder stond te snikken.

'Snel! Mamma is op de trap ineengezakt! Ik haal de dokter!' riep

Rosanna voordat ze de deur opentrok en wegrende over de keitjes van de straat.

Carlotta en Luca troffen Antonia liggend onderaan de trap aan, met haar hoofd achterover op de tegelvloer. Er druppelde bloed uit een wond onder haar dikke haar en haar huid zag er grauw uit; haar ogen waren half open. Carlotta knielde naast haar neer en zocht naar haar hartslag.

'Is ze...' Marco, die over zijn vrouw gebogen stond, kon de zin niet afmaken.

'Laten we in elk geval proberen het haar zo comfortabel mogelijk te maken,' opperde Luca vertwijfeld.

Het lukte vader en zoon om Antonia half dragend en half slepend het eethuis in te krijgen terwijl Carlotta een kussen haalde om onder haar hoofd te leggen.

Rosanna keerde na een ondraaglijk kwartier terug met de dokter.

'Vertel me alsjeblieft dat ze niet dood is. Niet mijn Antonia, niet mijn vrouw,' kermde Marco. 'Red haar alsjeblieft, dokter.'

Luca, Carlotta en Rosanna keken zwijgend toe hoe de dokter door zijn stethoscoop naar Antonia's hart luisterde en haar pols voelde. Toen hij opkeek, zagen ze allemaal het antwoord in zijn ogen.

'Het spijt me heel erg, Marco,' zei de dokter hoofdschuddend. 'Ik vrees dat Antonia een hartaanval heeft gehad. We kunnen niets meer voor haar doen. We moeten meteen don Carlo laten komen.'

'De pastoor!' Marco staarde de dokter vol ongeloof aan, knielde neer en begroef zijn gezicht tegen Antonia's levenloze schouder. Hij begon te huilen. 'Ik ben niets, helemaal niets zonder haar. O, *amore mio*, mijn lief, mijn lief...'

De drie kinderen keken stilletjes toe, ieder in shock, bewegingloos.

De dokter stopte zijn stethoscoop terug in zijn dokterstas en stond op. 'Rosanna, ga don Carlo halen. Wij blijven hier en zullen zorg dragen voor je mamma.'

Rosanna jammerde zachtjes, balde haar vuisten om niet helemaal in te storten en liep het eethuis uit.

'Wat is er gebeurd? Waarom huilt *nonno*?' Ella verscheen bovenaan de trap.

'Kom maar mee met mamma, Ella, dan leg ik uit wat er is gebeurd.' Carlotta beklom de trap en loodste haar dochtertje rustig de bovenste treden weer op.

'Luca, het lijkt me het beste dat je de voordeur van het eethuis sluit tot don Carlo er is. Ik neem aan dat jullie nu geen klanten kunnen gebruiken,' zei de dokter.

'Natuurlijk.' Luca liep beverig naar de deur en draaide de sleutel om. Marco zat nu onbedaarlijk snikkend de hand van zijn vrouw te strelen. Luca liep terug, hurkte bij hem neer en legde een arm om zijn neerhangende schouders. Er begonnen tranen over zijn eigen wangen te stromen. Hij stak een hand uit en streek liefdevol over zijn moeders voorhoofd.

Marco keek op naar Luca, de pijn zichtbaar in zijn ogen. 'Ik heb niets zonder haar, niets.'

Twee dagen later hield don Carlo een dodenmis, speciaal voor de familie. Daarna lag Antonia's lichaam een nacht in de kerk die ze haar hele leven had bezocht. De volgende ochtend kwamen haar vrienden en familieleden voor de uitvaart naar de kerk. Rosanna zat in de voorste bank tussen Luca en Ella in; ze keek door haar zwarte kanten sluier naar de kist waarin haar moeders lichaam lag. Marco hield Carlotta's hand vast en huilde ontroostbaar gedurende de hele dienst en bij de teraardebestelling. Daarna gingen ze terug naar het eethuis, waar Luca en Rosanna hard hadden gewerkt om een passende maaltijd te maken voor de condoleance.

Uren later, toen de gasten eindelijk waren vertrokken, zat het gezin Menici in het eethuis, nog verdoofd van de schok. Marco staarde zwijgend voor zich uit tot Carlotta hem voorzichtig uit zijn stoel hielp.

'Ruimen jullie twee maar op,' gebood ze. 'Ik breng papà naar boven.'

'Gaan we morgen open, papà?' vroeg Luca zacht terwijl Marco langzaam naar de trap liep.

Hij draaide zich om en keek zijn zoon met een verloren blik aan. 'Doe maar wat jij het beste vindt.' Daarna volgde hij Carlotta de trap op, als een gehoorzaam kind.

Toen Luca een dag later het eethuis weer opende, kwam Marco niet naar beneden om hem te helpen. Hij bleef boven in de woonkamer, waar hij met Carlotta aan zijn zijde stilletjes naar een foto van zijn vrouw zat te staren.

'Nog twee keer een pizza margherita en één *speziale*,' zei Rosanna terwijl ze de deur naar de keuken opendeed en de bestelling op de prikker stak.

'Dat gaat minstens twintig minuten duren. Ik heb nog acht eerdere bestellingen te gaan,' zuchtte Luca.

Rosanna pakte twee pizza's om het eethuis in te dragen. 'Misschien gaat papà snel weer aan het werk. En Carlotta wil ons vast wel helpen.'

'Ik hoop het maar,' bromde Luca.

Het was middernacht geweest voordat Rosanna en Luca eindelijk tijd hadden om zelf wat te gaan eten in de keuken.

'Hier, een glas wijn. Dat hebben we wel verdiend.' Luca schonk wat chianti in twee glazen en gaf er een aan Rosanna.

Ze aten en dronken in stilte, te uitgeput om te praten.

Toen ze klaar waren, stak Luca een sigaret op.

'Zou je de deur willen openzetten, Luca? Luigi zegt dat sigarettenrook heel slecht voor mijn stem is,' vroeg Rosanna.

'Neem me niet kwalijk, signorina diva!' Luca trok een wenkbrauw op en stond op om de achterdeur open te doen. 'Nu we het er toch over hebben, wanneer is die soiree bij signor Vincenzi?'

'Over twee weken, maar ik kan me niet voorstellen dat papà nu komt luisteren. En wat heeft het voor zin?' zei ze, overspoeld door een vertwijfeld gevoel. 'Nu mamma er niet meer is en papà niet kan werken, ben ik hier nodig in het eethuis.'

'Als hij morgen niet weer aan het werk gaat, zet ik een personeelsadvertentie. Ik denk niet dat ik Carlotta kan overhalen om in de bediening aan de slag te gaan.'

'Weet jij wat er tussen haar en Giulio is gebeurd?' vroeg Rosanna. 'Ik had gedacht dat Giulio op zijn minst naar de uitvaart zou komen om haar de laatste eer te bewijzen. Die arme Carlotta – eerst haar man en nu ook mamma. Ze ziet er ellendig uit,' zuchtte ze.

'Ja, ze wordt zwaar gestraft voor haar misstap,' antwoordde hij.

'Welke misstap, Luca?'

'O, daar hoef jij je niet mee bezig te houden.' Luca trapte zijn peuk uit en sloot de keukendeur.

'Ik zou willen dat iedereen eens ophoudt mij als een kind te behandelen! Ik ben bijna zeventien. Waarom wil je me niet vertellen wat er is gebeurd?'

'Nou, als je dan zo graag volwassen wilt zijn, dan moet je aan je eigen toekomst denken, Rosanna,' reageerde Luca. 'Mamma's dood verandert niets.'

'Jawel, alles is veranderd. Papà zal me nooit van zijn leven naar Milaan laten gaan nu mamma dood is.'

'Rosanna, één stap tegelijk. Laten we hem eerst proberen over te halen om naar jou te komen luisteren. Ik denk dat het hem goed zal doen om trots te kunnen zijn op zijn getalenteerde dochter.'

'Vind jij dat het geen probleem is om zo snel na mamma's dood toekomstplannen te maken?' wilde Rosanna weten. 'Ik ben niet in de stemming om te zingen.'

'Nee, dat is begrijpelijk. Maar je zult wel moeten,' drong Luca aan. 'Na al die jaren dat je les hebt gehad bij Luigi is dit je grote kans om je droom waar te maken. Carlotta kan het eethuis best een avond voor haar rekening nemen. Ik zal Massimo en Maria Rossini vragen om haar te komen helpen.'

'Weet je, Luca,' biechtte Rosanna op. 'Ik vind dat ik verdrietiger om mamma zou moeten zijn dan ik ben. Maar ik voel me hier alleen maar verdoofd.' Ze wees op haar borst.

'Dat komt door de schok. We kunnen geen van allen geloven dat ze er niet meer is. Maar het helpt om bezig te blijven, denk ik. En vergeet nooit dat mamma het beste voor jou zou willen. Nu lijkt het me hoog tijd om te gaan slapen. We hebben morgen weer een lange dag voor de boeg. Kom, piccolina.'

Rosanna volgde Luca afgemat de keuken uit.

6

'Dus je voert de aria uit alsof je voor publiek staat te zingen.'

Rosanna knikte en ging in het midden van de muziekkamer staan. De zachte noten van de vleugel zweefden naar haar toe en ze begon te zingen. Toen ze klaar was, zag ze dat Luigi peinzend naar haar zat te kijken.

'Rosanna, is er een probleem?'

'Nee... Ik... Waarom vraag je dat?'

'Omdat je stembanden klinken alsof ze door een python worden gewurgd. Kom, ga eens zitten.'

Rosanna liep door de kamer en nam naast Luigi plaats op de pianokruk.

'Gaat het om je mamma?' vroeg hij haar vriendelijk.

Rosanna knikte. 'Ja, maar ook... ook om...'

'Ook om wat?'

'Luigi, het is zinloos dat ik op de soiree voor je vriend ga zingen. Ik kan nu onmogelijk in Milaan gaan studeren,' zei Rosanna met een snik.

'Waarom denk je dat?'

'Mamma is er niet meer en papà heeft me nodig om haar plaats in te nemen. Nu ik van school ben, zal hij willen dat ik in het eethuis ga werken en voor hem zal zorgen. Ik kan hem niet alleen laten, dat gaat gewoon niet. Ik ben zijn dochter.'

'Ik begrijp het.' Luigi knikte. 'Nou, als je hier dinsdagavond staat te zingen, heb je dus niets te verliezen, toch?'

'Eigenlijk niet, nee.' Rosanna haalde haar zakdoek tevoorschijn en snoot haar neus.

'Komt je papà luisteren?' vroeg Luigi.

'Nee, dat denk ik niet. Hij komt zelfs amper nog de trap naar het eethuis af.'

Luigi's wijze ogen keken Rosanna onderzoekend aan. 'Weet je, er zijn dingen in het leven waar we geen controle over hebben. Soms moeten we ze aan het lot overlaten. Maar ik kan alleen maar zeggen: als je zingt zoals je hier gewoonlijk doet, sta je misschien wel versteld van het resultaat.'

Luigi gaf Rosanna een kus op haar kruin. 'Goed, we laten het lot beslissen. En nu maar weer aan de slag.'

De volgende dinsdag nam Rosanna de bus naar Luigi's villa. Ironisch genoeg, gezien haar zware gemoed, was het een volmaakt zachte avond en wierp de ondergaande zon een rozige gloed over Napels, een schouwspel dat ze vanuit de bus lusteloos gadesloeg. Carlotta had toegezegd dat ze het eethuis een avond zou waarnemen, en Maria en Massimo zouden meehelpen. Terwijl Rosanna naar Villa Torini liep, bedacht ze met enige droefheid dat ze dezelfde zwarte jurk aanhad die ze op haar moeders uitvaart had gedragen. Ze betwijfelde ten zeerste of haar vader in het publiek zou zitten. Toen Luca tegen papà had gezegd dat hij hem zou meenemen naar een optreden van Rosanna, negeerde hij zijn zoon en leek hij niet eens te horen wat hij zei.

'Kom binnen, Rosanna.' Luigi begroette haar bij de voordeur.

Hij zag er anders uit in zijn smoking met vlinderdas, heel gedistingeerd. 'Je ziet er prachtig uit,' zei hij goedkeurend terwijl hij haar voorging naar de muziekkamer. De tuindeuren stonden open en werden op hun plaats gehouden door twee grote bloemstukken. Op het terras erachter stonden enkele rijen stoelen.

'Kijk.' Luigi loodste Rosanna mee naar het midden van de kamer. 'Op deze plek ga je zingen. En kom nu kennismaken met de andere leerlingen die vanavond optreden.'

In de salon stonden zes zangers en zangeressen zenuwachtig met elkaar te praten. Ze zwegen toen Luigi en Rosanna binnenkwamen.

'Dit is Rosanna Menici. Zij is als laatste aan de beurt. Rosanna, neem gerust wat te eten en te drinken.' Luigi wees naar een tafel volgeladen met grote kannen citroenlimonade en schalen met antipasti. 'Ik moet nu mijn gasten gaan begroeten.'

Rosanna nam plaats op een leren stoel in de hoek. De anderen begonnen weer met elkaar te kletsen maar zij was daar te nerveus voor. Ze hoorde telkens weer de deurbel gaan, en het zachte gemurmel van de stemmen van gasten die langs de salon naar het terras liepen.

Luigi stak zijn hoofd om de deur.

'Nog vijf minuten, dames en heren,' kondigde hij aan. 'Signora Rinaldi komt jullie halen. Wie zijn stuk heeft uitgevoerd, mag in het publiek gaan zitten. Misschien leren jullie nog wat van elkaar. Veel succes.'

Een paar minuten later verscheen signora Rinaldi om de eerste zanger op te halen. Al snel verstomde het geroezemoes op het terras en hoorde Rosanna het spel op de vleugel beginnen. Om de beurt verdwenen haar medeleerlingen uit de kamer tot ze uiteindelijk alleen zat te wachten.

Even later verscheen signora Rinaldi weer. 'Kom, Rosanna, jij bent aan de beurt.'

Rosanna knikte en stond op; haar handpalmen voelden klam aan en haar hart bonkte. Ze volgde de huishoudster door de gang tot ze bij de deur van de muziekkamer stond en de voorlaatste zanger nog hoorde zingen.

'Signor Vincenzi heeft me gezegd dat ik je moest vertellen dat je papà en je broer in het publiek zitten.' Ze schonk Rosanna een warme glimlach. 'Je zult het geweldig doen, echt waar.'

Een golf van applaus markeerde het einde van het vorige optreden. Signora Rinaldi opende de deur naar de muziekkamer en begeleidde Rosanna naar binnen.

'Dan is nu de laatste zangeres aan de beurt – mijn zeer speciale leerlinge, signorina Rosanna Menici. Rosanna heeft de afgelopen vijf jaar zangles van me gehad, en dit is haar eerste openbare optreden. Als u haar hoort zingen, hoop en verwacht ik dat u allemaal zult inzien dat u het debuut van een opmerkelijk talent hebt mogen meemaken. Signora Menici zal "Mi chiamano Mimi" uit *La bohème* zingen.'

Onder een beleefd applaus liep Luigi terug naar zijn pianokruk. Er schoten allerlei gedachten door Rosanna's hoofd terwijl ze Luigi de eerste paar maten hoorde spelen. Ze kon dit niet, ze had geen stem, er zou geen geluid komen...

En toen gebeurde er iets vreemds. Ergens in het waas van gezichten zag ze haar mamma bemoedigend naar haar glimlachen.

Je kúnt het, Rosanna, je kúnt het…

Rosanna haalde diep adem, opende haar mond en begon te zingen.

Luigi had het er steeds moeilijker mee om de bladmuziek te lezen die voor hem stond, omdat zijn ogen zich met tranen vulden. Na vijf jaar hard werken waren Rosanna en haar schitterende stem volwassen geworden, zoals hij altijd al had voorzien.

Paolo de Vito zat met gesloten ogen op de tweede rij. Vincenzi had gelijk gehad over dit meisje. Dit was een van de puurste sopraanstemmen die hij ooit had gehoord. Er lag kleur, toon, kracht en diepte in; elke noot van de lastige aria werd helder gezongen en perfect geplaatst. Bovendien leek het meisje te begrijpen waarover ze zong. Hij voelde de rauwe emotie die onzichtbaar in de lucht hing en het publiek deed verstillen. Paolo voelde tintelingen over zijn ruggengraat lopen. Rosanna Menici was sensationeel goed en hij wilde degene zijn die haar talent aan de wereld zou geven.

Marco Menici staarde vol ongeloof naar de slanke verschijning die voor hem stond te zingen. Was dit echt zijn Rosanna, het verlegen kind dat hij altijd zo gemakkelijk had kunnen negeren? Hij wist wel dat ze een mooie stem had, maar vanavond… nou, vanavond zong ze voor al deze mensen alsof ze ervoor geboren was! Was Antonia maar hier om haar dochter te zien. Marco veegde de tranen van zijn wangen.

Luca Menici keek heimelijk opzij naar Marco's gezichtsuitdrukking en dankte God dat die hem had geholpen zijn vader over te halen te komen. Ook hij pinkte een traan weg. De teerling was geworpen. Hij wist dat niets Rosanna nu nog kon tegenhouden.

Toen de laatste noten wegstierven bleef het publiek even stil. Rosanna stond in trance en keek hoe het gezicht van haar moeder, voor wie ze de afgelopen minuten had gezongen, verdween. Er brak een stormachtig applaus uit, Luigi kwam naast haar staan en samen maakten ze buiging na buiging. De andere zangers en zangeressen voegden zich bij hen terwijl het publiek ging staan.

Luigi gebaarde met zijn handen om stilte. 'Dank voor uw aanwezigheid vanavond. Ik hoop dat u onze bescheiden soiree met plezier hebt bijgewoond. Er worden nu drankjes geserveerd en er is gelegenheid om te praten met onze uitvoerenden.'

Na zijn korte speech volgde nog een luid applaus, waarna Luigi werd omringd door mensen die hem op de rug klopten en zijn hand schudden. Rosanna bleef onzeker staan, ze wist niet goed wat ze moest doen. Een serveerster bood haar een glaasje prosecco aan. Ze nam een slokje en begon hulpeloos te proesten van de bubbels die achter in haar keel prikten.

'Piccolina, je was... grandioos!' Luca kwam bij haar staan. 'Je zult op een dag een heuse ster zijn... Ik heb het altijd al geweten.'

'Waar is papà? Vond hij het mooi? Was hij boos dat we hem niets over de zanglessen hebben verteld?' vroeg Rosanna een tikje ongerust.

'Toen signor Vincenzi verklaarde dat je al vijf jaar zangles bij hem had, stond zijn gezicht op onweer. Maar nu hij je heeft horen zingen, eh...' Luca grinnikte. 'Hij schept tegen iedereen op dat jij zijn dochter bent.'

Ze keek naar buiten en zag Marco op het terras met een groepje mensen staan praten. Ze realiseerde zich dat hij voor het eerst sinds de dood van haar moeder weer lachte.

'Rosanna, ik wil je graag aan iemand voorstellen.' Luigi kwam naar haar toe lopen met een elegant geklede man van middelbare leeftijd. 'Dit is signor Paolo de Vito, artistiek directeur van La Scala in Milaan.'

'Signorina Menici, aangenaam kennis te maken. Luigi heeft me veel over je verteld. En nu ik je heb horen zingen, ben ik van mening dat hij niets te veel heeft gezegd. Je optreden van vanavond was adembenemend. Zoals altijd heeft Luigi zich uitstekend van zijn taak gekweten. Hij heeft een neus voor bijzonder talent.'

Luigi haalde bescheiden zijn schouders op. 'Ik werk alleen maar met het goede gereedschap dat ik in handen krijg.'

'Ik denk, mijn vriend, dat je zelf ook behoorlijk geniaal bent. Dat ben je vast met me eens, signorina Menici?' Paolo glimlachte naar haar.

'Luigi is een geweldige leermeester geweest,' antwoordde Rosanna verlegen.

'En hij heeft me verteld dat je papà hier is?' vervolgde Paolo.

'Inderdaad,' zei Rosanna.

'Nou, als je het goedvindt, zou ik hem graag willen spreken. Wil jij me aan hem voorstellen, Luigi?'

Luca en Rosanna keken aan de andere kant van het terras nerveus toe hoe Luigi Paolo de Vito aan Marco voorstelde. De drie mannen gingen zitten en Luigi gebaarde naar een serveerster om meer prosecco.

Rosanna draaide zich om. 'Ik durf niet te kijken,' zei ze. 'Waar praten ze over, denk je?'

'Dat weet je wel. Na je optreden vanavond is valse bescheidenheid geen optie meer.' Luca richtte zijn aandacht op een met sieraden beladen dame en haar echtgenoot, die Rosanna kwamen feliciteren met haar optreden.

Ten slotte stond Luigi op en wenkte hij Rosanna en Luca om zich bij hen te voegen.

'Rosanna, bravissima!' Marco kwam overeind en kuste zijn dochter op beide wangen. 'Waarom heb je me al die tijd niet verteld dat je zanglessen volgde? Als ik dat had geweten had ik je natuurlijk gesteund. Wat een eigenwijze jongedame ben je.' Haar papà glimlachte. 'Maar goed, daar zullen we het niet meer over hebben. Signor de Vito vertelt me dat hij denkt dat je een grote ster kunt worden. Hij wil dat je een opleiding in Milaan gaat volgen. Hij kan je daar een studiebeurs bezorgen.'

Paolo haalde zijn schouders op. 'Als directeur van de school en La Scala kan ik die beslissing nemen.'

'En wat vind jij ervan, papà?' vroeg Luca gespannen.

'Nou, het is leuk en aardig om een dergelijk talent te hebben, maar ik laat mijn dochter niet in haar eentje naar zo'n grote stad gaan. Wie weet wat er daar van haar moet worden?' zuchtte Marco.

Rosanna voelde de adrenaline van de avond uit haar lichaam vloeien. Ze had gelijk gehad. Uiteindelijk was het allemaal voor niets geweest. Papà zou nee zeggen.

'Dus,' ging Marco verder, 'opperde signor Vincenzi dat er iemand met je mee zou kunnen gaan. En dan denk ik bij mezelf: wie dan? Wie kan ik vertrouwen? Wie kan er voor mijn dochter zorgen, haar beschermen? En toen dacht ik aan Luca, mijn zoon, die al die jaren voor je lessen heeft betaald.'

'Bedoel je... dat ik naar Milaan mag als Luca met me meegaat?' Rosanna keek haar vader beduusd aan.

Marco knikte. 'Ja, dat lijkt me de perfecte oplossing.'

'Maar jij dan, papà? We kunnen je niet alleen laten.' Luca staarde naar zijn vader alsof hij zijn verstand had verloren.

'Maar ik zal niet alleen achterblijven, Luca. Carlotta en Ella zijn weer thuis. En je zus houdt vol dat ze niet teruggaat naar haar echtgenoot. Dus kan zij voor haar oude papà zorgen en meehelpen in het eethuis. En ik zal voor jou vervanging zoeken, Luca. Je bent toch een waardeloze kok,' grapte Marco. 'En zoals deze beide heren zeggen, moeten we alles doen wat in onze macht ligt om jouw kostbare talent aan de wereld te geven, Rosanna.' Hij knikte naar Luigi en Paolo. 'Dus dit is mijn voorstel. Ben je er blij mee?'

'O, papà! Ik... Natuurlijk! Dank je wel!'

Rosanna omhelsde hem stevig, nog vol ongeloof dat de toekomst waar ze zo naar had verlangd nu binnen haar bereik lag.

'En hoe zit het met jou, Luca? Ben jij bereid om met Rosanna naar Milaan te gaan?' vroeg Luigi.

Luca's ogen glansden. 'Ik kan niets bedenken wat ik liever zou doen.'

'Goed, goed, dat is dan geregeld,' zei Paolo. 'Vergeef me, maar ik moet nu weg. Ik heb nog een laat etentje in de stad met de directeur van het Teatro di San Carlo.' Hij stond op en wendde zich tot Rosanna. 'Ik zal het na terugkomst in Milaan met mijn collega's over je hebben. Als het allemaal naar wens verloopt, krijg je over een paar dagen een brief met de formele bevestiging dat je een beurs krijgt toegekend. De opleiding gaat in september van start. Ik zie ernaar uit om je op de school te verwelkomen en daarna misschien ook in La Scala zelf. Goedenavond, Rosanna.' Hij nam haar hand in de zijne en gaf er een kus op.

'Hoe kan ik u ooit bedanken, signor de Vito?' antwoordde ze met een door emotie verstikte stem.

Paolo schonk haar een glimlach en liep vervolgens met Luigi het huis in, naar de voordeur. 'Dat heb je goed aangepakt, Paolo. Ik zal je er altijd dankbaar voor zijn,' zei Luigi.

'Ik heb wel vaker met lastige ouders te maken gehad.' Paolo grijnsde plotseling. 'Weet je, Marco vertelde me zelfs dat Rosanna haar stem van hem had geërfd! En ik moet jóú bedanken, Luigi, dat je Rosanna aan mij toevertrouwt. Ik zal mijn best doen om ervoor te zorgen dat haar talent wordt gevoed.'

'Dat weet ik, Paolo. Het enige wat ik vraag is een kaartje voor haar debuut in La Scala.'

'Natuurlijk. Ciao, Luigi.'

Luigi sloot de deur en werd meteen belaagd door de moeder van een van zijn leerlingen. Uiteindelijk liep hij terug naar het terras om Luca te zoeken.

'Ik heb iets voor je, jongeman.' Luigi drukte hem een dikke bruine envelop in de handen. 'Dit is voor jou en Rosanna, om de onkosten in Milaan te helpen dekken. Je bent een fantastische broer geweest. En ik geloof dat jij, dankzij je goedheid, nu óók je vrijheid hebt verkregen, toch?' Er verscheen een verraste blik op Luca's gezicht toen Luigi hem op zijn schouder klopte en zich onder zijn andere gasten mengde.

Toen de familie Menici thuiskwam in de taxi waarvoor Luigi met alle geweld had willen betalen, ging Luca naar zijn slaapkamer en deed de deur achter zich dicht. Hij opende de envelop en er vielen honderden lirebriefjes op zijn bed. Er zat ook een brief in de envelop, die hij openvouwde en las.

Ik heb je geld vanaf de eerste dag dat Rosanna het me gaf bewaard. Ik wilde haar gratis lesgeven, maar ik begrijp wat trots betekent. Ik dacht ook dat het in de toekomst misschien van pas

zou komen. Ik ben er zeker van dat je het op verstandige wijze zult gebruiken.
Met vriendelijke groet, Luigi Vincenzi.

Luca ging achterover op zijn bed liggen, zijn hart vervuld van dankbaarheid voor deze onverwachte goedgunstigheid.

7

Carlotta zat roerloos in een stoel in de woonkamer te luisteren naar haar vader, die uitlegde dat Rosanna een studiebeurs had gekregen voor een muziekopleiding in Milaan en dat Luca met haar mee zou gaan.

'Het valt allemaal perfect op zijn plek,' zei Marco glimlachend. 'Antonia is er niet meer, maar jij, mijn liefste dochter, bent terug om haar plaats in te nemen. Je hebt me herhaaldelijk verteld dat je niet teruggaat naar Giulio, dus je kunt hier blijven wonen met Ella, en me helpen in het eethuis, zoals je moeder dat gewild zou hebben.'

Marco wachtte tot zijn dochter zou reageren. Carlotta staarde voor zich uit alsof ze het hele verhaal niet had gehoord.

'Het is een goed plan, toch? Voor ons allemaal,' zei Marco bemoedigend.

Uiteindelijk knikte Carlotta. Ze was erg afgevallen en haar bruine ogen leken groot in haar afgetobde gezicht. 'Ja, papà. Ik zal hier blijven en voor je zorgen. Zoals je al zei, is het mijn plicht. Als je het goedvindt, ga ik nu een eindje lopen.'

Marco keek hoe Carlotta opstond en de kamer verliet. Hij hoopte dat zijn kind snel weer haar oude zelf zou zijn. Dan konden ze samen lachen en zou hij voor Ella de papà zijn die ze kortgeleden was kwijtgeraakt. Hij schonk zichzelf een grappa in en bedacht dat de dingen, gegeven de nare omstandigheden, beter hadden uitgepakt dan hij ooit had durven verwachten.

Rosanna zocht in een la naar een schone witte blouse toen haar zus de slaapkamer binnenkwam.

'Gefeliciteerd.'

Rosanna keek haar zus een beetje ongerust aan. Ze wist dat papà

Carlotta had verteld over haar verhuizing naar Milaan, maar ze had geen idee hoe ze zou reageren.

'Dank je wel.'

'Waarom heb je ons je geheim niet verteld, Rosanna?' vroeg Carlotta.

'Omdat... ik dacht dat niemand het goed zou vinden.'

Carlotta ging op het bed zitten en klopte op de plek naast naar. Rosanna kwam nerveus naar haar toe.

'Je denkt dat ik jaloers ben, nietwaar? Omdat jij en Luca binnenkort een nieuw leven in Milaan beginnen terwijl ik hier blijf en mamma's plaats inneem?'

'Carlotta, Luca en ik komen elke vakantie naar huis om je te helpen, dat beloof ik,' verzekerde Rosanna haar.

'Het is lief van je dat je dat zegt, maar ik denk dat je je oude leven zult vergeten als je hier eenmaal weg bent.'

'Nee, heus niet! Ik zal jou en papà nooit vergeten, of de anderen hier in de Piedigrotta,' schoot Rosanna in de verdediging.

'Zo bedoelde ik het niet,' zei Carlotta vriendelijk. Ze pakte Rosanna's hand. 'Ik kan niet ontkennen dat ik wel enige afgunst voelde toen papà het me vertelde, maar ik ben echt blij voor je. Je krijgt een kans en ik hoop,' zuchtte ze, 'dat je wijzer bent dan je grote zus en het niet verprutst.'

'Carlotta, zeg dat alsjeblieft niet. Jij bent ook nog jong. En misschien komen jij en Giulio nog wel weer bij elkaar.'

'Nee, dat zal niet gebeuren,' zei Carlotta beslist. 'En ik kan nooit meer trouwen want hij zal niet van me willen scheiden. Je weet wat voor schandaal dat hier zou veroorzaken. Dus wat ik je probeer te zeggen is dat één stommiteit je leven voor altijd kan verknallen. Ik wil niet dat jij iets doms doet en er net zo onder zal lijden als ik.'

'Vast niet,' antwoordde Rosanna, die nog steeds niet goed begreep welke misstap haar zus had begaan. 'Ik zal voorzichtig zijn, dat beloof ik.'

'Je bent een verstandig meisje, Rosanna, maar als het om mannen gaat, kunnen alle vrouwen zich dom gedragen.' Carlotta glimlachte wrang en schudde haar hoofd.

'Ik ben niet geïnteresseerd in mannen, alleen in zingen. Wil je me alsjeblieft vertellen wat er tussen jou en Giulio is gebeurd?'

'Ik kan het je nu niet vertellen, maar misschien op een dag. Alles wat ik weet, is dat ik een prijs heb betaald voor mijn domheid en dat ik dat de rest van mijn leven zal blijven doen,' verklaarde Carlotta treurig.

'En nu moet je ook nog eens hier blijven en voor papà zorgen!' zei Rosanna, plotseling overspoeld door schuldgevoel. 'Als ik niet naar Milaan zou gaan...'

Carlotta legde een vinger op haar zusjes lippen. 'Zo moet je niet denken. Voorlopig hebben Ella en ik papà net zozeer nodig als hij ons. In feite heeft het allemaal aardig goed uitgepakt.'

'Vind je het echt niet erg dat wij naar Milaan gaan en jou hier achterlaten?'

'Nee, ik ben blij voor je. Beloof me wel dat je goed voor Luca zult zorgen.'

'Natuurlijk,' antwoordde Rosanna.

'We mogen van geluk spreken dat we zo'n broer hebben. En het is goed dat hij met je meegaat. Je hebt hem ook zijn vrijheid gegeven en dat is prachtig. Hij verdient het.' Carlotta stond op, gaf een liefdevolle kus op de kruin van haar zusje en verliet de slaapkamer.

Rosanna deed haar T-shirt uit en trok haar witte koorblouse aan. Ze was verwonderd over Carlotta's reactie. Ze had tranen, dramatische taferelen en afgunst van haar vurige zus verwacht, niet een bijna heilige acceptatie van haar lot, en ze was van haar stuk gebracht door Carlotta's ongebruikelijke berusting. En ze had het nare gevoel dat Luca en zij door hun verkregen vrijheid hun mooie zus leken te hebben veroordeeld tot een ongelukkig leven.

Roberto Rossini wachtte tot hij helemaal wakker was voordat hij in het verblindende licht van een warme augustusochtend in Milaan zijn ogen opende.

Hij draaide zich om en zag Tamara's knappe gezichtje, nog steeds in vredige rust. Tamara was meegaand geweest en ze hadden drie aangename weken met elkaar beleefd. Maar er moest nu een einde aan komen, want ze werd veel te bezitterig en begon over hun gezamenlijke toekomst te praten. Op het moment dat een vrouw dat deed, wist hij dat het tijd was om er een punt achter te zetten.

Hij legde zijn handen achter zijn hoofd en keek naar de helderblauwe hemel achter het raam, denkend aan de dag die voor hem lag.

Hij had vanmiddag een zangles, vanavond was er een benefietconcert in La Scala voor een goed doel, hij wist niet meer welk – iets met kinderen – maar iedereen die in Milaan iets betekende, zou er zijn.

Roberto zuchtte. Hij had de afgelopen vijf jaar als beroepszanger gewerkt, en hoewel hij nu solist bij La Scala was, zong hij altijd bijrollen. Er waren andere operagezelschappen in Europa waar hij had gewerkt en die hem grotere rollen hadden aangeboden voor hun komende seizoenen, maar hij wilde niets liever dan slagen bij La Scala. Caruso, zijn held uit zijn geboortestad Napels, had er naam gemaakt. En ook Callas en Di Stephano hadden in Milaans glorieuze operahuis geschitterd.

Hij verlangde met steeds meer ongeduld naar de roem waarvan hij wist dat zijn stem en charisma die verdienden. Hoewel vierendertig nog niet oud was voor een operazanger, had hij nog maar een beperkt aantal jaren te gaan voordat zijn knappe jonge gelaatstrekken en strakke lichaam in de categorie middelbare leeftijd zouden belanden, en dan was het moment voor ware glorie op het hoogtepunt van zijn kunnen gepasseerd.

Maar hoe kon hij zijn doel op tijd bereiken? Roberto wist dat hij de kwaliteiten had om zich te onderscheiden van de rest, als hij de gelegenheid maar zou krijgen. Zijn stem was krachtig, opvallend en werd voller naarmate hij rijpte als zanger. Hij had vaak te horen gekregen dat hij op het podium veel uitstraling had en dat hij de emoties van zijn personages met verve wist uit te drukken. Dus waarom had hij nog geen glansrol in La Scala bemachtigd?

Toen hij er vijf jaar geleden zijn opwachting maakte, had hij verondersteld dat het slechts een kwestie van tijd zou zijn voordat hij al die grote tenorrollen waar hij zo naar verlangde toebedeeld zou krijgen. Maar sindsdien waren rollen waar hij in alle opzichten geschikt voor was, telkens naar anderen gegaan. Zangers die hem in zijn ogen amper evenaarden of overtroffen.

Roberto keerde zich af van de zon en kreunde. Hij moest accepteren dat hij, al zijn talent ten spijt, een probleem voor zichzelf had gecreëerd bij degenen die hem inhuurden. Toen hij op de muziekopleiding zat, had hij zich niet geliefd gemaakt met de stroom van radeloze studentes die zich bij hun docenten meldden. Zijn reputatie als casanova had hem geen goed gedaan, en Paolo de Vito, niet alleen directeur van de opleiding maar ook artistiek directeur van La Scala, had over zijn streken gehoord.

Vorig jaar had hij een verhouding gehad met een gastsopraan, die bij Paolo was gaan klagen nadat Roberto haar had gedumpt. Daarvoor had hij een berisping gekregen; Paolo had hem erop gewezen dat het niet goed was voor de reputatie van La Scala wanneer een veelbelovende jonge sopraan bezwoer er nooit meer terug te komen.

Na dat grote sopraandebacle had een schuldbewuste Roberto zich verontschuldigd bij Paolo en beloofd dat het niet meer zou gebeuren. Hij had enorm zijn best gedaan om zichzelf de rest van het seizoen in te houden: zijn ambitie om te slagen in La Scala en Paolo tevreden te stellen, had zijn hedonistische neigingen getemperd.

Roberto had zich vaak afgevraagd of het puur om twee botsende persoonlijkheden ging of dat het dieper zat. Het was bekend dat Paolo homoseksueel was, en Roberto was er vrij zeker van dat zijn knappe uiterlijk en succes bij de vrouwen hem niet per se bemind maakten bij de maestro, hoe goed hij zich ook gedroeg. En hij hád zich goed gedragen... althans, tot de Russische Tamara was gearriveerd. Hij had haar onmogelijk kunnen weerstaan.

Roberto schoof het bed uit en liep naar de badkamer om te gaan douchen. Het seizoen van La Scala hield op in september. Daarna zou hij een paar maanden in Parijs gaan zingen. In november zou hij dan terugkeren naar Milaan, voor het laatste jaar van zijn contract, en als hij in het nieuwe seizoen niet de rollen kreeg die hij wilde, zou hij het opgeven en permanent naar het buitenland gaan. Tot die tijd moest hij het uitzitten.

Die avond zong Roberto voor een publiek dat enkele miljarden lire waard was.

Naderhand was er een receptie in de foyer van La Scala, waarvoor het complete operagezelschap was uitgenodigd. Nippend aan een glas champagne besloot Roberto dat hij zo snel mogelijk zou vertrekken. Bijeenkomsten als deze verveelden hem: er waren te veel echtgenotes met te veel make-up die pronkten met de rijkdom van hun oudere echtgenoot.

Hij keek chagrijnig toe hoe de jonge Spaanse tenor die volgens zijn bescheiden mening een middelmatige Otello had neergezet, werd geprezen door de Italiaanse premier en andere bekende hoogwaardigheidsbekleders.

'Goedenavond. Ik heb vanavond genoten van uw optreden.' Achter zich hoorde Roberto een vrouwenstem, en hij draaide zich zonder enig enthousiasme om, klaar voor vijf langdradige minuten van plichtplegingen.

'Donatella Bianchi. Aangenaam kennis te maken,' ging de vrouw verder.

Roberto schudde haar uitgestoken hand. Donatella Bianchi had prachtige krullen, zwart als ebbenhout, groene ogen die helderder fonkelden dan de dure smaragden om haar hals, en een sensationeel decolleté. Hoewel ze de veertig zeker al was gepasseerd, ademde ze sexappeal. Haar lange, perfect verzorgde nagels bleven iets langer dan nodig op Roberto's handpalm hangen.

'Aangenaam kennis te maken, ook van mijn kant.' Roberto schonk haar een oprechte glimlach.

'Ik heb u al veel vaker zien optreden. Mijn echtgenoot is een genereus begunstiger van het gezelschap. En ik vind u zeer… getalenteerd.'

'Heel vriendelijk van u.' Het gesprek was schijnbaar formeel, maar het oogcontact tussen hen was geladen.

Donatella stak haar hand in haar Gucci-tasje en haalde een kaartje tevoorschijn. 'Bel me morgen, Roberto Rossini. We moeten het over je toekomst hebben. Ciao.'

Roberto liet het kaartje in zijn zak glijden, keek hoe ze haar weg door de menigte vond en zag dat ze haar arm om het omvangrijke middel van een kleine, kalende Italiaan sloeg.

Minuten later vertrok Roberto. Lopend over het Piazza della Scala vroeg hij zich af of hij signora Bianchi zou bellen. Hij legde het gewoonlijk niet aan met oudere minnaressen, maar Donatella was niet zomaar een vrouw, dat was duidelijk.

En toen hij haar in gedachten uitkleedde bij het naar bed gaan die avond, wist hij dat hij, ondanks zijn twijfels, morgen de telefoon zou pakken om haar op te bellen.

8

'Zie ik er goed uit?'

'Rosanna, je ziet eruit zoals altijd: prachtig.'

'O, dat zeg je alleen maar, Luca.'

'Luister, piccolina, je gaat naar je eerste dag op het muziekinstituut, niet naar een schoonheidswedstrijd. Kom, anders komen we nog te laat.' Luca stak zijn handen uit.

Rosanna greep ze vast. 'Ik ben zo zenuwachtig, Luca.'

'Dat weet ik, maar dat is nergens voor nodig, echt niet. Nu moeten we gaan.'

Luca deed de deur van hun piepkleine appartementje op de vijfde verdieping dicht en draaide hem op slot. Ze begonnen de vele trappen af te lopen.

'Ik vind onze nieuwe woning fijn, maar ik hoop dat de lift snel gerepareerd wordt. Ik telde gisteren vijfenzeventig treden,' giechelde Rosanna.

'We blijven er fit bij en de klim is het fraaie uitzicht dat we over Milaan hebben meer dan waard.' Luca wist dat ze geluk hadden met een appartement dat zo centraal lag, en hij vermoedde dat Paolo zijn invloed had doen gelden om het voor hen te regelen.

Beneden in de hal opende Luca de voordeur. Ze stapten de brede stoep van de Corso di Porta Romana op, waarbij ze ternauwernood een botsing met de gestage stroom voetgangers in beide richtingen wisten te vermijden. Luca raadpleegde een vel papier waarop hij de routebeschrijving had neergekrabbeld die Paolo hem gegeven had.

'We zouden de tram kunnen nemen, maar het is erg druk op dit tijdstip.' Hij zag er op dat moment een voorbij rammelen met passagiers die half uit het raam hingen. Twee jonge mannen renden erachteraan en maakten een gewaagde sprong op de treeplank om mee te liften. 'Signor de Vito zegt dat het vanaf hier maar een kwartier lopen is. Laten we zien of hij gelijk heeft,' riep Luca boven het kabaal uit.

'Ik moet mezelf steeds knijpen om te kunnen geloven dat het vandaag echt gaat gebeuren,' zei Rosanna, die de sfeer in zich opnam terwijl ze over de lawaaiige straat liepen, langs de cafés en winkels die hun luiken openden. 'Wat ga jij doen als ik op school zit?'

'Ik denk dat ik de toerist ga uithangen,' zei Luca. 'Er zijn heel veel mooie oude kerken in de stad, dat lijkt me een goede start. De Duomo di Milano is hier maar een paar straten vandaan. En ik moet dicht bij ons appartementje een gebedshuis zien te vinden. Ik heb papà beloofd dat ik je elke zondag meeneem naar de mis.'

Zoals Paolo had voorspeld sloegen de twee na ongeveer een kwartier af, de Via Santa Marta in. 'Kijk, daar staat de school.' Rosanna bleef op de hoek van de straat staan en wendde zich tot haar broer. 'Je hoeft me niet elke ochtend te brengen, hoor. Ik wil dat je hier in Milaan ook een eigen leven opbouwt.'

'Dat weet ik. En dat zal ik doen. Maar jij bent mijn eerste prioriteit.' Ze staken de straat over en bleven even naar de ingang van de school staan kijken. Er liepen andere jonge mannen en vrouwen naar binnen, door de deur die toegang bood tot de heilige gangen van de beroemdste muziekacademie van Italië. 'Nou, daar zijn we dan,' zei Luca met een glimlach. 'Dan neem ik nu afscheid en zie ik je hier om vijf uur weer.'

Rosanna greep zijn hand beet. 'Ik ben bang, Luca.'

'Je redt je wel. Onthoud dat dit onze droom was.' Luca kuste haar op beide wangen. 'Succes, piccolina.'

'Dank je.'

Drie uur later zat Luca in een cafeetje een ansichtkaart aan zijn vader te schrijven, onder het genot van wat crostini en een glas bier. Hij had een uur in de grote Duomo doorgebracht en was vervolgens door de Galleria Vittorio Emanuele gelopen, zich vergapend aan de bijzondere winkels en de prijzen van de spullen die er te koop waren. Hij was van de Galleria het Piazza della Scala op gewandeld en had daar een tijdje staan kijken naar de bekende gevel van het wereldberoemde operahuis, waar hij op een dag hopelijk zijn zusje zou horen zingen.

Vanavond wilde hij een feestelijk etentje voor hen beiden maken. Hij keek op zijn horloge en bedacht dat hij nog veel moest doen voor hij Rosanna weer zou ophalen. Hij at de rest van zijn maaltijd op, betaalde de rekening en vertrok. Terwijl hij naar hun appartement liep, zag hij een buurtwinkel met gedroogde worsten en houten kratten vol verse groenten achter het raam. Hij ging naar binnen en kocht de ingrediënten die hij dacht nodig te hebben, plus een fles chianti. Hij liep de drukke straat weer op, sloeg min of meer op de gok rechts af en kwam in de Via Agnello terecht. Hij besefte dat hij verkeerd was gelopen en wilde zich net omdraaien toen een kerk, met een torenspits die achter de gebouwen te zien was, zijn aandacht trok.

Luca besloot er een kijkje te nemen. Hij liep door een smal steegje in de richting van de toren tot hij op een pleintje kwam. Hij stak het over naar de kerk en bleef aarzelend voor de gewelfde houten deur staan. Rechts ervan hing een kleine plaquette. Luca kon de door de tand des tijds aangetaste woorden die erop stonden maar met moeite lezen.

'La Chiesa Della Beata Vergine Maria – de kerk van de Madonna,' las hij hardop.

Luca keek op zijn horloge. Hij had nog twee uur voor hij Rosanna ging ophalen. Genoeg tijd om toe te kunnen geven aan zijn overweldigende drang om het gebouw vanbinnen te bezichtigen, dus stapte hij de hal in. Boven de deur die toegang bood tot de eigenlijke kerkruimte was een verbleekt fresco zichtbaar van de maagd Maria met het kindje Jezus in haar armen. Hij staarde er een paar seconden naar en ging vervolgens de kerk binnen. Toen zijn ogen gewend waren aan het halfdonker na het heldere zonlicht buiten, zag hij dat er niemand was.

Hij keek op naar het hoge, gewelfde plafond, waar barstjes in het pleisterwerk zaten. Een cherubijn die links van hem een van de zuilen omhooghield had een kapotte neus en een halve vleugel, en de kerkbanken waren zo versleten dat er geen lak meer op zat. Maar… maar hoewel de kerk er verlaten en verwaarloosd uitzag, werd Luca geraakt door de schoonheid, de warmte die ervan uitging.

Zijn voetstappen weerklonken door de kerk toen hij het gangpad verder af liep. Hoewel het er leeg was, voelde hij zich niet alleen. Toen hij plotseling duizelig en een beetje slapjes werd, ging hij in een van de kerkbanken zitten en zette de boodschappentassen bij zijn voeten neer.

Hij staarde naar het beeld van de Madonna dat midden op het altaar stond. De blauwe verf van haar jurk bladderde af en haar lippen hadden hun oorspronkelijke rode kleur verloren. Luca sloot zijn ogen, sloeg een kruisje en begon te bidden.

Toen hij zijn ogen opendeed, viel er door de glas-in-loodramen aan de voorkant van de kerk een bundel zonlicht op het beeld. Het licht werd helderder en in het midden zag hij een wazige vorm.

Haar armen waren gespreid. En ze sprak tegen hem.

Hij knipperde met zijn ogen en ze was weer weg, slechts het glinsterende zonlicht achterlatend.

Luca bleef lange tijd roerloos zitten. Toen hij eindelijk weer in beweging kwam, voelde zijn lichaam licht aan, alsof de zwaartekracht er geen vat meer op had. Hij stond langzaam op en liep door het gangpad naar voren. Bij het altaar knielde hij neer. Er stroomden tranen van vreugde over zijn wangen. Onzekerheid had plaatsgemaakt voor vastberadenheid, en waar hij leegte had gevoeld, was hij nu vervuld van liefde.

Hij wist niet hoelang hij zo had gezeten toen hij een hand op zijn schouder voelde. Hij schrok, draaide zich om en keek omhoog in een paar wijze bruine ogen. Een oude priester schonk hem een glimlach en Luca wist intuïtief dat hij getuige van het voorval was geweest en het begreep.

'Mijn naam is don Edoardo. Ik ben *il parroco* van Beata Vergine Maria. Als je met me wilt praten, ben ik hier elke ochtend tussen half tien en twaalf uur.'

'*Grazie*, don Edoardo. Ik... ik zou graag willen biechten.'

De pastoor knikte en Luca stond op, nog steeds met dat gevoel van gewichtloosheid, om don Edoardo naar de biechtstoel te volgen.

Toen Luca de kerk een kwartier later verliet, wist hij dat zijn leven nooit meer hetzelfde zou zijn.

Een opgetogen Rosanna wierp zich in Luca's armen.

'Hoe was het?'

'Heerlijk! Doodeng, maar heerlijk! Er zijn zoveel prachtige stemmen. Hoe kan ik daar ooit tegenop? En sommige meiden zijn heel volwassen, ook al zijn ze net zo oud als ik. En de kleding die ze dragen! Ik geloof dat sommigen heel rijk zijn... en mijn zangdocent, professor Poli, is heel streng en...' Rosanna zweeg even en keek hem aan. 'Luca, gaat het wel?'

'Ja hoor, ik voel me beter dan ooit. Waarom vraag je dat?'

'O, nou, je... je ziet er op de een of andere manier anders uit. Een beetje bleek misschien.'

'Ik verzeker je, piccolina, dat ik me...' Luca probeerde een woord te vinden om te beschrijven hoe hij zich voelde. '... stralend voel!' Hij lachte en loodste haar mee de drukke straat over. Ze liepen arm in arm naar huis en kwamen hijgend van het traplopen aan bij hun appartement. Luca deed de deur open en constateerde dat het afbladderende schilderwerk nog de nodige aandacht verdiende.

'Ga jij maar douchen voordat het warme water op is,' stelde Luca voor. 'Ik ga iets speciaals voor ons te eten maken.'

Rosanna staarde verrukt naar de kleine woonkamer. Sinds ze hier vanochtend was vertrokken waren de laatste sporen van het uitpakken keurig weggewerkt. De aftandse bank in de hoek was bedekt met een kleurige deken, zodat hij er nu knus en uitnodigend uitzag. De gammele tafel bij het raam was verborgen onder een roze kleed met franje, waarop een blauw-wit gestreepte vaas met verse bloemen stond, plus twee grote kaarsen op schoteltjes.

'Wat heb je hard gewerkt. Dank je wel!' riep ze uit. Ondanks de kale, pokdalige muren en de groezelige ramen, waarvoor Luca nog niet de tijd had gehad om ze schoon te maken, was de algehele indruk die de kamer maakte vrolijk en huiselijk.

'Het is voor ons allebei een speciale avond,' antwoordde Luca vanuit het keukentje, waar nu al de verrukkelijke geur van knoflook en kruiden vandaan kwam drijven.

'Ja, dat is ook zo,' zei Rosanna met twinkelende ogen. 'Ik zal snel zijn en je straks komen helpen.' Ze haalde haar handdoek en toilettas uit haar slaapkamer, sloot de deur van het appartement achter zich en liep door de schemerige gang naar de gezamenlijke badkamer.

Later, na een voortreffelijke maaltijd van paddenstoelenrisotto met salade, zaten ze, ieder genietend van een glas wijn, te kijken hoe de avond over de daken van Milaan viel.

Rosanna gaapte en glimlachte naar haar broer. 'Ik ben moe.'

'Ga dan maar lekker naar bed. Het zal wel van de opwinding komen.'

'Ja. Weet je, na de dood van mamma dacht ik niet dat ik me ooit weer zo gelukkig zou kunnen voelen,' zei ze peinzend.

Luca keek zijn zusje aan en schudde zijn hoofd. 'Ik ook niet, Rosanna, ik ook niet.'

De smeedijzeren hekken gleden geruisloos open en Roberto reed in zijn Fiat langzaam de door bomen geflankeerde oprijlaan op. Hij passeerde een te grote fontein in een siervijver en zette de auto stil.

Hoewel hij vaak door Como heen was gereden en twee keer bij het meer had gepicknickt, had hij van de huizen die achter hun lommerrijke barricades verborgen lagen nooit meer dan de schoorstenen gezien.

Nu ontwaarde hij een fraai *palazzo* met een stijlvolle witte gevel. De zon werd weerkaatst door de rijen keurige ramen, elk met een balkonnetje van delicaat smeedijzer. In het midden, boven de voordeur, bevond zich een cirkelvormig glas-in-loodraam omlijst door een elegant koepeltje.

Roberto stapte uit zijn Fiat en sloot het portier. Hij liep naar het palazzo toe en beklom de treden naar de enorme voordeur tussen twee zuilen van Angera-steen. Hij zag geen bel en had niet het idee dat aankloppen de juiste manier was om de bewoonster te attenderen op zijn komst. Terwijl hij zich stond af te vragen of er nog een andere ingang was, ging de deur open.

'*Caro*, wat ben ik blij dat je er bent.'

Donatella droeg een dun wit negligé. Haar haar was nat en ze was niet opgemaakt. Ze zag er oogverblindend uit. 'Ik heb even gezwommen en kom net onder de douche vandaan. Je bent aan de vroege kant.'

'Ik... sorry, ja.' zei Roberto naar adem happend. Hij deed zijn best om zijn blik af te wenden van haar weelderige borsten, waarvan de volle vorm amper door het negligé werd verhuld.

'Kom maar mee.'

Roberto stapte het huis in en volgde zijn gastvrouw door de grote hal met marmeren vloer en een brede wenteltrap op.

Donatella duwde een deur open en liet hem binnen in een enorme slaapkamer met een hoog plafond.

'Als je wilt, kun je daar gaan zitten terwijl ik me aankleed.' Ze gebaarde naar een bank bij een raam en verdween een ander vertrek in.

Roberto liep naar het raam en keek naar de perfect verzorgde tuin, die verderop grensde aan de oever van het Comomeer. Na een paar minuten nam hij plaats op de lage bank en liet een klein zuchtje ontsnappen. Donatella Bianchi en haar echtgenoot waren overduidelijk steenrijk.

'Goed, caro, hoe gaat het met je?' Donatella verscheen weer, nu gekleed in een strakke witte spijkerbroek en een zwarte top die haar twee fraaiste kwaliteiten accentueerden.

'Ik eh... prima.'

Donatella ging naast hem zitten en trok haar lange benen op. 'Mooi zo. Heel fijn dat je vandaag kon komen. Champagne?' Ze pakte de fles die in een ijsemmer op het lage tafeltje klaarstond. Zonder op zijn antwoord te wachten schonk ze de bruisende vloeistof in twee glazen.

'Dank je,' zei Roberto toen ze hem een glas overhandigde.

'Op jou en je toekomst,' proostte ze.

Voor het eerst in zijn leven wist hij niet wat hij moest zeggen. Hij nam een slokje champagne en probeerde zich te hervinden. 'Wat een schitterend huis,' wist hij uit te brengen, waarna hij bloosde en zich onnozel voelde.

'Ik ben blij dat je het mooi vindt. Het is al meer dan honderdvijftig jaar in het bezit van de familie van mijn man.' Donatella slaakte een zucht. 'Maar soms heb ik het gevoel dat ik in een museum woon. We hebben twintig man personeel nodig voor het onderhoud van het palazzo en de bijbehorende grond.' Donatella strekte een van haar lange benen, en haar voet schoof in de richting van Roberto's dijbeen.

'Hebben jullie geen kinderen?' vroeg hij, in een poging het gesprek gaande te houden.

'Nee, ik ben niet zo'n moederlijk type,' zei ze schouderophalend, 'en bovendien lijkt het erop dat mijn echtgenoot en ik... geen kinderen konden krijgen.'

'Je echtgenoot, eh, waar is hij?' vroeg Roberto nerveus terwijl er een teen richting zijn kruis bewoog.

Donatella zuchtte en pruilde spottend. 'Hij is in Amerika en heeft me weer eens alleen gelaten.'

'Is hij vaak in het buitenland?'

'Voortdurend. Hij is kunsthandelaar. Hij brengt veel tijd in New York en Londen door. Ik zit hier vaak weken achter elkaar alleen.' Ze bracht haar kin omlaag en wierp hem van onder haar wimpers een onmiskenbaar suggestieve blik toe.

'Kun je niet met hem meegaan?'

'Natuurlijk wel, maar ik heb de hele wereld al over gereisd en al zoveel gezien, dat ik tegenwoordig liever thuisblijf. Het is saai om in mijn eentje in een vreemde stad te zijn terwijl mijn echtgenoot er zaken doet. En zelfs ík krijg weleens genoeg van winkelen. Nou, vertel me eens wat meer over jezelf, Roberto Rossini.'

'Er valt weinig te vertellen.' Roberto haalde zijn schouders op.

'Daar geloof ik niets van. Heb je een vriendin?' viste Donatella.

'Nee, momenteel niet.'

'Je bent te bescheiden, denk ik. Je kunt vast aan elke vinger wel een vrouw krijgen.' Met een geroutineerde beweging stond Donatella op van de bank en ging met haar benen aan weerskanten van zijn knieën op zijn schoot zitten. 'Ik bedoel: met jouw prachtige, volle stem en je andere... aantrekkelijkheden.' Ze schoof een hand naar beneden tussen de knoopjes van zijn overhemd. 'Je hebt zeker veel minnaressen gehad?'

'Ik...' Overrompeld door haar directheid vond Roberto het lastig om de woorden uit te spreken. 'Redelijk veel,' zei hij hijgend, met elke seconde opgewondener.

'Oudere vrouwen?' Donatella's mond gleed naar zijn hals en kuste

hem daar. Haar hand vond ondertussen waar ze naar op zoek was.
'Nee... Ik...'
'Dan zal ik de eerste zijn,' spinde ze triomfantelijk.
Hij verloor zijn laatste restje zelfbeheersing en begroef zijn vingers in haar dikke haar op het moment dat haar lippen die van hem ontmoetten.

Drie uur later vonden de twee hun weg terug naar de voordeur van het palazzo.
Donatella opende de deur met een glimlach.
'Het is een zeer... plezierige ochtend geweest. Bel je me morgenavond om zeven uur?'
'Ja.'
'Goed zo. De volgende keer zullen we het over je toekomst hebben. Ciao, Roberto.'
Terwijl hij op ietwat onvaste benen naar zijn auto liep, schudde hij zijn hoofd om de ironie van de situatie.
Roberto Rossini, ervaren minnaar en man van de wereld, was zojuist zelf verleid.

9

Milaan, januari 1973

Rosanna deed de deur van het appartement open. 'Luca! Ik ben thuis.'

'In de keuken, piccolina,' riep hij.

'Luca, ik hoop dat je het niet erg vindt dat ik een vriendin van school heb meegebracht om bij ons te komen eten.' Rosanna liep de keuken in; haar bruine ogen sprankelden en haar wangen hadden een rode blos van de wandeling door de koude winterlucht. 'Ik heb gezegd dat je altijd genoeg voor zes personen kookt,' grapte ze.

'Natuurlijk vind ik dat niet erg.' Luca glimlachte.

'Gelukkig maar. Abi, dit is mijn broer, Luca Menici.'

'Hallo, Luca.' Het meisje lachte verlegen. 'Ik ben Abigail Holmes. Aangenaam kennis te maken. O, en noem me alsjeblieft Abi.'

Ze sprak goed Italiaans met slechts een heel licht Engels accent.

'Ik... hallo, Abi.' Luca merkte dat hij bloosde. Hij keek Abi aan en voelde zijn hartslag versnellen. Ze was een buitengewoon knap blond meisje met grote blauwe ogen, fijne gelaatstrekken en de delicate romige perzikteint van de Engelsen.

'Kunnen we helpen met koken?' vroeg Rosanna.

Luca wendde met moeite zijn ogen af van Abi. 'Nee, de saus staat te pruttelen en de pasta is over twee à drie minuten gaar. Gaan jullie maar vast naar de woonkamer.'

Abi volgde Rosanna het keukentje uit. Ze nam plaats op de bank en floot zachtjes. 'Wat een knappe broer heb je, Rosanna. Hij heeft prachtige ogen.'

'Vind je?'

'Ja. Je hoeft niet zo verbaasd te klinken.' Abi giechelde. 'Heeft hij een vriendin?'

'Nee, heeft hij ook nooit gehad.'

'Waarom niet?'

'Geen idee, Abi. Hij is gewoon nooit in vrouwen geïnteresseerd geweest.'

Luca kwam met een grote schaal pasta de kamer binnen.

'*Signorine*, jullie kunnen aan de tafel plaatsnemen.'

'Grazie, signor.' Abi's ogen straalden terwijl ze naast Rosanna aan de tafel ging zitten.

Luca diende de pasta op en Rosanna schonk de wijn in glazen. Ze begonnen te eten.

'Jij boft maar, Rosanna,' zuchtte Abi weemoedig.

'Waarom zeg je dat?'

'Nou, dit is een hartstikke gezellig appartement, je broer kookt fabelachtig en, het allerbelangrijkste, je kunt naar believen komen en gaan.'

'Abi woont bij haar tante nu ze de opleiding volgt,' legde Rosanna uit aan Luca. 'En je tante is heel streng hè?'

'Ja, ze behandelt me alsof ik tien jaar oud ben. Ze is Engelse en ze denkt dat alle Italiaanse mannen me zullen proberen te verleiden, hoewel haar eigen echtgenoot een Italiaan is.' Abi rolde lichtjes verontwaardigd met haar ogen. 'Ze heeft natuurlijk het beste met me voor en voelt zich verantwoordelijk voor mijn welzijn. Toen ik naar de opleiding mocht, gaven mijn ouders toestemming op voorwaarde dat ik bij mijn tante zou gaan wonen.'

'Heb je het naar je zin in Milaan?' vroeg Luca.

'O, ik vind het hier heerlijk,' zei Abi. 'Het is zo kleurrijk, zo levendig, vooral vergeleken met het saaie, sombere Engeland. Maar genoeg over mij. Luca, wat doe jij zoal als Rosanna op school is? Werk je?'

'Nee, ik...'

'Luca brengt al zijn tijd door in een afbrokkelende kerk niet ver hier vandaan,' onderbrak Rosanna hem. 'Zijn tweede thuis.'

'O, goh.' Abi trok een wenkbrauw op.

'Nou, Rosanna. Je legt het niet erg goed uit,' beklaagde Luca zich. 'Beata Vergine Maria is een mooie oude vijftiende-eeuwse kerk die in zeer slechte staat verkeert. Ik help de priester daar, don

Edoardo, fondsen te werven voor de restauratie om het in oude glorie te herstellen.' Luca haalde zijn schouders op. 'Maar dat valt beslist niet mee.'

'Ben je… Ik bedoel, je zult wel in God geloven en zo?' vroeg Abi.

'Ja, natuurlijk. En Beata Vergine Maria is een heel speciale plek voor me. Don Edoardo heeft me verteld dat er wonderen hebben plaatsgevonden, dat de Madonna er aan mensen is verschenen. Ik heb de tijd, dus probeer ik te helpen.' Luca haalde opnieuw zijn schouders op. 'Er moet iets gebeuren, anders zijn het metselwerk en het oude fresco in de hal niet meer te redden.'

'Hebben jullie al gedacht aan een concertje?' zei Abi plotseling.

'Hoe bedoel je precies?' vroeg Luca.

'Nou, mijn tante Sonia is hoofd van een comité dat De Vrienden van de Opera van Milaan heet. Misschien is zij, als je haar schrijft en het vriendelijk vraagt, wel bereid om Paolo de Vito te vragen of hij een aantal zangers en zangeressen van La Scala en wat studenten van de school toestemming wil geven om een concertje in de kerk te geven en zo geld op te halen.'

'Abi! Dat is een geweldig idee.' Er brak een lach door op Luca's gezicht. 'Vind je niet, Rosanna?'

'Jazeker. Vooral omdat het kerkgebouw zo dicht bij La Scala ligt. En nee heb je, ja kun je krijgen, toch?' antwoordde ze.

'Goed, dan geef ik je het adres van mijn tante en kun je haar een brief schrijven. Dan kan zij het idee vervolgens voorleggen aan het comité als het weer bijeenkomt.'

'Prima, dat zal ik doen. Dank je, Abi,' zei Luca dankbaar.

'Mooi. Dan is dat geregeld.' Abi wendde zich tot Rosanna. 'En misschien kunnen jij en ik dan het bloemenduet uit *Lakmé* zingen. Dat hebben we tijdens de les al geoefend.' Ze glimlachte naar Luca. 'Mijn stem is uiteraard niet vergelijkbaar met die van je zus, maar dat geldt voor alle stemmen op de school.'

'Alsjeblieft, Abi, je overdrijft.' Rosanna bloosde door alle lof van haar vriendin.

'Nee hoor. Jij weet net zo goed als ik dat Paolo elke keer weer zwijmelt als hij je hoort. Hij loopt steeds de les binnen, alleen maar om naar jou te luisteren. Ik verwacht dat jij meteen solo's zult krijgen als je lid wordt van het operagezelschap, en dat wij ons eerst door de koren heen moeten worstelen. Je vergeet me toch niet als je een beroemde diva bent, hoop ik?' plaagde ze.

'Natuurlijk vergeet ik je niet,' lachte Rosanna.

'Zie je wel,' zei Abi met een knipoog naar Luca, 'ze weet best dat ze heel beroemd zal worden!'

'O, verdorie, mijn sigaretten zijn op,' zei Luca. 'Willen jullie me even verontschuldigen, dan ga ik even naar de winkel op de hoek om een pakje te halen.' Hij stond op. 'Kletsen jullie intussen maar gewoon verder. Ik blijf niet lang weg.'

Toen hij de deur achter zich had gesloten, wendde Abi zich meteen tot Rosanna. 'Weet je, ik zou best verliefd kunnen worden op je broer. Hij is zo aardig en gevoelig, nog afgezien van zijn verpletterend knappe uiterlijk. Maar ja, mannen als hij blijken vaak van de verkeerde kant te zijn. Dat is hij toch niet? Je zei eerder dat hij nog nooit een vriendin heeft gehad.'

'Nee, Abi!' Rosanna werd in verlegenheid gebracht door Abi's directheid: het was een gedachte die ze zelf weleens had gehad, maar nog nooit had geuit.

'Kijk niet zo verschrikt,' zei Abi verontschuldigend. 'Het leek me gewoon goed om het te vragen want het is zinloos om mijn tijd aan hem te verspillen als jij zeker weet dat hij homo is.'

Blozend begon Rosanna over iets anders, en Abi begreep dat ze het onderwerp beter zolang kon laten rusten. Ze bespraken hun rooster voor de volgende dag tot Luca met de sigaretten terugkwam. Maar Rosanna sloeg met hernieuwde interesse gade hoe Abi en Luca bij de koffie gezellig zaten te praten, met speciale aandacht voor de lichaamstaal en het oogcontact tussen de twee.

Om half tien stond Abi met tegenzin op. 'Dank jullie wel voor de maaltijd. Ik vrees dat ik nu moet gaan, anders gaat tante Sonia zich zorgen maken. Wanneer kan ik je kerk komen bezoeken, Luca? Ik zou er graag een kijkje nemen nu ik er zoveel over gehoord heb.'

'Zondagochtend? Rosanna en ik gaan er altijd naar de mis van negen uur.'

'Prima. Zelfs mijn tante kan geen bezwaar hebben tegen een bezoek aan een kerk! Ik zie jullie hier dan wel om half negen, dan kunnen we samen gaan. Ciao, Rosanna. Ciao, Luca.'

Luca stond op en kuste Abi op beide wangen. 'Dag, Abi. Bedankt voor je geweldige idee. Tot ziens bij de zondagmis.'

Rosanna liet haar vriendin uit, kwam terug en ging weer aan tafel zitten. 'Vind je Abi leuk?' vroeg ze Luca.

'Heel leuk. Ik denk dat ze een goede vriendin voor je zal zijn. Ze heeft haar hart op de juiste plaats zitten.'

'Ze is ook mooi, vind je niet? Ik zou een moord doen voor haar blonde haar. Alle jongens op school zijn verliefd op haar.' Ze was nu aan het vissen, met het gesprek met Abi van eerder vanavond in haar achterhoofd.

'Ja, dat geloof ik graag. Nou, ik ga de afwas doen en jij moet nodig naar bed, piccolina.'

'Nee, ik ben niet moe. Ik help je wel.'

'Oké,' gaf Luca toe. Hij stapelde de borden op en nam ze mee naar de keuken. Rosanna volgde met de wijnglazen.

'Was jij maar af, dan droog ik wel,' zei ze.

Broer en zus stonden in aangename stilte bij het aanrecht te werken. Uiteindelijk vroeg Rosanna: 'Luca, ben jij... ben je ooit verliefd geweest?'

'Nee, eigenlijk niet. Hoezo?'

'O, zomaar. Abi vond je heel knap.'

'Zei ze dat?'

'Ja. En dat bén je ook. Ik bedoel, ik weet wel zeker dat meisjes je leuk vinden.'

'Rosanna, wat probeer je nou te zeggen?' fronste Luca.

'Gewoon dat, nou ja, ik weet dat papà je heeft gevraagd om voor me te zorgen, maar ik ben een grote meid. Ik vind het niet erg om hier alleen in het appartement te zijn. Als je 's avonds een keer uit wilt, moet je dat gewoon doen, hoor.'

'Als ik dat wil, dan doe ik dat,' zei Luca met een knikje. 'Maar ik vind het fijn om hier met jou te zijn, piccolina.'

'Ben je gelukkig?' vroeg Rosanna.

'O ja,' zei Luca. 'Heel gelukkig.'

'Ik wil niet dat je dingen in je eigen leven mist vanwege mij.'

'Rosanna, de vijf maanden die we hier in Milaan hebben doorgebracht zijn de gelukkigste van mijn leven geweest. En in die periode heb ik iets ontdekt wat heel belangrijk voor me is.'

'Wat dan?'

Luca lachte om haar vasthoudendheid. 'Je hebt altijd al te veel vragen gesteld. Ik kan je alleen maar vertellen dat ik weet waar mijn toekomst ligt. Als de tijd rijp is, zal ik het je vertellen. Ik mag wel wát geheimen hebben, toch?'

'Natuurlijk. Ik wil alleen maar dat je gelukkig bent.'

'En dat ben ik echt, geloof me. Nu is het tijd om naar bed te gaan. Het is al laat.'

Rosanna sloeg haar armen om haar broer heen. 'Vergeet niet dat ik heel veel van je hou.'

'En ik van jou,' zei hij met een kus op haar voorhoofd. 'En nu wegwezen.'

Nadat Rosanna haar slaapkamerdeur had gesloten ging ook Luca naar zijn kamer en stak hij twee kaarsen aan voor het Madonnabeeldje dat op het provisorische altaartje stond. Hij knielde neer, boog voorover en begon te bidden. Voor het eerst sinds hij zijn besluit had genomen, voelde hij zijn standvastigheid wankelen. Hij smeekte God om hem de weg te wijzen, om hem uit te leggen waarom een Engels meisje zulke ongebruikelijk sterke gevoelens in hem wakker had gemaakt.

Misschien, dacht hij toen hij tien minuten later overeind kwam, was het een test waarmee hij op de proef werd gesteld. En voor die test zou hij slagen.

10

'Goed, dames, laten we ter zake komen.' Paolo de Vito glimlachte ijzig terwijl hij de tafel met de acht onberispelijk geklede vrouwen rondkeek. Ze zaten in Il Savini van hun aperitiefjes te nippen, en Paolo vermoedde dat de rekening voor deze lunch voor negen personen net zoveel zou kosten als het lesgeld voor een compleet trimester op de school. Hij ging niet graag naar zijn maandelijkse ontmoetingen met De Vrienden van de Opera van Milaan, maar deze dames vertegenwoordigden een aantal van de rijkste mannen in de stad, en zonder hun blijvende steun zou zowel La Scala als de school in financieel zwaar weer raken.

'Paolo, ik heb een mooie brief ontvangen van een jongeman die vraagt of we bereid zouden zijn om een bescheiden concert te organiseren om geld in te zamelen voor La Chiesa Della Beata Vergine Maria,' zei Sonia Moretti.

'Echt? Ik dacht dat het eerder de bedoeling was om onszelf te financieren dan een kerk.'

'Zeker, maar dit is een bijzonder geval. Er schijnt zich een zeldzaam fresco in de kerk te bevinden dat niet meer te redden zal zijn als er niet snel wat gebeurt. En deze kerk staat dicht bij de school en La Scala, dus feitelijk zou dit het gebedshuis kunnen zijn voor leden van de opera. Bovendien geeft een dergelijk concert de studenten de gelegenheid om voor publiek op te treden – en ook nog voor een goed doel. De brief is afkomstig van Luca Menici. Zijn zusje is studente op de school, meen ik.'

'Rosanna? Zij is een van onze meest getalenteerde leerlingen, samen met uw nichtje Abigail, uiteraard,' voegde Paolo er snel aan toe.

'Ik dacht dat we het misschien zouden kunnen plannen voor de paasdagen – dat we dan een concert bij kaarslicht houden en naast leerlingen van de school ook enkele leden van het operagezelschap kunnen vragen om op te treden,' ging Sonia verder. 'Ik heb het kerkgebouw bekeken en het is echt een mooie locatie. Wij dames zouden een indrukwekkende gastenlijst kunnen opstellen, en de prijs van een toegangskaartje zou inclusief een hapje en een drankje kunnen zijn.'

'Hoeveel mensen passen er in de kerk?' wilde Paolo weten.

'Volgens signor Menici ongeveer tweehonderd. Dames, wat vinden jullie van het idee?'

De perfect gekapte hoofden knikten eensgezind.

Plotseling leunde Donatella Bianchi naar voren. 'Ik denk dat Anna Dupré en Roberto Rossini geschikte vertegenwoordigers kunnen zijn van het gezelschap. Ik weet dat signor Rossini zeer gelovig is en hij wil vast graag zijn steentje bijdragen.'

Bij die veronderstelling trok Paolo verbaasd een wenkbrauw op. 'Juist ja. Ik zal over een geschikt programma nadenken en dan bekijken wie we voor de uitvoering vragen. Ik vind ook dat het altijd goed is om studenten de gelegenheid te geven op te treden en van hun professionele collega's te leren.'

'Nu dat is geregeld moeten we de lunch gaan bestellen. Ik moet om half drie weg want ik heb om drie uur een afspraak.' Donatella stak haar hand omhoog en er verscheen onmiddellijk een ober. 'Ik wil graag de *carpaccio di tonno*.'

'Dus, kom je zingen op ons concertje?' Donatella's vingers gleden over Roberto's naakte onderrug. Hij was twee dagen geleden teruggekomen vanuit Parijs en ze hadden twee achtereenvolgende middagen in zijn appartement in bed doorgebracht.

'Een concertje in een afbrokkelende kerk? Dat lijkt me niet erg bevorderlijk voor mijn carrière.' Roberto draaide zijn hoofd om naar Donatella.

'Misschien wil je het dan voor mij doen?' Haar hand schoof onder de lakens en streelde de binnenkant van zijn dijbeen.

'Ik...'

'Alsjeblieft,' smeekte ze terwijl ze haar hand omhoog bewoog.

'Ik geef me over.' Roberto kreunde, draaide zich om en kuste haar meermaals op haar mond.

Naderhand, toen zij het bed verliet om te gaan douchen, lag hij voldaan met zijn ogen dicht te denken dat hij nooit eerder een vrouw als Donatella had gekend.

Hun relatie was puur op seks gebaseerd, de beste seks die Roberto ooit had gehad. Zij wilde niet meer van hem dan zijn lichaam. Ze fluisterde geen lieve woordjes in zijn oor en belde hem niet om twee uur 's nachts. Ze maakte er geen enorm drama van als hij niet zei wat ze wilde horen.

Hij vroeg zich de laatste tijd af of hij misschien eindelijk de volmaakte relatie had gevonden.

Donatella kwam in een handdoek gewikkeld onder de douche vandaan. Haar donkere haar was boven op haar hoofd vastgestoken. Van een afstandje kon ze doorgaan voor een vrouw van begin dertig, hoewel Roberto wist dat ze vijfenveertig was.

'Dus je komt voor ons zingen in de kerk? Ik weet dat Paolo het op prijs zal stellen.'

Roberto zuchtte. 'Ja! Dat heb ik net al gezegd.'

Donatella liet haar handdoek van zich af glijden en begon zich aan te kleden. 'Wat ga je komend seizoen zingen?'

Roberto's gezicht verstrakte. 'Ik wil er niet over praten. Zoals gewoonlijk heeft Paolo me meer beloofd dan hij me heeft gegeven, dus dit wordt mijn laatste seizoen bij La Scala. Ik ga mijn contract aan het eind van de volgende herfst niet hernieuwen. Ik heb besloten dat ik zal ingaan op een van de vele buitenlandse aanbiedingen die ik heb gekregen.' Hij slaakte een diepe zucht. 'Paolo mag me niet. Dat is waar het op neerkomt. Ik zal nooit in La Scala schitteren zolang hij het voor het zeggen heeft.'

'Caro,' suste Donatella hem. 'Ik begrijp wat je zegt, maar wie weet? Je hebt zoveel talent. Paolo wil er vast alleen maar zeker van zijn dat je er klaar voor bent voordat hij je de rollen geeft die je verdient.' Ze kamde haar haar voor de spiegel. 'Donderdag kom je bij mij in het palazzo, toch? Giovanni is weer naar Londen.'

'Ja,' zei Roberto instemmend.

Een paar minuten later deed Donatella de voordeur van Roberto's appartementencomplex open en tuurde het schemerdonker van de straat in om te kijken of de kust veilig was. Vervolgens haastte ze zich over de stoep naar haar Mercedes, opende het portier en schoof op de zachtleren stoel.

Ze sloot haar ogen en zuchtte tevreden. Ze had natuurlijk veel andere minnaars gehad, meestal jonger dan zijzelf. Maar Roberto was anders. In de afgelopen twee maanden had ze hem nota bene gemíst, de dagen geteld tot zijn terugkeer uit Parijs. Dit gevoel benauwde haar wel enigszins, want ze had haar eerdere minnaars altijd als vervangbaar beschouwd. Ze verleenden een dienst, net als een willekeurige werknemer. Ze was de laatste paar dagen verontrustend blij geweest om hem te zien. Maar nu had hij zojuist verklaard dat hij erover dacht om definitief naar het buitenland te gaan.

Terwijl ze de motor startte en de Mercedes door de drukke spits naar Como stuurde, besloot ze alle wapens die ze tot haar beschikking had in te zetten om ervoor te zorgen dat hij zou blijven.

Roberto Rossini verdiende het een grote ster te worden. Ze zou hem helpen, niet alleen om het talent dat hij overduidelijk bezat, maar omdat – Donatella kon amper geloven dat deze gedachte in haar opkwam – ze verliefd op hem aan het worden was.

Eén ding was zeker: ze moest Roberto in Milaan zien te houden.

'Geweldig nieuws!' Luca schoof de brief over tafel naar zijn zusje. 'Van signora Moretti, Abi's tante. Ze laat weten dat haar comité het idee van een concert in de Beata Vergine Maria heeft goedgekeurd.'

Rosanna las de brief snel door. 'O, Luca, wat fijn voor je.'

'Ik ga het snel aan don Edoardo vertellen. Hij zal er erg blij mee zijn.'

'Natuurlijk. Maar ze zeggen dat het met Pasen plaats zal vinden,' fronste Rosanna. 'Dan zouden we naar huis gaan, naar papà en Carlotta.'

'We kunnen de dag erna naar huis gaan, toch? Dat zal papà vast begrijpen. Dit betekent heel veel voor me. Signora Moretti heeft gezegd dat twee leden van het operagezelschap van La Scala hebben toegezegd dat ze komen optreden.' Luca's ogen glansden. 'Ze heeft voorgesteld om vijftigduizend lire per kaartje te vragen. Met ongeveer tweehonderd gasten zal dat betekenen dat we bijna genoeg geld ophalen om het fresco te restaureren. Maar er is nog heel veel te doen voordat het zover is! We moeten extra stoelen regelen, de kerk met bloemen versieren, hapjes en drankjes organiseren...'

Rosanna zag hoe enthousiast haar broer zat te praten over alles wat er nog gebeuren moest. 'Luca, waarom betekent Beata Vergine Maria zoveel voor je? Ik heb je nog nooit zo gelukkig gezien.'

Luca keek zijn zusje aan en zocht naar de woorden. Die hij onmogelijk bleek te kunnen vinden. 'Het is moeilijk uit te leggen, Rosanna. Deze kerk is heel speciaal voor me, meer kan ik er niet over zeggen. Nou, als je klaar bent met je ontbijt, loop ik met je mee naar school. Ik wil don Edoardo meteen het goede nieuws brengen.'

Luca wuifde terwijl Rosanna de school in liep en begaf zich toen vlug naar de Beata Vergine Maria.

Don Edoardo was een biecht aan het afnemen, dus Luca bleef in een kerkbank zitten wachten tot hij het hokje uit kwam en zijn parochiaan vertrok.

'Uitstekend nieuws!' zei Luca, en hij overhandigde don Edoardo de brief van Sonia Moretti. 'We gaan veel geld inzamelen, denkt u niet?'

'Ja,' knikte de oude priester, die genoot van de blijdschap op het gezicht van de jonge man, op wie hij erg gesteld was geraakt. 'Ik denk dat je Madonna er heel gelukkig mee zal zijn.'

'Dat hoop ik.' Luca staarde naar het altaar. Zijn schouders zakten omlaag en de lach verdween van zijn gezicht. Hij schudde zijn hoofd. 'Maar toch... hoewel ik met de organisatie van dit concert een kleine bijdrage lever, kan ik soms erg gefrustreerd raken.'

'Ik weet het, Luca, ik begrijp het.' Don Edoardo legde een troostende hand op zijn schouder.

'Maar ik moet geduldig zijn en afwachten. Het maakt vast en zeker deel uit van Zijn plan om me op de proef te stellen.'

'Nou, laten we samen bidden om een zegen op deze kerk en op datgene wat we ondernemen om het gebouw te restaureren.'

De twee hoofden, het ene grijs, het andere donker, bogen in gebed naar elkaar toe. Daarna zette don Edoardo koffie en begonnen ze plannen voor het concert te maken.

'We hebben veel meer zitplaatsen nodig, don Edoardo. Er is achterin bij de doopvont genoeg ruimte voor twintig extra stoelen,' zei Luca.

'Er staan wel wat stoelen in de crypte, maar die zijn oud en vuil. Ga maar eens kijken of ze voldoen. En zo niet, dan kunnen we de school misschien vragen om ons voor de gelegenheid een aantal stoelen te lenen.' Don Edoardo gaf Luca een grote sleutel. 'Er is daarbeneden geen elektriciteit. Je kunt de olielamp gebruiken die aan de haak naast de deur hangt. Er ligt een doosje lucifers op het plankje ernaast.' Hij keek op zijn horloge. 'Ik moet nu weg – op bezoek bij een rouwende moeder.'

Toen de priester was vertrokken ging Luca zitten en keek hij naar het beeld van de Madonna op het altaar. Ze had niet meer tegen hem gesproken sinds die eerste heerlijke dag, maar hij voelde haar rustgevende invloed overal om zich heen. Uiteindelijk stond hij op, liep naar de deur van de crypte en deed hem open. Zoals don Edoardo hem had geïnstrueerd nam hij de olielamp van de haak en stak hem aan voordat hij voorzichtig de krakende treden af liep. De lamp verspreidde een zwakke gloed. Op de onderste tree bleef hij staan en scheen om zich heen.

De crypte was niet groot en stond vol met allerlei afgedankte spullen. Alles was bedekt met een laag stof en de spinnen hadden er ongestoord hun webben gesponnen. Terwijl hij de rommel voorzichtig doorzocht, besloot hij dat het opruimen van de crypte een mooie aanvullende taak voor hem zou zijn. Hij vond de houten stoelen die don Edoardo had genoemd en begon ze van hun stapel te tillen, maar ze bleken allemaal een poot of leuning te missen. Hij draaide zich om en pakte een halfvergaan gebedenboek van een stapeltje op de vloer. Toen hij het opensloeg, vielen de pagina's in zijn vingers uiteen.

Plotseling ging de olielamp uit en werd het helemaal donker in de crypte. Hij tastte in zijn zak naar zijn aansteker en stak de lont weer aan, maar de lamp ging bijna meteen weer uit. Terwijl hij strompelend zijn weg terug naar de ingang probeerde te vinden, met de gedachte dat een toorts beter zou zijn, bleef zijn voet ergens achter haken. Hij gaf een kreet en viel met een bonk op de grond; er trok een scherpe pijn door zijn enkel.

Luca bleef in de duisternis liggen en kon zich niet bewegen tot de pijn afnam. Er kroop iets over zijn hand en hij trok hem snel terug. Hij probeerde kalm te blijven en haalde uiteindelijk zijn aansteker weer uit zijn broekzak, waarmee hij de olielamp opnieuw aan wist te krijgen. Hij keek omlaag en zag dat hij over de hoek van een oude leren hutkoffer was gestruikeld, die deels verborgen stond onder een stapel door motten aangevreten misgewaden. Nadat hij de lamp naast zich neer had gezet, schoof hij de gewaden opzij, kuchend van de stofwolk die de bedompte lucht vulde. Behoedzaam deed hij het zware deksel van de koffer open.

De binnenkant was bekleed met paars fluweel. Toen Luca zijn handen in de koffer stak, stuitten ze op een groot, zwaar voorwerp, dat hij eruit tilde en met de lamp bescheen. Het was een rijkversierde miskelk, dof geworden door ouderdom en verwaarlozing. Hij pakte zijn zakdoek en spuwde op de stof om die vochtig te maken, waarna hij een klein stukje van het metaal schoonwreef en de glans onthulde van wat volgens hem beslist zilver was. Met een groeiend gevoel van opwinding zette hij de kelk voorzichtig naast zich op de vloer, waarna hij de rest van de inhoud uit de koffer begon te halen.

Het volgende object was een gebedenboek met vergeelde, kwetsbare pagina's, die echter nog heel waren omdat ze door het dikke leer van de hutkoffer tegen het vocht beschermd waren gebleven. Er volgde nog een set priestergewaden. Toen Luca die eruit tilde, voelde hij dat er iets hards in gewikkeld zat. Op dat moment begon de olielamp vervaarlijk te flakkeren, en omdat hij niet weer in de duisternis wilde komen te zitten, pakte hij de kelk en het gebedenboek op en rolde de gewaden onder zijn arm. Hij haakte het ijzeren hengsel van de lamp over een vinger en kroop tastend naar de trap.

Hij legde de gewaden op de vloer van de sacristie en vouwde ze langzaam open. In het midden trof hij een klein, plat foedraal van verweerd leer aan, niet veel groter dan zijn hand. Voorzichtig trok hij eruit wat erin zat: een tekening op linnen dat over een klein houten spieraam gespannen was. Hij staarde naar het bekende gezicht.

Het was alsof de kunstenaar haar gratie had weten te vangen, haar sereniteit en haar ziel. Zo stelde hij zich de Madonna zélf voor als hij zijn ogen sloot en bad. De tekening, uitgevoerd in fijne, delicate roodbruine lijnen, was eenvoudig, maar zo volmaakt dat Luca zijn ogen er niet van af kon houden.

Hij bleef er lange tijd naar kijken. Wonderlijk genoeg vertoonde de tekening zelf nauwelijks tekenen van ouderdom, omdat ze zo goed tegen licht en vocht beschermd was geweest. Hij keek uiterst voorzichtig onder de randjes van het linnen om te zoeken naar een aanwijzing over wie de kunstenaar geweest was. Misschien was zijn vondst niet van grote waarde, maar desondanks voelde hij een huivering over zijn ruggengraat omhoogkruipen. Don Edoardo zou later terugkomen; dan kon hij hem de tekening en miskelk laten zien, en hem vragen of hij van het bestaan ervan wist. Tot die tijd... Luca schoof het spieraampje eerbiedig terug in het foedraal. Hij borg de kelk, het gebedenboek en de tekening op in de sacristiekast en draaide hem op slot.

11

'Dus de uitvoerenden staan rond het altaar?'

'Ja.'

'En de vleugel komt hier?'

'Ja.' Luca keek hoe de vrouw door de kerk liep.

'En daar bij de vont serveren we wijn? Is dat een goed idee?'

'Een prima idee, signora Bianchi,' antwoordde don Edoardo, die heimelijk een wenkbrauw optrok naar Luca.

'Goed. Nou, alles onder controle, dacht ik zo. De kaartverkoop loopt uitstekend. Ik denk dat ons bescheiden concert helemaal uitverkocht zal zijn.' Donatella liep naar het altaar en keek misprijzend naar het haveloze altaarkleed, dat duidelijk betere dagen had gekend. 'Hebt u een ander kleed dat we die avond kunnen gebruiken? Dit ziet er nogal... sjofel uit.'

'Nee, we hebben niets anders. Maar daar draait het concertje toch eigenlijk om, signora? Om geld in te zamelen voor nieuwe altaardoeken en andere renovaties,' bracht don Edoardo haar geduldig in herinnering.

'Vanzelfsprekend. Nou ja, we kunnen de kerk verfraaien met kaarsen en bloemstukken aan beide zijden van het Madonnabeeld.'

'Ja,' zei don Edoardo nog eens instemmend, kijkend hoe Donatella de zilveren miskelk oppakte, die sinds Luca hem had ontdekt met liefde was gepoetst en op het altaar gezet.

'Dit is een prachtig stukje handwerk. En heel oud ook, vermoed ik.' Ze draaide het voorwerp rond in haar handen en bestudeerde het.

'Luca heeft hem een paar weken geleden in de crypte gevonden. Ik had hem nog door iemand willen laten taxeren – voor verzekeringsdoeleinden, begrijpt u – maar ik heb andere dingen aan mijn hoofd gehad.'

'Juist ja.' Donatella zette de kelk weer neer en keek don Edoardo aan. 'Mijn man is kunsthandelaar en hij heeft vrienden die zoiets prima kunnen beoordelen. Zal ik hem vragen of hij iemand kent die hem voor u kan taxeren?'

'Heel vriendelijk van u,' zei don Edoardo. 'Uw echtgenoot heeft dus verstand van kunst?'

'Ja, dat klopt.'

'Luca, dan moet je die tekening er ook maar eens bij halen.'

Luca liep naar de sacristie.

'Signor Menici heeft namelijk ook een pentekening gevonden,' legde don Edoardo uit. 'Die heeft misschien geen enkele waarde, maar wellicht wil uw echtgenoot ernaar kijken?'

'Natuurlijk,' zei Donatella met een knikje.

Luca was al snel terug met de tekening. 'Alstublieft.' Hij overhandigde haar het kleinood voorzichtig.

Donatella staarde ernaar. 'Hemel, wat een prachtige voorstelling van de Madonna,' riep ze bewonderend uit. 'En u hebt deze dus gevonden in de crypte van deze kerk?'

'Ja, in een oude hutkoffer. We hebben de archieven gecheckt en op basis van de inscriptie in zijn gebedenboek zijn we er vrijwel zeker van dat de koffer eigendom was van ene don Dino Cinquetti. Hij was hier in de zestiende eeuw il parroco, de pastoor.'

'Dus deze tekening is misschien wel honderden jaren oud? Maar ze ziet er nagenoeg gaaf uit,' zei Donatella zacht.

'Dat komt waarschijnlijk omdat ze zo goed beschermd is geweest. Er is vermoedelijk driehonderd jaar lang geen licht bij geweest.'

'Nou, ik beloof u dat ik er heel goed op zal passen. Wilt u de miskelk ergens in wikkelen?'

Don Edoardo leek zich er ongemakkelijk bij te voelen. 'Kan uw echtgenoot niet naar de kerk komen om de artefacten te bekijken?'

'Hij is een drukbezet man, don Edoardo, en hij is maar een paar dagen thuis voordat hij weer naar de Verenigde Staten vliegt. U kunt ervan op aan dat de kelk en de tekening bij mij in veilige handen zijn; en op deze manier krijgt u snel een antwoord. Ik neem ze meteen mee naar huis, waar we uitstekende beveiliging hebben, dat verzeker ik u. U vertrouwt me toch wel?' vroeg Donatella.

'Uiteraard, signora,' mompelde de oude priester opgelaten.

Giovanni Bianchi staarde naar de twee voorwerpen voor hem op de tafel.

'Waar zei je dat deze gevonden zijn?'

'La Chiesa Della Beata Vergine Maria. Kennelijk zaten ze in een oude hutkoffer in de crypte; het waren de bezittingen van een dode priester die in de zestiende eeuw geleefd schijnt te hebben. Ik dacht dat de kelk wel enige waarde zou hebben,' legde Donatella uit.

'Ja, ja, dat denk ik ook, maar dit...' Giovanni pakte de tekening op. '... dit is adembenemend. De zestiende eeuw, zei je?'

'Dat zei die priester tegen me.'

Giovanni haalde een vergrootglas uit de zak van zijn jasje en bestudeerde de tekening. Toen hij zijn vrouw aankeek, zag ze een schittering van opwinding in zijn ogen.

'Als je hiernaar kijkt, komt het gezicht je dan bekend voor?'

'Natuurlijk. Het is de Madonna,' reageerde ze hooghartig.

'En,' ging Giovanni geduldig verder, 'waar komt het beeld dat je in gedachten van de Madonna hebt vandaan?'

'Van de schilderijen en tekeningen die ik van haar gezien heb, neem ik aan.'

'Precies. En wie heeft ons een van de beroemdste afbeeldingen van de Madonna gegeven?'

'Ik...' Donatella haalde haar schouders op. 'Leonardo da Vinci, uiteraard.'

'Juist. Wacht even.' Giovanni verliet de zitkamer en kwam een paar minuten later terug met de catalogus van de National Gallery van Londen. Hij sloeg wat pagina's om tot hij vond wat hij zocht. 'Daar.' Giovanni legde de catalogus naast de tekening op tafel. 'Kijk eens goed naar het gezicht, de details. Er zijn sterke overeenkomsten, zie je?'

Donatella bekeek beide afbeeldingen. 'Jawel, maar... Ik... Het kan toch geen...'

'Ik zal het heel voorzichtig moeten nagaan, maar mijn intuïtie zegt me dat het óf voortreffelijke namaak is, óf dat we misschien wel een verloren Leonardo-tekening hebben ontdekt.'

'Je bedoelt dat de oude priester en de jonge man die hebben ontdekt,' corrigeerde Donatella hem.

'Natuurlijk,' haastte Giovanni zich te zeggen. 'Ik moet de tekening meenemen naar New York. Ik wil haar laten zien aan een vriend van me. Hij is deskundige in de beoordeling van de echtheid van de grote meesters. Hij is ook discreet – althans, tegen een percentage van de winst,' voegde hij er met een geraffineerde blik aan toe.

'Nou, ik moet don Edoardo vanzelfsprekend om toestemming vragen voor je dat kunt doen,' wierp zijn vrouw tegen.

'Maar die priester hoeft het toch nog niet te weten? Je kunt hem vertellen dat zowel de miskelk als de tekening worden getaxeerd en dat ik over een week een antwoord voor ze heb. En, Donatella?'

'Ja, caro?'

'Ik wil niet dat je anderen hierover vertelt tot we zekerheid hebben.'

'Goed dan.' Donatella zag de hebzuchtige glinstering in de ogen van haar echtgenoot. 'Ik zal doen wat je zegt.'

Tien dagen later bezocht Donatella don Edoardo in de Beata Vergine Maria.

'Goed nieuws,' zei ze glimlachend. 'Uitstekend nieuws zelfs.' Ze nam plaats in een kerkbank.

'Uw echtgenoot denkt dat de miskelk van behoorlijke waarde is?'

'Ja, hij schijnt buitengewoon kostbaar te zijn. Volgens mijn echtgenoot kan hij op een veiling misschien wel vijftigduizend dollar opleveren. Dat is ongeveer dertig miljoen lire.'

'Dertig miljoen lire!' Don Edoardo was stomverbaasd. 'Ik had niet durven drómen dat hij zoveel waard zou zijn!'

'Mijn man wil graag weten wat hij voor u kan doen – of u de kelk wilt verkopen. Zo ja, dan kan hij een veilingverkoop regelen.'

'Ik... Ik had niet nagedacht over een mogelijke verkoop. Ik zal met de bisschop moeten praten. Ik weet niet wat hij ervan zal vinden,' zuchtte don Edoardo. 'De Kerk wil de kelk misschien wel graag houden. Dat besluit is niet aan mij.'

'Don Edoardo, gaat u eens even zitten.' Donatella klopte naast zich op de kerkbank. De priester deed wat ze vroeg, op zijn hoede.

'Vergeeft u me mijn brutaliteit, maar wat heeft uw prachtige kerkgebouw op dit moment nodig?'

‘Geld, natuurlijk, om het te herstellen in zijn oude glorieuze staat,’ gaf hij toe, niet goed wetend wat hij aan moest met een dergelijk gesprek.

‘Juist. Nu, mag ik vragen of u iemand hebt verteld over uw vondst?’

‘Nee, het leek me niet nodig om dat te doen voordat we zouden weten of er iets van waarde bij was.’

‘Ik begrijp het.’ Donatella knikte. ‘Persoonlijk betwijfel ik ten zeerste of deze kerk veel van de opbrengst zal zien als u de bisschop op de hoogte stelt, ális hij al besluit de kelk te willen verkopen.’

‘Ik denk dat die twijfel terecht is, signora Bianchi,’ erkende don Edoardo met bezwaard gemoed.

‘Goed dan, mijn echtgenoot en ik hebben misschien wel een oplossing voor dit probleem. Hij is bereid om u het geldbedrag te betalen dat hij denkt dat de kelk op een veiling zal opleveren. Dertig miljoen lire, zoals ik al zei. Hij zal hem dan aan een privéverzamelaar verkopen. Dan krijgt u veel geld om uw kerk te restaureren en hoeft niemand de waarheid te weten.’

Don Edoardo staarde haar aan. ‘Maar, signora Bianchi, de bisschop zal zich vast en zeker afvragen waar dat grote geldbedrag vandaan komt.’

‘Natuurlijk. En dan vertelt u hem, en iedereen die ernaar vraagt, dat signor Bianchi zo geschrokken was van de staat van het gebouw, toen hij en zijn echtgenote het concert dat zij mede had georganiseerd bezochten, dat hij besloot een grote schenking te doen.’

‘O, op die manier.’

‘Don Edoardo, ik snap heel goed dat u geen prijs stelt op oneerlijkheid. Mijn man en ik zullen handelen op de wijze die u wenst. Maar persoonlijk denk ik, gezien alles wat er aan uw kerk moet gebeuren, en het feit dat de kelk hier is gevonden, dat het misschien wel Gods wil is dat de opbrengst alleen dit kerkgebouw ten goede zal komen, toch?’

‘Daar zou u natuurlijk gelijk in kunnen hebben, signora Bianchi. Maar hoe kunt u nou zeker weten dat niemand er ooit achter komt?’ Er verschenen pareltjes zweet op don Edoardo’s voorhoofd. Donatella zag ze en wist dat ze haar prooi had waar ze hem hebben wilde. Ze sloeg haar klauwen uit voor de genadeklap.

'U hebt mijn woord. De miskelk kan in het buitenland aan een particuliere koper worden verkocht. Mijn echtgenoot heeft een lange lijst rijke privéverzamelaars die graag anoniem willen blijven. En stelt u zich eens voor hoeveel werk er met de opbrengst verricht kan worden – in Gods naam.'

'Ik... moet erover nadenken.' Don Edoardo slaakte een diepe zucht. 'Ik moet om Gods steun vragen.'

'Vanzelfsprekend.' Donatella haalde een visitekaartje uit haar handtas. 'Misschien kunt u me bellen als u een besluit hebt genomen?'

'Dat zal ik doen. Dank u, signora Bianchi, voor al uw hulp.'

'Het was een kleine moeite.' Ze stond op om weg te gaan. 'O, ik zou bijna de tekening vergeten,' voegde ze er terloops aan toe. 'Mijn man denkt niet dat die erg waardevol is, al is ze fraai getekend. De Madonna is immers talloze keren afgebeeld door de meest vooraanstaande kunstenaars ter wereld. Hij betwijfelt of dit schetsje in vergelijking daarmee veel interesse zal wekken.'

'Ach ja, zoiets vermoedden wij ook al,' zei de priester met een respectvol knikje.

'Maar,' ging Donatella verder terwijl ze haar onberispelijke jas, perfect van snit, dichtknoopte, 'ik ben er wel erg aan gehecht geraakt, dus ik zou graag een bod doen. Hoe klinkt drie miljoen lire u in de oren?'

Don Edoardo keek haar vol ongeloof aan. 'Dat is een buitengewoon royaal bedrag. Heel vriendelijk van u, maar ik moet erover nadenken. Zodra ik een besluit heb genomen, laat ik het u weten.'

'Dan zie ik ernaar uit van u te horen. Nog een goede middag gewenst.' Donatella knikte elegant en liep zwierig de kerk uit.

'U ook een goede middag gewenst, signora Bianchi,' mompelde don Edoardo tegen de hem toegekeerde rug.

Twee dagen later reikte Donatella haar echtgenoot een glas champagne aan toen hij de zitkamer binnenliep.

'Heeft hij ingestemd?'

'Ja, hij heeft me vanmiddag gebeld.'

‘Cara, je hebt het voortreffelijk gedaan,’ zei Giovanni. ‘Dan ga ik nu naar New York bellen om mijn cliënt het goede nieuws te vertellen. En uiteraard moet jij iets hebben om in de winst te delen. Wat je maar wilt.’

Donatella keek haar man aan met een glimlachje om haar rode lippen. ‘Ik bedenk wel iets, Giovanni, daar kun je van op aan.’

12

De kerk begon vol te stromen en Luca begeleidde de deftig geklede gasten naar hun zitplaats. De kaarsen flonkerden sfeervol in hun houders langs het gangpad en op het altaar, en de geur van de enorme leliebloemstukken vulde de lucht.

Na het aanbod van signor Bianchi had Luca samen met don Edoardo gebeden om Gods bijstand, en ze waren beiden tot dezelfde conclusie gekomen. Ze waren van mening dat het om een geschenk van God ging. Hoe kon het iets anders zijn? Als ze het accepteerden, kon de restauratie van de kerk meteen van start gaan.

Don Edoardo kwam haastig naar hem toe lopen. 'Ik denk dat de meeste gasten zijn gearriveerd en dat onze zangers en zangeressen er klaar voor zijn. Luca, bedankt met heel mijn hart. Het lijkt wel of je, sinds de dag dat je hier kwam binnenlopen, deze kerk niets dan zegeningen hebt gebracht.'

'God heeft me hier gebracht, don Edoardo,' antwoordde Luca vriendelijk.

'Dat weet ik, moge Hij je zegenen.' Hij gaf Luca een klopje op zijn schouder en liep verder door het gangpad. Luca volgde hem en ving de blik van zijn zusje. Ze zat in een van de voorste kerkbanken, samen met de rest van de uitvoerenden. Ze maakte een klein wuifgebaar en hij knipoogde terug. Daarna viel zijn oog op een bekende, lange, donkerharige figuur in smoking, die door het gangpad beende. Hij draaide zich van hem weg en vocht tegen zijn automatische afkeer. Niets zou deze avond voor hem verpesten, helemaal niets.

Don Edoardo en Paolo de Vito beklommen de treden en gingen voor het altaar staan.

'Dames en heren,' zei don Edoardo, 'dank dat u hier gekomen bent op deze bijzondere avond. Het is de tijd van het jaar waarin we iets te vieren hebben: opstanding, wedergeboorte, iets wat we ook hopen te bewerkstelligen voor onze kerk. Ik zou graag speciale dank uitspreken aan De Vrienden van de Opera van Milaan, want zij hebben deze avond mogelijk gemaakt. En dan geef ik nu het woord aan signor Paolo de Vito, de artistiek directeur van La Scala, om het programma in te leiden.'

'Goedenavond, dames en heren.' Het publiek begon te klappen. 'Mag ik u om te beginnen de leerlingen van de scuola di musica presenteren, met het sextet uit *Lucia di Lammermoor*.'

Paolo stapte de treden weer af en er liepen zes leerlingen naar voren. Ze gingen naast elkaar voor het prachtig aangeklede altaar staan, en het concert begon.

Roberto had echter geen enkele aandacht voor het decor en hij luisterde nauwelijks naar de muziek. Hij staarde geboeid naar Donatella, die aan de andere kant van de kerk naast haar echtgenoot zat. Hij vroeg zich af of ze nog met elkaar naar bed gingen; hij veronderstelde dat ze het af en toe vast wel deden. Het was verbazingwekkend wat je met geld kon kopen, dacht hij bij zichzelf terwijl er een beleefd applaus klonk en de eerste leerlingen het in ontvangst namen.

Onwillekeurig begon Roberto in gedachten Donatella uit te kleden. Maar op dat moment hoorde hij een lieflijke, zuivere stem die als vanzelfsprekend thuis leek te horen in een gebedshuis. Een stem die hij eerder had gehoord. En die bracht een van zijn lievelingsaria's ten gehore: 'Sempre libera' uit *La traviata*. Alle gedachten aan Donatella waren verdwenen, en Roberto keek naar voren om de eigenaresse van de stem te bestuderen.

Ze was een stuk langer geworden, maar nog steeds zo slank als een den. Haar dikke, donkere haar viel in zachte, glanzende golven tot over haar schouders. Haar huid was licht en straalde in het kaarslicht, met slechts een vleugje kleur op haar hoge jukbeenderen. Haar betoverende bruine ogen drukten elke emotie uit van de aria die ze zong. Haar stem klonk nu rijper, geschoold en ontwikkeld, maar het was dezelfde stem, de stem die hem jaren geleden in Napels zo had ontroerd met het 'Ave Maria'. De stem van een klein meisje dat was uitgegroeid tot een beeldschone vrouw.

Rosanna ging met een zucht van opluchting zitten. Abi gaf haar een kneepje in haar hand. 'Je was geweldig,' fluisterde ze. 'Goed gedaan.'

Paolo stond op. 'En dan heet ik nu onze twee speciale gasten van La Scala welkom, Anna Dupré en Roberto Rossini, die "O soave fanciulla" uit *La bohème* zullen zingen.'

Rosanna staarde naar de zingende Roberto Rossini. Het was meer dan zes jaar geleden dat ze hem voor het laatst had gezien. Nu ze hem weer zag, versnelde haar hartslag en werden haar handpalmen klam.

Ze had de gevoelens die ze jaren geleden in Napels voor hem had gehad afgedaan als een schoolmeisjesverliefdheid, maar op dit moment wist ze dat ze echt waren geweest en nog steeds in haar leefden. Toen Roberto's stem zich in een magistraal crescendo bij die van Anna Dupré voegde, herinnerde Rosanna zich haar ambitie om op een dag met hem samen te zingen, hun talenten te verenigen... het was een droom die ze zielsgraag in vervulling zou zien gaan.

Aan het slot van het concert namen de uitvoerenden een luid applaus in ontvangst. Don Edoardo stond op en sprak het publiek toe.

'Dank u, dames en heren, voor uw aanwezigheid vanavond op dit voortreffelijke concert. Dan wil Sonia Moretti, voorzitter van het comité, nu graag nog even het woord tot u richten.'

Sonia voegde zich bij don Edoardo voor in de kerk.

'Dames en heren. Dankzij uw vrijgevigheid alsmede de inzet van de zangers van La Scala en de leerlingen van de scuola di musica, hebben we vanavond bijna tien miljoen lire ingezameld.' Sonia wachtte tot het applaus verstomde. 'Maar er is meer. Ik heb hier een cheque voor don Edoardo, afkomstig van Giovanni en Donatella Bianchi. Zij waren zo onder de indruk van deze prachtige kerk dat ze hebben besloten een persoonlijke schenking te doen. Hun bescheidenheid staat me niet toe te onthullen welk bedrag ze hebben gedoneerd, maar het is zo hoog dat het herstel van Beata Vergine Maria in oude glorie er een eind mee op weg wordt geholpen. Don Edoardo, sta me toe u deze cheque te overhandigen.'

Don Edoardo nam de cheque met een bescheiden buiginkje in ontvangst en wendde zich tot de aanwezigen. 'Ik wil signor en signora Bianchi heel hartelijk bedanken. Ik voel me overrompeld door hun vrijgevigheid. Moge God hun Zijn zegen schenken. Verder wil ik ieder van u danken voor uw bezoek aan ons concert. Ik hoop dat u allen zult terugkeren nadat de restauratie is voltooid, om te zien wat uw steun heeft betekend. En dan zal er nu achter in de kerk wijn worden geserveerd voor wie een glaasje wil.'

Het publiek stond op van de kerkbanken, en Abi glimlachte naar Rosanna terwijl ze samen door het gangpad liepen. 'Deze avond is een klinkend succes geworden. Je broer zal wel in de wolken zijn.'

'Ja.' Rosanna's ogen glansden van blijdschap. 'Het is grandioos. Luca is vast opgetogen.'

'Vind je het erg als ik je even alleen laat om met hem en don Edoardo te praten? Ik heb een idee dat ik met hen zou willen bespreken.'

'Natuurlijk niet. Ik zie je straks wel weer.'

Plotseling werd ze zachtjes op haar schouder getikt.

'Sorry dat ik stoor.'

Rosanna draaide zich om en keek in een paar pijnlijk bekende diepblauwe ogen. Haar hart begon sneller te kloppen.

'Rosanna Menici?'

'Ja?'

'Ken je me nog?'

'Zeker, Roberto,' zei ze verlegen.

'Het is jaren geleden dat we elkaar voor het laatst ontmoet hebben, maar mijn moeder heeft me geschreven om me te vertellen van jouw verhuizing naar Milaan en de dood van je mamma. Het speet me zeer dat droevige nieuws te horen. Hoe gaat het met je papà?'

'Naar omstandigheden best goed. Hij mist mamma heel erg. Morgen gaan Luca en ik voor een week naar huis, naar Napels.'

'Zou je mijn deelneming willen overbrengen en hem de groeten willen doen?'

'Natuurlijk, dank je.' Hun ogen ontmoetten elkaar en er trok een kleur over Rosanna's lichte wangen. Roberto verbrak de stilte.

'Dus Luigi Vincenzi heeft je geholpen, zoals ik wist dat hij zou doen?' vroeg hij.

'Ja, hij is geweldig voor me geweest. Hij heeft er zelfs voor gezorgd dat Paolo de Vito afgelopen zomer naar een soiree in zijn villa kwam om mij te horen zingen. Paolo bood me een studiebeurs aan, zodat ik naar Milaan kon komen. En dat heb ik allemaal aan jou te danken,' voegde ze er zacht aan toe.

'Ik heb niets gedaan, Rosanna. Luigi Vincenzi verdient alle lof. En nu ik je vanavond heb gehoord, denk ik dat hij het meer dan uitstekend gedaan heeft. Het duurt vast niet lang voor je op het podium van La Scala zult staan.' Roberto glimlachte haar toe met een warme blik in zijn ogen.

'Jij hebt ook schitterend gezongen.'

'Dat is fijn om te horen.'

Er viel weer een ongemakkelijke stilte.

'Nou,' zei Roberto ten slotte, 'ik ga mijn plicht maar eens doen en me onder de gasten begeven. Het was goed om je weer te zien, Rosanna. Als je ooit hulp of advies nodig hebt, kun je me vinden in La Scala.'

'Dank je, Roberto.'

'Dag, kleintje. Blijf vooral hard werken.'

Hij zwaaide en liep door het gangpad naar de menigte achter in de kerk. Rosanna's ogen volgden hem verlangend tot een van de gasten, die haar graag met haar optreden wilde feliciteren, haar aandacht opeiste.

Een paar minuten later stond Abi weer naast haar. 'Ik wist niet dat je de stoute jongen van La Scala kende.'

'Hoe bedoel je?' fronste Rosanna.

'O, volgens tante Sonia heeft Roberto Rossini een vreselijke reputatie als vrouwenversierder. Hij heeft de meeste vrouwelijke koorleden en solistes afgewerkt. En eerlijk gezegd verbaast me dat niets.' Abi haalde haar schouders op. 'Hij is echt goddelijk, vind je niet?'

'Dat kun je wel zeggen.' Rosanna keek nog steeds naar Roberto.

'En trouwens, zoals hij naar je keek, denk ik dat jij best eens zijn volgende slachtoffer zou kunnen zijn,' plaagde Abi haar.

'O nee, zoiets is het helemaal niet, Abi. We komen allebei uit Napels en onze ouders waren met elkaar bevriend. Bovendien is hij veel te beroemd om in mij geïnteresseerd te zijn. En hij is ook nog eens veel ouder dan ik,' wierp ze tegen.

'Toe nou, Rosanna, ik plaag je maar een beetje. Wat kun je soms toch serieus zijn.' Abi's gezicht lichtte op met een stralende glimlach toen Luca zich bij hen voegde.

'Wat een geweldige avond is het, hè Rosanna?'

'Ja, je zult wel erg blij zijn.'

'Dat ben ik zeker. Dankzij de donatie van signor Bianchi zijn ook andere gasten over de brug gekomen. Don Edoardo ontvangt nog steeds aanvullende cheques.' Luca's ogen glansden van vreugde.

'Ik vind dat we naar een bar zouden moeten gaan om het te vieren,' opperde Abi.

'Dat zou ik erg leuk vinden, maar helaas moet ik hier blijven om don Edoardo te helpen met opruimen voor de mis van morgenochtend.'

'Jammer. Dan gaan Rosanna en ik samen nog ergens wat drinken,' antwoordde Abi.

'Oké, maar kom niet te laat thuis, Rosanna.'

'Nee, Luca. Ciao.' Rosanna gaf haar broer een kus op zijn wang.

De twee meiden namen afscheid en verlieten de kerk.

'Ik weet een gelegenheid om de hoek waar we een fles wijn en wat te eten kunnen krijgen. Ik heb enorme trek,' zei Abi.

Het was druk in de bar, maar ze vonden een tafel en bestelden wijn en twee borden pasta.

'*Cheers*, zoals we in Engeland zeggen,' zei Abi, en ze hief haar glas. 'Op wijn, mannen en gezang,' lachte ze.

'Cheers,' zei Rosanna haar na. 'Trouwens, waar wilde je Luca en don Edoardo over spreken?'

'O, het lijkt me een prachtig idee om een kerkkoor op te richten nu de kerk gerestaureerd gaat worden. Don Edoardo zegt dat ze er in geen jaren een koor hebben gehad. Ik dacht dat ik zou kunnen helpen, met mijn contacten op de school, en ze hebben natuurlijk ook iemand nodig die met de zangers en zangeressen gaat oefenen.'

Rosanna keek haar vriendin verwonderd aan. 'Maar naast je rooster op school heb je daar toch geen tijd voor? Bovendien heb je vaak genoeg gezegd dat je weinig belangstelling voor religie hebt.'

'Nee, maar ik heb des te meer belangstelling voor iemand die wél religieus is aangelegd,' antwoordde Abi gehaaid.

Rosanna keek haar aan. 'Je bedoelt Luca toch niet?'

'Nou, eigenlijk wel. Hij zag er vanavond zo gelukkig uit,' ging Abi verder. 'Hij houdt echt van die kerk, hè? Maar ik vraag me af wat hij met de rest van zijn leven gaat doen. Ik bedoel, hij kan er toch niet zijn hele bestaan aan wijden?'

'Jij hebt de Luca van vroeger niet gekend,' reageerde Rosanna. 'Hij werkte voor papà in ons eethuis en hij had helemaal geen tijd voor een eigen leven. En hij deed het om mijn zanglessen te kunnen betalen. Als de restauratie van de kerk hem gelukkig maakt, ben ik blij voor hem.'

'Sorry, Rosanna, ik wilde hem niet bekritiseren. Integendeel zelfs. Zoals je misschien wel hebt gemerkt, vind ik Luca fascinerend,' bekende Abi. 'Hij is heel anders dan andere mannen. Ik bedoel, de meeste jonge mannen van zijn leeftijd hebben een carrière, een vriendin. Luca lijkt zulke dingen niet nodig te hebben.'

Rosanna nam een slokje van haar wijn en keek Abi onderzoekend aan.

'Vind je hem echt leuk? Op... die speciale manier?'

'O ja, ik ben bang van wel. Luca is zo... mysterieus. Ik denk dat hij verborgen diepten in zich heeft die erop wachten door de juiste vrouw te worden verkend. En nu heb ik, door een koor op te richten, meer kans om ze te vinden. Je vindt het toch niet erg?'

Rosanna schudde haar hoofd en grinnikte. 'Abi, jij denkt ook alleen maar aan romantiek.'

'Waar moet ik anders aan denken?'

'Je toekomst als operazangeres, om te beginnen.'

'O ja, dat is ook zo, maar ik weet waar ik sta. Hoewel ik aardig kan zingen, is mijn stem niet te vergelijken met die van jou. Als ik geluk heb, kom ik in het koor, maar ik ben realistisch genoeg om te weten dat ik niet de volgende Callas zal zijn. Dus anders dan jij ben ik niet getrouwd met mijn kunst, en móét ik wel aan mannen denken om niet gedeprimeerd te raken als ik jou hoor zingen.' Abi glimlachte olijk.

'Nou, ik vind dat je een heel mooie stem hebt. Anders zou je ook niet op de opleiding zitten. Hou op met die zelfkritiek.'

'Kom op, Rosanna.' Abi schudde haar hoofd. 'Mijn tante heeft veel invloed door haar werk in het comité. En ze is getrouwd met een man die extreem royaal is voor zowel de opera als de school. Denk je niet dat die beide feiten iets te maken hebben gehad met mijn toelating? Als jij over drie jaar je rechtmatige plaats in het gezelschap inneemt, zal mijn tante aan de nodige touwtjes moeten trekken om mij een toekomst in het koor te bezorgen. Eerlijk gezegd weet ik niet eens of ik dat wel wil. Dat ik een soort liefdadigheidsgeval word, bedoel ik.' Er gleed een bedroefde schaduw over Abi's gezicht. 'Ach, nou ja, dat ik hier in Milaan ben is goed voor mijn Italiaans, en een tijdje in het buitenland is precies wat keurige Engelse meisjes nodig hebben voordat ze zich ergens settelen met een geschikte echtgenoot.'

'Tja... misschien ben ik dan wel degene die een beetje raar is.' Rosanna nam nog een slokje van haar wijn.

'Hoezo?'

'Nou, ik denk nooit aan mannen.'

'Echt niet?' Abi trok sceptisch een wenkbrauw op. 'Toen ik je vanavond met Roberto Rossini zag praten, leek je niet geheel ongevoelig te zijn voor zijn charmes.'

'Roberto is anders.'

'En waarom dan?' Abi keek haar aandachtig aan.

'Omdat... nou, dat is gewoon zo,' zuchtte Rosanna. 'En hoe dan ook wil ik er niet over praten. O, kijk, daar is onze spaghetti,' zei ze, in de hoop dat Abi hierdoor zou worden afgeleid en geen vragen meer zou stellen.

'Goed dan,' zei Abi met een veelzeggende blik, terwijl ze met haar vork aanviel op de dampende kom die voor haar stond, 'jij je zin, maar mij hou je niet voor de gek, Rosanna Menici.'

Don Edoardo en Luca namen de rommel die nog opgeruimd moest worden in ogenschouw.

'Dag Luca, ken je me nog?' Er sloeg een hand tegen zijn schouder, waardoor hij schrok en zich omdraaide. Hij moest slikken toen hij zag wie het was.

'Natuurlijk. Hoe gaat het met je, Roberto?'

'Prima, het gaat prima. Wat een klein wereldje is het, hè? Jij woont nu dus ook in Milaan?'

'Ik zorg hier voor mijn zusje,' antwoordde hij stijfjes.

'Ja, ik heb haar eerder vanavond gesproken. Ze is volwassen geworden sinds die laatste keer dat ik haar gezien heb,' zei Roberto. 'En hoe gaat het met je andere zus, de bekoorlijke, eh...' Roberto krabde op zijn hoofd.

'Carlotta. Het gaat goed met haar. Zou je me nu willen excuseren, ik moet don Edoardo helpen. Goedenavond.' Luca knikte kort en liep snel weg.

Roberto voelde de afwijzing, en omdat hij al van slag was door de prikkeling die hij bij zichzelf had waargenomen bij het zien van Rosanna Menici, was hij nu in een overmoedige stemming. Hij liep naar de andere kant van de kerk, ging naast Donatella staan en legde heimelijk een hand op haar pronte achterwerk.

'Kijk uit, straks ziet iemand het nog,' fluisterde ze fel, en ze zette een stap bij hem vandaan alsof hij een besmettelijke ziekte had.

'Maar je echtgenoot is al weg, toch? Ik heb hem de kerk al zien verlaten. Bovendien...' Roberto boog zich met een schelmachtig lachje naar haar toe. 'Ik heb zin in je. Nu.'

Een kwartier later trof Luca don Edoardo ineengezakt op een stoel in de sacristie aan.

'Ga alstublieft naar huis,' verzocht hij de oude priester dringend. 'Er valt hier niet veel meer te doen en u bent doodmoe. Ik sluit wel af.'

'Dank je, Luca. Ik zal gaan. Kun je deze in de sacristiekast leggen?' Don Edoardo overhandigde hem een envelop vol cheques. 'Ze liggen hier veiliger dan bij mij in mijn appartement. Ik zal ze morgen meteen naar de bank brengen. Het was een buitengewone avond, nietwaar?'

'Zeker,' zei Luca instemmend.

'En allemaal dankzij jou, mijn dierbare vriend. Weet dat ik je van harte zal aanbevelen als de tijd komt,' glimlachte hij. 'Goedenacht, Luca.'

Toen don Edoardo de kerk via de achteruitgang had verlaten, draaide Luca het slot van de sacristiekast open en legde hij de cheques in het blikken kistje waar ze wat lires in bewaarden om thee en koffie van te kopen. Hij deed de kast weer op slot en verborg de sleutel. Daarna knielde hij neer voor het altaartje dat don Edoardo gebruikte voor zijn eigen overpeinzingen. Hij dankte God voor vanavond en ook voor Zijn hulp bij de ontdekking van de waardevolle zilveren miskelk. Hij was teleurgesteld geweest toen don Edoardo hem had verteld dat de tekening van de Madonna niet erg waardevol was; eigenlijk had hij haar dan liever voor de kerk behouden. Maar don Edoardo was zo dankbaar geweest voor het geld dat ze voor de kelk kregen dat hij Donatella Bianchi's persoonlijke wens om de tekening te kopen niet wilde weigeren.

Luca bleef nog enkele ogenblikken in stil gebed verzonken. Uiteindelijk stond hij op, knipte het licht uit en deed de deur achter zich dicht. Toen hij langs de muur van de kerk naar de voordeur liep, hoorde hij een geluid, dat bij het altaar vandaan kwam. Luca draaide zich om. Inbrekers? Met bonzend hart sloop hij ernaartoe.

En naast het altaar, verstrengeld op de vloer, zag hij een man en een vrouw. Ze waren allebei volledig gekleed, maar wat ze aan het doen waren was maar al te duidelijk. De man lag bovenop en de vrouw onder hem kreunde van genot en vouwde haar benen om zijn rug. Het gekreun bereikte een hoogtepunt, waarna de man het uitschreeuwde en moe maar voldaan op haar neerzakte.

Luca, te geschokt en perplex om ze aan te spreken op hun gedrag, dook achter een pilaar en keek hoe de twee opstonden, hun kleren rechttrokken en arm in arm door het gangpad liepen. Hij wist precies wie ze waren.

'Caro, dat was heel stout van je! Ik bel je donderdag, goed?'

'Uitstekend.' De man plantte een kus op het donkerharige hoofd van de vrouw en ze wandelden naar de deur alsof er niets was gebeurd.

De twee silhouetten verdwenen in de nacht, een onthutste Luca en zijn ontheiligde kerk achterlatend.

Veel later kwam hij thuis, tot in zijn ziel gekrenkt. Om juist dáár zulk gedrag te vertonen… de aanblik had de vreugde van de rest van de avond uit zijn gedachten gewist.

Hij opende zachtjes de deur naar Rosanna's kamer om te checken of ze veilig in haar bed lag. Haar licht was nog aan en ze had het boek dat ze aan het lezen was nog in haar hand, maar haar ogen waren dicht. Luca liep door de kamer om de lamp uit te knippen.

'Luca?' Rosanna deed haar ogen open.

'Ja, piccolina?'

'Was het geen heerlijke avond?' zei ze slaperig.

'Ik… ja, het was fijn.'

'Wat is er?' Ze fronste en kwam een stukje overeind, steunend op haar ellebogen. 'Je ziet er helemaal niet blij uit.'

'Het gaat best, hoor. Ik ben alleen maar moe. Ga maar slapen.'

'Was Roberto niet geweldig? Hij heeft zo'n mooie stem en hij is zo knap.' Rosanna rekte zich uit en gaapte.

'Rosanna, ik geloof niet dat Roberto een goed mens is.'

'Zoiets zei Abi ook al. Ze zei dat hij…'

'Wat?'

'O, niets. Welterusten, Luca.'

'Welterusten.'

Luca deed het licht uit en liep naar zijn slaapkamer.

Die nacht kon hij de slaap maar moeilijk vatten. Hij dacht aan de dromerige blik op Rosanna's gezicht toen ze het over Roberto had – de man die Carlotta's leven had verpest en zich nu haar naam niet eens kon herinneren. Roberto, die in zijn geliefde kerk heiligschennis had gepleegd. Luca's maag draaide zich telkens weer om als hij eraan dacht.

Hoewel hij zichzelf ervan probeerde te overtuigen dat Rosanna's woorden slechts een ongelukkig gekozen uiting op het verkeerde moment was geweest, voelde hij intuïtief aan dat Roberto Rossini nog niet klaar was met zijn familie.

13

'Fijn dat je vandaag met me kon afspreken, Paolo.' Donatella schonk hem een bekoorlijke glimlach toen hij tegenover haar plaatsnam. Het stijlvolle restaurant zat al vol met welgestelde gasten.

'Een aperitief? Ik neem een bellini.' Ze knipte met haar vingers om de ober te wenken.

'Dan doe ik met u mee,' zei Paolo. 'Alles goed met u, signora Bianchi?'

'Zeer goed. En noem me alsjeblieft Donatella.'

'Goed, wat wilde je met me bespreken?' Paolo was niet in de stemming voor koetjes en kalfjes.

'Ik wil je een voorstel doen.'

'O,' zei Paolo behoedzaam. 'Laat maar horen dan.'

'Kortgeleden heb ik een som geld ontvangen – een royale gift van mijn echtgenoot. En je weet dat ik de scuola di musica beschouw als een onmisbaar element van de kunsten hier in Milaan.'

'Terecht. De opleiding is een kweekvijver voor nieuw talent en het operagezelschap staat of valt ermee.' Paolo knikte en vroeg zich af waar het gesprek heen zou gaan.

'Precies. Dus ik denk erover een grote eenmalige schenking te doen om drie beurzen mogelijk te maken voor getalenteerde leerlingen van wie de ouders het studiegeld niet kunnen betalen. Ik weet dat er af en toe een toelage wordt toegekend aan een begaafde student, maar dat de middelen van de school beperkt zijn.'

'Dat is waar. Om hoeveel geld zou het gaan?'

Donatella noemde het bedrag.

'Ik...' Paolo was even van zijn stuk gebracht. 'Dat is een uitzonderlijk hoog bedrag.'

'Ah, daar zijn onze bellini's.' Donatella hief haar glas. 'En, accepteer je mijn aanbod?'

‘Het is een buitengewoon genereus gebaar. En wat zou je...’

‘Wat ik ervoor terug wil?’ vroeg Donatella. ‘Uiteraard dat de beurs “Bianchi” gaat heten, maar ook...’ Ze zweeg even en streek met haar vinger langs haar glas. ‘... dat Roberto Rossini het nieuwe seizoen in La Scala met een hoofdrol zal beginnen.’

Paolo kreunde inwendig. Hij wist dat er een voorwaarde aan vast zou zitten. Dat was altijd zo bij een vrouw als Donatella. ‘O, juist.’

‘Ik volg zijn carrière nu al een aantal jaren, en ik denk echt dat zijn talent beter kan worden uitgebuit. Hij heeft het in zich om een ster te worden. Al mijn vriendinnen zijn het met me eens,’ benadrukte Donatella, alsof dat dan doorslaggevend was.

‘En ook ik vind dat Roberto Rossini een zeer getalenteerd tenor is.’ Paolo koos zijn woorden voorzichtig. ‘Maar soms zijn er... omstandigheden die bepaalde zangers in de weg staan bij het verkrijgen van de rollen die bij hun talent passen. Je hebt gelijk. Hij heeft de vocale en fysieke kwaliteiten om zijn stempel op de operawereld te drukken, maar zijn persoonlijkheid...’ Paolo zuchtte. ‘Nou ja, laten we zeggen dat hij het zichzelf niet gemakkelijk maakt.’

‘Je bedoelt dat je hem niet mag?’ vroeg Donatella hem botweg.

‘Nee, ik verzeker je dat dat het probleem niet is. Ik bedoel dat ik moeite heb met hem als lid van het gezelschap. Hij is onbetrouwbaar, tamelijk onvolwassen en, het spijt me dat ik het moet zeggen, nogal egocentrisch op het podium. Veel van zijn mede-uitvoerenden vinden hem lastig om mee te werken.’

‘Maar hebben alle artiesten geen kuren op zijn tijd? En, Paolo, ik weet dat Roberto Rossini voor grote dingen is voorbestemd. Als het niet bij La Scala is, dan wel bij een ander operagezelschap. En dat willen we voorkomen, toch?’ Donatella keek hem vragend aan.

‘Ik...’ Paolo worstelde met zijn geweten. Hij begreep maar al te goed hoe dit koehandeltje werkte. Voor deze ene concessie zou hij de mogelijkheid krijgen om drie jonge zangtalenten een opleiding aan te bieden.

Uiteindelijk haalde hij diep adem. ‘Toevallig heb ik *Ernani* als opening van het seizoen gepland, en ondanks mijn persoonlijke bedenkingen moet ik toegeven dat de man in kwestie perfect geschikt is voor de titelrol.’

'Nou, zie je wel, Paolo, het lot beschikt,' drong ze aan.
'Goed dan, Donatella,' zuchtte hij. 'Roberto Rossini zal het nieuwe seizoen openen.'
'Uitstekend! Je zult er vast geen spijt van krijgen.' Donatella klapte verrukt in haar handen. 'Maar nog één ding. Beloof me dat Roberto nooit zal weten dat dit gesprek heeft plaatsgevonden.'
'Dat beloof ik.'
'Mooi. Zullen we nu dan maar bestellen?'

Een uur later verliet Paolo het restaurant. Terwijl hij terugliep naar La Scala, vroeg hij zich af hoelang Roberto Rossini al een verhouding met Donatella Bianchi had.

Donatella reed met een tevreden glimlach om haar lippen terug naar huis. Het had weliswaar een hoop geld gekost, maar dat had ze er beslist voor over om Roberto in Milaan te houden.

Roberto kreeg de mededeling dat hij na de ochtendrepetitie in het kantoor van Paolo de Vito werd verwacht. Hij vroeg zich af wat hij nou weer verkeerd had gedaan, besloot dat het hem niet meer kon schelen, liep naar het kantoor van de artistiek directeur en klopte op de deur.
'Kom binnen.'
Roberto deed de deur open. 'Je wilde me spreken?'
Paolo zat met over elkaar geslagen armen achter zijn bureau. Hij glimlachte. 'Ga zitten, alsjeblieft.'
Roberto ging zitten.
'Ik denk erover je de hoofdrol in *Ernani* toe te wijzen. Het wordt de eerste productie van het seizoen. Vind jij zelf ook dat je er klaar voor bent?'
Roberto staarde Paolo vol verbazing aan. Hij was zo verbluft dat hij geen antwoord kon geven.
'Nou?' Paolo keek hem verwachtingsvol aan.
'Ik... eh, natuurlijk! Al sinds mijn studententijd heb ik de ambitie om het seizoen hier in een titelrol te openen.'
'Dat geloof ik graag. En ik heb besloten dat het tijd is om je een

kans te geven. Ik denk dat je het in je hebt om een tenor van formaat te worden.'

'Dank je, Paolo.' Roberto deed zijn best bescheiden over te komen, maar kon zijn opborrelende euforie amper beheersen.

'Ik heb je nu op de hoogte gebracht van mijn intentie omdat we nog vier maanden van het huidige seizoen te gaan hebben, met daarna de zomerstop. Dat geeft je de tijd om de rol in te studeren. Met andere woorden: je hebt zeven maanden om te bewijzen dat ik hiermee het juiste besluit neem.'

'Ik zweer je, Paolo,' verzekerde Roberto hem ernstig, 'dat ik er als een bezetene aan zal werken.'

'Maar, Roberto, laat me je dit zeggen, als je me teleurstelt, zal je toekomst bij ons er heel wat minder rooskleurig uitzien. Vanaf nu kom je niet meer te laat en haal je op het podium geen fratsen meer uit. Een hoofdrol spelen vraagt inzet op een niveau dat je nog niet eerder hebt ervaren. Ik wil dat je me laat zien dat je volwassen genoeg bent om je taak naar behoren te vervullen. Begrijp je wat ik bedoel?'

'Als je me deze kans geeft, beloof ik je dat ik je niet teleur zal stellen. Wie wordt mijn Elvira?' wilde Roberto weten.

'Anna Dupré.'

'*Magnifico*! We werken goed samen, vind ik.'

'Alleen op het podium, hoop ik.' Paolo trok een waarschuwende wenkbrauw op.

'Uiteraard.' Roberto bloosde zowaar. 'Om je de waarheid te zeggen heb ik momenteel iets met iemand.'

'Echt?' Paolo deed alsof hij verbaasd was. 'Laten we hopen dat dat zo blijft, zowel persoonlijk als beroepsmatig. Onthoud dat de opening van het seizoen bij La Scala een enorme eer is voor een tenor. Als je de aandacht krijgt die waarschijnlijk gepaard gaat met je debuut als Ernani, hoop ik alleen maar dat het je allemaal niet naar het hoofd zal stijgen.'

'Natuurlijk niet.'

'Goed dan, dat was het,' knikte hij.

Roberto stond op en reikte over de tafel om Paolo's hand krachtig te schudden. 'Dank, veel dank. Ik zal het vertrouwen dat je in me hebt gesteld niet beschamen, dat beloof ik je.'

'Mooi.' Paolo slaakte een bezorgde zucht terwijl Roberto de kamer verliet. Daarna herinnerde hij zichzelf eraan dat alle drie de betrokken partijen precies hadden gekregen wat ze wilden.

Zeven maanden later keek Paolo door zijn kantoorraam en zag hij de schijnbaar eindeloze stoet van limousines over het Piazza della Scala naar de imponerende driedubbele boog rijden die de entree van het operahuis vormde. Personeel in uniform haastte zich om de portieren te openen. Er ging telkens een spervuur van flitsen af wanneer de passagiers uitstapten; de vrouwen droegen schitterend bont over zware sieraden met diamanten, saffieren en smaragden, hun mannelijke begeleiders waren gekleed in onberispelijke smokings met cummerbunds van rijk gekleurde zijde. Er waren televisiecamera's aanwezig om het meest glamoureuze evenement op de operakalender vast te leggen, dat tevens de opening van het uitgaansseizoen in Milaan markeerde. Er stond politie rond het plein om de enkele honderden Milanezen die verwachtingsvol naar het theater keken tegen te houden. Hoewel de decemberavond koud was en motregen hun botten verkilde, was de beruchte mist die soms zomaar over Milaan kwam neerdalen en de stad dan verlamde, tenminste op afstand gebleven.

Politici, filmsterren, modellen en aristocratie, iedereen die in Italië iets voorstelde was vanavond aanwezig. La Scala's tweeduizend zitplaatsen zouden worden gevuld door de rijke en machtige elite – en natuurlijk de *claque* op de bovenste galerijen.

De claque, moest Paolo met tegenzin toegeven, bestond nog steeds. Die maakte deel uit van een systeem waarbij een ondernemer een hoeveelheid goedkopere kaarten opkocht en weggaf aan mensen die enthousiast juichten voor uitvoerenden die hem daarvoor een aardige som geld hadden betaald, maar joelden naar degenen die dat niet hadden gedaan. Paolo was er zeker van dat Roberto Rossini had betaald. Hij hoopte maar dat de rest van het publiek uit eigen vrije wil voor hem zou klappen.

Sinds hij had aangekondigd dat Roberto zijn Ernani zou worden, had Paolo de gretigheid waarmee de media erop waren gedoken met de nodige onrust aangezien. Het kwam niet vaak voor dat een jonge, getalenteerde en ter plaatse opgeleide tenor, die er ook nog eens uitzag als een knappe held, zijn opwachting maakte, en Roberto had ongetwijfeld de harten veroverd van de meeste vrouwelijke journalisten van Milaan. Hij moest toegeven dat Roberto het toonbeeld van toewijding en fatsoen was geweest sinds hij zijn grote kans had gekregen. Zelfs Riccardo Beroli, La Scala's eigenzinnige dirigent, was langzamerhand op hem gesteld geraakt.

Paolo trok zijn vlinderdas recht en keek op zijn horloge. Hij had nog net even tijd om naar de kleedkamer van Roberto te lopen en hem succes te wensen voor het doek op zou gaan.

'Kom verder.' Roberto stopte midden in een arpeggio toen de deur openging en Paolo de kamer binnenkwam.

'Hoe gaat het met je?'

Roberto grijnsde. 'Mijn maag voelt een beetje raar, maar verder gaat het goed.'

Paolo's blik viel op een smaakvol boeket witte lelies dat op de tafel stond. 'Prachtige bloemen. Van wie heb je die gekregen?' vroeg hij.

'Riccardo. Hij zegt dat ze morgenochtend op mijn graf komen te staan nadat de recensenten me de grond in hebben geboord.' Roberto glimlachte meesmuilend.

'En de rozen?' Paolo wees naar een veel extravaganter boeket dat de kleine bank bijna volledig in beslag nam.

'Van een goede bekende,' antwoordde Roberto luchtig.

'Goed, dan ga ik nu onze speciale gasten in het publiek begroeten. Als je vanavond afgaat, doe je dat voor de voornaamste mensen van Italië.'

'Dank voor je geruststellende woorden,' zei Roberto droogjes.

'Zorg ervoor dat je schittert,' zei Paolo op dringende toon. 'Bewijs dat ik niet gek ben dat ik je deze kans heb gegeven.'

'Ik zal mijn best doen.'

'Mooi. Ik kom in de pauze wel weer. *In bocca al lupo*, Roberto.' Paolo gebruikte de traditionele succeswens.

'*Crepi il lupo*,' reageerde Roberto, zijn ogen ten hemel richtend.

Paolo knikte en verliet de kleedkamer.

Roberto legde zijn hoofd op zijn knokkels, sloot zijn ogen en deed een schietgebedje.

'Laat mij vanavond de beste zijn, God, laat mij de beste zijn.'

De sfeer in La Scala was op de openingsavond altijd opgewondener dan anders, dacht Paolo bij zichzelf in de directieloge. Hij wierp een waarderende blik op de sierlijke rijen vergulde balkons die van de vloer tot aan het prachtige ronde plafond met zijn ene elegante kroonluchter reikten, terwijl de dissonante klanken van de instrumenten die werden gestemd vanuit de orkestbak omhoog zweefden. Hij zag de laatste toeschouwers, onder wie veel bekende namen, de loges in zwermen en hun plaats innemen als exotische vlinders die neerstreken in een bloementuin. Hij keek naar rechts en zag Donatella Bianchi, die met een laag uitgesneden zwartfluwelen japon en fonkelende diamanten naast haar echtgenoot in hun loge zat te stralen. Er barstte een applaus los toen Riccardo Beroli zijn plaats op de bok innam, een buiging maakte naar het publiek en zijn dirigeerstok oppakte.

De lampen werden gedimd, het werd stil in het theater en de langzame, aangrijpende ouverture van *Ernani* begon. Paolo sloot zijn ogen en haalde diep adem. Hij had er nu geen invloed meer op.

Toen het pauze was, wist Paolo dat wat hij de afgelopen weken had voorzien, nu bewaarheid werd. In de drukke bar werd volop gepraat over Roberto, die een formidabele zangprestatie neerzette. Zelfs Paolo had zich ontspannen toen hij zag hoe de man zich thuis voelde op het podium, hoe zijn aantrekkingskracht de overige leden van de cast overschaduwde.

'Wat heb ik je gezegd?' Donatella verscheen achter hem. Ze spinde bijna van tevredenheid.

'Ja, zijn performance is echt heel goed.'

'Ah, maar het is meer, toch? Hij heeft een magnifieke podiumpersoonlijkheid. Je zult vanavond wel een blij man zijn, Paolo. Wij en La Scala hebben een nieuwe ster geschapen.'

Aan het eind van de voorstelling, terwijl Paolo toekeek hoe Roberto meermalen opkwam om het oorverdovende applaus en de hem toegeworpen boeketten in ontvangst te nemen, vroeg hij zich af wat ze zojuist in de operawereld hadden ontketend.

The Metropolitan Opera House,
New York

Zoals je je vast wel kunt voorstellen, Nico, was de avond dat Roberto Rossini zijn Ernani zong het keerpunt in zijn carrière. Tot op de dag van vandaag zou ik willen dat ik hem had gezien; iedereen die erbij is geweest kan het zich nog steeds herinneren. En natuurlijk werd Roberto hierdoor van een relatief onbekende solist plotseling een grote ster. In de daaropvolgende jaren stond in elke krant en in elk tijdschrift dat ik opensloeg wel een foto of een interview met hem. Als hij had opgetreden, werd de artiesteningang bestormd door zijn vrouwelijke fans. Zijn privéleven werd net zo intensief gevolgd als zijn zangperformances, maar zijn kennelijk moeiteloze succes bij mooie vrouwen leek alleen maar bij te dragen aan zijn allure en aantrekkingskracht.
Ik volgde zijn carrière met veel belangstelling. Na zijn glorieuze eerste avond had ik hem een briefje gestuurd om hem te feliciteren, maar dat had hij niet beantwoord. Ik begreep natuurlijk wel dat ik een jonge studente was, en dat hij op weg was een van de grootste tenoren van zijn generatie te worden. Maar dat weerhield me er niet van om ervan te dromen dat we op een dag samen de grote liefdesduetten zouden zingen. Abi en ik kochten vaak kaartjes voor de bovenste galerijen, om naar hem te komen kijken. Die avonden stimuleerden me om harder te werken aan mijn zanglessen op school.
Op de vier jaren die ik in Milaan studeerde, kijk ik met veel liefde terug. Ik wijdde me met hart en ziel aan mijn droom, want ik wilde het vertrouwen dat Luca, Luigi Vincenzi en Paolo de Vito in me hadden gehad recht doen. Luca was toegewijd aan zijn kerk en zag toe hoe het gebouw langzaam en met veel oog voor detail werd gerestaureerd. Zoals Abi had geopperd richtte hij een kerkkoor op, en zoals beloofd hielp zij hem om nieuwe leden te werven en te scholen. Ze brachten vele uren samen door, werkend aan en

pratend over hun lievelingsproject. Met belangstelling zag ik hun vriendschap groeien. Luca had ook een parttimebaan als ober aangenomen, in een eethuis om de hoek bij ons appartement, en op menige avond kwamen Abi en ik daar bij hem eten, wijn drinken en onze dag doornemen.

Hoewel ik me soms afvroeg wat Luca met zijn leven wilde, en ik zijn rusteloosheid wel aanvoelde, sprak ik mijn gedachten tegenover hem niet uit. Misschien wist ik diep in mijn hart dat zijn toekomstplannen hem op een dag van me zouden afnemen – en wilde ik daar niet aan denken.

In de zomervakanties gingen Luca en ik terug naar Napels. Ik moet toegeven dat ik het steeds moeilijker vond om naar huis te gaan. Een paar weken lang leefden Luca en ik in juli en augustus dan alsof de tijd had stilgestaan. Hij stond te koken in de keuken en ik werkte samen met Carlotta in de bediening. Ze stelde amper vragen over mijn nieuwe leven in Milaan en ik vroeg haar op mijn beurt weinig over haar leven, omdat ik haar niet van streek wilde maken. Ik zag dat ze ongelukkig was, dat haar leven met papà en Ella niet was waarvan ze ooit had gedroomd. En misschien wilde ik niet dat haar ellende mijn eigen positieve toekomstbeeld zou verpesten. Als Luca en ik eerlijk waren, moesten we toegeven dat we allebei blij waren als de zomer voorbij was en we weer naar Milaan konden ontsnappen, naar het leven waarin we ons nu beiden thuis voelden.

Ik was eenentwintig jaar oud toen ik aan de scuola di musica afstudeerde met de hoogste lof die op de school te verdienen was. Mijn stem was mijn leven geworden, en terwijl andere meiden van mijn leeftijd geregeld verliefd werden en vriendjes hadden, speelde romantiek in mijn dagelijks leven geen rol. Als dat wel zo was geweest... nou ja, wie weet? Ik was zo groen als gras en totaal onvoorbereid op wat er met me zou gebeuren, zoals je nog zult horen...

14

Milaan, juni 1976

'Rosanna, fijn dat je er bent.' Paolo schonk haar een warme glimlach terwijl ze zijn kantoor in liep. 'Ga zitten.'

Rosanna nam plaats.

'Goed, het zal geen verrassing voor je zijn als ik je vertel dat ik graag wil dat je je bij het operagezelschap voegt.'

'Dat is geweldig. Dank je, Paolo.' Rosanna's ogen glansden van vreugde.

'Aangezien je dit jaar met de hoogste onderscheiding bent afgestudeerd, ben je je er ongetwijfeld van bewust dat we bij La Scala hopen dat je grootse dingen zult bereiken. De vraag is alleen waar in het gezelschap we je moeten plaatsen. Je stem verdient beter dan een plek in het koor, maar ik wil geen druk op je uitoefenen.' Paolo verschoof wat papierwerk op zijn bureau. 'Je bent nog maar eenentwintig en je hebt een carrière van misschien wel veertig jaar voor je. Je moet rijper en ervarener worden voordat we je de rollen kunnen geven waar je stem geschikt voor is. Begrijp je wat ik zeg?'

'Ja, ik geloof het wel,' zei Rosanna knikkend.

'Ik weet dat je door andere operagezelschappen bent benaderd, en ik veronderstel dat je verschillende rollen aangeboden hebt gekregen?'

Rosanna bloosde en vroeg zich af van wie Paolo dat had gehoord. 'Ja, Covent Garden en het Metropolitan Opera House in New York hebben beide aangegeven geïnteresseerd te zijn.'

'Uiteraard is de beslissing aan jou. Maar, Rosanna, als je hier blijft, beloven Riccardo en ik je dat we je toekomst zullen uitstippelen op de manier waarvan wij denken dat die voor jou het beste is. Dit is ons voorstel: we geven je voor het komende seizoen een contract als soliste. Er zijn een aantal kleine rollen die ik voor je in gedachten heb. Maar je hoeft niet meer dan twee of drie keer per week op te treden. Dat geeft je de mogelijkheid om zanglessen te blijven volgen en je stem niet te erg te forceren. Ondertussen wil Riccardo een keer per week met je werken om je repertoire op te bouwen en te verbeteren,' legde Paolo uit. 'Ik denk dat het ook een goed idee is als je een aantal van de voor jou geschikte hoofdrollen van het seizoen als invalster instudeert. Dat geeft je de kans om de betreffende rollen te spelen tijdens repetities en kun je alvast proeven hoe het voelt om op het podium te staan. Maar,' voegde Paolo eraan toe, 'het is onwaarschijnlijk dat je de mogelijkheid krijgt om de rollen ook echt te spelen, want zoals je weet is het gebruikelijk dat de hoofdsopranen elkaar vervangen als een van hen ziek wordt. Ik denk echter dat je enorm zult profiteren van de ervaring voor het moment waarop je – naar ik hoop over niet al te lange tijd – een hoofdrol gaat spelen. Hoe klinkt je dit in de oren?' vroeg hij haar.

Onwillekeurig voelde Rosanna een steek van teleurstelling bij het horen van Paolo's plannen. Het Metropolitan Opera House had haar een seizoen aangeboden waarin ze haar debuut zou maken als Juliette in *Roméo et Juliette*, en Covent Garden had al net zulke verleidelijke rollen voor haar in petto. Maar ze wist dat Paolo verstandige dingen zei. Bovendien was dit de man die haar sinds haar zeventiende had gesteund.

'Het klinkt prima, Paolo,' antwoordde ze, en ze dwong haar mond een glimlach te vormen die naar ze hoopte dankbaarheid uitstraalde.

Paolo keek haar onderzoekend aan en las haar gedachten.

'Rosanna, denk alsjeblieft niet dat we je willen belemmeren. Ik heb gewoon te veel veelbelovende jonge sopranen gezien die in de schijnwerpers werden geduwd voordat ze er echt klaar voor waren. Die zijn vaak uitgeblust tegen de tijd dat ze dertig zijn. Jouw stem is een kostbaar goed, Rosanna, en noch Riccardo, noch ik wil je te ver en te snel pushen. Mijn plan is waarschijnlijk niet zo glamoureus als de andere aanbiedingen die je hebt gehad, maar je moet ervaring opdoen en onopgemerkte fouten mogen maken.'

'Natuurlijk.' Rosanna knikte. 'Ik begrijp het, Paolo, echt.'

'En ik hoop en verwacht dat je hier over een jaar je debuut kunt maken. Ik denk erover het volgende seizoen met *La bohème* te openen. Jij zou dan natuurlijk Mimi spelen en misschien kunnen we Roberto Rossini ertoe verleiden Rodolfo voor zijn rekening te nemen.'

Rosanna's ogen lichtten op. 'Mimi in *La bohème* is altijd mijn droom geweest.'

'Goed. Nou, dan is alles wel besproken, behalve het salaris dat we je zullen betalen,' ging Paolo verder. 'Alweer: het zal niet zoveel zijn als je zou verdienen met het spelen van de hoofdrol bij The Met in New York, maar geloof me, in de toekomst zal je financieel niets tekortkomen. Ik denk dat een bedrag van vierhonderdduizend lire voor het seizoen voldoende zou moeten zijn om van te leven, en daar komen nog overuren en betalingen voor optredens bij. Vind je dat acceptabel?'

'Ja, het is meer dan royaal, dank je.'

'En als je op enig moment ergens mee zit, kom dan met me praten. Vergeet niet dat we het zowel voor jou als voor onszelf op deze manier doen. En... accepteer je ons aanbod?'

Paolo had er geen idee van dat hij haar zojuist precies de juiste worst had voorgehouden. Rosanna zag in gedachten al voor zich hoe ze over een jaar met Roberto Rossini in *La bohème* zou zingen. 'Ja. Dank je wel, Paolo, voor alles.'

'Daar ben ik heel blij mee. Dan is het nu misschien tijd om wat vrienden en vriendinnen op te trommelen om het met een drankje te gaan vieren.'

'Dat doe ik! Ja, dat doe ik! Maar mag ik je één ding vragen voor ik ga?'

'Natuurlijk.'

'Zal Abi Holmes ook deel gaan uitmaken van het operagezelschap? Ik beloof dat ik mijn mond zal houden,' voegde ze eraan toe.

'Ze is een goede vriendin van je, hè?'

'Ja.'

'Nou, dan kan ik je vraag bevestigend beantwoorden, dus jullie hoeven voorlopig geen afscheid van elkaar te nemen.'

'O, wat fijn voor haar én voor mij!' Rosanna vouwde haar handen vergenoegd ineen, blij dat het plaatje van haar nabije toekomst compleet was. 'Nogmaals bedankt, Paolo.'

Toen Rosanna zijn kantoor had verlaten, slaakte Paolo een stille zucht van opluchting. Hij was er niet zeker van geweest of ze positief zou reageren op zijn voorstel. En als zijn protegee er prijs op stelde als hij Abi Holmes in het gezelschap zou opnemen, vond hij wel een plek voor haar ergens achter in het koor. Rosanna kon de komende jaren alle mogelijke steun gebruiken. Ze was nu nog naief en zich niet bewust van de kolkende onderstroom van jaloezie en de concurrentiestrijd die backstage tussen rivaliserende vocalisten heerste. Ze zou een dikke huid moeten ontwikkelen als ze haar rechtmatige plaats aan de top van haar vakgebied wilde innemen. Ze moest nog veel leren, en haar toetreding tot het operagezelschap zou haar vermoedelijk ruw wakker schudden.

'Op ons!' zei Abi.

'Op jullie allebei,' voegde Luca eraan toe.

Voor de zoveelste keer die avond klonken er drie glazen tegen elkaar. De kleine tafel in het appartement van Rosanna en Luca stond vol met de overblijfselen van hun spontane feestje ter gelegenheid van het goede nieuws voor de twee meiden.

'Ik kan bijna niet geloven dat Paolo me in het gezelschap wil hebben!' riep Abi uit. 'Ik viel zowat flauw toen hij me liet komen om het me te vertellen. Ik stond op het punt om mijn koffers te pakken, en ik weet dat mijn ouders me binnenkort in Engeland terug verwachtten.'

'Dus je bent er toch wel blij mee? Ik dacht dat je niet zo heel erg gebrand was op een carrière als operazangeres,' zei Rosanna.

Abi hief haar handen in een gebaar van gespeelde wanhoop en wendde zich tot Luca. 'Mijn god, die zus van je kan soms zo naïef zijn. Natúúrlijk wilde ik in het operagezelschap. Dat ik deed alsof het me niet kon schelen was gewoon zelfbescherming tegen de afwijzing. Zo doen wij Britten dat, snap je. Je ware gevoelens niet tonen, stiff upper lip en zo. Anders dan jullie Italianen, die het hart op de tong hebben. Althans...' Abi wierp Luca een plagerige blik toe. '... de meesten van jullie.'

‘En wat bedoel je daar precies mee, jongedame?’ vroeg Luca vriendelijk grinnikend, zichzelf voor een keer toestaand om luchthartig schertsend te reageren.

‘*My brother, he is the deep horse*,’ verkondigde Rosanna in haar beste Engels.

‘Dark horse zul je bedoelen,’ giechelde Abi. ‘Ja, dat ben je, nietwaar, Luca? Een buitenbeentje?’

Luca haalde goedmoedig zijn schouders op. ‘Als jij het zegt, Abi.’

‘Dat doe ik.’ Ze dronk het laatste restje wijn uit haar glas. ‘Jammer dat de fles leeg is. Ik had vanavond zin gehad in veel meer.’

‘We hebben er al twee gedeeld. Denk aan wat Paolo zegt over het effect van alcohol op je stem,’ zei Rosanna braafjes.

‘Ik weet het, ik weet het,’ zuchtte Abi. ‘En nu ik een heus lid van het gezelschap word, en mogelijk een toekomst heb als zangeres, zal ik dat soort dingen serieus moeten gaan nemen. Vervelend, hoor!’

Rosanna onderdrukte een geeuw.

‘O, kijk, onze soliste is slaperig,’ plaagde Abi haar. ‘Luister, waarom ga jij niet naar bed, dan ruimen wij wel op, toch, Luca?’

‘Als jullie het niet erg vinden. Ik moet toegeven dat ik een beetje moe ben.’ Er verscheen een bezorgde frons op Rosanna’s voorhoofd. ‘Ik hoop dat ik niet verkouden word. Ik heb maandag mijn eerste les bij Riccardo.’

‘O, moet je onze prima donna horen! Let op mijn woorden, het wordt alleen nog maar erger, Luca,’ merkte Abi met gespeeld sarcasme op. ‘En dit is nog maar het begin van haar divagedrag, ze zal neurotisch doen over haar gezondheid en klagen over elk sliertje rook dat van een afstand van honderd meter haar delicate neusgaten binnenzweeft, en…’

Er landde een kussen van de bank boven op Abi. ‘De diva gaat haar schoonheidsslaapje doen. Welterusten.’ Rosanna knipoogde naar Abi en verliet de woonkamer.

Luca kwam overeind en begon borden en glazen naar het keukentje te dragen, terwijl Abi in haar weekendtas rommelde. ‘Kijk eens wat ik vind!’ gebaarde ze toen Luca de kamer weer in liep. Ze zwaaide met een fles grappa. ‘Ik was vergeten dat ik die had meegenomen,’ jokte ze. ‘Wil je een glaasje?’

'Nee, dank je, Abi. Ik heb genoeg gehad,' antwoordde Luca.

'Doe nou niet zo saai, Luca. Dit is een bijzondere avond en ik zal me zeer beledigd voelen als je niet nog een glaasje met me drinkt om het te vieren. Eéntje maar... alsjeblieft?'

'Oké,' zei hij met tegenzin.

Luca keek hoe ze een glas vulde en het hem aanreikte. Hij trok een wenkbrauw op bij het zien van de hoeveelheid.

'Ik drink wel op wat jij niet hoeft. Cheers.' Ze nam een flinke slok en ging op de bank zitten.

'Op jou, Abi. Bravissima! Ik ben heel blij voor je,' glimlachte Luca.

'Echt? Soms vraag ik me af of je eigenlijk wel om me geeft,' zei ze abrupt.

Luca voelde zich overvallen door haar woorden. 'Hoe kun je dat nou zeggen? Abi, je weet toch wel dat ik je als een van mijn beste vrienden beschouw?'

'Ja, natuurlijk. Sorry.' Abi, die zich realiseerde dat ze al gevaarlijk aangeschoten was, veranderde van onderwerp. 'Zeg, wat ga jij doen nu Rosanna volwassen is geworden, om het maar even zo uit te drukken? Straks ben je feitelijk werkloos, nietwaar?'

'Nou, dat lijkt me wat overdreven. Rosanna heeft nog steeds ondersteuning nodig, en familie in de buurt, nu ze zich bij het gezelschap voegt.'

'Jawel, maar ze is meerderjarig, Luca. Je zult toch wel een idee hebben wat je met je toekomst wilt doen. Denk je dat je in Milaan blijft om in het eethuis te werken?'

'Nee, dat doe ik alleen om wat geld te verdienen. Ik weet precies wat ik ga doen.' Luca ging op de bank zitten en nam een slokje van de grappa.

'Vertel het me dan. Ik wil het dolgraag weten. Ga je misschien zelf een restaurant openen?'

'Nee,' glimlachte Luca meesmuilend, 'dat beslist niet.'

'Oké. Maar op een dag wil je misschien wel trouwen? Een gezin stichten?'

'Misschien.'

'Luca, mag ik je een persoonlijke vraag stellen?' De alcohol had Abi de moed gegeven om verder te vragen.

‘Vragen staat vrij, maar of je ook antwoord krijgt, is een andere kwestie,’ zei Luca effen.

‘Goed. Nou, eh, in de jaren dat ik je nu ken heb je nooit een vriendin gehad, toch? Ik bedoel... ben je... hou je... van mannen?’

Luca barstte verrast in lachen uit. ‘Nou ja, wat een vragen stel je, zeg! Nee, Abi. Alleen het feit dat een man geen vrouw heeft, wil nog niet zeggen dat hij homoseksueel is.’

‘Vind je mij dan aantrekkelijk?’ flapte Abi eruit.

Luca bekeek het meisje dat naast hem zat. Haar blonde haar viel sierlijk langs haar ovale gezicht, haar levendige blauwe ogen sprankelden. Onwillekeurig wierp hij een blik op de lange, welgevormde benen die ze had opgetrokken.

‘Ik vind je heel mooi. Ik zou blind zijn als ik het niet opmerkte.’

‘Nou,’ zei ze, ‘als je me aardig vindt, en ook nog mooi, waarom heb je dan nooit geprobeerd om...’

‘Alsjeblieft! Dat behoor je me niet te vragen.’ Luca stond op, liep naar het raam en keek naar buiten, naar de nog steeds drukke straat. Er wandelden stellen hand in hand, ronddwalend zoals mensen doen als ze geen bestemming voor ogen hebben behalve elkaar. Luca voelde een steek van spijt toen hij stilletjes erkende dat hij niet was voorbestemd om te zijn zoals zij. Maar als er íémand was die hij zou kiezen, was dat het meisje op wie hij zo gesteld was geraakt... van wie hij híéld zelfs, het meisje gezeten op de bank achter hem. Hij nam nog een slokje van zijn grappa en zette zijn glas op de vensterbank. Hij wist dat hij eerlijk moest zijn tegen Abi, en tegen zichzelf, in hun beider belang.

‘Luca, je weet ongetwijfeld wat ik voor je voel, waarom ik me wilde inspannen voor jullie kerkkoor, waarom ik bijna in dit appartement wóón,’ hield ze vol.

‘Omdat je de beste vriendin van mijn zusje bent, en omdat je wilde helpen, veronderstel ik.’ Luca draaide zich om en keek haar aan.

‘Natuurlijk, natuurlijk,’ verzekerde ze hem snel. ‘Ik ben dol op Rosanna, ze is me heel dierbaar. En ik heb het oprichten en opleiden van het koor heel leuk gevonden. Maar je begrijpt toch wel dat er meer achter zit?’

‘Abi, alsjeblieft, ik weet niet wat ik moet zeggen.’

Er volgde een korte stilte terwijl Abi haar glas leegde. Het was nu of nooit.

'Luca, mag ik je nu dan wat vertellen? Iets heel persoonlijks? Ik... Ik geloof dat ik verliefd op je ben.'

Luca staarde haar aan; de pijn was van zijn gezicht af te lezen.

'God, is dat zo verschrikkelijk?' vroeg ze hem smekend.

'Nee, ja... Ik...' Hij draaide zich weer om en boog zijn hoofd.

Abi stond op en liep langzaam naar hem toe. 'Alsjeblieft, Luca, geef me een eerlijk antwoord. Kun je in alle oprechtheid zeggen dat je niets voor me voelt?'

Ze kwam dichterbij tot ze vlak achter hem stond. En eindelijk sprak hij zich uit. 'Nee, dat kan ik niet.'

Abi's vingers volgden een patroon op zijn rug.

'Kus me dan.'

'Nee... Ik...' Hij draaide zich vlug om, waardoor zijn gezicht aanlokkelijk dicht bij het hare kwam.

Ze trok hem naar zich toe en drukte haar lippen op de zijne. Ze voelde de spanning die in hem heerste wegtrekken toen ze zijn lippen zachtjes openduwde met die van haar. Haar armen vonden hun weg om hem heen en ze voelde dat hij zich begon over te geven.

Abi had zich dit moment in gedachten al vaak voorgesteld, maar de werkelijkheid was veel, veel fijner dat ze ooit had kunnen dromen.

Toen kreunde hij en trok zich terug. 'Alsjeblieft! Hou op!'

'Wat? Waarom? Ik wist wel dat je wat voor mij voelde. Dat heb ik me niet verbeeld, toch? In de afgelopen vier jaar heb ik weleens een vriendje gehad, ja, maar nooit iets serieus. In mijn hart is er nooit iemand anders geweest. Jij zult het voor mij altijd zijn, altijd.' Abi stapte weer naar voren, maar Luca deinsde terug als een in het nauw gedreven dier.

Hij liet zich op de bank zakken en begroef zijn gezicht in zijn handen.

'Ik... O Luca, wat is er toch? Vertel me alsjeblieft wat er is?'

Toen hij opkeek zag Abi de tranen in zijn ogen.

Hij schudde langzaam zijn hoofd. 'Je zult het niet begrijpen.'

'Jawel, ik zweer het je. Als we dezelfde gevoelens voor elkaar hebben, kunnen we het oplossen, wat het probleem ook is.' Ze ging naast hem zitten.

'Nee, Abi, dat kunnen we níét. Er is geen toekomst voor ons samen. Het spijt me, het spijt me heel erg dat ik je dat zelfs maar een ogenblik lang heb laten geloven.'

Ze haalde diep adem en schudde haar haar uit haar gezicht naar achteren in een poging haar zelfbeheersing te hervinden. 'Dan kun je me maar beter uitleggen waarom niet.'

'Goed, ik zal het je vertellen, lieve Abi, ik zal mijn best doen het je duidelijk te maken.'

Luca haalde eveneens diep adem, om zich voor te bereiden op het vertellen van zijn verhaal aan haar. 'Weet je, in mijn jongere jaren vroeg ik me altijd af waarom ik ongelukkig was. Het was alsof ik iets zocht, iets waarvan ik aanvoelde dat noch een vrouw, noch een carrière het me kon geven. Toen kwam ik met Rosanna mee naar Milaan en ontdekte ik, ironisch genoeg, op mijn eerste dag hier wat het was.'

'Hoe dan? En waar?'

'Ik liep La Chiesa Della Beata Vergine Maria binnen. En daar heb ik haar gezien.'

'Wie?' Haar lip trilde.

'Maria, de Madonna,' zei Luca zacht. 'Het klinkt vreemd en belachelijk, dat weet ik, maar ze heeft me aangesproken. Vanaf dat moment viel alles op zijn plaats en realiseerde ik me wat ik met mijn leven moet doen.' Hij pakte Abi's hand. 'Dus ik kan niet met jou samen zijn; ik kan me niet aan een vrouw binden of van haar houden. Want ik heb mijn leven aan God gegeven.'

Abi kon hem alleen maar verbijsterd aanstaren. Ten slotte hervond ze haar stem.

'Maar ik geloof ook in God. Dat wil toch niet zeggen dat je een ander niet mag liefhebben? Ik dacht dat God liefde wás?'

'Dat is waar, maar ik moet de ultieme gelofte doen. Ik heb het uitgesteld tot Rosanna klaar was met de zangopleiding. Zij was mijn eerste prioriteit. Maar over niet al te lange tijd ga ik naar een seminarie in Bergamo. Daar blijf ik dan zeven jaar om te worden opgeleid tot priester. En daarom kan ik niet met jou samen zijn. Zo, dat is eruit,' zei hij zacht. Hij geloofde amper dat hij de woorden eindelijk had uitgesproken. 'Ik verwacht niet dat jij, of Rosanna trouwens, het zal begrijpen, maar dit is wat ik het liefste wil.'

Abi was zo geschokt dat ze overweldigd werd door de neiging hysterisch te gaan lachen. Maar toen ze Luca in de ogen keek en zijn gezicht bestudeerde, zag ze dat het geen spelletje was, of een excuus. Dit hoorde bij hem; het maakte deel uit van wie hij was.

Luca keek haar aandachtig aan. 'Je denkt dat ik gek ben, hè?'

'Nee, ik... natuurlijk denk ik dat niet. Echt niet,' benadrukte ze. 'Maar, Luca, als je priester wordt, betekent het dat je afziet van alle wereldlijke genoegens. Ben je daar echt toe bereid?'

'Absoluut.'

'En toch kun je me niet zeggen dat je niets voor me voelt?'

'Nee,' bekende hij. 'Dat kan ik niet. Vanaf het eerste moment dat ik je zag, voelde ik iets voor je wat lastig te beschrijven valt. En sindsdien heb je een plek in mijn hart. We hebben de afgelopen vier jaar een hechte band gekregen.'

'Ja, dat is zo. En misschien heet dat "iets" wat je niet kunt beschrijven wel gewoon "liefde", Luca.'

'Ja,' gaf hij toe. 'Ik denk dat je gelijk hebt. Maar begrijp je niet dat jij een test bent waarmee God me op de proef stelt? Een test waar ik zojuist voor gezakt ben.' Luca liet zijn hoofd mismoedig zakken.

'Ik weet niet of ik me gevleid of beledigd moet voelen.' Abi sprak zachtjes, met holle stem.

'Het spijt me, dat kwam er nogal ongelukkig uit,' zei Luca haastig, 'maar ik bedoelde het op de best mogelijke manier. Je bent de eerste en enige vrouw van wie ik ooit heb gehouden.'

'Dus je erkent dat je van me houdt?'

'Ja, ik denk dat ik van je hou, Abi. Ik heb zo vaak 's nachts aan je gedacht, naar je verlangd, en God om bijstand gevraagd. Jouw veelvuldige aanwezigheid hier heeft het me heel moeilijk gemaakt. Daarom kwam ik soms misschien... afstandelijk over,' gaf Luca toe.

'Dus...' Met pijn in het hart besefte Abi dat ze machteloos stond. 'Wanneer wil je naar dat eh... seminarie gaan?'

'Ik heb de voorbereidende gesprekken al gehad. Als het allemaal goed gaat, vertrek ik over twee maanden naar Bergamo, nadat Rosanna en ik zijn teruggekomen uit Napels.'

'O. Weet Rosanna het al?'

'Nee, ik had het haar vandaag willen vertellen maar ik wilde niet dat het haar goede nieuws zou verpesten.'

'Ze zal er kapot van zijn. Jullie zijn zo hecht met elkaar.'

'Nee, dat ik denk ik niet. Als ze van me houdt zoals ik denk dat ze dat doet, zal ze blij voor me zijn.'

'Misschien wel,' zuchtte Abi. 'Maar neem het me niet kwalijk dat ik niet ook blij voor je kan zijn, voorlopig althans niet. Kan ik niets doen om je van gedachten te laten veranderen?'

Het verlangen in haar stem raakte Luca tot diep in zijn hart, maar hij wist dat hij standvastig moest blijven. 'Nee. Niets.'

Ze kon haar tranen niet langer bedwingen. 'Wil je me nu dan alsjeblieft vasthouden?'

Luca opende zijn armen en ze kroop tegen hem aan. Hij streek over haar haar en voelde haar lichaam reageren.

'Het zal niet veranderen, weet je,' mompelde ze.

'Wat?'

'Wat ik voor je voel. Wat we hebben gedeeld.'

'Abi, ik beloof je dat het zal veranderen. Je bent een prachtige jonge vrouw en je hebt je leven nog voor je. Op een dag vind je iemand die van je kan houden zoals ik dat niet kan. En dan zul je mij vergeten.'

Ze veegde met de rug van haar hand over haar ogen. 'Nooit,' zei ze. 'Nooit.'

De volgende dag zat Rosanna aan tafel te luisteren naar wat Luca haar te vertellen had. Verbazend genoeg voelde ze zich, ondanks haar verdriet om de gedachte aan een leven zonder hem, ook opgelucht dat het mysterie van het eenzelvige bestaan van haar broer was verklaard.

'Wanneer ga je?'

'In de herfst, als we terugkomen uit Napels.'

'O Luca, mag ik bij je op bezoek komen als je in Bergamo bent?'

'Een tijdlang niet, nee.'

'O.'

'Je begrijpt het toch wel? Waarom ik moet gaan?' vroeg Luca haar.

'Ja, als het echt is wat je wilt.'

'Ik wilde het al heel veel jaren, zonder het te beseffen.'

'Dan ben ik blij voor je. Maar ik zal je vreselijk missen.'

'Ik jou ook. Maar je zult niet alleen zijn. Ik denk dat Abi hier graag wil komen wonen. Dat zou jij ook fijn vinden, toch?'

'Natuurlijk, maar het zal niet hetzelfde zijn.'

'Je zult zo in beslag worden genomen door je nieuwe leven in La Scala dat je amper zult merken dat ik weg ben, piccolina.'

'Ik begrijp dat je moet gaan en je eigen weg moet bewandelen, maar dat betekent niet dat ik je niet meer nodig heb.' Vastbesloten om niet te huilen voegde Rosanna er luchtig aan toe: 'Ik vraag me af wat papà ervan zal vinden?'

'O, ik denk dat hij met genoegen zal opscheppen over zijn zoon de priester en zijn dochter de operazangeres, dus die vindt het prima.' Luca pakte haar handen vast. 'Rosanna, je weet dat ik van je hou, hè? Dat je de meest dierbare persoon in mijn leven bent?'

'Ja, dat weet ik.'

'Maar ik geloof dat het een goed moment voor me is om te gaan. Jij moet ook leren zelfstandig te worden.'

Rosanna knikte droevig. 'Ik denk dat je gelijk hebt. Het is tijd dat ik volwassen word.'

De twee maanden in Napels gingen snel voorbij. Het was druk in het eethuis en Rosanna kon minder tijd met Luca doorbrengen dan ze had gewild. Zoals haar broer al had voorspeld, pochte Marco nadat hij het nieuws had vernomen tegenover iedereen die het wilde horen dat zijn zoon priester zou worden. Het was eerder dit nieuws dan het feit dat zijn dochter bij La Scala was aangenomen, dat reden tot vreugde was.

Rosanna accepteerde zijn klaarblijkelijke gebrek aan belangstelling voor haar carrière; het toonde vooral aan hoe ver ze was gekomen vanuit het veilige, maar beperkte wereldje van de Piedigrotta. En ze verwachtte ook niet dat papà het zou begrijpen.

Voordat ze terugkeerde naar Milaan, ging Rosanna op bezoek bij

Luigi Vincenzi, in de wetenschap dat het weleens een tijd zou kunnen duren voor ze weer naar Napels zou komen. Op zijn prachtige terras, beschermd tegen de felle augustuszon, zaten ze te genieten van een paar glazen gekoelde witte wijn. Ze voelde zich schuldig dat ze zich hier bij Luigi nu meer thuis voelde dan in het eethuis van haar vader.

'Denk je dat ik er goed aan doe me te schikken in Paolo's plannen?' vroeg ze hem terwijl hij haar glas bijvulde.

'O, zeker. Naar het buitenland gaan en de grote rollen zingen, het klinkt allemaal heel aantrekkelijk, maar Paolo is zo wijs je de tijd te geven die je nodig hebt.'

'Soms heb ik het gevoel dat ik al eeuwen aan het studeren ben,' zuchtte Rosanna. 'Het is bijna tien jaar geleden dat ik mijn eerste zangles van je kreeg.'

'En je zult moeten blijven studeren, Rosanna, tot het einde toe,' benadrukte Luigi. 'Dat hoort bij je werk en zo blijf je jezelf verbeteren. Bekijk het ook eens zo: het zou voor Paolo veel winstgevender zijn om je een hoofdrol te geven. Hij weet dat je een grote ster zult zijn en veel aandacht zult trekken. Maar hij en Riccardo Beroli willen je koesteren en je de tijd gunnen die je nodig hebt om zelfvertrouwen en repertoire op te bouwen. Denk je dat andere sopranen zo'n speciale behandeling krijgen van de artistiek directeur van een van de voornaamste operahuizen ter wereld?'

Rosanna zag de geamuseerde twinkeling in zijn ogen. 'Nee, het spijt me. Ik gedraag me ongeduldig en egoïstisch.'

'Dat hoort allemaal bij je artistieke temperament, dat naast je stem zal floreren,' grinnikte Luigi. 'Je bent precies waar je moet zijn, Rosanna. Geloof me, en vertrouw op Paolo en Riccardo. We staan allemaal aan jouw kant.'

Een half uur later begeleidde Luigi haar naar de voordeur. 'Doe mijn hartelijke groeten aan je broer. Ik hoop dat het hem goed zal gaan op de door hem gekozen weg.'

'Dat zal ik doen,' knikte Rosanna. Ze bracht haar hoofd omhoog en kuste hem liefdevol op beide wangen. 'Dank je, Luigi. Misschien zie ik je in Milaan op mijn eerste première?'

'Die zou ik voor geen goud willen missen.' Hij gaf haar twee kussen terug. 'Ciao, Rosanna. Blijf studeren.'

'Zal ik doen.' Ze glimlachte en zwaaide nog even naar hem terwijl ze over de oprit wegliep.

Vier dagen na hun terugkeer naar Milaan liep Rosanna met Luca mee naar het Stazione Centrale, vanwaar hij naar Bergamo zou reizen. Voordat haar broer in de trein stapte, gaf ze hem een laatste omhelzing.

'Ik ben heel trots op je, Luca.'

'En ik op jou, piccolina. Eén ding voor ik wegga: je hebt een grote gave, Rosanna, en zoals bij alle zegeningen zul je er een hoge prijs voor moeten betalen. Vertrouw niemand behalve jezelf,' drukte hij haar op het hart.

'Dat beloof ik.'

'Abi zal er voor je zijn. En jij moet er ook voor haar zijn.'

'Natuurlijk. Ik denk dat zij van iedereen het meest van streek is door je vertrek.'

'Ja, we hebben een hechte band opgebouwd.' Luca hield zijn antwoord expres luchtig om zijn ware gevoelens te maskeren.

'Je zult ons allebei schrijven, toch?'

'Ik zal mijn best doen, maar vergeef het me als je een tijdje niets van me hoort. Er zijn daar strenge regels voor novicen. Ciao, bella.' Luca gaf haar een kus op beide wangen. 'En moge God je zegenen en beschermen.'

'Ciao, Luca.'

Rosanna wachtte tot de trein uit het zicht was verdwenen voordat ze stopte met zwaaien. Met een verloren gevoel liep ze langzaam terug over het perron naar de drukke straten van Milaan. Luca was er altijd geweest. Nu was hij weg en moest ze haar toekomst alleen tegemoet treden.

15

Roberto werd wakker van de telefoon. Vloekend stak hij zijn hand uit naar de hoorn.

'*Pronto*.'

'Caro, met Donatella.'

'Waarom bel je me op dit tijdstip? Je weet toch dat ik gisteravond laat thuis was?' reageerde hij geërgerd.

'Sorry, maar je bent zes weken weggeweest. Ik wilde je stem horen en zeker weten dat je veilig bent thuisgekomen. Wees niet boos op me, caro,' zei ze smekend.

Roberto kalmeerde alweer. 'Natuurlijk ben ik niet boos. Ik ben alleen maar moe.'

'Hoe was het in Londen?'

'Het regende de hele tijd. In augustus nog wel. Ik heb een nare verkoudheid opgelopen.'

'Arme schat,' zei ze troostend. 'Maar goed. Ik heb de recensies over *Turandot* gelezen. Die waren gewoonweg subliem.'

'Ze waren vrij goed, ja,' erkende hij.

'Zal ik vanmiddag naar je toe komen? We hebben wat in te halen.'

'Nee, vanmiddag kan ik niet. Ik heb een afspraak met Paolo de Vito over het komende seizoen.'

'Morgen dan?'

'Oké. Morgen.'

'Ik kan niet wachten. Om drie uur ben ik bij je. Ciao.'

'Ciao.' Roberto legde met een zucht de hoorn op de haak en ging weer liggen. Zijn opluchting terug in Milaan te zijn na de grijsheid van Londen ebde weg.

In de afgelopen drie jaar was Donatella veranderd. In het begin was hun verhouding op een sterke wederzijdse aantrekkingskracht gebaseerd geweest, en de aanwezigheid van haar echtgenoot op de achtergrond had ervoor gezorgd dat hun relatie niet al te serieus werd. Maar naarmate Roberto's ster was gerezen, was Donatella bezitteriger geworden. Het was zo geleidelijk gegaan dat hij het nauwelijks had opgemerkt, maar het laatste jaar had ze zelfs woorden van liefde geuit. Ze werd nijdig als ze in krantenartikelen las over Roberto en andere vrouwen, en als ze foto's van hen zag. Ze beschuldigde hem er continu van dat hij een affaire had – en daar had ze nu en dan gelijk in gehad. Maar hoewel Donatella rijk en invloedrijk was, had ze niet het recht te bepalen wat hij met zijn leven deed. Hij had dan misschien nog niets voorgesteld toen hij haar leerde kennen, maar inmiddels was hij een internationale ster, en hij liet zich door niemand, maar dan ook níémand, vertellen wat hij wel of niet mocht doen.

Aan de andere kant was er geen andere vrouw die hem seksueel zo opwond als zij. De fysieke vonk waaruit de relatie was voortgekomen, was er nog steeds en hij vond haar waanzinnig lastig te weerstaan.

Roberto overpeinsde zijn dilemma terwijl hij uit bed stapte en naar de badkamer liep. Hij zette de douche aan en ging onder de straal staan. Hij vroeg zich af of Donatella de foto's van hem en Rosalind Shannon, een jonge sopraan bij Covent Garden, in de krant had zien staan. Het grauwe Londense weer had flink wat helderder geleken doordat zij hem diverse malen in zijn bed had verwarmd. Zij was natuurlijk bedroefd geweest toen hij Londen gisteren verliet, maar hij had haar de gebruikelijke dingen beloofd, en daarmee leek hij haar gesust te hebben. Roberto betwijfelde of hij nog contact met haar zou opnemen. Het was leuk geweest voor zolang het duurde, maar...

Hij droogde zich af en trok een gemakkelijk zittende Armanibroek en een zijden overhemd aan. In de keuken maakte hij zijn speciale op honing gebaseerde drank, die de keel verzachtte en de stembanden beschermde. Terwijl hij wachtte tot het water kookte, glimlachte hij onwillekeurig bij de gedachte aan wat zijn succes hem had gebracht. Anderen zouden misschien beweren dat materiële bezittingen onbelangrijk waren – een bijkomstigheid van hun roem. Roberto was het er niet mee eens. Hij genoot ervan rijk te zijn.

Zijn nieuwe appartement lag vlak bij de Via Manzoni, op slechts een steenworp afstand van La Scala, en het voldeed aan al zijn wensen. Het was klein genoeg om gemakkelijk netjes te houden. Hij moest er niet aan denken om *in flagrante* op een leger werksters te stuiten. Maar het was chic genoeg om recht te doen aan zijn status als een van de beste levende tenoren ter wereld.

Hij had een hele ontwikkeling doorgemaakt, en hij had het allemaal op eigen kracht gedaan, dacht hij bij zichzelf.

Als Donatella een stukje van hem wilde, zou ze moeten leren zich aan de regels te houden. Anders zou hij een eind aan hun verhouding maken.

De volgende middag stapte Donatella in haar nieuwe Ferrari. Ze checkte haar make-up in het spiegeltje, startte de motor en scheurde de oprijlaan van het palazzo af, verlangend naar Roberto's armen om haar heen. Ze kon amper geloven hoe erg ze hem gemist had.

Ze had langzamerhand genoeg van hun parttimerelatie, ze had geen zin meer om hun affaire geheim te houden. Het liefst wilde ze het uitschreeuwen dat zij de vrouw was in het leven van de grote Roberto Rossini.

Ze had het grootste deel van de zomer met haar echtgenoot in een villa op Cap-Ferrat doorgebracht. Zonnebadend aan het zwembad had ze haar echtgenoot eens goed bekeken: klein, kalend, met grove gelaatstrekken en een buikje dat in de loop der jaren behoorlijk was gegroeid. Ze kon zijn aanrakingen nauwelijks nog verdragen. Voorheen was het de opoffering waard geweest. Zijn rijkdom, macht en status hadden haar de dingen gegeven waar ze altijd naar had gehunkerd.

Maar er was nu een man in haar leven die haar het gevoel gaf jong te zijn, die net zo succesvol was als haar echtgenoot, en die – belangrijker nog – degene was van wie ze hield en naar wie ze verlangde. Langzaam heen en weer zwemmend in het schitterende zwembad van de villa, met uitzicht op de Middellandse Zee, had Donatella zichzelf ervan overtuigd dat er maar één reden was waarom Roberto nooit had gezegd dat hij van haar hield: namelijk dat de situatie hopeloos was. Tenslotte, redeneerde ze, was zij een getrouwde vrouw die niet de intentie had om haar echtgenoot te verlaten, want dat had ze vanaf het begin duidelijk gemaakt.

Maar... als ze ongebonden zou zijn, wat dan?

Tegen de tijd dat ze terug was uit Frankrijk, had ze een besluit genomen. Ze zou van Giovanni scheiden en na een passende tussenpoos zou ze dan met Roberto trouwen. En als ze de scheiding eenmaal had aangekondigd, zou ze met haar jongere minnaar de wereld over kunnen reizen. Ze kon de krantenberichten over zijn vrijages niet langer verdragen. Ze wilde hem voor zichzelf alleen hebben.

Tenslotte had hij zijn succes aan haar te danken.

'O, caro, wat heb ik je gemist.'

Roberto kreunde terwijl haar tong over zijn buik omlaag kronkelde. Daarna liet ze haar tong snel over zijn gevoeligste lichaamsdeel heen en weer glijden.

'Zeg dan dat je van me houdt,' eiste ze. De prikkeling stopte plotseling.

'Ik aanbid je,' fluisterde hij, opgaand in het moment en zijn verlangens.

Donatella's mond omsloot hem weer en ze glimlachte inwendig. Dat was alles wat ze wilde horen.

Rosanna en Abi namen hun plaats in op het podium van La Scala, tussen de rest van het gezelschap. Na drie weken in de repetitieruimte was dit de eerste doorloop in het theater zelf.

'Wat groot, hè?' fluisterde Rosanna zenuwachtig, vanaf het toneel omhoog turend naar de enorme lege zaal.

'Ik voel me een zandkorreltje,' antwoordde Abi, al net zo zenuwachtig.

Rosanna staarde naar de grote kroonluchter, die zo'n zeventien meter boven hen hing, dagdromend over haar debuut dat ze hier op een dag zou maken, toen Riccardo Beroli in zijn handen klapte en haar weer met beide benen op de grond bracht.

'Goed, dan nemen we nu de eerste akte door.'

Terwijl het koor zich opstelde op de gecompliceerde set, zag Rosanna dat Anna Dupré uit de coulissen kwam lopen, diep in gesprek met Paolo de Vito. Ze speelde Adina in Donizetti's *L'elisir d'amore*, de opera waarmee het seizoen geopend zou worden. Rosanna had de rol van Giannetta gekregen; ze zong één korte aria met het vrouwenkoor. Dag na dag had ze gewacht tot Roberto Rossini, die Nemorino speelde, zou verschijnen. Hoewel ze al een maand aan het repeteren waren, moest hij zich nog bij het gezelschap voegen.

'Oké, we gaan zingen!' Riccardo gebaarde naar de pianist dat hij kon beginnen.

Zes slopende uren later verlieten Abi en Rosanna het theater.

'God! Ik moet echt wat drinken nu,' verklaarde Abi terwijl ze gearmd naar een café vlak bij het Piazza della Scala liepen.

Ze gingen aan een tafel bij het raam zitten. Abi bestelde een glas wijn en Rosanna een mineraalwater.

'Dat was vermoeiend,' pufte Rosanna. 'Het rondhangen als de belichting wordt aangepast alleen al.'

'Ja, en de sterren hoeven dat niet te doen, heb je dat wel gemerkt? Anna Dupré was er vanochtend maar een uurtje, en de grote signor Rossini heeft zich helemaal niet verwaardigd te verschijnen,' snoof Abi.

'Ik hoorde Paolo aan Anna vertellen dat Roberto gisteravond voor een concert in Barcelona is geweest.'

'Iemand heeft me verteld dat hij een paar eigen repetities heeft gehad en dat hij alleen aan de generale zal meedoen. Hij wil zich kennelijk niet inlaten met ons gewone stervelingen.'

'Heb nou niet meteen je oordeel klaar, Abi, je kent hem niet eens.' Rosanna nam het meteen voor Roberto op.

'Nee, ik ken hem niet, maar jij kent toch ook de verhalen over zijn slechte gedrag bij La Scala. Hij schijnt het tijdens *Carmen* in het vorige seizoen zelfs met een dame uit het koor gedaan te hebben tussen het lied van de toreador en het smokkelaarskoor in. En nog had hij genoeg lucht over om de slotscène te zingen!'

'Je bent verschrikkelijk, Abi.' Rosanna grinnikte. 'Het wordt vast allemaal overdreven.'

'Waarschijnlijk wel, maar een avond met Roberto Rossini, wat voor donjuan hij ook moge zijn, is misschien wel de moeite waard. Ik heb gehoord dat hij geweldig is in bed.' Abi nam een slokje van haar wijn en genoot van Rosanna's geschokte gezichtsuitdrukking. 'Bovendien zit er voor mij niets anders op dan de hoop op te geven dat Luca mijn gevoelens ooit zal beantwoorden nu hij naar het seminarie is gegaan, dus een beetje troost voor mij en mijn gebroken hart is me toch wel gegund?'

'Het spijt me, ik heb me niet goed gerealiseerd dat je serieuze gevoelens voor hem had.'

'O, die had ik zeker,' zei Abi met een ernstige blik. 'Ik heb de strijd verloren en God heeft gewonnen,' mompelde ze. 'Nou ja, niks aan te doen, *no use crying over spilt milk*, zoals we in Engeland zeggen. Trouwens, heb je die tenor gezien die naast me op de trap zat?'

'Je bedoelt die een beetje op Luca lijkt?'

'Ja, hij lijkt inderdaad wel wat op hem,' gaf Abi blozend toe. 'Ik denk dat ik mijn pijlen eerst maar eens op hem ga richten. Cheers.' Ze hief haar glas en sloeg de rest van haar wijn achterover.

Een week later liepen Rosanna en Abi in hun zware kostuums naar de coulissen voor de generale. Rosanna hoorde dat het orkest aan het stemmen was en zag dat er nog steeds wat timmerlieden bezig waren spijkers te slaan in een decorstuk op het enorme podium.

Paolo verzamelde het koor en de cast om zich heen op het toneel. 'Oké, dames en heren, ik hoop dat we een ononderbroken doorloop kunnen doen. Laten we kijken hoe het gaat. Goed dan, iedereen naar zijn plaats graag.' Paolo knikte naar Riccardo, die zijn plaats in de orkestbak innam.

Het koor had nog maar een paar woorden gezongen toen er vanuit de stalles 'Stop!' werd geroepen. Er volgde een wachttijd van twintig minuten waarin er iets onduidelijks werd aangepast tot Paolo tevreden was. Uiteindelijk begonnen ze opnieuw.

Vier uur later zaten Rosanna en Abi in de stalles koffie uit plastic bekertjes te drinken, wachtend tot Paolo verder zou gaan met de rest van de eerste akte.

'Nou, nou, nou, kijk eens wie het zich verwaardigt ons te verblijden met zijn aanwezigheid,' zei Abi met een por.

Rosanna keek op en hield haar adem in toen ze Roberto Rossini op het podium met Paolo zag praten.

'Mijn god, wat is hij aantrekkelijk, vind je niet? Oeps, ik moet op. Het koor is weer aan de beurt.'

Rosanna keek hoe Abi zich weer naar het podium begaf. Het koor zong de laatste twee maten en verdween de coulissen in, waarna Roberto opkwam.

In de witte gloed van de schijnwerpers begon hij 'Una furtiva lagrima' te zingen. Rosanna zat als vastgenageld aan haar stoel.

Twee dagen later stond Rosanna in de coulissen klaar om het podium te betreden en haar eigen solo te zingen voor het verwachtingsvolle premièrepubliek. Hoewel ze haar aria door en door kende, en deze zangtechnisch niet veeleisend was, ging er een golf adrenaline door haar heen. Ze slikte en concentreerde zich op haar ademhaling om haar zenuwen in bedwang te houden. Er barstte een luid applaus los toen Roberto klaar was met zingen en in haar richting van het podium af liep. Ze dacht dat hij zo langs haar zou lopen, maar hij stopte vlak voor haar. Hij ademde zwaar en ze zag de zweetdruppeltjes op zijn voorhoofd parelen.

'In bocca al lupo, signorina Menici,' fluisterde.

'Crepi il lupo,' antwoordde ze verlegen.

Hij boog zich naar haar toe en gaf haar een kus op haar voorhoofd.

'Je zult een prachtig debuut maken. Doe je best.'

Rosanna hoorde haar cue en stapte, zonder nog tijd te hebben om erover na te denken, het toneel op.

Tien minuten later was ze terug in de kleedkamer die ze met een andere soliste deelde. Haar zenuwen waren tot rust gekomen op het moment dat ze was begonnen met zingen; de jaren van oefenen en repeteren maakten het mogelijk om tijdens haar allereerste première van de sfeer te genieten. Het applaus was hartelijk geweest en ze wist dat ze goed had gezongen. En wat nog mooier was: Roberto had haar opgemerkt. Ze legde haar vingers tegen haar voorhoofd op de plek waar hij haar een kus had gegeven.

Een uur later verzamelde het gezelschap zich op het toneel om het donderende applaus in ontvangst te nemen. Roberto en Anna werden vijf keer teruggeroepen, en uiteindelijk ging iedereen terug naar de kleedkamers. Glimlachend naar haar spiegelbeeld prentte Rosanna dit speciale moment in haar geheugen. Ze trok een jurk aan en liep door de gang om Abi op te zoeken in de kleedkamer die ze met de andere koorleden deelde.

'Rosanna, bravissima!' Abi kuste haar op beide wangen. 'Je hebt prachtig gezongen. Dat vindt het hele koor. Nu ben je dus voor het eerst op het podium van La Scala verschenen. Misschien staat er morgen wel wat over je in de krant.'

'Denk je?'

'Wie weet? Maar echt, *darling*, ik kan nog steeds niet geloven dat je niets nieuws hebt gekocht om naar het feest aan te trekken!' riep Abi uit. 'Die oude zwarte jurk van je is klaar voor de afvalbak,' zei ze, haar eigen nieuwe rode cocktailjurk van zijn hangertje halend.

Rosanna negeerde Abi's opmerking. Ze was niet erg geïnteresseerd in kleding. Ze trok haar jurk recht terwijl Abi zich in die van haar wurmde, haar blonde haar borstelde en haar make-up vakkundig bijwerkte. 'Je ziet er mooi uit, Abi,' zei ze bewonderend.

'Dank je, darling. Kom, Assepoes, laten we gaan voordat we van alles missen.'

Ze liepen naar de foyer van het operahuis. Daar stond het al vol met leden van de cast en genodigden uit het publiek.

'Champagne?' Abi pakte twee glazen van het dienblad van een voorbijlopende serveerster.

'Graag.'

'Moge dit de eerste van vele premières zijn!' zei Abi met een glimlach. 'Kijk, daar is de man van de avond, omringd door zijn bewonderaars.'

Rosanna draaide zich om en zag de kruin van Roberto's hoofd net boven de menigte uitkomen.

'Hij praat met mijn tante. De perfecte gelegenheid. Kom, we gaan ons voorstellen.' Abi pakte Rosanna's hand.

'Nee, vanavond niet. Ik bedoel, er zijn zoveel mensen die hem willen spreken, hij heeft het te druk,' protesteerde Rosanna, ineens overweldigd door schroom.

'Ja, maar we zijn leden van hetzelfde gezelschap, ook al gedraagt signor Rossini zich alsof hij van een superieure planeet komt.'

Abi drong vastbesloten door de zee van mensen heen, gevolgd door een gedweeë Rosanna. Vlak voordat ze de groep om Roberto heen bereikten, verscheen er een bekende figuur aan Rosanna's zijde.

'Ciao, Paolo.' Ze glimlachte opgelucht.

'Ciao, Rosanna. Ik hoopte eigenlijk dat je je bij ons zou voegen.'

Tot Abi's ergernis greep Paolo Rosanna's arm vast en loodste hij haar resoluut mee. Abi haalde haar schouders op en liep door naar haar tante en Roberto.

'En, hoe vond je je eerste avond als soliste bij het gezelschap?' vroeg Paolo terwijl ze door de foyer liepen.

'Het was geweldig,' zuchtte ze.

'Goed om te horen. Je hebt prachtig gezongen, Rosanna. Het was een perfect debuut. En, zeg eens eerlijk, had je vanavond liever in Anna Duprés schoenen willen staan?'

'Natuurlijk,' gaf Rosanna schoorvoetend toe.

'Nou, te oordelen naar je optreden vanavond zal het niet al te lang duren. En Riccardo zegt dat je in de lessen met hem grote vorderingen maakt. Donderdag beginnen de repetities voor de understudy's. Doe je best, want ze geven je de ideale mogelijkheid om de rollen te perfectioneren die je op een dag zult zingen.'

'Zal ik doen, Paolo,' beloofde ze.

'Luister, Rosanna.' Paolo begon zachter te praten. 'Er staat daar een heer die jou heel graag wil ontmoeten, ben ik bang. Hij is een belangrijke begunstiger van de school, en aangezien jij de sterleerling van vorig jaar bent, denk ik dat het gepast is als ik je aan hem voorstel. Zou je zo goed willen zijn me te volgen?'

Rosanna knikte gelaten en liep met Paolo mee.

Abi tikte haar tante op de schouder. Sonia draaide zich om en kuste haar nichtje hartelijk op beide wangen.

'Lieverd, gefeliciteerd. Ik vond dat je er heel charmant uitzag in je kostuum.' Ze glimlachte. 'Je hebt Roberto Rossini vast al ontmoet?'

'Nee,' zei Abi, die Roberto recht in de ogen keek. 'Hoewel we bij hetzelfde gezelschap horen, zijn we niet aan elkaar voorgesteld.'

'Nou, Roberto,' zei Sonia, 'dit is Abigail Holmes, mijn nichtje. Ik weet gewoon dat ze op een dag een grote ster zal worden.'

'Prettig kennis te maken, signorina, maar ik heb je al weleens eerder gezien,' reageerde hij. 'Heb je niet op het benefietconcert voor La Chiesa Della Beata Vergine Maria gezongen?'

'Wat heb jíj een goed geheugen, Roberto,' fleemde Sonia.

'Een mooi gezicht vergeet ik nooit.' Hij grijnsde geslepen. 'En je zat naast Rosanna Menici.'

'Ja, dat klopt.'

'Zij heeft haar aria vanavond voortreffelijk gezongen. Is ze ook hier op het feest?'

'Ja, ze staat daar met Paolo.' Abi was een beetje wrevelig door zijn kennelijke interesse in waar Rosanna uithing.

Roberto zag hoe ze keek en voegde eraan toe: 'Ik ken haar al sinds ze een klein meisje was, snap je. In feite zou je kunnen zeggen dat ik haar heb ontdekt. Ze heeft een prachtige stem, maar dat zal voor jou ongetwijfeld ook gelden, signorina Holmes.'

Door de manier waarop Roberto haar achternaam uitsprak, trok er een prikkeling over Abi's ruggengraat omhoog. Maar voor ze iets kon zeggen, voelde ze een hand op haar arm.

'Excuseer me nu even, schat, want ik moet me onder het publiek begeven,' onderbrak Sonia het gesprek. 'Neem jij haar even onder je hoede, Roberto?'

'Natuurlijk.' Hij boog galant terwijl Sonia wegliep, en keek haar nichtje aan. 'Een glas champagne, signorina Holmes?'

'Heel graag. En noem me alsjeblieft Abi.'

Roberto haalde een glas bij een ober die in de buurt rondliep en overhandigde het haar. 'Goed, Abi, vertel me eens wat over jezelf.'

Een uur later lukte het Rosanna om zich uit een situatie te bevrijden die een tikje penibel was geworden. De begunstiger, een oudere man met een wellustige blik in zijn ogen, was tijdens hun gesprek met zijn arm over haar rug omhoog en omlaag gaan glijden. Op een bepaald moment had hij zelfs de brutaliteit gehad om een hand op haar bil te leggen. Toen ze eindelijk was ontsnapt met de smoes dat ze naar het toilet moest – de enige plek die ze kon bedenken waar hij haar niet naartoe kon begeleiden – zocht ze de uitdunnende menigte af naar Abi. Ze zag Sonia en liep naar haar toe.

'Hallo, signora Moretti. Hebt u Abi gezien?'

'Nee, het laatste half uur niet meer. Ze stond met Roberto te praten, maar...' Sonia speurde de foyer af. '... ze lijkt te zijn verdwenen. Misschien is ze al naar jullie appartementje vertrokken.'

'O nee, ze zou het me hebben gezegd als ze weg was gegaan.'

'Misschien was ze moe. Ga maar gewoon naar huis, ik denk dat Abi daar al is.' Sonia glimlachte naar haar en wendde zich vervolgens tot een andere gast.

Toen Rosanna thuiskwam, was het appartement in duisternis gehuld. Ze zonk neer op haar bed en bedacht dat het niets voor Abi was om weg te gaan zonder het haar te vertellen.

Abi lag te staren naar het silhouet van de man naast haar. Nadat hij de liefde met haar had bedreven, met een verrassende tederheid, was Roberto prompt in slaap gevallen. Nu wist ze niet goed of ze moest blijven of naar huis zou gaan.

Ze had geen weerstand geboden toen hij haar had gevraagd met hem mee te gaan naar de Via Manzoni. Het zoenen was begonnen in zijn limousine, en toen ze eenmaal in zijn appartement waren aangekomen, hadden ze dadelijk het bed opgezocht. Abi zuchtte zachtjes in het donker. De vluchtige pijn die ze had gevoeld bij het verliezen van haar maagdelijkheid was al snel verdreven door genot, en, overpeinsde ze, werd overvleugeld door de opwinding over het feit dat hij vanavond háár had uitgekozen. Haar gedachten dwaalden af naar Rosanna. Ze stelde zich de teleurstelling voor die haar vriendin zou voelen om wat ze had gedaan, maar uiteindelijk viel ze in een diepe, droomloze slaap.

16

'Sorry, wat zei je nou?'

'Ik zei dat ik bij je wegga.' Donatella bleef aan het andere eind van de tafel kalm van haar tiramisu eten.

'Ben je helemaal gek geworden?' ontplofte Giovanni. 'We gaan zitten voor het avondeten, net als anders, jij wacht op het dessert en dan kondig je dit aan alsof je me vraagt om een nieuwe jurk!'

'Ik wilde je eetlust niet bederven, caro,' antwoordde ze.

Giovanni smeet zijn lepel op de tafel. 'Behandel me niet als een kind!' schreeuwde hij. 'Wie is het?'

'Ik begrijp niet wat je bedoelt.'

'Ik neem aan dat de enige reden die je kunt hebben om bij me weg te willen is dat je neukt met een andere man.'

'Alsjeblieft, Giovanni, gebruik niet van die schunnige woorden aan de eettafel.' Donatella sprak op spottende toon, wat haar echtgenoot alleen nog maar woedender maakte.

'Ik gebruik de woorden die ik wil! Het is mijn tafel en ik kan eraan vloeken en tieren als ik dat wens te doen. Net zoals ik je kan verbieden om me te verlaten als ik dat wil.' Giovanni's gezicht was paars aangelopen en op zijn linkerslaap was een kloppende ader zichtbaar.

'Probeer alsjeblieft te kalmeren, caro,' zei ze sussend. 'Het spijt me als mijn aankondiging als een verrassing komt. Ik dacht dat je dit misschien al had zien aankomen.'

'Donatella, ik ben me er al jaren van bewust dat je weleens een minnaar hebt. Ik heb een oogje dichtgeknepen, zoals jij dat naar mij toe ook hebt gedaan. Zo zit ons huwelijk in elkaar en het heeft altijd goed gewerkt. Daarom kan ik alleen maar veronderstellen dat de reden waarom je permanent bij me weg wilt is dat je al je tijd met een andere man wilt doorbrengen.'

'Wat opmerkzaam van je, Giovanni,' zei Donatella. Haar stem droop van het sarcasme. 'En na een periode van gepaste duur kunnen we dan een scheiding aanvragen.'

'Wát?' Giovanni staarde haar aan. 'Onder geen enkele omstandigheid ga ik van je scheiden. Geen sprake van. Je bent... je bent mijn echtgenote! Denk aan onze sociale status in Milaan, aan mijn reputatie...'

'Doe niet zo ouderwets, caro. Ja, ik begrijp dat een scheiding een aantal jaren geleden geen optie was, maar ach...' Ze draaide haar handpalmen omhoog en haalde nonchalant haar schouders op. 'We hebben nu verschillende vrienden die gescheiden zijn. Het stelt niet meer zoveel voor.'

'Voor mij wel.' Giovanni realiseerde zich eindelijk dat ze het serieus meende. 'Maar waarom, Donatella? Waarom zou je ons dit laten doormaken? Je weet hoe onaangenaam die dingen kunnen verlopen, hoe de media zich erop zullen storten. We zijn bekende personen hier in Milaan. We kunnen toch gewoon op de oude voet doorgaan? Je kunt zoveel vrijheid krijgen als je wilt.'

'Echt? Zelfs de vrijheid om openlijk met een andere man samen te wonen?' vroeg ze zacht, haar lange, rode nagels zorgvuldig bestuderend.

Giovanni zakte achterover in zijn stoel en sloeg zijn vrouw zwijgend gade. Toen slaakte hij een diepe zucht. 'Goed, het is dus zover. Je bent verliefd op deze nieuwe man.'

'Ja.'

'Wie is het?'

'Dat is niet belangrijk.'

Vastbesloten om zijn gezag te herwinnen stond Giovanni op, veegde zijn mond af aan zijn linnen servet en keek zijn vrouw vertoornd aan. 'Ik waarschuw je, Donatella, ik zal niet toestaan dat je me vernedert ten overstaan van *tout* Milaan. Einde discussie. Je blijft gewoon hier en zet dat idiote idee uit je hoofd.'

'O, maar ik denk dat je mijn wens wel zult inwilligen.' Donatella wist dat ze een troefkaart in handen had en dat dit dé gelegenheid was om hem op tafel te gooien. 'Je wilt immers vast niet dat de Italiaanse autoriteiten lucht krijgen van die kostbare tekening die momenteel aan de muur van het New Yorkse penthouse van een rijke Texaan hangt, en van de miljoenen dollars die dankzij dat feit op je Zwitserse bankrekening staan.'

Giovanni's ogen knepen zich tot spleetjes terwijl hij zijn vrouw aankeek. 'Mag ik je eraan herinneren dat jij degene bent die mij de tekening op een presenteerblaadje heeft aangeboden? Die tegen de naïeve priester heeft gelogen dat ze vrijwel niets waard was? En die na de verkoop ervan een miljoen dollar cadeau heeft gekregen?' Giovanni lachte bitter en schudde zijn hoofd. 'O nee, Donatella, jij gaat niet naar de autoriteiten, want daarmee maak je ook jezelf verdacht.'

'Ach ja, caro, maar onthoud dat ik niet alleen heel goed toneel kan spelen; ik ben ook nog eens veel mooier dan jij. Ik denk dat ik in de kranten prachtig zou overkomen als de gebruikte echtgenote van zo'n vreselijke crimineel en landverrader.' Ze legde de rug van haar hand tegen haar voorhoofd en sloeg haar ogen ten hemel, als een slachtoffer in katzwijm.

Giovanni zweeg, zijn mond half open van ongeloof.

Donatella stond kordaat op. 'Er is geen haast bij, caro. Je gaat morgen voor een maand weg. Denk erover na, dan bespreken we het als je terug bent. Ik zal niet inhalig zijn. Natuurlijk wil ik dit huis en een behoorlijke toelage, maar ik vind het prima als jij graag bekend wilt maken dat ik van je ga scheiden omdat jij bent vreemdgegaan. Ik begrijp die mannelijke trots best. Een goedenacht, caro. Een succesvolle reis naar New York gewenst.'

Donatella schreed de kamer uit, slechts een zweempje Joy, het parfum dat ze altijd droeg, achterlatend. Giovanni had het nooit lekker gevonden, ook al was het peperduur. Nu kon hij wel kotsen van de geur.

Ze had hem in de tang en dat wist ze. Als ze naar de autoriteiten ging, zou ze zijn aanzien, zijn onderneming, zijn léven verwoesten.

Ze had het juist ingeschat dat hij dat risico niet zou nemen. Verder was duidelijk dat ze, als ze bereid was om een smerige, publieke scheiding te ondergaan die hun beider reputatie zou schaden, óf haar verstand had verloren, óf, zoals ze had toegegeven, verliefd was geworden.

Giovanni liep naar zijn werkkamer. Staand achter het enorme mahoniehouten bureau, te opgefokt om te gaan zitten, zocht hij een telefoonnummer op in zijn rolodex en nam de hoorn van de haak. De eerste stap was erachter te komen wie haar minnaar was. Donatella dacht misschien dat ze slim was, maar hij zou haar laten zien dat ze hem onderschatte. Hij was een machtig man en hij had machtige vrienden. En daar zou hij nu gebruik van maken.

Rosanna was met verbazingwekkend gemak gewend geraakt aan haar nieuwe leven als lid van La Scala. Ze genoot van de optredens en koesterde de mogelijkheid om te studeren met en te leren van de sterzangeressen met wie ze werkte. Als ze niet optrad of repeteerde, had ze zangles of werkte ze in haar eentje om een nieuwe rol in te studeren. Haar wekelijkse sessies met Riccardo Beroli bleken van onschatbare waarde. De tengere, grijsharige dirigent kon wispelturig en heetgebakerd zijn, maar hij was ook een muzikaal genie, kon haar trucjes aanleren, zoals het fraseren van de woorden in een moeilijke coloratuur op een manier die de noten langer en voller deed klinken dan ze eigenlijk waren.

Elke donderdagmiddag woonde Rosanna de invallersrepetitie bij, waar ze de kans kreeg om zelf de hoofdrollen op het podium te zingen en te oefenen. Naarmate het seizoen vorderde en er meer opera's werden gebracht, besefte Rosanna dat Paolo gelijk had gehad met zijn plannen voor haar. In spijkerbroek en sweater op het grote toneel staan met een piano die de begeleiding afratelde, was misschien niet zo glamoureus als optreden in kostuum met een orkest en voor tweeduizend mensen, maar ze mocht nu nog fouten maken. Een aria van twee of drie minuten zingen was al lastig genoeg, maar drie uur lang een veeleisende hoofdrol dragen was iets heel anders.

Soms had ze het gevoel dat er van alles tegelijk van haar werd verwacht. Ze moest niet alleen de noten, de tekst en de regieaanwijzingen onthouden, maar ze leerde ook hoe ze een personage tot leven kon brengen. Riccardo bleef erop hameren dat de beste sopranen niet alleen een prachtige stem hadden, maar ook volleerde actrices waren die bij het publiek emotie teweeg konden brengen.

Soms lukte het Rosanna om het perfect te krijgen, als alle ingrediënten samenkwamen en er – zoals Paolo zo graag zei – iets 'magisch' gebeurde. Rosanna leefde voor die momenten, maar ze wist dat ze nog een lange weg te gaan had voordat ze die magie helemaal in de vingers zou hebben.

Het was halverwege mei en Rosanna stond op het podium het lastige duet 'Vogliateme bene' uit het slot van de eerste akte van *Madama Butterfly* te zingen. Ze zag niet dat Paolo naast Riccardo in de stalles was komen zitten. De beide mannen zaten zwijgend te luisteren terwijl Rosanna's stem naar een zuivere hoge c zweefde.

'Ze wordt beter, nietwaar?' zei Riccardo.

'Ze doet ervaring op, haar toneelspel wordt beter en bovenal wint ze aan rijpheid. Zoals ze nu vooruitgaat, ziet het er gunstig uit voor *La bohème* in december,' antwoordde Paolo.

'Zij is onze topper, hè?' zei Riccardo nadenkend. 'Onze eigen ontdekking, bij ons opgeleid.'

'Ja, hoewel we Roberto Rossini niet moeten vergeten.'

'Hoorde ik iemand mijn naam noemen?'

Paolo stond op. 'Roberto, ciao.'

Roberto keek geïrriteerd. 'We hadden om drie uur een afspraak in je kantoor. Je secretaresse zei dat je in de zaal was, dus ik ben je maar komen zoeken. Ik moet over twee uur naar Kopenhagen.'

'Het spijt me, ik ben de tijd vergeten.'

Maar Roberto stond al naar het podium te staren. 'Dat is Rosanna Menici.'

'Ja, ze is dit seizoen invalster voor de vrouwelijke hoofdrollen.'

'Dat heb ik gehoord. En wát een stem heeft ze. Maar de tenor die Pinkerton zingt, is vreselijk. Laat mij dit eens met haar zingen, dan hoort ze hoe het eigenlijk zou moeten klinken.'

Voordat Riccardo of Paolo er iets tegen in kon brengen, beende Roberto door het gangpad naar het podium.

'Stop eens met spelen,' commandeerde hij de pianist.

Rosanna en Fabrizio Barsetti, de jonge man die Pinkerton zong, zwegen verbaasd en tuurden over de schijnwerpers heen naar Roberto, die de treden naar het podium beklom.

'Neem me niet kwalijk, maar signorina Menici en ik kennen elkaar van vroeger. Zou je het erg vinden om je plaats even af te staan, zodat ik het liefdesduet met haar kan zingen?'

De jonge tenor kon moeilijk anders dan het verzoek inwilligen en liep naar de coulissen.

'Pianist, we beginnen met de laatste twee maten van "Viene la sera".' Hij draaide zich om naar Rosanna en nam haar handen met een glimlach in de zijne. 'Niet bang zijn. Zing zoals je altijd hebt gezongen en ik zal je volgen,' fluisterde hij. 'Oké,' droeg hij de pianist op. 'Begin maar.'

Roberto begon te zingen en toen haar moment kwam, voegde Rosanna zich bij hem.

Riccardo en Paolo gingen achterover in hun stoel zitten, betoverd door wat ze hoorden. De twee stemmen, de ene ervaren en krachtig, de andere fris en jeugdig, klonken voortreffelijk samen. Ze vormden ook een volmaakt koppel: zij zo teer en hij zo mannelijk, zij aan zij op het lege toneel.

'Dit is magisch,' fluisterde Paolo vergenoegd. Hij was er altijd al van overtuigd geweest dat Rosanna's stem de grootste ontdekking van zijn leven was, maar nu hij hoorde hoe ze op Roberto reageerde, niet van haar stuk gebracht door zijn roem, wist hij dat ze het zelfvertrouwen ontwikkelde dat ze nodig had om zich tussen de sterren te begeven.

Terwijl de laatste noten van het liefdesduet nog naklonken in de lege zaal, stonden Rosanna en Roberto elkaar aan te kijken, zich ogenschijnlijk niet bewust van hun omgeving.

Riccardo pakte Paolo bij zijn arm. 'We moeten haar in een première met hem programmeren. Ze zijn geweldig samen.'

'Toevallig was ik van plan om vanmiddag met Roberto over *La bohème* te praten,' zei Paolo instemmend.

'Je hebt veel geleerd, kleintje van me,' zei Roberto tegen een blozende, opgetogen Rosanna. 'Misschien nog iets meer vibrato op de laatste noot, maar verder... doe je het echt fantastisch. Het spijt me, ik moet gaan, Paolo wacht op me.' Hij glimlachte, gaf Rosanna een handkus, verliet het podium en liep terug door het gangpad.

'Goed, laten we praten,' zei Roberto met een gebaar naar Paolo. 'Ciao, Riccardo.'

De twee mannen liepen de zaal uit.

'Ik neem aan dat je van signorina Menici een ster wilt maken?' vroeg Roberto toen ze de trap naar Paolo's kantoor beklommen.

'Laten we zeggen dat ik vind dat ze enorm veel potentie heeft.'

Roberto stopte halverwege de trap. 'Beloof me dat ik haar tegenspeler word als ze haar eerste hoofdrol gaat spelen.'

Paolo had hem wel kunnen zoenen. 'Ik heb het er zelfs al over gehad met je agent. Ik zou willen dat jij en Rosanna het volgende seizoen openen als Rodolfo en Mimi.'

'Perfect! We halen het beste in elkaar naar boven, toch?'

Paolo fronste lichtjes toen hij de vonk van opwinding in Roberto's ogen zag. 'Dat ben ik met je eens,' zei hij terwijl ze verder naar boven liepen.

Na de voorstelling van die avond gingen Rosanna en Abi op huis aan. Rosanna zat nog vol adrenaline door het zingen met Roberto eerder op de dag, maar Abi was ongebruikelijk stil.

'Koffie?' vroeg Rosanna toen ze hun appartement binnenstapten.

'Nee, dank je. Ik ga maar eens vroeg naar bed vanavond.'

'Alsjeblieft, Abi, vertel me waarom je zo ongelukkig kijkt. Komt het door Roberto?'

'Nee... Ik... eh ja, ja, toch wel...' Abi barstte in huilen uit en plofte op de bank.

Rosanna ging naast haar zitten en legde aarzelend een arm om haar schouder. Nadat Abi uiteindelijk de affaire had opgebiecht, was Rosanna enorm van streek geweest, maar het was haar gelukt om haar eigen diepe gevoelens voor Roberto te onderdrukken omwille van haar vriendschap met Abi. Ze had zichzelf ervan overtuigd dat haar belangstelling voor hem puur professioneel was. En dat de onhoffelijke manier waarop hij met vrouwen omging betekende dat hij het niet waard was om haar gevoelens aan te verspillen.

Maar hoezeer ze ook haar best deed, ze vond het toch moeilijk en verwarrend om over de affaire te praten.

'Ik dacht dat hij je gelukkig maakte, Abi,' wist ze uit te brengen. 'Wat is er gebeurd?'

'Niets. Dat is het nou juist. Het was eerst allemaal prima. Je weet toch dat als hij in Milaan was, hij me na de voorstelling in het theater opzocht en dat we dan naar zijn appartement gingen? Nou, sinds Pasen negeert hij me volledig.' Abi wreef over haar natte ogen.

'Maar je wist hoe hij in elkaar stak, Abi. Je hebt me zelf gezegd dat het je niet zou kunnen schelen als het zou eindigen, dat je er gewoon van zou genieten zolang het duurde.'

'Jawel, ja, ik weet het. Ik ben dom geweest, echt heel dom. Ik heb mezelf beloofd dat ik niet zoals al die anderen voor hem zou vallen, maar dat is gebeurd. O Rosanna, zou hij iemand anders hebben?'

'Dat weet ik niet,' antwoordde Rosanna oprecht; ze wilde haar vriendin troosten, maar ze dacht bij zichzelf dat Abi's veronderstelling waarschijnlijk juist was. 'Probeer je er alsjeblieft geen zorgen over te maken. Je zult hem snel vergeten. Er komt wel iemand anders in je leven.'

'Sorry dat ik dit zeg, Rosanna, maar jij bent nooit verliefd geweest, hè? Je weet niet hoe het voelt.'

'Nee, daar heb je gelijk in. Toch kan ik je wel zeggen dat hij op het podium misschien briljant is, maar als het om de liefde gaat, vind ik hem een... rotzak!'

Er verscheen een zweem van een glimlach om Abi's lippen. 'Een scheldwoord, Rosanna!'

'Ja, nou ja, ik denk dat God het me deze ene keer wel zal vergeven. Abi, ik weet dat ik geen expert ben op relatiegebied, maar je komt echt wel over Roberto heen. Je hebt me tenslotte een paar maanden geleden nog verteld dat je verliefd was op mijn broer. Je bent ook over hem heen,' bracht Rosanna haar vriendelijk in herinnering.

'O ja?' Even dook Luca's gezicht in Abi's gedachten op, maar ze schudde haar hoofd om het beeld te verdrijven. 'Nou, dat heb ik weer, dat ik nóg iemand tref die voor mij onbereikbaar is,' pruilde Abi. Toen ze Rosanna's bezorgde blik zag, voegde ze eraan toe: 'O, je hebt waarschijnlijk gelijk. Ik ben vast snel over Roberto heen. En wat je ook mag denken, ik voel niet hetzelfde voor hem als ik voor Luca voelde. Ik voel me gebruikt en mijn trots is gekrenkt, dat is alles. Maar bij Roberto is niets permanent, toch? God, hij is echt een klootzak, en toch, als je met hem samen bent, lijkt het alsof jij voor hem de enige vrouw bent die er bestaat. Hij geeft je het gevoel dat je… speciaal bent.'

'Nou, je bént speciaal, en daar heb je Roberto niet voor nodig. Goed, zal ik koffie zetten? Dan praten we nog even, oké?'

'Oké. Dank je, Rosanna.'

'Je hoeft me niet te bedanken. Ik ben je vriendin,' zei ze.

Later, toen ze in bed lag, dwong Rosanna zichzelf om niet over Roberto te dromen, over hoe ze zich had gevoeld toen ze die middag samen hadden gezongen, maar in plaats daarvan aan arpeggio's te denken.

Toen ze de volgende donderdag aankwam voor de invallersrepetitie trof ze Roberto op het podium aan.

'Signor Rossini denkt dat het zou helpen als je met een van de hoofdrolspelers aan *Butterfly* kan werken.' Riccardo zag Rosanna's aarzeling. 'Heb je daar moeite mee?'

'Nee hoor, natuurlijk niet. Het is heel aardig van signor Rossini om aan te bieden me te helpen,' zei ze stijfjes.

'Oké, dan gaan we beginnen!'

Twee uur later stopte Rosanna haar bladmuziek in haar tas.

'Ga je weg?' vroeg Roberto.

'Ja, ik wil wat eten voordat de voorstelling van vanavond begint.'

'Zal ik met je meegaan?'

'Nee, ik heb met iemand afgesproken. Sorry.'

Roberto keek hoe Rosanna haastig het podium af liep. Het was lang geleden dat een vrouw hem had afgewezen. Hij fronste verbouwereerd, en vroeg zich af waarom Rosanna Menici hem zo fascineerde. Ze was erg op zichzelf en leek helemaal niet door hem geïntimideerd te zijn. In feite was ze zojuist behoorlijk lomp tegen hem geweest.

'Gaat u weg, signor Rossini? De schoonmakers willen graag aan de gang,' zei de theatermanager.

'Ja, ik ga al.' Roberto liep naar achteren en ging naar zijn kleedkamer. Hij deed de deur open en zijn hart zonk hem in de schoenen toen hij daar Donatella zittend op de bank aantrof.

'Caro.' Ze stond op, sloeg haar armen om zijn nek en plantte een vurige kus op zijn lippen.

'Wat doe jij hier?' vroeg Roberto geërgerd.

'Heb ik een excuus nodig dan?' Er kroop een hand naar de knoop van zijn broek.

Die probeerde hij weg te duwen. 'Ik heb van alles te doen, Donatella. Vanavond moet ik optreden en ik...'

De hand trok zijn rits open en vond een weg naar binnen.

'Dat kan allemaal wachten,' fluisterde ze.

Hij kreunde en vervloekte zichzelf omdat hij geen weerstand meer bood.

Donatella verliet het theater via de artiesteningang. De camera klikte vijf keer. Twee minuten later kwam Roberto Rossini door dezelfde deur. De camera klikte opnieuw. De fotograaf glimlachte. Dit was het laatste stukje bewijs. Hij had haar ook gefotografeerd toen ze vorige week Rossini's appartement verliet. Hij deed het portier van zijn auto open, startte de motor en vertrok om het filmpje te gaan ontwikkelen.

Een paar dagen later plofte er een envelop op de deurmat van het appartement in New York.

Vijf minuten daarna zat Giovanni Bianchi de inhoud met belangstelling te bestuderen. Dus zijn vrouw was gevallen voor Roberto Rossini.

Dit verbaasde hem. Alle vrouwen in Italië hadden een zwak voor Rossini en hij kon zich niet voorstellen dat de man in was voor een exclusieve relatie.

Misschien dat Donatella alleen maar verliefd was, of misschien dat de overgang invloed had op haar beoordelingsvermogen. Roberto Rossini was jaren jonger dan zij. Ze hield zichzelf overduidelijk voor de gek.

Hoe dan ook was het tijd om van Rossini af te komen.

17

Op een heldere ochtend in juli wachtte Paolo tot Roberto zou arriveren om over het volgende seizoen te praten. Er werd kort op de deur geklopt.

'Kom binnen,' zei hij.

'Sorry dat ik zo laat ben. Ik heb me verslapen.' Roberto knikte naar Paolo terwijl hij het kantoor binnensnelde en ging zitten. 'Is er koffie?'

'Natuurlijk.' Paolo verborg zijn irritatie en belde zijn secretaresse de bestelling door. 'We moeten het hebben over het programma van de komende zes maanden, Roberto. Ik weet dat je in augustus voor *La traviata* naar Londen gaat, en dat je in september je gebruikelijke maand vrij hebt. Dan zing je drie weken in Covent Garden en maak je opnamen van *Ernani* voor EMI.'

Roberto knikte.

'En ben je hier dan halverwege november weer voor de repetities van *La bohème*?'

Roberto knikte opnieuw. 'Ja, en dan, na Parijs in februari ben ik hier weer terug om Il Duca in *Rigoletto* te spelen, klopt dat?'

'Ja. We hebben je dan ook nodig voor wat voorbereidende repetities. Er wordt een heel nieuw decor gebouwd en daar moet je vertrouwd mee raken.'

'Met veel trappen en afstapjes?' Roberto rolde met zijn ogen.

'Jazeker,' bevestigde Paolo.

'Daarna vlieg ik geloof ik naar New York om *Tosca* te doen in The Met, en er is nog een concert in Central Park, maar de data moet je bij mijn agent navragen.'

'Uiteraard. We hebben voor morgen een belafspraak staan.'

De telefoon op Paolo's bureau rinkelde. 'Sorry,' zei hij, en hij nam de hoorn van de haak. 'Wat is er? Ik zei toch dat ik niet gestoord wilde worden… Aha. Dan moet je haar maar even doorverbinden… Anna, goedemorgen.' Hij glimlachte verontschuldigend naar Roberto. Een tel later was de glimlach van zijn gezicht verdwenen. 'Wát heb je? Weet je het heel zeker? Nee, natuurlijk gaat dat niet. We moeten een en ander gaan oplossen. Zorg goed voor jezelf en ik bel je morgenochtend. Ja, natuurlijk begrijp ik het. Ciao, cara.' Paolo legde de hoorn neer en fronste zijn wenkbrauwen.

'Wat is er aan de hand?' vroeg Roberto.

'Onze Madama Butterfly heeft roodvonk.'

'Roodvonk?'

'Ja, roodvonk. Haar dochtertje had het twee weken geleden. Dat betekent dus dat ze er vanavond niet is – en de rest van de week ook niet, tenzij we willen dat het complete gezelschap wordt besmet. Sorry, Roberto, maar ik moet Riccardo bellen. Hij is beneden met het orkest bezig en hij zal er niet blij mee zijn.'

Paolo belde naar backstage en tien minuten later kwam Riccardo hijgend de trap op hollen. Toen hij eenmaal zat, keek Riccardo naar Roberto, kennelijk in de verwachting dat hij het kantoor zou verlaten.

'Ik wil graag horen voor wie jullie kiezen. Ik moet vanavond immers met haar zingen,' zei Roberto, die geen aanstalten maakte te vertrekken.

'Prima, zoals je wilt. Ik denk dat Cecilia Dutton de beste vervanging voor Anna is,' zei Riccardo.

'Die heeft vanavond een recital in Parijs,' bracht Paolo hem in herinnering.

'Ivana Cassall dan, of Maria Forenzi?' suggereerde Riccardo.

'Forenzi is ook een mogelijkheid, maar…'

'Nee, die is niet geschikt. Veel te oud. En ze heeft er moeite mee haar tekst te onthouden. Ik weiger met haar op te treden,' verklaarde Roberto botweg.

Vijf minuten lang opperden Paolo en Riccardo verschillende namen, waartegen Roberto zich vervolgens uitsprak. Ten slotte gaven ze het op en zwegen ze mismoedig. De stilte werd doorbroken door Roberto.

'Heren, ik heb de oplossing voor jullie.'

Ze staarden hem niet-begrijpend aan.
'O ja?' zeiden ze in koor.
'Jazeker. Het ligt toch eigenlijk voor de hand? Jullie laten Rosanna Menici vanavond Butterfly zingen. Ze is invalster, en dat is niet voor niets zo, lijkt me? Ze repeteert al weken met me, dus ze kent de rol goed. En ik help haar er wel doorheen.'
'Geen sprake van,' zei Paolo kortaf. Hij hief zijn hand op in protest. 'We hebben haar niet al die tijd gegund om haar nu ineens in een rol te drukken waar ze nog niet klaar voor is. Butterfly is een rol voor een rijpere, ervaren zangeres. Het zou rampzalig kunnen uitpakken.'
'Butterfly is eigenlijk een vijftienjarig meisje,' merkte Roberto op. 'Als ze het goed doet, en ik weet dat ze het kan, is dit in zekere zin beter voor haar dan een debuut in *La bohème*. Denk eens aan de publiciteit die ze zal krijgen.'
'Denk aan de recensenten,' kreunde Paolo. 'Riccardo, wat vind jij ervan?'
Riccardo haalde diep adem. 'Ik denk dat we geen alternatief hebben. Het is te laat om iemand te laten overvliegen. Het wordt Rosanna Menici of de voorstelling afgelasten. Mijn intuïtie zegt me dat ze ons niet teleur zal stellen. Misschien is het voorbestemd,' zei hij schouderophalend.
'Is dit een samenzwering?' Paolo's ogen schoten heen en weer tussen de twee andere mannen; hij probeerde de situatie in te schatten. Hij wreef even nadenkend over zijn kin. 'We plegen eerst een telefoontje om Cecilia op te sporen en na te gaan of ze al naar Parijs is vertrokken. Als dat zo is, vertel ik Rosanna dat ze vanavond op het toneel staat.'
'Uitstekend! Je zult er geen spijt van krijgen.' Roberto sprong geestdriftig op. 'Zeg maar tegen Rosanna dat ik vanmiddag beschikbaar ben om dingen door te nemen waar ze eventueel onzeker over is.' Met een kort knikje verliet hij het kantoor.
Paolo keek Riccardo onderzoekend aan. 'Heeft hij gelijk?'
'Ik denk van wel.'
Paolo tikte met zijn potlood op de tafel. 'En die interesse van Roberto voor Rosanna. Is die puur professioneel?'

'Het lijkt er wel op. Als hij met haar werkt, gedraagt hij zich als een heer.'

'Dat doet hij altijd voordat hij toeslaat,' mopperde Paolo.

'Maar belangrijker nog, Rosanna lijkt totaal niet op die manier in hem geïnteresseerd te zijn,' voegde Riccardo eraan toe.

'Nou, ik hoop maar dat het zo blijft, in haar belang, want als Roberto Rossini haar ook maar met één vinger aanraakt, zal ik...'

'Paolo, ik begrijp hoe speciaal Rosanna voor je is, maar wat zangers in hun vrije tijd doen gaat je niets aan.'

'Dat weet ik, Riccardo,' antwoordde Paolo koeltjes. 'Goed, dan ga ik nu wat telefoontjes plegen.'

Om twaalf uur nam Abi de rinkelende telefoon op.

'Hallo, met Abi.'

'Abigail, met Paolo. Is Rosanna thuis?'

'Ja, maar ze staat onder de douche. Kan ik een boodschap doorgeven?'

'Nee, ik denk dat je haar beter kunt vragen zelf naar de telefoon te komen.'

'Oké.'

Twee minuten later pakte een druipende Rosanna de hoorn op. 'Wat is er, Paolo?'

Abi zag haar gezicht verbleken toen ze hoorde wat Paolo haar te vertellen had.

'Oké, dan zie ik je dus om twee uur in het theater? Ciao.' Rosanna legde de hoorn op de haak en liet zich op een stoel zakken.

'Wat is er in vredesnaam aan de hand? Is er iemand overleden?' vroeg Abi.

'Nee.'

'Wat dan? Je bent doodsbleek.'

Rosanna haalde diep adem en keek haar vriendin aan. 'Vanavond zing ik de rol van Madama Butterfly in La Scala.'

Rosanna zat voor de spiegel terwijl de grimeuse haar schminkte als het Japanse meisje Cio-Cio-San. Ze kon niet helder nadenken. Ze was niet nerveus of opgewonden – in feite voelde ze heel weinig. Ze wierp een blik op het grote boeket rozen dat op de tafel stond.

Rosanna,
Ik sta naast je,
Roberto
PS Ik heb de claque voor je betaald.

Onwillekeurig glimlachte Rosanna. Roberto was geweldig geweest tijdens de repetitie van vanmiddag: kalm, zorgzaam en bereid te helpen. Als ze niet wist van zijn gedrag jegens Abi zou ze misschien helemaal hebben toegegeven aan haar gevoelens voor hem. Maar wat er vanavond ook zou gebeuren op dat toneel, ze nam zich heilig voor om niet haar hart aan Roberto Rossini te verliezen.

'Zit de pruik zo goed?'

'Sorry?'

'Ik vroeg of de pruik goed zit?'

Rosanna rukte zich los van haar gedachten en gaf de kleedster antwoord.

'Ja, prima.'

'Hij is iets te groot, maar ik heb er zoveel speldjes in gestoken dat-ie een orkaan kan doorstaan,' lachte de kleedster. 'Mooi, dan laat ik je nu verder met rust, zodat je je kunt voorbereiden. Succes, signorina Menici.'

'Dank je.'

Een minuut later werd er op de deur geklopt. 'Ik ben het, Paolo.'

'Kom binnen.'

'Hoe voel je je?' vroeg hij terwijl hij de deur opendeed.

'Wel oké, geloof ik.'

'Goed. Je ziet er rustig uit. Ik kom je meenemen naar de coulissen. Riccardo wil je voor aanvang graag nog even zien.'

Rosanna stond op, wierp nog een laatste blik op haar spiegelbeeld en volgde Paolo toen door de gang naar de enorme coulissen, waar Riccardo op haar wachtte. Hij kuste haar op beide wangen.

'Rosanna, ik sta in de orkestbak en ik zal op je letten. Als je steun nodig hebt, kijk je naar me. Ben je zenuwachtig?'

'Nee, helemaal niet, hoe vreemd het ook klinkt.'

'Het is goed dat je kalm bent. Je kent de rol heel goed. Je zult La Scala tot eer strekken, cara.'

'Ik zal mijn best doen, Riccardo, dat beloof ik.'

'Dan ga ik nu weg om een heel speciale vriend van je te begroeten,' zei Paolo.

'Wie dan?'

Paolo tikte tegen zijn neus. 'Wacht maar.'

Tien minuten later begon de ouverture. Om Rosanna heen waren mensen druk bezig om nog wat dingetjes aan haar kostuum en make-up te perfectioneren, en om rekwisieten te controleren, maar ze reageerde er amper op. Dit was de avond waarvan ze had gedroomd maar ze voelde een zekere afstand, alsof het niet echt met haar gebeurde.

De bekende muziek die haar opkomst markeerde begon. Ze deed een schietgebedje, sloeg een kruisje en stapte het podium van La Scala op.

Luigi Vincenzi zat in Paolo's directieloge naar de tengere gestalte te kijken; wat leek ze klein daarbeneden. Haar moeiteloze zang in combinatie met haar jeugd en kwetsbaarheid maakten haar de meest volmaakte Butterfly die hij ooit had gezien. En ze wist de aandacht vast te houden, ze had uitstraling. Het kwam zelden voor dat het publiek van La Scala volledig stil was, maar nu waren alle ogen op Rosanna gericht en was de stilte tastbaar, alsof tweeduizend mensen collectief hun adem inhielden. Ja, er waren wel wat onvolkomenheden, maar die konden gemakkelijk gladgestreken worden. Luigi voelde tranen over zijn wangen biggelen. Zijn Rosanna, de zangeres die hij had ontdekt en mee had gevormd, maakte een perfect debuut. Hij wist dat hij getuige was van een historisch moment.

Terwijl de boeketten voor Rosanna's voeten neervielen, slaakte Paolo een zucht van verlichting. Overal in de zaal werd 'bravo!' geroepen. Het publiek was gaan staan en klapte ter gelegenheid van de geboorte van een nieuwe ster. Dit was niet het debuut dat hij voor Rosanna voor ogen had gehad, maar Paolo wist dat er niets te wensen over was. Ze had het voortreffelijk gedaan. Hij keek opzij naar Luigi, die een zakdoek tevoorschijn haalde om zijn ogen mee af te vegen. Zonder iets te zeggen omhelsden de beide mannen elkaar stevig.

Rosanna stond voor het doek te kijken naar de weelde van bloemen die haar vanuit het publiek werd toegeworpen, en liet het enthousiaste gejuich op zich inwerken. Ze kon zich niet herinneren of ze ook maar een noot had kunnen zingen, laat staan in de juiste toonsoort. Op de automatische piloot liet ze zich telkens weer door Roberto naar voren leiden om het applaus in ontvangst te nemen.

Toen was het voorbij. De leden van het gezelschap feliciteerden haar, kwamen van alle kanten op haar af om haar te vertellen hoe fantastisch ze het gedaan had. In een waas liep Rosanna terug naar haar kleedkamer, opende de deur en hapte naar adem toen ze zag wie daar op haar stond te wachten.

'Luigi!' Ze viel hem in de armen en begon luid te snikken.

'O Rosanna, is het echt zo vreselijk om me te zien?' lachte Luigi, zachtjes op haar schokkende schouders kloppend.

'Nee... natuurlijk niet. Wat ben ik blij dat je er bent. Ik... weet eigenlijk niet waarom ik moet huilen.'

'Dat is de spanning die je nu kunt loslaten.' Paolo was na Luigi de kleedkamer binnengekomen. 'Ze was zo kalm voordat ze opging, Luigi – ik was bijna bang dat ze té rustig was. Maar ik had me geen zorgen hoeven maken.'

Rosanna tilde haar hoofd op van Luigi's borst en zag in de spiegel dat haar zware make-up over haar gezicht liep. Ze pakte een tissue en probeerde de boel zo goed mogelijk te redden. Er werd nog een keer op de deur geklopt; nu was het Roberto die de kleedkamer binnenkwam.

Hij negeerde de twee andere mannen en liep meteen naar Rosanna toe, met een blik op haar betraande gezicht. 'Is er iets mis, Rosanna?'

'Nee, ik... Het gaat goed.' En dat was ook zo. Ze zag de wereld weer scherp en helder toen ze hem aankeek en naar hem glimlachte.

'Een natuurlijke reactie, denk ik. Ze is nu een heuse, emotionele artieste, Roberto.' Luigi keek hen allebei stralend aan.

'En jij hebt haar geholpen dit te bereiken, Luigi. Fijn je weer te zien.' Roberto omhelsde zijn voormalige leraar.

'Jij hebt vanavond ook uitmuntend gezongen. Ik geloof dat je met de jaren alleen maar beter wordt.'

'Dat zal ik als een compliment opvatten, Luigi,' zei Roberto droogjes.

'Was ik niet al te verschrikkelijk?' Rosanna keek ongerust naar de drie mannen die om haar heen stonden. 'Ik kan me er niets van herinneren.'

'Rosanna.' Luigi greep haar handen vast. 'Nee, je was niet verschrikkelijk – verre van. Je kunt tevreden zijn. Je hebt vanavond het perfecte debuut gemaakt.'

'Echt?'

Luigi knikte. 'Echt. Ik ben ontzettend trots op je, net als Paolo en Riccardo.'

'En ik ook, mijn kleine Butterfly. Ik heb een publiek zelden zo verrukt gezien.' Roberto nam Rosanna's handen in de zijne en trok haar naar zich toe. De blik die ze wisselden had iets van een chemische reactie. 'Ik kwam je feliciteren,' zei hij zacht. Toen, zich er plotseling van bewust dat er twee paar andere ogen naar hen keken, voegde hij eraan toe: 'En om te zeggen dat ik een tafel bij Il Savini heb gereserveerd. Nadat ik handtekeningen heb uitgedeeld, neem ik ons allemaal mee uit eten om het te vieren.'

'Dat lijkt me een uitstekend idee,' zei Luigi instemmend.

Rosanna keek Roberto aan, en hoewel elke vezel in haar lichaam reageerde op zijn aanwezigheid, werd ze tegengehouden door een instinct van zelfbescherming. 'Dat is erg aardig van je, maar ik geloof dat ik naar huis ga. Ik ben heel moe.'

'Zoals je wilt, ' zei Roberto verbaasd. Hij wierp een blik opzij naar Paolo. 'Ze verovert La Scala en nu wil onze Butterfly naar huis om te gaan slapen.'

'Rosanna heeft een lange dag achter de rug. Kom, Roberto, laten we gaan, dan kunnen Rosanna en Luigi nog even rustig praten.'

Roberto gaf haar een handkus en liet zijn lippen net iets langer op haar huid rusten dan nodig was. 'Goedenacht, kleintje. Slaap lekker.' Hij liep naar de deur, gevolgd door Paolo. 'Tot later in mijn kleedkamer, Luigi. We zullen met zijn drieën op de afwezige ster moeten proosten.'

Luigi knikte. Toen de deur dicht was en zij tweeën alleen waren achtergebleven, zakte Rosanna neer op een stoel en gaapte. 'Ik hoop dat hij me niet ondankbaar vindt. Ik ben bekaf en kan geen stap meer verzetten.'

'Het geeft niet. Dat is heel begrijpelijk.' Luigi dacht bij zichzelf dat het maar goed was dat Rosanna vroeg naar huis zou gaan. Net als Paolo had hij de bijzondere chemie tussen Roberto en zijn leading lady opgemerkt. Hij voelde zich er vreemd ongemakkelijk bij.

'Luigi, zeg me eerlijk, heb ik het inderdaad goed gedaan vanavond?' Rosanna's bezorgde stem verbrak zijn overpeinzing.

'Ik begin te denken dat je naar complimentjes aan het vissen bent,' lachte hij. 'Ja, je was meer dan goed. Natuurlijk zijn er kleine dingetjes die je nog kunt verbeteren, trucjes die tijd vergen om te leren, maar je zult wel begrijpen hoe weergaloos je was als ik je vertel dat je de grote signor Rossini zelf hebt overtroffen.'

'Echt?'

'Ja, en toch wil hij je een etentje aanbieden!'

'Hij is erg voorkomend geweest.'

'Dat is vrij ongebruikelijk voor deze man. Misschien heeft hij een zwakke plek voor je.'

'Ik zou het niet weten.' Rosanna gaapte opnieuw.

'Dan zal ik je nu met rust laten. Ik ben morgen nog in Milaan. Misschien kunnen we gaan lunchen; dan geef ik je nog wat nuttige aanwijzingen naar aanleiding van je optreden vanavond, oké?' Luigi's ogen twinkelden.

'Graag.'

'Mooi. Dan zie ik je morgen om twaalf uur bij Biffi Scala.'

Luigi verliet de kamer en Rosanna was eindelijk alleen.

Ze ging achteroverzitten in haar stoel, staarde voor zich uit en probeerde zich de voorstelling voor de geest te halen.

Het enige wat ze zich kon herinneren waren Roberto's ogen die haar aankeken terwijl hij zijn woorden van liefde zong.

18

Paolo legde de hoorn op de haak en staarde humeurig uit het raam.

Al die zorgvuldigheid die hij had betracht, al die urenlange gesprekken met Riccardo, en nu waren, door een aanval van roodvonk, zijn plannen voor Rosanna's toekomst in rook opgegaan.

Hij wist dat sommigen zouden zeggen dat het beter was zoals het was gegaan: Rosanna's onverwachte debuut in een dergelijk zware rol had een golf aan lovende recensies opgeleverd. De critici waren het unaniem eens over haar stem – die was opzienbarend – en ze voorspelden haar een grootse toekomst.

Dat was allemaal positief, dat wist hij wel, maar Paolo had gehoopt dat Rosanna voor de rest van het seizoen zou terugkeren in kleine solorollen om daarna het nieuwe seizoen met *La bohème* te openen, zoals gepland. Maar dat was onmogelijk gebleken. Rosanna was de nieuwe jonge sopraan die iedereen wilde zien. Het nieuws over haar sensationele debuut was als een lopend vuurtje rondgegaan. La Scala's loket werd bestookt met de vraag naar kaarten voor haar volgende optreden. De situatie was nog verergerd door het feit dat de roodvonk Anna Dupré behoorlijk had verzwakt en dat haar arts haar een paar maanden rust had voorgeschreven. Dat betekende dat er een vacature was voor een hoofdrolsopraan – en Paolo had zich door de mensen om hem heen laten overtuigen dat Rosanna de voor de hand liggende keuze was. Dus had Paolo het publiek knarsetandend gegeven wat het wilde: zijn nieuwe jonge ster, Rosanna Menici.

Ze had de rollen met verve opgepakt, dat moest hij toegeven. En nu was ze de ietwat onwillige publiekslieveling van Milaan geworden.

Andere operagezelschappen toonden belangstelling, en Paolo had Rosanna met tegenzin aangeraden een agent in de arm te nemen. Chris Hughes, Roberto's Amerikaanse agent, had haar maar al te graag onder zijn hoede genomen.

Paolo wist dat zijn beschermelinge eindelijk haar vleugels had uitgeslagen en was begonnen aan haar vlucht.

Rosanna en Chris Hughes zaten aan een van de beste tafels in Il Savini. Chris had een fles champagne besteld en stond erop dat Rosanna het glas met hem hief.

'Op jou, mijn nieuwste cliënt. Ik denk dat we een goed team zullen vormen, Rosanna.'

Ze knikte naar de knappe blonde man tegenover haar. Chris deed haar denken aan zo'n stijlvolle Amerikaan uit een Hollywoodfilm. 'Ik hoop het, Chris.'

'Goed, voordat ik de boekingen met je doorneem, lijkt het me een goed idee je uit te leggen hoe ik precies te werk ga, oké?'

'Ja.'

'Ik draag zorg voor je programma en doe voorlopig al je pr. Het kan zijn dat je op een gegeven moment zo succesvol wordt dat je iemand nodig zult hebben die zich fulltime met je pr bezighoudt, net als Roberto.'

Rosanna knikte.

'Ik heb in Londen en New York kantoren, allebei met een secretaresse. Daar worden je reisschema's bijgehouden, je vluchten en hotels gereserveerd, enzovoort. Als er een probleem ontstaat, kun je het kantoor in Londen overdag bereiken, en dat in New York tot middernacht. Ik geef je ook mijn eigen telefoonnummers. We hebben mijn commissie al vastgesteld en daar ging je mee akkoord, toch?'

'Ja.'

'Goed. Nu hoef ik alleen nog te weten waar je je geld naartoe overgemaakt wilt hebben. Al je honoraria zullen aan mij worden betaald en het is wel zo gemakkelijk als je me een bankrekeningnummer geeft waarop ik de cheques meteen kan storten zonder je te hoeven lastigvallen.'

'Ik heb geen bankrekening,' zei Rosanna. Haar hoofd tolde van alles wat Chris haar vertelde.

'Echt niet? Nou, dan lijkt het me hoog tijd om er een te openen.' zei Chris met een glimlach. 'De kans is groot dat je in de komende jaren een vermogende jongedame wordt. De operahuizen betalen me altijd in dollars. Dat maakt het voor iedereen gemakkelijker, maar ik kan de bedragen in elke gewenste valuta veranderen. Goed, dat was de financiële kant van het verhaal. Laten we wat bestellen en verdergaan met het interessante gedeelte, namelijk je programma.'

Chris bestudeerde zijn menu gedurende een paar minuten en wenkte toen de ober. 'Wat neem jij, Rosanna?'

'De *vitello tonnato* en een salade, alstublieft.'

'Goede keuze. Doe mij maar hetzelfde.'

'Dank u, signor.' De ober schreef de bestelling op zijn notitieblokje en verdween weer.

Chris schonk nog wat champagne in Rosanna's glas.

'Oké, terug naar het programma. Dat ziet er goed uit, Rosanna. De wereld ligt aan je voeten. De Garden heeft je Violetta aangeboden, tegenover Roberto's Alfredo. Ze willen je dolgraag hebben want hun stersopraan heeft aangekondigd dat ze zwanger is en er een jaar tussenuit gaat. De repetities duren vier dagen en daarna vinden er in augustus acht voorstellingen plaats.'

Rosanna verbleekte. 'Vier dagen repeteren? Maar die rol heb ik nog nooit gezongen!'

'Paolo en Roberto zullen je vast helpen voordat je gaat. Na Covent Garden ben je een maand vrij en dan ga je terug naar Londen voor een liefdadigheidsconcert in de Albert Hall. En het zou kunnen dat ik je eerste opname bij Deutsche Grammophon heb geregeld. Ze zijn geïnteresseerd in een opname van *Butterfly* samen met Roberto, die daar al onder contract staat, maar de details liggen nog niet vast. Ze willen je uiteraard ontmoeten; ik zal je de datum doorgeven. Hoe dan ook, als het doorgaat, is er ruimte om in oktober op te nemen in Londen. Verder wil Palais Garnier in Parijs je hebben voor een galaconcert aan het eind van die maand, en dan vlieg je terug naar Milaan om *La bohème* te repeteren.'

Rosanna nam nerveus een slok van haar champagne. 'Hoelang heb ik voor die repetities? Een uur?'

'Een week, om precies te zijn.'

Rosanna schudde haar hoofd. 'Nee, Chris. Ik heb langer nodig. Mimi in La Scala spelen is altijd mijn droom geweest. Ik wil genoeg tijd hebben om me erop voor te bereiden, en ook om mijn stem de gelegenheid te geven zich te herstellen.'

'Nou, we kunnen er waarschijnlijk wel tien dagen van maken.' Chris keek amper op van zijn agenda voordat hij verderging. 'Daarna vlieg je naar Wenen om een paar weken in maart Butterfly te zingen, waar Paolo zijn fiat voor gegeven heeft, voordat je weer terugkeert naar Milaan voor Gilda tegenover Roberto's Duca. Dan heb je twee maanden om je voor te bereiden op je debuut bij The Met in *Roméo et Juliette*.'

De ober kwam met hun bestelling.

'Dit ziet er heerlijk uit. Tast toe, Rosanna.' Chris pakte zijn mes en vork.

Rosanna deed haar best, maar ze had geen trek meer.

Chris keek op zijn horloge. 'Oké, nog een kwartiertje voor koffie. Je hebt over drie kwartier een interview met *Le Figaro*. Wil je me nog dingen vragen?'

'Ja, maar ik word al moe als ik alleen maar naar je luister, Chris,' antwoordde ze naar waarheid.

'Het spijt me, Rosanna. Paolo heeft me gewaarschuwd dat ik je niet moet overvragen, en ik zal mijn best doen. Ik beloof je dat ik zal proberen je wat ruimte te geven, maar, lieve schat, je bent nu eenmaal gewild.' Hij stak zijn handen naar voren met een wat-had-je-dan-verwacht-gebaar.

'Het is allemaal zo snel gegaan, dat is alles.' Rosanna beet op haar lip en wendde haar blik af, bang dat ze in tranen zou uitbarsten.

Chris, die zich realiseerde hoe overweldigd ze zich voelde, reikte over de tafel heen en gaf haar een geruststellend kneepje in haar hand. 'Ik begrijp het. Luister, als het je op enig moment echt te veel wordt, zeg je dat tegen me. Ik sta aan jouw kant, weet je nog?'

'Kun je me dan meer tijd geven om me op *La bohème* voor te bereiden?' zei ze smekend.

'Dan zouden we Palais Garnier moeten afzeggen...' Hij gleed met zijn vinger naar beneden over de lijst afspraken. 'Maar het kan wel, als het heel belangrijk voor je is.'

'Dat is het.'

'Oké,' zuchtte hij, 'dan doen we het zo.'

Na haar interview met *Le Figaro* in de foyer van La Scala liep Rosanna de trap op, naar Paolo's kantoor. Alles ging zo snel dat het haar duizelde. Chris' plannen klonken geweldig, maar nam ze niet te veel hooi op haar vork? Ze wilde met Paolo praten, van hem horen hoe hij erover dacht.

Rosanna klopte op zijn deur en Paolo deed hem open.

'Kom binnen, Rosanna. Hoe gaat het? Je ziet een beetje bleekjes.'

Ze ging op een stoel zitten. 'Zo voel ik me ook. Ik heb net geluncht met Chris en hij was een soort stoomwals! Hij heeft de komende achttien maanden al gepland. Hij nam het programma zo snel door dat ik het niet kon bijhouden.'

'Chris is een zeer dynamische figuur,' zei Paolo, 'maar dat maakt hem waarschijnlijk ook zo'n succesvolle agent.'

'Maar ik ben bang dat ik ga vliegen voordat ik vleugels heb. Ik moet nog zoveel leren, Paolo.'

'Je moet Chris beslist vertellen hoe je je voelt.'

'Dat heb ik gedaan.'

'Mooi zo. Onthoud dat hij voor jou werkt, niet andersom. Hij is een goeie vent, Rosanna, veel beter dan sommige anderen die ik ken. Die zouden je voor één concert de halve wereld over laten vliegen als dat genoeg geld opleverde.'

'Ik weet het, en ik besef heus wel hoe gelukkig ik me mag prijzen dat ik zo gewild ben. Maar ik heb Chris verteld dat mijn prioriteit bij La Scala ligt. De andere gezelschappen zijn ook belangrijk, maar wat er hier gebeurt, is voor mij het voornaamst.' Rosanna zweeg even en keek uit het raam. 'Ik had geen idee dat het zo zou zijn.'

'Je staat nog aan het begin, het is logisch dat je moet wennen. Je leert er op den duur wel goed mee omgaan,' stelde Paolo haar gerust met een uiterlijke zelfverzekerdheid die hij in zijn hart niet echt voelde. 'Nou, vertel eens wat je ervan vindt dat je met Roberto naar Londen gaat?'

'Ik vind dat we samen goed zingen.' Rosanna was op haar hoede.

'Inderdaad. Iedereen vindt dat jullie een onweerstaanbaar zangkoppel zijn.' Tegen beter weten in voegde hij eraan toe: 'Ik weet dat het mijn zaken niet zijn, maar Roberto kan... heel charmant zijn al hij dat wil, en...'

Rosanna onderbrak hem. 'Maak je niet ongerust. Ik begrijp wat je probeert te zeggen en ik beloof je dat ik voor mezelf kan zorgen.'

'Dat is goed om te horen.'

Paolo begeleidde haar naar de foyer en kuste haar op beide wangen. 'Onthoud goed: als je advies nodig hebt of ergens over wilt praten, dan ben ik er voor je. Ik ben trots op je, Rosanna. Ciao.'

'Ciao, Paolo. Ik weet niet hoe ik je ooit moet bedanken.'

Hij keek haar na terwijl ze de foyer verliet, liep de trap op naar zijn kantoor, pakte de telefoon en draaide het nummer van Roberto's appartement. Er werd niet opgenomen. Hij legde de hoorn weer op de haak en probeerde zich op zijn papierwerk te concentreren.

19

Roberto hoorde de telefoon rinkelen, maar negeerde het. Hij bereikte zijn hoogtepunt met een schreeuw en zakte neer op Donatella.

'Caro, dat was heerlijk,' hijgde ze.

Roberto rolde van haar af en ging met gesloten ogen en zijn handen over zijn gezicht naast haar liggen.

'Lieverd, ik moet je wat vertellen, het is heel goed nieuws.' Ze streelde zachtjes over zijn schouder.

'O?'

'Ik kan in augustus met je mee naar Londen. In feite kan ik vanaf nu overal gaan waar jij gaat.'

Zich er niet van bewust dat hij ooit de wens had geuit dat zij zich bij hem zou voegen als hij in het buitenland zong, haalde Roberto langzaam zijn handen voor zijn gezicht weg en draaide zich naar haar toe. 'Hoe bedoel je?'

'Ik ga weg bij Giovanni. Ik heb het hem verteld; het is zover. Ik kan op elk moment bij je intrekken. Van nu af aan kunnen we altijd samen zijn.'

Roberto staarde haar vol ongeloof aan.

'Kijk niet zo bezorgd, caro. Het was geen moeilijk besluit. Ik ben er gelukkig mee. Ik wil het zo.'

Roberto hervond zijn stem. 'Even voor de duidelijkheid: je hebt Giovanni verteld dat je hem gaat verlaten?'

'Ja.'

'Maar waarom zou je dat doen?'

'Moet je dat echt vragen? Omdat jij degene bent van wie ik hou, omdat de relatie die ik met mijn echtgenoot had al lang geleden is doodgebloed, omdat...'

Roberto onderbrak haar. 'En hij heeft ermee ingestemd, zonder protest?'

'Hij kan me niet tegenhouden. Hij heeft geen keus.'

'Weet hij...' Roberto schraapte nerveus zijn keel. 'Weet hij dat het om mij gaat?'

'Nee, nog niet, maar daar komt hij natuurlijk wel achter.' Donatella zag de verontruste blik op Roberto's gezicht. Ze keerde zijn kin zachtjes haar kant op. 'Caro, maak je geen zorgen. Ik heb het zo gespeeld dat hij ons geen van beiden iets kan maken. Ik heb eigen geld, veel geld. Het zal ons de rest van ons leven aan niets ontbreken.'

De realiteit van de situatie begon tot Roberto door te dringen. Hij sprong als door een wesp gestoken het bed uit en pakte zijn kamerjas van de leuning van een stoel.

'Wat ga je in godsnaam doen?'

'Douchen. Ik herinner me zojuist dat ik vanavond vroeg in het theater moet zijn.'

'Maar we moeten praten. Ik kom je na je optreden wel opzoeken, dan gaan we samen in mijn auto hiernaartoe.'

'Nee! Ik heb andere plannen.' Hij stond even stil bij de badkamerdeur en draaide zich om. Hij zag hoe ze daar zo verleidelijk op het bed lag, maar op dit moment walgde hij van haar. 'Donatella, je kunt niet bepalen wat ik met mijn leven doe zonder mij te raadplegen! Ik geloof gewoon niet dat je dit hebt gedaan zonder mij te vragen wat ík wil!'

'Maar jouw wensen staan bij mij altijd voorop. Daarom ga ik weg bij Giovanni, zodat we samen kunnen zijn en op een dag kunnen trouwen en...'

'Alsjeblieft, Donatella, hou op. Ik wil dat je nu vertrekt!'

Roberto zag dat haar gezicht vertrok voordat ze het in haar kussen begroef. Door schuldgevoel overmand plofte hij neer in een stoel, streek met zijn handen door zijn haar en haalde diep adem. 'Oké, het spijt me dat ik schreeuwde. Dit is... nou, nogal een schok. Denk eens aan de roddel en achterklap, Donatella. Je echtgenoot is een machtig man in Milaan. Ik kan me niet voorstellen dat hij zijn vrouw zomaar laat vertrekken zonder zich te verzetten.'

'Hij zal wel moeten. Het spijt me, Roberto. Ik had je eerder over mijn voornemen moeten vertellen. Ik zal weggaan, zoals je me hebt gevraagd.' Ze had er zichtbaar moeite mee, maar ze stapte uit het bed en begon zich aan te kleden.

Roberto keek toe. 'Cara, ik heb gewoon tijd nodig om na te denken, meer niet.' Hij volgde haar naar de voordeur. Ze wendde zich af toen hij haar een kus probeerde te geven. 'Ik bel je vanavond, goed?'

Ze keek niet om terwijl ze door de gang naar de lift liep.

Roberto deed de deur dicht; zijn hersenen draaiden op volle toeren. Al wekenlang was hij van plan om Donatella te vertellen dat het voorbij was, dat de fijne tijd die ze de afgelopen jaren hadden gehad tot een einde zou komen. En nu meldde ze dat ze haar echtgenoot had verteld te willen scheiden zodat zij tweeën samen verder konden gaan.

Het was zo idioot dat Roberto in lachen wilde uitbarsten. Het idee dat Donatella werkelijk geloofde dat hij met haar zou willen trouwen. God, ze was bijna vijftig jaar oud, niet bepaald in de volle bloei van haar leven.

De telefoon ging weer. Roberto liep ernaartoe en nam zonder nadenken op.

'Pronto?'

'Met Paolo.'

'Wat wil je?' vroeg Roberto botweg; zijn hoofd tolde nog van Donatella's nieuws.

'Ik wilde je alleen maar vertellen dat Covent Garden Rosanna Menici heeft gevraagd om met jou naar Londen te komen,' antwoordde Paolo monter.

'Ja, dat heeft Chris me gisteren verteld.' Roberto hervond met moeite zijn zelfbeheersing. Hij moest aan zijn carrière denken. 'Ik ben er uiteraard erg blij mee. We doen het goed samen, toch?'

'Ja, Roberto, dat weet je. Maar beloof me één ding.'

'Wat dan?'

'Rosanna is nog nooit in het buitenland geweest. Ze gaat naar een vreemd land en maakt zich al druk bij het vooruitzicht. Wil je alsjeblieft goed voor haar zorgen?'

'Dat hoef je helemaal niet te vragen, Paolo. Je weet hoezeer ik op Rosanna gesteld ben. Ik zal haar beschermen tegen al het kwaad, dat beloof ik je.'

‘Goed zo. En ben je ook bereid om *La traviata* met haar te repeteren voor jullie vertrekken? Ze kan alle oefening gebruiken die ze kan krijgen.’

‘Vanzelfsprekend.’

‘Dank je. En Roberto?’

‘Ja?’

‘Onthoud dat ik de nodige spionnen in Londen heb rondlopen. Ciao.’

Roberto smeet de hoorn op de haak. Waarom behandelde iedereen hem als een stout jongetje? Waarom wilden ze hem voorschrijven hoe hij zich moest gedragen? Hij had genoeg van Paolo, van Donatella, van Milaan. Hij was blij dat hij een paar maanden weg zou gaan. Na Londen zou hij naar de villa op Corsica vertrekken die hij een paar jaar geleden had gekocht. Hij was uitgeput. Hij had even rust nodig.

Het enige lichtpuntje aan de horizon was dat Rosanna samen met hem in Londen zou zijn. Roberto was verbaasd hoezeer hij op haar gesteld was geraakt, en dacht dat zij misschien een van de redenen was waarom Donatella’s charmes de laatste tijd zo grondig waren verbleekt. Rosanna eiste niet, ze verlangde niets van hem, zoals alle anderen dat wel deden. Ze was rustig, evenwichtig en een genot om mee te zingen. En dan waren er nog dat hemelse gezicht en dat goddelijke lichaam. Hij dacht vrijwel onophoudelijk aan haar en had een aantal keren over haar gedroomd.

Er vormde zich een merkwaardige gedachte in Roberto’s hoofd. Hij vroeg zich af of hij misschien een beetje verliefd op haar was. Hij duwde dat idee meteen weer weg. Dat hij steeds meer naar haar verlangde, was bijna zeker te wijten aan het feit dat ze immuun leek voor zijn charmes.

Wat Donatella betreft, hij zou haar moeten vertellen dat ze het allemaal verkeerd had begrepen. Roberto stond op, liep naar de douche en probeerde zichzelf ervan te overtuigen dat ze het wel zou begrijpen.

Later die avond kwam Roberto thuis, afgemat door een lastige voorstelling van *Don Giovanni*. Het publiek was luidruchtig geweest en had de uitvoerenden afgeleid. De begunstigers op de afterparty hadden hem nog leeghoofdiger en veeleisender geleken dan gebruikelijk. Hij was zo vroeg mogelijk naar huis gegaan, verlangend naar rust en slaap.

Hij draaide de sleutel om in het slot en ontdekte dat de deur al open was. Boos op zichzelf om zijn nalatigheid liep Roberto door de gang en opende de deur naar de zitkamer.

'Signor Rossini.' De man stond op van de bank en glimlachte naar hem met een huiveringwekkend gebrek aan warmte.

'Hoe... hoe bent u hier binnengekomen?' stamelde Roberto.

'Heel simpel. Ik heb een kopie gemaakt van de sleutel van mijn echtgenote. Ik ben Giovanni Bianchi. We hebben elkaar geloof ik een paar keer ontmoet in La Scala. Ik hoop dat u het niet erg vindt dat ik tijdens het wachten een grappa voor mezelf heb ingeschonken. Wilt u er ook een?'

Roberto knikte, te geschokt om te protesteren. Hij ging zitten en keek toe hoe Giovanni de grappa inschonk. Hij zocht in gedachten naar een voorwerp om zich mee te verdedigen, en vroeg zich af of de buren zouden komen kijken wat er aan de hand was als hij zou schreeuwen. Met de schrik om het hart besefte Roberto dat zijn buren eraan gewend waren om hem op de gekste momenten zo zijn stembanden te horen gebruiken.

Dat was het dan. Giovanni Bianchi was gekomen om hem te vermoorden omdat hij zijn vrouw had geneukt. Hij had waarschijnlijk een pistool in zijn binnenzak, dat hij op elk moment tevoorschijn zou kunnen halen. Roberto nam de grappa aan en bracht met trillende hand het glas naar zijn lippen.

Giovanni nam plaats op een stoel tegenover hem.

'Goed dan, mijn vrouw, Donatella, wil mij verlaten om met u te gaan samenwonen.' Giovanni keek de kamer rond. 'Nou kan ik u zeggen dat dit appartement een stuk kleiner is dan wat zij gewend is.'

Giovanni zette zijn glas op de tafel voor hem neer en leunde naar voren. 'Signor Rossini, of mag ik Roberto zeggen?'

Hij knikte ongemakkelijk.

'Roberto, ik zal eerlijk tegen je zijn. Ik bevind me in een vreemde en lastige positie. Mijn lieftallige echtgenote, met wie ik al vele jaren getrouwd ben, kondigt plotseling aan dat ze bij me weg wil. Dat is al erg genoeg, maar vervolgens kom ik erachter dat de bron van haar *amore* een van de beroemdste tenoren ter wereld is, in elk geval in Italië. Dan denk ik aan de media, de manier waarop die ons alle drie, en onze reputatie, met alle liefde door het slijk zouden willen halen.'

Giovanni zweeg even en nam een slokje van zijn grappa. 'Roberto, ik heb een zekere status in Milaan. Je zult vast wel begrijpen dat mijn trots het niet toelaat dat ik publiekelijk zal worden vernederd door jou en mijn echtgenote. Daar komt nog bij dat er in de familie Bianchi nog nooit een scheiding is voorgekomen. Mijn mamma zou zich omkeren in haar graf. Nee, denk ik bij mezelf, deze situatie is onacceptabel. Dus wat kan ik doen? Regelen dat Roberto uit de weg wordt geruimd?' Giovanni keek naar Roberto's krijtwitte gezicht, glimlachte en schudde zijn hoofd. 'Nee, hoewel hij overspel heeft gepleegd met mijn vrouw, ben ik een vredelievend man. Ik besluit dat ik beter op een beschaafde manier met Roberto kan gaan praten. Ben je het daarmee eens?'

'Ja.'

'Dus hier ben ik dan. Zeg eens, heb je mijn vrouw gevraagd om bij je te komen wonen?'

'Nee, beslist niet, nooit.' Roberto was verbaasd over de felheid van zijn eigen stem. 'En vanmiddag vertelt ze me plotseling dat ze bij u weggaat. Ik was compleet ontdaan, signor Bianchi, geloof me.'

'Giovanni alsjeblieft, Roberto. Hou je van mijn vrouw?'

'Ik... Ze is heel mooi en ik ben zeer op haar gesteld, maar...'

'Je hebt een prettige regeling genoten die Donatella nu probeert om te zetten in iets van permanentere aard.' Giovanni maakte de zin voor hem af. 'Dat is niet wat je wilt, neem ik aan?'

Roberto schudde nerveus zijn hoofd. Hij wilde Giovanni's vrouw niet beledigen, maar wel duidelijk maken waar hij stond.

Giovanni knikte nadenkend. 'Zoiets dacht ik al. Donatella... verkeert in een moeilijke fase. Ze verliest haar jeugd en haar hormonen spelen haar wellicht parten, waardoor ze denkt dat ze verliefd op je is. Dus, Roberto, wat kunnen we doen om haar slechte besluit tegen te houden?'

'Ik zal haar morgen zeggen dat het voorbij is tussen ons. In zekere zin zal dat een opluchting zijn,' antwoordde Roberto openhartig.

'En denk je dat ze je dan met rust zal laten?'

'Natuurlijk. Ik zal haar telefoontjes niet meer aannemen en haar voortaan mijden.'

Giovanni schudde zijn hoofd. 'Het is niet eenvoudig om een vastbesloten vrouw te mijden. En al helemaal niet een vrouw als mijn echtgenote. Er zullen veel gelegenheden zijn waar jullie elkaar zullen tegenkomen. Weet je, Roberto, mijn vrouw en ik hebben altijd een stilzwijgende wederzijdse afspraak gehad. We hebben allebei af en toe een oogje dichtgeknepen en zijn discreet geweest. Ik ben een tolerant man, maar ik zou er ongelukkig mee zijn als er ook maar iets over jouw affaire met mijn echtgenote in de krant zou komen te staan.'

'Maar dat zal niet gebeuren. We zijn altijd voorzichtig geweest.'

'Misschien, maar dat was voordat Donatella verliefd op je werd. Nu ze zo labiel is, heeft ze misschien geen zin meer om voorzichtig te zijn. Ik vermoed dat ze de hele wereld wil laten weten dat jullie een verhouding hebben.' Giovanni schudde opnieuw zijn hoofd. 'Nee, haar alleen maar vertellen dat het voorbij is, is niet de oplossing.'

'Maar... wat stel je dan voor?'

'Ik denk dat ik het beste plan heb bedacht, Roberto. Afstand is het sleutelwoord. Als je ergens anders bent, kan ze je niet opzoeken.'

'Ik ga over een paar weken naar Londen. Dan ben ik drie maanden het land uit. Dat moet genoeg zijn om de storm te laten overwaaien.'

'Het is zeker een goed begin, Roberto, maar ik denk dat er langere tijd voor nodig is om Donatella's obsessie te bezweren. Ik stel voor dat je Milaan, nee, laten we zeggen Italië, voor minstens vijf jaar verlaat. Of voor altijd, indien nodig.'

Roberto keek hem aan alsof hij gek was geworden. 'Maar ik heb verplichtingen, er zijn voor het volgende jaar al optredens in La Scala gepland.'

'Dan stel ik voor dat je die afzegt.' De glimlach was nog steeds aanwezig, maar Giovanni's ogen waren hard en kil. 'Zoals ik al zei, ben ik een redelijk man. Als je hiermee instemt, kunnen we deze kwestie op simpele wijze oplossen. Als je niet akkoord gaat, wordt het allemaal… een beetje gecompliceerder.'

'Je bedreigt me, Giovanni.'

'Nee, ik opper een oplossing.'

'En als ik weiger?'

Giovanni pakte zijn glas grappa en leegde het in één teug. 'Een ongeluk zit in een klein hoekje, Roberto. Ik zou niet graag zien dat jou iets overkomt.' Hij stond op. 'Ik denk dat we elkaar wel begrijpen. Je bent een verstandig man. Je zult een verstandig besluit nemen. Om je te helpen heb ik twee heren geregeld die je in de gaten zullen houden. Tot je Italië verlaat, zullen ze bij je in de buurt blijven. En onthoud goed: er staat je geen prettig welkom te wachten als je ooit besluit om terug te keren.'

'Maar Donatella zal me bellen. Ze zal hier misschien zelfs onaangekondigd naartoe komen als ik niet met haar praat.'

'Nee, Donatella gaat morgen met mij naar New York. Ze heeft daarmee ingestemd in de veronderstelling dat we een scheiding van tafel en bed gaan bespreken. We blijven drie weken weg. Tegen de tijd dat wij terugkeren naar Milaan, zul jij weg zijn. En denk maar niet dat je onopgemerkt waar dan ook in Italië kunt terugkomen. Ik heb… vrienden die me daar dan over zullen informeren. Zijn we het eens, Roberto?'

'Ja,' mompelde hij mismoedig, wetend dat hij geen keus had.

'Goed. Dat is dan geregeld. Fijn zo. Ik heb een hekel aan geweld. Vaarwel, Roberto. Ik zal je missen bij La Scala.'

Roberto keek hoe Giovanni de kamer verliet en hoorde hem de voordeur achter zich dichtslaan. Na een paar seconden stond hij op en liep naar het raam. Beneden stond een auto geparkeerd, aan de overkant van de straat. Er stonden twee mannen tegenaan geleund; ze keken omhoog naar zijn appartement. Hij liep weer weg van het raam.

Een uur en nog drie grappa's later keek Roberto nog eens. De auto en de mannen waren er nog.

Zou hij de politie kunnen bellen om ze te vertellen wat er was gebeurd?

Nee, dat zou de situatie eerder verergeren. Giovanni was te machtig; hij had vrijwel zeker connecties bij de maffia, en zelfs als hij terecht zou staan voor bedreiging, zou Roberto elke keer als hij voet op Italiaanse bodem zette voor zijn leven moeten vrezen.

Roberto probeerde na te gaan hoe dit zijn toekomst zou beïnvloeden. Behalve *La bohème* en *Rigoletto* bij La Scala had hij geen optredens in Italië gepland. Paolo zou woedend zijn als hij het hoorde, maar gegeven de omstandigheden was daar niets aan te doen. Roberto ging ietsje kalmer naar bed. Het had tenslotte veel slechter kunnen uitpakken. Hij had dood kunnen zijn. En in elk geval was Donatella zijn probleem niet meer.

20

Toen het vliegtuig over de landingsbaan begon te taxiën, slaakte Roberto een zucht van verlichting en leunde hij achterover tegen het zachte leer van zijn eersteklasstoel. De langste drie weken van zijn leven waren eindelijk voorbij. Sinds Giovanni's bezoek had hij nauwelijks geslapen.

Hij had de auto met de twee trawanten zijn limousine zien volgen, overal waar hij ging. Ze hadden hem zelfs gevolgd tot aan de incheckbalie op vliegveld Linate.

Na lang nadenken had Roberto besloten om Londen de komende paar jaar tot zijn thuisbasis te maken. Zijn appartement in Milaan zou volledig gemeubileerd worden verkocht, en de opbrengst zou, samen met de inhoud van zijn Milanese bankrekeningen, naar Londen worden overgemaakt. In zijn tijd bij Covent Garden zou hij rondkijken naar een geschikt huis. Chris Hughes, zijn agent, had geen idee dat zijn vertrek uit Milaan permanent was. Roberto zou hem over zijn plannen vertellen als de tijd rijp was.

Hij keek opzij en bestudeerde het bleke gezicht van zijn reisgenote, die uit het raampje zat te staren. Hij zag dat ze nerveus met haar vingers op haar schoot zat te frutselen. Hij stak zijn hand uit en legde die op haar handen.

'Geen paniek, *principessa*. Straks zijn we in de lucht, hoog boven de wolken.'

De motoren begonnen te brullen en ze snelden vooruit over de startbaan. Roberto nam in stilte afscheid van Italië en zag dat Rosanna haar ogen sloot en een kruisje sloeg terwijl de neus van het vliegtuig de lucht in ging en de wielen van de grond loslieten. Hij grinnikte zachtjes.

'Als je een internationale operaster wordt, zul je moeten wennen aan het vliegen, kleintje.'

'Zijn we al in de lucht?' vroeg Rosanna, die haar ogen nog stijf dichthield.

'Ja, we zijn opgestegen. Je kunt weer kijken.'

Rosanna deed haar ogen open, keek uit het raampje en hapte naar adem met een mengeling van angst en verrukking. 'Kijk! Er zijn wolken onder ons!' fluisterde ze ademloos.

'Ja, maar als het een heldere dag was, zou je de torenspitsen van de Duomo onder ons zien.'

'Champagne, meneer?' Een aantrekkelijke stewardess bood twee glazen en een fles aan.

'Dank u.' Roberto wendde zich tot Rosanna. 'Neem een glas – van een beetje champagne kalmeer je misschien. Gewoonlijk drink ik niet tijdens het vliegen, want het droogt je uit. Maar vandaag ben ik in feeststemming.'

De stewardess schonk champagne in twee glazen en glimlachte verlegen naar Roberto. 'Ik heb uw Nemorino in La Scala gezien. We zaten op de bovenste galerij, dus we hadden niet de beste plek, maar ik vond u echt geweldig.'

Roberto glimlachte terug. 'Dank u, signorina...' zei hij vragend.

'Zeg maar Sophie,' zei de stewardess blozend. 'Gaat u voor lange tijd naar Londen?'

'Een maand. Ik ga *La traviata* in Covent Garden zingen.'

'O, wat prachtig. Misschien kan ik nog kaarten krijgen.'

'Bel me maar in het Savoy, dan kunnen we vast wel iets voor je regelen.'

'O, dank u, meneer Rossini, dat zal ik zeker doen.' Ze knipperde koket met haar wimpers, die zwaar met mascara bewerkt waren.

Roberto's ogen volgden de welgevormde benen van de stewardess terwijl ze naar voren liep om de passagiers die voor hen zaten te bedienen.

'Nou, principessa, *salute*!' Roberto nam een slok van zijn champagne. Rosanna, die het geflirt zwijgend had gadegeslagen, keek hem vol afkeer aan.

'Wat is er? Wat heb ik gedaan?' protesteerde hij.

Rosanna zuchtte diep en schudde haar hoofd. 'Laat maar,' antwoordde ze.

'Nee, vertel me alsjeblieft waarom je me zo geringschattend aankijkt.'

'Nee, het zijn mijn zaken niet.'

'Ik wil weten waarom je boos op me bent,' hield hij vol.

'Oké, als je erop staat, maar neem het me niet kwalijk als wat ik te zeggen heb je niet bevalt,' waarschuwde Rosanna. Ze aarzelde even voor ze eruit flapte: 'Ik vind dat je je vreselijk gedraagt tegenover vrouwen.'

Roberto gooide zijn hoofd achterover en lachte.

'Ik vind het helemaal niet grappig, want je behandelt ze slecht. Bijvoorbeeld mijn vriendin Abi Holmes.'

Roberto keek meteen serieus. 'Ach, nu begrijp ik het. Je hebt een hekel aan me omdat ik een affaire met je vriendin heb gehad.'

'Nee, ik ken je niet goed genoeg om een hekel aan je te hebben. Het is gewoon zo dat, nou...' Rosanna deed haar best de woorden te vinden, gaf het op en schudde haar hoofd. 'Het doet er niet toe.'

'Jawel. Om de een of andere reden hecht ik waarde aan jouw mening.'

'Nou, ik denk dat je nooit rekening houdt met de gevoelens van vrouwen. Je belooft ze dingen en dan laat je ze zomaar vallen.'

'En dat heb je uit betrouwbare bron vernomen, begrijp ik?'

Rosanna bloosde. 'De hele wereld weet hoe jij in elkaar steekt.'

'Ik ben me bewust van mijn reputatie. En die heb ik voor een groot deel aan mezelf te danken. Ja, ik geniet van vrouwelijk gezelschap, en in mijn positie krijg ik veel aandacht van vrouwen, waar ik vaak gebruik van maak. Dat ontken ik niet. Maar snap je niet dat ik van vrouwen hou? Ik aanbid ze. Zij behoren tot de dingen op deze planeet die het leven de moeite waard maken. En ik doe nooit beloften die ik niet kan houden. Ze weten wat Roberto Rossini voor iemand is. Als ze dat niet kunnen accepteren, moeten ze niets met me beginnen. Zo simpel is het,' zei hij schouderophalend.

'Heb je ooit tegen een vrouw gezegd dat je van haar hield?'

'Niet uit vrije wil, nee.'

'Ze dwingen je dus om het te zeggen?'

'Er zijn momenten dat een vrouw, in het vuur van het liefdesspel, ernaar vraagt en dat je dan reageert. Maar ik ben nog nooit verliefd geweest.' Roberto nam peinzend een slokje van zijn champagne. 'Weet je, Rosanna, je moet ook de andere kant van het verhaal begrijpen voor je oordeelt. Ik ben een gemakkelijke prooi voor vrouwen. Ze worden graag met me gezien omdat dat goed is voor hun ego, en meestal ook voor hun publiciteitscampagnes. Vaak gebruiken ze mij meer dan ik hen.'

Rosanna rolde vol ongeloof met haar ogen als reactie op zijn verdediging.

'Zie je wel? Niemand begrijpt die arme Roberto. Ze denken altijd het slechtste van hem. Op een dag, als jij ook een grote ster bent, zul je zelf wel merken hoe eenzaam dat kan zijn.'

Rosanna gaf zich eindelijk gewonnen en grinnikte hoofdschuddend om zijn schaamteloze poging sympathie te wekken. 'Ik heb geen medelijden met je, Roberto.'

Hij keek haar recht aan. 'Je mag me niet, hè, Rosanna?'

'Natuurlijk wel.'

'Echt?'

'Ja, echt. Maar goed, ik wil nu nog even de partituur van *La traviata* bestuderen.'

Enigszins van haar stuk gebracht trok Rosanna haar muziektas op schoot, haalde de partituur eruit en keerde zich van hem af.

Roberto sloot zijn ogen en vroeg zich wederom af waarom hij zo gebrand was op de goedkeuring van Rosanna Menici.

Bij terminal 3 op Heathrow stond een chique limousine op hen te wachten, waarin ze naar het centrum van Londen werden gereden. Het gesprek bleef beperkt tot het uitwisselen van beleefdheden, aangezien Rosanna het grootste deel van de rit de onbekende omgeving in zich op zat te nemen, van de grijze buitenwijken tot de steeds grootsere gebouwen die de weg in Kensington en Knightsbridge flankeerden. De auto stopte uiteindelijk voor het imponerende art-decogewelf van het Savoy, waar de manager in de lobby op hen wachtte. Roberto werd naar een suite gebracht, en Rosanna naar een in haar ogen prachtige kamer. Ze was al bezig met uitpakken toen er op de deur werd geklopt. Ze deed open en Roberto beende binnen. Hij keek rond en schudde zijn hoofd.

'Nee, nee, nee. Niet goed genoeg.' Hij liep naar de telefoon en belde de receptie. 'U spreekt met Roberto Rossini. Vertel de manager dat signorina Menici een suite nodig heeft. Laat hem onmiddellijk naar die van mij komen, dan zien we elkaar daar.'

'Roberto, alsjeblieft, deze kamer is meer dan uitstekend,' protesteerde Rosanna toen Roberto haar kleren terug in haar koffer wierp.

'Rosanna, je komt naar dit land als gastzangeres van het Royal Opera House, en je hebt recht op alles wat ik krijg. Goed, kom mee naar mijn suite tot ze jou er een toewijzen.'

Rosanna volgde Roberto door de gang, zich ervan bewust dat het geen zin had om tegen hem in te gaan.

'Weet je, zulke dingen moet je vanaf het begin duidelijk maken, anders lopen de mensen over je heen. Onthoud dat jij hún een plezier komt doen, niet andersom. Ah, daar is mijn vriend de manager.'

Ze kwamen aan bij de deur naar Roberto's suite, waar de manager al op hen stond te wachten. Roberto legde een arm om zijn schouder. 'Een klein probleempje maar. We willen graag dat signorina Menici een suite krijgt in uw prachtige hotel.'

'Natuurlijk, *madam*. Onze excuses voor de vergissing. Deze kant op.'

'Een moment, ik pak even mijn koffer.' Rosanna keerde zich om, maar Roberto legde een hand op haar arm om haar tegen te houden.

'Nee, kleintje. De piccolo zal die op je nieuwe kamer afleveren. Vergeet niet wie je bent. Ik haal je om acht uur op bij je suite. Dan eten we samen in het restaurant.'

Roberto gaf haar een knipoog, deed zijn deur van het slot en verdween naar binnen.

Twee uur later lag Rosanna te genieten in de grote badkuip; het geurige schuim streelde haar huid. Ze voelde zich een tikje verloren, maar niet ongelukkig. De stilte in de gigantische suite was oorverdovend en ze realiseerde zich dat ze op deze trip naar Londen voor het eerst meer dan een paar uur alleen was. Thuis waren mamma, papà, Carlotta en Luca er altijd geweest. Na de verhuizing naar Milaan was Luca altijd in de buurt geweest, en daarna Abi. Nu moest ze de komende maand leren op eigen benen te staan, met alleen Roberto die haar advies kon geven.

Rosanna zeepte zich in met een washandje. Haar gevoelens voor Roberto waren verwarrend. Aan de ene kant vond ze hem onuitstaanbaar arrogant, maar aan de andere kant... voelde ze zich tot hem aangetrokken.

Net als honderden vrouwen voor mij, wees ze zichzelf terecht terwijl ze uit het bad stapte en zich afdroogde.

Rosanna kleedde zich aan en ging voor de goudgerande kaptafel zitten om een beetje mascara en lippenstift aan te brengen. Nadat ze een paar minuten aan haar haar had besteed, stond ze op en streek een van de elegante nieuwe jurken glad die ze van Abi had moeten kopen voordat ze Milaan verliet. Ze zuchtte en staarde naar haar spiegelbeeld. Ze vroeg zich af waarom een meisje dat totaal niet met haar uiterlijk bezig was, er zojuist bijna een uur over had gedaan om zich klaar te maken voor het diner van vanavond.

Roberto klopte op de deur van de suite. Toen Rosanna opendeed, hield hij zijn adem in. Het korte zwarte jurkje viel losjes om haar ranke figuur en accentueerde haar lange, slanke benen, en haar pas gewassen haar glansde onder het licht. Ze zag er zo jong, zo fris, zo mooi uit. Roberto was verbaasd over de diepe indruk die ze op hem maakte, want ze had geen van de kenmerken die hij bij vrouwen gewoonlijk aantrekkelijk vond – geen laag decolleté, geen welgevormde heupen. Het leek wel of haar lichaam nog ergens tussen haar kindertijd en volwassenheid hing.

'Rosanna, wat zie je er prachtig uit.'

'Dank je.' Ze lachte verlegen.

Hij bood haar een elleboog aan en ze haakte haar arm door de zijne. 'Ik beschouw het als een eer je naar het diner te begeleiden.'

Samen liepen ze door de gang naar de lift.

Hoewel het Royal Opera House maar vijf minuten lopen was, stond er de volgende ochtend een auto te wachten die hen naar de repetitie bracht. Ze werden bij de artiesteningang afgezet in plaats van bij de grootse entree met de zuilen, maar Rosanna voelde zich toch overweldigd toen ze het gebouw binnenliep. De artistiek directeur nam hen mee naar het podium en liet hun de set zien die werd gebouwd.

De repetitie begon na de lunch. Het koor stelde zich op een gegeven moment op het podium achter Roberto op terwijl hij zijn partituur stond te bestuderen.

'Nee, nee, nee!' riep hij, ongeduldig gebarend dat ze weg moesten. 'In dit gedeelte sta ik alleen op het toneel.'

Jonathan Davis, de artistiek directeur, glimlachte geduldig naar Roberto.

'Ik weet dat het anders dan anders is, maar vanwege het changement achterin halen we de koorleden naar voren. Er is geen tijd om ze af en meteen weer op te laten gaan. Het publiek zal ze niet zien.'

'Maar ik zal ze wel achter me vóélen en daar gaat het om.' Roberto gaapte en keek op zijn horloge. 'Het is vier uur geweest en ik ben moe. Ik ga terug naar mijn hotel om te rusten. Signorina Menici vertrekt ook. Zij is ook nog vermoeid van onze reis.'

'Met mij gaat het prima,' verklaarde Rosanna opstandig.

'Maar, meneer Rossini, we moeten nog...'

Jonathans woorden vervlogen terwijl Roberto naar de coulissen liep.

Rosanna bleef op het toneel staan. 'Ik wil nog niet weg. Is er iets wat we kunnen doornemen zonder meneer Rossini?'

'Jazeker. We kunnen aan "Sempre libera" werken.' Jonathan glimlachte vermoeid.

'Het spijt me dat Roberto zomaar vertrok.' Om de een of andere reden voelde Rosanna zich geroepen om zich te verontschuldigen voor zijn gedrag.

'*Miss* Menici, we zijn allemaal gewend aan de... laten we zeggen, grillen van de sterren. Goed, laten we verdergaan.'

Twee uur later keerde Rosanna terug naar haar suite, leeggezogen en humeurig. Ze moest er niet aan denken dat ze over vier dagen haar debuut zou maken in Covent Garden – en nog wel in de veeleisende rol van Violetta. Ze voelde zich bij lange na niet voldoende voorbereid.

De telefoon ging bijna meteen.
'Pronto, ik bedoel, *hello*?'
'Met Roberto. Waar was je nou?'
'Waar denk je dat ik was? Ik heb gerepeteerd, zo goed en zo kwaad als het ging zonder jou.'
'Ach! Het komt goed, hoor. Ik neem je vanavond mee uit eten in Le Caprice. Dat is een heel goed restaurant.'
'Nee, Roberto,' zei ze beslist. 'Ik heb, anders dan jij, vanmiddag geen rust genomen. Ik laat de roomservice komen, dan ga ik nog even mijn partij studeren en daarna ga ik naar bed. Welterusten!'
Een paar seconden nadat ze had opgehangen ging de telefoon opnieuw, maar Rosanna negeerde het gerinkel. Toen het was gestopt, belde ze de roomservice om een salade te bestellen. Ze vroeg de receptie om haar nummer zolang te blokkeren en ging zitten om de partituur te bestuderen.

De volgende ochtend was Rosanna vroeg op. Ze kwam als een van de eersten van de cast aan bij Covent Garden en nam samen met Jonathan Davis een uur lang de passages door waar ze nog onzeker over was.
De repetitie begon officieel om tien uur, maar om elf uur was Roberto er nog niet.
'Maakt u zich geen zorgen, miss Menici. Zo is hij altijd in de repetitieperiode. En vervolgens komt hij met een sublieme performance, als het erom gaat.' Jonathan bleef er helemaal kalm onder.
Rosanna hield haar gedachten over haar tegenspeler voor zich en probeerde zich op haar zang te concentreren. Uiteindelijk, om twaalf uur, vlak voordat ze zouden gaan pauzeren voor de lunch, verscheen Roberto.
'Mijn excuses. Ik ben gisteravond vergeten de wekdienst in te seinen,' verkondigde hij monter.
'Oké allemaal, we gaan een uurtje door nu meneer Rossini is gearriveerd,' riep Jonathan geduldig naar de rest van de cast.
Een uur later verklaarde Roberto dat hij een zere keel had en dat hij terug naar het Savoy zou gaan om rust te nemen.
'Het is het klimaat hier, het is zo vochtig.' Roberto zwaaide dra-

matisch met zijn armen en vertrok. 'Ik zie je wel in het hotel, Rosanna.'

Rosanna keerde hem de rug toe.

Later die avond lag Rosanna in bad toen er op de deur werd geklopt. Ze negeerde het. Zoals ze zich nu voelde, dacht ze niet dat ze zich zou kunnen inhouden. Ze stapte uit het bad, droogde zich af en trok een kamerjas van dikke badstof aan. Ze liep de zitkamer in en was verbijsterd toen ze Roberto daar aantrof op de bank, waar hij op zijn gemak naar de televisie zat te kijken.

'Wat moet jij hier in godsnaam?' Ze trok haar kamerjas dichter om zich heen.

'De deur was niet op slot.' Hij schonk haar een ontwapenende glimlach. 'Je moet voorzichtiger zijn, hoor. Je weet nooit wie er binnen komt wandelen. Ik kom je mee uit eten nemen.'

Rosanna plofte neer op een stoel, alle zintuigen op scherp. 'Ik dacht dat je een zere keel had.'

'Had ik ook, maar het gaat nu weer goed. Kom, kleed je aan, dan gaan we.'

'Nee, ik wil niet mee.'

Roberto keek verbaasd. 'Waarom niet?'

'Omdat ik moe ben en... ik ook niet met jou samen wil gaan eten.'

'Rosanna, volgens mij ben je boos op me. Wat heb ik nou weer gedaan?'

'Wat je hebt gedaan? Mamma mia!' Rosanna sloeg gefrustreerd met haar vuist op een kussen.

'Vertel het me alsjeblieft,' zei hij op dringende toon.

Ze kon zich niet langer beheersen. 'Goed dan, signor Rossini, ik zal het je vertellen. Ik ben hiernaartoe gekomen om mijn debuut te maken in Covent Garden. Ik ben nerveus, gespannen, ik heb het gevoel dat ik nog niet genoeg heb gerepeteerd. En in de paar dagen die ik heb om de rol verder onder de knie te krijgen, blijkt dat mijn tegenspeler niet bereid is om meer dan enkele uren mee te repeteren, zodat het operagezelschap en ik het zonder hem moeten stellen terwijl we over iets meer dan twee dagen al de eerste voorstelling hebben! En...'

Rosanna zweeg toen ze Roberto's mondhoeken zag vertrekken. Hij begon te lachen.

'Waarom lach je nou? Ik vind het helemaal niet grappig!'

'Ach, dat komt omdat ik eindelijk zie dat Rosanna Menici wel degelijk in vuur en vlam kan raken – dat ze het temperament van een ware artieste bezit.'

'Ik? Temperament?' Rosanna stond op en liep boos naar Roberto toe. 'Laat me je dit vertellen, signor Rossini. Ik had alle verhalen gehoord over jouw moeilijke gedrag, maar omdat je me in Milaan zo goed hebt geholpen, dacht ik dat anderen jaloers op je succes waren en negeerde ik die geruchten. Maar na de afgelopen twee dagen begrijp ik dat ik het verkeerd zag. Je bent ontzettend egoïstisch. Je behandelt mij en alle anderen van het gezelschap alsof wij het niet waard zijn om op hetzelfde podium als jij te staan. En áls je dan een repetitie bijwoont, gedraag je je als een tegendraads kind wanneer iets je niet aanstaat. Ik snap niet waarom de mensen om je heen dat allemaal van je zouden moeten pikken. Als ik Jonathan Davis was, had ik je meteen de eerste dag ontslagen.'

Rosanna stond over Roberto heen gebogen, haar lichaam stijf van woede.

Roberto keek haar aan.

'Weet je dat je boos op zijn mooist bent?'

Voor ze wist wat er gebeurde, had Roberto haar handen gepakt en haar omlaaggetrokken, zodat ze op zijn knieën zat. Als in trance zag ze zijn mond naar de hare bewegen. Maar op het moment dat hun lippen elkaar bijna raakten, kwam Rosanna bij haar positieven en wurmde ze een van haar handen uit zijn greep. Daarmee sloeg ze Roberto hard tegen zijn gezicht.

Beiden bleven een paar tellen geschokt zitten. Toen stond Rosanna op en draaide zich van hem af, bevend van emotie.

'Ik wil dat je nu gaat.'

Ze draaide zich niet meer om, maar hoorde dat Roberto opstond en naar de deur liep. Die sloeg achter hem dicht.

Ze liet zich op de vloer zakken en barstte in tranen uit.

21

Rosanna werd wakker door een klop op de deur. Nog half slapend zocht ze naar het lichtknopje. Ze knipte de lamp aan, keek op het klokje naast haar bed en zag dat het bijna acht uur was. Ze pakte haar kamerjas en liep naar de deur.

'Wie is daar?' vroeg ze nerveus.

'Ik heb een bestelling voor u, madam.'

Rosanna deed de deur open en trof een piccolo aan die bijna schuilging onder een weelderig boeket orchideeën en lelies.

'Waar zal ik ze neerzetten?' De jongeman droeg de bloemen de zitkamer in. 'Daar op de tafel?'

'Ja, dat is prima, bedankt.' Rosanna wachtte tot de piccolo de deur achter zich had dichtgedaan en liep naar het boeket. Er was een wit envelopje tussen de bloemen gestoken. Ze trok het eruit en maakte het open.

Je had gelijk. Ik ben een rotzak. Mijn welgemeende excuses.
Ik zie je in het Opera House (op tijd). R.

Rosanna scheurde het briefje in kleine stukjes en gooide ze misprijzend in de prullenbak. Daarna kleedde ze zich aan.

'Je bent precies een minuut en vijfentwintig seconden te laat.'

Roberto stond al op het podium, met een wollen sjaal om zijn hals gewikkeld.

Rosanna negeerde hem en liep over het toneel om met Jonathan Davis te praten.

De twee volgende dagen gedroeg Roberto zich voorbeeldig. Hij was behulpzaam en beleefd, en protesteerde niet als Jonathan hem vroeg iets op een andere manier te doen. Hij bood steeds aan om langer te blijven om met Rosanna aan hun lastige duetten te werken. Rosanna was hem er dankbaar voor, maar hield afstand.

Elke avond na terugkeer in het Savoy verwachtte ze half dat hij op haar deur zou kloppen, maar dat gebeurde niet. Hij belde ook niet naar haar suite.

Rosanna verfoeide zichzelf om haar teleurstelling.

Er stonden twee prachtige boeketten in haar kleedkamer toen ze er voor de première arriveerde. Toen ze haastig de kaartjes had geopend, was ze teleurgesteld toen ze zag dat het ene van Paolo kwam en het andere van Chris Hughes. Roberto was duidelijk beledigd geweest door haar gebrek aan waardering voor zijn vorige zoenoffer. Ze probeerde de gedachten aan hem weg te duwen terwijl haar kleedster haar in de extravagante zijden jurk hielp die ze zou dragen als de mooie, maar ten dode opgeschreven Violetta. Ze begon zich mentaal voor te bereiden, maar ze was op van de zenuwen en zag dat haar handen trilden. Twee minuten later had ze het snikheet en waren haar handpalmen zweterig. Haar hart klopte snel en ze werd misselijk bij de gedachte dat ze straks het podium op moest. Ze probeerde wat arpeggio's te zingen, maar er kwam alleen wat gepiep uit haar mond.

Rosanna, sprak ze zichzelf streng toe, dit is plankenkoorts. Luigi heeft je verteld dat dit kon gebeuren. Concentreer je op je ademhaling. Ze keek naar haar spiegelbeeld en probeerde te kalmeren.

Tegen de tijd dat ze was geschminkt en gekleed, was ze zo beverig dat ze amper kon staan. Ze wilde huilen en verlangde wanhopig naar de aanwezigheid van Paolo of Luigi, die haar hand vast zou houden, die haar zou vertellen dat het allemaal goed zou komen.

'Opstellen, graag!' De roep van de assistent-stagemanager, die langs de deur van haar kleedkamer liep om de spelers van de openingsscène aan te sporen hun positie in te nemen. Op de een of andere manier lukte het haar om enigszins wankel naar de coulissen te lopen. Het orkest was aan het stemmen en Rosanna hoorde het verwachtingsvolle geroezemoes van het publiek achter de beroemde rode gordijnen.

Terwijl ze stond te trillen als een rietje, werd er een hand op haar schouder gelegd.

'Succes, Rosanna. We gaan vanavond samen schitteren.' Roberto zag er buitengewoon mannelijk uit in zijn kostuum met hoge hoed en jacquet.

'Ik voel me zo beroerd, Roberto,' fluisterde ze radeloos.

Hij pakte haar koude handen en wreef erover. 'Goed zo. Je speelt een vrouw die aan tuberculose lijdt, dus je zult vanavond fantastisch acteren.'

Rosanna was zo zenuwachtig dat het grapje niet tot haar doordrong. 'Maar ik heb geen stem,' voegde ze eraan toe.

'Die heb ik vlak voor een optreden ook zelden. Probeer je dit in te denken: je staat in de muziekkamer van Luigi's villa. Je hoort het pianospel en je zingt voor jezelf omdat je dat gewoon fijn vindt. Er luistert niemand naar je. Je bent alleen.' Roberto glimlachte naar haar en gaf haar op beide wangen een kus. 'We zullen vanavond weergaloos zijn. Dat weet ik gewoon.'

Hij liep bij haar weg om zijn positie in te nemen en Rosanna bleef in de coulissen staan luisteren naar de eerste maten van de ouverture. Ze sloot haar ogen en dacht aan de rust van Luigi's muziekkamer en de vreugde die ze daar bij het zingen had gevoeld. Even later stapte ze het podium op en zong ze de sterren van de hemel.

Uren later kwam ze terug in haar suite in het Savoy. Ze zat nog steeds vol adrenaline en elk zenuwuiteinde in haar lichaam tintelde.

Het applaus aan het eind van de voorstelling had schijnbaar een eeuwigheid geduurd. Jonathan had haar verteld dat zij en Roberto tweeëntwintig keer waren teruggeroepen. Op de afterparty werd ze omringd door onbekenden die in superlatieven hadden gesproken en beweerden dat haar Violetta de beste was sinds Callas.

Rosanna ging op een stoel zitten. Het waren zonder twijfel de drie mooiste uren van haar leven geweest. Voor het eerst had ze op het toneel echt de macht gevoeld die ze over het publiek had. Haar zelfvertrouwen was met de minuut gestegen en ze had er plezier in gekregen om haar tragische heldin neer te zetten als een vrouw van koortsachtige hartstocht, verleidingen en angsten. Haar Violetta was vanavond tot leven gekomen.

En Roberto... die had haar geholpen. In zijn rol van Alfredo had hij haar grootmoedig gesteund, zonder pogingen haar te overtreffen, en hij had hun duetten benaderd met een kalmte die hij ook op haar overdroeg. Het was bijna alsof hij een stapje had teruggedaan om haar te laten stralen. En er waren momenten geweest dat ze hem tijdens 'Parigi, o cara' in de ogen had gekeken en de kracht van de gedoemde liefde van haar personage ten volle had gevoeld. Rosanna zuchtte. Wat Roberto ook voor iemand was, hoe egoïstisch hij zich ook kon gedragen, ze wist dat iets in haar van hem had gehouden sinds ze een klein meisje was. En na vanavond, ondanks haar pogingen om zich van het tegendeel te overtuigen, kon ze het niet meer ontkennen.

Vanavond had ze vrede met hem willen sluiten, hem willen bedanken voor zijn woorden voor de voorstelling, voor al zijn hulp. Maar op het feest na afloop was ze door zoveel mensen aangesproken dat ze geen kans had gehad om met hem te praten. Toen ze uiteindelijk naar hem op zoek ging, was hij verdwenen.

Rosanna ijsbeerde door haar zitkamer, zich afvragend wat ze moest doen. Uiteindelijk opende ze haar deur en liep door de gang naar zijn suite.

Er kwam geen antwoord op haar zachte klop op de deur. Ze luisterde maar hoorde niets. Ze klopte nog een keer. Toen dacht ze een gedempt snikken te horen. Verwonderd controleerde ze of ze wel bij de juiste suite was. Dat was zo, en ze luisterde opnieuw. Geen twijfel mogelijk. Daarbinnen huilde iemand.

'Roberto,' riep ze zachtjes. 'Ik ben het, Rosanna.'

Het geluid nam niet af. Rosanna duwde de kruk omlaag en de deur bleek niet op slot te zitten, dus ze deed hem open en liep aarzelend naar binnen. De zitkamer leek verlaten te zijn, maar het gesnik bracht haar achter de bank. Roberto, nog steeds in avondkleding, zat ineengedoken op de vloer, met zijn hoofd in zijn handen. Hij huilde zo intens dat hij haar de kamer niet had horen binnenkomen, dus toen ze een hand op zijn schouder legde, schrok hij.

'Ik ben het maar,' fluisterde ze, en ze hurkte naast hem neer. 'Roberto, wat is er? Is er iets gebeurd?'

Hij keek haar aan met zoveel pijn in zijn ogen dat ze niet anders kon dan haar armen wat ongemakkelijk om zijn schouders slaan.

'Ik kreeg vanavond een bericht tijdens het feest. Mijn mamma... is dood.'

'Maria? O Roberto, wat erg.'

'Mijn vader kwam thuis en trof haar zoals gewoonlijk in bed aan, maar hij kon haar niet wakker krijgen, ze verroerde zich niet, en hij zag dat ze niet ademde. De artsen denken dat het een beroerte was. Ik heb ze vaak beloofd dat ik thuis zou komen om ze te bezoeken, maar dat heb ik niet gedaan en nu... is het te laat. Mamma is dood. Ik zal haar nooit meer zien. Ze is er niet meer.' Na deze woorden barstte hij weer in snikken uit.

'Roberto, wil je dat ik wegga? Misschien wil je liever alleen zijn?'

'Nee, blijf alsjeblieft. Jij hebt haar gekend en je begrijpt hoe het voelt.'

'Wil je wat drinken?'

Roberto knikte. 'Er staat grappa in die kast daar.'

Rosanna vond de fles. Ze schonk een flinke borrel in en gaf hem het glas.

'Dank je.' Hij sloeg de grappa in één teug achterover.

'Wil je dat ik de receptie bel om te vragen of ze zo snel mogelijk een vlucht naar Napels voor je willen regelen?'

Roberto keek haar aan en zijn ogen vulden zich weer met tranen. 'Nee, Rosanna. Ik kan niet naar Napels. Ik heb me zo slecht gedragen, zo egoïstisch, dat ik zelfs de begrafenis van mijn eigen moeder niet kan bijwonen.' Roberto's schouders schokten.

'Iedereen zal het begrijpen als je een optreden moet afzeggen. Je moeder is overleden en je moet dus naar huis.'

'Je begrijpt het niet. Ik kan niet gaan en daar valt niets aan te doen!'

'Kom, Roberto, ga op de bank zitten,' zei ze zacht.

Hij liet zich van de vloer omhoog helpen en naar de bank loodsen, waar hij op neerzakte. Rosanna ging naast hem zitten en nam zijn hand in de hare terwijl hij voor zich uit staarde.

'Weet je, ik geloof dat ik mijn hele leven van maar één iemand heb gehouden: mijn moeder. En ik heb haar teleurgesteld, zoals ik iedereen altijd teleurstel. Ik ben zelfs zo'n klootzak dat ik nu niet eens afscheid van haar kan nemen.'

'Ze vond vast niet dat je haar teleurstelde. Je bent een van de beroemdste tenoren ter wereld. Ik weet hoe trots ze op je was. Ze praatte nergens anders over als ze bij ons in het eethuis was,' zei Rosanna troostend. Ze begreep dat hij van slag was, dat de schok hem parten speelde. Wat hij zei was onzinnig.

'Ja, maar ik heb geen tijd voor haar gemaakt toen ik beroemd werd. Ik heb haar in de afgelopen zes jaar twee keer gezien, en dat was toen zij de reis naar Milaan had gemaakt om mij te komen zien.' Hij draaide zich met een treurige blik naar haar toe. 'Je had gelijk toen je zei dat ik ontzettend egoïstisch ben. Ik ben een rotzak, Rosanna. Ik haat mezelf.' Roberto legde zijn hoofd in zijn handen en begon weer te huilen. Rosanna bleef zwijgend naast hem zitten; ze begreep dat ze niets kon zeggen wat zou helpen. Uiteindelijk stopte hij met snikken en veegde zijn tranen af. 'Ik heb nog nooit eerder zo gehuild. Ik voel me zo schuldig.'

'Het is normaal je schuldig te voelen, Roberto. Toen mijn mamma stierf, vond ik het vreselijk dat ik ooit nare dingen over haar had gedacht. Ik ben er zeker van dat Maria begreep dat je het druk had. Moeders begrijpen en vergeven meer dan wie dan ook, vooral als het om hun kinderen gaat.'

'Denk je dat ze het haar zoon zou vergeven dat hij haar begrafenis niet bijwoont?' vroeg hij mismoedig.

'Als daar een goede reden voor is, dan wel, ja.'

Roberto zuchtte en snoot zijn neus in zijn zakdoek. 'Het spijt me dat ik je avond heb verpest. Je was grandioos, Rosanna. Dat zou je nu moeten vieren in plaats van een rouwende oude man te troosten.'

'Nu heb je wel erg veel zelfmedelijden,' berispte ze hem mild.

'Van middelbare leeftijd dan. Waarom kwam je eigenlijk naar me toe?' vroeg hij plotseling. 'Het is al laat.'

'Omdat ik sorry wilde zeggen.'

'Nee, ík zou me juist moeten verontschuldigen. Ik ben een rotzak. Dat is gewoon zo.'

Ze pakte opnieuw zijn hand. 'En ik wilde je bedanken voor vanavond. Zonder jou had ik het niet gekund.'

'Meen je dat?'

'Ja,' zei ze zacht.

'Dan kan ik mezelf in elk geval vertellen dat ik, op de avond dat ik hoorde van het overlijden van mijn mamma, voor de verandering iets heb gedaan wat niet egoïstisch was.'

'Dat is waar. En ik zal het nooit vergeten. Dank je.' Ze kuste hem op zijn wang. 'Goed, ik denk dat je nu maar eens moet proberen te gaan slapen.'

Hij zag dat ze aanstalten maakte om op te staan. 'Rosanna, alsjeblieft, ik kan het niet verdragen alleen te zijn. Zou je bij me willen blijven?'

'Roberto, ik...'

'Nee, Rosanna, ik vraag je niet wat je denkt dat ik vraag. Jij en ik kennen elkaar al jaren. Ik zou het gewoon fijn vinden als je hier bleef, dat is alles. Meer niet, ik zweer het je.'

'Oké,' zei ze met tegenzin.

'Kom dan maar bij me.' Roberto stak zijn armen naar haar uit.

Ze ging weer zitten en nestelde zich tegen hem aan, verbaasd dat het zo natuurlijk aanvoelde.

'Het is vast het lot dat je vanavond naar me toe heeft gebracht.' Hij gaf haar een tedere kus op haar kruin. 'Weet je, ik herinner me nog zo goed dat ik je voor het eerst hoorde zingen. Ik zag dat mamma er ontroerd door was. Op dat moment wist ik dat je een grote ster zou worden.'

'Echt waar?' Rosanna was blij dat ze hem kon helpen denken aan gelukkiger tijden.

'Ja, je stem was zo helder en bevatte zoveel emotie.'

'Ik herinner me ook nog dat ik jou hoorde zingen. Ik heb toen in mijn dagboek geschreven dat ik later met je zou trouwen.' Ze glimlachte bij de herinnering.

'En zou je dat doen? Nu je weet wat voor iemand ik eigenlijk ben?' vroeg hij wrang.

Rosanna wachtte even voor ze antwoord gaf. 'Ik geloof niet dat jij voor het huwelijk gemaakt bent, Roberto.'

'Zou ik geen goede echtgenoot zijn?'

'Nee, het spijt me.'

'Daar heb je natuurlijk gelijk in,' gaf hij ten slotte toe. 'Toen ik vanavond het nieuws van mijn moeders dood hoorde, zag ik mezelf ineens zoals ik werkelijk ben. Ik ben er niet blij mee. Dus ik moet veranderen. Misschien heb ik de juiste vrouw nodig om me daarbij te helpen.' Hij keek naar het meisje in zijn armen, zo lief, zo puur en zo onaangetast door de teleurstellingen van het leven. 'Rosanna, ik moet je iets vertellen.'

'O ja?'

'Ja.'

'Wat dan?'

'Weet je nog dat ik je vertelde dat ik nog nooit verliefd was geweest?'

'Ja.'

'Dat was niet waar. Ik ben verliefd.'

'Op wie?'

'Op jou.'

Rosanna ging rechtop zitten en keek hem recht aan. 'Ik ga echt niet met je naar bed, Roberto. Je mag mij niet gebruiken om de pijn die je voelt uit te wissen.'

Ondanks zichzelf grinnikte hij.

'O principessa, in elk geval heb je een lach op mijn gezicht getoverd. Natuurlijk zou ik graag de liefde met je bedrijven, want je bent buitengewoon mooi. Maar het is meer dan dat. Het is een bijzonder vreemde ervaring voor een man die nooit eerder zulke gevoelens heeft gehad. De waarheid is dat ik jou wil behagen, dat ik wil dat jij je gelukkig voelt, dat het me wat kan schelen hoe jij over me denkt. Ik was enorm geschokt toen je me in mijn gezicht sloeg, niet uit boosheid, maar omdat ik het niet kon verdragen dat je een hekel aan me had, dat je zo slecht over me dacht. Daarom heb ik de laatste dagen geprobeerd om mijn leven te beteren. En na vanavond zal ik nog beter mijn best doen. Morgen ga ik naar de kerk, steek ik een kaars aan voor mamma en ga ik biechten. Daarna maak ik een frisse start. Ik zal een beter mens worden. Rosanna,' vroeg hij smekend, 'zeg alsjeblieft dat je de nieuwe Roberto een kans zult geven.'

Rosanna sloeg hem aandachtig gade, maar bleef zwijgen.

'Je gelooft me niet, hè?' zei hij. Hij liet zich weer achterover op de bank zakken.

'Ik geloof dat je vanavond vooral overweldigd wordt door je emoties.'

'Voel jij... ook iets voor mij?'

'Ik kan mijn gevoelens nergens mee vergelijken,' antwoordde ze voorzichtig.

'Dus je geeft toe dat je wel iets voelt?' moedigde Roberto haar aan.

'Ik ken je reputatie, dus ik heb er niet over durven nadenken.'

'Rosanna, ik vertel je de waarheid. Ik ben verliefd op je. Dat weet ik. Hier.' Hij klopte op zijn borst. 'Het is verschrikkelijk! Het doet pijn als je niet bij me bent. Ik verlang ernaar je te zien, ik droom 's nachts van je, ik...'

'Ik ga nu weg, Roberto. Het is erg laat en we zijn allebei doodmoe.' Ze stond op. 'En je zult moeten leren leven met het verlies dat je vanavond hebt geleden,' voegde ze er zachtmoedig aan toe.

'Alsjeblieft, Rosanna, blijf bij me,' smeekte hij.

'Nee.' Ze gaf hem een kus op zijn voorhoofd. 'We spreken elkaar morgenochtend. Welterusten, Roberto,' fluisterde ze, waarna ze de kamer verliet.

Roberto bleef waar hij was. 'Ik hou van haar,' oefende hij. 'Ik hou van haar,' zei hij luider, genietend van het geluid van zijn woorden en de opluchting die hij erbij voelde.

Hij wist dat het verkeerd was om zich plotseling zo opgetogen te voelen nu zijn mamma dood was, honderden kilometers bij hem vandaan, maar hij kon het niet helpen. Het was een verrukkelijk, beangstigend gevoel. Hij zou veranderen, hij kón veranderen. Rosanna maakte hem een beter mens. Vanavond had louterend gewerkt. Hij knielde op de vloer en vroeg zijn mamma om vergeving.

Daarna liep Roberto langzaam naar de slaapkamer.

Misschien, dacht hij bij zichzelf, was hij herboren op de dag dat zijn moeder was gestorven.

Het telefoongerinkel maakte Rosanna wakker uit een diepe slaap.

'Ja?'

'Rosanna, met Chris. Heb je de kranten gezien?'

'Nee, ik slaap nog... Ik bedoel, ik lig nog in bed.'

'Nou, bel dan de receptie maar en vraag of ze je exemplaren willen brengen van *The Times*, *The Telegraph* en *The Guardian*. Afgezien van een paar prachtige foto's zijn er ook artikelen van normaal vrij nuchtere recensenten die helemaal lyrisch zijn over je optreden van gisteravond. Ik heb al telefoontjes van de BBC en een paar zondagkranten gekregen, die je zo snel mogelijk willen interviewen.'

'O,' reageerde Rosanna.

'Je klinkt niet zo blij. Misschien begrijp je niet hoe belangrijk zulke recensies zijn. Ze noemen je de nieuwe Callas. Je bent een sensatie, lieverd!'

'Dat is fijn, Chris, echt, maar... heb je het nieuws over Roberto's moeder gehoord?'

'Ja, vreselijk nieuws voor hem natuurlijk, maar het leven gaat door, vrees ik. Wil je me terugbellen als je goed wakker bent en me laten weten wanneer je die journalisten kunt ontmoeten? Ze zijn erg gretig. Ik ben het komende half uur nog in mijn appartement. Gefeliciteerd, Rosanna. Tot straks.'

Ze liet zich met een zucht achterover tegen haar kussens zakken. Ze had een leeg gevoel en vroeg zich af hoe Roberto zich voelde. Gisteravond had hij haar verteld dat hij voor het eerst in zijn leven verliefd was. Verliefd op háár...

Nee, ze zou dit niet toelaten. Hij was overstuur geweest door de dood van zijn moeder, had niet helder kunnen nadenken. Hij zou zich vandaag waarschijnlijk verontschuldigen voor zijn al te grote emotionaliteit, en hun relatie zou onveranderd blijven.

Ze nam de hoorn van de haak en vroeg de receptie om de kranten; daarna belde ze Chris terug en sprak met hem af dat de interviews die middag zouden plaatsvinden.

Een uur later zat ze te ontbijten toen er op de deur werd geklopt.

'Wie is daar?' riep ze.

'Roberto.'

Rosanna stond op en liep naar de deur om die open te doen.

'Cara!' Hij legde zijn handen op haar schouders en gaf haar op beide wangen een tedere kus.

'Kom binnen.'

'Dank je.'

Ze sloot de deur en hij volgde haar naar de ontbijttafel. Hij zag er moe en weemoedig uit, maar merkwaardig rustig gezien wat er gisteren was gebeurd. 'Ik ben, zoals ik gisteren zei, vanochtend naar de kerk geweest. Ik heb mijn zonden opgebiecht en om vergeving gebeden. Ik voel me bevrijd. En ik ben vastbesloten om aan mijn moeder in de hemel te bewijzen dat ik een beter mens kan zijn.'

'O, dat is mooi, Roberto.'

Rosanna zag dat hij zijn tranen terugdrong en een van de kranten die op tafel lagen oppakte.

'Ik heb de recensies gelezen. Je hebt het nu al gemaakt in Londen, kleintje. Gefeliciteerd,' zei hij met een welgemeende glimlach.

'Ze schrijven ook positief over jou,' zei ze genereus.

'Ja, ja.' Hij maakte een wegwuivend gebaar. 'Ze zeggen allemaal hetzelfde. "Roberto Rossini geeft de rol van Alfredo met zijn welluidende stem zoals altijd veel karakter mee." Ik ben oud nieuws, cara. Ze zijn nu in jou geïnteresseerd. Mag ik je advies geven?'

'Natuurlijk.'

'Geniet van dit moment. Geniet van elke seconde. De eerste keer dat je zoiets beleeft, is dat ongelooflijk en heerlijk. En hoewel je waarschijnlijk vaker in Covent Garden zult optreden, en de recensies dan nog enthousiaster zouden kunnen zijn, heb je het dan al eerder meegemaakt, zodat het je niet dezelfde vreugde geeft als vandaag.' Hij keek haar onderzoekend aan. 'Je bent toch wel blij?'

'Ja, natuurlijk. Ik bedoel, ik heb hier al vaak van gedroomd. Nu het moment is gekomen, voel ik me bijna schuldig,' zuchtte ze. 'Het is allemaal zo gemakkelijk gegaan, terwijl heel veel anderen nooit de lof krijgen die ze verdienen.'

'Rosanna, er zullen er duizenden zijn die de recensies lezen en de foto's bekijken van de mooie jonge operaster, en zouden willen dat ze jou waren. Maar ze begrijpen niet dat je er een prijs voor moet betalen – de jaren van hard werk, het isolement, de afgunst, de druk van de publiciteit. Het is veel om te verstouwen, vooral voor iemand die zo jong is als jij.'

'Ik heb niets om droevig over te zijn, maar ik voel me toch neerslachtig.' Rosanna slikte de plotselinge brok die in haar keel ontstond weg.

'Kleintje, gisteravond schitterde je op een première in Covent Garden, in een rol die je nooit eerder had gespeeld. Nu is dat voorbij en is de adrenaline uit je verdwenen. Geen wonder dat je wat emotioneel bent. Je zult je wel leeg voelen. Kom. Dan is het nu mijn beurt om jou te troosten.' Roberto gaf een klopje naast hem op de bank.

Rosanna stond op, liep om de tafel heen en ging naast hem zitten.

'Je begrijpt het,' fluisterde ze.

'Jazeker. En ik ben hier om voor je te zorgen.' Hij boog naar haar toe en streek een haarlok uit haar gezicht. 'Alles wat ik gisteravond tegen je heb gezegd, was waar. En ja, het gebeurde op een uitzonderlijk emotionele avond, maar ik weet dat ik van je hou, Rosanna Menici. Ik weet niet waarom of hoe, maar het is gewoon zo. Geloof je me?'

'Dat weet ik niet,' antwoordde ze naar waarheid.

'Nou, als je het me toestaat, zal ik proberen je ervan te overtuigen. Maar zeg me één ding. Maak ik een kans?'

Ze bestudeerde zijn bezorgde blik en haalde haar schouders op. 'Ik mocht je de laatste tijd niet erg, maar diep in mijn hart weet ik dat ik altijd van je gehouden heb, Roberto.'

'Dan zou ik je graag willen kussen.'

Hij tilde haar kin omhoog en wachtte even, vlak voor hun lippen elkaar raakten.

'Je weet dat dit ons leven gaat veranderen. Hierna is er geen weg meer terug, Rosanna.'

'Ik wil niet terug.' Ze sloot haar ogen en gaf zich volledig over toen hij haar kuste.

The Metropolitan Opera House,
New York

Dus, Nico, zo begon de liefdesrelatie tussen mij en Roberto. Toen ik hem vertelde dat ik hem niet altijd had gemogen, sprak ik de waarheid. Ik kon de manier waarop hij zich tegenover anderen gedroeg, zonder zich iets van hun gevoelens aan te trekken, niet goedkeuren. Ik hield van hem, ik had altijd van hem gehouden. Ik was niet zo dom dat ik dacht dat hij me in de toekomst geen pijn zou doen, maar ik wist dat de pijn zonder hem groter zou zijn.
Vanaf die eerste kus wisten we dat we ons lot hadden bezegeld, dat we voor elkaar bestemd waren, wat er ook zou gebeuren. Ik kan je niet vertellen hoe mooi die dagen in Londen waren, toen we beiden voor het eerst ontdekten hoe het voelde om samen verliefd te zijn.
Er is wel gezegd dat onze combinatie in La traviata *gedurende die augustusmaand een van de beste ooit was. We zongen beiden met het voordeel van echte passie, en ik geloof dat dit ons allebei tot nieuwe hoogten bracht. Er ligt thuis een exemplaar van de opname die we voor Deutsche Grammophon hebben gemaakt. Ik word er zo verdrietig van als ik bedenk dat je die nooit zult horen.*
We gingen vanzelfsprekend zo in elkaar op dat we ons weinig aantrokken van wat anderen ervan zouden vinden. En om eerlijk te zijn denk ik dat het ons destijds geen van beiden kon schelen. Roberto wist dat onze relatie de belangstelling van de media zou wekken, en hij waarschuwde me dat ik daarmee zou moeten leren omgaan. Achteraf weet ik dat er veel pijn is ontstaan door het feit dat we de kans niet kregen onze liefde aan onze dierbaren uit te leggen voordat de hele wereld ervan wist.
En natuurlijk waren er nog steeds veel dingen die ik nog niet over Roberto wist…

22

Een week na hun eerste kus werd Rosanna wakker in Roberto's armen. Ze duwde voorzichtig zijn arm, die om haar middel lag, weg en stapte uit bed. Ze deed haar kamerjas aan en sloop op haar tenen naar de zitkamer. Ze trok de gordijnen open, deed de openslaande deuren van het slot en zette ze wijd open. Hoewel het nog vroeg in de ochtend was, voelde de zon op haar gezicht al warm aan, en de helderblauwe lucht beloofde veel goeds voor de rest van de dag. Het geluid van de Embankment en de Theems erachter steeg naar haar op. De mensen gingen hun dagelijkse gang, leefden hun eigen leven. Ze wilde naar beneden roepen, ze vertellen wat er met haar was gebeurd: dat haar leven plotseling een opwindende achtbaan van geluk was geworden.

Rosanna draaide zich om en liep naar de badkamer. Ze bestudeerde haar gezicht in de spiegel. Haar gelaatstrekken waren niet veranderd, maar het leek alsof ze van binnenuit werd verlicht. Hoewel ze nog moe was van het optreden van gisteravond, sprankelden haar ogen en glansden haar haren.

Ze was verliefd op Roberto Rossini, en hij was verliefd op haar.

Ze waren de afgelopen week amper van elkaars zijde geweken. Hoewel ze het bed deelden, had Roberto de eerste twee dagen de liefde niet met haar willen bedrijven, omdat hij bezorgd was geweest dat ze zou veronderstellen dat hij alleen maar daar op uit was.

Uiteindelijk had Rosanna hem gesmeekt om met haar te vrijen. En gisteren hadden ze voor het eerst hun suite verlaten en een lange lunch in Le Caprice genoten.

Gisteravond had ze de rol van Violetta naar haar eigen gevoel beter dan ooit neergezet, omdat haar gevoelens de tekst die ze zong weerspiegelden. Hun optreden had hun allebei een staande ovatie opgeleverd.

'Cara.' Er gleed een arm om haar middel en ze zag de frons op Roberto's gezicht in de spiegel. 'Ik werd wakker en je was er niet.'

'Sorry. Ik heb je maar even laten slapen.'

Hij draaide haar naar zich om. 'Ga nooit bij me weg zonder me te vertellen waar je naartoe gaat. Ik wil alles weten wat je doet, alles wat je denkt.'

'Alles?' plaagde ze.

'Ja, natuurlijk.'

'Nou, op dit moment denk ik dat ik graag wil dat jij de badkamer verlaat zodat ik er privé gebruik van kan maken.'

'Oké, oké.' Roberto begon zich terug te trekken. 'Doe er niet te lang over.'

'Goed, en wil je alsjeblieft een ontbijt bestellen? Ik sterf van de honger.'

'Nog nooit heb ik een vrouw gezien die zoveel at!' lachte hij terwijl de badkamerdeur dichtging. Hij liep door de zitkamer, belde de roomservice en bestelde een Engels ontbijt voor hen beiden. Toen slenterde hij naar de deur van de suite, deed hem open en pakte het stapeltje kranten dat erachter lag. Hij ging op de bank zitten en bladerde door een tabloid.

OPERASTERREN ZINGEN HUN EIGEN LIEFDESLIED

Een foto toonde hem en Rosanna die hand in hand Le Caprice uit liepen. Ze keek hem met onverbloemde liefde aan. Roberto las de passage die eronder stond.

> *De knappe operaster Roberto Rossini is bij een van de beste restaurants van Londen hand in hand gezien met zijn tegenspeelster, de mooie jonge Italiaanse sopraan Rosanna Menici. De twee zingen* La traviata *voor volle zalen in Covent Garden.*
> *De heer Rossini staat bekend om zijn amoureuze avontuurtjes, en te oordelen naar deze foto heeft hij wederom een zeldzaam mooie vlinder in zijn net gelokt…*

Roberto vouwde de krant meteen dicht en verstopte hem onder de bank. Tot op dit ogenblik was hij zo opgegaan in zijn nieuw gevonden vreugde dat hij zelden een uur vooruitdacht. Hoewel dit een Engelse krant was, kende hij de media. Een roddelpraatje dat over hem in Londen rondging, zou in Milaan al snel voorpaginanieuws zijn. Hun geheim was uitgekomen. Vanavond zou het verhaal zijn doorgedrongen tot Covent Garden, en morgen tot La Scala en Paolo…

'Verdomme!' vloekte hij. Hij kon die roddelcolumnist wel wat doen om de manier waarop die zijn gevoelens voor Rosanna bagatelliseerde. De aanname dat zij te vergelijken was met zijn voormalige minnaressen maakte hem razend. Aan de andere kant was deze reactie te verwachten geweest. Niemand had reden te veronderstellen dat zijn verhouding met Rosanna anders was dan zijn eerdere affaires.

Maar deze keer was het wél anders. Zíj was anders. Roberto wist zeker, zonder enige twijfel, dat hij had gevonden waar hij naar op zoek was geweest. Rosanna had de leegte opgevuld, hem heel gemaakt. Als hij bij haar was, mocht hij zichzelf. Ze bracht het beste in hem naar boven. De gedachte dat ze hem ooit zou verlaten, dat hij weer zou gaan leven zoals hij nog maar een aantal dagen geleden had geleefd, veroorzaakte een huivering van onbehagen.

Maar, overpeinsde hij, zij was nog heel jong. Er was een leeftijdsverschil van zeventien jaar. Hij wist dat hij haar eerste liefde was. Wat als ze hem zou gebruiken zoals hij zelf anderen had gebruikt, en dan zonder hem verder zou gaan?

Roberto leunde achterover en slaakte een zucht. Hij wist dat er veel, heel veel mensen waren die Rosanna zouden afraden met hun affaire verder te gaan als ze er eenmaal van hoorden. Met name Paolo de Vito zou het vreselijk vinden. Rosanna was zijn protegee. Als het om haar ging, gedroeg hij zich als een bezitterige vader, en de gedachte dat Roberto misschien wel misbruik van haar had gemaakt, zou hem in woede doen ontsteken.

'God, alstublieft, help me haar bij me te houden,' fluisterde hij.

En toen besefte hij: dé manier om Rosanna ervan te overtuigen dat dit voor altijd was, en bovendien zijn kwaadsprekers tot zwijgen te brengen, was met haar te trouwen.

Later die ochtend namen Roberto en Rosanna een taxi naar Mayfair.

'Vertel je me alsjeblieft waar we naartoe gaan?' vroeg Rosanna. Ze klonk kinderlijk, een en al gretigheid en opwinding, en in haar simpele, roze katoenen jurk, dacht Roberto bij zichzelf, zag ze er ook niet veel ouder uit dan een kind.

'Heb nou maar geduld, principessa.'

'Dat probeer ik ook wel, maar...'

'We zijn er,' kondigde Roberto aan toen de taxi stilhield in New Bond Street.

'Waar?' vroeg ze terwijl hij de chauffeur betaalde.

'Cartier, een van de beste juweliers ter wereld. Ik wil een cadeautje voor je kopen,' antwoordde Roberto. Hij begeleidde haar de taxi uit en de winkel in.

Rosanna bleef op de drempel staan en keek een tikje benauwd naar de glazen vitrinekasten met daarin een fonkelend scala aan adembenemende sieraden. Een oudere heer in een donker pak kwam naar hen toe.

'Meneer, mevrouw, kan ik u helpen?'

'Ja, we zijn op zoek naar een speciaal sieraad voor deze charmante lady.' Roberto knikte galant in Rosanna's richting.

'Uitstekend. Had u iets specifieks in gedachten?'

'Zouden we een selectie ringen, kettingen en oorbellen mogen zien?'

'Zeker, *sir*.'

Hij deed een paar vitrinekasten van het slot en zette met fluweel beklede presenteerbladen waarop vier kettingen en een selectie ringen en oorbellen te zien waren op de tafel.

'Wijs maar aan wat je mooi vindt, principessa,' zei Roberto, en hij pakte alvast een fijn afgewerkte gouden ketting bezet met saffieren en diamanten.

'Maar, Roberto, ik hoef helemaal geen...'

'Stil.' Hij legde een vinger op haar lippen. 'Het is onbeleefd om tegen te sputteren als een man je een blijk van zijn genegenheid wil geven.'

De ketting werd om Rosanna's hals gelegd. Ze keek naar zichzelf in de spiegel. 'Deze is wel zwaar,' zei ze, ongemakkelijk draaiend met haar hoofd.

'Mag ik deze voorstellen? Die is subtieler en daarom misschien geschikter voor u.' De verkoopmanager hield een fijn gouden kettinkje omhoog met daaraan één enkele prachtig gezette diamant.

Rosanna deed het om.

'O!' fluisterde ze, met haar schouders draaiend terwijl ze keek hoe de diamant fraai tussen haar sleutelbeenderen viel.

'Heel verfijnd, als ik zo vrij mag zijn, madam. Mag ik u ook deze laten zien?' De man stak een paar kleine bijpassende oorringetjes en een schitterende ring met een diamant naar voren.

Rosanna draaide zich vragend om naar Roberto.

'Ja, probeer de oorringetjes eens.'

Dat deed ze.

'Perfect,' zei hij glimlachend. Toen liet hij de ring met diamant om de ringvinger van haar linkerhand glijden. Die was veel te groot.

'Jammer, die is te wijd,' zuchtte Roberto. 'Hij past er zo goed bij. Vind je hem mooi?'

Rosanna hield haar hand naar voren en keek bewonderend hoe de steen flonkerde onder de lampen. 'Hij is prachtig, net als het kettinkje en de oorbellen. Maar, Roberto...'

'Ik zei net al: tegensputteren is onbeleefd.' Hij wendde zich tot de manager. 'We nemen de oorringetjes en het kettinkje.'

'Heel goed, sir,' zei hij. 'Mag ik u helpen de sieraden af te doen? Dan laat ik ze voor u inpakken.'

'Rosanna, ga jij anders even naar de schoenenwinkel hiernaast terwijl ik afreken? Je zei dat je een nieuw paar nodig hebt.'

'Oké, dan zie ik je daar. Dank je, Roberto.' Ze gaf hem een kus op zijn wang en verliet de winkel.

Tien minuten later en twintigduizend pond armer, maar blij dat hij zijn doel had bereikt zonder Rosanna's argwaan te wekken, verliet Roberto Cartier. De ring zou op maat worden gemaakt en alle sieraden zouden later die dag bij het Savoy worden bezorgd.

Hij duwde de deur van de aangrenzende winkel open, waar Rosanna een paar elegante avondschoenen met hoge hak paste. Ze stond op en wankelde over het hoogpolige tapijt naar hem toe.

'Wat vind jij?'

'Ik vind dat ze je benen nog langer laten lijken. Je lijkt bijna volwassen,' plaagde hij. 'We nemen ze,' zei hij tegen de verkoopster.

Ze verlieten de winkel arm in arm. 'O Roberto, zulke cadeaus heb ik nog nooit gekregen. Dank je wel!' Ze sloeg haar armen om hem heen en overlaadde hem met kussen.

'Je hebt ook nog nieuwe kleren nodig. Laten we naar Harrods gaan.'

Roberto hield een taxi aan en ze stapten in. 'Je garderobe is een verschrikking en ik kan niet met een slons gezien worden. Dat is niet goed voor mijn imago,' plaagde hij terwijl hij een taxi staande hield.

'Vind je dat ik me slecht kleed?'

'Nee, ik vind niet dat je je slecht kleedt, ik denk alleen dat het je niet veel uitmaakt wat je aantrekt. Dat is iets heel anders. Je moet je leren kleden, hoewel je het risico loopt dat je ijdel wordt. Je bent nu een publieke figuur en je kleding zou dat moeten uitstralen.'

'Maar ik ben niet in kleren geïnteresseerd,' protesteerde Rosanna.

'Principessa, je bent een heel mooie jongedame. Je hebt prachtige lange benen...' Hij gleed met zijn hand langs haar dij. '... een smalle taille...' Zijn handen omcirkelden haar middel. '... perfecte borsten...'

'Hou op,' giechelde Rosanna.

'... en een o zo mooi gezicht.' Hij kuste haar op haar lippen. 'Je moet leren je kwaliteiten recht te doen, voor jezelf en voor de man die van je houdt. Kijk, we zijn er.'

Roberto betaalde de chauffeur en loodste Rosanna mee de winkel in.

Vervolgens paradeerde ze een uur lang voor Roberto in diverse outfits voor overdag en 's avonds, waarbij hij vanaf een vergulde stoel commentaar leverde.

'Nee,' zei hij hoofdschuddend, 'daarin zie je eruit als mijn geliefde *nonna*, mijn grootmoeder zaliger.'

Rosanna tilde een hoed van een display en zette die op haar hoofd. Hij was zo groot dat-ie haar gezicht tot aan haar kin bedekte.

'Ah, de vrouw zonder hoofd,' lachte Roberto toen ze haar handen naar voren stak en naar hem toe liep. 'Ga weg, gekke meid, en zoek iets uit wat net zo prachtig is als jij bent.' Hij trok de hoed van haar hoofd en gaf haar een speelse kus.

Uiteindelijk zocht Rosanna vijf outfits uit die Roberto's goedkeuring konden wegdragen. Hij betaalde ze en nam haar mee naar de lingerieafdeling.

'Na getuige te zijn geweest van de staat van je ondergoed, geloof ik dat ik wel écht van je moet houden, gezien het feit dat ik je toch aantrekkelijk vind,' plaagde hij. 'Dus nu gaan we lingerie voor je kopen die past bij je verrukkelijke lichaam.' Zijn hand liefkoosde de lichte rondingen van haar heup terwijl ze samen langs de rekken liepen en er delicate zijden niemendalletjes uit pakten die ze kon uitproberen.

Ten slotte liepen ze, beladen met tassen en dozen, van de bovenste verdiepingen naar beneden. Op de begane grond stopte Roberto even om een zijden sjaal met paisleymotief te bewonderen. 'Heel Engels,' overpeinsde hij.

'Vind je hem mooi?' vroeg Rosanna.

'Ja.'

'Dan koop ik 'm voor je.'

Ze haastte zich naar een kassa voordat hij haar kon tegenhouden.

'Kijk,' zei ze toen ze terugkwam en de sjaal triomfantelijk om zijn hals hing.

Hij streek erover met zijn vingers. 'Dit is het beste cadeau dat ik ooit heb gekregen. Dank je, cara.'

Na een lange lunch in de Grill Room van het Savoy brachten ze de middag door op een glooiend gazon in de Victoria Embankment Gardens, met uitzicht op de Theems, hun armen in elkaar gehaakt, net als de andere stelletjes om hen heen.

'Wacht je vijf minuten op me?' vroeg Roberto. 'Ik moet even naar mijn suite om een telefoontje te plegen.'

Rosanna knikte. Ze sloot haar ogen tegen de blinkende zon. 'Ja, natuurlijk. Het is hier heerlijk.'

'Niet weggaan,' zei hij voordat hij zich in de richting van het Savoy spoedde.

Rosanna ging achteroverliggen, genietend van de zon op haar huid en de textuur van pas gemaaid gras onder haar vingers. Ze wenste dat het mogelijk was om dit moment vast te houden, om het voor altijd te bewaren. Wat er in de toekomst ook mocht gebeuren, ze wist dat ze zich altijd zou herinneren hoe ze hier in de zon lag te wachten tot Roberto zou terugkeren.

Een paar minuten later voelde ze zijn vingers zacht over haar wang strijken, rook ze zijn vertrouwde aftershave.

'Rosanna, doe alsjeblieft je ogen niet open. Ik ga iets zeggen en ik wil niet dat je iets anders ziet terwijl ik het zeg. Ik hou van je, Rosanna Menici. Ik begrijp niet wat er met ons beiden is gebeurd sinds we hier in Londen zijn gearriveerd. Ik weet alleen dat ik veranderd ben. Ik voel me een ander mens. Ik ben niet gewoon gelukkig, ik ben dolgelukkig. Ik wil niet dat je ooit bij me weggaat.' Roberto zweeg even en nam haar mooie gezicht in zich op, haar lange wimpers die uitwaaierden over de bovenkant van haar jukbeenderen. 'Cara, ik wil dat je mijn vrouw wordt.'

Rosanna voelde dat hij haar ringvinger beetpakte en er een ring omheen liet glijden.

'Als je me afwijst, ga ik terug naar mijn suite en verdrink ik mezelf in het bad,' verklaarde hij. 'Goed, dan mag je nu je ogen opendoen.'

Rosanna keek eerst naar Roberto en vervolgens naar de diamant aan haar vinger. Ze hapte even naar adem.

'Maar hoe...'

'Die vriendelijke meneer bij Cartier heeft hem voor jou op maat laten maken. Maar Rosanna, vergeet die ring alsjeblieft en hou me niet langer in spanning. Zeg je ja?'

Ze keek zwijgend naar de ring en zag hoe het zonlicht door de diamant werd weerkaatst. Ze voelde zich overmand door tegenstrijdige emoties. Aan de ene kant was ze euforisch over zijn aanzoek. Aan de andere kant: zou ze niet gek zijn om het te accepteren, gegeven zijn veelbewogen verleden?

Roberto las haar gedachten. 'Cara, geloof me, ik heb me nooit eerder zo gevoeld,' drong hij aan. 'Tot in het diepst van m'n ziel weet ik dat dit goed is, dat het onontkoombaar is. Ik ben ervan overtuigd dat we de meeste kans op geluk hebben als we de rest van ons leven met elkaar delen. En dat ik je ten huwelijk vraag, is mijn manier om jou en de wereld te laten zien dat de liefde die we voor elkaar voelen blijvend is.'

Rosanna keek hem niet aan en bleef de ring aan haar vinger bestuderen. 'Denk je dat echt, Roberto? Geloof je werkelijk dat je niet van gedachten zult veranderen? Zoals met al die andere vrouwen?'

'Ik begrijp dat je deze vragen stelt vanwege mijn zondige verleden, maar de liefde heeft me veranderd. Jíj hebt me veranderd. Moet ik je smeken, Rosanna?'

'Ik heb je verteld dat ik ooit in mijn dagboek heb geschreven dat ik op een dag met je zou trouwen,' fluisterde ze. Ze keek hem eindelijk aan. 'Ik ben kennelijk een heel slim meisje. Mijn voorspelling komt uit.'

'Betekent dit dat je mijn aanzoek accepteert?'

'Ja, ik wil met je trouwen, maar alleen als je zweert dat er nooit meer andere vrouwen in je leven zullen zijn.'

'Nee, nooit meer, nooit, geloof me alsjeblieft.'

'Roberto...' Rosanna's ogen glinsterden plotseling van pijn. '... ik waarschuw je, als er óóit een ander is, verlaat ik je en kom ik nooit meer terug.'

'Cara, twijfel alsjeblieft niet aan me. Ik wil alleen maar jou, voor altijd. Kijk niet zo droevig. We hebben het toch over iets heel fijns? Ik heb nog nooit een vrouw gevraagd om met me te trouwen.'

'Dat weet ik. En het maakt me bang. Misschien moeten we een tijdje wachten...'

'Nee! Ik weet het zeker.' Roberto sloeg zijn armen om haar heen. 'Amore mio, ik zal van je houden en je beschermen. Je krijgt er geen spijt van, dat beloof ik je.'

Hij kuste haar teder en hield haar zo stevig vast dat ze amper nog kon ademhalen. En Rosanna wist dat ze geen weerstand kon bieden, al zou ze het willen.

Roberto Rossini was altijd haar lotsbestemming geweest.

23

'*Bastardo, bastardo!*'

Paolo's secretaresse haastte zich zijn kantoor in.

'Signor de Vito, wat is er?'

'Het spijt me, Francesca. Ik ben boos over iets wat ik in de krant heb gelezen.'

Francesca knikte nerveus en verliet het vertrek.

Paolo streek met een hand door zijn haar en bestudeerde de foto van Rosanna en Roberto die samen Le Caprice uit liepen.

'Waarom, Rosanna, waarom?' kreunde hij.

Hij nam de hoorn van de telefoon en draaide het nummer van het Savoy in Londen.

'Zou u me willen doorverbinden met de kamer van signorina Menici, alstublieft?' vroeg hij de receptioniste.

'Natuurlijk, sir.'

Een paar minuten later vertelde de receptioniste Paolo dat er niet werd opgenomen in miss Menici's suite.

'Dank u.' Paolo keek op zijn horloge. Het was in Engeland nog maar half negen 's ochtends. Hij kon wel raden waar Rosanna was en vroeg zich af of hij de receptioniste zou verzoeken hem dan maar door te verbinden met Roberto's suite.

'Zou u signorina Menici willen vragen om Paolo de Vito zo snel mogelijk terug te bellen?'

'Zeker. *Goodbye*, sir.'

Paolo legde de hoorn neer en probeerde zich te concentreren op een aantal voorstellen rondom het decor en de cast van *Rigoletto*.

Ook Donatella had de foto in de krant gezien. Ze barstte in huilen uit, droogde haar tranen en ijsbeerde vervolgens door de zitkamer, witheet van woede, een gekwetste vrouw.

Roberto was nu drie weken in Londen. En ze had hem meermalen geprobeerd te bereiken in het Savoy. Ze had goed nieuws voor hem. Tijdens hun verblijf in New York had Giovanni ingestemd met haar verzoek om een scheiding van tafel en bed. Hij had zelfs aangeboden te willen nadenken over een definitieve scheiding in de toekomst. Hij had er opmerkelijk kalm onder geleken en ze hadden er amper onenigheid over gehad.

Na terugkomst in Milaan was Donatella meteen naar Roberto's appartement gegaan, in de overtuiging dat ze eindelijk samen konden zijn, maar tot haar verbazing trof ze daar een makelaar aan die de kamers aan het opmeten was. Hij had haar medegedeeld dat het appartement gemeubileerd verkocht zou worden, en dat hij geen idee had waar Roberto zou gaan wonen.

Donatella was ziedend terug naar Como gereden. Waarom had Roberto haar niets verteld over zijn voorgenomen verhuizing? Waarom beantwoordde hij haar telefoontjes niet?

Die avond was Giovanni merkwaardig beminnelijk geweest. Hij had haar met een glimlach begroet en haar een mooie parelketting gegeven. Het was haar gelukt om haar onrust te verbergen en ze had net gedaan alsof haar plannen om weg te gaan onveranderd waren gebleven.

Maar dat was allemaal vóór deze ochtend, nu ze eindelijk het bewijs had gezien van wat ze steeds al had gevreesd. Roberto had een nieuwe minnares.

In een poging om haar razernij te temperen gooide Donatella een duur beeldje van jade door de kamer. Het landde onbeschadigd op het dikke Aubussontapijt.

Ze probeerde zichzelf te troosten met de gedachte dat deze affaire met Rosanna Menici waarschijnlijk een laatste avontuurtje was, dat hij naar haar terug zou keren met de staart tussen zijn gespierde benen, dat hij vergeving zou vragen en zou beloven dat hij het nooit meer bij een ander zou zoeken. Tenslotte was het niet zo dat Roberto met dat meisje getrouwd was.

'Doe me dit niet aan, Roberto, alsjeblieft, ik hou van je,' kreunde ze terwijl ze bukte om het jaden beeldje op te pakken.

Ze kon niet veel doen tot Roberto naar Milaan zou terugkeren.

Zij was bereid geweest om heel veel op te geven voor signor Rossini. En ze verdomde het om hem zomaar te laten gaan.

'Carlotta, Carlotta, kijk eens! Hier!' Marco Menici spreidde de krant uit op een van de tafels in het eethuis. 'Kijk, het is Rosanna met Roberto Rossini.'

Carlotta stopte met dweilen, zette de zwabber tegen de muur en keek over haar vaders schouder naar de foto. Terwijl ze de woorden eronder las, hield ze zich vast aan de leuning van de stoel.

'Wie had dat kunnen denken? Ze vormen een knap stel, vind je niet? Stel je eens voor, Carlotta, dat Rosanna zou gaan trouwen met de zoon van onze beste vrienden!'

'Ja, papà, dat zou inderdaad bijzonder zijn. Maar ik moet verder. Het wordt al laat en ik moet nog wat boodschappen halen.' Ze pakte haar zwabber terwijl Marco naar de keuken liep.

Zodra hij de ruimte had verlaten, kermde Carlotta van de inwendige pijn. Roberto en Rosanna... 'Nee! Dat mag niet gebeuren!' jammerde ze zachtjes.

Later die dag liep ze naar de kerk. Ze ging naar binnen, stak een kaarsje aan voor haar mamma en knielde om te bidden.

Daarna liep ze terug naar het eethuis; ze voelde zich iets rustiger. Er stonden altijd foto's in de krant van Roberto Rossini met steeds weer een andere vrouw, dus Rosanna was waarschijnlijk gewoon een van de velen. De relatie zou vast op niets uitlopen.

Luca... Ze wilde dat ze met Luca kon praten. In zijn afgezonderde wereldje op het seminarie in Bergamo had hij de foto vast niet gezien. Ze moest hem een brief sturen, hem om raad vragen. Hij zou haar vertellen dat het allemaal goed zou komen.

Carlotta ging naar haar slaapkamer, haalde een vel papier en een pen tevoorschijn en begon te schrijven.

Twee weken later waren de twee aanstichters van al die grote emoties in een taxi op weg naar het Marylebone Register Office. Roberto hield de hand van zijn bruid stevig vast.

De taxi stopte voor de trap en Roberto stapte uit. Hij had niemand over de verloving verteld, behalve Chris, en hij had de huwelijksplechtigheid om half tien 's ochtends gepland, omdat hij dacht dat ze dan minder de aandacht zouden trekken. Gisteravond hadden ze hun laatste optreden in Covent Garden gehad. Over drie uur zouden ze samen in een vliegtuig naar Parijs zitten, en daarna… zou hij zijn kersverse echtgenote voor drie weken meenemen naar een geheime plaats waar ze konden verblijven zonder dat de paparazzi erachter zouden komen. Hij was er nog niet klaar voor haar met de wereld te delen.

'De kust is veilig.' Roberto hielp Rosanna uit de taxi en ze haastten zich de traptreden op.

Chris Hughes stond binnen te wachten. Hij glimlachte naar hen.

'Rosanna, je ziet er prachtig uit.' Hij kuste haar op beide wangen en schudde Roberto's hand. 'Ik heb mijn secretaresse, Liza, meegebracht. Zij is bereid jullie andere getuige te zijn. Ze is net even naar het toilet.'

'Goed, goed,' knikte Roberto. 'Je zult wel begrijpen dat we een paar weken rust willen voordat de pers lucht krijgt van ons huwelijk.'

'Natuurlijk. Ah, daar is ze.' Chris gebaarde naar een slanke jonge vrouw die van de trap af kwam en naar hen toe liep.

'Dank voor je komst, Liza.' Roberto schudde haar de hand. 'Je bent uiteraard verplicht tot geheimhouding.'

'Uiteraard.' Liza knikte schuchter. 'Ik vind het heel romantisch.'

'Mooi, laten we voortmaken. Jullie moeten een vliegtuig halen, en ik trouwens ook,' zei Chris kordaat.

'Goedemorgen, komt u verder.' De ambtenaar van de burgerlijke stand kwam het kantoor uit.

Ze volgden hem met zijn vieren naar een naastliggend vertrek waarin een katheder stond met daarvoor drie rijen stoelen. De ambtenaar gebaarde dat de getuigen mochten gaan zitten en wenkte de bruidegom en bruid naar voren.

Nu Rosanna samen met Roberto voor de katheder stond, voelde ze zich verdrietig dat er geen familie en vrienden aanwezig waren om dit speciale moment met haar te delen. Maar Roberto had erop aangedrongen dat ze zouden trouwen voor ze Londen verlieten.

'We kunnen later altijd nog een uitgebreide ceremonie houden, cara, en al onze vrienden en familieleden uitnodigen, maar ik wil ze niet de kans geven je op andere gedachten te brengen. Of je door hen de wet te laten voorschrijven,' had hij er zwartgallig aan toegevoegd.

Luca, papà, Carlotta, Abi, Paolo, Luigi... Luisterend naar de woorden die haar voor de rest van haar leven officieel aan Roberto zouden verbinden, dacht Rosanna aan hen. Ze wist dat ze zich allemaal vreselijk gekwetst zouden voelen dat ze hun niets had verteld, maar het kon nu eenmaal niet anders.

Ze herhaalde haar geloften zoals voorgezegd door de ambtenaar, terwijl Roberto bemoedigend naar haar glimlachte.

Daarna liet hij de trouwring om haar vinger glijden.

'Dan is de plechtigheid voorbij,' zei de ambtenaar stralend. 'U bent nu meneer en mevrouw Roberto Rossini. Mag ik u als eerste feliciteren?'

'Dank u.' Roberto schudde de hand van de ambtenaar. 'Kan ik op uw discretie vertrouwen?'

'Beslist. Als ik een pond zou krijgen voor elk geheim huwelijk dat ik heb gesloten, zou ik een rijk man zijn. Ik zwijg als het graf. Nou, op het gevaar af dat ik klink als iemand die al te veel aan traditie hecht, vind ik wel dat u nu de bruid zou moeten kussen,' zei de ambtenaar aanmoedigend.

'Zeker. Hoe zou ik dat kunnen vergeten?' Roberto boog naar Rosanna toe en gaf haar een tedere kus op de lippen.

'Als u en uw getuigen dan nog een handtekening willen zetten, zijn we klaar,' verklaarde de ambtenaar.

Tien minuten later stapten Roberto en Rosanna in een taxi die Chris voor hen staande had gehouden.

'Een heerlijke huwelijksreis gewenst, jongens,' zei hij terwijl hij het portier dichtgooide.

'Komt goed, Chris. Je weet waar we zijn, maar neem alsjeblieft alleen contact op als er echt iets dringends is,' riep Roberto door het open raam.

'Oké. Maar laat me wel even weten hoe, wanneer en waar jullie het goede nieuws met de wereld willen delen. Bereid je maar voor op een enorme golf van belangstelling in de pers, met name vanuit

Milaan.' Chris trok een veelbetekenende wenkbrauw op. 'Ik zie jullie wel weer als jullie terug in Londen zijn.'

Hij zwaaide terwijl de taxi wegreed.

'Nou, signora Rossini, we hebben het gedaan.' Roberto glimlachte naar zijn echtgenote.

'Ja, ik ben met een oude man getrouwd.' Haar vingers verstrengelden zich met die van hem.

'Ha, als we in Parijs zijn, zal ik je eens laten zien hoe jong ik me voel als ik bij jou ben.' Hij kuste haar zachtjes op haar voorhoofd.

'Wordt dat de eerste keer dat je met een getrouwde vrouw het bed deelt?' vroeg Rosanna, genietend van zijn liefkozingen.

'Natuurlijk,' mompelde Roberto. 'Natuurlijk.'

Toen ze in Parijs aankwamen, werden ze in een limousine naar Hôtel Ritz gereden.

'Welkom, welkom, *monsieur et madame*. Komt u mee, alstublieft. Uw suite is gereed.' De manager loodste hen snel mee de lift in.

Rosanna hield haar adem in toen ze de suite in liepen. De zitkamer was elegant en fraai gemeubileerd, met zware goudkleurige damasten gordijnen aan weerszijden van de hoge ramen, die uitzicht boden op het Place Vendôme.

'Dit is het begin van een heerlijke huwelijksreis, signora Rossini,' zei Roberto. Hij pakte een fles champagne uit de ijsemmer en ontkurkte die. Rosanna nam het glas dat hij haar overhandigde aan.

'Principessa, je hebt me de gelukkigste man op aarde gemaakt. Op ons.'

'Op ons.'

Ze tikten hun glazen tegen elkaar aan, waarna hij haar de slaapkamer in leidde, haar gezicht in zijn handen nam en haar begon te kussen.

'*Ti amo*, ik hou van je, cara.'

Zijn handen begonnen de knopen van haar blouseje los te maken. Hij schoof het van haar schouders en volgde met zijn vingertoppen de gladde contouren van haar borsten, bijna zonder haar huid te raken. Ze lieten zich op het bed vallen, opgaand in hun omhelzing.

Later lagen ze naakt en met hun benen verstrengeld op de verfrommelde lakens. Toen Roberto een haarlok uit Rosanna's gezicht streek, duwde ze zich een eindje omhoog, steunend op haar ellebogen, en keek hem aan.

'Ik heb trek,' verklaarde ze.

'Dan bel ik naar beneden en vraag ze om ons huwelijksdiner naar boven te brengen. Misschien wat *foie gras* en twee malse *filets mignon*?'

'Ik heb eigenlijk zin in pasta,' zei Rosanna schouderophalend.

Roberto rolde met zijn ogen. 'Pasta! Je bent in het Ritz in Parijs, de culinaire hoofdstad van de wereld, en jij hebt zin in pasta?'

'Ja, een groot bord pasta en een salade. En jij, je moet oppassen dat je niet gaat uitdijen.' Rosanna sloeg haar armen om Roberto's bovenlijf heen. 'Ik wil geen echtgenoot met een middelbaar buikje,' plaagde ze.

Roberto trok zijn buik in met een gekwelde uitdrukking op zijn gezicht. 'Vind je me dik?'

'Nee, maar zoals iedere man van jouw leeftijd moet je er gewoon op letten, denk ik.'

'Ik ben nog maar een paar uur getrouwd en mijn vrouw zet me al op een dieet! Nou, vanavond is het feest; morgen ga ik dan wel vasten – misschien.' Roberto liep naar de telefoon en belde roomservice terwijl Rosanna ging douchen.

Nadat ze hadden gegeten, kropen ze tussen het zachte linnen beddengoed en lagen ze samen naar de prachtige plafondschildering te staren. Roberto's hand streek loom over haar naakte lichaam.

'Cara, ik weet dat ik mezelf herhaal, maar je hebt me veranderd. Voordat jij en ik voor het eerst de liefde met elkaar bedreven, vond ik dat seks en liefde twee afzonderlijke dingen waren. Ik begrijp nu eindelijk waarom mensen monogaam kunnen zijn. Als je eenmaal hebt ervaren wat wij samen beleven, heb je nooit meer genot met een ander nodig.'

'Ik dank de hemel dat je het zo voelt,' zei Rosanna, 'en ik bid dat het altijd zo zal blijven.'

'Principessa, je begrijpt wel dat veel mensen je zullen vertellen dat je iets doms hebt gedaan, hè?'

'Ja, dat weet ik, Roberto.'

'Dat ze zullen zeggen dat een vos wel zijn haren verliest, maar niet zijn streken? Dat ons huwelijk geen lang leven beschoren is?'

'Ja.'

'Alsjeblieft, Rosanna, wat je in de toekomst ook over me zult horen, ik vraag je om dit moment te onthouden: hoe ik naar je kijk, je vertel hoeveel ik van je hou en hoezeer ik je nodig heb. Je hebt nu een plek in mijn hart en daar blijf je tot mijn dood. Beloof me dat je nooit iets tussen ons zult laten komen.'

'Zolang jij me in de ogen kunt kijken zoals je nu doet, en je nooit tegen me liegt, blijven we voor altijd samen.' Ze nestelde zich in zijn armen, klaar om te gaan slapen. 'Caro, kunnen we na onze huwelijksreis naar Napels reizen voor we terugkeren naar Londen?' vroeg ze soezerig. 'Ik voel me er rot over dat ik mijn familie niet over ons huwelijk heb verteld. Misschien vergeven ze het ons als we ze samen bezoeken. We kunnen ook naar Milaan gaan om Paolo te zien.'

'Ik... Ja, als we er tijd voor hebben.'

'Zullen we morgen wat van Parijs bekijken?' fluisterde ze. 'Ik ben hier nog nooit geweest.'

'Ja, maar we moeten ervoor zorgen dat die klotepaparazzi ons niet in de gaten krijgen.' Zijn gezicht verhardde even voordat hij er mild aan toevoegde: 'Daarna neem ik je mee naar een plek waar niemand ons vindt. Welterusten, amore mio.'

Roberto reikte over het bed om de lamp uit te knippen. Hij was moe, maar kon niet slapen. Ten slotte, toen hij Rosanna gelijkmatig hoorde ademhalen, stapte hij het bed uit en liep naar het raam. Hij deed het open en liet de koele lucht de benauwde kamer binnen. Parijs was nog wakker, zelfs om twee uur 's nachts.

Zolang je nooit tegen me liegt...

Roberto voelde zich verward, onzeker. Elke keer dat Rosanna het had over hun terugkeer naar Italië verdrievoudigde zijn hartslag. En er was nog een gedachte die in zijn achterhoofd rondspookte, iets anders waarvan hij wist dat hij het haar moest vertellen, want ze mocht er niet zelf achter komen. Op een zwoele zomeravond in Napels, lang geleden... Roberto schudde zijn hoofd. Ze zou hem erom verfoeien, veel erger dan om wat hij Abi had aangedaan.

Hij kon alleen maar bidden dat zijn stommiteit uit het verleden niet zijn toekomst met de vrouw van wie hij hield zou verwoesten.

De volgende middag, toen ze samen hand in hand door de Tuilerieën slenterden, werd Roberto, ondanks zijn hoed en zonnebril, herkend door een jonge fotograaf. Verscholen achter een struik stelde hij de krachtige telelens op zijn camera in, en hij zoomde in op het moment dat Rosanna haar armen om Roberto's schouders sloeg en hem kuste. De sluiter klikte twaalf keer voordat hun lippen elkaar weer loslieten. De fotograaf volgde hen op een veilige afstand terwijl ze verder liepen; na elke opname schoot hij snel ergens achter het struikgewas. Ze merkten hem geen van beiden op, ondanks de waarschuwing die Roberto gisteravond tegenover Rosanna had uitgesproken.

Later, toen hij de foto's ontwikkelde in de donkere kamer van het kantoor van zijn krant, kon de jonge fotograaf zijn geluk niet op toen hij de twee ringen aan de ringvinger van Rosanna Menici's linkerhand opmerkte. Haastig checkte hij het fotoarchief, en zag hij dat haar vinger drie weken geleden in Londen nog leeg was geweest. Hij holde door de gang met de nog nauwelijks droge foto's en klopte geestdriftig op de deur van de nieuwsredacteur.

Twintig minuten later werd er een journalist naar Londen gestuurd om de waarheid te achterhalen.

24

Donatella staarde vol ongeloof naar de krantenkop.

'Nee! Nee!' kermde ze.

Ze las het artikel nog eens en krijste het uit van kwaadheid. Ze bestudeerde Rosanna's gezicht, op zoek naar een imperfectie. Haar razernij werd nog groter toen ze niets vond. Rosanna was mooi, en naar verluidt ook nog eens uiterst getalenteerd. En belangrijker nog, ze was jong. Donatella haatte haar erom.

De affaire moest al zijn begonnen voordat zij met zijn tweeën Milaan verlieten. Dat verklaarde de verkoop van het appartement en zijn weigering om haar telefoontjes aan te nemen. Dus toen Donatella hem vertelde dat ze van plan was bij hem in te trekken, was Roberto al bezig zijn toekomst met Rosanna te regelen.

Verscheurd tussen woede en ontzetting werd Donatella die dag langzaam dronken. Tegen de tijd dat Giovanni thuiskwam, was ze op de bank in slaap gevallen.

Hij pakte de krant die op de vloer naast zijn vrouw lag, bekeek de foto en las het bijbehorende bericht.

Roberto Rossini was beslist een zeer verstandig man.

Aangekomen in het seminarie werd Carlotta naar een kamertje gebracht waar de witgekalkte muren leeg waren, op een kruisbeeldje na. Voor het enige kleine raam zaten spijlen, als in een gevangeniscel. Buiten was het warm vandaag, maar het vertrek was koud en rook vochtig. Carlotta huiverde en ging op een van de kale houten stoelen zitten. Vijf minuten later ging de deur open.

'Luca! O, Luca!' Carlotta stond op en viel haar broer huilend in de armen.

Hij streek over haar haar. 'Stil maar. Wat is er in hemelsnaam aan de hand?'

Carlotta maakte zich van hem los en probeerde zich te vermannen. Ze glimlachte zwakjes en veegde haar ogen af. 'Het spijt me dat ik je hier, in het seminarie, kom opzoeken, maar ik wist niet wat ik anders moest.'

'Je hebt don Giuseppe verteld dat het om een noodgeval ging,' zei Luca gespannen. 'Carlotta, we hebben niet lang. Vertel me alsjeblieft wat er is.'

'Heb je mijn brief ontvangen?'

'Ja, en ik heb je teruggeschreven dat je je geen zorgen hoeft te maken. Trouwen is niets voor Roberto. Het is erg voor Rosanna dat ze zich door hem heeft laten inpalmen, maar...' Luca stopte halverwege zijn zin en staarde naar de krant die Carlotta hem toestak.

'Je had ongelijk, Luca.' Ze ging abrupt zitten. 'Wat moet ik doen? Ik had Roberto al lang geleden over Ella moeten vertellen, dan zou deze verschrikkelijke situatie nooit zijn ontstaan. O, mamma mia, wat heb ik gedaan, wat heb ik gedaan?' Ze begon te snikken.

'Carlotta, je hebt gedaan wat jou het beste leek voor je kind en je familie. Je had niet kunnen voorzien dat dit zou gebeuren.' Luca, die gewoonlijk zeker wist wat God zou willen, wist dat op dit moment even niet. Hij probeerde rationeel na te denken. 'Als je het Rosanna vertelt, kan dit haar huwelijk al verwoesten voor het goed en wel is begonnen. Vertel je het niet, dan moeten we het geheim allebei voor de rest van ons leven bewaren.'

'Maar kunnen we dat wel doen? Ze is ons zusje. O, het is onmogelijk!' Carlotta liet haar hoofd hangen. 'Ben ik niet genoeg gestraft voor mijn fout? En nu dit?'

'Carlotta, Carlotta.' Luca probeerde haar te troosten. 'Probeer alsjeblieft te geloven dat God overal een reden voor heeft.'

'Dat doe ik, Luca, elke dag dat ik in het eethuis werk. Ik leef eigenlijk alleen voor Ella, maar als ik denk dat zij in de toekomst misschien alleen maar hetzelfde leven zal leiden als ik, vraag ik me soms af of het de moeite waard is om door te gaan. Het schuldgevoel weegt zwaar op mijn gemoed. Ik heb Ella, papà en nu Rosanna misleid.'

Er werd op de deur geklopt. 'Ik kom er zo aan,' riep Luca. Hij pakte de handen van zijn zus stevig vast. 'Carlotta, ik moet gaan. Ik denk dat het misschien minder erg is dan het lijkt. Tenslotte zijn wij de enige twee die het weten. Er is geen andere manier waarop Rosanna erachter kan komen. Soms kun je geheimen uit het verleden beter ongemoeid laten. En ons zusje zal genoeg hebben om mee te leren omgaan: ze is getrouwd met een... zeer moeilijke man. God vergeve me, maar het huwelijk zal misschien niet eens blijvend zijn. En als Rosanna het te weten komt, moeten Roberto, papà en vooral Ella het ook weten.'

'Vind je dat ik niets moet doen of zeggen?'

'Ja, dat lijkt me het beste. Maar uiteindelijk is de beslissing aan jou.'

Er werd weer op de deur geklopt.

'Ik moet gaan.' Luca kuste zijn zus innig op beide wangen. 'Probeer je niet te druk te maken. Doe de groeten aan papà en Ella. Hoe gaat het met ze?'

'Het gaat met allebei goed.' Carlotta knikte. 'We missen jou en Rosanna wel.'

'Dat weet ik. Zorg goed voor jezelf. Je bent dun, te dun. God zij met je, Carlotta. Ciao, cara.'

Luca keek uit een raam terwijl Carlotta door de poort van het seminarie werd uitgelaten. Ze liet haar schouders hangen, haar wanhoop zichtbaar. Hij was er in hun jongere jaren zo zeker van geweest dat het Rosanna was die altijd zijn bescherming nodig zou hebben. Nu bleek dat Carlotta hem meer nodig had.

Na vierentwintig uur in Parijs stapten Rosanna en Roberto op een vliegtuig naar Corsica. Na aankomst op het vliegveld van Ajaccio huurde Roberto een auto en reden ze de stad uit. Ze kwamen weinig verkeer tegen, slechts een enkele boer die een ezel voortdreef, met zijn kinderen in gevaarlijk wankel evenwicht op de kar erachter. De latemiddagzon begon aan zijn daling naar de zee en Rosanna draaide het autoraam naar beneden terwijl ze over de kronkelende kustweg reden. Achter elke rotsige landtong verscheen een nieuw uitzicht op de Middellandse Zee, met geheime baaitjes en stranden onder de kliffen. Naarmate ze hoger kwamen, stonden olijfbomen tegen de hellingen, en de rozemarijn en wilde munt langs de weg vulden de warme lucht met hun bedwelmende geur.

'Wat is het hier prachtig,' zei ze opgetogen. 'De zee is zo schitterend blauw.'

'Ja, het lijkt hier op de Italiaanse kust voordat de toeristen kwamen. Nog helemaal ongerept. Daarom hou ik er zo van. Ik kom hier als ik behoefte heb aan rust.'

'Waar gaan we naartoe?' vroeg Rosanna.

'Wacht maar af,' glimlachte hij. 'Ik wil je graag verrassen.'

Twee uur later reden ze door een groepje witgekalkte huizen hoog op een helling. Roberto sloeg rechts af en reed een steile weg met aan weerszijden pijnbomen op. Ze volgden de weg een paar minuten voordat ze een nog steiler, smaller weggetje insloegen. Aan het eind daarvan stond een mooie stenen villa met een terracottakleurig dak en een massa feloranje trompetbloemen langs de muur.

'We zijn er, principessa. Dit is Villa Rodolpho, zonder twijfel mijn favoriete plek van de hele wereld.'

Roberto sprong de auto uit en er kwam meteen een oude dame de villa uit lopen. Ze schommelde met uitgestoken armen naar hem toe, gaf hem een hartelijke knuffel en overlaadde hem met lieve woordjes.

'Nana, dit is mijn echtgenote, Rosanna.'

'Aangenaam kennis te maken, signora Rossini,' zei de vrouw met een glimlach die haar gerimpelde, roodbruine gezicht deed oplichten.

'Nana zorgt voor de villa als ik weg ben, en voor míj als ik hier ben. Ze woont daarbeneden met haar geweldige man, Jacques.' Roberto wees naar een wit huisje verderop. Hij legde zijn arm om Rosanna's schouder. 'Zie je dat pad daar dat heuvelafwaarts loopt?'

'Ja.'

'Dat leidt naar ons eigen privéstrand. Kom.' Roberto loodste haar mee naar de villa. 'Vind je het mooi?'

Rosanna stopte toen ze de voordeur naderden en keek hoe de zon langzaam onder de horizon dook. Ze haalde diep adem en snoof de geur van pijnboomhars en de zoutige, jodiumachtige lucht van de zee op. 'Ik vind dit de mooiste plek die ik ooit heb gezien.'

'Je moet nog binnen kijken voor je dat zegt. Het is er huiselijk, maar niet luxueus.' Hij leidde haar door de deur naar een ruime betegelde hal en drukte op een lichtknopje om de lamp aan te doen.

'Hier is de slaapkamer,' zei Roberto, wijzend naar een witgeverfde kamer aan hun rechterhand. Rosanna ving een glimp op van een groot bed met een vrolijke sprei van patchwork. 'En dit is de keuken.' Hij nam haar mee door de hal en hield de deur open zodat Rosanna een blik naar binnen kon werpen, lang genoeg om de gezellige houtoven en de lange landelijke tafel met een mengelmoes aan stoelen te zien. Daarna beklommen ze een smalle houten trap naar de bovenverdieping. 'En dit is de woonkamer. Het uitzicht is hier grandioos.'

Rosanna bleef bovenaan de trap staan. Op de grenenhouten vloer lagen kleurige, handgeweven kleden. Ze zag een bank van verweerd leer met kussens, en een boekenkast vol romans. In de hoek stond een oude piano, en glazen deuren boden toegang tot een terras dat uitzicht bood op de ruige kust. Roberto gooide ze open en trok haar tegen zich aan terwijl ze naar buiten stapten in de milde avondlucht. Het uitzicht was, zoals hij al had gezegd, betoverend. De laatste abrikooskleurige zonnestralen werden in de zee weerspiegeld en de eerste sterren verschenen aan de snel donker wordende horizon.

'Van wie is dit huis?' vroeg ze.

'Van mij. Ik heb het drie jaar geleden gekocht. We kunnen hier in volmaakte afzondering verblijven. Niemand zal ons vinden. Jacques en Nana halen alles wat ik nodig heb in het dorp bovenaan de heuvel.'

'Het is prachtig.' Met een zucht zonk Rosanna neer op de comfortabele bank.

'Ah, principessa, je bent vast bekaf. Ik zal je een glas wijn brengen, dan kun je daarna douchen. We gaan bij kaarslicht eten op het terras.'

Later die avond lag Rosanna in bed, haar hoofd tollend van de gebeurtenissen van de afgelopen week. Ze keek opzij naar Roberto en bedacht hoe vreemd het eigenlijk was: na jaren de publiciteit gezocht te hebben, ging je zodra je beroemd werd juist op zoek naar privacy in je leven.

Rosanna en Roberto beleefden drie perfecte weken in Villa Rodolpho. Ze stonden laat op, zwommen, lazen en bedreven de liefde. Ze aten verse vis op het schitterende terras met uitzicht op zee en dronken de rinse lokale wijn.

'Ik hoop dat ik mijn bruine kleurtje op tijd kwijt ben voor de première van *La bohème* over een paar weken. Ik moet daarin weer sterven aan tuberculose,' merkte Rosanna op een avond op toen ze na het eten op het terras stonden en het door de maan verlichte landschap onder hen bewonderden.

Roberto haalde diep adem. 'Cara, we moeten het over de toekomst hebben.'

'O Roberto, is dat echt nodig? Kunnen we niet gewoon hier blijven en...'

'Nee, je weet dat dat niet kan.'

'Maar waar moeten we het dan over hebben? Zondag vliegen we naar Napels om papà te zien en ons nieuws aan te kondigen. Daarna gaan we naar Londen.'

'Ik denk dat iedereen het inmiddels wel weet.'

'O ja?'

'Rosanna, luister. Ik wilde je dit niet eerder vertellen, maar... ik kan niet met je mee naar Napels en ik ga ook niet naar Milaan om Rodolpho te spelen.'

Rosanna staarde hem aan. 'Wat? Ik begrijp het niet. Ik...'

'Je hebt me gevraagd nooit tegen je te liegen en dat zal ik ook niet doen. Maar ik waarschuw je: de waarheid aanhoren zal moeilijk zijn.'

'Maar...' Hij zag de angst in haar ogen.

'Ga zitten, dan vertel ik het je, cara. Ik smeek je me niet te verachten nadat ik mijn verhaal heb verteld.'

Rosanna ging met een verwarde blik op haar gezicht zitten. Roberto nam plaats tegenover haar.

'Zes jaar geleden, toen ik nog een onbeduidende solist bij La Scala was, kreeg ik een verhouding met een zeer rijke getrouwde dame. We zagen elkaar als ik in Milaan was. Afgelopen zomer kondigde ze aan dat ze bij me wilde intrekken. Ze had mij niet gevraagd wat ik daarvan zou vinden, maar ze bleek verliefd op me te zijn en wilde scheiden van haar man. Ik was geschrokken en enorm van slag. Geloof me, Rosanna, ik heb nooit van haar gehouden. Drie weken voordat wij naar Londen gingen, kreeg ik bezoek van haar echtgenoot, een exceptioneel rijk en machtig man in Milaan. Ik dacht dat hij me ter plekke zou vermoorden, maar in plaats daarvan deelde hij me mee dat het voor mijn eigen bestwil zou zijn om lange tijd uit Italië weg te blijven. Hij suggereerde dat het buitengewoon onplezierige gevolgen voor me zou hebben als ik besloot terug te keren. En daarom kan ik niet met je mee terug naar Italië, cara.' Roberto legde zijn hoofd in zijn handen. 'Ik schaam me zo, Rosanna, ik schaam me zo.'

Ze bleven lange tijd zwijgend zitten. Uiteindelijk vroeg ze: 'Dus daarom kon je niet naar de begrafenis van je mamma?'

'Ja, dat was te wijten aan mijn domme gedrag. En nu kan de droom die we deelden, samen Rodolpho en Mimi zingen in La Scala, niet doorgaan. Ik zou alles geven om de situatie te veranderen. Ik weet dat ik terecht word gestraft, maar jij zou er niet onder mogen lijden.'

'En je weet dus al dat je niet naar Milaan zult terugkeren sinds we in Londen aankwamen?' Rosanna sprak met zachte en gesmoorde stem.

'Ja. Cara, ik wilde het je vertellen, maar ik wist hoezeer je erdoor van streek zou raken.'

'Je had het me eerder moeten zeggen. Je hebt me beloofd dat je nooit zou liegen. Die... vrouw, hoe heet ze?'

'Rosanna, alsjeblieft! Zij doet er niet toe.'

'Vertel het me. Ik wil het weten,' drong Rosanna aan.

'Donatella. Donatella Bianchi. Je kent haar waarschijnlijk niet.'

'Jazeker wel. Zoals jij en ik heel goed weten, zijn zij en haar echtgenoot voorname begunstigers van La Scala. En ze hebben een grote donatie gedaan aan de kerk Beata Vergine Maria. Ik weet heel goed wie Donatella Bianchi is,' verklaarde ze op kille toon.

'Geloof me alsjeblieft,' zei hij smekend, 'dat het verleden tijd is.'

'Het is zes jaar geleden begonnen, zei je. We zijn nog geen zes weken samen en je hebt al iets geheim voor me gehouden.'

'Rosanna, het is voorbij. Afgelopen. Het was niets. Nou, vertel me alsjeblieft hoe je het vindt dat je in je eentje terug naar Milaan zult moeten gaan?'

'Ik kan...' Rosanna's stem trilde. 'Ik kan er niet eens over nadenken.' Ze stond op en leunde tegen de reling van het terras. 'Waarom ga je niet naar de politie? Waarom vertel je niet dat die man je bedreigd heeft?'

'Dat heeft geen zin. Je weet hoe dat gaat in Italië. De corruptie is overal, en je kunt er donder op zeggen dat Giovanni daar deel van uitmaakt. Ik maak geen enkele kans tegen hem en zijn connecties.'

'Denk je dat signor Bianchi zijn dreigement zal uitvoeren?'

'Daar twijfel ik geen seconde aan.'

'En Paolo? Wat ga je tegen hem zeggen?'

'Nou, de waarheid is geen optie. Ik zal Chris vragen hem te vertellen dat ik rust nodig heb, dat mijn stem vermoeid is, wat dan ook. Daar zit ik niet zo mee, maar de gedachte dat jij zonder mij teruggaat naar Milaan, dat we niet bij elkaar zullen zijn... Die kan ik nauwelijks verdragen. Natuurlijk kan ik jou niet tegenhouden. Ik vind zelfs dat je móét gaan.'

Rosanna draaide zich naar hem om; er glinsterden tranen in haar ogen. 'En hoe gaat het overkomen als ik in mijn eentje naar Italië terugkeer? Alle dingen waarvan jij zei dat de mensen ze zullen denken, het zal allemaal worden versterkt door jouw afwezigheid. Ik kan ze de echte reden niet vertellen, dus zullen ze ervan uitgaan dat het huwelijk nu al wankelt. En misschien hebben ze wel gelijk.'

'Nee!' Roberto sprong op en liep naar haar toe. 'Alsjeblieft, Rosanna, zeg dat niet.'

'Wat moet ik dan zeggen? Dat ik het prima vind dat jij een affaire hebt gehad met een getrouwde vrouw van wie de echtgenoot je met de dood heeft bedreigd? Dat ik het prima vind dat ik weken alleen in Milaan zal zitten, zonder mijn kersverse echtgenoot? En, het ergste van alles, dat je me vanaf het begin hebt misleid? Het is niet te geloven! Ik...' Rosanna, te geschokt om nog woorden te vinden, spoedde zich van het terras af, de villa in. Roberto hoorde de slaapkamerdeur dichtslaan.

Hij ademde langzaam uit en vulde zijn glas vanuit de halfvolle fles wijn. Haar reactie was niet erger geweest dan hij had verwacht. En niet beter dan hij had verdiend.

Rosanna lag op het bed; ze hield een kussen over haar hoofd in een hopeloze poging om de pijn van Roberto's bekentenis te verdrijven. Het heerlijke droomgevoel dat ze de afgelopen vijf weken had gehad, was in één klap verdwenen.

Haar echtgenoot had haar niet alleen verteld over zijn verachtelijke affaire, maar ook nog eens aangekondigd dat hij vanwege die kwestie niet naar Italië terug kon. Er zou dus geen triomfantelijke gezamenlijke terugkeer naar Napels plaatsvinden, waar ze hun beide families zouden bezoeken, nu niet en ook niet in de toekomst. Ze besefte dat Roberto vanaf het begin had geweten dat die mogelijkheid uitgesloten was.

En La Scala... *La bohème*. Hoe vaak had ze zich niet voorgesteld hoe zij tweeën het applaus van een verrukt premièrepubliek in ontvangst zouden nemen? Ze was door La Scala uitgenodigd om tot september volgend jaar een aantal malen te komen zingen. En nu zou ze elke keer zonder Roberto moeten gaan.

Natuurlijk hoefde ze zelf ook niet terug te gaan naar Italië. Er waren andere operahuizen die haar debuut als Mimi graag zouden programmeren – Chris had haar verteld dat de aanbiedingen sinds Londen waren binnengestroomd. Tot nu toe had ze die allemaal geweigerd.

Maar Paolo teleurstellen na alles wat hij voor haar had gedaan... Dat kon ze toch niet maken?

En toch, als ze Chris zou vragen haar schema om te gooien, kon ze met Roberto gaan zingen bij operahuizen over de hele wereld. Iedereen wilde hen samen zien, en na het nieuws van hun huwelijk wist Rosanna dat de belangstelling voor hen als paar alleen nog maar zou groeien.

Ze wist ook, diep vanbinnen, dat ze bang was om hem alleen te laten. Ze geloofde wel dat Roberto van haar hield, maar iets in haar vroeg zich toch af of hij, als zij honderden kilometers bij hem vandaan was, de verleiding van andere vrouwen zou kunnen weerstaan.

Rosanna was er zeker van dat ze hun huwelijk alleen kon laten slagen als ze aan zijn zijde zou blijven. Dat betekende een enorme opoffering, en ze zou Paolo pijn doen, maar wat was voor haar het belangrijkste?

Ze wist het antwoord al.

Met een gedempte schreeuw van frustratie trok ze het kussen nog strakker over haar hoofd.

Veel later liep Rosanna het terras weer op, met een beheerste blik, maar asgrauw onder haar bruine kleurtje.

Roberto sprong op. 'Hoe gaat het met je? Wil je van me scheiden?'

'Ik heb een besluit genomen. Maar voor ik je erover vertel, moet ik weten of er nog andere dingen zijn die ik over je zou moeten weten. Heb je meer geheimen voor me?'

Hij aarzelde een ogenblik en schudde vervolgens zijn hoofd. 'Nee, cara. Ik heb je alles verteld.'

'Dan zal ik je zeggen wat ik heb besloten. Ik ga niet zonder jou terug naar Italië, dat kan ik niet. Als jij Chris Hughes belt om hem te vertellen dat je niet zult terugkeren naar La Scala, deel je hem dat mee voor ons allebei. Er zijn andere operahuizen, andere plaatsen waar we *La bohème* kunnen zingen.' Het lukte haar een zwak glimlachje tevoorschijn te toveren.

Roberto keek haar verbouwereerd aan. 'Meen je dat?'

'Ja, ik ben je vrouw. Ik moet aan je zijde staan, ik heb geen andere keuze, want... ik hou van je,' zei ze bedrukt.

'Cara, *mia* cara, dat je dit offer voor mij wilt brengen, ik...' Roberto stak zijn armen naar haar uit. 'Ik zal het goedmaken, dat beloof ik je. Je bent een engel, een vergevensgezinde engel. En ja, we moeten altijd samen zijn. Je hebt de juiste beslissing genomen, ik weet het zeker.'

Terwijl ze wegsmolt in zijn omhelzing kon ze veel mensen bedenken die het niet met hem eens zouden zijn.

'Wát?' De stem aan de andere kant van de lijn klonk als een geweerschot.

Chris Hughes herhaalde wat hij zojuist had gezegd. Uit de hoorn van de telefoon kwam niets dan stilte.

'Het spijt me, Paolo, en Roberto vindt het vreselijk, maar hij denkt dat zijn stem het niet aankan.'

'Maar we hebben het hier over een heel seizoen, Chris, niet over één optreden! Heeft hij zijn andere boekingen ook afgezegd?'

'Eh... nee.'

'Dus hij verzint een of ander belachelijke smoes over zijn stem. Chris, je bent me op zijn minst de waarheid verschuldigd. Waarom wil hij niet in La Scala optreden? Zijn echtgenote komt binnenkort wel deze kant op.'

'Ach ja, nou, dat is het volgende punt. Rosanna zegt haar optredens ook af.'

Paolo zweeg even en zei: 'Ik geloof mijn oren niet, Chris.'

'Toch is het zo, ben ik bang. Ze schijnt je geschreven te hebben om het uit te leggen. Het spijt haar verschrikkelijk en ze hoopt dat je het zult begrijpen, maar ze vindt dat ze bij haar echtgenoot moet blijven.'

'Nee! NEE!' kermde Paolo met stijgende wanhoop. 'Het zingen van *La bohème* in La Scala was haar droom. Ik weet zeker dat Rosanna die nergens voor zou opgeven.'

'Toch heeft ze dat gedaan, Paolo. Wat moet ik ervan zeggen?'

'Mamma mia! Ik kan het gewoon niet geloven. Ik moet haar spreken, Chris. Waar is ze?'

'Luister, Paolo, Rosanna wil momenteel niet met je praten. Zij en Roberto...'

'Rosanna wil niet met me praten? Zij en die rotzak van een echtgenoot van haar hebben zojuist mijn complete seizoen naar de maan geholpen. En dat begint over nog geen twee maanden, zoals je weet. Nog afgezien van het feit dat ik haar de afgelopen vijf jaar bij haar ontwikkeling persoonlijk heb begeleid!'

Chris was blij dat hij zich op dat moment niet in hetzelfde vertrek als Paolo bevond. Soms had hij een hekel aan deze baan.

'Ik begrijp hoe je je voelt. Ik zit er zelf ook middenin. Ik heb al voor een jaar vooruit boekingen voor Rosanna geaccepteerd, en vanochtend vertelde ze me ineens dat ze die wil laten aanpassen aan het schema van Roberto.'

'Ze gaat haar carrière verwoesten voordat ze er goed en wel aan begonnen is,' tierde Paolo. 'Zoveel talent, en dan...'

'Ik weet het, ik weet het. Maar bekijk het ook eens zo, Paolo: als je nu heel hard bent voor Rosanna, kan het zijn dat je haar voorgoed verliest. Aan de andere kant, als je nu je kalmte bewaart, haar een tijdje het gelukkige stelletje met Roberto laat spelen, ziet ze op een gegeven moment misschien wel het licht.'

'Dus wat je me vertelt, is dat ze verblind is door de liefde?'

'Daar lijkt het wel op neer te komen. Ik heb tegen haar gezegd dat zíj dit jaar wel in La Scala zou moeten zingen, ook al wil Roberto er niet optreden. Ze wilde er niets van weten. Als je het mij vraagt, ligt er een of andere geheime agenda aan ten grondslag, maar ik heb geen flauw idee hoe het precies zit.'

'Ik zou Roberto kunnen aanklagen voor contractbreuk, maar Rosanna niet, zoals je heel goed weet. Haar contract ligt hier op mijn bureau klaar. Ze zou het na terugkomst tekenen. Ik had dit nooit kunnen voorzien... Nou, kennelijk kende ik haar niet zo goed als ik dacht,' eindigde Paolo op stellige toon.

'Natuurlijk zou je Roberto kunnen aanklagen, daar heb je alle reden toe. Maar zoals we allebei weten, is Rosanna op weg een grote ster te worden. Als je haar echtgenoot aanklaagt, zul je niet meer de kans krijgen om een van beiden ooit nog terug naar La Scala te halen.'

Paolo slaakte een zucht. 'Ik begrijp het gewoon niet. Dit moet van Roberto uitgaan. Het klinkt alsof Rosanna haar verstand heeft verloren.'

'Nou, in elk geval heeft ze zich voorgenomen om elke seconde van de dag samen te zijn met haar echtgenoot.'

'Denk je dat hij van haar houdt?' vroeg Paolo, ziek van de onontkoombaarheid van de situatie en het verlies van zijn zelfgekweekte ster.

'Hij is in elk geval heel beschermend naar haar toe. Ik zou zeggen: ja, hij houdt van haar.'

'Nou, naar mijn ervaring houdt Roberto Rossini alleen maar van zichzelf,' gromde Paolo.

'Wie weet? De tijd zal het leren. Hoe dan ook, nogmaals mijn excuses als brenger van deze slechte boodschap. Laat het me weten als ik op de een of andere manier kan helpen om vervanging voor hen te vinden.'

'We houden contact.' Paolo liet de hoorn op de haak vallen en legde zijn hoofd in zijn handen.

De volgende ochtend arriveerde er een aan hem geadresseerde brief uit Londen.

Lieve Paolo,

Ik neem aan dat Chris Hughes je inmiddels heeft verteld dat ik niet naar Milaan zal komen om Mimi te zingen. Ik vind het heel erg dat ik jou, Riccardo en La Scala teleur moet stellen, vooral na alle hulp die je me gegeven hebt. Paolo, ik kan niet op de details ingaan, maar het is voor ons allebei onmogelijk om naar Milaan te komen. Roberto is mijn echtgenoot en mijn loyaliteit behoort daarom bij hem te liggen. Ik moet aan zijn zijde zijn, waar hij ook is. Zoals je weet, was Mimi zingen in La Scala mijn grote droom, maar geloof me alsjeblieft dat ik geen keus heb.
Ik begrijp hoe boos je nu zult zijn, en het spijt me oprecht. Het is het verkeerde moment om je te bedanken voor alles wat je voor me hebt gedaan, maar ik doe het toch maar.
Met heel mijn hart zou ik willen dat het anders was gelopen.

Veel liefs,
Rosanna

Paolo herlas de brief twee keer. Nu wist hij zeker dat het niet aan Rosanna lag. Maar aan Roberto.

The Metropolitan Opera House,
New York

Dus, Nico, nu weet je dat ons huwelijk een stormachtig begin kende. En toch reken ik de twee jaren die op onze trouwdag volgden tot de gelukkigste van mijn leven.
En als er iets is wat ik jou voor de toekomst toewens, is het dat jij de vreugde zult vinden die Roberto en ik in die periode beleefden. We gingen overal samen heen. We waren niet alleen onafscheidelijk als man en vrouw, maar onze namen waren ook op het podium aan elkaar verbonden. We zongen Puccini in Londen, Verdi in New York en Mozart in Wenen, en we werden gevierde sterren in de operawereld. Overal waar we kwamen, werden we met open armen ontvangen. De passie uit ons privéleven maakte onze optredens nog intenser, en elk operahuis ter wereld vroeg ons om op hun podium te komen zingen. We werden drie jaar van tevoren geboekt.
De bedroefdheid die ik voelde omdat het enige land waar we niet zongen ons geboorteland was, bleef steeds bij me. Maar dat was de prijs die ik moest betalen voor het geluk dat Roberto en ik met elkaar deelden.
En Roberto zelf? Ach, Nico, had je hem toen maar kunnen zien. Ik had niet kunnen vragen om een toegewijdere of liefhebbender echtgenoot. Hij beschermde me, koesterde me en hield van me op een manier die anderen die hem eerder hadden gekend zich moeilijk konden indenken. Weliswaar nam hij de meeste belangrijke beslissingen voor ons op carrièregebied, en ik zette zelden vraagtekens bij zijn oordeel. Ik vond het simpelweg fijn om bij hem te zijn en met hem te zingen waar en wanneer hij dat wilde.
In die tijd leek de oude Roberto helemaal te zijn verdwenen. De liefde – mijn liefde – had hem veranderd. Voor altijd, geloofde ik.
Kort nadat we getrouwd waren, kochten we een prachtig huis in Kensington in Londen. We gebruikten het als thuisbasis en gingen

er zo vaak mogelijk naartoe. In april 1980 kwamen we er aan vanuit New York. We zouden (eindelijk) La bohème *gaan zingen in Covent Garden, ons favoriete operahuis buiten Italië, en alles leek perfect…*

25

Londen, april 1980

Rosanna werd wakker van het geluid van een auto met een knallende uitlaat buiten op straat. Ze tilde haar hoofd op in de ochtendschemering en keek naar de radiowekker naast het bed. Het was zes uur. Ze ging met een zucht weer achteroverliggen, wetend dat ze de rest van de dag gaar zou zijn. Het vliegtuig vanuit New York was gisteravond laat geland, en ze had een vreselijke jetlag.

Omdat ze toch niet meer in slaap zou komen duwde ze voorzichtig Roberto's hand weg, die op haar buik rustte, en glipte het bed uit. Ze trok haar ochtendjas aan en liep op haar tenen zachtjes de slaapkamer uit.

Beneden in de keuken zette ze koffie voor zichzelf, waarna ze aan de tafel ging zitten kijken naar de vogels die kwetterden in de boom in de kleine binnentuin. Rosanna glimlachte tevreden, blij om terug te zijn. Ze was dol op dit huis. Het was de enige plek die voelde als thuis, na de eindeloze onpersoonlijke hotelsuites waar ze verbleven als ze op reis waren. Het huis had vier verdiepingen, met een grote keuken en bijkeuken in het souterrain, een zitkamer, eetkamer en muziekkamer op de begane grond, en de slaapkamers en badkamers op de twee bovenste verdiepingen.

Ze hadden drie weken voor de repetities voor *La bohème* in Covent Garden zouden beginnen. Roberto had geopperd dat ze nog naar Corsica zouden gaan, maar Rosanna had deze keer voet bij stuk gehouden. Ze wilde in haar eigen huis zijn, in haar eigen bed, met haar eigen spullen om zich heen. De afgelopen twee jaren waren een achtbaan geweest en Rosanna voelde zich afgemat.

Toen ze Roberto had verteld dat ze zo vermoeid was, had hij bezorgd gekeken en gezegd dat ze alleen maar een tijdje rust nodig had. Hij had haar beloofd dat er tijdens hun vakantie geen concerten, interviews of feestjes zouden plaatsvinden.

Ze hoorde het geklepper van de brievenbus en liep de trap op om de post uit de gang op te halen. Er lag een brief op de mat en ze herkende het handschrift meteen. Ze ging op de onderste tree zitten en scheurde de envelop open.

Seminarie San Borromeo
Bergamo
12 april

Lieve Rosanna,

Hoe gaat het met je? Ik probeer bij te houden wat je allemaal doet, maar dat is moeilijk nu je zo'n internationale ster bent! Ik hoop dat je deze brief op tijd zult ontvangen.
Het is nu vier jaar geleden dat ik je voor het laatst heb gezien, Rosanna. Om redenen die ik en anderen niet begrijpen zijn jij en Roberto niet naar Italië teruggekomen. Misschien hebben jullie het allebei gewoon te druk. Dus nu denk ik dat ik moet proberen jou op te zoeken. Ik heb wat geld gespaard en als je binnenkort in Londen bent, zou ik heel graag die kant op willen vliegen om je te zien. Begin mei zou mij goed uitkomen, want dan heb ik een paar dagen vrij van het seminarie. Zou je me willen laten weten welke data geschikt zijn, zodat ik mijn ticket kan gaan boeken? Ik heb papà van mijn plan op de hoogte gesteld en gevraagd of hij met me mee wilde gaan, maar hij weigert in een vliegtuig te stappen. Hij draait alle langspeelplaten die je hem hebt gestuurd, maar ik hoop zeer dat je op een dag maar La Scala zult terugkeren, zodat hij je live kan komen horen zingen.
Uit haar brieven maak ik op dat het goed gaat met Carlotta, en dat Ella snel opgroeit. Ze wordt eerdaags dertien. Ik betwijfel of je haar zult herkennen als je haar weer ziet. Het eethuis is net gerenoveerd en heeft een gloednieuwe keuken, een heuse bar en nieuwe tafels en stoelen. Papà heeft er een vermogen aan besteed, maar hij hoopt het terug te verdienen door de prijzen deze zomer te verhogen.
Ik kan het me amper voorstellen dat het bijna vier jaar geleden is dat ik naar het seminarie ging. En het gaat nog drie jaar duren voordat ik tot priester word gewijd. Ik moet toegeven dat ik de

buitenwereld soms mis en dat ik me verheug op de korte onderbrekingen in de zomer, maar ik ben er nog steeds van overtuigd dat ik de juiste beslissing heb genomen.
Hoe gaat het met Abi? Hoor je weleens van haar? Zo ja, doe haar mijn hartelijke groeten.
Ik brei er nu een eind aan want ik moet straks naar een les. Laat me alsjeblieft weten of mei een geschikte tijd voor je is.
Ben je gelukkig, Rosanna? Ik hoop het.
Veel liefs, piccolina.
x Luca

Rosanna vouwde zuchtend de brief weer op en stopte hem terug in de envelop. De afgelopen twee jaar waren heerlijk geweest, maar het speet haar enorm dat ze haar familie niet had kunnen zien, hoewel ze haar vader en Carlotta had gesmeekt om naar Londen te komen. Ze voelde zich ook schuldig dat ze niet alleen had verzuimd Abi destijds op de hoogte te stellen van haar huwelijk, maar ook nog eens had nagelaten om het contact met haar goed te onderhouden. De simpele waarheid was dat haar eigen leven om Roberto en hun liefde draaide.

Ze liep de zitkamer in en bekeek de kalender op het bureau. Er was een weekend aan het begin van mei, vlak na het begin van de repetities voor *La bohème*, dat Roberto was geboekt voor twee concerten in Genève. Normaal gesproken zou ze met hem zijn meegegaan, maar ze kon natuurlijk ook in Londen blijven en Luca ontvangen. Ze wilde haar broer haar volledige aandacht schenken en met Roberto in de buurt zou dat lastig worden. Ze ging aan het bureau zitten, haalde een vel papier en een envelop uit de la en begon Luca te schrijven.

'Principessa.' Ze schrok van de warme handen die haar schouders omvatten terwijl Roberto vooroverboog om haar een kus op haar kruin te geven. 'Waar was je nou? Ik werd wakker en je was weg.'

'Ik wilde je niet storen, caro.' Hij masseerde haar schouders en ze glimlachte. 'En ik heb een brief van mijn broer gekregen. Hij komt naar Londen om me te bezoeken. Ik zal hem vragen te komen als jij in Genève bent.'

'Dan zijn we dus drie dagen bij elkaar vandaan?'

'Ja, maar het is zo lang geleden dat ik iemand van mijn familie heb gezien. Ik mis ze allemaal, Roberto. Je misgunt me deze tijd met mijn broer toch niet?'

'Natuurlijk niet,' zuchtte hij schuldbewust. 'We weten allebei dat deze situatie aan mij te wijten is. Ik zal elk ogenblik van mijn afwezigheid naar je verlangen. Laat me even naar je kijken.' Roberto trok haar gezicht zachtjes schuin zijn kant op en schudde zijn hoofd. 'Nog steeds bleekjes,' merkte hij op. 'Ik denk dat je terug naar bed moet. Het is te vroeg om al op te zijn.'

'Maar laat je me dan ook slapen?' lachte ze, terwijl ze een hand onder haar ochtendjas voelde kruipen.

'Later, cara, later.' En daarmee tilde Roberto haar uit de stoel en droeg haar terug de trap op, naar de slaapkamer.

Hoewel Rosanna de zeven dagen daarna veel rust nam, ging ze zich niet beter voelen. Ze raakte de vermoeidheid maar niet kwijt en voelde zich vaak duizelig en slapjes. Tegen het eind van de week, toen was gebleken dat rust alleen niet hielp, maakte Roberto een afspraak voor haar bij de dokter en stond hij erop om met haar mee te gaan naar Harley Street.

'Zal ik met je mee naar binnen gaan?' vroeg hij toen Rosanna naar de spreekkamer werd geroepen.

Ze schudde beslist haar hoofd. 'Wacht hier maar op me.'

'Zoals je wilt, maar zorg ervoor dat je dokter Hardy precies vertelt hoe je je voelt.'

'Zal ik doen,' beloofde ze, en ze volgde de assistente door de gang.

Dokter Hardy onderzocht Rosanna grondig.

'Er is toch niets ergs aan de hand?' vroeg ze nerveus, toen hij klaar was met zijn onderzoek.

'Absoluut niet. Integendeel zelfs. U verkeert in uitstekende gezondheid. En, voor zover ik kan nagaan, uw baby ook.'

'Ik...' Rosanna was verbijsterd. De gedachte was niet eens in haar opgekomen. 'Weet u het zeker?'

'Negenennegentig procent zeker, ja. We zullen voor de zekerheid natuurlijk nog een urinemonster naar het laboratorium sturen. U had geen idee dat de symptomen die u hebt verband kunnen houden met de eerste fase van een zwangerschap?'

'Nee, mijn menstruatiecyclus is nooit regelmatig geweest en...' Ze bloosde. 'Roberto en ik zijn... nou ja, altijd voorzichtig geweest.'

'Nou, zulke dingen gebeuren, mevrouw Rossini. Die schatjes maken soms hun opwachting zonder dat ze gepland of verwacht worden.'

'Hoelang ben ik al zwanger?' vroeg ze.

'Ik zou zeggen dat u in uw derde maand zit, misschien al iets verder.' Hij bestudeerde haar verbleekte gezicht. 'Als u het idee eenmaal hebt geaccepteerd, zult u er vast blij mee zijn.'

'Ja.' Rosanna stond op. 'Dank u, dokter Hardy.'

'Belt u me morgen even, mevrouw Rossini? We moeten een echo regelen en besluiten in welk ziekenhuis u wilt bevallen.'

Beduusd liep Rosanna door de gang naar de wachtkamer. Roberto zag meteen haar bezorgde blik en stond op, maar ze liep rechtstreeks naar de deur, en hij volgde haar de straat op.

'Amore mio, alsjeblieft, zeg iets. Wat heeft de dokter gezegd? Was het slecht nieuws?'

'O, Roberto.' Ze viel hem in de armen en barstte in tranen uit.

'Wat er ook aan de hand is, het komt goed. Ik zorg voor de beste artsen, de beste chirurgen, wie of wat je ook maar nodig hebt. Huil alsjeblieft niet, lieveling, ik ben bij je.'

'Je zult boos op me zijn. Het is mijn schuld. Ik...'

'Rosanna! Alsjeblieft! Vertel me nou gewoon wat er is?' smeekte Roberto gefrustreerd.

Ze liet haar schouders zakken en staarde naar haar voeten.

'Ik krijg een baby.'

Hij keek haar verdwaasd aan. 'Een baby? Je bedoelt mijn baby?'

'Natuurlijk!'

'Maar... maar dat is het prachtigste nieuws dat ik ooit heb gehoord! Ik, Roberto Rossini, ik word papà!' Hij slaakte een kreet van vreugde, tilde Rosanna op in zijn armen, draaide haar rond en bedekte haar gezicht met kussen. 'O mijn knappe meisje, mijn knappe mamma! Wanneer wordt onze baby verwacht?'

'De dokter dacht half november, maar er moet een echo worden gemaakt om de datum beter te kunnen bepalen. Je bent dus niet boos op me?' vroeg ze terwijl hij haar neerzette.

'Boos?' Roberto rolde gespeeld wanhopig met zijn ogen. 'Lief, waar zie je me voor aan? Als ik te horen krijg dat de vrouw van wie ik hou mijn kind verwacht, dat zij me voor het eerst in mijn leven een papà zal maken, denk jij dat ik boos zou kunnen zijn? Meisje toch! Ik kan mijn geluk niet op. Ik mag dan aan de oude kant zijn om een gezin te beginnen, maar je hebt me opnieuw de gelukkigste man op aarde gemaakt.' Hij pakte haar hand. 'Kom, laten we het gaan vieren.'

Rosanna keek naar Roberto, die tegenover haar gezeten aan het tafeltje in Le Caprice een fles vintage champagne bestelde en zich vervolgens uitgebreid verontschuldigde toen zij hem erop attent maakte dat zij nu geen alcohol mocht drinken.

'Het spijt me, cara.' Hij riep de ober terug en bestelde een sinaasappelsap voor haar. 'Ik kan het gewoon nog niet geloven. Ik wil het nieuws het liefst met de hele wereld delen,' zei hij met een lach. 'Stel je voor hoe begaafd ons kind zal zijn. Met onze stemmen zal hij of zij worden gezegend met een ongeëvenaard talent. We moeten namen gaan bedenken en besluiten welke kamer we als babykamer gaan inrichten. Denk je dat we een groter huis moeten kopen? Misschien is het goed als ons kind op het platteland opgroeit, waar de lucht schoner is...'

Rosanna luisterde naar zijn opgetogen geratel, maar kon niet meegaan in zijn enthousiasme. Uiteindelijk zei ze: 'Maar Roberto, hoe moet het dan met mijn carrière?'

'Nou, in juli kun je gewoon nog *La bohème* zingen. Ik zal erbij zijn om ervoor te zorgen dat je voldoende rust krijgt en goed op jezelf past. Daarna blijf je thuis in Londen tot onze baby is geboren.'

'Maar we zouden in oktober optreden in New York. Wat moeten we daarmee?'

Hij haalde zijn schouders op. 'The Met zal het wel begrijpen. Vrouwen krijgen nu eenmaal baby's. Ik zal alleen moeten gaan.'

'En dan laat je mij een hele maand achter in Londen? Kan ik niet met je meegaan?' Ze voelde tranen in zich opwellen.

'Rosanna, de luchtvaartmaatschappij vervoert geen hoogzwangere vrouwen – ze zullen zelfs geen uitzondering maken voor een grote ster als jij. Bovendien is het maar voor een maand.'

'Misschien kan ik met de boot komen?'

'En wat als de bevalling dan te vroeg begint? Je zou jezelf en ons kindje in gevaar brengen in dat late stadium van de zwangerschap. Dokter Hardy is het vast met me eens dat je de laatste weken rustig thuis moet blijven.'

'Kun jij The Met niet ook afzeggen?'

Roberto schudde zijn hoofd. 'Nee, Rosanna, je weet dat dat niet kan.'

'Ik heb ook mijn optredens afgezegd voor jou, toen het nodig was,' kaatste ze terug.

Hij keek haar over de tafel aan. 'Dat is niet eerlijk. Het gaat om de première van een nieuwe opera en zo'n kans komt niet vaak voorbij. Ik ben weer aan je zijde als je van de baby bevalt, en daarna heb ik tot na de kerst alleen maar af en toe een concert. En daarna zien we wel weer verder. Alsjeblieft, cara, denk nou niet aan de moeilijke dingen. Laten we blij zijn met dit geweldige nieuws, dit geschenk van God. Je wilt de baby toch wel?'

Ze keek hem aan en knikte. 'Ja, natuurlijk.'

In de dagen daarna was het onmogelijk om niet aangestoken te worden door de euforie van Roberto, en begon Rosanna te wennen aan het idee dat ze moeder zou worden. De knagende twijfel over de komst van de baby en hoe die haar perfecte leventje ingewikkelder zou maken, begon af te nemen. Haar carrière zou een paar maanden in de wacht staan, maar er was geen reden waarom ze na de geboorte niet weer gewoon verder zou gaan met zingen. Baby's reisden tegenwoordig gewoon mee naar het buitenland. Ze zou een goede nanny inhuren en daarmee was het probleem opgelost.

Roberto wilde iedereen die hij kende het liefst nu al vertellen over het kind dat op komst was, maar Rosanna had hem gevraagd het geheim te houden.

'Ik wil eerst mijn familie op de hoogte stellen,' had ze gezegd. 'Ik zal Luca het nieuws vertellen als hij hier over twee weken is, en dan zal ik papà schrijven.'

26

'Dames en heren, maak uw stoelriem vast, alstublieft. We beginnen nu aan de afdaling naar Heathrow.'

Vijfenveertig minuten later duwde Luca zijn trolley de aankomsthal in. Hij zag Rosanna vol spanning over de balustrade leunen. Haar aanblik benam hem bijna de adem. De laatste keer dat hij zijn zusje had gezien, was ze nog een jong meisje. Nu zag ze eruit als een vrouw. Haar haar was vlak boven haar schouders afgeknipt en hing glanzend golvend rond haar gezicht. Haar gelaatstrekken waren volwassener en de lichte make-up die ze droeg, versterkte haar natuurlijke schoonheid.

'Luca!' Rosanna zag hem en rende naar hem toe, opende haar armen en omhelsde hem. 'Niet te geloven dat je er bent. O, wat is het heerlijk om je te zien!'

'Voor mij ook, piccolina.'

'Kom, er staat buiten een auto te wachten om ons naar huis te brengen.'

In het huis in Kensington leidde Rosanna Luca mee de trap af naar de keuken. Terwijl zij koffie zette, liep hij de ruime keuken te bewonderen en de foto's op de lage kast te bestuderen. Ze gingen aan de tafel zitten met ieder een mok koffie voor zich.

'Dit is een prachtig huis, Rosanna. Wel wat comfortabeler dan ons appartementje in Napels, hè?'

'Ja, Roberto en ik vinden het hier erg fijn.'

Luca boog over de tafel heen en nam haar handen in de zijne. 'Daar zitten we dan, broer en zus, na veel te lange tijd herenigd. Je ziet er stralend uit. Je hebt hetzelfde gezicht, hetzelfde lichaam, maar je bent nu... een vrouw van de wereld.'

'Echt waar?'

Luca zag dat ze dit fijn leek te vinden. 'Ja, ik herinner me je nog als een verlegen meisje. En nu, je kleding, je haar... je perfecte Engels.' Hij glimlachte. 'Je bent een kosmopolitische dame geworden.'

'Het is toch geen slechte verandering?'

'Natuurlijk niet. Iedereen wordt volwassen.'

'Nou, ik ben vanbinnen nog steeds datzelfde kleine meisje. Ik kan amper geloven dat het al vier jaar geleden is dat ik je voor het laatst heb gezien. Je ziet er magerder uit, Luca. Je krijgt toch wel te eten op het seminarie?'

'Natuurlijk wel,' grinnikte hij.

Er viel een stilte, waarna ze allebei tegelijk begonnen te praten.

'Heb je...'

'Ben jij...'

Ze lachten. Rosanna schudde haar hoofd. 'Ik heb je zoveel te vertellen, ik weet gewoon niet waar ik moet beginnen. En ik wil alles weten over papà en Carlotta en Ella. Maar we hebben drie dagen, dus laten we bij jou beginnen. Ben je gelukkig, Luca? Is het een goed besluit geweest?'

'Ik denk dat ik na al die jaren "zoeken" mijn roeping gevonden heb, ja.' Hij nam nog een slok van zijn koffie. 'Het is natuurlijk onmogelijk om de hele tijd gelukkig te zijn, en soms heb ik het idee dat de dingen die ik op het seminarie leer eerder te maken hebben met de traditie van de mens dan met God. Er zijn heel veel regels en voorschriften, waarvan sommige voor mijn gevoel het werk dat ik in de toekomst wil doen vooral zullen beperken.' Hij haalde zijn schouders op. 'Maar het gaat prima met me, echt. Ik heb hooguit te veel haast om de buitenwereld weer in te gaan en te beginnen met helpen.'

'Ik begrijp wat je zegt. Tenslotte had ik een opleiding van tien jaar achter de rug voordat ik mijn debuut maakte,' zei Rosanna peinzend. 'Het kan frustrerend zijn, maar het is al het harde werk uiteindelijk wel waard, denk ik.'

'Nou, in jouw geval lijkt het allemaal zeker zijn vruchten te hebben afgeworpen. Je ziet er gelukkig uit, piccolina.'

'Dat ben ik inderdaad. Ik heb ook het gevoel dat ik mijn lotsbestemming heb gevonden.'

'In je carrière?'

'Zeker. Maar belangrijker nog, met Roberto.'

Luca hield zich in en gaf geen commentaar. Als Rosanna gelukkig was – en dat leek ze te zijn – was hij het ook. Wat hij ook van Roberto vond.

'Al sinds die eerste avond, toen hij in ons eethuis zong, wist ik diep vanbinnen dat ik van hem hield. Het is vreemd, want ik weet nog dat hij toen alleen oog had voor Carlotta. Ik was zelfs jaloers, ook al was ik nog maar elf. Weet je, die avond schreef ik in mijn dagboek dat ik op een dag met hem zou trouwen.'

Luca moest even slikken en begroef zijn nagels in de palm van zijn hand om zijn reactie binnen te houden.

'Over Carlotta gesproken, hoe gaat het met haar?' vroeg Rosanna.

'Wel goed.'

'Ik heb haar een brief geschreven. Er is iets wat ik haar wil vertellen.'

'Wat dan?'

'Nieuws dat ik kortgeleden heb gehoord. Zij is de enige die echt zal weten hoe ik me voel.'

'En hoe voel je je dan?'

'Nou, eerst was ik geschokt. Het kwam als een complete verrassing. Ik bedoel... Ik had geen idee, maar nu ik eraan gewend ben, weet ik dat het gewoon zo moest zijn.'

'Waar heb je het over?'

Rosanna zag de verwarring op zijn gezicht en glimlachte verrukt. 'O Luca, ik word mamma. Mijn baby komt in november en daarom heb ik Carlotta geschreven, om haar te vertellen dat ze tante wordt en om adviezen te vragen over het zwanger-zijn. Ik dacht dat ze misschien voor een vakantie naar Londen zou kunnen komen. Roberto moet een maand lang in New York zijn en dan ben ik alleen. Nou, wat vind je ervan? Je wordt weer oom. En ik zou ook graag willen dat je peetvader wordt,' voegde ze eraan toe.

Toen Luca net een seconde te lang zweeg, fronste ze.

'Je bent toch wel blij voor me?'

'Natuurlijk. Het is geweldig nieuws.'

'Weet je dat wel zeker? Je kijkt een beetje sip.'

'Het spijt me.' Hij schonk haar met moeite een klein glimlachje. 'Het is alleen maar het idee dat mijn kleine zusje een mamma wordt, meer niet. Dat is nogal wat.'

'Ik ben vierentwintig, Luca. Dat lijkt me oud genoeg.'

'En Roberto? Is hij er blij mee?'

'Ik heb hem nog nooit zo gelukkig gezien. Ik dacht dat hij misschien boos zou zijn omdat de baby niet gepland was, maar nee – hij was blijer dan ik. Hij kon niet geloven dat hij met zijn eenenveertig jaren voor het eerst papà zal worden.'

'En is hij een goede echtgenoot?'

'Ik had geen liefhebbender man kunnen treffen. Ik weet dat iedereen ons huwelijk afkeurde, maar hij is veranderd. Ik dank God elke dag dat we elkaar hebben gevonden. En nu ben ik ook dankbaar voor de baby. We zijn gezegend, Luca, zo gezegend.'

'Maar hij moet in de laatste maand van je zwangerschap naar New York, begrijp ik?'

'Ja, dat is jammer, maar het kan niet anders. Daarom bedacht ik dat Carlotta naar me toe zou kunnen komen. Ik heb haar zo lang niet gezien. Zij zal weten wat ze moet doen als de baby zich aandient.'

Luca koos zijn woorden zorgvuldig. 'Ik kan niet voor Carlotta spreken, maar ik denk dat het lastig voor haar zal zijn. Ze heeft Ella en papà om voor te zorgen, en het eethuis dat ze moet runnen.'

'Dat snap ik, maar ze zou af en toe eens vrij moeten nemen. Is ze gelukkig, denk je?'

'Ik geloof dat ze haar lot heeft geaccepteerd.'

Rosanna staarde in de verte. 'Toen ik klein was, straalde ze, was ze prachtig. Maar toen ze met Giulio trouwde en Ella werd geboren, veranderde ze. Ik hoop dat het voor mij anders zal lopen.'

'Soms gebeuren er dingen die ons veranderen op een manier die we niet verwachten, piccolina. Kijk maar eens naar jou en Roberto.'

'Denk je dat hij me heeft veranderd?'

'Nou, je léven is in elk geval veranderd. Je bent lange tijd niet terug in Italië geweest. Is daar een bepaalde reden voor?'

'Ik... ja... Het is gewoon zo dat Roberto niet...' Rosanna schudde haar hoofd. 'Het is een lang verhaal. Ik wilde bij hem zijn, waar hij ook ging. Daarom ging ik niet terug naar La Scala om Mimi te zingen in *La bohème*. Ik vind het nog steeds vreselijk dat ik Paolo heb teleurgesteld, maar ik had niet het gevoel dat ik een keuze had.'

'Dan heb ik gelijk. Je huwelijk met Roberto heeft je inderdaad veranderd. Het is misschien niet aan mij om het te zeggen, maar pas op dat je niet alle anderen uit je leven bant, Rosanna. Je familie houdt van je, en ik weet dat het papà pijn heeft gedaan dat jij en Roberto hem niet hebben bezocht nadat jullie waren getrouwd. Hij wordt er niet jonger op, weet je.'

'Dat weet ik,' zuchtte Rosanna. 'Ik mis de familie ook, maar afgezien van al het andere hebben we aldoor een heel strak schema gehad. Er zijn heel veel mensen die ik wil schrijven of een bezoek brengen. Maar wanneer *La bohème* eind juli voorbij is, heb ik tenminste eindelijk de tijd om het in te halen. En als de baby is geboren, vlieg ik misschien wel naar Italië om papà en Carlotta te bezoeken. Nou, je zult wel trek hebben.'

Erop gebrand van onderwerp te veranderen stond Rosanna op. Ze liep naar de koelkast en haalde er wat koude vleeswaren, paté en een salade uit die ze eerder gemaakt had. Luca keek naar haar terwijl ze de tafel dekte en behendig plakken van een brood sneed. Hij kende zijn zusje te goed om door te gaan op het onderwerp Roberto.

'Hoor je weleens wat van Abi?' vroeg hij toen ze tegenover hem ging zitten.

'Wat grappig dat je dat vraagt, want ik heb vanochtend een ansichtkaart van haar gekregen,' antwoordde ze, hem de schaal met salade aanreikend.

'Kennelijk zit ze momenteel in Australië en is ze van plan daarna het Verre Oosten te bezoeken. Maar in de herfst komt ze naar Londen. Om eerlijk te zijn heb ik niet zo goed mijn best gedaan om contact te houden als ik had moeten doen. Abi heeft namelijk een korte affaire met Roberto gehad. Het was moeilijk voor me en ik denk dat we allebei tijd nodig hadden om het stof te laten optrekken. Misschien kunnen we afspreken als ze in Londen is.'

Luca verborg de steek van pijn bij de gedachte dat Abi klaarblijkelijk ook was gezwicht voor de charmes van Roberto Rossini. 'Dat lijkt me een goed idee. Het is fijn om in contact te blijven met oude vrienden en vriendinnen. Jij en Abi waren heel hecht.' Hij smeerde wat paté op zijn brood.

'Hoor jij weleens van haar, Luca?'

Luca's ogen kregen een zachtere blik en hij schudde zijn hoofd. 'Nee... Ik gaf om haar, heel veel.'

'Maar je gaf meer om God?'

'Hij is mijn prioriteit, Rosanna, net zoals Roberto dat voor jou is.'

'Voel je je nooit alleen op het seminarie?'

'Hoe bedoel je?' vroeg hij haar.

'Nou, je kunt je leven met niemand delen.'

'Rosanna, ik heb God, en Hij is alles wat ik nodig heb. Er zijn veel verschillende soorten liefde, weet je. Jouw liefde voor Roberto, mijn liefde voor Hem. Maar vertel me eens over alle plaatsen waar je bent geweest sinds je begon met reizen.'

De volgende dag nam Rosanna Luca mee op een toer door Londen, en 's avonds gingen ze naar het Royal Opera House om een productie van *Aida* te zien.

'Had jij maar op het podium gestaan, Rosanna. Het is zo jammer dat ik je nooit heb zien optreden na je schooltijd in Milaan,' klaagde Luca in de taxi terug naar Kensington.

'Over een paar weken sta ik er. Maar ik vond het fijn om deze voorstelling te zien en naderhand die arme sopraan af te kraken,' giechelde Rosanna.

Op zondag woonden ze de mis in Westminster Cathedral bij, en bereidde Rosanna gebraden rundvlees. Ze wandelden door de Kensington Gardens en keerden moe maar ontspannen terug naar huis.

'Gaat het wel, piccolina?' vroeg Luca toen hij later die avond de zitkamer in liep en de bedroefdheid op haar gezicht zag.

'Ik wil gewoon niet dat je morgen weggaat, dat is alles.'

'Ik begrijp het. Het is heel fijn geweest je te zien. Het deed me denken aan die goeie ouwe tijd in Milaan. We hebben daar veel plezier gehad tussen het harde werken door.'

'Zeker,' knikte Rosanna, en ze gaapte. 'O jee. Ik word tegenwoordig al heel vroeg in de avond slaperig. Zou dat normaal zijn, denk je?'

'Ja natuurlijk, en je moet nu dus naar bed. Beloof me dat je goed voor jezelf zorgt als je met *La bohème* begint. Je hebt nu dat kleine wezentje om rekening mee te houden.'

'Zal ik doen. Het is jammer dat je Roberto niet hebt gezien, maar we hebben nu tenminste de kans gekregen om bij te praten.'

'Ja.' Luca dacht bij zichzelf dat het voor iedereen beter was als zijn pad dat van Roberto zo weinig mogelijk kruiste.

Rosanna stond op en sloeg haar armen om haar broer heen. 'Je weet niet half hoe fijn ik het vond om je weer te zien. Kunnen we alsjeblieft proberen elkaar vaker op te zoeken?'

'We kunnen het proberen, maar je weet dat het lastig is.'

'Ja, dat weet ik. Alles heeft zijn prijs, nietwaar?'

Luca kuste haar op beide wangen. 'Al ben ik niet bij je in eigen persoon, ik denk altijd aan je, vergeet dat niet.'

'Kom je wel je petekind bezoeken als hij of zij is geboren?' vroeg ze op weg naar de deur.

'Niets zal me kunnen tegenhouden. Welterusten, piccolina. Slaap lekker.'

Luca bleef nog een uur beneden zitten voordat hij naar bed ging. Hij bladerde door een plakboek vol knipsels uit kranten en tijdschriften dat Rosanna hem had gegeven. Op elke foto keek Rosanna naar Roberto met ogen die glansden van liefde. Het was duidelijk dat de man zijn zusje heel gelukkig maakte. En alleen om die reden zou hij God vragen hem te helpen in zijn hart vergeving te vinden voor alles wat Roberto vroeger had gedaan.

Nadat ze haar broer op Heathrow had uitgezwaaid, kwam Rosanna in een neerslachtige bui thuis. In de afgelopen vier jaar was ze vergeten hoe hecht zij en Luca waren geweest. Nu was hij weer weg en had ze geen idee wanneer ze hem weer zou zien. Langzaam beklom ze de treden naar de voordeur. Terwijl ze naar haar sleutel zocht, ging de deur open en werd ze omsloten door Roberto's armen.

'Mijn lieve meisje,' zei hij. 'Waar was je? Ik begon me zorgen te maken, cara. Ik ben hier vanaf Gatwick naartoe gekomen en jij was weg.'

'Ik ben met Luca naar Heathrow gegaan.'

Roberto leidde Rosanna mee naar binnen, nam haar jas van haar schouders en hing die over de trapleuning.

'Hoe ging het met je broer?'

'Heel goed.'

'Mooi zo. Kom hier.' Hij trok haar naar zich toe en kuste haar hevig. 'Je hebt geen idee hoezeer ik je heb gemist, cara.'

Ze glimlachte naar hem en werd warm vanbinnen. Dit was thuis en alleen Roberto was nog belangrijk.

27

Londen, oktober 1980

Rosanna werd wakker en zag dat het nog maar half zeven was. Ze glipte het bed uit, liep naar de badkamer en vervolgens naar beneden, naar de keuken. Buiten hing een zware herfstige mist. De bladeren aan de boom werden bruin en vielen een voor een op de grond, het teken dat de zomer nu echt voorbij was. Ze zette een kop thee, nam plaats op een stoel en legde haar hoofd op het koele oppervlak van de tafel.

Om elf uur zou Roberto naar New York vertrekken.

Acht weken geleden was de laatste avond van *La bohème* des te schrijnender geweest omdat het de laatste keer was dat ze samen zongen voordat zij er vele maanden tussenuit zou gaan. Sindsdien had ze geprobeerd vrolijk te blijven en te genieten van hun tijd samen, maar hun naderende afscheid had hun beiden als een grauwe sluier boven het hoofd gehangen.

De baby schopte onder haar ribben. Ze ging rechtop zitten en probeerde zich te vermannen. Ze zou niet huilen bij zijn vertrek. Ze wilde niet dat Roberto's laatste beeld van haar een opgezwollen wrak met rode, opgezette ogen zou zijn. Ze dronk haar theekop leeg en schommelde naar boven om te gaan douchen.

Een uur later liep Roberto de keuken in. Met een zucht ging hij aan de tafel zitten.

'Er zit koffie in de kan en ik heb wat worstjes voor je gebakken – ik weet dat je die l... lekker vindt.' Rosanna's stem haperde maar het lukte haar te glimlachen toen ze zich omdraaide en hem aankeek.

'Dank je, cara.'

Ze schepte de worstjes op twee borden, samen met wat gebakken champignons en tomaten, en nam ze mee naar de tafel.

'Dit ziet er heerlijk uit.'

'Nou ja, ik wilde je iets extra lekkers voorzetten omdat het eten in vliegtuigen altijd zo vreselijk slecht is. Maar beloof me dat je in New York op je gewicht zult letten. Dokter Hardy heeft gezegd dat er minstens twaalf kilo af moet.'

'Ja, natuurlijk.' Roberto begon te eten. 'Goed, je weet dat ik in het appartement van Chris verblijf, dus daar kun je me bereiken. En als je een belangrijk bericht voor me hebt, kun je me altijd bij The Met bellen. Ik zal ze daar laten weten dat ze me beslist meteen moeten opsporen.'

'Maak je geen zorgen, caro. Ik heb deze bobbel ingefluisterd dat hij of zij niet mag verschijnen voordat papà weer thuis is. Ik heb nog zes weken te gaan. Nog zes weken groeien,' zuchtte ze. 'Krijg ik een baby of een olifant? Stel je eens voor hoe enorm ik zal zijn als je thuiskomt. Misschien ben ik dan wel ontploft,' zei ze ernstig.

'Als er problemen zijn, moet je dokter Hardy meteen bellen.'

'Uiteraard.'

'Ik weet zeker dat je je niet eenzaam zult voelen, cara. Er zullen heel veel mensen van Covent Garden langskomen.'

'Het zal vast wel goed gaan.'

Ze aten geen van beiden hun bord leeg. Uiteindelijk stond Rosanna op om de tafel af te ruimen.

'Dan ga ik nu maar douchen,' zei Roberto.

Ze keek naar de klok terwijl hij de keuken uit liep. Over minder dan een uur zou hij haar verlaten.

'De auto is er.' Roberto trok zijn jas aan.

Rosanna keek toe en dwong zichzelf om haar tranen in te houden.

'Amore mio.' Zijn armen omvatten haar. 'Wat hou ik toch van je, wat mis ik je nu al. Ik zal de dagen tellen tot ik weer bij je zal zijn.'

'Zorg goed voor jezelf, Roberto. Ti amo, caro.'

Hij knikte, maakte zich los uit haar armen en haastte zich de treden af naar de wachtende auto. Hij draaide zich om, wierp Rosanna een kus toe voor hij instapte en wuifde terwijl de auto wegreed van de stoep.

Toen was hij weg.

De eerste week zonder Roberto leek eindeloos te duren, hoewel er telkens bezoekers bij Rosanna op de stoep stonden. Soms boden die een aangename remedie tegen de verveling. Op andere momenten voelde ze zich zo moe, somber en breekbaar dat ze wenste dat ze vertrokken zodra ze binnen waren.

Roberto belde haar drie keer per dag, fluisterde lieve woordjes en vertelde haar hoe erg hij haar miste. Gedurende die minuten was Rosanna gelukkig. Als ze de hoorn weer neerlegde, huilde ze.

Zoals ze hem miste... het was een fysieke gewaarwording. Dat ze de dingen die ze altijd samen hadden gedaan nu alleen moest doen, zelfs de simpele dagelijkse taken, deed daadwerkelijk pijn.

En de nachten... de nachten strekten zich voor haar uit als een gapende afgrond. Zonder hem naast zich kon ze bijna niet in slaap komen. En als ze dan uiteindelijk toch insliep, schopte de baby haar wakker.

Op haar eerste zaterdagavond alleen belde Roberto niet op het gebruikelijke tijdstip. Toen hij een uur later belde, barstte ze in tranen uit en zat snikkend aan de telefoon, hem smekend thuis te komen. Roberto putte zich uit in verontschuldigingen: de repetities waren uitgelopen en hij had er niets aan kunnen doen. Zij antwoordde op trieste toon dat het haar speet dat ze zo idioot had gereageerd en legde de hoorn op de haak.

Ze liep naar de badkamer en staarde naar haar spiegelbeeld terwijl ze haar handen waste.

Je ziet er ellendig uit, zei ze tegen zichzelf. Je moet meer grip op jezelf krijgen.

Ze nam een douche, trok haar badstof ochtendjas aan en liep naar beneden om eten te maken. Terwijl ze in de keuken met moeite wat happen naar binnen werkte, besefte ze hoezeer haar liefde voor Roberto haar beheerste.

Wat als hij haar op een dag zou verlaten? Ze hapte naar adem en haar hartslag versnelde. Het sloeg nergens op. Ze kon – ze móćht – zulke dingen niet denken. Stress was slecht voor het kind en ze had het er de afgelopen weken al veel te veel aan blootgesteld.

Ze stond op en speelde een cassettebandje af waarop ze samen 'Dolce notte! Quante stelle!' uit *Madama Butterfly* zongen.

De klank van hun stemmen troostte haar en ze glimlachte.

Over drie weken zou hij weer thuis zijn en kon ze deze nachtmerrie vergeten. Eén ding was zeker: ze zou hem nooit meer zonder haar laten gaan.

Roberto voelde zich leeg en was een beetje aangeschoten. Hij keek rond in de levendige menigte die zich in het Metropolitan Opera House had verzameld, vrolijk pratend en champagne drinkend. Maar hij voelde zich alleen en verloren. Hoewel hij zich steeds bewust was geweest van de diepe gevoelens die hij voor zijn echtgenote had, was de waarheid pas na twee weken alleen-zijn tot hem doorgedrongen.

De première van de nieuwe opera, *Dante*, was vanavond een groot succes geweest. New York lag aan zijn voeten. Hij was op het hoogtepunt van zijn carrière. En hij voelde zich ongelukkig.

Zonder Rosanna betekende het allemaal niets.

Hij gaapte en keek op zijn horloge. Over vijf minuten zou hij weggaan. Hij had Rosanna beloofd dat hij haar zou bellen zodra hij thuis was.

'Vindt u ook niet, meneer Rossini?'

'Sorry, signora, ik heb niet gehoord wat u zei.'

De rijke New Yorkse matrone herhaalde haar theorie over het financieren van de kunsten.

'Zeker, ik ben het helemaal met u eens. Overheden zouden meer geld voor de opera beschikbaar moeten stellen als ze willen dat die tot in de volgende eeuw blijft bestaan. Nou, als u me wilt excuseren, ga ik nu naar huis om mijn vrouw te bellen.'

Hij knikte naar Chris Hughes. 'Ik ga. Tot morgenochtend.'

Zijn limousine stond bij de artiesteningang op hem te wachten.

'Naar huis, sir?'

'Ja, graag.'

De limousine vertrok en reed naar Chris' appartement aan de Upper West Side van Manhattan.

'We zijn er, sir.' De chauffeur opende Roberto's portier en hij stapte uit onder de overkapping van de fraaie woontoren.

'Goedenacht.'

'Goedenacht, sir.'

Roberto nam de lift naar de achtentwintigste verdieping. Bij het openen van de voordeur hoorde hij binnen de telefoon gaan. Hij rende de zitkamer in en nam de hoorn van de haak.

'Hallo?'

'Met mij. Ik werd net wakker en ik dacht, ik bel je alvast. Hoe ging het?'

'Het was sensationeel, principessa. Afgezien van het feit dat jij niet aan mijn zijde stond.'

'Hoe heeft Francesca Romanos het gedaan?'

'Het publiek vond haar goed.'

Er viel een stilte voordat Rosanna reageerde. 'O.'

'Zou je liever hebben dat ik je vertelde dat ze het verschrikkelijk slecht had gedaan?' grinnikte Roberto.

'Ja, natuurlijk.'

'Francesca is jou niet, en ze zal jou nooit zijn. Jij bent de beste sopraan ter wereld, dat weet je.'

'Ik stel me aan, maar je kunt je vast wel voorstellen hoe ik me heb gevoeld, wetend dat een andere zangeres mijn plaats naast jou innam terwijl ik hier maar lag als een kamerolifant.'

'Nou, mijn kamerolifantje, ik vind je het mooiste wezen ter wereld.'

'Mis je me nog steeds?' vroeg ze mistroostig.

'Uiteraard. Dat merk je toch wel? Ik ben zelfs vroeg weggegaan van het feest om jou te kunnen bellen. Het was nog in volle gang.'

'Wie waren er allemaal?' Rosanna's stem klonk gespannen.

'O, het gebruikelijke clubje. Je moet de groeten hebben van iedereen.'

'Dat is fijn. Geen mooie vrouwen die je van mij proberen af te pakken?'

'Een paar maar...' Hij hoorde haar adem stokken. 'Ik plaag je alleen maar, cara. Je hoeft niet zo onzeker te zijn.'

'Dat weet ik, het spijt me. Maar je weet niet hoe eenzaam het hier is zonder jou. Ik slaap met jouw trui naast me.' Ze zuchtte weemoedig.

'Nou, niet zo heel lang meer. Ik ben terug voor je het weet,' stelde Roberto haar gerust.

'Gelukkig komt Abi morgen op bezoek. We gaan misschien ergens lunchen, dus maak je geen zorgen als ik niet thuis ben wanneer je belt.'

'Oké. Maar luister alsjeblieft niet naar de dingen die ze over me zegt. Je weet wat er tussen ons is gebeurd,' zei Roberto ongemakkelijk.

'Ja, dat weet ik, maar dat is nu allemaal verleden tijd. Ze was mijn beste vriendin en het is hoog tijd dat we elkaar weer eens zien. Bel je me morgen als je wakker wordt?'

'Natuurlijk.'

'Dan zal ik nu maar ophangen. Je zult wel bekaf zijn.'

'Ik ben wel een beetje moe, ja. Probeer jij ook nog maar even te slapen. Dat is goed voor jou en de baby.'

'Ik zal het proberen, maar ik denk niet dat het lukt. Ti amo, Roberto.'

'Ik hou ook van jou.'

'Welterusten.'

Roberto legde de hoorn op de haak en ijsbeerde rusteloos door de zitkamer; hij kwam maar niet tot rust. Zijn libido steeg altijd met zijn adrenaline als hij moest optreden, en dit was de eerste avond in meer dan twee jaar dat Rosanna er niet was om hem te kalmeren met haar prachtige lichaam.

Er zat niets anders op dan een koude douche te nemen.

Om een uur de volgende dag ging de telefoon en haastte Rosanna zich om op te nemen.

'Principessa, met mij. Ik hou van je, ik mis je, ik verlang naar je lichaam, ik wil in je verdrinken...'

Rosanna giechelde. 'Goedemorgen, Roberto.'

'O cara. Zonder jou lijken de dagen eindeloos lang,' kreunde hij.

'Ik weet het, maar ze zullen snel voorbijgaan en dan zijn we weer bij elkaar. Dat vertel je mij ook altijd.'

'Wat nu? Mis je me niet meer? Je klinkt veel te vrolijk!'

'Je hebt me de afgelopen twee weken steeds verweten dat ik te treurig klonk.'

'Je hebt iemand anders, dat is het. Wie is hij? Ik vermoord hem met mijn blote handen.'

'Niemand die me momenteel zou willen, dat verzeker ik je.'

'Ik wel, Rosanna. Ik hunker naar je. Bereid je maar voor op een week in bed als ik terug ben.'

'Ik verlang er ook naar,' glimlachte ze, met een huivering bij het heerlijke vooruitzicht.

'Maar je hebt me nog steeds niet verteld waarom je zo vrolijk klinkt,' zei Roberto.

De deurbel ging.

'Ik... Abi is er. Ik moet ophangen.'

'Oké, oké, ik begrijp het. Je hebt mij niet nodig om mee te praten nu je vrouwelijk gezelschap hebt om mee te roddelen,' lachte hij, blij dat ze zo opgewekt klonk, hoewel hij nerveus was over Abi's houding tegenover hem. 'Ti amo, Rosanna. En luister vooral niet naar de slechte dingen die ze misschien wel over je echtgenoot te zeggen heeft.'

'Dat beloof ik. Ti amo, caro.' Ze hing op en haastte zich naar de voordeur.

'Rosanna! O mijn god! Je bent kolossaal!' riep Abi uit terwijl ze haar vriendin een kus gaf en omhelsde.

'En jij bent nog mooier dan anders en superslank!' lachte Rosanna quasizielig. 'Kom erin.'

Abi volgde Rosanna naar binnen en floot tussen haar tanden. 'Wow! Dit is een prachtig huis, zeg. Geluksvogel.'

'Ik vind het hier heerlijk, maar we denken erover om iets buiten Londen te kopen als de baby er is. Toe, laat me je jas even aannemen.'

'God, het is vandaag koud buiten,' zei Abi, en ze liep achter Rosanna aan naar de keuken beneden.

'Ja hè,' beaamde Rosanna. 'Ik breng mijn tijd in Londen door als een wandelende reclame voor wol. Ik kan amper geloven dat mijn baby zal worden geboren in dit klimaat. In Napels droeg ik volgens mij nauwelijks kleren tot ik een jaar of drie was. Wil je wat drinken?'

'Een glas wijn zou lekker zijn,' zei Abi. 'Ik pak het zelf wel. Blijf jij maar zitten.'

'Dank je. Er staat een fles in de koelkast. Doe mij maar een perrier.'

'Oké.' Abi liep door de keuken om de drankjes te gaan inschenken.

Terug bij de tafel gaf ze Rosanna het glas bruisende water. 'Alsjeblieft. Op ons hernieuwde samenzijn.'

'Zou je het erg vinden om hier te blijven voor de lunch?' vroeg Rosanna. 'Ik ben erg moe op het moment. Ik heb soep en vers brood in huis.'

'Klinkt goed,' zei Abi. 'Je bent wel echt enorm, hoor. Hoelang voor je bent uitgerekend?'

'Ongeveer een maand.'

'Mag ik je vragen hoe het is? Zwanger zijn bedoel ik?'

'Vreemd, heel vreemd,' zei Rosanna nadenkend. 'Het voelt alsof je bent overgenomen door een ander wezen. Je hebt niet langer de controle over je eigen lichaam. Ook niet over je emoties, trouwens.'

Abi keek haar onderzoekend aan. 'Het is bijna niet te bevatten dat je over een paar weken moeder zult zijn.'

'En het heeft me nu al veranderd. Je weet dat ik een grote hekel had aan schoonmaken, maar gisteren móést ik gewoon stofzuigen en stoffen en strijken, hoewel we vier ochtenden per week een hulp in de huishouding hebben.'

'Dat schijnt nesteldrang te heten. Kennelijk krijgen veel vrouwen daar vlak voor de komst van de baby last van. Misschien komt hij of zij wel sneller ter wereld dan je denkt.'

'Nee!' Rosanna keek verschrikt op. 'Dat kan niet... dat mag niet... Niet voordat Roberto weer thuis is.'

'Het is al moeilijk genoeg om me jou voor te stellen als moeder, maar de gedachte aan Roberto als vader, nou...' Abi rolde met haar ogen.

'Maar hij is veranderd, geloof me. Heel veel andere mensen hebben het gezien. Jij zou het ook merken als je hem weer zou ontmoeten. Hij is een heel andere man.'

'Ik hoop dat je gelijk hebt,' zei Abi op ernstige toon.

'Ik weet het zeker, echt...' Rosanna zweeg plotseling en keek haar vriendin aan. 'Abi, voor ik verder nog iets zeg, wil ik me verontschuldigen voor het feit dat ik je niet van tevoren heb laten weten dat ik met Roberto ging trouwen. We hadden besloten dat het beter was om pas naderhand iets te zeggen. We wilden niet meteen al op de hielen worden gezeten door de media. Zelfs mijn familie wist van niets.'

'Nou, ik moet toegeven dat het pijn deed om het nieuws in de kranten te moeten lezen. Was je bang dat ik zou proberen je op andere gedachten te brengen?' vroeg Abi haar zonder omhaal.

'Nee, want ik wist dat ik met Roberto zou trouwen, ongeacht wat jij – of wie dan ook – zou zeggen.'

'Je hebt je altijd al op een bijzondere manier met hem verbonden gevoeld, hè?'

'Ja, we denken allebei dat we voor elkaar bestemd waren.'

Abi nam een slokje van haar wijn. 'Was je erg van streek toen ik die affaire met hem had? Je hebt er toen niets van laten merken.'

'Ja, natuurlijk. Hoewel ik mijn best deed om hem te verfoeien nadat je me verteld had dat hij je had gedumpt. Toen we samen naar Londen gingen, liet ik hem niet te dichtbij komen. Ik was bang dat hij me pijn zou doen zoals hij jou pijn had gedaan, en ik zou nooit over hem heen zijn gekomen zoals jij. Je hebt toch geen gevoelens meer voor hem?'

'God, nee zeg. Het stelde niets voor. Ik voelde me gekwetst, maar nu begrijp ik – zoals jij destijds een keer hebt gezegd, volgens mij – dat hij alleen maar een surrogaat was voor Luca. Ik projecteerde al die onbeantwoorde passie op Roberto, in elk geval een tijdje. Wijsheid achteraf. Hoe gaat het trouwens met Luca?'

'Heel goed. Hij is hier in mei geweest. Hij vroeg hoe het met jou ging.'

'Echt?' Abi glimlachte, maar haar ogen stonden bedroefd. 'Dat is fijn. Maar goed, laten we niet in het verleden blijven hangen. We hebben zoveel andere dingen om over te praten.'

'Ja.' Ook Rosanna wilde het gesprek graag over een andere boeg gooien. 'Ik zou graag horen hoe het jou de afgelopen jaren is vergaan.'

'Nou, nadat jullie Milaan hadden verlaten, ben ik nog een jaar bij La Scala gebleven. Toen heb ik een lang gesprek gehad met Paolo en vertelde hij me wat ik al wist: dat het onwaarschijnlijk was dat ik ooit verder zou komen dan het koor. Dus besloot ik te stoppen en een jaar te gaan reizen. En het is geweldig geweest, Rosanna. Ik ben naar het Verre Oosten gegaan en zoals je weet heb ik zes maanden in Australië doorgebracht. Twee weken geleden ben ik terug naar Londen gekomen, en nu logeer ik bij mijn ouders in Fulham om te bedenken wat ik met de rest van mijn leven wil doen.'

'Heb je daar al enig idee van?'

'Nee, niet echt. Als je iets in de kunst hebt gedaan, lijkt elke negen-tot-vijfbaan onmogelijk saai.' Abi zuchtte. 'Ik weet het echt niet, hoewel ik wel heb gedacht dat ik misschien wil schrijven.'

'O, wat dan precies?'

'Tja, ik weet het niet zo goed. Misschien iets in de journalistiek; wie weet zelfs een roman. Ik heb altijd een levendige fantasie gehad,' grijnsde ze, meer als de Abi van vroeger.

'Dat klinkt interessant, hoewel ik het jammer vind dat je niet meer zingt. Ik vind je stem heel mooi.'

'Ja, maar hij is kennelijk niet mooi genoeg. Hoe dan ook is het lief van je dat je dat zegt, en Milaan was zo heerlijk dat ik er geen moment spijt van heb gehad.'

Rosanna nam een slok van haar perrier. 'Vertel eens, was Paolo erg kwaad toen ik niet terugkeerde naar La Scala?'

'Nou ja, je kent Paolo. Als hij al kwaad was, liet hij dat niet zien aan het operagezelschap. Ik kan alleen maar zeggen dat ik hem je naam nooit meer heb horen noemen. Maar gewoon uit belangstelling: waarom ben je niet teruggekomen? Ik dacht dat Mimi spelen je droom was.'

'Het had met Roberto te maken. Geloof me alsjeblieft als ik zeg dat ik geen keus had,' antwoordde Rosanna abrupt. Ze wilde niet dat het gesprek naar dat pijnlijke onderwerp zou afdwalen.

'Ik wilde alleen maar dat je me had laten weten wat er aan de hand was. Wekenlang had ik geen idee waar je was. En de pers stond bij ons appartement voor de deur toen het nieuws uiteindelijk naar buiten kwam.' Abi haalde goedmoedig haar schouders op. 'Maar ach, dat ligt allemaal in het verleden.'

'Abi, het spijt me,' zei Rosanna schuldbewust. 'Ik weet dat ik me egoïstisch heb gedragen, maar... nou ja, het was alsof Roberto en ik op een andere planeet leefden. Ik had alleen maar oog voor hem.'

Abi keek haar vriendin onderzoekend aan. 'Jullie delen echt een hartstochtelijke liefde, hè?'

'Ja,' antwoordde Rosanna simpelweg.

'Ik ben blij voor je, echt, maar wees toch voorzichtig.'

'Hoe bedoel je?'

'Nou, ik denk dat een overweldigend diep gevoel – en vat dit alsjeblieft niet verkeerd op, darling – een mens soms ook een beetje egoïstisch kan maken.'

'Dat ben ik met je eens, en zoals ik al zei, het spijt me,' antwoordde Rosanna berouwvol.

'Ach, ik denk dat ik begrijp hoe het voelt,' zuchtte Abi. 'Ik weet dat we niet meer zouden terugblikken, maar als ik helemaal eerlijk tegen mezelf ben... dan weet ik dat ik nog steeds van Luca hou. Het klinkt stom, want het kan immers nooit ergens toe leiden, maar het lukt me maar niet hem te vergeten.'

'O, Abi.' Rosanna keek haar vriendin verwonderd en meelevend aan. 'Wat moet het zwaar zijn om te weten dat het nooit iets tussen jullie kan worden. Hoewel ik weet dat Luca altijd erg op je gesteld was.'

'Begrijp me niet verkeerd, er zijn genoeg andere mannen geweest, maar tenzij er iets drastisch verandert, zal Luca in mijn hart altijd de ware zijn.'

'Ik heb met je te doen, Abi, echt. Heb je momenteel een vriend?'

'Ja, natuurlijk,' antwoordde ze, blij met de kans om het gesprek een andere richting te geven. 'Een schat van een man. Hij heet Henry en ik heb hem een paar weken geleden op een feestje leren kennen. Hij is dol op me en ik zou willen dat ik verliefd op hem kon worden, want hij past precies bij me.'

'Geef het wat tijd. Je kent hem nog maar twee weken.'

'Rosanna, uitgerekend jij zou de liefde moeten begrijpen, die intuïtie die je vertelt dat je iets bijzonders met iemand hebt. Nou, met Henry heb ik dat gevoel niet. Dat weet ik gewoon.'

'Tja. Ik heb me inderdaad nog nooit zo ellendig gevoeld als de afgelopen twee weken. Roberto en ik hebben sinds we samen zijn zelden een uur zonder elkaar doorgebracht, laat staan een maand.'

'Nou, je zou kunnen zeggen dat één ellendige maand een geringe prijs is om te betalen voor alles wat je hebt: de man van je dromen, een baby op komst, rijkdom en een schitterende carrière. Ik zou jou best willen zijn.' Abi glimlachte. 'Maar goed, waar blijft die soep?'

Na de lunch zaten ze aan de tafel koffie te drinken.

'Vertel eens, wat doe je zaterdagavond?' vroeg Abi aan Rosanna.

'Niets, helemaal niets.'

'Nou, dan kun je met Henry en mij gaan eten. Hij heeft een vriend die groen van afgunst werd toen ik zei dat ik je vandaag zou zien. Stephen is een van je grootste fans en hij zou je dolgraag willen ontmoeten. Ga gewoon mee en laat je ego een uurtje of twee strelen.'

'Dank je voor het aanbod, maar ik heb momenteel niet veel zin om uit te gaan.'

'O, toe nou, laat zien dat je eenvoudig bent gebleven door te komen dineren met ons gewone stervelingen.'

Rosanna bloosde. 'Je weet best dat het daar niets mee te maken heeft. Ik heb gewoon niet zoveel zin in gezelschap.'

'Nou, misschien knap je wel op van een avondje uit. Bovendien heb je nog iets goed te maken, zoals je me in Milaan hebt laten zitten,' drong Abi aan.

'Oké, goed dan,' gaf Rosanna toe.

'Mooi. Ik haal je zaterdagavond op om een uur of acht.' Abi keek op haar horloge en stond op. 'Ik moet gaan, vrees ik. Blijf zitten, ik kom er zelf wel uit.' Ze kuste Rosanna hartelijk op beide wangen. 'Dag, darling. Pas op jezelf. Ik vind het heel fijn om je weer te zien.'

'Dat is wederzijds, Abi.'

'En als er iets is,' zei ze terwijl ze naar de deur liep, 'kun je me altijd bellen.'

Rosanna realiseerde zich dat ze ertegen opzag om zaterdagavond zonder Roberto uit te gaan. In de afgelopen twee jaar was hij altijd mee geweest. Ze bracht de middag grotendeels door met het koortsachtig passen van kleren die haar dikke buik konden herbergen, waste haar haar en maakte zich op. Tegen de tijd dat Abi aanbelde, was ze er klaar voor.

'Je ziet er prachtig uit,' zei Abi goedkeurend.

'Dank je.'

'Goed, laten we gaan. De jongens verwachten ons over een kwartier.'

'We gaan toch wel naar een onopvallende gelegenheid? Ik wil niet als een diva klinken, maar ik zou het vervelend vinden als Roberto in de krant een foto zou zien van mij met een andere man,' zei Rosanna een tikje gegeneerd.

'Natuurlijk. Ter ere van jou gaan we naar een Italiaans restaurant.' Abi opende het portier van haar Renault 5. 'Het is niet de deftigste tent die je kunt bedenken, maar de pasta is er verrukkelijk. Stap in.'

Abi manoeuvreerde door het drukke verkeer op Earl's Court Road en sloeg links af naar Fulham Road. 'Dat komt goed uit,' zei ze terwijl ze de auto behendig op een plek vlak voor een klein restaurant parkeerde.

Binnen zat het er vol gasten aan ruwhouten tafels, die zich te goed deden aan pasta en er karaffen wijn bij dronken.

'Het doet me denken aan papà's eethuis,' zei Rosanna weemoedig. Abi wuifde intussen naar twee mannen die aan een tafel in een hoek zaten. De ene man was gezet en vroegtijdig kalend, en droeg een hoornen bril. Rosanna nam aan dat hij haar fan, Stephen, was. De ander was buitengewoon knap, met donker haar en vrolijke blauwe ogen.

'Henry, lieve schat.' Abi kuste de kalende man op beide wangen en wendde zich vervolgens tot de mooie man. 'Stephen, had ik je niet beloofd dat ik haar zou meenemen?' Ze lachte. 'Hij wilde niet geloven dat je vanavond zou komen. Rosanna, mag ik je voorstellen aan je grootste fan?'

'Stephen Peatôt. Het is een eer u te ontmoeten, mevrouw Rossini.' Hij glimlachte verlegen en schudde haar hand.

'Oké, laten we ruimte maken voor het babyolifantje,' zei Abi, en ze trok de stoel naast Stephen zo ver mogelijk van de tafel.

Rosanna bloosde en wurmde zich met moeite in de opening tussen tafel en stoel.

Stephen schonk heel attent voor beide vrouwen een drankje in:

rode wijn voor Abi en mineraalwater voor Rosanna. Daarna bestudeerden ze het menu, deden hun bestelling en luisterden naar Henry, een effectenmakelaar, die uit de doeken deed hoe zijn firma de dag ervoor een grote, lucratieve deal had gesloten.

'Werk jij ook in de City?' vroeg Rosanna aan Stephen, die naast haar zat.

'Nee, zo'n gewichtige baan heb ik niet, vrees ik. Ik ben kunsthandelaar. Ik ben begonnen bij Sotheby's op de renaissanceafdeling, en nu werk ik in een galerie voor eigentijdse kunst in Cork Street. Ik probeer zoveel mogelijk te leren voordat ik voor mezelf begin.'

'Aha. Ik ben bang dat ik niets van kunst weet.'

'Interessant genoeg had ik toen ik je zag zingen dat bijzondere buikgevoel dat ik alleen maar heb als ik een zeldzaam mooi schilderij bestudeer. Je roept emoties op. Net als onder kunstenaars zijn er maar weinig operazangers die dat kunnen.'

Rosanna was gewend aan vleierij, maar de warmte waarmee Stephen sprak, gaf zijn woorden een oprechtere klank.

'Wat is je favoriete opera?' vroeg ze hem.

'Dat is een moeilijke vraag. Ik hou erg van Puccini en ik ben weg van zijn hele oeuvre. Maar als ik echt moet kiezen, zou ik *Madama Butterfly* zeggen. Die heb ik je vorig jaar in New York horen zingen. Ik vond je geweldig.'

'Dank je,' antwoordde ze, 'hoewel sommige mensen zouden zeggen dat ik nog te jong ben om de rol de juiste emotionele en vocale diepte mee te geven.'

'Dat vind ik onzin. Butterfly is een meisje van vijftien jaar oud. Regisseurs denken niet genoeg aan het publiek,' wierp Stephen tegen. 'Vergeef me als ik bot klink in mijn oordeel over een aantal van je vrouwelijke collega's, maar het is moeilijk te geloven in bijvoorbeeld een tuberculeuze, mooie Violetta in *La traviata* als ze over de vijftig is en over de honderd kilo weegt!'

'Je bedoelt, als ze er ongeveer uitziet zoals ik nu?' grinnikte Rosanna. 'Ik heb Mimi in Covent Garden gezongen toen ik zes maanden zwanger was.'

'Nou, ik heb je gezien en ik zou het niet hebben geweten,' zei Stephen galant.

‘Het kostuum camoufleerde goed,’ erkende Rosanna.

De ober onderbrak het gesprek even toen hij de volle borden op de tafel kwam zetten.

‘Wanneer wordt de baby verwacht, Rosanna?’ vroeg Henry toen de ober weer weg was.

‘Over ongeveer drie weken.’

‘En dan is je echtgenoot weer thuis?’

‘Ja. Waar kennen jij en Stephen elkaar van?’ Ze wilde het liever over iets anders hebben.

‘We hebben samen op kostschool gezeten. Stephen, knappe kop die hij is, heeft een studiebeurs gewonnen om in Cambridge te gaan studeren, terwijl ik het moest doen met een rechtenstudie aan de universiteit van Birmingham,’ legde Henry goedmoedig uit. Hij hief zijn glas in Stephens richting.

Rosanna begon zich een beetje te ontspannen. Het was prettig om uit te zijn met mensen die niet alleen over opera praatten.

Maar toen ze aan de espresso zaten, begon ze ongemakkelijk te verschuiven op haar stoel. Stephen zag het meteen.

‘Gaat het?’

‘Ja, dank je. Het is alleen wat lastig om lang in één houding te zitten.’

‘Heel begrijpelijk. Wil je graag naar huis?’

‘Eigenlijk wel, ja.’

‘O, spelbreekster. Ik hoopte dat we nog ergens anders naartoe konden gaan,’ mopperde Henry gekscherend.

‘Nou, dan doen Abi en jij dat toch gewoon? Ik breng Rosanna wel naar huis,’ opperde Stephen. ‘Ik heb ook mijn schoonheidsslaapje nodig. Ik vlieg morgen naar Parijs om een schilderij op echtheid te beoordelen.’

‘O nee, Stephen, dat is niet nodig. Ik neem wel een taxi,’ zei Rosanna.

‘Geen denken aan. Abi heeft me verteld dat je in Kensington woont. Daar woon ik ook. Het is geen enkele moeite.’

‘Goed dan. Dank je wel.’

‘Geen dank.’

Rosanna haalde een creditcard uit haar tas. ‘Ik zal afrekenen.’

'Absoluut niet. Henry en ik betalen,' zei Stephen, en hij wenkte de ober.

Toen de rekening was betaald, stond Rosanna op en hielp Stephen haar in haar jas, waarna ze met zijn vieren het restaurant verlieten.

Abi maakte het portier van haar auto open en Henry nam plaats op de passagiersstoel. 'Dag, darling. Ik bel je morgen.'

'Dag, Abi.' Rosanna zwaaide terwijl de auto wegreed.

'Deze kant op. Het is niet ver.' Rosanna liep met Stephen een zijstraat in. 'Ik ben bang dat het vervoermiddel niet zo luxe is als je gewend bent.' Stephen wees naar een roestige Kever en opende het portier aan de passagierskant. 'Hij is niet mooi, maar heeft me nog nooit in de steek gelaten.'

Ze stapten in en Stephen startte de motor. Op dat moment werd de auto gevuld met Rosanna's stem in een aria uit *Madama Butterfly*.

'Het spijt me, dat was best gênant. Ik draaide het op weg hiernaartoe.' Stephen haastte zich het cassettebandje te verwijderen voor ze wegreden.

'Welke opname van *Madama Butterfly* was dat?' vroeg Rosanna.

'Je eerste, volgens mij.'

'Maar dat is niet de beste versie. Roberto en ik hebben vorig jaar een nieuwe gemaakt en die vind ik veel beter.'

'Die zal ik dan ook maar kopen,' zei hij grijnzend.

'O nee, ik heb thuis een heleboel exemplaren. Je krijgt er een van me.'

'Echt? Dat is aardig van je.'

'Welnee. Zie het maar als een bedankje voor het eten.' Rosanna wees toen ze bij het eind van haar straat waren. 'Ik woon daar, aan de linkerkant bij die boom. Ik zal Abi het cassettebandje geven als ik haar weer zie.'

'Of ik kan je de moeite besparen en een keertje langskomen om het op te halen? Ik woon letterlijk om de hoek.'

'Oké,' zei ze instemmend terwijl Stephen uit de auto stapte, het portier aan de passagierskant opende en haar eruit hielp.

'Dank je voor de fijne avond, Rosanna.'

'Ik vond het ook erg gezellig.'
'Welterusten dan maar.'
'Welterusten.'
Stephen wachtte tot Rosanna veilig de treden op was en de voordeur achter zich had dichtgedaan. Terug achter het stuur stak hij de cassette van *Madama Butterfly* terug in de speler, zodat Rosanna's stem bij het starten van de motor opnieuw door de auto schalde.

28

Roberto werd wakker en reikte automatisch naar het zijdezachte lichaam dat altijd naast hem lag. Het was er niet. Hij kreunde en gaf een klap op het kussen waar het hoofd van zijn vrouw zou moeten rusten.

Het was zondag en hij was uitgenodigd voor een champagnebrunch, die hem erg saai leek, maar hij besloot dat hij beter daarnaartoe kon gaan dan de hele dag in Chris' appartement rond te hangen. Dus stapte hij uit bed en ging onder de douche.

Het brunchfeestje werd gehouden in een chic penthouse met uitzicht op Central Park. John St Regent en zijn vrouw, Trish, een weelderige blondine die van top tot teen in Gucci gekleed was, begroetten hem bij de deur.

'Wat fantastisch dat je bij onze bescheiden bijeenkomst aanwezig kunt zijn, Roberto,' dweepte Trish.

'Ja, fijn je te zien,' zei John St Regent terwijl hij Roberto's hand stevig schudde.

'Hoe gaat het met die wonderschone echtgenote van je?' informeerde Trish. 'Zo jammer dat ze niet mee kon naar New York. Je zult je wel alleen voelen zonder haar.'

'Ja, eigenlijk wel,' zei Roberto.

'Maak je geen zorgen, we hebben hier genoeg gezelschap om je even af te leiden.' Trish gaf hem een samenzweerderig kneepje in zijn schouder. 'Kom binnen, dan zal ik je voorstellen aan wat van onze andere gasten.'

Roberto werd vanuit de hal naar een enorme zitkamer geleid, met ramen van vloer tot plafond die een spectaculair uitzicht boden over het park en de stad daarachter.

'Kom maar mee,' zei Trish, en ze troonde Roberto mee naar een groepje elegant geklede vrouwen. 'Mag ik u voorstellen aan de heer Roberto Rossini. Zorg goed voor hem, dames, hij is onbetaalbaar,' zei ze met een glimlach voordat ze wegliep om een andere gast welkom te heten.

'Een drankje, sir?' Een van de serveersters bood Roberto een glas champagne aan.

'Graag. Goedemiddag, dames.' Hij glimlachte.

'O, meneer Rossini, we hebben u allemaal in *Dante* zien optreden, in The Met. We vonden u echt geweldig, hè, meiden?' zei een van de vrouwen.

'Dank u, signora...'

'Mattheson. Rita Mattheson. En dit zijn Clara Frobisher, Jill Lipman en Tessa Stewart. We zijn alle vier fan van u.'

'Ik voel me vereerd,' mompelde hij met een beleefd knikje, zich voorbereidend op vijftien minuten smalltalk.

Op het moment dat hij de grens had bereikt van zijn gespreksstof kondigde de butler gelukkig aan dat de brunch zou worden opgediend, waarop het gezelschap zich naar de eetkamer begaf.

Roberto kreeg een stoel toebedeeld links van Trish St Regent, die aan het hoofd van de lange en uiterst extravagant gedekte tafel zat.

'Dus volgende week ga je meteen terug naar Londen, als je klaar bent bij The Met?' vroeg ze.

'Ja, ik...'

Roberto werd even afgeleid door de bekende geur van een parfum – Joy. Toen hij onwillekeurig zijn hoofd omdraaide om te kijken wie er zo laat nog binnenkwam, zag hij haar door de kamer naar een stoel aan het andere eind van de tafel lopen.

'Roberto, lieverd, gaat het wel?'

'Het spijt me, Trish. Ik... Wat zei je ook alweer?'

Heimelijk bestudeerde Roberto de later gearriveerde dame gedurende de maaltijd, zich afvragend wat ze hier in New York deed. Ze negeerde hem met opzet, weigerde oogcontact te maken, zelfs toen John St Regent de toost aan hem opdroeg.

Na een tijdje werd de nieuwsgierigheid hem te machtig. Hij wendde zich tot Trish. 'Signora Bianchi, is haar echtgenoot niet met haar in New York?'

'O hemel, Roberto, als je Donatella kent, verbaast het me dat je het nog niet hebt gehoord. Giovanni is overleden aan een hartaanval... even denken, dat zal nu een maand of zes geleden zijn. We waren er erg van onder de indruk, want John en hij hebben jarenlang zaken met elkaar gedaan. Hij heeft ons goed geholpen toen wij ons appartement wilden verfraaien met wat schilderijen. Donatella was finaal van slag. Ze heeft besloten een nieuwe start te maken en is drie maanden geleden van Milaan hiernaartoe verhuisd. Ik probeer haar over haar verdriet heen te helpen.'

Er ging een golf van opluchting door Roberto heen toen hij zich realiseerde dat Donatella's aanwezigheid louter toeval was en niets met hem te maken had. En hij voelde geen greintje spijt dat Giovanni dood was. Hij was eerder opgetogen. Het betekende dat hij weer naar Italië zou kunnen reizen.

Na de lunch, toen de gasten zich weer over de zitkamer verspreidden, voelde hij een tikje op zijn schouder.

'Hoe gaat het met je, Roberto?' De lage, hese stem was niet veranderd, en zij ook niet.

'Ik...' Hij voelde dezelfde zinnelijke reactie die hij had ervaren toen ze hem die avond in La Scala voor het eerst had aangesproken. 'Het gaat goed, echt heel goed,' mompelde hij.

'Het kan raar lopen in het leven, hè? Ik neem aan dat je verbaasd bent me hier te zien.'

'Zeker. Trish zei dat je tegenwoordig in New York woont.'

'Ja, dat klopt. Hoe gaat het met je vrouw? Ik heb gehoord dat ze zwanger is.'

Roberto keek haar aan, op zijn hoede nu. 'Het gaat prima met haar, dank je.'

'Je hoeft je niet vervelend te voelen. Ja, ik was uiteraard woedend toen ik besefte dat je mij had gedumpt om te trouwen met Rosanna, maar ik weet nu wat mijn echtgenoot jou heeft aangedaan, wat hij ons beiden heeft aangedaan. Hij heeft het op zijn sterfbed opgebiecht, de ouwe dwaas. Bovendien is het verleden tijd.' Ze haalde elegant haar schouders op. 'Misschien is het maar goed dat het zo is gelopen. Ik voel me gelukkig hier in New York en jij hebt je Rosanna.'

'Oké, nu weet je dus wat er is gebeurd, dat ik Italië moest verlaten. Het was niet gemakkelijk en ik heb een hoge prijs moeten betalen. Ik moest al mijn boekingen in Italië afzeggen en ik kon zelfs de begrafenis van mijn mamma niet bijwonen. Ik was er kapot van.'

'Mijn excuses namens Giovanni. Je weet hoe Italiaanse mannen zijn. Ze zijn zo trots als het om hun vrouwen gaat.' Donatella glimlachte bekoorlijk.

'Zou hij zijn dreigement hebben uitgevoerd? Dat heb ik me vaak afgevraagd,' overpeinsde Roberto.

'Die vraag zou alleen Giovanni hebben kunnen beantwoorden. Hij was een machtig man en hij had beslist de juiste connecties. Het was een wijs besluit om weg te blijven.'

'Ik ben blij dat ik je ben tegengekomen, al was het maar omdat ik nu weet dat Rosanna en ik onze familie in Napels kunnen gaan opzoeken.' Roberto maakte haar opzettelijk attent op het bestaan van zijn echtgenote, maar ze liet zich niet ontmoedigen.

'Ik hoop,' zei Donatella zacht, 'dat je ook nog andere redenen hebt om er blij om te zijn.' Ze raakte heel even zijn hand aan.

En daar was weer die ongewenste aantrekkingskracht die door hem heen golfde. Dit was gevaarlijk. Hij moest vertrekken. En wel nu.

'Hoelang ben je nog in New York?' vroeg ze.

'Ik vlieg komende zondag terug naar Londen.'

'Heb je zin in een etentje? Om bij te praten?' Donatella haalde een kaartje uit haar stijlvolle handtasje.

'Nee, ik... Helaas heb ik daar geen tijd voor.'

'Nou, mocht je van gedachten veranderen, dan heb je nu mijn nummer.'

'Ik eh... moet nu weg. Ik heb nog een andere afspraak.'

'Prima.' Donatella glimlachte veelbetekenend. 'Ciao, caro, bel me als je je eenzaam voelt.'

Roberto keek hoe ze zich omdraaide en door het vertrek schreed. Ze zag er fantastisch uit, nog beter dan hij zich haar herinnerde, maar hij weigerde naar de verraderlijke neigingen van zijn lichaam te luisteren. Die vrouw zorgde alleen maar voor problemen. Hij verontschuldigde zich, nam afscheid van de St Regents en vertrok.

Die avond zat Roberto alleen in het stille appartement naar een lege fles wijn te kijken en zich af te vragen of hij er nog een zou openen. Hij reikte wat onvast naar de telefoon en belde Rosanna.

'Met mij. Heb ik je wakker gemaakt, lieveling?'

'Nee, ik lag een boek te lezen. Hoe gaat het met je?'

'Ik voel me alleen. Chris is in Europa en de stilte maakt me gek.'

'Het spijt me voor je, caro, maar het duurt nu niet lang meer.'

'Hoe gaat het met jou? Je klinkt vrolijk. Waarom?' vroeg Roberto.

'O, nergens om eigenlijk. Ik ben gisteravond uit eten geweest met Abi en twee vrienden van haar. Misschien heeft dat me goed gedaan,' antwoordde Rosanna.

'Je bedoelt vriendinnen, hoop ik?'

'Nee, het waren mannen. Het was gezellig.'

'O, dus jij gaat in Londen op stap met vreemde mannen terwijl ik treurig en alleen in dit vreselijke appartement zit?'

'Kom nou zeg, Chris' appartement is prachtig!'

'Ik kan de gedachte dat jij uit eten gaat met andere mannen niet verdragen.'

'Roberto, doe niet zo raar.'

'Ik verbied je om nog eens uit te gaan,' bromde hij.

'Wát? Je doet belachelijk. Het was gewoon leuk om voor de verandering weer eens het huis uit te zijn, meer niet.'

'En wat voor mannen waren het precies?'

'Ze waren allebei erg charmant, als je het zo nodig wilt weten.'

'En aantrekkelijk, neem ik aan?'

'Roberto, hou alsjeblieft op. Je hebt helemaal niets om je zorgen over te maken, dat verzeker ik je.'

'En hoe kan ik daar zeker van zijn? Een van hen zou nu zomaar in mijn bed kunnen liggen; de een of andere gretige jonge hengst die ernaar smacht om het met de beroemde operaster te doen,' voegde hij eraan toe, onzinnig irrationeel en humeurig van de wijn en de eenzaamheid.

'Roberto! Zo mag je niet tegen me praten,' zei Rosanna met een trilling in haar stem die verraadde hoezeer ze hierdoor van streek was. 'Ik wil dat je nu meteen je verontschuldigingen aanbiedt.'

Er viel een pijnlijke stilte waarin Roberto vocht tegen zijn door alcohol gevoede jaloezie – en dat gevecht verloor. 'Nee, ik ga me niet verontschuldigen,' zei hij nukkig. 'Jij hebt deze situatie gecreeerd, niet ik. Dag, Rosanna.'

Hij smeet de hoorn op de haak, wetend dat hij zich buitengewoon kinderachtig gedroeg, maar hij kon het niet helpen. Minuten later ging de telefoon, maar dat negeerde hij. Hij liep terug naar de keuken, trok de andere fles wijn open, sloeg een glas achterover en nam daarna een douche. Toen hij klaar was, keek hij op de klok. Het was nog maar acht uur. Hij goot nog wat wijn in zijn lege glas en liep als een gewond dier door het appartement.

Hij hield van Rosanna, hij hield van haar met heel zijn hart. Hij hield niet van Donatella.

Maar Rosanna was duizenden kilometers bij hem vandaan, en zij vond het kennelijk vreselijk leuk om een avondje uit te gaan met 'charmante' mannen. Daar kwam nog bij dat het haar niet leek te schelen hoeveel pijn ze hem daarmee had gedaan.

Donatella was maar vijf straten verderop en ze wachtte waarschijnlijk op zijn telefoontje. Hij had alleen maar gezelschap nodig, zei hij tegen zichzelf, dat was alles. Het gezelschap van een oude vriendin, iemand die zou begrijpen hoe verlaten hij zich voelde. Roberto kreunde; de verleiding maakte hem gek.

Een uur en een lege fles wijn later stak hij zijn hand uit naar de telefoon en belde het nummer dat op haar kaartje stond.

29

Rosanna voelde zich uiterst gespannen en vermoeid. Ze had de afgelopen weken nauwelijks geslapen.

Roberto zou over vierentwintig uur thuiskomen. Hij had haar sinds hun ruzie twee keer gebeld, maar de gesprekken waren kort geweest en hij had afstandelijk geklonken.

Ze had besloten zoveel mogelijk bezig te blijven en probeerde zichzelf ervan te overtuigen dat ze overdreven reageerde. Roberto was moe en hij miste haar, meer niet. Morgen zou hij thuis zijn en was alles weer goed.

Rosanna schommelde moeizaam met een paar tassen terug van Kensington High Street. Ze was bijna in de verleiding gekomen om een nieuwe jurk aan te schaffen voor Roberto's thuiskomst, maar ze voelde zich zo dik en slonzig dat ze had besloten om in plaats daarvan een teddybeer voor de baby te kopen.

Meeneuriënd met *La traviata* schikte ze verse bloemen in een vaas en maakte de boel aan kant, zodat het huis er onberispelijk uit zou zien.

Die middag ging Rosanna even liggen, uitgeput van haar al te actieve bui. Ze voelde zich niet lekker en had allerlei pijntjes. Ze viel in slaap en toen ze een paar uur later wakker werd liep ze naar de keuken om wat te eten te maken. Om tien uur wierp ze een blik op de telefoon. Ze bedacht dat Roberto rond deze tijd zou vertrekken voor zijn laatste optreden in The Met. Hij had gezegd dat hij van tevoren zou bellen, maar het bleef stil. Om half elf draaide ze in een vlaag van frustratie het nummer van Chris' appartement.

'Hallo.'

'Hallo, Chris, is Roberto er ook?'

'Nee, lieverd, die is er niet.'

'Waar is hij dan?'

'Hij is vandaag vroeg naar The Met gegaan.'

'O, zou je hem willen vragen me na het optreden terug te bellen. Het maakt niet uit hoe laat.'

'Zal ik doen, als ik hem zie.'

'Je ziet hem later toch?'

'Ja, natuurlijk. Gaat het wel goed, Rosanna?'

'Jawel, maar ik zal me een stuk beter voelen als Roberto weer thuis is. Hij neemt morgenochtend toch de eerste vlucht vanaf Kennedy Airport?'

'Ik geloof het wel.' Chris klonk vaag.

'Nou, zeg maar dat ik op Heathrow op hem zal wachten.'

'Doe ik. Dag, Rosanna. Pas op jezelf.'

'Dag.'

Rosanna legde met bonkend hart de hoorn weer op de haak. Hoe sneller hij thuis was, hoe sneller ze kon kalmeren en de demonen die in haar achterhoofd vragen stelden het zwijgen kon opleggen. Een uur later ging ze naar bed en viel ze in een onrustige slaap.

De volgende ochtend werd Rosanna om acht uur wakker. Ze stapte uit bed en voelde een scherpe pijn door haar buik schieten. Ze kromp ineen, ging zitten en wachtte tot de pijn voorbij was voor ze voorzichtig naar de douche liep. Terwijl ze zich afdroogde voelde ze weer een pijnscheut.

Ze zou toch zeker niet… Nee, sprak ze zichzelf streng toe. Ze had nog twee weken te gaan; en bovendien had ze van alles gelezen over de schijnweeën die je kon hebben. Haar lichaam was alleen maar aan het oefenen.

Twee uur later begon Rosanna te beseffen dat de kans groot was dat de pijnscheuten niet slechts oefenweeën waren. Ze was de tijd ertussen gaan timen en ze kwamen nu om de acht tot negen minuten. Dokter Hardy had haar verteld dat ze pas naar het ziekenhuis hoefde te gaan als ze vijf of zes minuten uit elkaar lagen. Toch kon ze maar beter klaarstaan wanneer het zover zou zijn.

Langzaam en moeizaam liep ze de trap op naar de slaapkamer. Ze pakte het koffertje dat ze al had klaargezet voor als ze naar het ziekenhuis moest en droeg het mee naar beneden, maar ze moest halverwege stoppen omdat er weer een wee kwam. Ze keek op haar horloge. Er zaten nu bijna zeven minuten tussen deze wee en de vorige, en deze voelde veel sterker. Ze liep naar de gang, zette het koffertje bij de voordeur en bleef even staan om op adem te komen voordat ze de zitkamer in schuifelde om haar adresboekje te zoeken.

Ze stond op het punt om dokter Hardy's nummer te bellen toen de deurbel ging. Rosanna slofte met enige moeite terug naar de gang.

'Wie is daar?'

'Stephen, Stephen Peatôt.'

Rosanna aarzelde, want bezoek was wel het laatste wat ze nu kon gebruiken. Maar hij wist nu dat ze thuis was en ze kon hem moeilijk buiten laten staan. Ze deed de deur van het slot en deed open.

'Hoi,' zei hij. 'Ik hoop dat het uitkomt. Ik reed toevallig langs en vroeg me af of je dat cassettebandje van *Madama Butterfly* al voor me hebt opgezocht.'

'Ja, ik...' Rosanna hapte naar adem en boog voorover.

'Hé, gaat het wel? Wat is er aan de hand?'

Stephen legde zijn arm om haar heen, hielp haar naar binnen en trok de deur achter hen dicht.

'Ik... Ik geloof dat ik weeën heb. De pijn trekt zo weer weg,' hijgde ze. Dat gebeurde inderdaad en ze ging glimlachend weer rechtop staan.

'Sorry, Stephen.'

'Doe niet zo mal. Ben je alleen?'

Ze knikte.

'Kan ik iets voor je doen?' Hij volgde haar de zitkamer in en keek hoe ze op de bank neerzakte.

'Ja, als je wilt. Kun je me mijn adresboekje aangeven, zodat ik mijn huisarts kan bellen? Ik denk dat ik straks naar het ziekenhuis moet. De weeën lijken elkaar steeds sneller op te volgen.'

Stephen pakte het adresboekje en gaf het haar.

Rosanna draaide het nummer en vroeg of ze dokter Hardy kon spreken. 'Ja, hallo, dokter? Met Rosanna Rossini. Ik geloof dat de bevalling is begonnen en... nee, mijn vliezen zijn niet gebroken.

De weeën? Om de zeven minuten ongeveer en steeds dichter op elkaar.'

Rosanna luisterde en zei: 'Oké. Dank u, dokter Hardy, tot snel.' Ze legde de hoorn weer neer.

'Wat zei hij?' vroeg Stephen.

'Als mijn vliezen niet zijn gebroken, is het onwaarschijnlijk dat het kindje snel geboren zal worden, dus er is geen reden voor paniek. Hij wil wel dat ik meteen naar het Chelsea and Westminster Hospital ga; daar gaat hij nu ook naartoe. Ik zal een taxi bellen.'

'Dat hoeft niet, ik rijd je er wel heen. Het duurt op zondag maar tien minuten.'

'Weet je het zeker? Het zal niet het weekenduitje zijn dat je gepland hebt.' Ze schonk hem een zwak glimlachje tussen het puffen door.

'Natuurlijk weet ik het zeker. Zolang je belooft niet te bevallen in mijn Kever,' grapte hij. 'Goed dan, waar is je jas?'

'In de gang… O, ik moet Roberto bellen en hem laten weten wat er aan de hand is. Hij komt vandaag terug uit New York en hij verwacht dat ik hem op Heathrow kom ophalen,' legde ze uit.

'Weet je zeker dat je niet wilt dat ik even bel?' vroeg Stephen bezorgd, omdat ze inmiddels oppervlakkig hijgend ademde.

'Nee, nee. Ik moet hem zelf spreken,' pufte ze.

'Oké. Ik zet ondertussen je koffer wel in de auto.'

'Dank je.' Rosanna draaide het nummer van Chris' appartement en klemde haar tanden op elkaar bij alweer een wee terwijl de telefoon herhaaldelijk overging.

'Toe nou, wakker worden,' kreunde ze.

Stephen kwam de kamer weer in. 'Wordt er niet opgenomen?'

'Nee, hij zal wel slapen en de telefoon niet horen. Het is ongeveer vijf uur 's ochtends in New York.'

'Nou, ik denk dat we nu echt moeten gaan. Je kunt in het ziekenhuis weer proberen te bellen.'

Rosanna legde de hoorn met tegenzin neer. 'Ik zal een briefje achterlaten voor Roberto, zodat hij weet wat er gaande is, voor het geval het me niet lukt hem te bereiken voor hij in het vliegtuig stapt.'

Ze krabbelde wat op een vel papier, legde het op het tafeltje in de gang en volgde Stephen naar buiten naar de auto.

Dokter Hardy stond te wachten bij de receptie van het ziekenhuis, waar hij Rosanna meteen in een rolstoel hielp.

'Heb je je man gebeld?' vroeg hij.

'Dat heb ik geprobeerd maar ik heb hem nog niet kunnen bereiken. Hij vliegt vandaag terug naar Engeland, maar zijn vliegtuig komt vanavond pas op Heathrow aan. Ik zou hem daar ontmoeten.'

'Aha. Nou, de kans bestaat dat hij bij terugkomst al een pasgeboren zoon of dochter heeft.'

Rosanna kromp ineen van de pijn die door haar heen schoot.

'Laten we naar de kraamafdeling gaan. Die weeën komen snel en hevig, beste meid. Wacht even, dan haal ik een verpleegster. Blijf bij haar,' zei hij tegen Stephen, die er wat onzeker bij was blijven staan.

'Luister,' zei hij, 'geef mij het nummer maar, dan zal ik proberen Roberto te bellen.'

Rosanna knikte zwakjes en zocht in haar handtas naar haar adresboekje. 'Daar staat het in, onder "Chris Hughes".' Ze gaf hem het boekje.

'Prima. Maak je geen zorgen, het lukt me vast wel om op de een of andere manier de boodschap door te geven.'

Er kwam een verpleegster aanlopen, die Rosanna naar de lift begon te duwen, op de voet gevolgd door dokter Hardy.

'Neem de lift naar de vierde verdieping, dan zien we u daar,' instrueerde hij Stephen.

'O, maar... Ik bedoel, ik ken mevrouw Rossini nauwelijks. Het was toeval dat ik net op dat moment bij haar aanbelde.'

Dokter Hardy fronste. 'Ik begrijp het. Nou, is er dan iemand anders die naar het ziekenhuis kan komen om haar bij te staan? Een familielid of een vriendin? Ik denk dat ze het fijn zal vinden als er een bekende bij haar is.'

Stephen dacht meteen aan Abi. 'Ja, ik weet wel iemand.'

'Mooi. U kunt de telefoon van de receptie gebruiken. Excuseer.' Dokter Hardy sprong de lift in om zich bij Rosanna te voegen terwijl de deuren begonnen te sluiten.

Stephen pakte de hoorn van de telefoon op de balie van de receptie en draaide het nummer in New York. De telefoon ging een aantal keren over.

'Toe nou,' mompelde hij. Uiteindelijk werd er tot zijn opluchting opgenomen.

'Ja?' De stem klonk slaperig en geërgerd.

'Hallo, met meneer Rossini?'

'Nee, met Chris Hughes, zijn agent. Bent u die klojo die een half uur geleden ook al belde? Ik was net bij de telefoon toen er werd opgehangen!'

'Nee, dat was mevrouw Rossini, en het spijt me dat ik u stoor in uw slaap. Is meneer Rossini daar?'

'Nee, die is er niet. Met wie spreek ik?'

'Stephen Peatôt. Ik ben een kennis van mevrouw Rossini. Ik bel u vanuit het Chelsea and Westminster Hospital in Londen. Mevrouw Rossini moet bevallen en ze heeft me gevraagd of ik dat aan haar man wil laten weten.'

'O, jezus! Ik dacht dat ze pas over een paar weken was uitgerekend?'

'Nou, het lijkt erop dat de baby heeft besloten wat eerder ter wereld te komen dan de bedoeling was. Kunt u de boodschap aan meneer Rossini doorgeven? Ik neem aan dat hij rechtstreeks naar het ziekenhuis wil komen zodra hij in Londen is geland.'

'Ja, natuurlijk, laat het maar aan mij over. Ik zal het hem laten weten.'

'Fijn, bedankt,' zei Stephen.

'O, en wens Rosanna alle goeds van mij en vertel haar dat Roberto onderweg is.'

'Prima.' Stephen legde de hoorn weer op de haak, bladerde door Rosanna's adresboekje en draaide Abi's nummer. Haar moeder nam op en vertelde hem dat Abi en Henry een lang weekend in Schotland doorbrachten en dat ze geen idee had waar ze precies logeerden. Stephen bedankte haar en vroeg haar om het nieuws aan Abi door te geven zodra ze thuis zou komen.

Nu alle andere opties waren weggevallen, realiseerde Stephen zich dat het aan hem was om de honneurs waar te nemen.

Vijf minuten later wenkte dokter Hardy hem Rosanna's kamer binnen. Ze zat met een gespannen blik op het bed.

'Heb je contact met Roberto opgenomen?'
'Ja, hij komt rechtstreeks hiernaartoe.'
'Goddank.' Rosanna zakte achterover op haar kussens.
'Hoe voel je je?' Stephen liep naar het bed.
'Tussen de pijnscheuten in oké. Dokter Hardy heeft me onderzocht en zegt dat het nog even zal duren, maar dat de baby helemaal in orde is.'
'Goed zo.' Stephen draaide met zijn duimen. 'Ik heb geprobeerd Abi te bellen, maar haar moeder zei dat zij en Henry een weekend weg zijn.'
'Niets aan te doen,' zei Rosanna. 'Heel erg bedankt voor je hulp. Je kunt nu wel weggaan hoor. Het gaat goed met me.'
'Weet je het zeker?'
'Ja, ik heb een heel aardige verloskundige die...' Rosanna's gezicht vertrok.
Stephen liep naar haar toe en pakte intuïtief haar kleine hand vast.
Haar greep omklemde zijn knokkels tot ze uitademde en flauwtjes glimlachte. 'Au,' zei ze, met veel gevoel voor understatement.
'Misschien moet ik toch maar even blijven,' zei Stephen droog.
'Dat zou toch wel fijn zijn,' antwoordde Rosanna dankbaar.
De verloskundige kwam de kamer binnen.
'Alles goed, mevrouw Rossini?'
'Ik geloof het wel, ja.'
'Zal ik weggaan?' vroeg Stephen.
'Nee hoor, dat hoeft niet, tenzij u weg wilt,' zei de verpleegster, die een band om Rosanna's middel plaatste en de monitor aanzette. 'Het is fijn voor mevrouw Rossini dat er iemand bij haar is. Het kan heel saai zijn om een baby te krijgen, weet u. En het is ook nog haar eerste – het kan zijn dat het kindje nog uren op zich laat wachten.' Ze gleed Rosanna's buik zoekend af met een rond zilverkleurig apparaatje tot ze een kloppend geluidje hoorden. 'Dat is de hartslag van de baby. Die klinkt goed. Die groene lijn daar geeft uw weeën weer, mevrouw Rossini. Ik geloof dat er weer een onderweg is. Nou, eh...?'
'Stephen,' antwoordde hij.

'Stephen, geef mevrouw Rossini maar weer een hand om in te knijpen, zoals je zojuist al hebt gedaan. Dan kan ze zich daarop concentreren.'

Stephen ging naast Rosanna zitten en pakte haar hand. Hij had het gevoel dat het een heel lange dag zou worden.

De telefoon verbrak de stilte in het appartement. Roberto werd wakker en de gestalte naast hem bewoog en kreunde, maar bleef stil liggen. Het gerinkel hield niet op. Ten slotte vloekte ze, reikte naar de lichtknop en nam de hoorn van de haak.

'Ja?'

Ze wendde zich tot Roberto. 'Het is voor jou.'

Zijn hart sloeg een slag over.

'Wie is het?'

'Chris Hughes.'

'Waarom belt hij me hier verdomme om half zes 's ochtends?' Roberto griste de hoorn uit haar hand.

'Met mij. Wat is er?'

Donatella zag zijn gezicht wit wegtrekken.

'Wát? O, mamma mia! Wanneer dan?' Roberto keek nog eens op het klokje naast het bed. 'Oké, ik ben onderweg. Kun jij voor me checken of er nog plaats is op de vlucht van tien uur naar Londen? Ik kom langs om mijn koffer te halen en dan bestel jij vast een taxi om me naar het vliegveld te brengen. Ciao.'

Roberto gaf Donatella de telefoon en sprong het bed uit.

'Waar ga je heen? Wat is er gebeurd?' vroeg ze toen Roberto zich onhandig in zijn kleren begon te wurmen.

'Het is Rosanna. Ze gaat bevallen. Ze krijgt onze baby terwijl ik...'

De gepijnigde blik op zijn gezicht vertelde Donatella alles wat ze moest weten. Er ging een steek door haar hart.

'O, ik begrijp het.' Ze keek stilletjes toe hoe hij zich haastig verder aankleedde en naar de deur beende.

'Krijg ik niet eens een afscheidskus?'

Hij draaide zich om en schudde zijn hoofd.

'Ik... Het spijt me, ik had hier niet eens mogen zijn, ik...' Hij haalde wanhopig zijn schouders op. 'Het ga je goed.'

De deur sloeg dicht en hij was weg.

Donatella zonk achterover in haar kussens en barstte in tranen uit.

Na aankomst in Chris' appartement pakte Roberto als een waanzinnige een weekendtas in en nam afscheid van zijn manager. 'Ik zie je in Londen. En ik hoef je er vast niet aan te herinneren dat als ik ooit een gerucht hoor over waar ik vanochtend was, ik zal weten waar het vandaan komt. En dan kunnen jij en ik het allebei verder wel vergeten.'

Chris knikte. Wiens brood men eet, diens woord men spreekt, nietwaar? 'Natuurlijk, Roberto. Goed, de taxi staat beneden te wachten. Ga nou maar en zorg voor je vrouw en kind.'

Roberto zat het grootste deel van de vlucht in de verte te staren en weigerde alles behalve een heleboel koppen koffie. Hij droeg zijn zonnebril om de tranen van spijt te verbergen die uit zijn ogen bleven druppen.

Keer op keer zag hij het beeld voor zich van een pijn lijdende Rosanna, helemaal alleen. Zijn vrouw had hem nodig gehad terwijl hij aan de andere kant van de oceaan met Donatella het bed deelde. Hoe kon hij haar dat hebben aangedaan?

Roberto liep naar de kleine toiletruimte, nam zijn zonnebril af en wreef over zijn ogen. Als Rosanna ooit achter de waarheid kwam, zou ze hem verlaten. Wat was hij stom geweest, zelfzuchtig en ook nog eens ongelooflijk onvoorzichtig. Hij wist dat verschillende mensen bij The Met vermoedden wat er gedurende zijn laatste dagen in New York gaande was geweest. Hij was zelfs Francesca Romanos, zijn leading lady, tegengekomen toen hij en Donatella op een avond samen dineerden in The Four Seasons.

'O god! Wat ben ik een ontzettende hufter, een vieze, vuile bedrieger...' Roberto legde zijn hoofd in zijn handen.

Een paar minuten later keerde hij terug naar zijn stoel. Nu het aantal kilometers tussen hem en New York groeide, zag Roberto glashelder in wat hij in de waagschaal had gesteld.

Maar het was toch zeker niet te laat? Als hij er nu mee stopte en Donatella nooit meer zou zien, was er geen reden waarom Rosanna het ooit zou hoeven te weten. En hij zou het op alle denkbare manieren goedmaken. Hij zou nooit meer van haar zijde wijken. Zij tweeën... zij drieën zouden steeds samen zijn. Hij zou voor haar dat huis op het platteland kopen waar ze het over had gehad, hij zou zijn boekingen voor de komende zes maanden afzeggen en Rosanna helpen met hun baby. Ja, ja, zo zou hij het doen.

Roberto begon wat te kalmeren nu hij zich beraadde over zijn boetedoening. Hij zou de last van het schuldgevoel alleen moeten dragen – en ervoor moeten zorgen dat Rosanna nooit zou worden blootgesteld aan de vreselijke pijn die ze zou voelen bij de ontdekking van zijn geheim.

'Toe maar, Rosanna, nog een paar keer persen en dan is de baby geboren,' zei dokter Hardy. 'Ik zie het hoofdje al.'

Ze keek op naar Stephen en kreunde. 'Ik kan het niet, ik kán het niet.'

'Je kunt het wel,' zei Stephen, die begreep dat ze aan het eind van haar Latijn was na al die uren van weeën, hij kon zelf ook bijna niet meer. 'Kom op, nog heel even.'

Stephen greep Rosanna's hand vast terwijl ze perste en een grom van pijn uitstootte.

'Heel goed, nog twee keer en dan ligt de baby in je armen,' moedigde dokter Hardy haar aan.

Stephen kromp ineen toen Rosanna's nagels zich in zijn hand boorden. 'Goed zo, Rosanna, goed zo,' zei hij met een glimlach terwijl ze diep inademde en zich voorbereidde op de volgende enorme krachtsinspanning.

'Ja, Rosanna, heel goed. De baby komt eraan, blijf persen,' moedigde dokter Hardy haar aan tot ze een laatste schreeuw gaf en hij een rood lichaampje met een ravenzwarte bos haar in zijn armen optilde. Het kleine schepseltje gaf meteen een hoge kreet.

Een vermoeide, maar dolgelukkige Rosanna werkte zich op haar ellebogen omhoog om een eerste blik op haar pasgeboren baby te werpen.

'Het is een jongetje, Rosanna. Gefeliciteerd,' zei dokter Hardy. Hij knipte snel de navelstreng door en wikkelde de baby in een witte doek voordat hij hem in de armen van zijn moeder legde.

'Wat is hij prachtig,' fluisterde ze. Ze duwde haar vinger zachtjes in het piepkleine handje en voelde dat haar baby die meteen omklemde. 'Hij lijkt precies op zijn vader, hè?'

Stephen keek naar het gerimpelde gezichtje. 'Ja, ik geloof van wel.'

'Oké, Rosanna, nu moeten we nog wat opruimwerk verrichten,' zei dokter Hardy. Hij wendde zich tot Stephen. 'Is het misschien een goed idee dat jij een kop koffie gaat halen? Er staat een machine verderop in de gang en er is daar ook een ruimte waar je even kunt bijkomen.'

'Verkoopt die machine ook sigaren?' grijnsde Stephen. 'Ik heb het gevoel dat ik er een moet opsteken. Ik kom over een poosje wel weer terug,' voegde hij eraan toe tegen Rosanna toen hij de kamer verliet.

Een half uur later trof Stephen Rosanna rechtop in bed zittend aan, met haar haren geborsteld, een schoon nachthemd aan en de baby vast in slaap tegen haar borst. Haar ogen glansden van vreugde en Stephen dacht bij zichzelf dat hij nooit eerder een vrouw had gezien die er zo mooi uitzag. Hij nam plaats in de stoel naast haar bed.

'Hoe voel je je?'

'Fantastisch,' glimlachte ze. 'Stephen, hoe kan ik je ooit bedanken?'

'Dat hoeft echt niet. Ieder ander had hetzelfde gedaan.'

'Nou, ik weet niet hoe ik je ooit kan terugbetalen, maar zou je hem willen vasthouden?'

'Als je dat niet erg vindt.'

'Natuurlijk niet. Je bent een van de eerste mensen op de wereld die hij heeft gezien. Straks denkt hij nog dat je zijn papà bent,' giechelde ze terwijl ze hem het bundeltje voorzichtig overhandigde.

Stephen nam de baby in zijn armen. Hij keek omlaag naar twee heldere, donkere oogjes die opengingen en hem aan leken te kijken.

'Hij is heel alert.'

'Ja.' Ze stak haar hand uit en streek over het wangetje van haar kind, en legde daarna haar hand op die van Stephen. 'Je bent zo lief voor me geweest.'

Allebei keken ze op toen de deur openzwaaide en Roberto de kamer binnenkwam.

'Roberto! O Roberto, je bent er, je bent er eindelijk. We hebben een zoon, een prachtig jongetje!' Rosanna strekte haar armen uit en er begonnen tranen over haar wangen te stromen.

'Mijn lieveling.' Hij liep snel naar het bed en hield haar stevig vast. 'Wat ben ik trots op je. Ik weet niet hoe ik mezelf kan vergeven dat ik je niet heb bijgestaan.'

'Het geeft niet. Stephen was geweldig, Roberto. Je bent hem wel een bedankje verschuldigd,' drong ze aan.

Roberto keek Stephen aan – een man die hij nog nooit had ontmoet, maar die nu zijn baby vasthield. 'Natuurlijk, maar mag ik eerst mijn zoon vasthouden?' vroeg hij stroef.

'Vanzelfsprekend,' antwoordde Stephen, die zich ontzettend ongemakkelijk voelde terwijl hij het bundeltje overgaf aan zijn vader.

Roberto nam zijn baby in zijn armen en keerde Stephen zijn rug toe om Rosanna aan te kijken.

'Hij is prachtig,' zei hij zacht, 'net als zijn mamma.'

Voorzichtig legde hij de baby in Rosanna's armen, waarna hij hen beiden teder omhelsde. 'Amore mio, wat ben ik trots op je. Ik hou van je.'

'En ik van jou.'

Stephen stond op en begaf zich naar de deur; hij besefte dat zijn aanwezigheid niet langer gewenst was. 'Dan ga ik maar...' begon hij, maar ze hadden geen oog meer voor hem en hij liep stilletjes de kamer uit.

The Metropolitan Opera House,
New York

Ja, Nico, zo ben je dus ter wereld gekomen. Er zijn mensen die zouden zeggen dat op dat moment de klad erin kwam voor mij en Roberto; tenslotte was het een andere man die je geboren had zien worden. Je vader had je geboorte gemist, om redenen waar ik me later pas bewust van werd. Misschien was het een voorteken. Maar destijds was ik de gelukkigste vrouw op aarde. Ik had mijn volmaakte baby en mijn geliefde echtgenoot was weer aan mijn zijde.

Snel nadat we thuis waren gekomen, reed je vader ons naar het pittoreske dorp Lower Slaughter in de Cotswolds. Aan de rand van het dorp sloeg hij af en reed een lang, breed grindpad op, dat werd geflankeerd door grote lindebomen. Toen we een bocht namen, zag ik een stukje verderop een van de mooiste huizen die ik ooit had gezien. Roberto vertelde me dat het The Manor House heette. Het was in de zeventiende eeuw gebouwd en het werd omgeven door glooiende gazons. Zelfs op die regenachtige novembermiddag leek het ons welkom te heten, met zijn honingkleurige stenen en verticale raamstijlen. Roberto had een sleutel en we keken binnen rond. Elke kamer was sfeervol en uitnodigend, met balkenplafonds, stenen muren en open haarden die de geur van houtrook afgaven. Roberto vroeg me of ik het huis mooi vond en ik zei dat ik er verrukt van was. Hij zei dat hij daar blij om was, aangezien hij het voor mij had gekocht. Hij was van plan het huis in Londen aan te houden, maar hier onze nieuwe thuisbasis van te maken. Hij wilde dat we zo er zo snel mogelijk zouden intrekken.

Ik zal nooit het moment vergeten dat Roberto me in de gang in zijn armen sloot, me kuste en me vertelde dat hij al zijn verplichtingen voor de komende zes maanden zou opschorten zodat wij drieën samen konden zijn. Hij zei dat niets zo belangrijk was als

zijn vrouw en kind, dat hij kon leven zonder zijn optredens maar niet zonder ons.
Een maand later verhuisden we. Nico, je had je vader in die tijd moeten zien. Hoe hij je adoreerde!
Het kwam regelmatig voor dat je 's nachts huilend wakker werd en Roberto je weer in slaap kreeg door voor je te zingen. Hij was een perfecte papà. Hij deed je in bad, gaf je de fles, las verhaaltjes voor en verwisselde zelfs af en toe je luiers! Het was prachtig om te zien hoe hij je vasthield als je tevreden in zijn armen lag te slapen. Ik heb hem voor en na die tijd nooit zo content gezien als toen.
Het waren gelukkige dagen. Alleen wij drietjes in ons prachtige huis. Er was niemand die ons stoorde en we leidden een simpel, comfortabel bestaan. Voor sommigen zou het saai zijn geweest, maar voor mij was het de hemel. Ik had zelfs geen behoefte meer om te zingen en ik deed zelden met Roberto mee als hij 's ochtends repeteerde.
Maar natuurlijk moesten er dingen veranderen, want niets blijft ooit hetzelfde…

30

Gloucestershire, april 1981

Roberto legde de telefoon neer en keek uit het open raam van de studeerkamer. De zon scheen helder en het was een warme dag. Hij keek hoe Rosanna met Nico speelde op het met madeliefjes bezaaide gazon. Hij hoorde de baby lachen wanneer ze hem hoog de lucht in tilde en weer op haar schoot liet zakken. Ze zag dat Roberto keek en zwaaide naar hem. Hij glimlachte en wierp haar een kus toe.

Hij wreef over zijn voorhoofd. Het telefoontje dat hij had aangenomen was van Chris Hughes, die met hem zijn schema voor de komende twee maanden had doorgenomen. Roberto zou over twee weken de draad weer oppakken. Om hem rustig te laten beginnen zou er eerst een concert plaatsvinden in de Royal Albert Hall, en vervolgens stonden er vier weken van optredens in Covent Garden gepland. Daarna zou hij terugkeren in de tredmolen van concerten, opnamen en voorstellingen op podia over de hele wereld.

Tot zes maanden geleden had Roberto zich niet kunnen voorstellen dat er überhaupt een andere manier van leven bestond waar hij van zou kunnen genieten. Maar de tijd sinds Nico's geboorte was een openbaring gebleken. De rust van The Manor House was weldadig. Voorheen had hij altijd medelijden gehad met de man wiens leven om vrouw en kind draaide, de gewone huis-tuin-en-keukenman die alleen maar werkte om te voorzien in een dak boven het hoofd en levensmiddelen voor zijn gezin. Maar op dit moment benijdde hij anderen bijna om hun vaste, onveranderlijke werkpatroon, nu de komende jaren gevuld leken met stress en spanning, terwijl hij ook nog eens geregeld ver bij zijn vrouw en zoontje vandaan zou zijn.

Zolang hij in Covent Garden zong, kon hij zijn gezin en carrière gelukkig nog combineren. Hij had besloten om heen en weer te reizen en alleen in het huis in Kensington te verblijven als het absoluut noodzakelijk was. En zelfs dan zouden Rosanna en Nico bij hem kunnen zijn.

Daarna... Roberto streek met een hand door zijn haar. Hij zou met Rosanna moeten praten, om te polsen hoe zij zich voelde. Van één ding was Roberto zeker: het was voor hem gevaarlijk om alleen te zijn. Hij zou zijn zwak voor vrouwen niet meer de kans geven om hem mee te slepen.

Later die avond, toen ze Nico in zijn wieg hadden gelegd, zaten ze samen te eten in de grote, comfortabele keuken.

'Ik weet het niet zeker, maar ik geloof dat ik Nico vandaag "papà" heb horen zeggen,' zei Rosanna met een glimlach.

'Echt? Maar hij is nog maar zes maanden oud!'

'Nou ja, het klonk zo. Help me er morgen even aan herinneren dat ik nog wat hemdjes moet kopen. Hij groeit al uit zijn kleertjes,' zei ze terwijl ze een stukje lamsvlees aan haar vork prikte en in haar mond stak.

'Rosanna...' Roberto haalde diep adem. 'Chris Hughes heeft vandaag gebeld.'

Ze fronste. 'O? Waarover?'

'Om mijn schema voor het komende jaar door te nemen.'

'O.'

'Ik weet dat je er liever niet aan denkt. Ik ook niet, maar we moeten het over de toekomst hebben.'

'Roberto, kunnen we niet gewoon zo blijven doorgaan? We zijn zo gelukkig. We hebben toch geld genoeg?'

'Niet om de eerstvolgende twintig of dertig jaar zo te leven als nu. Denk aan Nico. We willen toch zeker dat hij de kansen krijgt die wij als kind niet hadden? Dat hij naar de beste scholen kan gaan? Dat hij kan reizen? Ik zal toch echt vroeg of laat weer aan het werk moeten.'

'Dat is ook zo.'

Roberto keek naar zijn vrouw, die veel langer op een stukje lamsvlees kauwde dan nodig was. 'En jij?' vroeg hij aarzelend.

‘Wat is er met mij?’

‘Heb jij je carrière definitief opgegeven?’

‘Misschien, misschien niet.’

‘Rosanna,’ zei hij verwijtend, ‘je hebt er toch wel over nagedacht of je wel of niet wilt doorgaan met zingen?’

‘Nee, voor de verandering heb ik me eens nergens zorgen over gemaakt, behalve over Nico’s luieruitslag en de vraag of hij de hele nacht zal doorslapen. Het is hier zo heerlijk geweest dat ik het zingen helemaal niet heb gemist.’

‘Principessa, je weet dat we lange periodes van elkaar gescheiden zullen zijn als jij hier blijft met Nico.’

‘Ja, dat weet ik,’ zei Rosanna. ‘Dus wat je eigenlijk zegt is dat ik net zo goed mijn carrière weer kan oppakken omdat ik je toch wel de hele wereld over zal volgen.’

‘Lieveling, we willen geen van beiden bij elkaar vandaan zijn. Ik dacht zelf aan een compromis. Covent Garden is nu het operahuis waar ik me het meest thuis voel. Dus ik zou Chris kunnen vragen om ervoor te zorgen dat veel van mijn werk in Engeland wordt gepland. Dan kunnen we hier misschien wel zes maanden per jaar wonen.’

‘En de overige zes maanden brengen we dan door in hotels in alle uithoeken van de aardbol.’ Ze keek hem aan. ‘Denk je echt dat dat goed zal zijn voor Nico?’

‘Andere kinderen reizen ook. Hij is nog maar een baby, cara. Hij weet niet waar hij is. En als zijn mamma bij hem is, zal het voor hem niet uitmaken. En als ik ergens een lange reeks optredens heb, kunnen we er ook een appartement huren in plaats van een hotelsuite.’ Roberto smeekte nu bijna.

‘Maar als ik ook weer ga zingen, zal Nico niet alleen op onbekende plekken zijn, maar ook door een vreemde worden verzorgd.’

‘We kunnen een goede nanny voor hem zoeken. Misschien zelfs een privéleerkracht als hij wat ouder is. En daarna zijn er legio uitstekende kostscholen waar hij naartoe kan gaan. Alsjeblieft, Rosanna, we functioneren niet goed als we niet bij elkaar zijn, dat weet je.’

Ze kauwde nadenkend op een stukje broccoli. Ten slotte zei ze: ‘Roberto, ik zal je proberen uit te leggen hoe ik me voel. Toen ik erachter kwam dat ik zwanger was, voelde ik me verward, op het ongelukkige af. Mijn carrière liep goed, ik had jou, ik vond het leven volmaakt. Ik wilde niet dat iets dat zou bederven. En toen kwam Nico, en met hem een geheel nieuwe levenswijze en nieuwe prioriteiten.'

'Dus je zegt dat je meer van Nico houdt dan van mij?' antwoordde hij.

'Doe niet zo kinderachtig. Je weet dat mijn liefde voor jou sterker is dan ooit. Maar voor Nico voel ik een ander soort liefde – moederliefde. En een kind heeft routine nodig. Ik geloof niet dat het goed is om hem de hele wereld over te slepen.'

Roberto zuchtte. 'Nou, we hebben nog twee maanden voor ik naar het buitenland moet. Cara, ik snap je overwegingen als het om Nico gaat, maar je carrière is toch ook belangrijk? Wat gebeurt er als Nico opgroeit? Als hij naar school gaat? Dan heb je alles voor hem opgeofferd en heb je niets meer voor jezelf.'

'Roberto, kunnen we alsjeblieft ergens anders over praten?' zei ze smekend. 'Vanavond kan ik dit gesprek niet verdragen.'

Hij zag het leed op het mooie gezicht van zijn echtgenote en knikte. 'Het spijt me. Ik praat er ook niet graag over. Maar alsjeblieft, cara, denk na over wat ik heb gezegd. We moeten binnenkort toch enkele besluiten gaan nemen.'

Die nacht kon Rosanna de slaap niet vatten. Ze lag te woelen en stapte uiteindelijk uit bed, deed haar ochtendjas aan en liep door de gang naar de slaapkamer van Nico. In de zwakke gloed van het nachtlampje zag ze dat hij vredig lag te slapen.

Ze liet zich in de comfortabele stoel naast zijn wieg zakken, trok het gordijn open en staarde uit het raam de donkerte in. Waarom was het leven zo ingewikkeld? Alles wat ze wilde, alles waar ze van hield, was hier onder dit dak. Maar binnenkort zouden de elementen die haar zo gelukkig maakten uiteen worden gedreven.

Het was een bijna onmogelijke keuze. Ze wist dat ze moest kiezen tussen haar zoon en haar man. Als ze haar carrière vaarwel zou zeggen en hier zou blijven, wat naar haar idee het beste voor Nico was, zou ze Roberto nog maar zelden zien. Maar als ze besloot door te gaan met zingen en samen met Roberto te gaan reizen, zou dat betekenen dat Nico niet de volledige aandacht van zijn moeder zou krijgen.

Ze wist dat ze bofte dat ze de optie had om thuis te blijven bij Nico, als ze wilde. Veel vrouwen hadden die keuze niet. Aan de andere kant... Rosanna dacht aan die verschrikkelijke maand dat Roberto in New York zat, en hoe ongelukkig ze zich had gevoeld.

Het was hopeloos.

Langzaam liep ze door de gang terug naar hun slaapkamer. Roberto's armen omsloten haar toen ze onder het dekbed gleed.

'Gaat het wel?'

'Ja, ik kan niet slapen, dat is alles.'

'Probeer je geen zorgen te maken. We vinden wel een oplossing.' Hij kuste haar op haar wang.

Rosanna knikte in het donker. 'Welke kant het ook op gaat, verliezen doe ik sowieso,' mompelde ze.

31

Vier weken later had Rosanna nog steeds geen besluit genomen over haar toekomst. Roberto, die druk bezig was met de repetities voor *Tosca* in Covent Garden, was begripvol en probeerde haar zo goed mogelijk te steunen.

'Ik vind dat je naar de première moet komen,' merkte hij op tijdens het ontbijt, met Nico vrolijk murmelend in het wipstoeltje aan hun voeten. 'Als je Francesca Romanos jouw plaats als Tosca ziet innemen, helpt het je misschien om tot een besluit te komen,' plaagde hij.

'Jij hoopt dat ik zo jaloers zal worden dat ik meteen weer terugkom.'

'Principessa, ik mis je,' zei hij op dringende toon. 'Francesca is technisch heel goed, maar ze heeft niet het inlevingsvermogen dat jij en ik delen. Je kunt het me niet kwalijk nemen dat ik je probeer over te halen.' Hij keek op zijn horloge en zuchtte. 'Helaas, ik moet weg voor de repetitie.' Hij stond op en bukte zich om Nico uit het stoeltje te tillen. 'Zo jochie, wees lief voor mamma en tot later.' Hij gaf zijn zoon een kus en deed hem over in de armen van zijn moeder terwijl ze naar buiten liepen.

'Hoe laat ben je thuis?' vroeg Rosanna toen Roberto in zijn Jaguar schoof en het raam opendraaide.

'Vroeg genoeg om Nico in bad te doen,' zei hij glimlachend, en hij startte de motor. 'Alsjeblieft, cara, denk na over de première. Het is ook goed voor je om er eens uit te zijn.'

'En Nico dan?'

'Rosanna, er zijn vast een heleboel meisjes in het dorp die graag willen babysitten. Doe navraag of hang een briefje in het postkantoor. Ciao.'

Rosanna keek hoe de auto ronkend de oprit af reed. Ze droeg

Nico naar binnen, zette hem terug in het wipstoeltje en ruimde de ontbijttafel af.

Een poosje later legde ze Nico in zijn kinderwagen en liep naar het postkantoor.

Toen Roberto die avond thuiskwam, reikte Rosanna hem een glas wijn aan.

'Ik heb een heel aardig meisje gevonden dat op Nico wil passen. De mevrouw van het postkantoor heeft zelf vier kinderen en ze zei dat haar dochter graag voor hem wil zorgen. Dus ik heb met haar kennisgemaakt en ik heb besloten naar de première te gaan.'

'Fantastisch! Ik weet dat ik extra goed zal zingen als jij erbij bent.' Hij stak zijn hand naar haar uit. 'Dank je, cara.'

Het voelde vreemd om na maanden weer eens hoge hakken te dragen en het was nog merkwaardiger om make-up op te hebben, dacht Rosanna bij zichzelf terwijl ze haar spiegelbeeld bekeek. De avondjurk had ze vlak voor ze zwanger werd gekocht, en ze had hem nog niet eerder kunnen dragen omdat haar buik steeds boller werd. Nu paste hij perfect en ze was blij dat ze haar oude figuur zo snel weer terug had.

Ze verliet de slaapkamer en liep naar die van Nico. Hij lag te giechelen op de vloer terwijl Eileen, de babysitter, naast hem op haar knieën zat en hem kietelde.

'Weet je zeker dat je het wel redt?' vroeg Rosanna bezorgd, voor de zoveelste keer.

'Ja hoor, we redden het prima, toch, Nico? Ga gerust. Ik wens u een heel fijne avond, mevrouw Rossini.'

'Ik ben voor twaalf uur thuis. Zijn flesjes staan in de koelkast en er ligt een schoon rompertje in zijn la. Als er iets is...'

'Bel ik het nummer op het notitieblokje naast de telefoon. Ik weet het,' zei Eileen geduldig.

Rosanna gaf Nico een kus en liep naar beneden toen de auto die Roberto had geregeld om haar naar Londen te rijden de oprit op reed.

'Ik ga,' riep ze naar boven.

'Dag, veel plezier,' was het antwoord.

Twee uur later stopte de auto voor het Royal Opera House. Rosanna stapte uit en liep naar binnen, de brede trap op naar de bar van de Crush Room, waar ze met Chris Hughes had afgesproken.

'Je ziet er prachtig uit, Rosanna.' Chris kuste haar op beide wangen en loodste haar mee naar een tafel. 'Alsjeblieft, een glas champagne om te drinken op Roberto's succes en jouw terugkeer naar de plek waar je een aantal van je grootste triomfen hebt gevierd.'

'Dank je.' Ze nam het glas aan. 'Het lijkt eeuwen geleden dat ik in Londen was.'

'Mis je het?'

'Nee, helemaal niet,' antwoordde ze naar waarheid.

'Het is vast ook gezonder voor Nico om op het platteland te wonen. Het is een leuk jochie, hè? Jullie hebben met hem geboft, Rosanna.'

'Ik weet het. Ze zeggen dat een gemakkelijke geboorte een gemakkelijk kind oplevert, en het ziekenhuispersoneel was geweldig. En Stephen ook, natuurlijk,' voegde ze eraan toe.

'Stephen?'

'Mijn invalechtgenoot. Hij heeft me naar het ziekenhuis gebracht.'

'O ja, ik geloof dat ik hem gesproken heb.'

'Echt? Wanneer dan?' Rosanna keek hem verbaasd aan.

Chris realiseerde zich wat hij had gezegd en koos zijn woorden zorgvuldig.

'Toen hij naar mijn appartement belde om te zeggen dat de bevalling was begonnen. Ik hoorde de telefoon eerst en heb opgenomen.'

'Aha.'

Hij veranderde snel van onderwerp. 'Maar goed, verheug je je op vanavond?'

'Jawel, maar het zal wel lastig zijn om iemand anders met Roberto te zien zingen.'

'Daar hoop ik eigenlijk op,' grijnsde Chris. 'Weet je, je zou ook geleidelijk weer kunnen beginnen. Met eerst af en toe een concert, en dan een paar dagen Parijs, bijvoorbeeld. Er is nog steeds belangstelling, Rosanna, maar dat blijft niet zo.'

'Ik weet het, ik weet het,' zuchtte ze. 'Maar Nico is nog zo klein. Ik heb nog wat tijd nodig, Chris, alsjeblieft.'

'Ik begrijp het.'

De gong ging, het teken dat de voorstelling over twee minuten zou beginnen. 'Oké, laten we voortmaken.'

Rosanna ging in de loge naast Chris zitten en snoof de geur van het oude theater op. Ze leunde over de fluwelen balustrade en keek omhoog naar de schotelvormige koepel van het schitterende lichtblauw-met-gouden plafond. Er vormde zich een glimlach om haar lippen toen ze bedacht dat ze nu normaal gesproken nerveus zou staan wachten aan de andere kant van het rode gordijn, en niet de architectuur zou bewonderen.

Er ging een huivering van opwinding door haar heen toen de lampen werden gedimd en het orkest de ouverture begon te spelen.

Ze zag Roberto zingen met Francesca Romanos, die niet eens ademhaalde voor de moeilijke halve toon omhoog in het liefdesduet uit de eerste akte. Toen hij in de tweede akte 'Vittoria! Vittoria!' zong, voelde Rosanna een trilling van emotie door het publiek gaan. En na 'E lucevan le stelle' ging het publiek staan om een paar minuten te stampen en te klappen tot de dirigent zijn stokje weer hief om verder te gaan.

Op dat moment begreep Rosanna hoe moeilijk het zou zijn om weg te blijven. Al die jaren van toewijding en scholing... hoe kon ze deze wereld verlaten? Die was net zozeer van haar als van Roberto, en een deel van hun magie lag in hun samenzang op het podium.

Er welden tranen op in haar ogen toen ze toekeek hoe Roberto en Francesca een ovatie van vijf minuten in ontvangst namen. Ze had heel goed naar Francesca geluisterd, geprobeerd om onvolkomenheden te vinden. Die waren er amper. Ze was heel, heel erg goed. Ze was bovendien jong en zeer aantrekkelijk.

'Hoe voel je je?' vroeg Chris terwijl ze de loge uit liepen.

'Gedeprimeerd,' zuchtte Rosanna. 'Ik hoopte dat het me niet zou raken, maar het tegendeel is waar.'

'Dat is goed nieuws.' Chris nam haar mee naar de Crush Room, waar zich een menigte verzamelde voor een receptie met champagne. Er klonk een applausje toen Roberto en Francesca binnenkwamen. Roberto zag Rosanna en kwam meteen naar haar toe.

'Principessa, heb je genoten?'

'Ik denk niet dat "genoten" het juiste woord is,' antwoordde Rosanna met een grimas, 'maar je was subliem, caro.'

'Excuseer,' zei Chris, die in zijn rol van agent schoot. 'Kan ik Roberto een paar minuten lenen? Er staat daar iemand die ik aan hem wil voorstellen.'

De twee mannen liepen weg en Rosanna bleef alleen achter.

'Hallo, Rosanna.'

Rosanna draaide zich om en zag Francesca Romanos, die naar haar glimlachte. Ze respecteerde Francesca als zangeres, hoewel ze haar als persoon altijd wat oppervlakkig had gevonden. Maar ere wie ere toekomt. 'Gefeliciteerd, Francesca. Ik vond je heel, heel goed vanavond,' zei ze.

'Dank je. Het betekent veel voor me dat je dat zegt. Ik bewonder je al jaren. En Roberto was zoals altijd briljant. Ik vind dat we samen heel fijn zingen.'

'Zeker.' Rosanna probeerde haar gevoelens te verbergen.

'En hoe gaat het met jullie baby?'

'O, prima. Hij groeit als kool.'

'En heb jij al besloten wanneer je terugkomt?'

'Nee.'

'O, kan het zijn dat je niet terugkomt, dan?'

'Ik weet het echt nog niet,' zei Rosanna, die zich steeds ongemakkelijker begon te voelen.

'Het zal lastig worden als je stopt,' babbelde Francesca desondanks door. 'Ik bedoel, om Roberto steeds weer in zijn eentje weg laten gaan. Hij is zo'n charmeur. In New York stonden de vrouwelijke bewonderaars voor hem in de rij.'

'O ja? Nou, niets nieuws onder de zon. Mijn echtgenoot is een charismatisch man,' zei Rosanna, die luchtig probeerde te klinken, maar het vanbinnen bijna bestierf.

'Ja, je bent er vast aan gewend, maar zoals sommige vrouwen zich op beroemde mannen als Roberto storten... Ik zou er gek van worden. Ik bedoel, er was één vrouw in het bijzonder – Donatella heette ze geloof ik – die hem maar niet met rust liet. Ik heb Roberto gezegd dat hij voorzichtiger moest zijn. Hij zou beter dan wie ook moeten weten hoe snel er geruchten rond kunnen gaan, ook al weten wíj natuurlijk wel dat het allemaal onschuldig was,' voegde ze er gemoedelijk aan toe, met een knipoog naar Rosanna alsof ze samen een geheimpje deelden.

'Uiteraard. Daar ben ik zeker van. Nou, zou je me willen verontschuldigen, dan ga ik op zoek naar mijn echtgenoot.' Rosanna wist dat ze bot overkwam, maar ze kon dit geen moment langer verdragen.

'O. Ja, natuurlijk. Dag, Rosanna... misschien tot later.' Francesca keek een beetje zuur om het abrupte einde van het gesprek.

Het kon Rosanna niet schelen. Ze liep snel naar de damestoiletten.

'Donatella,' kreunde ze terwijl ze zich opsloot in een hokje en tegen de deur leunde. 'Waarom, Roberto, waarom?'

'Ik wil naar huis. Ik heb de oppas beloofd dat we om twaalf uur terug zouden zijn.'

Roberto keek zijn vrouw aan. Haar gezicht was bleek, haar ogen waren roodomrand.

'Maar cara, er zijn nog mensen die ik moet spreken voor ik wegga.'

'Dan vraag ik Chris wel om me thuis te brengen,' antwoordde ze vinnig.

'Rosanna, alsjeblieft, ik...' Maar ze liep weg voor hij zijn zin kon afmaken. Precies op dat moment werd hij aangesproken door een dirigent.

'Ik heb gehoord dat u volgend jaar naar Glyndebourne komt, meneer Rossini?'

Tien minuten later wist Roberto zich te bevrijden en ging hij op zoek naar Rosanna.

'Heb jij mijn vrouw gezien?' vroeg hij Francesca.

'Ja, ze is een paar minuten geleden vertrokken met Chris Hughes. Ik geloof dat ze moe was.'

Naast hem verscheen een ober. 'Champagne, sir?'

'Waarom ook niet?' zuchtte Roberto, en hij pakte grimmig een glas van het dienblad.

Rosanna zweeg terwijl Chris Londen uit reed.

'Wat ben je stil,' merkte hij op. 'Was het zo pijnlijk om Francesca te zien?'

Rosanna gaf geen antwoord.

'Je weet dat ze niet aan jou kan tippen, lieverd. Alle operahuizen willen jou terug bij Roberto. Je hoeft maar een kik te geven en ik kan je weer gaan boeken.'

'Ik heb Nico. Meer heb ik niet nodig,' reageerde ze werktuiglijk.

'En Roberto.'

'Ik denk dat ik eraan zal moeten wennen zonder hem te zijn.'

'Dus je keert niet terug.'

'Nee, vanavond heeft de doorslag gegeven. Nee.'

'Maar kunnen jij en Roberto al die periodes dat hij weg van huis zal zijn wel aan?' hield Chris vol. Hij was tenslotte haar agent en hoezeer hij haar situatie ook begreep, het was zijn taak om haar weer op het podium te krijgen. 'Ik bedoel, Roberto houdt van gezelschap. Met jou aan zijn zijde heeft hij aan niemand anders behoefte. Hij komt elke repetitie opdagen, heeft weinig driftbuien en gedraagt zich over het algemeen onberispelijk. Hij is totaal veranderd sinds jullie getrouwd zijn, en alleen maar in positieve zin. Met jou heeft hij aan zijn roem kunnen bouwen. Maar de gedachte dat jij thuisblijft als hij weggaat, verontrust me. Sorry als ik voor mijn beurt spreek, maar je moet weten dat hij... impulsieve neigingen heeft die hij moeilijk kan beheersen als jullie niet samen zijn...'

'Zoals in New York, bedoel je? Met Donatella Bianchi?' snauwde Rosanna.

Chris zweeg. Na een tijdje zei hij: 'Ik wist niet dat jij daarvan wist.'

'Ik wist het ook niet, totdat Francesca het nodig vond om me vanavond een update te geven. En dank je voor de bevestiging, Chris.'

'Shit! Die stomme trut!' Chris beukte hard met zijn handpalm op het stuur.

'Hebben ze een affaire gehad?'

'O jezus, Rosanna, dat weet ik niet,' kreunde Chris.

'Maar jij was met Roberto in het appartement. Jij kon zijn doen en laten volgen.'

'Nee, niet echt. Ik was in die periode veel weg.'

'En de ochtend dat Stephen je belde? Nam jij op omdat Roberto niet thuis was? Om half zes in de ochtend terwijl zijn vrouw lag te bevallen?' Er prikten tranen in haar ogen.

'Nee, oké, hij was er niet, maar hij kan heel goed in een of andere club zijn geweest. Die blijven in New York heel lang open en het was zijn laatste nacht daar.' Chris stuurde de auto van de snelweg en reed een donkere landweg op.

'Maar Roberto wist dat de baby werd geboren. Hij kwam rechtstreeks naar het ziekenhuis. Iemand moet contact met hem hebben opgenomen, en diegene wist dus waar hij was voordat hij terug naar huis vloog. Was jij dat dan niet?'

Chris zweeg opnieuw. In zijn zwijgen vond Rosanna haar antwoord.

'Luister nou, Rosanna, het doet er niet toe. Wat er in New York ook gebeurd is, ligt in het verleden. Ik weet hoeveel Roberto van je houdt. Hij heeft de afgelopen zes maanden zijn carrière opgeschort om bij jou en de baby te zijn. Ik heb hem nooit gelukkiger gezien.'

'Alsjeblieft, Chris, hou op me te betuttelen. Ik wil er niet meer over praten. Het is iets tussen mij en Roberto.'

'Maar Rosanna...'

'Alsjeblieft!'

Chris reed verder in een pijnlijk stilzwijgen tot hij eindelijk de auto de oprit op manoeuvreerde en stopte voor The Manor House. Hij zette de motor uit en keek Rosanna aan. Haar gezicht had een strakke blik.

'Zal ik mee naar binnen gaan? We kunnen erover praten. Het is echt niet zo erg als het lijkt.'

'Nee, Chris. Als je het niet erg vindt, wil ik nu graag alleen zijn. Dank je voor het thuisbrengen.' Rosanna opende het portier en stapte uit. Ze sloeg het portier achter zich dicht en liep over het grind.

Chris zag de voordeur achter haar dichtgaan, vloekte de hele boel bij elkaar, startte vervolgens de motor en reed weg.

Rosanna zat op de vensterbank in Nico's slaapkamer naar de volle maan te staren. Nico sliep en het zachte gesnurk dat af en toe uit de wieg naar haar toe kwam zweven, maakte haar rustiger.

Het kon haar niet meer schelen. Haar eerste gedachte was weg te gaan, haar baby mee te nemen en te verdwijnen. Maar ze wist dat de pijn haar toch zou achtervolgen en bovendien was dit háár leven. Roberto kon dat van hem ergens anders gaan leiden.

Hij had haar gezworen dat het nooit zou gebeuren. Hij had zijn belofte gebroken en hoewel ze er misschien wel aan onderdoor zou gaan, was Rosanna van plan zich aan haar eigen belofte te houden.

Ze stond op en liep naar de slaapkamer die ze met haar man had gedeeld. Ze had veel te doen voordat hij thuis zou komen.

Het was al na tweeën toen de Jaguar op de oprit tot stilstand kwam. Rosanna stond bij de voordeur te wachten.

Ze wist zodra ze hem zag dat hij gedronken had. Hij had zichzelf wel dood kunnen rijden op weg naar huis... Rosanna duwde de gedachte weg. Het maakte niet meer uit – het móćht niet meer uitmaken.

'Cara, je bent nog wakker.' Roberto kwam met uitgestrekte armen naar haar toe.

'Daar zit genoeg in voor nu,' zei ze, wijzend naar de twee koffers die bij de deur stonden. 'Ik zal de rest laten inpakken en naar het huis in Londen laten sturen.'

Roberto keek beduusd. 'Sorry, cara, ik dacht dat we hadden afgesproken dat ik de komende weken heen en weer zou rijden, en om rond deze tijd nog te pakken...'

'Je gaat weg, Roberto. Nu.' Rosanna's stem klonk ijskoud.

'Maar waarom? Is er iemand dood?'

'Nee, niets is dood, behalve mijn liefde voor jou.'

'Wat is er dan? Wat heb ik misdaan?'

'Je hebt me een belofte gedaan. En je hebt me bedrogen. Ik wil je nooit meer zien.'

'Ik...' Roberto schudde verbijsterd zijn hoofd. 'Welke belofte? Hoezo heb ik je bedrogen?'

'Als jij de nacht die je in Donatella Bianchi's warme bed doorbracht terwijl je vrouw aan het bevallen was bent vergeten, hoef ik niet degene te zijn die je eraan herinnert. Ik haat je. Ga alsjeblieft weg.'

Hij keek haar onthutst aan. Als Rosanna nog niet helemaal had geloofd wat Francesca haar had verteld, deed ze dat nu wel. Het schuldgevoel was van zijn gezicht af te lezen.

'Maar ik... Hoe?' Roberto zakte in de deuropening op zijn knieen.

'Hoe ik het weet, doet er niet toe. Alleen dat ik het weet.'

Hij barstte in tranen uit.

'Mamma mia, als je eens wist hoezeer ik mezelf heb gestraft, Rosanna. Donatella en ik... Het stelde niets voor. Niets... Begrijp je dat niet?'

'En hoeveel getrouwde mannen hebben dat excuus gebruikt tegenover hun vrouw, denk je? Nee, ik begrijp het helemaal niet. Toen je me vroeg om met je te trouwen, heb ik gezegd dat ik je zou verlaten als je ontrouw zou zijn. Je hebt een affaire gehad, maar ik ben niet degene die weggaat. Jij vertrekt.'

'Alsjeblieft, alsjeblieft, Rosanna, laat me met je praten, laat me je vertellen hoe het ging. Ik kan het uitleggen, alsjeblíéft, ik smeek het je. Ik hou van je, amore mio, ik hou van je.' Roberto bedekte zijn gezicht met zijn handen.

'Nee. Ik dacht dat je van me hield, maar dat doe je niet. Je gaat naar bed met een andere vrouw, je liegt tegen mij. Hoe kun je dat nou liefde noemen? Je bent geen geschikte vader voor je kind!' Rosanna beefde helemaal. 'Roberto, ik wil dat je meteen vertrekt.'

Hij keek op naar zijn vrouw, naar haar bleke gezicht, beschenen door het maanlicht. Ze zag eruit als een geestverschijning en Roberto wist dat de uitdrukking op haar gezicht hem de rest van zijn leven zou achtervolgen. Hij wist ook dat ze meende wat ze zei. Hij hees zichzelf overeind.

'Rosanna, wat je ook over me denkt, welke slechte dingen ik ook heb gedaan, ik hou van je, ik hou van je. Er is niemand anders voor mij en er zal nooit iemand anders zijn.'

'Ik wil graag dat je weggaat,' herhaalde ze.

Hij keek haar aan; de schok en het berouw begonnen plaats te maken voor zelfmedelijden. 'Rosanna, als je me dwingt om te gaan zonder me een kans te geven het uit te leggen, kom ik nooit meer terug.'

'Dan ben ik blij dat je hebt begrepen wat ik wil.' Ze maakte een gebaar naar de twee koffers. 'Dag, Roberto.'

Langzaam boog hij voorover en pakte de koffers op. 'Je zult hier spijt van krijgen, Rosanna. Het is simpel. We kunnen niet zonder elkaar.' Toen draaide hij zich om en liep weg.

Ze keek toe hoe hij zijn auto van het slot deed, zijn koffers in de kofferbak gooide en de achterklep dichtsloeg. Hij stapte in en startte de motor. De auto bromde, keerde en verdween over de oprit.

Rosanna sloot de voordeur, draaide zich om en liep naar boven, naar het enige waar ze nu nog voor leefde.

The Metropolitan Opera House,
New York

Dus, lieverd, dat is de reden waarom je je vroege jeugd doorbracht zonder vader in huis. Maar die avond heb ik ook gezworen dat ik je nooit tegen hem zou opzetten. Hij was de eerste maanden van je leven niets dan een liefhebbende, zorgzame papà voor je geweest. Ik voelde me schuldig dat ik je bij hem weghield, dus ik besloot dat, mocht hij bellen om te vragen of hij je kon zien, ik dan toestemming zou geven.

De maand na zijn vertrek was het zwaarst. Hoewel ik vastbesloten was, haastte ik me elke keer naar de telefoon als die ging, ergens diep in me verlangend naar zijn stem maar tegelijkertijd bang die te horen. De teleurstelling als hij het niet bleek te zijn was net zo groot als de opluchting, en dan kwam het ongeloof dat hij zijn dreigement uitvoerde en zich compleet van ons had afgesneden.

De enige communicatie van zijn kant was een royale maandelijkse cheque die ik via Chris Hughes kreeg om in ons levensonderhoud te kunnen voorzien. Er zat nooit een brief bij.

Roberto's tijd bij Covent Garden eindigde en hij vertrok naar New York en The Met. Ik wist via zowel Chris als de kranten waar hij was.

Zes maanden later zag ik een foto van hem met Donatella Bianchi op een feest in New York. Toen wist ik dat het definitief voorbij was, dat eventuele dromen van een verzoening die ik koesterde nergens toe zouden leiden; ons huwelijk was een farce geweest. Hoe kon het anders? Ik deed mijn best hem niet te haten, maar de pijn die ik voelde omdat hij geen enkele poging ondernam om jou te zien, vrat aan me.

Ik bracht dat jaar bijna al mijn tijd alleen door, met alleen jou als gezelschap. Ik had me tot mijn familie en vrienden kunnen wenden, maar mijn trots hield me tegen.

Maar ik zou het naar vinden als je denkt dat ik ongelukkig was. Dat was ik niet. Ik had jou en het huis en de rust om mijn wonden te likken. Ik dacht niet na over de toekomst of mijn carrière. Ik leefde met de dag en mijn vermogen om emotie te tonen bleef beperkt tot jou.
Bijna een jaar na de dag waarop ik Roberto de deur had gewezen, begonnen de dingen weer te veranderen…

32

Gloucestershire, juni 1982

Rosanna werd wakker van het geluid van een tevreden jochie dat zat te spelen in zijn ledikantje, een subtiel signaal om aan te geven dat hij wakker was, en klaar voor haar aandacht. Ze lag te kijken naar de heldere zonneschijn die zijn stralen tot achter de gordijnen de slaapkamer in leek te willen werpen. Ze bleef zelden liggen als ze eenmaal was ontwaakt, zich ervan bewust dat haar gedachten haar zintuigen zouden overschaduwen, maar vanochtend daalde er een ongebruikelijke rust over haar heen.

Er zou nu snel een jaar voorbij zijn. Een jaar waarin ze zonder hem had ademgehaald, geslapen, gegeten... gelééfd. Dat wilde toch wel wat zeggen, vond ze. Het was een mijlpaal en ze voelde een zekere trots. En – ze fleurde op bij de gedachte – haar dierbare vriendin Abi zou komen logeren. Ze wist dat het hoog tijd was om zich weer te verbinden met de wereld buiten The Manor House.

Ten slotte stapte ze uit bed. Lopend door de gang naar Nico's slaapkamer bedacht ze hoe die dag eruit zou zien. Ontbijt, wat huishoudelijke taken en dan een aangename wandeling met Nico naar de dorpswinkel. Na de lunch, tijdens zijn middagslaapje, een uurtje zonnen in de tuin. Ze was opgegroeid op een plek waar warmte vanzelfsprekend was, maar hier in Engeland was een zonnige dag een kostbaar goed om van te genieten. Thee en brood met honing – Nico's huidige favoriet – en later een pasta en salade voor zichzelf, met een glas koele frascati. Maar daarna, als de schemering viel en Nico sliep, zou de avond haar omsluiten en de eenzaamheid zich opdringen...

Maar nu had ze de fijne dag nog voor de boeg en, dacht ze bij zichzelf terwijl ze de deur naar Nico's kamer opende, er waren ergere manieren om haar leven te leiden.

'Mamma, mamma!' Nico sprong enthousiast op en neer, zijn handjes op de rand van zijn ledikantje. 'Melk! Melk!'

'Ja, we gaan naar de keuken om een flesje voor je te maken, darling.'

Rosanna sprak altijd Engels met haar zoontje. Als dit hun thuis zou blijven, als Nico hier naar school zou gaan, vond ze dat zijn eerste taal die van zijn geboorteland moest zijn.

Rosanna tilde hem op en droeg hem mee de trap af, naar de keuken. Ze zette hem in zijn hoge kinderstoel, vulde een flesje met melk en gaf het hem. Terwijl hij tevreden aan het drinken was, deed ze de radio aan en begon het ontbijt klaar te maken.

'Kijk eens, lieverd,' zei ze terwijl ze een ei en een snee geroosterd brood op zijn dienblaadje zette, en naast hem ging zitten. 'Het lijkt me leuk om vandaag een wandelingetje te gaan maken en daarna...' Ze stopte toen de radio de eerste noten van 'Addio fiorito asil' uit *Madama Butterfly* liet horen. De plotselinge herinnering was buitengewoon pijnlijk. Ze keek naar beneden en zag dat haar handen trilden. Snel liep ze naar de radio om de stem van haar echtgenoot uit te schakelen.

Na de lunch, toen Nico lag te slapen, nestelde Rosanna zich in de comfortabele ligstoel op het terras. Haar vredige gemoedstoestand van die vroege ochtend was tenietgedaan door de klank van Roberto's stem. Het leek erop dat ze zichzelf voor de gek hield als ze dacht dat ze langzamerhand over hem heen aan het komen was. Elke dag verlangde ze naar hem, naar het gevoel van zijn sterke armen om haar schouders, zijn mond op de hare, de tederheid van zijn aanraking als hij de liefde met haar bedreef.

'O god...' kreunde ze, naar voren leunend. Ze legde haar hoofd in haar handen en wiegde heen en weer, zich afvragend hoe ze in hemelsnaam de rest van haar leven zonder hem door moest komen.

Die avond liet ze Nico langer opblijven dan gewoonlijk, om het moment uit te stellen dat ze weer alleen zou zijn. Maar om half zeven, halverwege een verhaal van Winnie-the-Pooh zakte zijn hoofdje tegen haar schouder, dus droeg ze hem voorzichtig naar zijn ledikantje.

Eenmaal beneden haalde ze een fles frascati uit de koelkast, nam die mee naar het terras en vulde haar glas. De zon begon aan zijn afdaling naar de horizon. In New York was het net na half een; daar stond de zon nog hoog aan de hemel. Misschien keek hij er wel naar, dacht hij aan haar, miste hij haar... Ze bedwong haar gevoelens. Ze had ze al veel te vaak toegelaten. Het was voorbij, echt voorbij, en ze moest leren in het heden te leven.

Ze begon zich weer af te vragen of zij en Nico wel hier in The Manor House moesten blijven wonen, een huis dat zoveel herinneringen herbergde. Misschien zouden ze beter af zijn in Milaan of Napels. Toen dacht ze aan alle mensen die zelfingenomen zouden knikken om hun breuk, terugdenkend aan het onheil dat ze hadden voorspeld en fluisterend hoe verblind zij was geweest om te geloven dat Roberto ooit getemd had kunnen worden.

Misschien zou ze later dit jaar met Nico een bezoek aan Napels brengen. Het was al heel lang geleden dat ze terug was geweest en haar familie had gezien, maar de gedachte was desondanks niet aanlokkelijk. Het zou zwaar zijn, ze zou moeten doen alsof ze over Roberto heen was, ook al was dat helemaal niet zo...

Rosanna hoorde het grind knerpen. Er reed een auto over de oprit naar het huis. Zou het... Haar hart begon sneller te kloppen. Ze sprong op, haastte zich om het huis heen en zag nog net een Jaguar voor de deur tot stilstand komen. Ze bleef staan, hield haar adem in en keek toe terwijl de bestuurder uitstapte.

'Hallo.' Er liep een man naar haar toe, maar het was Roberto niet. 'Sorry dat ik je zo overval, maar Abi heeft me verteld dat je hier woonde en ik kwam toevallig langs en vroeg me af hoe het zou gaan met dat kleine ventje dat ik ter wereld heb zien komen...' Stephen voelde zich duidelijk ongemakkelijk en struikelde bijna over zijn eigen woorden. 'Het komt misschien wel totaal ongelegen en...'

'Nee, helemaal niet. Het is fijn om je te zien, Stephen. Wat is er met je Kever gebeurd?' Ze gebaarde naar de geparkeerde Jaguar in een poging om haar aanvankelijke steek van teleurstelling te verbergen.

Hij lachte. 'Die ouwe brik heeft vorige maand eindelijk de geest gegeven, dus heb ik mezelf maar getrakteerd op een iets jonger model.'

'Nou, Stephen, heb je zin om verder te komen en een glas wijn met me te drinken? Ik zat naar de zonsondergang te kijken.' Ze kon toch op zijn minst beleefd zijn na alles wat hij voor haar en Nico had gedaan.

'Als je zeker weet dat ik niet stoor.'

'Echt niet, wees gerust.'

Hij volgde haar om het huis heen naar het terras en zij gebaarde naar een stoel.

'Ga zitten, dan haal ik een glas wijn voor je.'

Stephen keek hoe ze door de deur naar de keuken verdween. In een T-shirt en een korte broek, zonder make-up en met haar mooie donkere haar in een paardenstaart zag ze er nog jonger en kwetsbaarder uit dan hij zich haar herinnerde. Hij had natuurlijk van Abi gehoord wat er was gebeurd.

'Zo,' zei Rosanna toen ze weer verscheen en hem een glas aanreikte. 'Alsjeblieft, een glas wijn. Vertel eens hoe je hier zo vlak bij mijn huis verzeild bent geraakt.' Ze was verbaasd dat ze, hoewel hij Roberto niet was, oprecht blij was om hem te zien.

'Ik heb een kunstgalerie in Cheltenham geopend en ik heb een schilderij afgeleverd bij een klant in Lower Slaughter. Abi heeft me verteld dat je in The Manor House aan de rand van het dorp woonde, dus ik bedacht dat ik misschien even langs kon gaan.'

'Dat was dan een goed idee, ik ben blij dat je er bent.'

'Wat een schitterend uitzicht heb je hier,' zuchtte hij, en hij nam een slok van zijn wijn, 'echt typisch Engels. En dit huis is me altijd al opgevallen. Ik ben opgegroeid in een dorp hier in de buurt.'

'Nou, ik vind het hier heerlijk.'

'Voel je je dus niet alleen, in je eentje?'

'Nee, ik heb mijn kind, en ik ben eraan gewend geraakt,' antwoordde ze een beetje defensief.

'Natuurlijk. Ik vond het... naar om te horen van jullie breuk.'

Rosanna knikte maar antwoordde niet. Stephen nam de hint ter harte. 'Hoe gaat het met Nico?'

'O, hij is prachtig, een schat van een jongen. Hij loopt – of moet ik zeggen holt – al in het rond, en begint korte zinnetjes te zeggen. Het is een gezellig jochie aan het worden. Jammer dat je niet een half uur geleden bent gekomen. Toen was hij nog op.'

'Nou, misschien een andere keer,' opperde Stephen. 'Goed nieuws trouwens, hè, dat Abi een uitgever voor haar eerste roman heeft gevonden?'

'Ja, geweldig. Ik heb haar het afgelopen jaar niet vaak genoeg gezien, maar we hebben wel regelmatig telefonisch contact. Over twee weken komt ze bij me logeren. Ze zegt dat ze wat rust en afzondering nodig heeft, weg van Londen, zodat ze zich kan concentreren op het schrijven van haar volgende boek.'

'Die rust zal ze hier vast vinden. En het zal voor jou ook fijn zijn om gezelschap te hebben.'

'Ja, absoluut. Ik heb al een tijdje geen gasten gehad.'

Er viel een plotselinge, ongemakkelijke stilte.

'Nogmaals sorry dat ik je zo overviel,' zei Stephen, en hij maakte aanstalten op te staan. 'Ik zal je nu met rust laten. Dank je wel voor de wijn.'

'Geen dank. Het was fijn je te zien.' Toen ze hem zijn sleutels zag pakken, besefte ze dat ze heel graag wilde dat hij zou blijven, haar een paar uur gezelschap zou houden. 'Heb je trek? Ik heb nog niet gegeten. Het wordt slechts pasta met een salade, maar als je zin hebt...'

Stephen draaide zich naar haar om. 'Zeg je dit alleen uit beleefdheid, Rosanna? Eerlijk zeggen, alsjeblieft.'

'Nee, ik wil graag dat je blijft. Ik heb in geen tijden een gewoon volwassen gesprek gevoerd.'

'Dan heel graag,' zei hij en hij volgde haar de keuken in, waar hij toekeek hoe zij het water opzette. 'Kan ik helpen?'

'Er staat een kom salade in de koelkast. Wil je die even voor me pakken?'

'Zeker.' Hij deed wat ze had gevraagd en zette de kom op het aanrecht terwijl zij een pak pasta uit een kastje haalde.

'Dank je.' Terwijl ze wachtte tot het water kookte, plaatste ze een pan met saus op het fornuis en begon te roeren. 'Het spijt me als ik een beetje bot deed toen je aankwam. Het afgelopen jaar heb ik weinig sociaal hoeven doen.'

'Ik begrijp het volledig,' zei Stephen welgemeend. 'Mijn vriendin en ik zijn ongeveer een jaar geleden uit elkaar gegaan. Zij wilde niet verhuizen naar de Cotswolds toen ik besloot hier mijn galerie te openen. We hebben een relatie op afstand geprobeerd, maar dat werkte niet,' zei hij mistroostig.

'Wat naar,' zei Rosanna meelevend. 'Weet je, als ik medelijden met mezelf heb, troost ik mezelf met de gedachte dat ik in elk geval een mooi huis heb om me ongelukkig in te voelen. Zullen we buiten eten? Ik kan wat kaarsen neerzetten en het is nog best warm.'

'Klinkt perfect.'

Twintig minuten later zaten ze op het terras tagliatelle en salade te eten. Rosanna luisterde geïnteresseerd naar Stephens verhalen over zijn nieuwe eigen zaak.

'Het is natuurlijk maar een klein zaakje en heel anders dan mijn werk bij de galerie in Cork Street. Maar het is van mij. Eerlijk gezegd ligt mijn hart bij de oude meesters, maar nu ben ik tenminste eigen baas en als ik mijn kunstenaars goed uitkies, is er alle reden om aan te nemen dat het goed zal gaan.'

'Dus jij kunt beoordelen of een schilderij goed is of niet?' vroeg Rosanna.

'Ik denk van wel, ja. Mijn expertise ligt op renaissancegebied, maar ik wil ook graag werk van moderne kunstenaars in mijn collectie. Er loopt hier veel talent rond, weet je. Ik heb al twee lokale kunstenaars aan mijn galerie weten te verbinden.'

'Ik houd niet van moderne schilderijen.' Ze trok haar neus op. 'Misschien is dat onnozel, maar ik snap niet dat krabbels en verfklodders kunst kunnen opleveren.'

'Kom nou,' berispte Stephen haar mild, 'niet iedere moderne kunstenaar produceert krabbels en klodders, zoals jij het zo fijntjes uitdrukt. Ik heb een zeer getalenteerde landschapschilderes die met aquarelverf werkt. Haar werk doet denken aan Turner. Ik verwacht dat ze het heel goed gaat doen. Ik heb het gevoel dat jij het mooi zou vinden.'

'En woon jij hier nu ook in de buurt?'

'Er is een appartementje boven de galerie waar ik zolang kampeer tot ik iets permanenters vind. Om eerlijk te zijn heb ik al mijn geld in de galerie gestoken. Ik hoop maar dat het een succes wordt.'

‘Het moet geweldig zijn om iets te hebben wat je kunt zien groeien, iets wat je helemaal alleen hebt opgezet, hoe hard je er ook voor moet werken,’ overpeinsde Rosanna.

‘Dat is het ook,’ knikte Stephen. ‘Het lijkt misschien wel een beetje op je stem die rijpt en zich ontwikkelt. Heb je nog geen plannen om weer te gaan zingen?’

‘Nee.’

‘Nooit meer of voorlopig niet?’

‘Ik weet het niet zo goed. Ik wil niet graag weg bij Nico, en bovendien zou een terugkeer moeilijk zijn nu Roberto en ik…’ Haar stem stierf weg.

‘Rosanna, ik wil je niet op de huid zitten, maar ben je het jezelf niet verschuldigd om je talent te benutten?’

‘Dat zei Roberto ook,’ antwoordde ze zacht.

‘Nou, ik weet niet wat er tussen jullie is gebeurd, maar ik ben bang dat ik het op dat punt met hem eens ben.’

De wijn had Rosanna loslippiger gemaakt en ze werd ineens overvallen door de behoefte haar gedachten te delen.

‘Stephen, jij als man, geloof je dat het mogelijk is om met een vrouw naar bed te gaan als je van een ander houdt?’

‘Jeetje, dat is nogal een manier om van onderwerp te veranderen,’ lachte Stephen, die zich half verslikte in zijn wijn door haar directheid. ‘Laat me even nadenken… Nou, voor sommige mannen misschien wel, ja. Maar voor sommige vrouwen ook. Mijn vriendin had bijvoorbeeld een affaire terwijl ze nog met mij samenwoonde – én met me sliep, trouwens.’

‘Zou jij dat kunnen?’ vroeg ze.

‘Een affaire hebben, bedoel je?’

‘Ja.’

‘Ik zal wel ouderwets zijn, maar ik geloof dat liefde en trouw hand in hand gaan.’ Hij haalde zijn schouders op. ‘Hoewel ik vind dat je anderen niet mag beoordelen; ik denk dat bedrog gewoon niet in mijn aard ligt.’

Rosanna dacht hierover na. ‘Nou, dan zijn mensen als wij dus anders. Roberto was maar een paar weken weg voordat hij iets met iemand anders kreeg. Mannen lijken aan de lopende band affaires te hebben, en vrouwen zijn vaak heel vergevensgezind tegenover hun echtgenoot, vooral als die rijk, aantrekkelijk en beroemd is. Maar ik kon hem die misstap niet vergeven.'

'Heeft Roberto geprobeerd je van gedachten te laten veranderen?'

'Nee, hij heeft niets meer van zich laten horen sinds ik hem eruit heb gegooid. Soms zou ik willen dat ik het hem wél had vergeven.' Ze zuchtte en voelde dat ze op het punt stond in tranen uit te barsten. 'Sorry, het is bijna een jaar geleden dat hij is weggegaan en...'

'Trek het je niet aan. Ik kan alleen maar zeggen, uit eigen bittere ervaring, dat het uiteindelijk beter wordt.'

'Nee.' Ze schudde vermoeid haar hoofd. 'Het wordt niet beter.'

'Jawel, geloof me. Liefde is een soort verslaving. Je moet afkicken en het jezelf niet kwalijk nemen als je soms het gevoel hebt dat je er nooit van zult herstellen.'

'Ik zou willen dat ik meer op Abi leek. Zij heeft veel mannen gehad maar verliest haar hart nooit,' merkte Rosanna op.

'Denk je niet dat dat komt omdat ze de juiste man nog niet heeft gevonden?'

'Misschien heb je gelijk. Abi was in haar jongere jaren verliefd op mijn broer. En sindsdien lijkt het met niemand wat te worden.'

'Wat is er gebeurd?'

'Hij is naar een seminarie gegaan!' Ze lachte wrang.

'Aha.' Stephen glimlachte ook. 'Zo zie je maar weer, anderen hebben het ook niet gemakkelijk.'

'Nee, daar heb je gelijk in,' zei ze instemmend.

Hij keek op zijn horloge. 'Is het al zo laat? Ik moet nu echt gaan,' zei hij met tegenzin. 'Je zult morgen wel weer vroeg moeten opstaan.'

'Ja, Nico is om zes uur op zijn levendigst.'

Stephen stond op. 'Rosanna, dank je wel voor deze fijne avond.'

'De volgende keer moet je komen als Nico wakker is,' zei ze zomaar terwijl ze naar zijn auto liepen.

'Dat zou ik leuk vinden.' Hij aarzelde een ogenblik. 'Heb je het komend weekend druk?'

'Nee.' Rosanna lachte bijna hardop bij de gedachte aan haar agenda, die lag te verstoffen op het bureau in de studeerkamer.

'Nou, zal ik jou en Nico dan zondag komen ophalen en jullie meenemen naar Cheltenham? Je kunt de galerie bekijken en we kunnen gaan picknicken in de Montpellier Gardens als het mooi weer is.'

'Ik...'

'Alsjeblieft, Rosanna. Het wordt misschien wel heel leuk en Nico zal er vast van genieten.'

'Oké,' gaf ze toe en ze liep achter hem aan naar de voorkant van het huis.

'Ik haal je om half twaalf op.'

'Prima.'

'Als jij voor het eten zorgt, neem ik de drankjes mee. En ga nu maar naar binnen, want het begint koud te worden. Welterusten, Rosanna.'

Ze keek de auto na voordat ze terug naar het terras liep en de tafel afruimde.

Een poosje later sloop ze Nico's slaapkamer in om te kijken of hij rustig sliep. Ze streek over zijn voorhoofd, een gewoonte die ze zich had aangewend om zijn temperatuur te checken, liep de kamer uit en zond een dankgebedje naar boven voor het bezoek van Stephen vanavond.

33

‘Caro, wat ben je toch koppig! Waarom niet?’ Donatella dronk haar kop koffie leeg en begon haar ondergoed aan te trekken.

‘Omdat ik mijn vrijheid op prijs stel, mijn onafhankelijkheid.’

‘Je bedoelt dat je een plek wilt hebben waar je het achter mijn rug om met andere vrouwen kunt doen,’ reageerde ze vinnig, terwijl ze haar jurk pakte.

Roberto draaide zich om. ‘Doe niet zo flauw, Donatella.’

‘Waarom zou ik mijn appartement dan niet opgeven om hier bij jou in te trekken? Ik vind het vervelend om een deel van mijn kleren hier en een deel daar te hebben. Dat is heel onhandig,’ klaagde ze.

‘Nee, nog niet.’

‘Wanneer dan?’

‘Dat weet ik niet.’

‘Smacht je nog steeds naar die lieve echtgenote van je?’ vroeg ze hatelijk.

‘Nee!’

‘Waarom ga je dan niet van haar scheiden?’

‘We zijn nog maar een jaar uit elkaar. Het is te snel. Ik heb je toch al gezegd, ik heb een kind waar ik aan moet denken.’

‘Maar caro, als je gaat scheiden, kun je met mij trouwen.’

‘Ze wil er misschien niet eens mee instemmen, en waarschijnlijk al helemaal niet als jij bij me komt wonen.’ Roberto liet het feit weg dat een huwelijk met Donatella nooit serieus in hem was opgekomen.

Ze pakte haar handtas, liep naar hem toe en legde haar armen om zijn middel terwijl hij somber over de skyline van New York uitkeek.

‘Waarom ben je zo ongelukkig, Roberto? We hebben hier alles.

Echt alles. Jouw schitterende carrière, vrienden, elkaar. Maar voor jou lijkt het allemaal niet genoeg te zijn.'

Roberto gaf geen antwoord.

Donatella zuchtte. 'Ik moet gaan. Ik heb een lunchafspraak met Trish St Regent. Bel me vanuit Parijs, oké?'

'Natuurlijk.'

'Ik hou van je. Ciao.'

Roberto voelde haar vluchtige kus in zijn nek, luisterde naar haar voetstappen en hoorde haar de voordeur achter zich dichttrekken.

Hij zoog zijn longen vol en liet een snijdende hoge c door de kamer galmen. Die toon bevatte alle levensangst en smart die hij op dat moment voelde.

Roberto wendde zich af van het raam en liep naar de zitkamer. Misschien was het niet te laat. Misschien, als hij de telefoon zou pakken, Rosanna's nummer zou bellen, haar zou vertellen dat hij nog steeds van haar hield, naar haar verlangde, haar nodig had zoals de lucht die hij inademde, dat ze hem zou vergeven, en dat de wanhoop en ellende die hij had gevoeld sinds hij bij haar was weggegaan eindelijk zouden verdwijnen.

Hij pakte de telefoon en drukte de eerste paar cijfers in. Toen zette hij hem weer terug, voor de zoveelste keer overspoeld door zijn trots. Hij zakte neer in een stoel en liet een lange, gekwelde zucht ontsnappen. Zijn hart bonkte en hij voelde zich duizelig en misselijk, zoals de laatste tijd veel vaker gebeurde. Misschien was hij ziek, zou hij naar de dokter moeten gaan...

Of misschien was het pure wanhoop.

Na zijn vertrek die nacht, een jaar geleden, had een verontwaardigde woede zich van hem meester gemaakt. Oké, hij had een fout gemaakt, een erge fout, maar toch geen onvergeeflijke? Hij was tenslotte Roberto Rossini, de maestro. Andere vrouwen van operasterren knepen een oogje dicht als het ging om de escapades van hun echtgenoot; zij begrepen dat hun artistieke temperament een fysieke uitlaatklep nodig had. Was het zijn schuld dat vrouwen op hem vielen en dat hij was gezwicht voor de verleiding? Rosanna zou inzien dat ze een vergissing had begaan en hem bellen, hem smeken om terug te komen. Hij had in Londen gewacht tot ze contact zou opnemen. Uiteindelijk besefte hij dat ze dat niet zou doen.

Toen kwam de pijn, het diepe leed dat hem niet meer verliet. Hij was zes maanden geleden naar New York verhuisd, had zichzelf ervan overtuigd dat afstand de oplossing zou zijn. Donatella was hier – gemakkelijk, gewillig en verrassend liefdevol. In haar armen vergat hij zijn pijn af en toe een paar seconden. Maar meestal sloot hij zijn ogen en stelde zich voor dat het Rosanna was die onder hem lag. En zijn kind, zijn Nico, zou nu al lopen en zijn eerste woordjes zeggen zonder dat zijn papà er getuige van was.

Pak die telefoon nou, Roberto. Doe het dan, droeg hij zichzelf op. Hij belde The Manor House nog een keer, met bevende handen. Over een paar seconden zou hij haar stem horen en zou zijn beproeving eindelijk voorbij zijn.

De telefoon ging over. En ging over. Als ze in de tuin was, zou het even duren om het huis in te lopen, al helemaal met een peuter in de buurt. Roberto wachtte nog een aantal seconden voordat hij de telefoon met een klap terugzette. Terwijl hij opstond ging de telefoon. Hij nam hem in één beweging op.

'Roberto? Met Chris. Ik wilde even checken of je klaar bent. Ik sta over dertig minuten voor de deur.'

Hij hing op en legde zijn hoofd in zijn handen.

'Ik geloof dat ik de telefoon hoor overgaan,' zei Rosanna, die net Nico uit Stephens auto tilde. 'Houd jij hem even in de gaten terwijl ik naar binnen ren?'

Ze draaide de voordeur van het slot en haastte zich de zitkamer in. Toen ze bijna bij de telefoon was, hield die op met rinkelen.

'Verwachtte je een telefoontje?' vroeg Stephen toen hij een paar tellen later de kamer in liep, met Nico aan de hand.

'Niet speciaal. Nou ja, als het belangrijk is, zal de beller het nog wel een keer proberen, nietwaar?'

'Ja, dat lijkt me ook.' Stephen zat inmiddels een waggelende, giechelende Nico achterna, om de salontafel heen.

Rosanna plofte neer in een leunstoel. 'Waar haal je de energie vandaan? Ik ben bekaf!' Ze keek toe en glimlachte vertederd. 'Blijf je nog voor een kop thee of koffie?'

'Normaal zou ik graag even blijven, maar ik vrees dat ik terug moet. Ik heb nog een stapel administratie af te werken voordat de accountant woensdag komt.' Ondertussen tilde Stephen haar schaterende zoontje met een zwaai op en gaf hem over aan Rosanna. Met een tevreden Nico op haar heup volgde ze Stephen door de voordeur en liep met hem naar zijn auto.

'Dank je voor de fijne dag,' zei ze terwijl hij achter het stuur plaatsnam.

'Vond je het leuk?' vroeg hij.

'Ja, absoluut.'

'Goed. Dan moeten we het nog eens een keer doen.'

'Dat zou ik fijn vinden. Het doet ons allebei goed om eruit te zijn. Nico, zwaai maar naar Stephen,' zei ze. Die zette de auto in zijn achteruit, waarop de stralende lach van het jongetje omsloeg in een frons. Zijn mondhoeken gingen hangen en hij liet een misnoegde kreet horen nu zijn speelkameraad over de oprit verdween.

'O *angeletto*, maak je geen zorgen, hij komt snel weer,' stelde Rosanna hem gerust terwijl ze terug het huis in liep.

'Snel,' praatte hij haar na.

'Ja, snel.' Ze gaf een kus op zijn kruin en droeg hem de trap op naar de badkamer.

De telefoon ging juist op het moment dat Rosanna zich op de bank had geïnstalleerd om het nieuws te gaan kijken. Ze liep naar de studeerkamer en nam op. 'Hallo?'

'Rosanna?'

Ze glimlachte bij de klank van de vertrouwde stem. 'Luca! Hoe gaat het met je?'

'Goed, heel goed.'

'Fijn.'

'Ik heb eerder geprobeerd te bellen, maar er werd niet opgenomen.'

'Ik was een dagje uit met Nico en een vriend. De telefoon rinkelde toen we terugkwamen, maar ik was er net te laat bij.'

'Nou, ik ben blij dat ik je nu aan de lijn heb. Hoe gaat het met mijn neefje?'

'Hij is prachtig, levendig en hondsvermoeiend,' zei Rosanna. 'Het wordt tijd dat je hem komt bezoeken. Als je niet snel bent, heeft hij straks zijn eerste communie al gedaan.'

'Daar bel ik over, Rosanna. Ik vroeg me af of je het goed vindt als ik die kant op vlieg om een tijdje bij je te komen logeren.'

'Of ik dat goed vind? Ik zou het fantastisch vinden, Luca! Wanneer had je in gedachten?'

'De laatste week van juli.'

'O.'

'Is dat een probleem?'

'Nee, helemaal niet. Alleen is Abi hier dan ook. Vind je dat vervelend?'

'Natuurlijk niet. Het zal juist heel fijn zijn om haar na al die jaren weer te zien.'

'Ik zal het haar moeten vertellen, maar ik weet wel zeker dat zij het ook fijn zal vinden om jou weer te zien.'

'Ik hoop het maar. Milaan is lang geleden. We zijn nu allemaal volwassen, toch?'

'Nou ja, dat denken we tenminste,' zei Rosanna op milde toon.

'Dan zal ik een vlucht regelen en je de datum en tijd waarop ik aankom nog laten weten.'

'O Luca, ik verheug me er zo op om je te zien. Ik heb je gemist. Ik...'

'Gaat het goed met je?'

'Ja, het gaat goed, echt. Ik heb papà en Carlotta vorige week trouwens gesproken, en Carlotta klonk nogal bedrukt. Hoe gaat het met haar?'

'Ik heb ze een paar dagen geleden bezocht, en het gaat niet zo best,' zuchtte Luca. 'Ze heeft wat problemen, maar ik vertel je daar wel meer over als ik je zie. Met papà gaat het prima, overigens. Hij heeft zowaar een vriendin.'

'Echt?' zei Rosanna. 'Dat heeft hij niet tegen me gezegd.'

'Nee, ik denk dat hij zich geneert,' lachte Luca, 'maar het lijkt hem goed te doen.'

'Hij heeft iemand nodig. Ik weet hoe het is om alleen te zijn,' zei ze meelevend.

'Het zal wel zwaar voor je zijn, piccolina. Ik ben trots op je. Oké, ik bel je binnenkort om je te laten weten wanneer ik precies kom. Ciao.'

'Ciao, Luca.'

34

Abi arriveerde bij The Manor House op een hete julidag.

'Darling!' Ze wurmde zich uit haar fraaie rode Mazda-sportauto en holde naar Rosanna toe om haar stevig te omhelzen. 'Mijn god, wat ben je bruin! Ben je naar de Cariben geweest zonder het me te vertellen?'

'Nee, het is gewoon de Engelse zon,' zei Rosanna, die de omhelzing beantwoordde.

'En Nico is ook al een beetje zongebruind.' Abi keek naar het jongetje, dat op het grindpad kiezels verzamelde. 'Kom eens bij tante Abi, je hoogsteigen goede fee.' Ze tilde Nico met een zwaai op en gaf hem een kus, waarop hij haar trots een van zijn kiezels aanbood. 'Dank je, mijn darling. Hemel, Rosanna, hij is een grote jongen voor zijn achttien maanden – en hartstikke knap. Dat wordt een hartenbreker als hij ouder wordt. Goed, Nico, tante Abi heeft cadeautjes voor je in haar auto, maar voor ik de boel uitlaad, wat dacht je van een lekker koud drankje voordat ik sterf aan uitdroging?'

Twintig minuten later zaten Rosanna en Abi op een picknickkleed op het gazon citroenlimonade te drinken en te kijken hoe Nico op zijn hoofd probeerde te gaan staan.

'O, het is hier echt prachtig,' zei Abi. 'Wat een heerlijk huis, zeg. Het is zo ruim en toch zo comfortabel en sfeervol. En Nico is echt een schatje. Sommige kinderen van zijn leeftijd zijn afschuwelijk.'

'Dat kan nog komen,' zei Rosanna droog.

'Nou, ik sta er versteld van dat je zo gemakkelijk in je moederrol bent gegleden. Ik neem mijn petje voor je af. Ik zou nooit een alleenstaande moeder kunnen zijn. Ik zou helemaal gek worden.'

'Ik heb weinig keus wat het alleenstaande aspect betreft. Hoe dan ook vind ik het heerlijk om moeder te zijn. Wacht maar tot je zelf een kind krijgt, Abi, dan spreken we elkaar wel weer.'

'Ik denk eigenlijk niet dat dat zal gebeuren. Een baby staat niet op mijn verlanglijstje, zelfs niet als ik iemand zou vinden om er een mee te maken,' zuchtte Abi quasizielig.

'Is Henry uit beeld?'

'God, ja, die heb ik binnen een paar maanden gedumpt. Dus ik ben weer jong, vrij en single.'

'Er zullen talloze mannen zijn die zijn plaats maar wat graag zouden innemen, Abi,' wees Rosanna haar terecht.

'Ach, kennelijk lukt het me gewoon niet om verliefd op iemand te worden. Ik probeer het heus wel, hoor. Maar goed, ik heb besloten dat ik me nu volledig op mijn carrière ga richten. Met dit boekcontract heb ik een uitgelezen kans gekregen en ik ben van plan mijn uiterste best te doen.'

'Nou, je hebt de zolderverdieping tot je beschikking; daar hoor je niets van de geluiden beneden. Het is een mooie, lichte kamer en ik heb er een tafel neergezet, zodat je er kunt schrijven.'

'Klinkt perfect. Je zult amper merken dat ik er ben, Rosanna. Als ik de komende vier weken non-stop werk, denk ik dat ik de eerste versie dan klaar kan hebben. Kun je het zo lang met me uithouden?'

'Natuurlijk. Het zal fijn zijn om gezelschap te hebben, al is het alleen maar bij het ontbijt en avondeten. Ik wil graag dat je dit als je thuis beschouwt zolang je hier bent.'

'Wanneer komt Luca ook alweer?' vroeg Abi terloops.

'Komende zondag.'

'O. Goed, zullen we mijn bagage maar eens uit de auto halen en de vracht speelgoed die ik voor je zoontje heb meegebracht opdiepen?'

Later, toen Nico in bed lag, trok Rosanna de fles champagne open die Abi had meegenomen, en zaten ze bij het vallen van de avond op het terras herinneringen op te halen en over de toekomst te praten.

'Op jou, Rosanna. Dank je wel dat ik in jouw prachtige huis mag logeren,' zei Abi, haar glas heffend.

'Je bent hier altijd welkom.' Terwijl Rosanna sprak, hoorden ze voor het huis een auto stoppen.

'Wie zou dat zijn, denk je?' vroeg Abi.

'Ik weet het niet,' zei Rosanna, die zich plotseling wat ongemakkelijk voelde.

Stephen verscheen om de hoek van het huis. 'Hoi, Rosanna. En Abi, dat is lang geleden. Hoe gaat het met je?'

'Heel goed, dank je wel.'

Stephen gaf beide vrouwen een hartelijke kus. 'Rosanna zei al dat je zou komen, maar ik wist niet precies wanneer.'

'Ach, nou ja, ik verras de mensen graag.' Abi haalde er een stoel bij voor hun gast en Rosanna liep de keuken in om nog een glas te pakken. 'Goh, kom je vaak langs?' Ze glimlachte ondeugend naar Stephen.

'Tamelijk vaak, ja. Meestal wat vroeger, voor mijn twintig-minuten-work-out met Nico voor hij gaat slapen, maar vanavond werd ik opgehouden door een klant.' Rosanna verscheen weer met een glas in haar hand. 'Ik heb vandaag een schilderij verkocht,' zei Stephen met een lach.

'Wat geweldig! Heb je de prijs gekregen die je ervoor wilde hebben?' vroeg ze.

'Bijna. Het waren Amerikanen en ze hebben contant betaald, dus ik heb ze tien procent korting gegeven.'

'Een mooie reden voor champagne,' zei Rosanna terwijl ze het glas vulde en aan Stephen gaf. 'Gefeliciteerd. Ik ben heel blij voor je.'

Ook Abi hief haar glas. 'Ja, goed gedaan. Vertel me eens over die galerie van je.'

'Nou, ik kan je wel vervelen met allerlei details, Abi, maar waarom kom je zelf niet kijken? Over een paar weken is de opening van de tentoonstelling van een lokale kunstenares. Misschien kun je Rosanna overhalen mee te gaan. Ik heb haar gevraagd, maar ze zegt dat ze niet kan omdat ze geen oppas heeft.'

'Het meisje van het postkantoor is naar de stad gegaan om te studeren,' schoot Rosanna in de verdediging. 'Bovendien zal Luca, mijn broer, tegen die tijd net zijn aangekomen vanuit Italië.'

'Nou, hij is uiteraard ook welkom. Denk er maar over, oké?'

Stephen vertrok een uur later en Abi volgde Rosanna naar de keuken, waar ze haar hielp een salade te maken voor bij de vis die ze zouden eten.

'Oké, voor de draad ermee,' plaagde Abi.

'Welke draad?'

'Ik bedoel, vertel me alles over jou en Stephen. Hoelang is die affaire van jullie al gaande?'

Rosanna keek haar met een geschokte blik aan. 'O nee, Abi, je ziet het helemaal verkeerd. Stephen en ik zijn gewoon goede vrienden, meer niet.'

'Mijn romans zitten misschien vol clichés, maar zelfs ík zou me niet verwaardigen die uitspraak te gebruiken.' Abi trok een wenkbrauw op.

'Maar het is echt waar. Stephen komt mij en Nico af en toe opzoeken, en we zijn een paar keer een dagje uit geweest om te picknicken, maar dat is alles, geloof me.'

'Zweer je dat?'

'Ja, dat zweer ik. Ik mag Stephen heel graag, maar niet op die manier. Ik... Ik zou niet eens...' zei Rosanna, de andere kant op kijkend.

'Vertel me nou niet dat je nog steeds aan die echtgenoot van je denkt?'

Rosanna, die met haar rug naar Abi toe stond, dwong zichzelf om zich te concentreren op het uitlekken van de sla. 'Het is heel eenvoudig, ik zal nooit meer van een ander houden,' zei ze zacht.

'O god,' kreunde Abi, 'werkelijk, zulke dingen zeggen de personages in mijn boek ook.'

'Steek nou niet de draak met me, alsjeblieft. Ik voel het echt zo.'

'Maar hoe kun je van iemand blijven houden die heeft gedaan wat Roberto deed?' wilde ze weten.

'Ik geloof niet dat liefde iets te maken heeft met logica, jij wel, Abi?'

'Misschien niet. Maar stel dat Roberto morgen bij je op de stoep staat, zou je hem dan weer welkom heten in je huis?'

'Daar heb ik vaak over nagedacht, en ik weet het echt niet. Soms denk ik van wel, als het een eind aan de pijn zou betekenen, maar soms denk ik dat ik hem nooit terug zal kunnen nemen. Oké, het eten is klaar. Zullen we aan tafel gaan?'

Abi zag het verdriet in Rosanna's ogen en knikte. 'Ja, natuurlijk.'

In de dagen die volgden, bouwden Rosanna en Abi een simpele routine op. Ze kletsten een minuut of twintig tijdens het ontbijt, waarna Abi een dienblad vollaadde met een kan mineraalwater en wat chocoladerepen en voor de rest van de dag naar de zolder verdween terwijl Rosanna en Nico hun gebruikelijke dingen deden. Om zes uur kwam Abi naar beneden, haar haren in de war, haar ogen glazig, en maakte ze een stevige gin-tonic voor zichzelf. Dan las ze Nico voor en bereidde Rosanna het eten, en als hij eenmaal sliep, gingen zij tweeën in de keuken of op het terras zitten eten.

'Ik begin te begrijpen waarom je hier zo graag als kluizenaar leeft,' zei Abi op een keer na de avondmaaltijd. 'Het is zo rustig en kalm, zoals de ene dag overgaat in de volgende. Het heeft iets veiligs. Ik mag wel uitkijken dat mijn reputatie als partygirl niet al te erg wordt aangetast tijdens mijn verblijf hier. Voor het eerst in mijn leven vind ik het fijn om thuis te blijven.' Ze glimlachte.

'Je werkt erg hard, Abi. Je zult ook wel moe zijn.'

'Klopt. Ik heb al een geboorte, een scheiding en een moord gehad sinds negen uur vanochtend,' zei ze lachend.

'Gaat het goed met het boek?'

'Heel goed. Nog drie van zulke weken en ik ben er. In Londen is het onmogelijk. De telefoon gaat, er komen mensen langs en, het ergste nog, er zijn al die ongelooflijk verleidelijke winkels, restaurants en feestjes. Ik denk dat ik mezelf altijd in jouw huis zal moeten afzonderen om te schrijven.'

'Je weet dat je altijd welkom bent. En als Luca arriveert, blijven we ons best doen om geen lawaai te maken,' zei Rosanna.

'O, maak je niet druk. Ik zit zo hoog dat ik alleen de vogels hoor die zich onder de dakrand nestelen. Hoe laat komt hij zondag aan?'

'Zijn vliegtuig landt om elf uur. Hij is na de lunch hier. Ik heb aangeboden een taxi voor hem te betalen, maar hij weigerde en stond erop de trein hiernaartoe te nemen.'

'Dat is belachelijk. Waarom heb je dat niet gezegd? Ik haal hem wel op. Jij en Nico mogen ook best mee, maar ik heb maar twee stoelen in mijn auto.'

'Abi, het hoeft echt niet.'

'Doe niet zo raar. Het is bij dezen geregeld.'

Rosanna stond op toen ze de telefoon hoorde overgaan. 'Moment.' Ze rende naar de keuken en nam op.

'Hallo?'

'Met mij, Stephen. Hoe gaat het met je?'

'Goed. En met jou?'

'Uitstekend. Ik bel even om te vragen of jij en Abi volgende week naar de opening van de tentoonstelling komen.'

'Ik denk niet dat ik kan, tenzij ik een oppas kan vinden, Stephen.'

'Probeer het alsjeblieft, Rosanna. Het betekent veel voor me om je erbij te hebben.'

'Oké, ik doe mijn best.'

'Fijn. Laat het me maar weten. Sorry dat ik snel weer ophang, maar ik heb nog een hoop te doen. Tot gauw.'

Rosanna zette koffie en nam de pot en twee koppen mee naar het terras.

'Wie was dat?'

'Stephen. Hij wilde weten of we woensdag maar de opening van zijn tentoonstelling komen.'

'Ik vind dat je beslist moet gaan,' verklaarde Abi, en ze nam een slok van haar koffie.

'Ik moet eerst een oppas zien te vinden. Ik heb er een hekel aan om Nico bij vreemden achter te laten. Bovendien is Luca er dan,' redeneerde Rosanna.

'Nou, dat is gemakkelijk op te lossen. Jij gaat en ik blijf om op Nico te passen, en op Luca, als dat nodig is. Het zal je goeddoen er even uit te zijn, en Stephen is zo goed voor je geweest, Rosanna, dat je hem eigenlijk wel je steun verschuldigd bent.'

'Ja, je hebt gelijk. Wil jij niet meekomen, dan?'

'Nee, het schrijven gaat prima zo, en ik wil de vaart er graag in houden. We zullen een van die mooie jurken van je uit de mottenballen moeten halen. Het zal toch zelfs jou te ver gaan om in korte broek en een T-shirt op een kunsttentoonstelling te verschijnen.

Nou, niet meer over nadenken en je koffie opdrinken. Je gaat gewoon en ik wil er niets meer over horen.'

Abi stond in de aankomsthal van Heathrow. Ze drong zich door de mensen die stonden te wachten op hun dierbaren en probeerde beter zicht te krijgen.

Ze speurde de gezichten af die vanachter de automatische deuren tevoorschijn kwamen, en vroeg zich af of Luca in kerkgewaad gekleed zou zijn, met zo'n mutsje met een pompon op zijn hoofd... of droegen alleen kardinalen zoiets?

Haar hart sloeg een slag over toen ze hem zag. Hij was niet als priester gekleed, maar droeg gewoon een gekreukelde linnen broek en een lichtblauw overhemd met het bovenste knoopje open. Hij leek dunner en hoekiger dan ze zich herinnerde; zijn hoge jukbeenderen wierpen elegante schaduwen op zijn lichte gezicht. Er zat een beetje grijs in zijn zwarte haar, wat hem een volwassen aanblik gaf die hem – in haar ogen – nog aantrekkelijker maakte.

Wetend dat hij niet verwachtte dat iemand hem zou komen ophalen, drong ze naar voren en stak haar hand uit om hem op de schouder te tikken voordat hij in de menigte zou verdwijnen.

Luca draaide zich verbaasd om.

'Abi?' Zijn donkere ogen kregen een warme blik. Hij liet zijn reistas vallen, pakte haar vast bij haar schouders en kuste haar op beide wangen. 'Het is fijn je te zien.'

'Ik vind het ook fijn jou te zien. Je ziet er goed uit, Luca.'

'Dank je. En jij... je bent niets veranderd.'

'Kom, dan lopen we naar de auto. Je zus en neefje zitten op hete kolen. Rosanna vertrouwt mijn rijkunst niet,' legde ze onderweg naar de parkeerplaats uit.

'Het is heel lief van je dat je me ophaalt.'

'Geen enkel probleem, hoor.' Abi wierp wat geld in een automaat, die een kaartje printte. 'Deze kant op.'

Luca keek bewonderend naar de rode sportauto toen zij op een knopje drukte om het dak te openen. 'De zaken gaan kennelijk goed, Abi. Dit is een dure auto, toch?' merkte hij op bij het instappen.

'Ja, ik heb mijn hele voorschot van de uitgever eraan besteed.' Ze startte de motor. 'Je zult nu wel begrijpen waarom Rosanna en Nico niet zijn meegekomen. Deze auto is beter dan een voorbehoedsmiddel. Elke keer als ik broeds word, bedenk ik dat ik mijn twoseater zou moeten inruilen voor een verstandige optie, en dan is het meteen weer over!'

Luca reageerde niet. Abi stak ondertussen het kaartje in de automaat en de slagboom ging omhoog.

'Zet je schrap, Luca. Ik ben van plan over twee uur thuis te zijn. Ik ben dol op snelheid, jij niet?' riep ze, met haar goudkleurige haar golvend achter zich terwijl ze met bijna honderddertig kilometer per uur over de snelweg raasden.

'Ik...' Luca's stem werd overstemd door de wind en ze zwegen verder.

Na anderhalf uur verlieten ze de snelweg en ging Abi langzamer rijden.

'Nou, ik rijd helemaal niet slecht, toch?' vroeg ze.

Luca haalde zijn verkrampte hand van de leren armleuning terwijl ze toch weer met een behoorlijke vaart een rotonde naderden. 'Nee, helemaal niet, Abi,' zei hij met een grimas.

'Je hebt Rosanna hier nog niet eerder bezocht, toch? Het is een prachtig huis.'

'Nee, ik zie ernaar uit, en ik wil vooral Nico graag zien, natuurlijk.'

'Hij lijkt op jou,' merkte Abi op, en ze wierp een steelse blik opzij. 'Zelfde slanke bouw, steile donkere haar en enorme bruine ogen.'

'Echt waar? Hij moet wel hartstikke knap zijn!' lachte Luca.

'Dat is hij ook, Luca, dat is hij ook.'

Rosanna ijsbeerde voor het huis, zonder op haar zoontje te letten, die de gelegenheid te baat nam om met zijn handjes in de zachte aarde van een bloembed te wroeten en er wat van in zijn mond te stoppen. Ze hoorde het kenmerkende geluid van Abi's auto toen die nog honderd meter van het huis verwijderd was.

'Ze zijn er, ze zijn er! O Nico, wat heb je nou gedaan?' Ze tilde hem op en probeerde het vuil haastig van zijn vingertjes en gezicht te vegen, maar hij worstelde zich uit haar armen toen de Mazda op de oprit tot stilstand kwam.

Luca sprong de auto uit en rende naar Rosanna en Nico toe. Abi zette de motor uit en bleef rustig zitten om de hereniging niet te verstoren.

'Ik ben zo blij dat je er bent, Luca,' fluisterde Rosanna. Er prikten tranen in haar ogen terwijl ze over de wang van haar broer streek.

'Ik ook, piccolina,' antwoordde Luca, al even ontroerd. 'Je ziet er goed en gezond uit. En ga je me nou nog aan mijn neefje voorstellen?' Hij hurkte neer naast zijn zus zodat hij op Nico's ooghoogte kwam, en glimlachte naar het jongetje.

'Natuurlijk. Nico, dit is je oom Luca, die helemaal uit Italië naar ons toe gekomen is.'

Nico liet zich in Luca's uitgestrekte armen sluiten en Rosanna voelde zich geroerd door de aanblik. 'Kom, neem je neefje mee naar binnen, dan nemen we een lekker koel drankje. Je zult wel moe zijn, vooral na die lange rit met Abi achter het stuur.' Ze leidde hem mee naar de voordeur en draaide zich om. 'Kom je ook binnen, Abi?' riep ze.

'Ja, ik doe even het dak dicht. Het zou weleens kunnen gaan regenen.'

'Oké.'

Abi zag ze samen het huis in lopen. Ze sloeg gefrustreerd met haar vuisten op het stuur van haar kostbare auto. Hij was onbereikbaar. Volledig. Maar ze wist dat ze nog van hem hield.

Het was negen uur en Rosanna en Luca zaten in de keuken. De restanten van hun maaltijd stonden nog op de tafel. Nico was om acht uur eindelijk in slaap gevallen en Abi was naar boven verdwenen zodra ze terug waren van het vliegveld, omdat ze met haar schrijfwerk verder wilde. Ze hadden haar niet meer gezien.

'Vertel eens wat over papà's vriendin? Ken ik haar?' vroeg Rosanna.

'Herinner je je signora Barezi, de kapster?'

'Zeker. Tweeduizend lire voor een knipbeurt van niks,' grinnikte ze.

'Nou, ze kunnen het erg goed met elkaar vinden. Ze is vorig jaar weduwe geworden en ze houden elkaar gezelschap.'

'Daar ben ik blij om. Hij is veel te lang alleen geweest. En Carlotta? Je zei dat je me iets over haar wilde vertellen.'

Luca's gezichtsuitdrukking veranderde. Hij zag al tegen deze vraag op sinds zijn aankomst en haalde diep adem voor hij begon te spreken. 'Rosanna, het spijt me erg je dit te moeten vertellen. Maar Carlotta... is ziek.'

'O god.' De schrik sloeg Rosanna om het hart. Ze zag aan Luca's blik hoe ernstig het was. 'Wat heeft ze dan?'

'Borstkanker. De tumor is twee weken geleden verwijderd, daarom ben ik naar Napels gegaan. Ze wordt behandeld voor uitgezaaide cellen in haar lymfeklieren. Ze hopen dat ze er op tijd bij zijn geweest, maar...' Luca haalde zijn schouders op. 'We kunnen alleen maar afwachten en bidden.'

Rosanna beet op haar trillende lip. 'Luca, wat een afschuwelijk nieuws. Hoe is papà eronder? En Ella?'

'Papà is er natuurlijk kapot van, en Ella weet dat haar mamma ziek is, maar niet hoe erg het is.'

'Dat arme kind... Of eigenlijk is ze geen kind meer. Ze is tenslotte al vijftien.' Rosanna schudde verdrietig haar hoofd. Ze voelde zich schuldig dat ze haar zus en nichtje zo lang niet gezien had.

'Ze wordt al een jongedame, en een mooie ook. En toevallig heeft ze ook nog eens een prachtige zangstem, net als haar tante.' Er lag een droevige glimlach om Luca's lippen.

'Ik zou haar graag horen zingen.'

'Dat zal er vast wel van komen, Rosanna. Carlotta maakt plannen voor haar toekomst. Ze is uiteraard bezorgd dat papà verwacht dat Ella na haar dood haar plaats inneemt en het eethuis zal moeten runnen.'

'Maar Luca, als ze zangtalent heeft, moet dat toch ontwikkeld worden?'

'Dat wil Carlotta inderdaad, ja.'

'Ik moet naar Napels gaan om haar op te zoeken. Ik kan meteen vertrekken, ik neem Nico gewoon mee.'

'Ga nu nog maar niet, Rosanna. Laat Carlotta eerst haar kuur afmaken. Als je na al die tijd plotseling opduikt, kan ze het gevoel krijgen dat ze nog maar weinig tijd heeft.'

'Ik voel me zo schuldig, Luca,' zei ze zacht. 'Ik had Carlotta en papà graag meer gezien. Ik heb hen en Napels heel erg gemist. Maar toen ik met Roberto was... Toen was terugkeren naar Italië heel... moeilijk.'

'Het is treurig dat je door hem zo ver van je familie af bent komen te staan,' beaamde Luca.

'Nou, Carlotta en papà hadden mij ook kunnen opzoeken in Engeland, en dat hebben ze niet gedaan. Ik heb een aantal keren aangeboden hun reiskosten te betalen.' Zoals gewoonlijk reageerde Rosanna defensief op de kritiek op Roberto, hoewel ze er zelf over begonnen was.

'Je weet dat papà weigert in een vliegtuig te stappen, en Carlotta... nou ja, zij had zo haar eigen redenen om in Napels te blijven. Laten we afwachten hoe ze op de behandeling reageert, dan kun je daarna plannen maken.'

'Ze is toch zeker te jong om dood te gaan, Luca?'

'Ja, absoluut. En we moeten er vertrouwen in hebben dat ze blijft leven.'

Ze zweeg een paar seconden. Toen zei ze: 'Luca, was Carlotta's leven verpest door mijn vertrek naar Milaan? Als ik niet was weggegaan, had ze niet hoeven thuisblijven om het eethuis te runnen en voor papà te zorgen.'

'Ik ben samen met jou naar Milaan gegaan, weet je nog? Ook ik heb Carlotta achtergelaten.' Luca schudde zijn hoofd. 'Wat zal ik ervan zeggen? Het was vooral slechte timing. Carlotta had een vergissing begaan en daarvoor moest ze een hoge prijs betalen.'

'Wat voor vergissing? Haar huwelijk met Giulio?'

'Ja, haar huwelijk met Giulio.' Luca besloot dat het tijd was om van onderwerp te veranderen. 'Nou, Rosanna, ik heb een vraag aan je. Zou je het goed vinden als ik hier wat langer dan twee weken blijf?'

'Natuurlijk. Dat zou ik geweldig vinden.'

'Dank je. Ik hoef pas in september weer terug naar het seminarie. Ik moet nadenken en ik geloof dat dit er de juiste plek voor is.'

Rosanna sloeg haar broer gade. 'Is alles in orde, Luca?'

'Zeker, piccolina.' Luca herpakte zich, nog niet in staat om de gedachten die in hem leefden te uiten tot hij de kans had gehad om ze zelf te overpeinzen. 'Ik ben een beetje moe van de reis, meer niet. Ik vind het heel fijn om hier te zijn en jouw prachtige zoontje te zien. Abi vindt dat hij op me lijkt.'

'Ja, nu ik je zo eens bekijk, geloof ik het ook.' Rosanna onderdrukte een gaap. 'Ik ben ook moe. Laten we morgenochtend de boel maar opruimen. Helaas wordt Nico over zes uur alweer wakker.'

Ze liepen hand in hand de trap op. Bij de deur van Rosanna's slaapkamer kuste Luca haar op beide wangen. 'Ik heb altijd geweten dat je een fantastische zangeres was. Nu zie ik dat je ook een fantastische moeder bent. Je kunt trots op jezelf zijn. Welterusten, piccolina.'

'Welterusten, Luca.'

35

Abi zat op de rand van Rosanna's bed terwijl haar vriendin in een korte zwarte cocktailjurk stapte. Na Luca's bericht over Carlotta had ze al haar overtuigingskracht nodig gehad om Rosanna ervan te overtuigen dat ze vanavond toch uit moest gaan.

'Doe jij hem even dicht?'

'Tuurlijk.' Abi trok de rits omhoog.

'Moet ik een panty aan?'

'Nee, niet met zulke bruine benen.'

'Oké. Nou, weet je zeker dat je het wel redt? Ik heb het nummer van Stephens galerie op het notitieblok naast de telefoon geschreven. Als er iets is met Nico, dan bel je maar en kan ik in twintig minuten thuis zijn.'

'Rosanna, zelfs ík kan een flesje in een kindermond steken en een koter in bed leggen. Maak je alsjeblieft niet zo druk!'

'Sorry.' Rosanna ging aan haar kaptafel zitten en begon mascara op haar wimpers aan te brengen. 'Er staat eten in de koelkast voor jou en Luca, en een fles wijn...'

'Hou op zeg! Je doet alsof ik dezelfde leeftijd heb als Nico.'

'Sorry,' herhaalde ze, waarna ze haar lippen stiftte en haar haar borstelde.

'Ik eet waarschijnlijk gewoon boven een sandwich tijdens het werken...' Abi zag Rosanna's ietwat ongeruste blik. 'En ja, ik neem de babyfoon mee.'

'Waar is mijn andere schoen?' Rosanna zat nu op haar knieën onder het bed te turen. Ze viste de zwarte sandaal met een triomfantelijke blik tevoorschijn en haalde er een speelgoedautootje uit. 'Goed, ik ben klaar. Ik ga beneden nog even Luca en Nico gedag zeggen.'

'Oké.'

Rosanna liep de zitkamer in, waar Nico tevreden tegen Luca aan genesteld naar een plaatjesboek op zijn schoot zat te kijken. 'Je vindt het echt niet erg dat ik uitga, hè?' vroeg ze.

'Helemaal niet. Het is goed dat je er bent voor je vriend. Nico en ik redden ons prima. We hebben een heleboel boekjes om te lezen.'

'Is ze nou nog steeds bezig? Mijn god, je zou denken dat ze Nico voor een jaar gaat verlaten.' Abi liep rollend met haar ogen de zitkamer in. 'De taxi is er. Ga nou maar!' Ze werkte Rosanna de kamer uit, richting de voordeur.

'Dag, Luca. Dag, Nico. Dag...'

Abi deed de deur dicht en liep de zitkamer weer in. Ze bleef bij de deur staan kijken naar de twee donkere hoofden op de bank. 'Iemand moet Rosanna vertellen dat ze overbezorgd is.'

Luca keek haar aan. 'Ze moet mamma en papà tegelijk zijn, daar komt het door.'

'Ja, dat zal het wel zijn,' zuchtte Abi. 'Nou, vind je het erg als ik naar boven ga om nog even te werken? Ik kom over een half uur beneden om Nico's flesje klaar te maken en hem in bed te leggen en dan...'

'Ga jij maar schrijven. Ik breng Nico wel naar bed. Ik heb heel vaak voor Rosanna gezorgd toen ze klein was.'

'Als je het zeker weet...'

'Ik weet het zeker.'

Een uur later keek Abi om de deur van de kinderkamer. Nico was in diepe slaap. Ze liep de trap af naar de keuken.

'Abi, precies op tijd.' Luca stond bij het fornuis in een grote koekenpan te roeren. Een verrukkelijke geur vulde de ruimte.

'O, ik... nou, ik wilde eigenlijk gewoon een sandwich nemen en weer naar boven gaan,' zei ze onzeker.

Luca's gezicht betrok. 'Maar ik heb een van mijn specialiteiten voor je bereid. De risotto die we vroeger in Milaan aten.'

'Ik...'

'Toe nou, Abi. Een paar uurtjes vrij nemen kan toch geen kwaad? Ik heb je amper gesproken sinds ik hier ben. Het zou fijn zijn om bij te praten. Hier.' Hij reikte haar een glas wijn aan.

Abi's voornemen vervloog en ze nam het glas aan. 'Oké dan, omdat je al gekookt hebt.'

'Ik heb de tafel op het terras gedekt. Ga daar maar lekker zitten. Ik zal de risotto straks opdienen en me bij je voegen.'

Een paar minuten later zette Luca haar een dampend bord voor en nam hij tegenover haar aan de tafel plaats.

'Het ziet er heerlijk uit,' zei Abi.

'Ik krijg tegenwoordig niet vaak meer de kans om te koken. Tast vooral toe,' zei hij terwijl hij zijn vork pakte. 'Vertel eens, hoe gaat het met je nieuwe boek?'

'In dit stadium vind ik het altijd nog waardeloos. Maar het wordt uiteindelijk best goed, denk ik.'

'Waar gaat het over?'

'Onbeantwoorde liefde.' Onwillekeurig bloosde Abi tot aan de wortels van haar lange blonde haar.

'Dat is een interessant onderwerp,' zei Luca, die haar een onderzoekende blik toewierp.

'Ja.'

'En wanneer komt je eerste roman uit?'

'In september.'

'Ah. En vind je voldoening in het schrijverschap?'

'Zeker. Hoewel het een enorm op jezelf gericht vak is. Je brengt gewoon al je ergste angsten en wildste fantasieën bijeen, roert ze door elkaar en hoopt dan maar dat andere mensen erin geïnteresseerd zullen zijn.'

'Zo simpel zal het niet zijn, maar het klinkt goed. Ik zal je eerste boek lezen als het uit is.'

'Eerlijk gezegd denk ik niet dat het een geschikt boek voor jou is, Luca,' zei ze voorzichtig.

'Hoezo niet?'

'Nou, er zijn gedeelten die een beetje... smeuïg zijn.'

Luca keek beduusd. 'Wat bedoel je met "smeuïg"?'

'Ik bedoel dat er vrij veel seksscènes in zitten.' Ze bloosde opnieuw.

Luca grinnikte. 'En jij vindt het daarom geen geschikt leesvoer voor iemand die in opleiding is om priester te worden?'

'Daar komt het wel op neer, ja.'

'Denk nou niet dat ik geen mens van vlees en bloed ben omdat ik priester wil worden. Als man heb ik gevoelens als ieder ander. En denk ook niet dat ik je de afgelopen jaren vergeten ben. Ik heb veel aan je gedacht.' Hij glimlachte en laadde een hap risotto op zijn vork voor hij verderging. 'En nu is het moment daar om je te vragen me te vergeven. Ik was zwak en egoïstisch, destijds in Milaan. Ik liet de gevoelens die ik voor je had toe, hoewel ik diep vanbinnen wist dat ze nergens toe konden leiden.'

Abi's hart zonk haar in de schoenen. Een ogenblik lang had ze een sprankje hoop gehad.

'Je hoeft niet zo hard voor jezelf te zijn, Luca. Ik moet me ook verontschuldigen voor mijn poging druk op je uit te oefenen, terwijl ik had moeten respecteren dat jouw leven een andere bestemming kende. Dat je zoveel tijd in die oude kerk doorbracht had al een hint moeten zijn.' Ze probeerde opgewekt te klinken en hoopte dat hij haar gevoelens niet van haar gezicht kon aflezen. 'Heb je er bezwaar tegen als ik rook?' Ze rommelde in haar tas, op zoek naar haar sigaretten en een aansteker.

'Nee hoor, helemaal niet.' Hij legde zijn mes en vork netjes naast elkaar op zijn bord.

'En hoe is het leven op het seminarie?'

Luca keek haar indringend aan. 'Kun je een geheim bewaren?'

'Natuurlijk.'

'Je mag het Rosanna niet vertellen. Ik wil niet dat iemand van mijn familie het weet.'

'Wat?'

'Ik ben met verlof. Ik neem even de tijd om over mijn toekomst na te denken.'

'Je bedoelt dat je erover denkt om het seminarie vaarwel te zeggen?' Abi's blauwe ogen waren groot van verbazing.

'Nee, dat bedoel ik niet, maar ik zit in een spirituele crisis – althans zo noemt mijn bisschop het. Kennelijk overkomt dit veel jonge mannen in de laatste fase van hun opleiding. Na de euforie van het besluit en de daaropvolgende studiejaren volgt, nou ja, de onzekerheid.'

‘O.’ Abi luisterde aandachtig.

‘Ik geloof dat ik op deze aarde ben om Gods werk te doen. Ik wil troost bieden aan mensen die het moeilijk hebben, die arm zijn of pijn lijden, en het woord van God verspreiden onder mensen die het nog niet kennen.’

‘Maar dat is toch precies wat je zult doen als je priester wordt?’

‘Jawel, maar…’ Luca zuchtte. ‘De Kerk is een soort club en de priesters zijn de leden. En zoals in elke club zijn er regels die je moet naleven, voorschriften die je ervan kunnen weerhouden om dingen te doen die jou goed lijken. En zoals in elke organisatie wordt er zelfs in die van God een machtsstrijd gevoerd onder mensen die de Kerk als carrièreladder zien, en die zich nergens door laten tegenhouden om de top te bereiken. En natuurlijk vindt er ook corruptie plaats.’ Luca zweeg even en vroeg: ‘Mag ik een sigaret van je?’

‘Ik dacht dat je niet meer rookte.’

‘Heel soms nog wel. En het weerzien met jou herinnert me aan vroeger tijden,’ zei hij met een glimlach, terwijl hij er een uit het pakje trok en Abi die voor hem aanstak.

‘Nou, ik sta verbaasd over je woorden. Ik dacht dat het priesterschap je roeping was, dat het alles was wat je wilde.’

‘Dat was ook zo, ís ook zo, in een ideale wereld. Maar deze wereld is verre van ideaal omdat hij uit mensen bestaat. Net als de Heer zelf zijn we niet volmaakt. Hoe dan ook is dat de reden waarom ik tijd heb gekregen om na te denken voordat ik de ultieme stap zet en me tot priester laat wijden. Weet je, Abi, anders dan veel anderen vind ik het niet belangrijk om hogerop te komen. Dat zou me alleen maar verder weg drijven van wat ik wil doen. Ik wil niet op mijn vijftigste achter een bureau in het Vaticaan zitten. Ik wil midden in de wereld staan en mensen helpen. Het spijt me, ik verveel je hier vast mee.’

‘Nee, absoluut niet, ik vind het juist boeiend,’ zei Abi naar waarheid.

‘Nou, bedankt in elk geval. Ik had iemand nodig om mijn verhaal aan te vertellen en jij bent altijd goed geweest in luisteren.’

‘Graag gedaan, Luca. Dat weet je.’

'En hoe zit het met jou, Abi?' vroeg hij, zichzelf nog een glas wijn inschenkend. 'Ben je gelukkig?'

'Ach, ik probeer altijd overal het beste van te maken, al is het allemaal niet perfect. Ik ben een eeuwige optimist,' zei ze schouderophalend.

'En heb je iemand gevonden om van te houden?'

'Nou, ik heb de nodige vriendjes gehad en veel plezier beleefd. Maar inmiddels heb ik besloten dat ik niet het type ben om te gaan trouwen, dat de liefde te veel pijn met zich meebrengt. Anders dan jij stel ik mijn eigenbelang voorop.'

'Dat ben ik niet met je eens. Je bent een heel goede vriendin voor zowel mij als mijn zus.' Hij boog zich naar haar toe. 'Hoe gaat het nou écht met Rosanna?'

'Ze is moedig, sterk, een goede moeder en…' Abi zuchtte. '… een zeer getalenteerd actrice. Diep vanbinnen is ze helaas nog steeds smoorverliefd op die lamlendige echtgenoot van haar.'

'Ja, dat geloof ik graag. Ik heb gezien hoe mijn zusje verliefd op hem werd toen ze nog maar elf jaar oud was.'

'Liefde en haat liggen dicht bij elkaar. Misschien zal Rosanna hem op een dag gaan haten,' zei Abi hoopvol.

'En dat is misschien wel net zo erg als van hem houden.' Luca schudde mismoedig zijn hoofd. 'Het lot is iets heel vreemds. Ik geloof beslist dat God bepaalde dingen heeft beschikt voordat we onze eerste lucht inademen. Ik wist vanaf het begin dat Roberto Rossini niets dan narigheid betekende voor Rosanna. Als er één man op de wereld was van wie ik hoopte dat hij nooit in haar buurt zou komen, was hij het wel. Ik weet wat voor dingen hij heeft gedaan, ik heb dingen gezien die…' Luca's stem was vol emotie. 'Het spijt me, Abi. Ik hou van mijn zusje en ik vind het moeilijk om te weten dat zij van Roberto houdt, en dat ik niet in staat ben haar tegen de pijn daarvan te beschermen. Maar dat is, zoals ik al zei, het lot, nietwaar?'

'Ja, en trouwens, ze hebben elkaar al een jaar niet gesproken. En misschien vind je het fijn om te weten dat ze een bewonderaar heeft: Stephen, de man met wie ze vanavond uit is. Hij adoreert Rosanna, hoewel ik niet weet wat zij voor hem voelt.'

'Dat is dan tenminste een gunstige ontwikkeling,' vond Luca ook. 'Heeft ze het weleens over een terugkeer naar de opera?'

'Tot nu toe niet, nee.'

Hij schudde zijn hoofd. 'Zelfs dat heeft Roberto haar afgenomen: de verbinding met haar gave. Een talent als het hare is zeldzaam en toch lijkt ze er de waarde niet meer van in te zien.'

'Ik weet het, ik weet het. Maar op een dag, als Nico wat ouder is, zal ze er misschien wel op terugkomen. Ze is nog heel jong. En Stephen zou haar aanmoedigen als zij tweeën ooit iets met elkaar krijgen. Hij is haar grootste fan.'

'Die Stephen klinkt bijna te perfect,' glimlachte Luca.

'Vind ik ook. Er moet wel iets mis met hem zijn,' giechelde Abi.

'Misschien zal Rosanna zijn kwaliteiten nooit volledig naar waarde weten te schatten,' antwoordde Luca schouderophalend.

'Zou heel goed kunnen. Nou, zal ik maar eens koffie gaan zetten?'

'Ja, dat zou wel fijn zijn.'

Abi stond op en begon de tafel af te ruimen. Toen ze Luca's bord wilde pakken, raakte hij zacht haar arm aan.

'Nogmaals bedankt voor het luisteren. Je bent een goede vriendin met een heel goed hart.'

Abi droeg de borden naar de keuken. Ze vulde de koffiekan met water, schonk dat in het apparaat en zette het aan, denkend aan wat hij haar had verteld en hoe het haar situatie had veranderd. Als hij echt onzeker was over het priesterschap, dan...

'Ach, wat kan het ook schelen,' zei ze tegen zichzelf terwijl ze keek hoe de koffie in de kan druppelde. 'Het kan het einde betekenen, Abi, maar je leeft maar één keer.'

Nadat de laatste gast de galerie had verlaten, deed Stephen de deur achter zich op slot en slaakte een zucht van verlichting.

Rosanna glimlachte naar hem. 'Dat was een groot succes, nietwaar?'

'Ja, een optie op twaalf van de vijftien schilderijen. Ik moet de kunstenares zover krijgen dat ze er meer maakt – en snel.'

'Je was geweldig.' Ze ging op een stoel zitten. 'Je was zo aardig tegen iedereen, zelfs als ze over de prijs begonnen te discussiëren.'

'De omgang met klanten is een belangrijk onderdeel van mijn werk. Nog wat wijn?' Stephen pakte de fles die op zijn bureau stond en vulde Rosanna's glas.

'Dank je. Op jou, Stephen, en de galerie.'

'Vooruit, op mij. En op jou voor je komst en je steun.'

'Het was het minste wat ik kon doen. Ik heb ervan genoten.'

'Echt?'

'Ja, het was fijn om eruit te zijn, hoewel ik het in het begin best lastig vond,' gaf ze toe. 'Ik ben er niet meer aan gewend om met mensen over koetjes en kalfjes te praten.'

'Rosanna, iedereen was van je gecharmeerd. Weet je, iemand vroeg me zelfs of je mijn vrouw was.' Stephen keek haar even aan van opzij.

'O? Ik...' Ze zette abrupt haar glas neer en stond op. 'Ik moet nu maar eens gaan. Abi en Luca zullen zich wel afvragen waar ik blijf.'

'Prima. Ik zal je naar huis brengen.'

'Nee, ik kan best een taxi bellen.'

'Ben je mal? Kom mee.'

Ze verlieten de galerie en liepen door de smalle straten naar zijn auto.

Rosanna was stil tijdens de rit. Ze voelde zich schuldig om haar impulsieve reactie op zijn onschuldige opmerking. Toen Stephen de auto op de oprit had stopgezet, draaide ze zich naar hem toe.

'Heb je zin om zondag te komen lunchen en kennis te maken met mijn broer?'

'Dat lijkt me leuk,' antwoordde hij.

'Mooi. Een uur of één?'

'Ja.'

'Dank je wel voor de fijne avond. Welterusten, Stephen.' Rosanna gaf hem een vluchtige kus op zijn wang en stapte de auto uit.

36

'Stephen,' zei Rosanna, 'dit is mijn broer, Luca.'

'Aangenaam kennis te maken.' Stephen glimlachte warm terwijl de beide mannen elkaar de hand schudden.

'Hier zijn de drankjes.' Abi kwam met een dienblad met Pimm's en vier glazen het terras op. Ze zette het blad neer en schonk vier glazen vol. 'Cheers,' zei ze, en ze nam een slok.

'Zo, Stephen, ik heb van Rosanna begrepen dat je hier in de buurt een galerie hebt,' zei Luca.

'Ja, in Cheltenham. Ik heb een paar maanden geleden besloten om voor mezelf te beginnen. Tot nu toe is het een goede gok gebleken. En ik werk hier veel liever dan in het grauwe Londen. Het is ook een interessante uitdaging om moderne kunstenaars te vinden. Ik heb eerder bij Sotheby's gewerkt in het team dat stukken uit de renaissance op echtheid beoordeelt en de waarde ervan vaststelt.'

'Dat klinkt heel boeiend. Ik zou graag meer over de kunstwereld willen weten,' zei Luca belangstellend, maar op dat moment werden ze onderbroken door Abi, die met een tang aan kwam zetten.

'Oké, ik ga maar eens aan de slag met de barbecue. Ik waarschuw jullie maar vast, ik kan er niks van en laat alles verbranden,' lachte ze, terwijl ze over het terras voorbijliep. 'Luca, wil jij het vlees naar buiten brengen? Over een paar seconden ben ik klaar om alles zwart te blakeren.'

'Natuurlijk.'

'Dan zal ik Nico uit zijn bedje halen,' zei Rosanna, en ze volgde haar broer het huis in.

Tien minuten later verscheen ze weer op het terras met Nico, die huilde. 'Ik ben bang dat hij na zijn middagslaapje altijd een beetje mopperig is, hè, darling?'

'Hoi, kleine vriend,' zei Stephen.

Nico stopte meteen met huilen en strekte zijn armpjes naar hem uit.

'Ik zie het al,' knikte Abi, met de barbecuetang door de lucht zwaaiend. 'We weten nu allemaal wie het snoepje van de week is, toch?' Ze knipoogde naar Luca terwijl Stephen en Nico hand in hand naar een speelhuisje liepen dat Rosanna voor haar zoon had gekocht.

'Kinderen hebben de meeste mensenkennis,' zei Luca met een knipoog terug.

'Wil je me even helpen?' vroeg Abi, haar gezicht rood van de hitte van de barbecue. Daar gaf Luca gehoor aan en met zijn tweeën keken ze heimelijk toe hoe Rosanna zich bij Stephen en haar zoontje voegde.

'Ze vormen een leuk stel, vind je niet?' zei Abi.

'Stephen lijkt me een fijne man, maar laten we niet op de zaken vooruitlopen. Ik ken Rosanna al langer dan vandaag, en jij trouwens ook. Hoe lief ze ook is, ze is ook zo koppig als een ezel. Het werkt misschien zelfs beter als wij het zogenaamd afkeuren,' antwoordde Luca, die met een vork de gare worstjes op een bord overdeed.

'De lunch is klaar,' riep Abi, en een paar minuten later zaten ze met zijn allen te eten.

Naderhand gingen Stephen en Rosanna samen met Nico een stukje lopen om eendjes te kijken bij de dorpsvijver, en bleven Luca en Abi naast elkaar op het picknickkleed achter.

'God, was het leven maar altijd zo heerlijk als vandaag,' zuchtte ze. Ze rolde op haar buik, plukte een grasspriet en kauwde er peinzend op, opzij kijkend naar Luca. 'Slaap je?'

'Nee.'

'Ik voel me high van Pimm's, zon en geluk,' merkte ze op. 'O, wat hou ik van je, Luca.' Ze leunde naar hem toe en kuste hem zachtjes op zijn lippen. Hij reageerde niet, maar hield haar ook niet tegen.

'Heb je me gehoord?' vroeg ze zacht. 'Ik hou van je. Ik ben een klein beetje dronken, dus het kan me niet echt schelen dat ik het heb gezegd.'

Luca deed zijn ogen open. Abi boog naar hem toe om hem nog

eens te kussen en voelde zijn arm aarzelend over haar rug glijden. Toen kwam er een kleine tornado aanstormen, die zich op hen wierp.

'Nico, jij klein monster!' Luca rolde weg van Abi en begon zijn verrukt giechelende neefje te kietelen.

Abi ging abrupt rechtop zitten en zag dat Rosanna en Stephen gelukkig nog op veilige afstand op het terras waren.

'Volgende week samen uit eten?' vroeg Stephen aan Rosanna. Ze liepen rustig over het gazon naar de twee gestalten op het picknickkleed.

'Als Abi en Luca willen babysitten.'

'Vast wel. Ze lijken erg goed met elkaar overweg te kunnen.'

'Dat is ook zo, en het is mooi om te zien dat ze van elkaars gezelschap genieten en hun vriendschap weer oppakken.'

Stephen knikte en besloot verder niets te zeggen over wat hij een paar minuten eerder tussen hen had zien gebeuren.

Rosanna ging die avond vroeg naar haar slaapkamer. Ze wilde nadenken over Stephen en wat hij voor haar betekende. Het had geen zin nog langer te doen alsof. Op zijn eigen zachtmoedige manier had Stephen het overduidelijk gemaakt dat hij meer van haar wilde dan alleen vriendschap. Haar mee uit eten vragen was iets heel anders dan overdag een paar aangename uren doorbrengen met Nico erbij.

Ze lag in bed en probeerde zich voor te stellen hoe het zou zijn om de aanraking van zijn handen te voelen, om de liefde met hem te bedrijven... en ze draaide zich gefrustreerd op haar zij. Ze wist dat ze nooit van Stephen kon houden zoals ze van Roberto had gehouden, maar misschien kon ze die liefde voor niemand meer voelen. Ze wilde hem geen pijn doen, hem niet laten geloven dat ze iets voelde wat er niet in zat, maar ze wilde hem ook niet verliezen; zij en Nico zouden hem verschrikkelijk missen. Misschien had ze meer tijd nodig, misschien zou de liefde groeien...

Rosanna's oogleden werden zwaar. Ze kon er vanavond niet langer aan denken. Ze knipte het licht uit om te gaan slapen.

Beneden in de keuken deed Abi de afwas en droogde Luca af.

Hij gaapte. 'Sorry, dat komt van de alcohol. Ik ben niet meer gewend aan drank. Ik geloof dat ik maar naar bed ga.'

'Nee! Luca, blijf alsjeblieft nog even. We moeten praten.' Ze ging hulpeloos aan de keukentafel zitten en stak een sigaret op.

Zijn armen sloten zich meteen om haar schouders. 'Abi, alsjeblieft, ik wil je niet van streek maken. Ik...'

'Heb je gehoord wat ik vanmiddag heb gezegd? Ik zei dat ik van je hou. Ik weet dat je denkt dat het door de Pimm's kwam, maar het is waar. Ik hou al van je sinds die tijd in Milaan. En ik heb mijn best gedaan om uit je buurt te blijven zolang je hier was. Dat ging allemaal prima tot je eten voor me had gekookt en me vertelde over je teleurstelling in de Kerk. En daarna... daarna ben ik gaan denken dat er misschien toch een kans voor ons is... Ik kan het niet helpen.' Ze drukte haar sigaret uit in de asbak. 'Ik kan het niet helpen dat ik naar je verlang. O, in godsnaam, jij bent de priester hier! Troost me dan, vertel me wat ik moet doen!' Ze barstte in snikken uit en legde haar hoofd in haar handen.

'Abi, weet je dan niet dat ik ook van jou hield?'

'Echt waar?'

'Ja.'

'Maar Luca, hou je nog steeds van me? Dat zou ik graag willen weten.' Haar stem werd gedempt door haar handen.

Hij keek naar haar en ademde langzaam uit. 'Ja, Abi, ik hou nog steeds van je. Net als jij vroeg ik me af of dat gevoel van al die jaren geleden was verdwenen, maar dat is niet zo. En hier ben ik dan weer met je samen, in een tijd waarin ik probeer de moeilijkste beslissing van mijn leven te nemen. Hoe kan ik onze liefde aanwakkeren als ik je nog niets kan beloven? Dat zou egoïstisch en oneerlijk zijn.'

Ze keek op. 'Kun je geen anglicaanse geestelijke worden of zoiets? Dan heb je mij én je godsdienst!'

'Abi toch,' grinnikte Luca terwijl hij over haar haar streek.

Ze stond op. 'Luister, ik denk dat ik moet weggaan. Dat is het beste voor ons allebei. Ik...' Ze haalde machteloos haar schouders op. 'Ik kan mijn liefde voor jou niet intomen.'

'Abi, wil je dat ik eerlijk tegen je ben?'

'Ja.'

'Dan vertel ik je nu dat ik het niet zou kunnen verdragen als je weggaat. Bovendien moet je je roman afmaken.' Luca nam haar handen in de zijne. 'Abi, we zouden nu naar boven kunnen gaan om onze liefde voor elkaar de vrije loop te laten. Dat is wat we allebei willen, toch?'

Ze knikte. 'Ja.'

'Maar begrijp je niet dat het verkeerd zou zijn? Ik heb te veel twijfels over mijn toekomst. Ik zou je misschien dingen beloven die ik niet waar kan maken. Dan zou je mij gaan haten, en ik mezelf, om de pijn die ik je zou doen en om het breken van de geloften die ik heb afgelegd toen ik naar het seminarie ging.'

'Dat weet ik allemaal, Luca,' zuchtte ze. 'Daarom is het beter als ik terugga naar Londen.'

'Wacht nog een poosje, cara. Ik heb erover nagedacht en ik denk dat God niet zegt dat liefde op zich verkeerd is. Dus...' Luca zweeg even en haalde diep adem. 'Is het niet mogelijk om de paar weken die we samen hebben te beschouwen als een geschenk? Tijd om bij elkaar te zijn, tijd om te praten? En om uit te zoeken of wat we voelen goed is voor ons allebei?'

'Dus wat je zegt, is dat we geliefden kunnen zijn, maar zonder het lichamelijke aspect,' zei Abi langzaam.

'Ja, in ons hoofd...' Luca wees. '... en in ons hart. Misschien is het te veel gevraagd, maar meer heb ik niet te bieden.'

Ze keek hem aan. 'Zeg je dat er een kans voor ons zou kunnen zijn? In de toekomst?'

'Ik kan niets beloven, Abi. Dat weet je inmiddels wel.'

Ze knikte langzaam en stond op. 'Nou, dit is iets waarover ik goed moet nadenken.' Ze liep naar de deur, draaide zich om en keek hem aan. 'Als ik hier morgenochtend nog ben, dan...' Ze haalde lichtjes haar schouders op. 'En zo niet, dan... welterusten, Luca.' Ze deed de deur open en verliet de keuken.

De volgende ochtend werd Luca wakker, stapte zijn bed uit en liep meteen naar het raam. Hij trok met bonkend hart de gordijnen open en zag dat de kleine rode Mazda nog steeds op de oprit stond.

Er werd op zijn deur geklopt en hij liep ernaartoe en deed open.

'Abi, Abi.' Hij nam haar in zijn armen en hield haar vast. 'Ik was zo bang dat je weg zou zijn.'

'Hoe zou ik weg kunnen gaan? Ik hou van je. Ik moet deze kans grijpen, hoe klein die ook is.'

Ze gaf hem een liefhebbende kus op zijn wang en maakte zich los uit zijn armen. 'Maar nu, darling, moet ik aan het werk. We praten later weer.'

De deur ging achter haar dicht. Luca knielde en vroeg God hem te vergeven voor zijn zwakheid.

The Metropolitan Opera House,
New York

Dus, Nico, Abi bleef, hoewel ik destijds geen idee had dat ze überhaupt had overwogen om weg te gaan. En ik herinner me die zomer als een tijd van misschien niet perfect geluk, maar op zijn minst van rust en respijt voor mijn gebroken hart. Stephen bezocht me de meeste dagen; dan kwam hij naar het huis nadat hij de galerie had gesloten. Hij speelde dan een poosje met je voordat je naar bed ging, en daarna zaten we met zijn vieren te eten op het terras en te genieten van de heerlijke Engelse zomeravonden. Stephen was geen vervanging voor je vader – niemand zou ooit die leegte in mijn hart kunnen vullen – maar hij bracht in elk geval weer wat normaliteit in mijn leven. Soms, als we zo op het terras zaten, keek ik de tafel rond en besefte ik hoe blij ik mocht zijn dat ik mensen om me heen had die om me gaven.

En ik begon langzaam weer tot leven te komen. De verdoofdheid die ik had ervaren sinds het vertrek van je vader begon af te nemen. In plaats van alleen maar met de dag te leven kon ik naar de toekomst kijken, kon ik het verdragen plannen te maken waar Roberto niet in voorkwam. Ik begon te geloven in de mogelijkheid dat de pijn op een dag zou verdwijnen, en zelfs als dat niet zou gebeuren, dat ik genoeg dingen in mijn leven had die me voldoening gaven. Ik overwoog zelfs om weer te gaan zingen. Stephen, Abi en Luca moedigden me daarin aan. Maar ik wist dat het te vroeg was, dat ik nog wat meer tijd nodig had.

En je oom leek gelukkiger te zijn dan ik hem in jaren had gezien. Hij straalde een serene tevredenheid uit, net als Abi trouwens. Ik had moeten zien wat er vlak voor mijn neus gebeurde, maar ik was er blind voor, te zeer bezig met mijn eigen gevoelens.

Toen werden de dagen korter en begonnen de bladeren aan de bomen traag van groen naar goud naar rood te kleuren. Abi en Luca praatten over hun vertrek, maar maakten geen daadwerkelijke plannen. Het was alsof wij vieren probeerden de tijd stil te zetten. We waren ons ervan bewust dat de zomer moest eindigen, maar nog niet klaar voor de werkelijkheid…

37

Gloucestershire, september 1982

Luca stond in de keuken eten te koken. Abi zat aan de tafel een glas wijn te drinken.

'Abi, cara, ik moet je iets vertellen. Ik heb papà vandaag gebeld en ik vertrek zo snel mogelijk naar Napels. Carlotta wil me zien. Het spijt me, maar ik moet je een tijdje verlaten.'

'Natuurlijk moet je gaan,' stelde ze hem gerust. 'Maak je geen zorgen om mij, ik moet toch terug naar Londen. Mijn redacteur zit te springen om het nieuwe manuscript en de publiciteitsafdeling heeft interviews voor me geregeld. Ik... Hoelang blijf je weg?'

Hij ging tegenover haar zitten. 'Dat durf ik niet te zeggen. Het hangt af van Carlotta.'

'Oké.'

'Ik bel je uiteraard zodra ik weet hoelang ik moet blijven.' Hij nam haar handen in de zijne en kuste ze zacht. 'Abi, deze zomer is de mooiste tijd van mijn leven geweest. Wat er ook gebeurt, ik...'

'Hoe bedoel je, "wat er ook gebeurt"?' Ze trok haar handen terug.

'Ik bedoel dat ik altijd van je zal houden, zelfs als...'

'Nee, je bedoelt dat je niet genoeg van me houdt om me een toekomst te bieden. Sorry, ik dacht dat ik hiermee kon omgaan, maar...'

Abi stond abrupt op en verliet de keuken. Luca riep haar na, maar ze rende de twee trappen naar haar kamer op en sloeg de deur achter zich dicht. Ze liep door naar het bureau, waar haar voltooide manuscript de afgelopen tien dagen had gelegen. Sindsdien was er niets geweest wat ze nog moest doen voordat ze zou vertrekken en terugkeren naar Londen. Ze had simpelweg de moed niet kunnen opbrengen om afscheid van hem te nemen. Ze ging in haar stoel zitten en staarde uit het raam naar het weidse landschap. De zomer was zo volmaakt geweest. Ze hadden elke dag samen tijd doorgebracht, gewandeld, gepraat, van elkaar gehouden op alle manieren behalve die ene.

Abi legde haar hoofd op haar manuscript, de vreugde van de afgelopen weken vervangen door vrees. Hij had van het begin af aan gezegd dat hij haar niets kon beloven. Ze kon het hem niet kwalijk nemen. En ze wist dat dit nog maar het begin was van de pijn.

Tegen de tijd dat Abi de volgende ochtend haar spullen had gepakt en zich opmaakte om te vertrekken, hadden Rosanna en Nico al afscheid van haar genomen en hadden ze het huis verlaten om met Stephen in Cheltenham te gaan lunchen.

Terwijl ze haar koffer in de kleine kofferbak van de Mazda perste, verscheen Luca in de deuropening.

'Abi.' Hij liep naar haar toe en nam haar in zijn armen.

'Ik... Ik kan dit niet verdragen. Probeer het alsjeblieft te begrijpen.' Ze maakte zich van hem los en kroop achter het stuur. Ze draaide het sleuteltje om en startte de motor.

Hij leunde door het raam. 'Ik hou van je, Abi. Ik zal je schrijven vanuit Napels.' Ze zette de pook in de achteruit, want ze wilde vertrekken voordat ze voor zijn ogen in huilen zou uitbarsten.

'Beloof me één ding, Luca.'

'Wat dan?'

'Dat je niet zult vergeten hoe je je deze zomer hebt gevoeld. Ik daag zelfs God in hoogsteigen persoon uit om jou gelukkiger te maken. Goodbye.'

Luca keek hoe Abi achteruitreed, de auto keerde en de oprit af scheurde.

Ze was weg.

Daar stond hij, in shock door haar plotselinge vertrek. En voor het eerst begreep Luca echt Rosanna's pijn om Roberto.

Vierentwintig uur later sloot Luca ook zijn zusje in zijn armen. 'Ciao, piccolina.'

'Ciao, pas op jezelf en heel veel liefs en groeten aan papà, Carlotta en Ella. En laat me alsjeblieft weten of ik Carlotta kan komen bezoeken.'

'Dat zal ik doen, beloofd. Ik bel je als ik in Napels ben.' Luca bukte om Nico een kus te geven. 'Zorg goed voor je mamma, angeletto.'

Stephen stond te wachten om Luca naar het vliegveld te brengen. 'Ik ben rond een uur of vijf terug,' riep hij naar Rosanna toen hij de auto in stapte en het portier dichtsloeg. Ze zwaaide terwijl de auto rustig over de oprit wegreed, tilde Nico op en knuffelde hem, lichtjes huiverend in de najaarslucht.

De zomer was voorbij.

Toen Stephen terug was van het vliegveld aten ze met het bord op schoot en keken ondertussen een film.

'Wat is het huis leeg en stil, hè?' merkte Rosanna op.

'Nou, dat blijft wel een tijdje zo. Ik moet toegeven, heel egoïstisch natuurlijk, dat het fijn is om je ook eens voor mezelf te hebben. Denk je dat Luca en Abi contact met elkaar zullen houden?'

'Uiteraard. Ze hebben hun vriendschap hernieuwd en ze zijn in de loop van de zomer heel hecht geworden.'

'Denk jij dat dat alles was? Vriendschap, bedoel ik?' hield Stephen vol.

'Natuurlijk. Mijn broer wordt binnenkort tot priester gewijd. Waarom vraag je dat?'

'Ik denk gewoon dat ze nog steeds verliefd op elkaar zijn.'

'Nee, ze zijn alleen maar goede vrienden. Ze hebben het leuk met elkaar. Meer niet.'

'Jij zal het wel weten.' Stephen stond op. 'Maar goed, ik moet gaan. Ik ben moe van de lange rit en als ik nog langer blijf, val ik in slaap.' Hij trok zijn trui over zijn hoofd. 'Dank je voor de maaltijd. Zal ik komende week weer langskomen?'

Het voelde als een harde dreun op haar borst. Ze wilde dat hij bleef, ze wilde zijn armen om haar heen voelen. Ze wilde niet alleen zijn in dit stille, lege huis.

'Ga alsjeblieft niet weg,' fluisterde ze.

'Sorry?' Stephen draaide zich om bij de deur.

'Ik zei: ga alsjeblieft niet weg.'

Hij keek beduusd. 'Ik… Zeg je nou dat je wilt dat ik blijf?'
'Ja.' Rosanna stond op en liep naar hem toe. Ze ging op haar tenen staan, zodat ze hem op zijn lippen kon kussen. Zijn armen omstrengelden haar schouders en voor het eerst zoenden ze echt.
Ze maakte zich los uit zijn armen. 'Kom mee naar boven, Stephen,' zei ze zacht, voordat ze van gedachten kon veranderen.

'Ik heb een voorstel.'
Het was een paar dagen nadat Luca en Abi waren vertrokken, en Stephen was zoals gebruikelijk langsgekomen na zijn werk. Hij duwde Nico op de schommel achter in de tuin.
'Vind ik het leuk, denk je?' informeerde Rosanna met een lach.
'Ik weet het niet. Ik hoop het.'
'Zeg het dan maar gewoon.'
'Ik moet eind deze maand naar New York. Er woont daar een zeer vermogend verzamelaar die ik ken van mijn tijd bij Sotheby's. Ik heb hem een catalogus van mijn landschapschilderes gestuurd, je weet wel, die vorige maand zoveel schilderijen heeft verkocht op de tentoonstelling, en hij belde me vandaag omdat hij erover denkt een paar van haar werken te kopen. Hij heeft me uitgenodigd om een en ander te bespreken.'
'Als hij de catalogus heeft gezien, waarom moet jij er dan heen?' vroeg Rosanna.
'Omdat hij waanzinnig rijk is, en ik hem dus te vriend wil houden,' antwoordde Stephen. 'En het leek me het perfecte excuus om met jou een weekend in New York door te brengen,' voegde hij er terloops aan toe. 'Ga je mee, lieverd? Ik zou het geweldig vinden. Deze man is echt een zeer bekend verzamelaar. Als hij iets via mij koopt, zullen andere grote verzamelaars misschien de moed vatten om zijn voorbeeld te volgen. Ik heb jou aan mijn zijde nodig om hem in te palmen.'
Rosanna schudde haar hoofd. 'Het is lief dat je het vraagt, maar ik geloof niet dat New York een goed idee is.'
'Ben je bang dat je je echtgenoot zult tegenkomen?'
'Ja.'
'Nou, dat hoeft niet. Toevallig zingt Roberto in die periode drie

weken lang in Parijs. Dat heb ik al gecheckt. Dus ga je alsjeblieft mee?' zei hij smekend. 'We kunnen het hartstikke leuk hebben.'

'En Nico dan?'

'Ik heb Abi al gevraagd, en die wil met alle liefde voor hem zorgen als wij weg zijn. Het is maar voor twee nachten, Rosanna.'

Ze aarzelde even en zei toen: 'Oké.'

'Je gaat echt mee?'

'Ja.'

'Nico,' zei hij tegen het jongetje, 'je moeder is geweldig.'

38

Napels, Italië

'Papà!' Luca kuste zijn vader op beide wangen. 'Je ziet er goed uit.' Hij dacht bij zichzelf dat Marco de afgelopen tien jaar amper een dag ouder geworden leek te zijn.

'Het zijn de wijn, het lekkere eten en de liefde van een goede vrouw die me jong houden,' zei Marco gekscherend. 'Kom, drink wat met me.' Hij schonk twee glazen Aperol in en gaf er een aan Luca.

'Hoe gaat het met haar?'

Marco's gezicht kreeg een ernstige uitdrukking. 'Ik weet het niet. Ze vertelt me niets.'

'Weet je of de behandeling heeft gewerkt?'

'Nee, ik zei toch al dat ze me weinig vertelt, maar, Luca, je hoeft alleen maar naar haar te kijken om het antwoord te weten. En Ella...' Marco haalde zijn schouders op. 'Ella weet van niets behalve dat Carlotta een tijdje in het ziekenhuis heeft gelegen en nu herstellende is. Die arme meid vraagt me telkens waarom haar mamma er nog steeds zo bleek en ziek uitziet. Maar wat kan ik doen? Ik heb Carlotta beloofd dat ik haar dochter niets vertel.'

'Nou, misschien hoopt ze dat het niet nodig zal zijn.'

'Ga eerst maar eens bij je zus kijken en vertel me dan nog eens dat het niet nodig zal zijn,' zuchtte zijn vader.

'Is ze boven?'

'Ja, ze ligt te rusten. Ze was heel blij dat je zou komen. Ik heb ervoor gezorgd dat Ella bij een vriendin logeert, zodat jij met Carlotta kunt praten. Probeer haar aan het praten te krijgen, Luca.'

'Ik ga nu wel naar boven.'

Marco legde een hand op Luca's schouder. 'Ze verbergt de waarheid voor ons allemaal, en het is beter als we weten hoe het zit.'

Luca knikte. Hij liep de trap op en de gang door naar Carlotta's kamer, waar hij zachtjes op haar deur klopte.

'Kom binnen,' reageerde een stem zwakjes.

Luca deed de deur open en zag Carlotta op het bed liggen. Ze was broodmager, haar vroeger zo weelderige figuur was weggeteerd door de ziekte en haar ooit zo prachtige teint was akelig grauw geworden. Op dat moment wist hij dat ze stervende was.

Ze richtte zich op haar ellebogen op en er verscheen een vluchtige glimlach op haar gezicht, die een golf van herinneringen aan de oude Carlotta in hem teweegbracht.

'Luca, kom je zus eens een knuffel geven.'

Hij liep naar haar toe, sloeg zijn armen om haar heen en hield haar met ingehouden tranen vast.

'Wat ben ik blij dat je er bent.'

Hij liet haar los en ze ging weer achteroverliggen op de kussens. Haar hand zocht de zijne en omklemde hem.

'Het spijt me dat ik niet beneden was om je te begroeten, maar ik vrees dat ik me vandaag nogal moe voel.'

'Carlotta, het geeft niet. Ik ben je broer. Blijf maar liggen, hier kunnen we ook praten.' Hij streek over haar voorhoofd en merkte dat haar lichaam verstijfde.

'Heb je veel pijn?'

Ze knikte. 'Ja.' Er sprongen tranen in haar ogen. 'Je weet het hè, Luca? Je kunt het zien?'

'Wat kan ik zien?'

'Dat het voor mij snel voorbij zal zijn.'

'Nee, Carlotta, zeg dat alsjeblieft niet.'

'De dokters hebben het me verteld. De behandeling is niet aangeslagen. De kanker heeft zich uitgezaaid en zit overal. Ze kunnen niets meer voor me doen.' Ze deed haar ogen dicht alsof ze hem niet langer kon aankijken.

Luca begreep dat pogingen om haar op te beuren met gemeenplaatsen geen zin hadden.

'Hoelang heb je nog?'

'Dat weten ze niet. Tussen de drie en zes maanden. Zoals ik me vandaag voel misschien een paar uur.' Ze kromp ineen. 'Kun je me die pillen even geven?' Ze wees naar een potje op het nachtkastje. 'Ik zal me een beetje beter voelen als ik daar een van heb ingenomen. Ze werken ongeveer twee uur, maar ik mag er maar om de vier uur eentje nemen.' Ze stopte de pil die Luca haar gaf in haar mond, nam een slokje water en slikte. 'Zo.' Ze zonk achterover op haar kussen en ademde uit. Toen sloot ze haar ogen. 'Geef me heel even de tijd om de pil zijn werk te laten doen.'

'Natuurlijk. Zo lang als nodig is.' Luca ging zwijgend op de rand van het bed zitten en hield Carlotta's hand vast. Langzaam begon haar hortende ademhaling tot rust te komen en nam de spanning in haar lichaam af. Luca dacht even dat ze sliep, maar ten slotte deed ze haar ogen open en glimlachte naar hem.

'Oké, nu gaat het beter. Mijn lieve broer, ik ben zo blij dat je er bent. Heb je een fijne vakantie gehad bij Rosanna in Engeland?'

'Ja, heel fijn.'

'Hoe gaat het met Rosanna en Nico?'

'Met allebei goed.'

'Mooi. Luca, ik moet met je praten.' Carlotta klonk bijna normaal nu de pijn onder controle was. 'Maar nog niet. Vanavond gaan we uit eten.'

'Weet je zeker dat je daartoe in staat bent?'

'Nee, maar eigenlijk ben ik bijna nergens meer toe in staat. Als ik een half uur voor we weggaan de pijnstillers inneem, zal het wel lukken. We moeten onder vier ogen kunnen praten, ergens waar niemand kan horen wat we bespreken.'

'Maar denk je niet dat je in het ziekenhuis zou moeten liggen?' zei Luca smekend.

'Jawel,' antwoordde ze, 'dat is wat de dokters ook opperden. Maar snap je niet dat ik geen keus heb? Ik kan naar het ziekenhuis gaan, mijn pijn laten onderdrukken en daar gaan liggen denken aan de dood, of ik kan proberen verder te leven en iets meer te lijden. Wat zou jij doen?'

'Ik...' Luca keek haar bewonderend aan. 'Je bent heel moedig, Carlotta.'

'Ja, op dit moment voel ik me ook moedig. Misschien komt dat omdat jij er bent. Soms is het niet zo gemakkelijk.'

'Papà zegt dat je hem niet wilt zeggen hoe het met je gaat. Carlotta, je moet hem de waarheid vertellen. Hij voelt zich buitengesloten. Ook hij heeft tijd nodig om het te leren aanvaarden.'

'Ja, ik zal met papà praten als ik er klaar voor ben. Maar ik wil niet het risico lopen dat Ella achter de waarheid komt. Wat heeft het voor zin om haar er al die tijd tot mijn dood onder te laten lijden? Het kan nog maanden duren. Dan ziet ze mij elke dag pijn hebben terwijl zij wacht op het onvermijdelijke. Dat zou afschuwelijk voor haar zijn, en wreed.'

'De beslissing is natuurlijk aan jou, maar ik vraag me af of het voor Ella niet beter zou zijn om de waarheid te weten. Ze is geen kind meer en ze zal het je misschien kwalijk nemen dat jij dit voor haar beslist.'

'Ja, waarschijnlijk wel.' Carlotta's ogen vertoonden een sprankje van hun oude vuur. 'Maar dit is een beslissing waar ik vastbesloten over ben. En er zijn nog enkele andere, maar daarover vertel ik je als we later vandaag ergens gaan eten. Luca, vind je het goed dat ik ga slapen nu de pijn minder is, zodat ik vanavond uitgerust ben?'

'Natuurlijk.' Luca gaf een kus op haar voorhoofd, liet Carlotta alleen en liep naar zijn eigen slaapkamer. Hij deed de deur achter zich dicht, leunde ertegenaan en haalde een paar keer diep adem om de schok van de aanblik van zijn stervende zus te verdringen. Hij slofte naar zijn bed, zakte erop neer en bedacht dat hij op zijn knieën zou moeten gaan zitten om voor haar te bidden, maar iets weerhield hem daarvan.

Een jaar geleden zou hij zonder meer hebben vertrouwd op Carlotta's toekomst in de hemel, veilig in de armen van God. Maar nu worstelde hij om zichzelf gerust te stellen, het te geloven.

Ze was zijn zus en hij wilde haar niet verliezen, zelfs niet aan God.

'Waarom? Waarom zij?' vroeg hij Hem.

Deze keer had Hij geen antwoord.

Later die avond leunde Carlotta op Luca's arm en liepen ze langzaam richting de zee. De zon ging onder boven het water en hoewel het al september was, deden de restaurants en bars goede zaken. Ze kozen een restaurantje met kaarslicht en besloten dat het warm genoeg was om aan een tafeltje buiten te gaan zitten.

Carlotta had een van haar mooiste jurken aangetrokken. Haar gezicht was opgemaakt en ze had haar haar gewassen. Zoals ze nu tegenover hem zat, dacht Luca bij zichzelf, kon ze weer voor normaal doorgaan, ondanks de ravage die haar ziekte had aangericht.

Ze bestelden vis en terwijl ze aten praatten ze over vroeger, over de tijd waarin ze samen in Napels waren opgegroeid.

'Nou, Luca Menici, ik wil graag dat je antwoord geeft op een vraag.' Ze had haar mes en vork op haar lege bord neergelegd. 'Hou je van me?'

'Dat is een domme vraag, Carlotta.'

'Dat is ook zo, maar ik wil graag dat je iets voor me doet.'

'Alles wat maar binnen mijn bereik ligt,' zei hij behoedzaam.

'Goed. Ik heb God de laatste tijd vaak gevraagd waarom Hij me op deze aarde heeft gezet om me er vervolgens zo snel weer van te verwijderen. Ik heb het gevoel dat mijn leven zinloos is geweest, op één ding na. Ik heb Ella gekregen. En wat er van haar zal worden als ik overlijd, bezorgt me slapeloze nachten.'

'Papà zal toch wel voor haar zorgen?'

'Nee, Luca.' Carlotta schudde beslist haar hoofd. 'Dat is het nou juist. Ella zal voor papà zorgen. Zodra ik dood ben, zal hij verwachten dat zij mijn rol overneemt. Zij zal het eethuis moeten runnen, zijn maaltijden moeten koken en zijn was moeten doen, zoals het een goede kleindochter betaamt. Ik wil meer voor haar, Luca, zoveel meer dan ik heb gehad.'

'Dat begrijp ik uiteraard, maar welke andere keuze heeft ze?'

'Wacht, ik ben nog niet klaar. Er is nog iets. Ze heeft een prachtige zangstem en die moet geschoold worden.'

'De stem van haar tante,' mompelde Luca.

'Ik denk misschien meer de stem van haar vader,' reageerde Carlotta zonder emotie. 'Luca, ik heb een plan. Misschien keur je het af, maar ik heb het besluit al genomen. Als ik zou doodgaan en Ella niet meer hier in Napels was, dus als papà alleen zou zijn, wat denk je dat hij dan zou doen?'

'Ik heb geen idee, Carlotta. Elke avond dronken worden, verwacht ik,' zuchtte hij.

'Nou, ik weet precies wat hij zou doen: hij zou met signora Barezi trouwen. Dan zou zij het eethuis kunnen gaan bestieren en voor papà zorgen zoals hij gewend is. Want omdat papà mij en Ella heeft, is er voor hem geen noodzaak om te hertrouwen. Ik heb bijna alle taken van mamma overgenomen. En zijn andere behoeften... nou, daar heeft hij signora Barezi voor. Maar hij zal alleen maar met haar trouwen als hij daar door de omstandigheden toe wordt gedwongen. Ik denk dat dat het beste zou zijn voor hem, en natuurlijk ook voor Ella. Het zou haar vrijheid betekenen.'

'Maar waar zou zij dan naartoe moeten gaan? Ze is te jong om ergens alleen te verblijven,' zei Luca.

'Uiteraard. Ze heeft familie nodig die om haar geeft en haar mooie stem koestert.'

Luca schudde zijn hoofd. 'Maar we hebben verder geen familie, behalve Rosanna en...' Hij staarde zijn zus verbijsterd aan en zag haar vastberaden blik in het flonkerende kaarslicht. 'Nee, Carlotta. Je stuurt haar toch niet naar Rosanna?'

'Ik geef toe dat er grote nadelen aan kleven,' antwoordde ze, 'maar dat is het beste wat ik voor haar kan doen. Ik moet haar die kans geven. Ik wil dat ze een toekomst heeft. Rosanna heeft geld. Ze is ontwikkeld, heeft veel van de wereld gezien. Zij kan Ella alles leren wat ze moet weten. En als ze haar stem eenmaal hoort, zal zij weten waar Ella naartoe moet gaan om zich te scholen.'

Luca keek haar zus vol ontzetting aan. 'Maar Rosanna dan? Je wilt het onwettige kind van haar echtgenoot bij haar onder hetzelfde dak laten wonen? Dat kun je haar toch niet aandoen?'

Carlotta glimlachte plotseling. 'Dat is het enige mooie aan weten dat je zult doodgaan, Luca. Het geeft je macht. Het is lang geleden dat ik ook maar enige macht heb gehad, en ik zal er gebruik van maken omdat ik niet anders kan. Ik weet dat Rosanna met alle liefde voor Ella wil zorgen, voor het kind van haar overleden zus. Ze zal het in elk geval als haar plicht voelen. Bovendien is het maar voor een paar jaar. Ella is bijna volwassen. Ik kan Rosanna alleen maar vragen om haar de juiste weg te wijzen. En er is geen enkele reden waarom ze het zou moeten weten.'

'En wat als Roberto en Rosanna zich verzoenen? Wat dan, Carlotta?'

'Is dat waarschijnlijk? Ze leven nu al een hele tijd gescheiden. Je hebt me verteld dat Roberto niet eens zijn eigen zoon komt opzoeken. Een hereniging lijkt mij onwaarschijnlijk. En zelfs als ze wel weer bij elkaar komen, hoeven ze geen van beiden ooit de waarheid te kennen.'

'Dus je neemt het geheim met je mee?'

Ze zweeg even en knikte. 'Ja Luca, mijn plan is als volgt: jij neemt Ella zo snel mogelijk mee naar Engeland. We zullen haar vertellen dat ze op vakantie gaat. Verder wil ik dat jij ervoor zorgt dat ze na mijn dood nooit permanent zal terugkeren naar Napels.'

Luca keek haar geschokt aan. 'Je bent bereid je dochter weg te sturen in de wetenschap dat je haar nooit meer zult zien, of zij jou? Is dat eerlijk tegenover Ella?'

Carlotta schudde gefrustreerd haar hoofd. 'Nee, natuurlijk is het niet "eerlijk", maar dat geldt voor deze hele situatie. Het is simpelweg het beste wat ik kan doen. Begrijp je dat niet? Als ik overlijd en Ella is hier nog, dan zal papà zich aan haar vastklampen. Het zal haar nooit lukken om weg te komen, net zoals het mij nooit is gelukt.'

'Maar ze zal moeten terugkomen voor je...' Luca kon het woord niet uitspreken.

'Nee, ik wil niet dat ze naar mijn begrafenis komt,' zei Carlotta botweg. 'Ik heb een testament laten opstellen waarin ik heb vastgelegd dat ik wil dat alleen jij en papà aanwezig zullen zijn. Luca, ze mag níét terugkeren. Alsjeblieft, ik smeek je om daarvoor te zorgen. Het maakt me niet uit hoe je het doet – je mag liegen als het nodig is.'

Hij keek zijn zus aandachtig aan, vol bewondering voor haar moed en vastbeslotenheid, maar twijfelend aan de moraliteit van haar beslissing.

'Maar Rosanna dan? Zij zal ook op de hoogte moeten worden gebracht van jouw bedoelingen.'

'Ja.'

'Ze wil je graag komen opzoeken.'

'Nee.' Carlotta zag er ineens erg moe uit. 'Het is beter als ik haar niet zie. Ik zou mezelf niet vertrouwen. Alsjeblieft, Luca. Ik weet wat goed is voor mijn kind. Je gaat me toch wel helpen? Geef me die gemoedsrust in deze verschrikkelijke situatie.'

Als dit haar laatste wens was, moest hij die inwilligen.

Uiteindelijk knikte hij. 'Ik zal doen wat ik kan.'

'Dank je.' Carlotta's gezicht ontspande zich opgelucht. 'En als je Ella naar Engeland hebt gebracht, kom je dan terug om bij me te zijn? Ik heb gehoord van een kloosterziekenhuis bij Pompeï waar stervenden hun laatste weken kunnen doorbrengen. Ik denk dat ik daar graag heen wil.'

'Ik moet overleggen met het seminarie, maar je weet dat ik bij je blijf zolang als je wilt.'

Carlotta strekte haar hand uit over de tafel en pakte de zijne vast, haar ogen plotseling angstig.

'Tot het einde, Luca.'

Veel later, liggend in het smalle bed waar hij als kind in had geslapen, zijn hoofd tollend van verwarring, bedacht Luca droevig hoeveel verkeerde beslissingen er uit liefde waren genomen.

39

De jumbojet van British Airways taxiede over de landingsbaan van JFK. Stephen gaf een kneepje in Rosanna's hand toen hij haar zag fronsen.

'Gaat het, darling?'

Rosanna knikte en glimlachte hem zwakjes toe. Ze begon te wensen dat ze er niet mee had ingestemd om met hem mee naar New York te gaan. Nico had gehuild toen ze vanochtend om half zeven van huis waren vertrokken, en Abi had nogal moeilijk gekeken.

En nu ze het vliegtuig verliet en samen met Stephen de terminal in liep, dacht ze onwillekeurig aan de vele keren dat ze deze route had afgelegd, met haar hand in die van Roberto.

Ze moesten eindeloos lang in de rij staan bij de douane; Roberto en zij werden altijd meteen doorgelaten en naar een wachtende limousine geleid. Vervolgens stonden ze in alweer een rij voor een taxi, waarna ze uiteindelijk richting Manhattan vertrokken. Hun kamer in het Plaza was mooi, maar geen suite met het beste uitzicht. Rosanna berispte zichzelf streng om het maken van de vergelijking. Die dagen – én Roberto – waren verleden tijd.

Liggend op het bed belde ze naar huis terwijl Stephen een douche nam. Abi vertelde haar dat Nico was bedaard zodra ze waren vertrokken en dat hij nu in zijn ledikantje lag te slapen.

Opgelucht stond ze op en begon haar kleren in de kast te hangen. Het was in New York nog maar net twee uur geweest en ze voelde zich nu al kribbig en moe.

Stephen kwam de badkamer uit. 'Dat is een stuk beter. Ik voel me altijd zo smoezelig als ik uit een vliegtuig kom.'

Rosanna knikte en ging door met uitpakken. Stephen sloeg haar gade. 'Is er iets wat je vanmiddag graag wilt doen? Winkelen? Rondkijken?'

'Ik vind het prima, wat je maar wilt.'

'Heb je er spijt van dat je met me bent meegegaan?' vroeg hij haar plotseling.

Ze zag zijn gekwetste blik en voelde zich onmiddellijk schuldig om haar onaardige gedachten, die Stephen van haar gezicht had afgelezen. 'Nee, ik ben alleen maar erg moe van de vlucht.'

Hij zag haar onderlip vertrekken en tranen in haar ogen opwellen. 'Wat is er? Zijn het de herinneringen aan hem?'

'Het spijt me, ik kan het niet helpen. Ik dacht dat het beter ging, echt. Maar hier zijn… Ik kan het niet uitleggen.' Rosanna wreef met de rug van haar hand in haar ogen. Stephen pakte een tissue van de tafel en veegde voorzichtig de tranen van haar gezicht.

'Zie je dan niet dat het feit dat je in het vliegtuig bent gestapt om hiernaartoe te vliegen al betekent dat het inderdaad beter gaat? Een paar weken geleden zou je het niet eens overwogen hebben. Echt, darling, jij en Roberto hebben zoveel gereisd… Als je de demonen nu niet onder ogen ziet, zullen er over de hele wereld plekken blijven waar je niet naartoe kunt.'

'Deze plek is het ergste. We hebben hier heel veel tijd doorgebracht en bovendien woont hij nu in New York.'

'Maar Roberto is hier niet, Rosanna. Hij is hier duizenden kilometers vandaan, in Parijs.'

'Het spijt me zo, Stephen, Ik doe egoïstisch en gedraag me vreselijk. Misschien was dit gewoon te snel. Misschien kan ik beter naar huis gaan. Ik…'

'Hou alsjeblieft op je te verontschuldigen. Als je er niet met míj over kunt praten, met wie dan wel? Ik heb het liefst dat je er open over bent. Alleen dan hebben we de mogelijkheid om een goede relatie op te bouwen.'

'Je bent zo lief, echt, ik verdien je niet. Wat had ik zonder jou gemoeten?' snufte ze tegen zijn schouder.

'Ik zou het echt niet weten,' grinnikte hij. 'Nou, wat dacht je van roomservice? We nemen een club sandwich en een kop thee en dan stop ik jou lekker in, zodat je kunt uitrusten terwijl ik bij wat potentiële klanten langsga. En ik wil graag dat je bedenkt waar je vanavond zou willen eten. Hoe klinkt dat?'

'Perfect.' Ze knikte dankbaar.

Stephen liet Rosanna een half uur later achter in het bed. Ze viel in een diepe slaap en werd verkwikt en veel rustiger wakker. Ze nam een douche en koos haar favoriete cocktailjurk voor de avond. Ze gaf zichzelf een standje om haar inzinking en onaangename gedrag terwijl Stephen juist zo lief en begripvol was geweest. 'Als je je niet vermant, verlies je hem nog,' zei ze tegen haar spiegelbeeld op het moment dat Stephen de deur van hun kamer opende.

'Wow, je ziet er oogverblindend uit.' Hij gaf haar een kus op haar kruin. 'Weet je zeker dat je de deur uit wilt?' mompelde hij. Zijn handen gleden over de zijdeachtige rug van haar jurk naar beneden.

'Natuurlijk. Ik heb deze jurk er speciaal voor aangetrokken, en daar komt bij dat ik enorme trek heb. We kunnen altijd beneden in het restaurant van het hotel eten, dan zijn we zo weer in onze kamer, toch?' zei ze plagerig.

Ze liepen naar beneden, namen een drankje in de Oak Bar en besloten toen te blijven en wat te gaan eten in de Edwardian Room. Rosanna negeerde de verbaasde blikken van verschillende andere gasten toen ze aan hun tafel plaatsnam.

'Zie je? Je publiek is je nog niet vergeten,' zei Stephen met een knipoog.

Om middernacht dronken ze hun likeurtje en namen de lift naar hun kamer. Zodra hij de deur achter hen dicht had gedaan kuste Rosanna hem hartstochtelijk op de mond. Ze lieten zich op het bed zakken en trokken verlangend aan elkaars kleren. Op dat moment van passie voelde ze de wanhopige noodzaak om eindelijk de geesten van het verleden uit te drijven.

De volgende dag was de rust tussen Rosanna en Stephen wedergekeerd en gingen ze samen winkelen. Het was lang geleden dat Rosanna nieuwe kleren had gekocht en de winkels hingen vol prachtige items van het nieuwe modeseizoen. Stephen volgde haar door de damesafdeling van Saks, waar ze uit de pashokjes tevoorschijn kwam en telkens ronddraaide om zijn goedkeuring te vragen. Ze stond erop om voor hem wat Ralph Lauren-overhemden, een paar stropdassen en een marineblauw pak van Dior te kopen. Ze zocht ook cadeaus uit voor Nico.

Beladen met draagtassen kwamen ze terug bij het Plaza. Rosanna ging op het bed zitten en bekeek haar aankopen. 'Ik was vergeten hoe leuk dit kan zijn.' Ze glimlachte. 'Abi zal trots op me zijn.'

'Deed je dit vroeger dan regelmatig?'

'O nee. Ik ben een één-keer-per-jaarshopper. Ik ging altijd met Ro... Ik bedoel, ik ging altijd een hele dag als een waanzinnige winkel in, winkel uit in de stad waar ik op dat moment was. Ik weet dat ik vandaag een hoop geld heb uitgegeven, maar met die kleren kan ik weer drie winters door.'

'Rosanna, je hoeft jezelf niet te verontschuldigen. Ik heb je nog nooit eerder geld aan jezelf zien uitgeven. En over kleren gesproken, wat trek je vanavond aan naar het diner bij de St Regents? Het is een vrij chique bedoening daar.'

'Dan doe ik dit aan.' Ze boog voorover en opende een van de dozen. Ze hield een prachtig lila zijden jurkje met een bijpassend jasje omhoog. 'Oké?'

'Perfect,' knikte Stephen.

Een uur later reden ze in een taxi naar Fifth Avenue.

'Wat doet je klant eigenlijk?'

'Hij heeft zijn geld van oorsprong verdiend in de Texaanse oliehandel. Hij is een van de rijkste mannen van Amerika. Je zult versteld staan als je hun penthouse ziet – dat is zo over the top. Veel geld maar weinig smaak – behalve in de kunst dan,' lichtte Stephen toe. 'Die man heeft een collectie die tientallen miljoenen waard is. Als ik daar ben, kijk ik de hele tijd naar de muren.'

'Wat zonde.' Rosanna schudde haar hoofd.

'Hoe bedoel je?'

'Nou, mooie schilderijen zouden toch eigenlijk door heel veel mensen moeten worden bekeken, en niet als handelsartikelen worden vergaard zodat alleen de vermogenden ernaar kunnen kijken?'

'Dat ben ik met je eens, maar zeg het alsjeblieft niet tegen onze gastheer. Mensen als hij zijn mijn broodwinning, Rosanna,' plaagde Stephen haar.

'Natuurlijk. Ik zal me voorbeeldig gedragen,' zei ze braaf.

De taxi stopte bij de overhuifde entree van een prestigieus appartementenblok aan Fifth Avenue. Een portier in livrei haastte zich naar voren en ze stapten uit.

'Goedenavond. Wij zijn gasten van meneer en mevrouw St Regent,' zei Stephen.

'Dan wordt u verwacht op de bovenste verdieping, sir,' zei de portier terwijl hij hen naar binnen leidde en op de knop van de lift drukte. 'Een fijne avond gewenst.'

Toen de liftdeuren weer opengingen, stapten ze een gang met hoogpolig tapijt in. Stephen belde aan bij de voordeur en er werd meteen opengedaan door een dienstmeisje.

'Goedenavond, sir, madam. Zal ik uw jas aannemen?'

Rosanna overhandigde haar jasje aan het dienstmeisje en zag een knappe vrouw met hoog opgeföhnd blond haar en veel te veel make-up op haastig de gang in lopen. Ze droeg een overduidelijk dure, opzichtige paarse avondjurk, maar ze had een brede, hartelijke glimlach.

'Stephen, *honey*. Wat ben ik blij dat je vanavond kon komen. John was heel enthousiast over je catalogus.' Ze kuste hem op beide wangen. 'En dit is...' De vrouw keek haar aan. 'O mijn god! Rosanna Rossini! Wel heb je ooit!' Trish St Regent draaide zich om en riep haar echtgenoot. 'Hé, Johnny, kom eens kijken wie er in onze gang staat!' Ze wendde zich weer tot Stephen. 'Nou, schat, ik had echt geen idee dat deze dame je vriendin was. Stille wateren...' giechelde ze meisjesachtig.

Een grote man met een vrij rood gezicht en een eivormig hoofd kwam naar hen toe.

'Nou, wie is onze mysteryguest, Trish?'

Ze draaide zich opgewonden om naar haar echtgenoot. 'Niemand minder dan Rosanna Rossini.' Ze wendde zich weer tot Rosanna. 'Herinner je je ons, *sweetheart*? We kwamen altijd naar je premières in The Met. We hebben je naderhand een keer gesproken toen je met Roberto was, voordat jullie wegen scheidden. Nu hij in New York woont, is hij een goede vriend van ons geworden en...'

Rosanna trok wit weg terwijl de vrouw maar bleef dwepen met Roberto.

John St Regent zag haar gezicht. 'Trish, je brengt die arme jongedame in verlegenheid.' Hij drong zich langs zijn vrouw, glimlachte warm naar Rosanna en stak zijn hand uit. 'John St Regent. Welkom in ons huis.'

'Hallo.' Het lukte Rosanna een lachje tevoorschijn te toveren terwijl John haar en vervolgens Stephen de hand schudde.

'Goed dat je er bent, kerel. We hebben veel om over te praten, maar dat komt later wel.' John bood Rosanna zijn arm aan. 'Kom maar mee, honey. Ik zorg wel voor je.'

Stephen bleef in de gang achter met Trish, waar hij een nieuwe sculptuur bewonderde die het stel recent had aangekocht, en Rosanna werd aan Johns arm rondgeleid in de imposante zitkamer.

'Champagne?' vroeg hij haar, wenkend naar een serveerster om met een dienblad hun kant op te komen.

'Dank je.' Rosanna pakte een glas en John loodste haar mee naar de hoge ramen.

'Een mooier uitzicht bestaat niet,' zei hij, gebarend naar het door lampen verlichte uitgestrekte Central Park ver onder hen.

'Het is inderdaad schitterend.'

Hij boog dichter naar haar toe en zei: 'Let maar niet op mijn vrouw. Ze gedraagt zich soms nog als de cocktailserveerster die ze is geweest – ze wil altijd de laatste roddels weten.'

Hij schonk haar een samenzweerderige glimlach, waardoor Rosanna hem aardig begon te vinden en zich een beetje ontspande.

'We praten niet meer over je ex. Daar zorg ik voor, oké?'

'Dank je,' zei ze dankbaar.

'Trouwens, volgens mij heb je nu een veel betere vent. Ik ken Stephen al tien jaar. Het is een fijne man.'

'Ja, dat is hij zeker,' antwoordde ze terwijl Trish en Stephen de kamer in liepen.

'O, is dit niet enig? Alleen wij vieren. Ik ben dol op intieme etentjes. Je leert elkaar echt kennen,' babbelde Trish terwijl de serveerster Stephen een glas champagne aanbood.

Rosanna zuchtte inwendig en wist dat het een lange avond zou worden.

Na het eten liep Stephen met John naar diens werkkamer voor een zakelijke bespreking. Trish ging naast Rosanna op de bank zitten en pakte haar hand vast. 'Nou, ik weet dat mijn man me heeft gevraagd om niet meer over Roberto te beginnen, maar soms kan het je goeddoen om te praten.' Trish keek Rosanna verwachtingsvol aan. Toen er geen reactie kwam, deed ze een voorzetje. 'We zien hem vaak, weet je. Donatella Bianchi is een vriendin van me en... je weet het toch wel, van hem en Donatella?'

'Ja.' Rosanna staarde naar haar nieuwe schoenen. Ze kwam sterk in de verleiding om zich te verexcuseren en meteen te vertrekken, maar Trish' Texaanse directheid had iets vreemd ontwapenends. Bovendien werd dit hele weekend zo langzamerhand een test van haar mentale kracht. Misschien, peinsde ze, luisterend naar haar gastvrouw, kon het ook voor loutering zorgen.

'O honey, nu begin ik het te begrijpen. Je hebt nog steeds een zwak voor hem, hè? Ik dacht gewoon omdat nu je met Stephen bent, dat...'

'Nee, het is voorbij,' onderbrak Rosanna haar. Ze keek Trish recht in de ogen. 'En als ik terug ben in Engeland ga ik scheiden van Roberto.'

Ze was zelf verraster dan Trish om de woorden die ze zojuist had uitgesproken.

'O jee, ik heb je van streek gemaakt,' zei Trish. 'Johnny heeft gelijk, ik moet eens leren om mijn mond te houden.'

'Nee, je hebt me niet van streek gemaakt. Het zou zomaar kunnen zijn dat je gelijk had: soms helpt het om ergens over te praten,' zei Rosanna, vastbesloten om niet in te storten.

'Nou, eerlijk gezegd, honey, ben je zonder hem beter af. Ik weet zeker dat hij Donatella niet trouw is, maar zij lijkt er niet mee te zitten. Ze passen bij elkaar, die twee, terwijl een delicate bloem als jij een goede, ouderwetse, trouwe man naast zich nodig heeft. Maar goed, belangrijker nog dan Roberto: wanneer keer je terug naar de opera? We hebben je gemist bij The Met,' zei Trish welgemeend.

'Ik weet het niet, echt niet. Misschien als mijn zoon wat ouder is.'

'Nou, als het maar je kind is dat je ervan weerhoudt, en niet die bijna-ex-echtgenoot van je. Je hebt een grote gave en die mag je niet verloren laten gaan. Ik heb in elk geval één ding over het leven geleerd: het is geen generale repetitie. Voor ons vrouwen is het moeilijker. Je moet taaier wezen dan mannen als je gelukkig wilt zijn. Neem het maar aan van iemand die het kan weten.' Ze glimlachte vriendelijk en ondanks haar gebrek aan subtiliteit wist Rosanna dat ze het goed bedoelde.

'Darling, kom je even kijken naar het kostbaarste stuk dat John in zijn bezit heeft?' Stephen liep de zitkamer binnen, in de veronderstelling dat Rosanna misschien wel gered wilde worden.

'Ja, graag,' antwoordde ze dankbaar.

'Deze kant op.' Stephen pakte haar hand en loodste haar mee door de zitkamer en een gang die zo ongeveer bezweek onder het gewicht van alle schitterende kunstwerken. Aan het eind van de gang bevond zich een stalen deur. John stond ervoor te wachten. Hij tikte een code in op het beveiligingspaneeltje aan de muur en duwde de deur open met zijn schouder.

De kamer was piepklein en donker, met slechts een gedempt spotje boven een lijstje dat aan de muur hing. John leidde Rosanna met zijn handen op haar schouders naar de stoel ertegenover. 'Daar, moet je eens kijken. Is dat niet een van de mooiste dingen die je ooit hebt gezien?'

Rosanna staarde naar de tekening voor haar. Die was van de Madonna. 'Wie heeft het gemaakt?'

'Leonardo da Vinci.'

'O mijn hemel!' fluisterde ze en ze deed een stap naar voren om beter te kunnen kijken.

'Het is een geheim bezit, Rosanna, maar we vertrouwen erop dat je het voor je kunt houden,' zei Stephen.

'Weet je, honey...' John ging achter haar staan en liet zijn handen weer op haar schouders rusten, met zijn oog op de tekening, '... soms moet je geraffineerd te werk gaan om een bijzonder kunstwerk te verwerven. Het is een kwestie van de juiste connecties – en met dit werkje heb ik geluk gehad.'

'Mag ik je vragen hoeveel je ervoor hebt betaald?' vroeg Stephen.

'Enkele miljoenen dollars. Ik heb het volgens mij nog goedkoop gekregen, aangezien het onbetaalbaar is. Maar het gaat me eigenlijk niet om het geld of de kunstenaar. Ik ben verdomme gewoon helemaal wég van dat gezicht. Ik kan er hier uren naar zitten staren, weet je dat? Trish vindt dat ik hartstikke gek ben. Misschien is dat wel zo.'

'Heb je het op echtheid laten beoordelen?' vroeg Stephen.

'De handelaar die het aan me heeft verkocht, was er honderd procent zeker van en heeft het nodige papierwerk meegeleverd. Het is beslist echt.'

Stephen knikte. 'Mag ik het bij een volgend bezoek wat beter bestuderen? Voor mij als renaissance-expert is het razend interessant. Weet je, het zou van groot belang zijn als je deze vondst openbaar maakte. Er is maar een handvol onbetwist echte Leonardo's op de wereld. Als dit werkje echt van hem is, zal het inderdaad onbetaalbaar zijn.'

'Natuurlijk mag je ernaar kijken, maar je zult zien dat het authentiek is,' zei John. 'Wat vind jij ervan, Rosanna?'

'Ik vind het magnifiek. Ik begrijp heel goed waarom je er zo weg van bent.'

'Ze heeft smaak, die vriendin van je.' John hield de deur open. Stephen knipte het licht uit en ze verlieten het kamertje.

Trish zat in de zitkamer van een glas cognac te nippen.

'Heb je weer genoten, *sweetie*?' vroeg ze aan haar echtgenoot. 'Serieus...' Trish trok haar wenkbrauwen op naar Rosanna. '... sommige mannen komen aan hun gerief door andere vrouwen te versieren, anderen zijn verslaafd aan drank of gokken. Mijn man zit uren in een kast naar de tekening van een maagd te kijken en krijgt daar een kick van! Ach, nou ja,' zuchtte ze terwijl ze opstond en haar armen om John heen sloeg, 'ik hou toch van hem.'

'Ik geloof dat wij er maar eens vandoor gaan,' zei Stephen met zijn hand op Rosanna's schouder. 'We vliegen morgenochtend naar huis.'

'Wat jammer dat jullie verblijf zo kort is geweest,' zei John.

'Kom gauw nog eens terug en breng ons weer een bezoek, misschien tegen de tijd dat je deze dame ten huwelijk hebt gevraagd. Dan geven we een feestje voor jullie.' Trish' ogen twinkelden.

'Misschien op een dag,' glimlachte Stephen. Opnieuw voelde

Rosanna zich een tikje ongemakkelijk. 'Ik bel de luchtvaartmaatschappij morgen over het transport, John. Ik ga ervan uit dat je eind deze maand het eerste schilderij in huis hebt.'

'Geweldig. Weet je, Rosanna, soms moet je er in het begin bij zijn. De kunstenaars signaleren die over twintig jaar groot zullen zijn,' legde John uit.

'Als jij in je graf ligt,' zei Trish gekscherend terwijl ze met zijn vieren de gang in liepen.

'Luister maar niet naar haar. Ze heeft gewoon niets met kunst. Ik denk dat die landschapschilderes die Stephen heeft ontdekt tot de groten gaat behoren.'

'Ik hoop dat je gelijk hebt,' zei Stephen, en hij kuste hun gastvrouw op beide wangen. 'Bedankt voor de fijne avond.'

'Graag gedaan, Stephen. En zorg goed voor deze dame van je, oké?'

'Ik zal mijn best doen,' beloofde hij.

'Onze chauffeur staat buiten te wachten om jullie terug naar het hotel te brengen,' riep John achter Rosanna en Stephen aan toen die naar de lift liepen.

'Bedankt. Tot ziens, John.'

Een paar minuten later zaten ze achter in een lange limousine die langzaam over Fifth Avenue richting het Plaza reed.

'Wat vond jij van die tekening?' vroeg Stephen.

'Ik vond het een magnifiek werk, zoals ik al zei. Is het echt van Leonardo?'

'Nou, het zou heel goed kunnen, maar om er absoluut zeker van te zijn, zou ik het via een grondig authenticatieproces moeten beoordelen. Om je de waarheid te zeggen jeuken mijn handen om ermee aan de slag te gaan. Als het echt een Leonardo is, zal het de vondst van de eeuw zijn.'

'Maar wat maakt het uit? Niemand behalve John en enkele gasten zullen het te zien krijgen.'

'Op een dag wel. John heeft me verteld van zijn plannen om zijn complete verzameling na zijn dood aan het Metropolitan Museum of Art na te laten. Mijn god, ik zou de blik op een aantal gezichten wel willen zien als ze die kleine tekening onder ogen krijgen.'

Rosanna onderdrukte een gaap. 'Sorry.'

'Je ziet er moe uit, darling.' Stephen richtte zijn aandacht weer op haar. 'Heb je toch genoten van New York? Ik weet dat het niet gemakkelijk voor je is geweest.'

'O jawel, ik vond het fijn.'

'Ik kon wel door de grond zakken toen Trish maar over Roberto bleef doorzagen.'

'Het geeft niet, echt niet. En ik weet dat ik verder moet met mijn leven. Dit weekend heeft me daarbij geholpen.'

'Nou, het spijt me dat ik je alleen moest laten met Trish, maar het was belangrijk. Kijk eens.' Stephen trok zijn portefeuille uit zijn jasje en haalde een cheque tevoorschijn. 'Die is voor vijftienduizend dollar. Voor John is het kleingeld, maar voor mij een paar maanden huur voor de galerie.'

'Ik ben blij voor je. Je hebt kennelijk een gave voor het ontdekken van nieuw talent.'

'Dank je. Ik hoop alleen maar dat het zo blijft,' zei hij. 'Heeft Trish je uitgehoord toen wij even weg waren?'

'Uiteraard.'

'En kon je daar een beetje mee omgaan?'

'Nou, ik heb haar verteld dat ik van Roberto ga scheiden zodra ik terug ben in Engeland.' Rosanna draaide haar hoofd weg en keek uit het raam.

'Ik... Ga je dat echt doen?' Stephen keek stomverbaasd.

Rosanna knikte. 'O ja. Absoluut.'

40

Terwijl hij in de Jaguar over de landweg reed die naar The Manor House leidde, keek Stephen opzij en zag dat Rosanna haar handen ineen zat te wringen op haar schoot. 'Je moet echt leren die zenuwen van je in bedwang te houden. Het gaat vast prima met Nico,' zei hij mild. 'Anders had Abi wel gebeld.'

'Natuurlijk. Ik zit me weer aan te stellen, ik weet het.'

Ze stopten op de oprit. Abi deed de voordeur open en Nico stond naast haar.

Toen Rosanna uit de auto stapte, lichtten zijn ogen op. 'Mamma! Mamma!' Hij stak zijn armpjes naar haar uit, waarop ze naar hem toe rende en hem met een zwaai optilde om hem stevig te knuffelen.

'Hallo schat, ben je lief geweest voor tante Abi?'

'Nou en of. We hebben het leuk gehad samen, hè Nico?'

'Hij ziet er goed uit,' zei Rosanna met een kus op zijn kruin.

'Zie je wel? Het is me gelukt hem niet te verminken, te smoren of te elektrocuteren.' Abi snoof zogenaamd gekwetst en wendde zich tot Stephen. 'Echt, je zult deze vrouw van je wel een beetje moeten opvoeden, hoor. Als ze me niet vertrouwt, speel ik nooit meer voor kindermeisje.'

'Het spijt me, Abi, maar het is de eerste keer dat ik hem langer dan een paar uur heb achtergelaten.'

'Nou, het gaat uitstekend met hem.' De twee vrouwen liepen met Nico naar het huis terwijl Stephen de bagage uitlaadde. 'Vertel, heb je het leuk gehad?'

'Ja, ik heb het leuk gehad; wij allebei trouwens. Je moet eens zien wat ik allemaal heb meegenomen.'

Abi keek achterom naar Stephen, die de tassen en koffers uit de kofferbak haalde. 'Half New York, kennelijk.'

'Wil je de tassen naar de zitkamer brengen, Stephen? Dan kan ik Nico zijn cadeautjes geven,' riep Rosanna.

'Tot uw dienst, *m'lady*,' reageerde hij, met een tikje tegen zijn denkbeeldige hoed.

Een half uur later zaten ze met zijn drieën thee te drinken en te kijken hoe Nico met zijn nieuwe pluchen Mickey Mouse en mini-Chevrolet speelde.

'Je verpest dat kind nog als je niet uitkijkt,' waarschuwde Abi.

'Ik verwen hem graag zo nu en dan.' Rosanna streek haar zoontje over zijn donkere haar.

'Heb je Abi al van je grote besluit verteld?' vroeg Stephen. Hij moest het haar tegen iemand anders horen zeggen om het werkelijkheid te maken.

'Over welk grote besluit hebben we het?' wilde Abi weten.

'Dat ik zo snel mogelijk van Roberto ga scheiden,' antwoordde Rosanna zo nonchalant als ze kon.

'Wat een fantastisch nieuws! Dan hebben jullie het dus écht leuk gehad in New York,' zei Abi veelbetekenend.

De telefoon ging en Rosanna liep naar de studeerkamer om op te nemen. Toen ze tien minuten later terugkwam, was haar gezicht bleek.

Stephen stond meteen naast haar. 'Slecht nieuws, darling?'

Rosanna knikte en ging zitten. 'Mijn zus, Carlotta, is erg ziek. Ze heeft gevraagd of Ella, haar dochter, een tijdje bij mij mag logeren, omdat ze zelf niet in staat is voor haar te zorgen.'

'Och, wat naar. Hoe oud is Ella?'

'Vijftien. Luca komt over twee dagen met haar deze kant op.'

'Die arme meid,' zuchtte Stephen.

'Ja,' zei Rosanna, 'en ik heb haar in geen jaren gezien, al niet meer sinds ze negen of tien jaar was. Nu is ze al bijna een vrouw.'

'Nou, in elk geval heb je dan wat gezelschap. Hoelang blijft ze?'

'Ik weet het niet. Dat heeft Luca er niet bij gezegd. Zou jij het erg vinden om ze op te halen van het vliegveld?'

'Zoals ik al zei, tot uw dienst.' Stephen probeerde de sfeer wat op te vrolijken met zijn imitatie van een chauffeur, maar Rosanna was met haar gedachten te zeer bij haar arme zus. Hoewel Luca niet al te uitgebreid in was gegaan op Carlotta's toestand, wist ze dat het ernstig was.

'Luca en ik hoopten dat Carlotta herstellende was, maar o god...' Rosanna's ogen vulden zich met tranen.

'Ik vind het heel erg, Rosanna, echt,' zei Abi. 'Wat een vreselijk nieuws zo vlak na jullie terugkeer. Ik zou willen dat ik kon blijven om jullie bij te staan, maar helaas moet ik, nu ik mijn oppasplicht heb gedaan, echt terug naar Londen. De publicatie is volgende week. Jullie zijn uiteraard allebei welkom op het feestje, maar ik begrijp het als het niet gaat lukken. O, en als Luca hier dan nog is, zeg hem dan dat ook hij is uitgenodigd,' voegde ze eraan toe.

Terwijl Abi haar weekendtas ging halen, ging Stephen zitten en zag de sombere uitdrukking op Rosanna's gezicht. Hij stak zijn hand naar haar uit. 'Het spijt me, darling. Ik weet niet goed wat ik kan doen of zeggen om te helpen.'

'Uit Luca's woorden maak ik op dat Carlotta wil dat Ella bij haar weggaat zodat ze haar moeder niet hoeft te zien sterven. Ze wil ook niet dat ik haar kom opzoeken,' zuchtte Rosanna. 'Ik voel me daar best door gekwetst.'

'Nou, ze zal er haar redenen wel voor hebben. En kennelijk vertrouwt ze je, als ze de zorg voor haar dochter aan je overlaat.'

'Ja,' zei Rosanna instemmend. Ze fleurde een beetje op. 'Dat moet haast wel.'

Een paar minuten later stonden ze buiten om afscheid van Abi te nemen.

'Dag, lieve Rosanna. Dank je voor alles. En als je een keer wilt praten, weet je me te vinden. O, en veel liefs en groeten aan Luca.' Ze startte de motor, zwaaide even en reed de oprit af.

Twee dagen later maakte Rosanna haar huis van boven tot beneden schoon. Dat deed ze altijd als ze gespannen was. Nico volgde haar met een grote plumeau in de hand.

'Je nichtje komt vandaag, Nico. Ze heet Ella. Zeg eens Ella?'

'Lala,' zei Nico haar na terwijl Rosanna de kussens in een van de logeerkamers opschudde en een vaas bloemen op de vensterbank zette.

'Ella,' herhaalde Rosanna.

'Lala,' kwinkeleerde Nico.

'Zo, alles is klaar. Zullen we nu naar beneden gaan om te lunchen?'

Later die middag, toen Nico in bed lag, kwam Stephens auto aanrijden. Rosanna stond in de zitkamer te kijken terwijl hij de motor uitzette, waarna Luca uitstapte en het achterportier opende. Er kwam een jong meisje tevoorschijn. Ze was lang en zo slank als een den, en ze had een weelderige bos donker haar. Ze liep met Luca naar het huis en Rosanna rende naar de gang om de voordeur open te doen.

'Luca, Ella... wat is het fijn om jullie te zien.' Ze omhelsde Luca en kuste toen haar nichtje op beide wangen. Het meisje keek haar tante wat nerveus aan. Haar gezicht was heel bleek, waardoor haar donkere ogen nog groter leken.

'*Come va*, tante Rosanna? Bedankt dat ik hier mag logeren,' zei Ella met een zwak glimlachje in het Italiaans.

Het glimlachje was op de een of andere manier heel vertrouwd, hoewel het niet Carlotta was aan wie het deed denken. Rosanna duwde de gedachte weg, legde een troostende arm om Ella's schouders en leidde haar mee naar binnen. 'Hebben jullie een goede reis gehad?'

'O ja, het was spannend. Ik had nog nooit eerder gevlogen. Ik vond het heel leuk.'

'Jullie zullen wel trek hebben. Ik heb wat scones en jam waar jullie vast genoeg aan hebben tot het avondeten.'

'Sorry, maar wat zijn scones?' vroeg Ella terwijl ze achter Rosanna de zitkamer in liep, gevolgd door Luca en Stephen.

'Een soort Engelse cakejes. Ik denk dat je ze wel lekker zult vinden. Ga jij maar hier zitten met Luca, dan zet ik koffie en kom ik straks alles brengen.'

'Bedankt, tante Rosanna.'

'Zeg maar gewoon Rosanna, hoor. "Tante" klinkt zo oud.' Rosanna glimlachte en verliet de kamer, zich afvragend waarom de aanwezigheid van haar nichtje haar van haar stuk bracht. Stephen volgde haar de keuken in.

'Ella lijkt me een heel aardig meisje, hoewel ze in de auto niet veel heeft gezegd. Ik weet ook niet hoe goed ze Engels verstaat. Ze lijkt zich een beetje overweldigd te voelen,' merkte hij op. Hij pakte een scone van de schaal en nam een hap.

'Dat is logisch. Ze is Napels nog nooit eerder uit geweest, laat staan de zee over naar een vreemd land om te gaan logeren bij een tante die ze in jaren niet heeft gezien. Ik wil graag dat ze zich thuis gaat voelen, haar daarbij helpen. Dat is het minste wat ik voor Carlotta kan doen.'

'Weet je,' zei Stephen, nadenkend kauwend op zijn scone, 'ze doet me aan iemand denken.'

'Aan wie dan?' vroeg Rosanna.

'Aan jou, gekkie. Ze doet me aan jou denken.'

Natuurlijk, dat was het, daarom leek de glimlach vertrouwd, dacht ze. 'Stephen, neem alsjeblieft die scones mee naar de zitkamer voordat je ze allemaal opeet,' vermaande ze hem liefdevol.

'Nee, ik ga maar eens. Jij moet praten met Luca en Ella, darling. Ik laat jullie met rust.'

'Kom je morgen eten dan?'

'Graag.' Hij gaf haar een kus op het puntje van haar neus en vertrok.

'Hallo, Rosanna.' Ella was de keuken zo zachtjes binnengekomen dat Rosanna haar niet had gehoord.

'Hallo, Ella, ik wilde net de koffie naar binnen brengen.'

'Ik kwam alleen maar even zeggen dat ik, als je het niet erg vindt, naar bed ga. Ik ben erg moe.'

'Heb je geen trek? Kom je dan later nog wel beneden voor het avondeten?'

Ze schudde haar hoofd. 'Nee, bedankt. *Buona notte*, Rosanna.'

'Welterusten, Ella.'

Het meisje draaide zich om en verliet de keuken. Ze kwam zo kwetsbaar, zo eenzaam over dat Rosanna er een brok van in haar keel kreeg.

'Ik denk dat ze weet dat Carlotta stervende is, Luca,' zei Rosanna toen ze later in de keuken zaten te eten.

'Misschien wel, maar Carlotta heeft geweigerd om met Ella over haar ziekte te praten, of over de toekomst.'

'Hoelang heeft ze nog?'

Luca legde zijn vork neer en schudde zijn hoofd. 'Ik weet het niet, Rosanna, maar niet erg lang meer. Haar geest geeft het zoetjesaan op. Ze heeft heel veel pijn.'

'Dan moet Ella snel teruggaan, voor het te laat is.'

'Nee, Rosanna. Dat wil Carlotta niet. Ze heeft al afscheid van haar dochter genomen.'

'Maar Ella dan?' zei ze geschokt. 'Heeft zij niet het recht om te bepalen wat ze wil?'

'Carlotta heeft het besluit al genomen. Zij vindt dat het zo het beste is.'

'En na haar overlijden? Wat gebeurt er dan?'

'Rosanna, ik heb een brief van Carlotta voor je bij me. Ik denk dat ze de dingen daarin beter uitlegt dan ik dat kan. Ik zal hem je na het eten geven. Maar kom, laten we het eerst nog over leukere dingen hebben. Hoe was het in New York?'

'Heel fijn... en ook vreselijk.' Rosanna prikte in de gepofte aardappel op haar bord. 'Stephen was geweldig, maar ik heb een paar mensen ontmoet die Roberto en zijn minnares, Donatella Bianchi, kenden.'

Luca trok zijn wenkbrauwen op. 'Is hij weer bij haar terug?'

'Ja.'

'Ze verdienen elkaar, die twee. Ze zitten hetzelfde in elkaar.'

'Dat zei Trish ook, dat ze bij elkaar passen.'

'Trish?'

'Sorry, de vrouw van Stephens klant in New York. Ze is bevriend met Donatella en Roberto. Het was eerst een beetje ongemakkelijk, maar ik vond haar eigenlijk heel aardig. Haar echtgenoot is een miljardair met een prachtige kunstcollectie. Hij heeft me meegenomen naar een kamertje waar hij een schitterende tekening van de Madonna heeft hangen.' Rosanna gebaarde met haar handen om de afmeting ongeveer weer te geven. 'Hij zei dat het een tekening van Leonardo da Vinci is. Hij schijnt er miljoenen dollars voor te hebben betaald.'

'Echt?' Luca zweeg even en vroeg: 'Hoe komt hij aan die tekening?'

'Ik weet het niet. Hij zei dat het een geheim was, dus ik denk dat ik het je niet eens mag vertellen. Misschien weet Stephen het wel. Je zou het hem kunnen vragen. Hoezo?'

'O,' Luca haalde zijn schouders op, 'zomaar.'

In de loop van de avond begon het vermoeden in Luca's hoofd vastere vorm aan te nemen. Hij verexcuseerde zich en ging naar zijn kamer, omdat hij er behoefte aan had het allemaal op een rijtje te zetten: Donatella een vriendin van de kunstverzamelaar, een kleine tekening van de Madonna die deed denken aan Leonardo… zou het dezelfde tekening kunnen zijn of was het slechts toeval?

De volgende ochtend, toen Ella en Rosanna met Nico in de keuken zaten te ontbijten, liep Luca naar de studeerkamer. Hij zocht in het adresboekje van zijn zusje, vond het nummer van Stephens galerie en belde ernaartoe.

'Stephen, met Luca Menici. Sorry dat ik je stoor, en dit lijkt misschien een rare vraag, maar gisteravond vertelde Rosanna me over een tekening van de Madonna bij jouw klant in New York.'

'Is dat zo? Ze zou daar eigenlijk niets over mogen zeggen,' zei Stephen streng.

'Ze vertelt het heus aan niemand anders. Maak je daar geen zorgen over. Maar waarom is het geheim?'

'O, veel kunstverzamelaars willen liever geen ruchtbaarheid geven aan hun uitzonderlijk kostbare schilderijen. Diefstal van kunst is tegenwoordig een groot probleem.'

'Weet jij toevallig van wie jouw klant deze tekening heeft gekocht?'

'Ja, maar als ik je dat vertel, schend ik de geheimhoudingsovereenkomst met de klant.'

'Stephen, alsjeblieft, het is belangrijk voor me om het te weten. Ik beloof je dat ik het niet verder vertel.'

'Nou, vooruit… het was een bekende Italiaanse kunsthandelaar, Giovanni Bianchi. Waarom wil je dat weten?'

Aan de andere kant van de lijn sloot Luca zijn ogen en schudde vol ongeloof zijn hoofd.

'Luca, ben je er nog?'

'Ja. Stephen, we moeten praten. Het is heel belangrijk.'

'Nou, ik kom vanavond eten. Als ik wat eerder kom, kunnen we praten terwijl Rosanna Nico in bad doet.'

'Oké, maar geen woord tegen Rosanna, alsjeblieft.'

'Natuurlijk niet. Dag, Luca.'

Luca legde de hoorn op de haak, liep de keuken weer in en probeerde te vergeten dat zijn geliefde kerk en land vlak onder zijn ogen een onbetaalbare kunstschat was ontnomen.

41

Later die middag, toen zowel Nico als Ella lagen te rusten, zat Rosanna aan de keukentafel en las ze de brief van Carlotta die Luca haar had gegeven.

Vico Piedigrotta,
Napels

Lieve Rosanna,

Ik dank je met heel mijn hart dat Ella bij je mag logeren. Het betekent veel voor me te weten dat ze bij jou in Engeland is, ver weg van wat er met haar mamma gebeurt. Luca zal je inmiddels hebben verteld over mijn ziekte, en dat ik nog maar weinig tijd heb. Vergeef me, Rosanna, dat ik je niet meer wil zien; als de dood plotseling komt, kun je geen keuzes maken, maar de enige troost die ik heb bij mijn langzame dood is dat ik de dingen kan regelen zoals ik dat wil. En ik wil niemand zien. Binnenkort ga ik naar een rustige plek. En daar komt Luca dan naartoe om me bij te staan in mijn laatste dagen.
Als je het gevoel hebt dat ik maar weinig moeite heb gedaan om de afgelopen jaren contact met je te houden, door niet in te gaan op je uitnodigingen om jou in Engeland te komen bezoeken, vraag ik je me te vergeven. Ik kan het niet goed uitleggen. Onze levens zijn zo verschillend uitgepakt, en als ik eerlijk ben, had ik het misschien wel lastig gevonden om het jouwe met het mijne te vergelijken. Zo, dat is eruit. En op een dag, als het lot dat bepaalt, zul je misschien de hele waarheid kennen en het begrijpen.
Je zult je wel afvragen waarom ik Ella nu niet om me heen wil hebben. Mijn hart zegt me dat ik het juiste doe, dat ze haar mam-

ma niet langer mag zien lijden. Ik weet dat je liefdevol met haar zult omgaan. Ze zal een tijdje erg van streek zijn, maar ze is nog jong en ik weet zeker dat ze, met de liefde die jij haar zult tonen, op den duur zal herstellen.
Er zijn twee dingen die ik van je wil vragen. Wanneer ik ben overleden, wil ik dat jij en Ella niet naar mijn begrafenis komen. Ik word in besloten kring begraven, met alleen papà en Luca om me te ruste te leggen. Het tweede is – en ik hoop dat je niet vindt dat ik hiermee te veel van je vraag – dat ik niet wil dat Ella terugkomt naar Napels nadat ik ben gestorven. Ik wil graag dat ze bij jou in Engeland blijft. Als ze terugkeert, zal haar leven een herhaling worden van dat van mij. Ze verdient meer. Ze is een bijzonder kind. Vraag haar op een dag maar eens om voor je te zingen.
Dus ik leg haar toekomst in jouw handen. Ik heb wat geld gespaard en als ik dood ben, zal mijn notaris het bedrag aan jou overmaken als tegemoetkoming in haar kosten van levensonderhoud. Ik bedank je nu alvast voor je zorg voor Ella. Ik weet dat je voor haar zult doen wat binnen je vermogen ligt.
Rosanna, ik hoop dat je het niet erg vindt dat ik dit zeg, maar ik ben blij dat je Roberto hebt verlaten. Hij is destructief; hoeveel je ook van hem hield, hij zou je alleen maar pijn doen. Sommige mensen op de wereld zitten zo in elkaar. Luca heeft me verteld dat je nu een goede man hebt die om je geeft zoals het hoort.
Tot slot: laat Roberto niet in de weg staan van je talent. Je bent geboren om te zingen! Je MOET zingen.
Vaarwel, Rosanna.
Ti amo,
Je zus, Carlotta

Rosanna liet de brief uit haar handen vallen en huilde.

'Rosanna? Ik...'

Ze keek op en zag Ella naar haar kijken met een bezorgde frons op haar gezicht.

'Ik wilde alleen maar even zeggen dat Nico wakker is,' ging Ella verder. 'Gaat het wel? Wat is er?' Ze wierp een blik op de brief op de vloer.

Rosanna pakte hem snel op. 'Het spijt me, Ella. Ik…'

'Het is een brief van mamma, waarin ze je vertelt dat ze doodgaat, toch?'

Rosanna zag de pijn in haar mooie ogen.

'Ik weet waarom ik hier bij jou in Engeland ben. Zodat mamma kan doodgaan zonder dat ik het hoef te zien. Ik weet dat ik al afscheid van haar heb genomen. Ik…' Ella's schouders schokten en ze begon te snikken.

'Ja, Ella, en het spijt me zo ontzettend.' Rosanna liep naar haar toe en omhelsde haar, en ze huilden samen. Uiteindelijk loodste ze Ella mee naar de bank, ging naast haar zitten en streek het haar uit haar gezicht. 'Ik weet hoe moeilijk dit voor je moet zijn.' Ze sprak zachtjes in het Italiaans. 'Maar het is wat je moeder wilde.'

'Maar niet wat ík wilde,' zei Ella gesmoord.

'Ik weet het, ik weet het, maar ze probeert je alleen maar pijn te besparen. Ze wil mij ook niet zien.'

'Maar ze heeft me nodig, ze is helemaal alleen,' kreunde Ella.

'Nee, Luca vliegt morgen terug en hij blijft bij haar. Ze zijn heel hecht en ze wil hem graag bij zich hebben.'

'En ik dan? Mijn toekomst?' Ella schudde haar hoofd. 'Hoe moet ik verder zonder mamma?'

'Cara, ze heeft plannen voor je gemaakt, dus maak je alsjeblieft geen zorgen. Voorlopig blijf je hier bij Nico en mij. Ik weet dat het vreemd en moeilijk voor je is, maar het zal gemakkelijker worden, dat beloof ik je. We bouwen ons eigen gezin op. Ik zal voor je zorgen.'

'Maar… wil je mij wel om je heen hebben? Je kent me tenslotte nauwelijks.'

'Nou, dat is een malle vraag, cara. Je bent mijn nichtje en ik hou van je. En ik voel me soms best alleen in dit huis. Je zult fijn gezelschap zijn en ik heb gezien dat Nico nu al dol op je is. We zijn allebei blij met je komst, echt, en we helpen elkaar hier doorheen, goed?'

Ella knikte. 'Sì.'

Rosanna gaf haar een stevige knuffel. 'Nou, ik ga maar eens naar boven voordat mijn zoontje denkt dat ik hem in de steek heb gelaten.' Ze stond op en stak haar hand uit. 'Ga je mee?'

Ella glimlachte en pakte Rosanna's hand aan. 'Bedankt dat je zo lief voor me bent.'

'Dus jij zegt dat de tekening die bij John St Regent hangt vermoedelijk de tekening is die jij in de crypte van een kerk in Milaan hebt ontdekt?'

Luca knikte met een blik op Stephens ongelovige gezicht.

'Ik weet dat het een ongelooflijk toeval is, maar inderdaad.'

'Oké. Vertel me het verhaal nog eens, stap voor stap.'

Luca beschreef hoe hij de tekening en zilveren miskelk had ontdekt, en hoe Donatella Bianchi ze had meegenomen om ze door haar echtgenoot te laten taxeren.

'Dus zij heeft je verteld dat de zilveren kelk veel geld waard was, maar de tekening vrijwel niets?' vatte Stephen samen.

'Ja.'

'Waarom heb je niet ook elders advies ingewonnen?'

'De priester en ik zaten in een lastige situatie. We wisten dat, als we anderen over mijn ontdekking zouden vertellen, het geld waarschijnlijk niet bij onze kerk terecht zou komen. Het zou meteen zijn opgeslokt door de Vaticaanse schatkist, en wij hadden financiering nodig voor de restauratie. Dus stemde don Edoardo, de priester van de kerk, in met de verkoop van de miskelk door Giovanni Bianchi. Toen zei Donatella dat zij ook de tekening van de Madonna wilde kopen omdat ze die zo mooi vond. Ze heeft ons er drie miljoen lire voor gegeven en een grote donatie gedaan aan het restauratiefonds.' Luca schudde zijn hoofd. 'We vertrouwden haar, Stephen, en we hadden het geld nodig. Als ik toen de waarheid had geweten, dan...'

Stephen liet een luide zucht ontsnappen. 'Nou, als het inderdaad dezelfde tekening is, zijn jullie slachtoffer geweest van een verbazingwekkend staaltje bedrog. Maar Luca, al is het misschien een schrale troost, jullie zijn niet de eersten en ook niet de laatsten. Er zijn overal op de wereld gewetenloze handelaars en verzamelaars. Het werkt vaak zo: de handelaar ontdekt een schilderij van grote waarde en weet dat het zal worden beschouwd als nationaal erfgoed als hij de autoriteiten erover inlicht. Dan komt het te hangen in een openbare galerie of een museum en ontvangt hij een relatief kleine vergoeding. Maar als hij een particuliere koper weet te vinden, kan de opbrengst, zoals in dit geval, uitzonderlijk hoog zijn. Ik vermoed dat minstens een derde van de kostbaarste schilderijen wereldwijd zich in geheime kluizen bevindt.'

Luca schudde zijn hoofd. 'Ik geloof bijna niet dat don Edoardo en ik zo naïef konden zijn.'

'Zo naïef is dat niet. Jullie konden niet weten dat deze vrouw tegen jullie loog. Hoe dan ook, voor we iets kunnen doen, moeten we erachter zien te komen of het echt om dezelfde tekening gaat.'

'Ik hoop oprecht dat ik het bij het verkeerde eind heb en dat het slechts toeval is. Als ze die tekening inderdaad hebben gestolen, niet alleen van ons, maar van de Kerk en Italië, tja…' Luca schudde wanhopig zijn hoofd.

'Ja, nou, laten we eerst kijken of het dezelfde tekening is en dan zien we wel verder.'

'Heb je enig idee hoe we dat moeten doen?'

'Nou, toevallig heb ik tegen John St Regent gezegd dat ik de tekening graag nader zou willen onderzoeken. Hij vertrouwt me volledig.' Stephen zuchtte. 'Tot nu toe heeft hij geen reden gehad dat niet te doen.'

'Stephen, echt, je moet jezelf niet in moeilijkheden brengen.'

'Dat zal ik niet doen, dat verzeker ik je, maar ik ben bereid om de tekening te analyseren en op echtheid te beoordelen, en tijdens dat proces er voor jou een foto van te nemen. Mocht het om dezelfde tekening gaan, dan sta ik erop dat mijn naam er verder buiten blijft. Discretie is in mijn vak van groot belang.'

'Natuurlijk. Ik heb geen idee wat ik zal moeten doen als het zo is, maar ik wil in elk geval de waarheid weten. Dank je, Stephen.'

'Geen dank. Ik wil er net zo graag als jij achter komen.'

'Wanneer ga je weer naar New York?'

'Pas over een paar maanden, ben ik bang. Ik heb het momenteel razend druk met de galerie. Het wordt op zijn vroegst begin december. Het zou trouwens ook veel te verdacht zijn als ik zo snel terug zou gaan om de tekening te komen bekijken. Ik heb een andere klant in New York die een schilderij heeft dat ik nog moet beoordelen. Dat worden dan twee vliegen in één klap. Het lijkt me goed om deze hele zaak tot die tijd uit je hoofd te zetten.'

'Ik zal mijn best doen, maar...'

Stephen legde een vinger tegen zijn lippen toen hij Rosanna en Ella de zitkamer in zag komen.

Rosanna kroop in bed en de warmte van Stephens armen.

'Wat ben ik moe,' gaapte ze terwijl ze lekker ging liggen.

'Ella zag er vanavond een beetje vrolijker uit,' merkte Stephen op.

'We hebben vandaag gepraat. Ze weet het van Carlotta – dat ze doodgaat en afscheid heeft genomen. Carlotta heeft me een brief geschreven, en o god, Stephen, het is een van de meest tragische dingen die ik ooit heb moeten lezen.'

'Ik vind het heel erg voor je, lieverd.' Stephen trok haar dichter naar zich toe. 'Het is zo droevig dat je zus nog zo jong is. Wat kan het leven oneerlijk en willekeurig zijn, hè? Het is een soort loterij.'

'Ja, dat is het. Carlotta wil dat Ella bij mij blijft.'

'Dat weet ik.'

'Ik bedoel permanent, na haar overlijden.'

'O. En wat vind jij daarvan?'

'Natuurlijk wil ik haar met alle liefde opvangen, en vergeet niet dat Ella al bijna zestien is. Over een paar jaar zal ze waarschijnlijk al gaan studeren. En nu we het daar toch over hebben, als ze hier blijft, moet ik informatie inwinnen over de plaatselijke scholen en een docent Engels zien te vinden om haar privéles te geven. Ze heeft al wat basiskennis, maar ze zal hulp nodig hebben als ze hier naar school gaat.'

'Ja.' Stephen streek teder over haar haar. 'Maar laat het nu maar rusten tot morgen, lieverd.'

'O, nog één ding,' zei Rosanna terwijl ze het licht uitdeed om te gaan slapen, 'ken jij een goede advocaat?'

'Jazeker, toevallig wel.'

'Geef je me zijn of haar gegevens door? Ik wil de scheiding in gang zetten.'

'Nou, dat is goed nieuws.' Stephen gaf haar een kus op haar kruin. 'Darling?'

'Ja?' zei Rosanna.

'Als je van Roberto bent gescheiden, hoe zou je het dan vinden om ergens in de toekomst met mij te trouwen?'

'Ik... Kan ik niet gewoon eerst gaan scheiden?'

'Uiteraard. Ik zou alleen graag weten of het voor jou een optie is.'

Rosanna streek zacht over zijn wang. 'Ja, dat is het, caro. Welterusten.'

Voordat Luca de volgende ochtend naar Napels vertrok, liep hij de zitkamer in en belde Abi's nummer in Londen. Hij was nerveus, want hij had haar niet meer gesproken sinds de dag van hun pijnlijke afscheid voor The Manor House.

'Hallo?' Haar stem klonk slaperig.

'Abi, met Luca.'

'Luca, darling, hoe gaat het met je?' Ze klonk warm en bezorgd, dus hij slaakte een inwendige zucht van opluchting dat ze niet boos op hem was.

'Het gaat... redelijk. Het spijt me dat ik niet eerder heb gebeld, maar het was allemaal wat ingewikkeld.'

'Het geeft niet. Je belt nu, daar gaat het om.'

'Ik wilde je vertellen dat ik een paar weken weg ben. Ik ga met Carlotta naar een kloosterziekenhuis bij Pompeï. Ik blijf bij haar zolang als nodig is.'

'Natuurlijk. Het is gewoon vreselijk. Die arme Carlotta en arme jij. Hoe voel je je?'

'Ik ben er kapot van, Abi, zoals je je wel kunt indenken, maar ik hou me sterk voor mijn zus. Ze heeft alle kracht nodig die ik haar kan geven.'

'Gelukkig heeft ze jou.'

'Ik neem contact op als het... voorbij is.'

'Ja,' zei Abi zacht. 'Maar Luca...' Ze kon het niet laten het hem te vragen. 'Mis je me?'

Hij dacht aan die heerlijke dagen in de zomer, toen ze met zijn tweeën hadden gelachen en van elkaar hadden gehouden. Toen dacht hij aan wat hem de komende weken te wachten stond.

'Meer dan je denkt. Ciao, cara.'

42

'Goed, mevrouw Rossini, u zult wel blij zijn dat uw echtgenoot geen bezwaar maakt tegen de scheiding.'

'O,' antwoordde Rosanna mistroostig. Ergens had ze gehoopt dat hij dat wel zou doen.

'Aangezien u van hem wilt scheiden op grond van overspel, en meneer Rossini dus geen bezwaar maakt, kunnen we een voorlopig vonnis van echtscheiding aanvragen.'

'Hoe zit het met The Manor House?'

'Zoals u hebt gezegd, heeft hij het huis als geschenk voor u gekocht, en staat het geregistreerd als uw eigendom. Meneer Rossini houdt het huis in Londen, zoals u hebt geopperd. Hij blijft u een royaal maandbedrag betalen – tot u eventueel hertrouwt. Hij is ook bereid om tweehonderdvijftigduizend pond op een rekening voor Nico te storten; dat bedrag komt vrij als hij eenentwintig wordt. Ook zal hij de kosten voor Nico's opleiding betalen.' De advocaat wachtte even. 'Ik vind echt dat we ook nog een flink bedrag voor u hadden moeten eisen, mevrouw Rossini. Uw echtgenoot is een zeer vermogend man en...'

'Nee, daar hebben we het al over gehad. Ik wil alleen het huis en genoeg geld voor mij en Nico om goed van te kunnen leven,' antwoordde Rosanna beslist.

'Tja, het is uw besluit.'

'Heeft hij... heeft hij nog iets gevraagd over een mogelijk bezoekrecht?'

'Nee, ik heb het idee dat uw echtgenoot er net zo op gebrand is als u om met een schone lei te beginnen. Maar het kan zijn dat hij in de toekomst wel zal vragen of hij zijn zoon mag zien. Dat moet u wel beseffen.'

'En mijn spullen die zich nog in het huis in Londen bevinden?'

‘U hebt nog een sleutel, heb ik begrepen?’

‘Ja.’

‘U kunt ze op elk gewenst moment komen ophalen. Meneer Rossini woont nu in New York, dus hij is er bijna nooit. Maar als u hem niet wilt zien, kunt u even bellen en checken voordat u gaat,’ zei de advocaat. ‘Was elke scheiding maar zo eenvoudig als deze. Uw echtgenoot is heel inschikkelijk geweest.’

‘Hij is inschikkelijk omdat hij mij en Nico graag uit zijn leven wil hebben.’ Rosanna stond op. ‘Bedankt voor uw hulp.’

‘Graag gedaan. Nou, als de voorwaarden aan uw wensen voldoen, zal ik dat aan de advocaat van uw echtgenoot laten weten. Ik verwacht dat het dan allemaal snel is afgehandeld. Tot ziens, mevrouw Rossini.’

Rosanna verliet het kantoor van de advocaat en liep door de drukke straten van Cheltenham naar Stephens galerie.

‘Hoe ging het?’ Stephen leidde haar mee naar zijn kantoortje achterin. ‘Doet hij moeilijk?’

‘Nee, Roberto heeft met alles ingestemd.’

‘Dat is toch geweldig nieuws? Over een paar maanden ben je vrij, lieverd. Ik dacht dat je dat wilde, dus waarom kijk je zo bedrukt?’

‘Je hebt gelijk, het ís wat ik wil.’ Rosanna forceerde een glimlach en keek op haar horloge. ‘Kun je een taxi voor me bellen? Ik moet terug naar huis. Ik heb tegen Ella gezegd dat ik maar een paar uur weg zou blijven.’

‘Ja, natuurlijk.’ Stephen zocht het nummer op zijn rolodex op. Hij belde om een taxi te bestellen, legde de hoorn langzaam op de haak en keek haar onderzoekend aan. ‘Weet je wel zeker dat je deze scheiding wilt doorzetten, lieverd?’

‘Ja, Stephen,’ bevestigde ze nog eens.

‘Nou, zullen we dan, als ik terug ben uit New York, samen met Nico en Ella ergens naartoe gaan voor de kerst? We zijn allemaal wel toe aan iets leuks.’

‘Misschien, maar we moeten afwachten hoe het met Carlotta gaat. Luca belt me vanavond om me te vertellen hoe het met haar is.’ Rosanna zag de taxi voor de deur van de galerie stoppen.

'Zal ik later langskomen?'
'Ja, fijn.'
'Goed, darling. Tot dan.'

Luca's voetstappen weerklonken in de tochtige stenen gang van het klooster. Hij deed de deur naar Carlotta's kamer open en liep zachtjes naar het bed. Hij ging zitten en nam de broze hand van zijn zus voorzichtig in de zijne.

'Hoe gaat het met papà?' mompelde Carlotta terwijl ze haar ogen opendeed.

Luca's ogen twinkelden even, ondanks de situatie. 'Je had gelijk.'

'Waarover?'

'Papà heeft signora Barezi ten huwelijk gevraagd en ze heeft ja gezegd. Ze gaan zo snel mogelijk trouwen. Hij heeft het me net over de telefoon verteld. Hij heeft ons om onze goedkeuring gevraagd.'

'Heb je die gegeven?'

'Uiteraard. Je bent een slimme meid, Carlotta. Je plan lijkt gewerkt te hebben.'

Ze slaakte een zucht van verlichting en sloot haar ogen. 'Ik wist dat hij het niet lang alleen zou volhouden.'

'Ik heb ook naar Engeland gebeld. Veel groeten en liefs van Rosanna en Ella.' Luca ging op de stoel naast Carlotta's bed zitten. 'Rosanna klonk nogal triest.'

'Waarom?' Haar ogen waren nog steeds gesloten.

'Omdat Roberto heeft ingestemd met de scheiding. Hij maakt geen bezwaar en heeft al Rosanna's verzoeken ingewilligd. Het lijkt erop dat ons zusje over twee maanden eindelijk van hem verlost zal zijn.'

Carlotta's ogen knipperden weer open. Luca zag dat ze zachtjes glinsterden met een glans die hij al lang niet meer had gezien.

'Dat is heel goed nieuws. Ze verdient het gelukkig te zijn.'

'Ik weet het, maar ik ben bang dat ze nog steeds van hem houdt.'

'Ze zal hem op den duur vergeten.' Carlotta ging moeizaam rechtop zitten. 'Luca, ik zou graag willen dat je nog iets voor me deed. Wil je mijn notaris bellen en hem vragen of hij me komt opzoeken? Er zijn nog wat details die ik nog niet heb geregeld.'

'Het is beter als je ze aan mij doorgeeft, dan ga ik wel naar hem toe. Het zal te vermoeiend voor je zijn.'

'Nee,' zei Carlotta op scherpe toon. 'Ik wil hem zelf spreken.'

Een dag later kwam de notaris naar het klooster. Carlotta stond erop dat Luca haar met hem alleen liet. Toen de deur dicht was, praatten ze. Ten slotte overhandigde ze hem een envelop.

'U begrijpt dat ik niet wil dat iemand hiervan weet? En hij mag pas na mijn dood worden verstuurd.'

'Ik begrijp het, signora,' antwoordde de notaris.

'Zorgt u er alstublieft voor dat de brief wordt gemarkeerd als "vertrouwelijk" en dat hij naar het Metropolitan Opera House in New York wordt gezonden. Daar weten ze wel naar welk adres hij moet worden doorgestuurd.'

'Maakt u zich geen zorgen. Ik beloof dat ik uw wensen zal nakomen.'

'Dank u.'

Toen de notaris was vertrokken, zakte Carlotta achterover tegen haar kussens. Ze had al haar energie opgebruikt.

Het was een besluit waar ze zich de afgelopen maanden het hoofd over had gebroken. Ze wilde haar zus geen pijn doen, maar ze had toch het gevoel dat het belangrijk was dat hij het eindelijk te horen kreeg.

De ophanden zijnde scheiding had de doorslag gegeven.

Binnenkort zou Roberto weten dat hij een dochter had.

En kon zij eindelijk rust vinden.

'Goed, je hebt mijn nummer in New York. Als er wat is, kun je me bellen.' Stephen kuste Rosanna op beide wangen.

'Dat zal vast niet nodig zijn,' zei Rosanna.

'Twee weken bij je vandaan moeten zijn lijkt wel een eeuwigheid,' fluisterde hij terwijl hij haar stevig tegen zich aan hield.

'Ze zijn voorbij voor je het weet. Jij hebt het daar druk met je werk en ik ga bezig met de voorbereidingen voor Kerstmis. Je moet gaan, caro, of je mist je vlucht nog.'

Stephen stapte in zijn auto en startte de motor. 'Dag, Ella. Dag, Nico. Tot snel.'

'Zou jij een paar uur op Nico willen passen, Ella? Ik moet mijn spullen nog uit het huis in Londen ophalen. Mijn advocaat heeft me laten weten dat deze week geschikt is, aangezien Roberto in New York verblijft. En het is veel gemakkelijker om het alleen te doen.'

'Ja, natuurlijk. Wij redden ons wel,' zei Ella.

'Weet je het zeker? Ik kan ook op zaterdag gaan, dan mis jij niets van school.'

'En of ik het zeker weet. Nico is dol op zijn tante Lala, toch?' Ella knuffelde Nico, die vrolijk tegenstribbelde.

'Dank je wel, Ella. Ik stel het zeer op prijs.'

'Gaat het wel?' vroeg Ella, die de gespannen uitdrukking op het gezicht van haar tante zag.

'Ja hoor, het gaat wel.' Rosanna verliet de keuken en liep naar de studeerkamer om een lijstje te maken van de spullen die ze wilde ophalen.

In de trein naar Londen probeerde Rosanna niet te denken aan wat haar de komende uren te doen stond, maar overpeinsde ze hoe goed Ella zich had aangepast aan haar nieuwe omgeving. Ze ging nu naar een kleine particuliere school in een dorp in de buurt. De afgelopen twee maanden was haar Engels met behulp van een privédocent met sprongen vooruitgegaan en had ze vrienden en vriendinnen gemaakt. De leerstof op school was lastig voor haar, maar de leraren waren bereid gebleken om haar extra begeleiding te geven. Ze vertrouwden erop dat haar Engels nu goed genoeg was om in de zomer een aantal toetsen te halen. Als ze verder wilde komen, mocht ze het jaar daarna blijven. Volgende week gingen Rosanna en Nico naar het kerstconcert op haar school. Ella had de solo gekregen en had het nieuws bij thuiskomst met stralende ogen aan haar tante verteld.

Rosanna was erg gesteld geraakt op haar nichtje, en ze bewonderde haar moed en doorzettingsvermogen. De telefoontjes van Luca, die twee keer per week belde om te vertellen hoe het met Carlotta ging, waren telkens een dieptepunt en brachten vaak een huilbui teweeg, maar over het algemeen leek Ella de situatie te hebben aanvaard en deed ze haar best om zich erin te schikken. Rosanna vond het fijn dat ze Luca kon vertellen hoe goed het met Ella ging. Ze wist dat het een troostende gedachte was voor Carlotta, die volgens Luca de laatste twee dagen steeds tussen bewustzijn en bewusteloosheid zweefde. Luca had haar gisteravond gewaarschuwd dat hij dacht dat het einde nu naderde, maar dat hij het gevoel had dat zijn zus er klaar voor was.

De trein reed Paddington Station binnen, en Rosanna liep over het perron op zoek naar een telefooncel. Met trillende handen belde ze het nummer van het huis in Kensington. Hoewel ze wist dat Roberto in New York was, wilde ze het toch nog even controleren. Ze liet de telefoon ruim twee minuten overgaan voordat ze de hoorn op de haak legde en verontschuldigend glimlachte naar de ongeduldige zakenman die bij de cel stond te wachten. Ze ging naar buiten en liep naar de voorste taxi in de rij.

'Campden Hill Road, alstublieft,' zei ze.

'Komt in orde, miss.'

Hoewel ze wist dat Roberto niet thuis was, begon Rosanna's hart te bonzen toen de taxi door Kensington High Street reed, links afsloeg en voor het huis tot stilstand kwam.

'Dat is dan zes pond, *love*.'

Rosanna betaalde de chauffeur en stapte de taxi uit. Ze bleef even staan kijken naar het elegante witte huis. Toen haalde ze diep adem en liep de treden naar de voordeur op.

De ooit zo vertrouwde geur van het huis trof haar toen ze de gang binnenkwam. Ze voelde zich ineens duizelig en zakte neer op de onderste traptree terwijl haar ademhaling versnelde en ze haar best deed om zich te vermannen.

Kom op, Rosanna, zei ze tegen zichzelf, je hebt een uurtje nodig en dan kun je weer naar huis.

Ze stond op en tastte in haar handtas naar het lijstje. Het was maar kort en er stonden vooral dierbare kleinoden op die ze had gekocht toen ze de wereld over reisden.

Ze liep de trap van het stille huis op, want ze wilde eerst het moeilijkste gedeelte achter de rug hebben. Ze duwde de deur open naar de slaapkamer die ze met Roberto had gedeeld en ging er naar binnen.

Alles was er nog exact hetzelfde – zelfs haar foto stond nog op het nachtkastje aan Roberto's kant van het bed. Het huis maakte een onbewoonde indruk en Rosanna vroeg zich af hoe vaak Roberto hier was geweest sinds ze uit elkaar waren gegaan. Misschien wel helemaal niet, zo te zien. Ze liep naar de kledingkast, die de hele muur besloeg, en deed hem open. Daar hingen naast haar eigen kleren een aantal van zijn pakken; naast haar schoenen stonden zijn grotere. Ze stak haar hand uit naar de eerste jurk en stopte toen. Ze wilde ze niet meer; ze had er thuis meer dan genoeg. Bovendien zou ze ze nooit dragen – ze zouden alleen maar pijnlijke herinneringen teweegbrengen.

Rosanna ging op het bed zitten en legde haar hoofd in haar handen. Deze aanspraak op haar bezittingen was niets dan een slecht excuus geweest, een reden om zichzelf toe te staan even naar het verleden terug te keren. Maar deze leegte was de wrede werkelijkheid en de klok kon niet worden teruggedraaid.

Nog een uur van herinneringen en dan moet ik het achter me laten, voor altijd, dacht ze.

Dwalend door het huis pakte Rosanna een ingelijst omslag van een programmaboekje van *La traviata* in Covent Garden, een paar kristallen glazen uit Wenen en een kandelaar die ze op een vlooienmarkt in Parijs had gekocht, en stopte ze in de weekendtas die ze had meegenomen. Elk voorwerp deed haar denken aan een bepaald moment, gaf haar een speciaal gevoel. Ze herbeleefde het geluk en liet zich onderdompelen in het verleden – zonder pijn, alleen maar met vreugde.

In de zitkamer stond een foto van hun drieën, vlak nadat Nico was geboren. Haar ogen stonden levendig, haar gezicht straalde. Ze liep naar de spiegel boven de schoorsteenmantel en bestudeerde haar spiegelbeeld. Ze wist dat ze er nu anders uitzag. Haar ogen waren droevig en glansloos.

'Ik hou van je, Roberto. Wat je ook hebt gedaan, ik zal altijd, altijd van je blijven houden,' zei ze zachtjes in zichzelf.

Ze liep de trap af naar de keuken en belde een taxi om haar naar het station te brengen. Ze ging zitten en zette bijna gedachteloos de cassettespeler aan die op zijn gebruikelijke plaats op tafel stond. Ze werd verrast door haar eigen stem die de ruimte in stroomde.

Rosanna sloot haar ogen en luisterde. Toen begon ze te zingen. Eerst zacht en aarzelend, toen, in de wetenschap dat ze alleen was, overstemde haar stem het geluid dat uit de speler kwam. Met haar ogen nog steeds gesloten zong ze 'Sempre libera', Violetta's hartverscheurende aria uit *La traviata*, alsof haar leven ervan afhing.

De stilte die volgde was verpletterend.

Toen hoorde ze iemand klappen.

Ze deed haar ogen open en even leek de keuken rond te tollen.

Daar, vlak voor haar neus, stond Roberto.

43

Rosanna wist niet hoelang ze elkaar zwijgend bleven aanstaren. Zijn gezicht was voller, minder hoekig dan ze zich herinnerde, en zijn gestalte was steviger, maar hij was nog steeds dezelfde Roberto, en haar verraderlijke hart sloeg een slag over.

'Ciao,' zei hij ten slotte.

'Ciao.' Ze bloosde. 'Ik wist niet dat je hier was.'

Ze stond op. Dit was het moment waarvan ze had gedroomd, waarvan ze had geweten dat het ooit zou komen. 'Ik moet gaan. Ik kwam alleen maar wat spullen ophalen.'

'Het is ook jouw huis, in elk geval de komende weken nog,' zei Roberto schouderophalend.

Zijn nonchalance, het feit dat hij kennelijk zo kalm bleef nu hij haar na al die tijd weer zag, sneed haar door de ziel. Ze probeerde haar gevoelens wanhopig te bedwingen.

'Mijn advocaat zei dat je in New York was.'

'Het was ook niet de bedoeling dat ik hier zou zijn, maar ik kwam aan op Heathrow na een concert in Genève, en mijn vlucht terug naar New York heeft acht uur vertraging wegens mist op het vliegveld, dus leek het me een goed idee hiernaartoe te komen om een paar uurtjes te slapen.'

'Laat me je daar niet van weerhouden,' zei ze abrupt. 'Ik ging net weg.'

'Ga je terug naar The Manor House?' vroeg hij.

'Ja, er is een taxi onderweg om me op te halen.'

'Hoe gaat het met Nico?' Roberto keek haar aandachtig aan.

'Goed.'

'Hij is natuurlijk behoorlijk gegroeid sinds de laatste keer dat ik hem heb gezien.'

'Ja,' antwoordde ze zo onbewogen als ze kon.

'Je bent nog steeds niet van plan om terug te keren op het podium?'

'Nee.'

'Zou je wel moeten doen.'

'Ik moet voor jouw kind zorgen, weet je nog?'

'Natuurlijk. Mijn verontschuldigingen. Ik herinner me jouw sterke ideeën over dat onderwerp.'

Ze kon er niet meer tegen. 'Ik moet weg.' Ze liep naar de deuropening van de keuken, waar hij stond. 'Pardon.'

Roberto maakte geen aanstalten opzij te gaan.

'Laat me erlangs. Laat me erlángs!' Ze haalde naar hem uit en hij pakte haar ellebogen om haar in bedwang te houden.

'Hou op, Rosanna, hou op!'

'Laat me gewoon gaan... Laat me...' In weerwil van zichzelf barstte ze in tranen uit. 'Jij zou hier niet zijn! Jij zou hier niet zijn!' herhaalde ze hysterisch.

'Rosanna, cara, het spijt me. Huil alsjeblieft niet. Ik kan het niet verdragen als je huilt.' Roberto liet haar ellebogen los en sloot haar in zijn armen.

Een paar seconden bleef ze als verstijfd staan, maar toen gaf haar lichaam zich gewonnen en ontspande ze zich hulpeloos snikkend. Hij streek zachtjes over haar haar.

'Vergeef me, alsjeblieft. Ik was destijds een enorme hufter. Het spijt me. Het is mijn manier om met spanningen om te gaan, principessa.'

Het was ondraaglijk om hem haar koosnaam te horen uitspreken, zijn vertrouwde geur te ruiken en zijn armen om zich heen te voelen. Met grote moeite maakte ze zich van hem los en wreef met de rug van haar hand over haar ogen.

'Sorry dat ik me zo aanstel en zo emotioneel doe. We zijn nu volwassen.'

'In mijn ogen zul jij nooit volwassen zijn,' mompelde hij. 'Je zult altijd dat kleine meisje in die katoenen jurk zijn die "Ave Maria" zong op de trouwdag van mijn mamma en papà. Toe, Rosanna, zullen we wat drinken terwijl we op je taxi wachten? For old times' sake?'

Ze wist met elke vezel van haar lichaam dat ze weg moest gaan, maar merkte dat haar benen niet meewerkten. Ze keek zwijgend toe hoe Roberto in een kastje tuurde en er een halfvolle fles cognac uit tevoorschijn haalde.

'Deze is onaangeraakt gebleven sinds we hier zijn vertrokken. Gelukkig is dit een van de weinige dingen die na verloop van tijd beter worden.' Hij pakte twee glazen, nam plaats aan de tafel en schonk er wat cognac in.

'Kom, ga zitten.'

Ze wist eindelijk haar benen over te halen in beweging te komen en voegde zich bij hem aan de tafel.

'Rosanna, in elk geval heb ik vandaag de kans om je te vertellen hoezeer het me spijt.' Roberto nam een slokje. 'Het is allemaal mijn schuld. Ik heb me als een klootzak gedragen. Ik weet dat je me nooit kunt vergeven, maar ik wil het toch graag zeggen.'

Rosanna zuchtte en hervond haar stem. 'Je zit nou eenmaal zo in elkaar, Roberto,' fluisterde ze, nog steeds verdoofd. 'Het was dom van me te denken dat je kon veranderen.'

'En hoe jij in elkaar zit,' wierp hij tegen. 'Sommige echtgenotes tolereren de... slippertjes van hun echtgenoot.'

'Terwijl ze aan het bevallen zijn van z'n kind? Dat betwijfel ik,' kaatste Rosanna terug. Ze voelde weer iets van realiteit in haar verwarde binnenste terugkeren.

Roberto had het fatsoen rood te worden. Hij schudde zijn hoofd. 'Het had niets te betekenen. Ik hield niet van haar.'

'Nu wel?'

'Nee.'

'Waarom ben je dan met haar samen in New York?'

'Omdat het gemakkelijk is, meer niet. En volgens Trish St Regent heb jij ook iemand in je leven?'

'Ja.' Rosanna nam het zichzelf kwalijk dat ze bloosde.

'Hou je van hem?'

'Het is nog te vroeg om dat te weten. Ik denk zeker dat mijn liefde voor hem kan groeien.'

'Je hebt geluk als je weer kunt liefhebben. Ik kan dat niet,' zei hij schouderophalend.

‘Ik denk dat jij niet weet wat liefde is, Roberto.’

‘O jawel. Ik weet het wel, want ik heb na die avond dat jij me het huis uit gooide een week hier thuis in mijn eentje zitten huilen. Ik heb sinds het scheiden van onze wegen elke dag aan je gedacht. Er gaat bijna geen uur voorbij zonder dat ik je mis. Maar wat maakt dat nu allemaal nog uit?’ Roberto zuchtte en schonk nog wat cognac in zijn glas.

Hij is een voortreffelijk acteur, vertelde ze zichzelf. Ik kan niet, mág niet geloven wat hij zegt. ‘Waarom heb je dan nooit contact opgenomen? Waarom heb je achttien maanden lang geen poging ondernomen om je zoon te zien? Omdat je zo van ons hield?’ Ze schudde haar hoofd. ‘Dat dacht ik niet, Roberto.’

‘Ik heb die avond gezegd dat ik nooit zou terugkeren als je me zou dwingen te vertrekken zonder me een kans te geven het uit te leggen. Probeer het je voor de geest te halen, Rosanna. Hoe woedend je was. Ik zal nooit vergeten hoe je naar me keek, daar bij de voordeur. Je gezicht was zo vol afkeer, zo vol haat. Ik dacht dat je liever wilde dat ik voorgoed uit je buurt bleef. Was dat dan verkeerd gedacht?’

‘Nee, natuurlijk niet,’ loog ze dapper. ‘Ik had immers gezegd dat ik dat wilde. Maar ik nam wel aan dat je contact zou opnemen, in elk geval om Nico te kunnen zien.’

‘Maar snap je dan niet dat ik het niet kon verdragen om jou of ons kind te zien in de wetenschap dat ik na een uur of twee weer zou vertrekken? Je weet hoe het tussen ons is, Rosanna. Tussen ons is het alles of niets. Ik begreep dat je me niet terug wilde, dus heb ik, in het belang van ons alle drie, alle banden doorgesneden. En toch,’ bekende hij, ‘heb ik een aantal keren geprobeerd je te bellen. Maar je was niet thuis.’

‘Zelfs ík moet het huis af en toe uit, Roberto.’ Hij liegt, hij liegt, zei ze streng tegen zichzelf. Hij heeft nauwelijks aan ons gedacht.

‘Alsjeblieft, Rosanna. Dit zou weleens een van de laatste keren kunnen zijn dat we elkaar spreken. Ik ben eerlijk tegen je. Ik zweer dat ik je heb gebeld. En geloof me op zijn minst als ik zeg dat ik van Nico hou.’

‘Dat is moeilijk, aangezien je geen enkele moeite hebt gedaan om hem te zien,' reageerde ze fel, blij dat ze eindelijk oprechte woede voelde, namens haar zoontje. 'Ik zal het proberen te geloven, maar alleen omdat het in Nico's belang is.'

'O principessa.' Roberto haalde een hand door zijn haar. 'Waarom is het toch zo gegaan? We waren zo gelukkig met zijn drieën. We zijn allebei zoveel kwijt. En het is mijn schuld, dat weet ik, dat weet ik.'

De deurbel ging – een schril geluid dat de spanning doorboorde.

Rosanna stond op. 'Mijn taxi is er. Ik moet gaan.'

'Oké.' Roberto stond ook op. 'Vergeet niet, cara, dat ik altijd van je zal blijven houden,' zei hij zacht.

Zeg het terug, Rosanna, zeg het, spoorde ze zichzelf aan. *Je weet dat je bij hem hoort, hoe hij ook in elkaar zit en hoe erg hij je ook pijn kan doen.*

Maar ze zei niets en liep in plaats daarvan met alle wilskracht die ze in zich had de trap op en naar de voordeur; Roberto kwam achter haar aan.

'Dag, Roberto.' Ze liep het stoepje af, draaide zich nog even om en keek hem aan. 'Als je in de toekomst je zoon wilt zien, laat het me dan weten.'

Toen draaide ze zich weer om en haastte zich naar de taxi, de wereld om haar heen wazig door de tranen.

Roberto keek hoe de taxi wegreed. Toen sloot hij de voordeur en liep langzaam weer de trap naar de keuken af. Hij ging aan de tafel zitten en schonk zichzelf nog wat cognac in. Hij rook nog steeds haar parfum. Hij voelde zich verslagen en leeg.

Over zes uur zou hij naar New York vertrekken, terug naar Donatella en een leven dat alles had, maar niets betekende. Roberto opende zijn ogen; elke keer als hij ze sloot, zag hij haar in de keuken zitten, haar mooie gezicht nog nat van de tranen die hij had veroorzaakt.

Twee uur later sloot hij de voordeur achter zich en stapte achter in de auto die stond te wachten. Terwijl de bestuurder het gaspedaal intrapte, keek Roberto achterom en zag hij het huis in de mist verdwijnen. Een droom die een nachtmerrie was geworden.

Rosanna kwam drieënhalf uur nadat ze Londen had verlaten pas thuis. Het mistte vreselijk en de trein was daardoor vertraagd. Toen ze de gang in stapte, voelde zich emotioneel en geestelijk uitgeput.

'Ciao, Rosanna. Gaat het wel? Je ziet erg bleek.' Ella verscheen vanuit de zitkamer.

'De terugreis was vervelend. Alles goed met Nico?'

'Prima. Ik heb hem net naar bed gebracht. Heb je zin in iets te eten?'

'Nee, dank je wel. Ik geloof dat ik naar boven ga om een bad te nemen.'

'Oké. Waar zijn je spullen?' vroeg Ella.

'Welke spullen?'

'Die je in Londen ging ophalen.'

'O, ik...' Rosanna schudde haar hoofd en realiseerde zich dat ze die helemaal vergeten was. 'Ik heb besloten dat ik ze beter daar kon achterlaten. Te veel herinneringen.'

Ella knikte terwijl Rosanna haar schoenen uittrok en de trap op begon te lopen. 'Stephen heeft gebeld vanuit New York.'

'Heb je hem verteld waar ik was?'

'Ja.' Ella keek beduusd. 'Het spijt me, ik had geen idee dat dat niet de bedoeling was.'

'Nee, het is prima, Ella.'

'Ik moest veel groeten en liefs overbrengen en hij belt morgen weer.'

Rosanna knikte vermoeid. 'Dank je wel. Welterusten.'

Het was al middernacht geweest en hoewel ze het had geprobeerd, lukte het Rosanna niet om in slaap te komen. Uiteindelijk stond ze op en zocht ze in het kastje in de badkamer naar de slaappillen die de dokter haar had voorgeschreven vlak nadat Roberto haar had verlaten. Ze had er nooit een durven innemen voor het geval Nico 's nachts ziek zou worden en ze hem dan niet zou horen. Omdat ze wel wist dat pillen niets zouden oplossen zette ze het potje terug en liep ze naar beneden om in de keuken wat warms te drinken voor zichzelf te maken. Ze deed de waterkoker aan en keek uit het raam. De mist was zo dicht dat ze de boom die vlak bij het huis stond niet kon zien. Ze nam haar mok mee de zitkamer in en knipte een lamp aan.

Toen hoorde ze geklop.

Ze verstijfde van angst. Dit was het moment waar ze altijd bang voor was geweest. Twee vrouwen en een klein kind alleen, weerloos tegenover inbrekers.

Het geklop klonk weer, uit de richting van de voordeur.

Maar inbrekers kloppen toch zeker niet aan, zei ze tegen zichzelf terwijl ze de gang in sloop om uit te vinden wie het was.

'Rosanna. Ik ben het. Laat me binnen,' riep een stem door de brievenbus.

Haar handen rommelden onhandig aan de grendel en het kettinkje, en haar hart ging als een razende tekeer. Ze deed de deur open.

'Je zei dat ik het je moest laten weten als ik mijn zoon zou willen zien. Nou, dat wil ik graag, dus hier ben ik dan. Ik hou van je, mijn principessa.'

Roberto keek haar aan en hield zijn armen wijd voor haar open, zijn vermoeide ogen vol onzekerheid.

Ze weifelde een paar seconden, maar kon er niet langer tegen vechten. Aarzelend verloor Rosanna zich weer in zijn omhelzing.

The Metropolitan Opera House,
New York

Dus, Nico, zo kwam je vader terug in ons leven. Toen hij op Heathrow was aangekomen, kreeg hij te horen dat zijn vlucht naar New York was gecanceld wegens de mist. Later zei hij dat dat het lot was geweest.
Onze hereniging was hartstochtelijk en emotioneel. We waren twee mensen die van elkaar hielden en het meer dan achttien maanden zonder elkaar hadden moeten stellen. Er klonken die nacht geen verwijten meer. We verdronken simpelweg in de opluchting van onze verzoening.
De volgende ochtend bekeek ik mijn gezicht in de spiegel en wist ik dat ik Roberto niet zou vragen te vertrekken. Ik zag dat de sprankeling in mijn ogen was teruggekeerd. Voor het eerst sinds anderhalf jaar zag ik er weer echt gelukkig uit. Wat er ook was voorgevallen, Roberto was mijn echtgenoot, en jouw vader. We hoorden bij elkaar en dat was alles wat ertoe deed.
Nico, als ik je vertel wat er hierna gebeurde, vraag ik je om alsjeblieft te begrijpen wat ik voor je vader voelde. Mijn liefde voor hem oversteeg al het andere. Dat ik hem terug had, gaf me zoveel vreugde dat ik blind was voor de pijn die het zou veroorzaken voor de anderen om me heen. Ik gedroeg me egoïstisch en kwetste mensen door dingen te doen die ik onder andere omstandigheden nooit zou hebben overwogen.
Achteraf heb ik me gerealiseerd dat we iemand met heel ons hart kunnen liefhebben, maar dat dat niet betekent dat die persoon goed voor ons is. Roberto bracht niet het beste in me naar boven. Als ik met hem samen was, verloor ik de controle. Zijn aanwezigheid was als een drug. Ik zie nu duidelijk dat ik daardoor in negatieve zin veranderde.
Ik had Roberto terug, maar daardoor verloor ik mezelf.
Het is vast moeilijk voor je om te lezen wat ik je nu vertel. Ik heb

me vaak afgevraagd of het wel goed is om deze dingen met je te delen, of dat ik alleen maar probeer mijn eigen schuldgevoel te verlichten. Maar mijn hart zegt me dat je de kracht hebt om het te begrijpen. Ik kan alleen maar zeggen dat ik altijd mijn best voor je heb gedaan, dat ik heb geprobeerd je te beschermen en groot te brengen in een liefdevolle, veilige omgeving. Toch was ik er niet toen je me echt nodig had. En dat zal ik mezelf nooit vergeven. Nooit.

44

Gloucestershire, december 1982

Rosanna werd de volgende dag wakker en draaide zich om; ze durfde amper te kijken voor het geval het alleen maar een droom was geweest.

Hij lag er echt, hij lag naast haar. De nachtmerrie was ten einde. Het leven kon weer beginnen.

Ze bleef nog even naar hem liggen kijken, terugdenkend aan de passie waarmee ze de liefde hadden bedreven, tot vlak voor de dageraad. Maar ze voelde zich helemaal niet moe. Elke cel in haar lichaam tintelde van een nieuwe energie.

Verlangend naar zijn armen om haar heen, de bevestiging dat hij er écht was, dat hij van haar hield, kroop ze dichter naar hem toe en legde zachtjes een hand op zijn arm. Er kwam geen reactie. Hij verroerde zich niet. Arme Roberto, dacht ze, hij zal wel doodop zijn.

Rosanna stapte uit bed en trok haar ochtendjas aan. Anders dan gebruikelijk kwamen er geen geluidjes uit Nico's kamer. Ze deed de deur van haar eigen slaapkamer open en liep door de gang. Het ledikantje was leeg en ze bedacht dat Ella hem dus al mee naar beneden had genomen voor het ontbijt.

Ella... Ze moest haar proberen uit te leggen wat Roberto hier deed.

Nico zat tevreden in zijn kinderstoel, waar hij geroosterd brood met honing te eten kreeg.

'Goedemorgen, Ella.' Ze begroette haar nichtje met een glimlach. 'Hoe laat was hij wakker? Het spijt me dat ik hem niet heb gehoord. Hallo, darling.' Ze gaf Nico een kus en een knuffel en hij legde zijn plakkerige vingers tegen haar gezicht.

'Ongeveer een half uur geleden. Ik wist dat je moe was, dus heb ik hem uit zijn bedje gehaald.'

'Dank je, je bent een engel.' Rosanna ging aan de tafel zitten.

'Heb je zin in koffie? Ik heb net gezet.' Ella stond op en liep naar het apparaat op het aanrecht.

'Ja, heel graag. Ella, ik moet je iets vertellen.'

'O ja?'

'Kom even zitten, dan probeer ik het je uit te leggen.'

Ella liep met twee koppen koffie naar de tafel, ging weer zitten en keek Rosanna verwachtingsvol aan.

'Je weet dat mijn echtgenoot, Roberto, en ik zouden gaan scheiden?'

'Ja, daarom ging je gisteren naar jullie oude huis in Londen, om je spullen op te halen.'

'Juist. Nou, toen ik daar was, kwam ik hem geheel onverwacht tegen. Hij kwam aan toen ik op het punt stond te vertrekken. We hebben gepraat en gisteravond laat is hij hiernaartoe gekomen om me op te zoeken.'

'O. Waar is hij nu?'

'Hij ligt boven te slapen.'

Ella knikte zwijgend. Toen zei ze: 'Dus nu ga je toch niet van hem scheiden?'

'Nee, nou ja, eh... Ik denk het eigenlijk niet. Hij blijft hier een paar dagen. We hebben natuurlijk veel te bepraten. En hij wil zijn zoontje graag zien.'

'Aha. En Stephen?'

Rosanna schudde schuldbewust haar hoofd. 'Ik weet het niet. Roberto is mijn echtgenoot en Nico's vader. Als de kans bestaat dat we weer een gezin kunnen gaan vormen, is dat de moeite van het proberen waard, vind je niet?'

Ella knikte nog eens, met een blanco blik op haar gezicht. 'Jawel, ik begrijp het, maar ik mag Stephen graag. Het zal hem pijn doen, toch?'

'Ja, maar...' Rosanna schudde haar hoofd. 'Om eerlijk te zijn kan ik daar nu niet over nadenken. Ik zal Roberto een kop koffie brengen. En morgen, om je te bedanken dat je gisteren op Nico hebt gepast, zou ik graag met je naar Cheltenham gaan om een jurk voor je te kopen, die je dan op je concert kunt dragen,' bood ze aan als een zwak verzoenend gebaar.

'Dank je, maar ik moet mijn schooluniform aan, net als de anderen.' Ella's stem klonk formeel en afstandelijk.

'Nou, voor de kerst dan.'

'Dat zou fijn zijn,' zei Ella stijfjes.

Rosanna tilde Nico uit zijn stoel. 'Goed, laten we nu maar naar boven gaan om je papà wakker te maken.'

Twintig minuten later kwam Rosanna de badkamer uit en liep ze door de gang naar de slaapkamer. Ze bleef in de deuropening staan en zag dat vader en zoon samen in bed in Nico's favoriete Winnie-the-Pooh-boek zaten te lezen. Het was een beeld waar ze zo vaak van had gedroomd dat ze er een brok van in haar keel kreeg.

'Kom je straks naar beneden om kennis te maken met Ella, mijn nichtje?' zei ze terwijl ze binnenliep.

'Zeker.' Roberto keek haar over Nico's hoofd aan. 'Wat is hij prachtig, Rosanna, en zo slim. Ik was vergeten hoe fijn het is om tijd met hem door te brengen.'

'Vergeet het niet weer, oké?' fluisterde ze.

Hij schudde zijn hoofd. 'Nooit meer.'

'Papà?'

Roberto knipoogde naar haar. 'Zie je? Hij kent me nog.' Hij boog voorover. 'Ja, Nico?'

Nico wees naar het boek in Roberto's hand. 'Nog een keer lezen, asjeblief.'

Ella draaide zich om toen Roberto een uur later de keuken binnenkwam. Rosanna volgde met Nico op de arm.

'Dus jij bent Ella,' zei Roberto.

'Ja, aangenaam kennis te maken,' antwoordde ze, op haar hoede.

'Je tante zorgt goed voor je, hoop ik?' vroeg hij.

'Sì, ik bedoel, ja, dank u, signor.'

'Noem me maar gewoon Roberto. Ik ben tenslotte je oom.' Hij wendde zich tot Rosanna. 'Ik heb besloten dat we vandaag met zijn allen gaan lunchen in dat geweldige restaurant waar we vroeger vaak kwamen, in Chipping Campden.'

'Maar daar moet je weken van tevoren reserveren,' wierp Rosanna tegen.

Hij keek haar geduldig aan. 'Cara, je lijkt te zijn vergeten dat er altijd plaats is voor Roberto Rossini en zijn vrouw en gezin. Ik zal de maître d' nu meteen bellen.' Roberto liep naar de telefoon. Hij reserveerde een tafel en ging aan de keukentafel zitten. Rosanna zette verse koffie en roosterde brood.

'Van wie zijn die?' Roberto wees naar een paar grote rubberlaarzen bij de keukendeur.

Rosanna bloosde. 'Van mijn vriend Stephen.'

Hij stond op, beende door de keuken, pakte de laarzen, opende de vuilnisbak en gooide ze er zonder plichtplegingen in. 'Goed, de lunch is om één uur. Wil je de koffie en toast naar de studeerkamer brengen, Rosanna? Ik moet Chris bellen om hem te vertellen waar ik ben.'

'Natuurlijk.'

Ella aanschouwde dit alles en wist dat de dingen in The Manor House drastisch zouden veranderen.

Tijdens de lunch was Roberto in topvorm en vermaakte hij hen drieën – en de rest van het restaurant – met anekdotes over de opera. Ella zat er zwijgend bij en sloeg bezorgd het geluk op Rosanna's gezicht gade.

Later die avond lagen Roberto en Rosanna op het kleed voor de open haard.

'Ze is wel een beetje een rare, die Ella van je,' merkte Roberto op.

'Nee, ze is hartstikke lief, maar een tikje verlegen, vooral tegenover jou,' schoot Rosanna in de verdediging.

'Ben ik zo schrikwekkend, dan?' grijnsde hij.

'Je kunt wel wat... intimiderend zijn, ja.'

'Dat spijt me dan.'

'Wees een beetje aardig voor haar. Hoewel ze heeft geaccepteerd dat Carlotta zo ziek is, verwacht ze elke dag het ergste te horen, net als ik. Vergeet dat alsjeblieft niet.'

'Natuurlijk niet. Het is vast heel moeilijk voor jullie allebei.'

'Dat is het zeker.' Rosanna staarde naar het vuur. 'Roberto...' Ze moest het hem vragen. 'Ben je van plan te blijven?'

Hij pakte haar hand en gaf er een kneepje in. 'Absoluut, principessa. Ik hoor bij mijn vrouw en kind, of wil jij de scheiding doorzetten?'

'Nee, uiteraard niet.'

'Mooi. Dan zal ik dat aan mijn advocaat laten weten.'

'We hebben veel dingen om over te praten, om te regelen. Ik bedoel...'

Roberto legde een vinger op haar lippen. 'Sst, Rosanna, bederf dit moment nou niet met gedachten aan de toekomst. Je maakte je altijd al te veel zorgen. Ik heb geen verplichtingen tot na Nieuwjaar. Waarom genieten we niet gewoon samen van de kerstdagen? Dan praten we daarna.'

'Ga je het Donatella vertellen?'

'Ga jij het "je vriend" vertellen?' kaatste Roberto terug.

'Ik zal wel moeten. Hij verwacht dat hij de kerstdagen hier met ons gaat doorbrengen.'

'Dan zal hij wel teleurgesteld zijn, maar ja, niets aan te doen,' antwoordde hij luchtig, maar zijn kaakspieren verraadden zijn spanning. 'Ik ben je echtgenoot, de enige man die echt van je houdt en je begrijpt.' Terwijl zijn lippen de hare zochten en een hand haar borst streelde, wist Rosanna dat er vanavond niet meer gepraat zou worden.

De daaropvolgende dinsdagmiddag reden Roberto, Rosanna en Nico naar Ella's school om het kerstconcert te bezoeken. Alle hoofden draaiden zich om naar Roberto toen hij binnenkwam. Hij glimlachte minzaam terwijl ze gedrieën ergens achter in de zaal plaatsnamen.

'Mevrouw Rossini.' Een opgewonden directrice kwam naar hen toe. 'Ik had geen idee dat u uw echtgenoot zou meebrengen. Er zijn nog plaatsen beschikbaar op de voorste rij.'

'Dank u wel voor het aanbod, maar we kunnen het hiervandaan heel goed zien. Ik wil de uitvoerenden niet afschrikken,' fluisterde Roberto.

'Nou, ik hoop wel dat u beiden zult blijven voor een kopje koffie na afloop?'

'Natuurlijk,' knikte Rosanna, en de directrice haastte zich weer weg om te kijken of de lokale krant meteen een fotograaf kon sturen om een foto te nemen van deze bijzondere gebeurtenis op haar school.

Het concert begon. Roberto keek naar Nico, die op Rosanna's schoot in slaap was gevallen, en wenste dat hij hetzelfde kon doen.

Toen hoorde hij de stem: een lage, diepe klank vol kleur. Hij keek met belangstelling op naar het podium, en daar stond Ella, haar schouders wat gebogen van de zenuwen, haar tengere lichaam bijna ontdaan dat er zo'n sterk, krachtig geluid uit tevoorschijn kwam. Ella deed hem denken aan de eerste keer dat hij Rosanna had gezien – met haar dunne armen en benen en grote donkere ogen. Op een dag zou ze net als haar tante een schoonheid zijn.

'*All is calm, all is bright*,' zong ze. Roberto keek opzij naar Rosanna, die ook al vol verwondering naar haar nichtje keek en haar bemoedigend toeknikte, en richtte zijn aandacht weer op Ella. Er was geen twijfel aan dat ze een uitzonderlijke stem had. Heel anders dan die van Rosanna. Ze was een mezzo, of mogelijk zelfs een alt.

Toen Ella was uitgezongen wendde Rosanna zich met haar ogen vol tranen tot Roberto. 'Had Carlotta dit maar kunnen horen.'

Na het concert deden Roberto en Rosanna hun plicht en spraken ze onder het genot van een kop koffie met andere ouders en leerkrachten.

'Ella heeft een stem die geschoold moet worden.' Roberto legde zijn hand bezitterig op de schouder van zijn nichtje terwijl hij met de directrice praatte.

'Nou, met uw talent, en dat van uw echtgenote, is dat geen grote verrassing, toch?' De directrice glimlachte.

'Helaas heeft dit niets met mij te maken. Ik ben alleen maar aangetrouwde familie van Ella,' corrigeerde hij haar.

'Uiteraard hebben we haar zangtalent al snel na Ella's komst hier ontdekt,' ratelde de directrice verder, haar gezicht met elke seconde roder kleurend. 'Ze was heel verlegen toen ze hier kwam, maar we hebben erg hard gewerkt om haar uit haar schulp te laten kruipen.'

'En dat hebt u geweldig gedaan, nietwaar, cara?' Roberto wendde zich tot Rosanna.

'Ja.' Ze probeerde te voorkomen dat Nico naar de chocoladekoekjes greep die de directrice vasthield.

'Wil je graag zangeres worden, Ella?' Roberto keek haar aan.

'O ja.' Ella glimlachte bedeesd, niet gewend om in het middelpunt van de belangstelling te staan.

'Dan moeten we de beste zangdocent van Engeland voor je zien te vinden. Het is nooit te vroeg om aan je scholing te beginnen, toch, Rosanna?'

'Nee, zeker niet,' zei ze instemmend.

'Nou, we kunnen hier particuliere lessen regelen, meneer Rossini, en... O, zou u het erg vinden om met mij op de foto te gaan? Alleen maar voor de plaatselijke krant,' drong de directrice aan.

Roberto legde zijn arm om de schouders van de vrouw en glimlachte terwijl de camera flitste; intussen probeerde Nico zich uit Rosanna's armen te wurmen. 'Maar nu gaan we naar huis,' verkondigde hij. 'Mijn zoontje heeft er genoeg van.'

'Een vrolijk kerstfeest gewenst,' riep de directrice hen na toen ze met zijn vieren naar de deur liepen.

De volgende dag verklaarde Roberto dat hij met Rosanna naar Cheltenham wilde gaan om inkopen te doen voor de kerst.

'Zou jij op Nico willen passen, Ella? We willen graag kerstcadeautjes voor hem kopen,' vroeg Rosanna haar.

'Geen probleem.'

'We zijn niet langer dan een paar uur weg,' voegde ze eraan toe, want ze wilde niet dat haar nichtje zich buitengesloten zou voelen of het idee zou krijgen dat ze werd gebruikt als onbetaalde babysitter.

'Maak je geen zorgen. Ik pas graag op Nico,' glimlachte Ella, nog in de roes van de vorige avond.

Nadat Rosanna en Roberto waren vertrokken, liep ze de keuken in om de ontbijttafel af te ruimen en neuriede ze de kerstliedjes op de radio mee, terwijl Nico op de vloer zat te spelen. Toen Roberto zo onverwacht terug in Rosanna's leven was gekomen, had Ella gevreesd voor het ergste: dat ze niet langer welkom zou zijn als deel van het gezin waar ze zo aan gehecht was geraakt. Maar vanochtend voelde ze zich gelukkiger dan ze zich in lange tijd had gevoeld. De grote Roberto Rossini had gezegd dat ze talent had. Hij zou een zangdocent voor haar zoeken en had geopperd dat ze volgend jaar zou moeten proberen om een plek te bemachtigen op het Royal College of Music in Londen. Hoewel de gedachten aan haar moeder nooit helemaal weg waren, konden zelfs die haar goede humeur vandaag niet bederven.

Ze hoorde een auto stoppen op de oprit en liep naar de voordeur om te kijken wie er was. Haar hart zonk haar in de schoenen toen ze Stephen uit zijn Jaguar zag stappen.

'Hallo, Ella.' Hij glimlachte naar haar, opende het portier aan de passagierskant en haalde twee draagtassen vol pakjes tevoorschijn. 'Hoe gaat het met je?'

'Goed. We verwachtten je pas vrijdag terug,' antwoordde ze nerveus.

'Ik was eerder klaar met mijn werk in New York dan ik had gedacht, dus ik ben vroeger teruggevlogen.'

Er klonk gekletter in de keuken en ze renden samen naar binnen om te kijken wat er was gebeurd. Nico had een koekjestrommel op de vloer getrokken en de inhoud was eruit gevallen. Hij pakte de kapotte koekjes een voor een op en stopte ze genietend in zijn mond.

'Ik zie dat het goed gaat met Nico.' Het kind gilde van pret toen Stephen hem oppakte en een kus op zijn met kruimels bedekte gezicht gaf.

'Hoe is het, kleine vriend?' vroeg hij. 'En waar is je mamma?'

'Ze is aan het winkelen. Kerstcadeautjes kopen, volgens mij,' zei Ella behoedzaam.

'O, dan wachten we tot ze thuiskomt. Ze blijft toch niet al te lang weg, hoop ik?' zei Stephen, die met Nico op schoot aan tafel ging zitten. 'Heeft ze een taxi genomen?'

'Eh, nee. Ze is samen met iemand gegaan.'

'Goh, met wie?'

Ella gaf geen antwoord. 'Wil je koffie, Stephen?'

'Ja, graag. Ella, wat is er aan de hand?' vroeg hij haar vriendelijk terwijl ze het apparaat met water vulde.

'Niets.'

'Luister, ik zie dat er wat is. Toen ik zondag belde, was er niemand thuis. En toen ik vanochtend vanaf Heathrow belde, werd er opgenomen en meteen weer opgehangen toen ik wat zei.'

'Stephen...' Ella's stem klonk zacht en ze draaide zich niet om. 'Je kunt beter met Rosanna praten. Het is niet aan mij om het je te vertellen.'

'Sorry, Ella, maar ik denk dat ik wel een vermoeden heb. Toen Rosanna naar het huis in Londen ging, is ze Roberto tegengekomen. Hij is terug, hè?'

Ella draaide zich nu wel om, haar ogen groot, haar gezicht bleek. 'Ik heb het je niet verteld, Stephen, alsjeblieft. Je hebt het geraden.'

'En ik heb het dus bij het rechte eind. Ik wist het, ik wist het.' Hij schudde zijn hoofd en zuchtte vertwijfeld. 'Ik heb haar nog zo gezegd dat ze niet zonder mij naar Londen moest gaan.'

Ella vroeg zich af of hij op het punt stond te gaan huilen. De pijn was van zijn gezicht af te lezen. 'Kom, Nico.' Ella nam het kind uit zijn armen, zette hem op de vloer bij zijn speelgoed en gaf Stephen een kop koffie. 'Het spijt me zo.' Ze gaf een klopje op zijn arm, niet wetend wat ze anders moest doen.

'Nee, het spijt míj,' zei hij met een zucht. 'Dit is niet eerlijk tegenover jou. Weet jij of Roberto hier blijft?'

'Voor de kerst? Ja.'

'Ik begrijp het.' Stephen keek naar Nico. Toen stond hij op, zonder zijn koffie te hebben aangeraakt.

'Oké, ik kan maar beter weggaan. Er liggen pakjes met speelgoed voor Nico in de gang, en ook wat cadeautjes voor jou en Rosanna.' Hij hurkte neer en gaf Nico een kus op zijn kruin. '*Bye-bye*, kleine vriend. Braaf zijn, hè?'

'Bye-bye.' Nico keek naar hem op en lachte, zich nergens van bewust.

'Wat zal ik tegen Rosanna zeggen?'

'Vertel haar gewoon maar dat ik langs ben geweest. Dag, Ella.

Pas goed op jezelf. Fijne kerstdagen.' Hij kuste haar lichtjes op haar wang en verliet de keuken.

Ella liep naar het raam en zag hem naar zijn auto lopen, zijn verslagenheid zichtbaar aan zijn afhangende schouders en gebogen hoofd.

'Dag, Stephen,' fluisterde ze droevig.

45

De kerstdagen gingen voor Rosanna in een waas van geluk voorbij. Tussen Kerstmis en Nieuwjaar bleven ze thuis, genietend van luie dagen bij het haardvuur terwijl Nico speelde met het extravagante speelgoed dat Roberto voor hem had gekocht. 's Avonds keken ze na de maaltijd een film en bedreven daarna loom de liefde.

Het enige wat de rust voor Rosanna verstoorde, was de gedachte aan Stephen. Ella had haar verteld van zijn bezoek, en ze had meteen de cadeautjes die hij voor hen had achtergelaten verborgen, omdat ze niet wilde dat Roberto erachter kwam dat hij was geweest. Rosanna wist dat ze Stephen moest bellen, een afspraak zou moeten maken en de situatie aan hem uit moest leggen, maar op dit moment, met de euforie van Roberto's terugkeer, kon ze de confrontatie simpelweg niet aan. Het schuldgevoel over haar onvermogen knaagde aan haar.

Aan het eind van de week, op oudejaarsdag, nam Roberto Rosanna en Nico voor de lunch mee naar Cheltenham. Ella was thuisgebleven omdat ze hoofdpijn had. Om vier uur kwamen de drie terug in een stil huis.

'Ella? Ella?' riep Rosanna vanuit de gang.

Toen er geen reactie kwam, rende ze naar boven. Ella's slaapkamerdeur was dicht. Ze klopte aan, maar er kwam geen antwoord, dus duwde ze de deur open. Ella zat op de brede vensterbank. Haar knieën waren opgetrokken tot haar borst, met haar armen eromheen geklemd. Ze keek uit het raam, roerloos als een standbeeld.

'Ella, wat is er?' Het meisje reageerde niet op haar. Rosanna liep naar haar toe. 'Cara.' Rosanna ging naast haar zitten. 'Alsjeblieft, vertel me wat er is.'

'Luca heeft gebeld. Mamma is vanochtend om elf uur overleden.'

Met heel veel moeite vocht Rosanna tegen haar eigen verdriet om het nieuws, om Ella te kunnen steunen. 'O, cara.' Ze stak haar hand naar haar nichtje uit. 'Wat vind ik dat erg.'

'Ze is alles wat ik heb... hád...'

Rosanna schoof naar haar toe, legde haar arm om haar schouders en voelde haar spanning. 'Je hebt ons nog, Ella, echt.'

'Maar jullie willen mij niet. Ik ben hier een indringer. Nu je Roberto terug hebt, sta ik jullie in de weg.'

'Ella, zeg dat nou niet. Ik hou van je en Nico is dol op je. Je bent een belangrijk lid van ons gezin.'

'Ik... Ik dacht dat ik erop voorbereid was. Ik wist dat het zou gebeuren, maar nu het zover is...' Ze keek Rosanna met bedroefde ogen aan. 'Ze wilde me niet zien toen ze stervende was en nu zegt Luca dat ze niet wilde dat ik naar haar begrafenis zal komen! Waarom niet? Waaróm niet? Rosanna, hield ze dan niet van me? Is dat het?'

'Nee, Ella! Luister. Ze heeft de dingen zo geregeld omdat ze juist heel veel van je hield. Ze wilde je de pijn besparen die je zou hebben gevoeld als je haar had zien lijden, en nu wil ze niet dat je bij haar graf zult staan treuren. Haar plannen voor jou betekenden dat ze bereid was jou eerder te verliezen dan eigenlijk nodig was. Ze heeft jouw belangen voor ogen gehad, Ella, begrijp je?'

'Ze was mijn mamma. Ik wil afscheid van haar nemen, ik wil gewoon afscheid nemen...' Ella kromp plotseling ineen en snikte tegen Rosanna's schouder. 'Wat moet er nou van me worden? Ik kan niet voor altijd bij jou blijven. Ik moet terug naar Napels.'

'O, Ella.' Rosanna streek over haar haar. 'Vind je het hier dan niet fijn?'

'Ja, natuurlijk wel, maar het is niet mijn thuis.'

'Ella, Roberto en ik, en belangrijker nog, je mamma, willen dat dit je thuis wordt, dat je hier bij ons komt wonen. In de brief die ze me heeft geschreven vraagt ze me om voor je te zorgen tot je oud genoeg bent om jezelf te redden. En in die brief zegt ze ook dat ze denkt dat je hier, waar wij je kunnen helpen, betere kansen hebt om je zangtalent te ontwikkelen.'

'Dus...' Ella keek haar aan. '... doe je dit omdat je je verplicht voelt? Omdat mamma het je heeft gevraagd?'

'Nee.' Rosanna streek teder het lange donkere haar uit Ella's gezicht; ze begreep hoe kwetsbaar ze zich voelde en wilde haar geruststellen. 'Cara, toen je hier kwam, had ik je jaren niet gezien. We waren vreemden voor elkaar en moesten elkaar nog leren kennen. Maar nu ben je als een dochter voor me geworden – en een goede vriendin. Ik zou het vreselijk vinden als je wegging. Echt, cara. Ik ben van je gaan houden.'

'Weet je zeker dat je dat niet alleen maar om mij zegt?'

'Dat weet je best. Maar het is jouw beslissing, Ella. Als jij terug wilt naar Napels, zal niemand je tegenhouden. Maar onthoud dat je mamma je heeft weggestuurd omdat ze niet wilde dat jij het eethuis voor je opa zou gaan runnen, zoals zij heeft gedaan. Als er íéts is waarvan ik zeker weet dat Carlotta het wilde, is het dat ze je de kans wilde geven op een goede toekomst, koste wat het kost.'

'Omdat zij haar kans nooit heeft gekregen,' mompelde Ella. 'Ze was zo mooi, ik heb me vaak afgevraagd waarom ze niet meer van haar leven wilde maken.'

'Ooit wilde ze dat wél,' overpeinsde Rosanna. 'Toen is er iets misgegaan, Ella. Ik weet niet wat, maar ze veranderde. Als jij je mamma gelukkig wilt maken, moet je je talent gebruiken en de kans grijpen waarvoor ze zoveel moeite heeft gedaan je die te geven.'

'Vind je echt dat ik talent heb?'

'O ja, cara, en Roberto vindt dat ook.'

'En je vindt het echt niet erg om me over de vloer te hebben?'

'Nee, écht niet.' Rosanna gaf een innige kus op de kruin van haar nichtje. 'Nou, zal ik maar eens een kop thee voor ons gaan zetten?'

Later die avond, toen Rosanna bij een vermoeide, verdrietige Ella aan het bed had gezeten tot ze in slaap was gevallen, liep ze naar beneden. Roberto zat in de zitkamer een film te kijken met een half opgegeten sandwich op een bord op zijn schoot.

'Hoe gaat het met haar?' vroeg hij zonder op te kijken.

'Ze is al veel rustiger. Die arme schat.' Rosanna plofte neer op de bank. 'Ik kan me nog maar al te goed herinneren hoe het is om je mamma al op jonge leeftijd te verliezen.'

'In elk geval had je zus het geluk dat ze jou had om de zorg voor Ella op je te nemen.'

'Het is het minste wat ik voor haar kan doen,' zei Rosanna. 'Ik ben haar familie.'

'Ah, naar Italiaans gebruik,' zei Roberto, haar vluchtig aankijkend.

'Nee, naar menselijk gebruik. En vergeet niet dat ík vandaag ook een dierbare heb verloren.'

Roberto reageerde niet op haar opmerking. Hij nam een hap van de rest van zijn sandwich. 'Ik heb maar wat voor mezelf gemaakt omdat er verder niets te eten was.'

'Roberto, hou op! Waarom doe je zo? Waarom denk je alleen maar aan jezelf?'

'Omdat, lieveling, ik over twee weken weg moet. Ik heb concerten in Wenen. Ik wilde dat jij en Nico met me mee zouden gaan, maar nu zal je wel niet kunnen.'

Rosanna staarde hem vol ongeloof aan. 'Nee, je weet dat ik niet mee kan. Hoe haal je het in je hoofd dat ik Ella op dit moment alleen zou kunnen laten?'

Roberto zweeg en at verder.

'Hoelang blijf je weg?' Rosanna was uiterlijk kalm, maar ergens diep in haar begon woede op te borrelen.

Hij haalde zijn schouders op. 'Drie weken denk ik, misschien langer. Ik moet Chris morgenochtend nog bellen voor de laatste details. Misschien kun je wat later naar Wenen komen?'

'Dat betwijfel ik ten zeerste,' antwoordde ze koeltjes. Ze stond op. 'Ik ga naar bed. Welterusten.'

Later werd Rosanna wakker doordat Roberto zachtjes met zijn neus tegen haar hals wreef. 'Cara, cara, het spijt me dat ik zo egoïstisch deed. Jij rouwt om je zus en ik heb me als een hufter gedragen.'

'Inderdaad,' zei ze instemmend. 'Hoe kon je zo hardvochtig zijn?'

'Het komt door de gedachte dat we zo snel weer bij elkaar vandaan zullen zijn. Daarom reageerde ik zo slecht. Vergeef me alsjeblieft?'

Hoewel ze nog steeds woedend op hem was, draaide Rosanna zich op haar zij en liet ze toe dat hij haar kuste.

'Denk af en toe ook eens aan een ander, Roberto.'

'Dat zal ik doen. Ti amo, Rosanna.'

En zoals altijd verdwenen de laatste restjes van haar boosheid toen hij de liefde met haar begon te bedrijven.

'Stephen?'

'Ja?'

'Met Luca. Hoe gaat het met je?'

Stephen zweeg even voordat hij antwoord gaf. 'Eh... wel oké. Hoe gaat het met je zus?'

Luca aarzelde een ogenblik voordat hij zacht antwoordde: 'Ze is twee weken geleden overleden. Heeft Rosanna je dat niet verteld?'

'Nee, ik... Ik heb het de laatste tijd druk gehad en we hebben elkaar niet gezien. Gecondoleerd, Luca.'

'In veel opzichten is het beter zo. Ze had op het laatst heel veel pijn. En nu Carlotta haar rust heeft gevonden, moet ik verder met mijn leven en een aantal beslissingen nemen. Maar Stephen, heb je meer gegevens over de tekening, nu je in New York bent geweest?'

'Ja, ik heb meer informatie. Ik verwachtte al dat je zou bellen. We moeten praten, Luca, maar niet via de telefoon. Kom je binnenkort naar Engeland?'

'Ja, ik wil Ella graag zien, maar ik moet hier in Napels eerst nog wat dingen voor Carlotta regelen voordat ik die kant op kom.'

'Bel me maar als je weet wanneer.'

'Ik zie je dan wel bij Rosanna, neem ik aan?'

'Ik ben bang dat er wat dingen zijn veranderd sinds de laatste keer dat we elkaar hebben gesproken,' reageerde Stephen stroef. 'Dus nee, daar zul je me niet zien. Maar ik laat het aan Rosanna over om je daar alles over te vertellen. Tot ziens, Luca.'

Donatella opende de deur naar Roberto's appartement. Ze pakte de post van de deurmat en legde die op de tafel.

Ze liep met grote passen door de zitkamer naar de slaapkamer en gooide de kasten open. Haar eerste instinct was een mes uit de keuken te halen en elk kledingstuk dat erin hing stuk te snijden. Maar dat was kinderachtig en zou amper effect hebben. Hij verdiende veel, veel erger.

Ze trok wat van haar mantelpakken, rokken en cocktailjurken uit de kast en wierp ze op het bed. Ze leegde twee laden met lingerie: de zwarte jarretels die Roberto haar zo graag had zien dragen, de zijden kousen die zijn handen hadden gestreeld tijdens het liefdesspel... Donatella slikte. Ze zou geen traan laten. O nee. Ze zou haar emotie ombuigen tot kwaadheid, zoals haar therapeut had gesuggereerd.

'Ik haat je, ik haat je,' siste ze terwijl ze een grote koffer van de bovenste plank uit een kast haalde en haar kleren erin begon te gooien. 'Je zult ervoor boeten, je zult ervoor boeten,' herhaalde ze, waarna ze de koffer sloot en de kamer verliet.

Het kostte haar nog geen kwartier om de enkele dingen die ze in Roberto's appartement had liggen bijeen te garen. Toen ging ze aan tafel zitten en haalde een pen uit haar handtas.

Zou ze een briefje voor hem achterlaten? Wat kon ze zeggen? Was er ook maar íéts waar hij van streek van zou raken? Waarmee ze die ondraaglijke arrogantie van hem kon doen wankelen, al was het maar voor een paar seconden?

Toen Roberto niet was teruggekeerd van het concert in Genève en ze niets van hem hoorde, had ze Chris Hughes gebeld. Die had haar verteld dat Roberto in Engeland was, maar dat hij geen idee had waar hij verbleef of voor hoelang. Donatella had tegen Chris geschreeuwd dat zij heel goed kon raden waar Roberto verbleef. Chris had het niet ontkend. Ze had de hoorn erop gesmeten en was later naar een cocktailparty gegaan om zich te bedrinken.

De volgende morgen was ze met een kater wakker geworden en had ze bedacht dat de kans groot was dat Roberto in de toekomst weer zou opduiken, zou doen alsof zijn neus bloedde en van haar zou verwachten dat ze de situatie accepteerde. Ze had een bloody mary voor zichzelf gemaakt en zich afgevraagd of ze dat inderdaad zou doen.

Het had lang geduurd voor ze tot de conclusie kwam dat ze daar níét toe bereid was. Hij had haar bijna tien jaar lang gebruikt en als oud vuil behandeld, oud vuil dat hij weg kon gooien als het hem uitkwam. Ze had zichzelf jaren voor de gek gehouden met de gedachte dat hij Rosanna op een dag zou vergeten en dan met haar zou trouwen. Donatella wist nu dat het een illusie was geweest.

Ze had haar Louis Vuitton-koffers gepakt en de kerstdagen doorgebracht bij oude vrienden in Barbados. Elke nacht alleen in bed was haar vastberadenheid steeds groter geworden. En was de liefde langzaam omgeslagen in brandende haat.

Donatella beet op haar lip. Het was moeilijk om dat gevoel vast te houden nu ze tussen Roberto's spullen zat, in het appartement waar ze zoveel hadden gedeeld. Had zij iets voor hem betekend? Nee, gaf ze zichzelf meedogenloos antwoord – en ze wist dat het de waarheid was.

Ze wilde hem straffen, hem pijn doen zoals hij haar ook zo vaak pijn had gedaan; ze wilde dat hij de onvervalste pijn van liefde en verlies zou voelen.

Ze had de afgelopen maand haar hersens gepijnigd om een manier te bedenken waarop ze hem een lesje kon leren dat hij nooit meer zou vergeten. Maar de man leek onaantastbaar. Ze zou haar verhaal aan de kranten kunnen verkopen, maar dat zou hem alleen maar de aandacht opleveren waar hij bij floreerde. Bovendien zou ze zichzelf ermee vernederen. Hij leek geen lijken in de kast te hebben die hij niet zelf al bekend had gemaakt.

Donatella tikte met haar pen op het tafelblad en pakte een van de enveloppen van de stapel post om haar afscheidsboodschap op te schrijven. Het was een bankafschrift. Zonder erover na te denken scheurde ze de envelop open, keek naar het bedrag onderaan en zag dat hij momenteel meer dan tweehonderdduizend dollar op zijn rekening had staan. Onverschillig schoof ze het vel papier opzij. Ze had geen behoefte om hem financieel te laten lijden.

Ze trok de stapel post naar zich toe en begon er methodisch doorheen te werken. Ze opende rekeningen, uitnodigingen voor feestjes en verschillende kerstkaarten van dames van wie ze nog nooit had gehoord, en die ze na een vluchtige blik op de grond gooide. Toen kwam ze een grote crèmekleurige envelop met een Italiaanse poststempel tegen. Hij was in de linkerbovenhoek gemarkeerd met 'VERTROUWELIJK' en doorgestuurd door het Metropolitan Opera House. Donatella scheurde hem open. Er zaten een brief en nog een envelop in. Ze begon te lezen.

Castellone Notarissen
Via Foria
Napels

Geachte signor Rossini,

In bijgaande envelop stuur ik u een brief van mijn cliënte, signora Carlotta Lottini. Ze heeft me opdracht gegeven om deze na haar dood aan u te doen toekomen. Helaas moet ik u meedelen dat signora Lottini op 31 december 1982 is overleden. Ik zie graag een bevestiging van ontvangst tegemoet. Mocht u mijn hulp nodig hebben, aarzel dan niet contact op te nemen.

In afwachting van uw antwoord,
Marcello Dinelli
Notaris

Donatella pakte de tweede envelop, die met een ragfijn handschrift aan Roberto gericht was. Zonder aarzeling scheurde ze hem open en begon te lezen.

Een paar minuten later, nadat ze de brief twee keer had herlezen, begon Donatella te lachen. Ze lachte zo hard dat haar buikspieren er pijn van begonnen te doen.

Ten slotte wreef ze over haar ogen, stond op en keek omhoog.

'Dank U, Heer, dank U.'

46

‘Heb je het Abi gevraagd, principessa?’

‘Ja, Roberto. Ze heeft het te druk met de redactie van haar boek om hier in het weekend naartoe te komen.’

‘Maar ik móét je zien. Kun je Nico niet twee nachtjes bij Ella laten? Je weet hoe dol hij op haar is.’

‘Nee, ik weet dat ze bijna zestien is, maar het is niet eerlijk om haar met die verantwoordelijkheid op te schepen. Bovendien laat ik Ella ook nog niet graag alleen. Ze is nog steeds in de rouw.’

‘Ik voel me hier zo alleen, cara. Ik heb hier een grote hotelsuite met een groot bed. Ik heb je nodig,’ klaagde hij.

‘Doe me dit niet aan, Roberto, alsjeblieft.’ Het huilen stond Rosanna nader dan het lachen.

‘Ik geloof dat je meer van je zoon en je nichtje houdt dan van je echtgenoot. Nou, dan hang ik nu maar op, zodat je al je aandacht aan hen kunt besteden.’

‘Roberto, wat oneerlijk. Ik...’ Ze hoorde de klik van de hoorn die werd neergelegd. ‘Verdomme!’ Ze smeet de telefoon neer en zakte neer op een stoel aan de keukentafel.

‘Wat is er, Rosanna?’ vroeg Ella vanuit de deuropening.

‘O, niets,’ zuchtte ze. ‘Mijn onmogelijke echtgenoot is weer bezig. Let maar niet op mij. Heb je zin in thee? Je ziet er halfbevroren uit. Hoe was het op school?’

‘Goed, en ja, ik heb zeker zin in thee, ik begin de smaak wat dat betreft helemaal te pakken te krijgen! Het is echt heel koud buiten. Misschien gaat het wel sneeuwen.’ Ella deed haar jas uit, zette het hoedje van haar schooluniform af en trok haar handschoenen uit. ‘Roberto wil graag dat je naar Wenen komt, toch?’

‘Ja.’ Rosanna gooide mismoedig twee theezakjes in de pot. ‘Ik dacht dat mijn vriendin Abi hier misschien twee nachten kon komen logeren om op jou en Nico te passen, maar ze heeft het te druk.'

'Je weet toch dat ik best voor Nico kan zorgen? Als jij graag naar Wenen wilt, redden wij ons wel.'

'Nee, Ella.' Ze schonk water in de pot en roerde somber. 'Dat kan ik niet van je vragen. Het zou niet eerlijk zijn.'

'Voor twee nachtjes maar? Dat is echt geen probleem, hoor.'

'Je bent nog geen zestien, Ella, en...'

'Ja, zowat oud genoeg om zelf moeder te worden,' wierp ze tegen. 'Ik heb in Napels best vaak opgepast en ook weleens een hele nacht. Je zou ervan opfleuren als je Roberto zag, toch?' ging Ella verder.

Rosanna schonk de thee in twee mokken, voegde er melk aan toe en ging aan tafel zitten. 'Toen hij terugkwam, wist ik dat we vaak van elkaar gescheiden zouden zijn, maar ik was vergeten hoe moeilijk dat was. Het is dezelfde nachtmerrie als vroeger. Het spijt me, ik behoor je niet lastig te vallen met mijn problemen.'

'Je hebt vaak genoeg naar die van mij geluisterd. Je bent zowel een vriendin als een tante voor me. Ik hoop dat ik ook jouw vriendin kan zijn.'

'Dat ben je ook, Ella, en ik vind het heel fijn dat je hier bent. Echt, ik zou helemaal gek worden zonder jou.'

Ella glimlachte. 'Daar ben ik blij om. Jij hebt mij geholpen, Rosanna, dus laat mij jou alsjeblieft ook helpen. Bel Roberto maar om hem te vertellen dat je dit weekend naar hem toe komt. Zo heb ik het gevoel dat ik iets terug kan doen.'

'Dank je voor het aanbod. Ik waardeer het zeer en ik zal erover denken, dat beloof ik. Goed, dan ga ik nu Nico wakker maken.'

Rosanna stond op en verliet de keuken. Naar boven lopend dacht ze na over wat Ella had gezegd. Het was verleidelijk. Nu Roberto weg was, zat ze weer in een emotionele achtbaan. Ze tilde Nico uit zijn ledikantje en hoorde de telefoon overgaan. Ella had kennelijk opgenomen, want het geluid stopte na twee keer rinkelen.

'Hoe zou je het vinden om een kosmopolitisch jongetje te worden en met mij en je papà de hele wereld over te reizen?' vroeg ze terwijl ze Nico op zijn aankleedkussen legde en zijn luier verschoonde.

Toen ze met Nico beneden kwam, keek Ella haar glimlachend aan. 'Dat was Roberto. Hij belde om zich te verontschuldigen.'

'Goh, meen je dat nou?'

'Dus ik heb hem verteld dat je van gedachten bent veranderd en dat je dit weekend naar hem toe vliegt. Hij was erg blij. Hij zei dat je hem nog even moest laten weten hoe laat je in Wenen aankomt.'

'Maar Ella, ik...'

'Het is geregeld. En je kunt hem nu niet meer teleurstellen, toch?'

Rosanna keek haar nichtje besluiteloos aan en glimlachte vervolgens dankbaar. 'Dank je, Ella, dank je wel.'

Zaterdagochtend was Rosanna om zes uur wakker. Ze ging onder de douche en kleedde zich aan, waarna ze naar beneden ging en wat groenten sneed. Ze bakte ze met gehakt en knoflook en voegde verse kruiden en blokjes tomaat toe om een bolognesesaus te maken. Ze wilde dat Ella en Nico die avond lekker zouden eten. Terwijl de saus stond te pruttelen, ging ze aan tafel zitten en schreef een lange lijst instructies voor Ella, van het ontbijtritueel tot aan bedtijd.

Het was natuurlijk onzinnig, want tenslotte was Ella dagelijks betrokken bij Nico's routine, maar ze legde de lijst toch naast de telefoon en voegde er het nummer van het Imperial Hotel in Wenen aan toe, evenals dat van de huisarts en Abi's appartement in Londen. Daarna nam ze de pan van het vuur, legde er een deksel op en liet hem op het aanrecht staan om af te koelen. Ze keek op haar horloge en liep naar boven om verder in te pakken.

Rosanna voelde aan Nico's wang. 'Hij voelt een beetje warm aan,' zei ze fronsend.

'Het gaat prima met hem, nietwaar, lieverd?' Ella hield Nico knuffelend tegen zich aan toen ze een uur later samen in de gang stonden. 'Hij heeft vanochtend gewoon heel veel rondgerend. Ga nou maar, Rosanna, anders mis je je vlucht nog.'

'Bye-bye, angeletto.' Ze gaf Nico nog een kus en pakte haar weekendtas. 'Als er wat is, kun je me bellen in het Imperial. En anders bel je Abi of...'

'Komt in orde! Ga nou. Alsjeblieft!' lachte Ella.

Rosanna stapte op de achterbank van de taxi en zwaaide tot de auto de oprit af reed en haar zoontje en nichtje uit het zicht waren verdwenen. Wat als Nico ziek werd? Hij had warm aangevoeld, dat wist ze zeker. Ze troostte zichzelf met de gedachte dat het waarschijnlijk een tandje was dat doorkwam, waar zijn wangen altijd rood van kleurden. Haar schuldgevoel speelde haar parten, daardoor zag ze spoken. En wat had het voor zin om naar Wenen te gaan als ze zich het hele weekend zorgen zou maken om Nico?

Ze deed haar best om niet meer over haar kind in te zitten, en concentreerde zich op de verheugende gedachte dat ze over een paar uur haar echtgenoot zou zien.

'Stephen, met Luca. Ik vlieg morgenochtend naar Londen.'

'Ah, goed. Hoe laat?'

'Mijn vlucht komt om tien uur op Heathrow aan. Ik neem de trein naar Cheltenham en ben ergens in de middag bij Rosanna. Kun je morgenavond langskomen?'

'Dat lijkt me beter van niet.' Stephen was verbaasd dat Luca nog steeds niet op de hoogte leek te zijn van Roberto's terugkeer en dientengevolge zijn eigen aftocht uit Rosanna's leven. 'Luister, ik ga vanavond naar Londen en blijf daar een nachtje. Ik haal je morgenochtend wel op van Heathrow en geef je een lift naar Gloucestershire. Dan kunnen we de situatie onderweg bespreken.'

'Dat is aardig van je, Stephen. Ik bel Rosanna om haar te vertellen hoe laat ik daar ongeveer ben.'

'Prima. Goodbye.'

Luca legde de hoorn neer en pakte hem weer op om Rosanna te bellen. Hij liet de telefoon lang overgaan. Hij legde weer neer en besloot het later nog eens te proberen.

Ella hoorde de telefoon rinkelen, maar Nico was bezig aan een zeldzame schreeuwbui. Hij sloeg met zijn kleine knokkels op de vloer en wilde niet omdraaien zodat zij zijn luier kon verschonen. Tegen de tijd dat ze de telefoon bereikte, was die gestopt met overgaan.

Nico was eindelijk rustig en lag in haar armen. Ze voelde aan zijn voorhoofd. Hij voelde inderdaad warm aan. Ze droeg hem naar beneden om hem een kinderparacetamolletje te geven, zoals Rosanna haar had geïnstrueerd.

'Principessa! Je bent er, je bent er echt!'

Rosanna liet haar tas vallen en werd opgetild in Roberto's armen. Hij droeg haar de suite in en gooide haar op het bed.

'Wat heb ik je gemist, wat hou ik toch van je,' kreunde hij terwijl hij haar gezicht overlaadde met kussen en de knopen van haar jas los begon te maken.

'Ik moet eerst Ella bellen,' zei Rosanna, die hem van zich af duwde.

'Later, cara, later.' Zijn lippen legden haar het zwijgen op en ze gaf toe.

Naderhand dronken ze champagne in bed en liet Roberto haar weten welke plannen hij voor het weekend had gemaakt. 'Vanavond is er een bal in het Hofburgpaleis. We kunnen er meteen na de voorstelling naartoe.'

'Maar ik heb niets meegenomen om aan te trekken! Je had het me moeten vertellen.'

'Ga maar eens in de kledingkast kijken, principessa,' zei Roberto.

Rosanna stapte het bed uit en liep door de kamer. Naast zijn smoking hing een jurk in een plastic hoes.

'Ik had hem wel mooi willen laten inpakken, maar ik was bang dat-ie zou kreuken. Kijk eens of-ie past,' drong hij aan.

Ze haalde de hoes eraf en onthulde een glanzende zwarte baljurk met een wijde rok van laagjes tule en een strapless lijfje van brokaat dat bedekt was met duizenden piepkleine kraaltjes.

'Roberto, dit is de mooiste jurk die ik ooit heb gezien.' Ze nam hem van de hanger en stapte erin. 'Wil jij hem dichtdoen?' vroeg ze.

'Zeker, signora, als je me belooft dat ik hem later weer open mag doen.' Roberto haakte de delicate parelknoopjes vast en Rosanna bekeek zichzelf in de spiegel.

'Hij lijkt wel voor je gemaakt.' Roberto knikte goedkeurend.

Ze draaide rond en de rok waaierde uit. 'O, wat prachtig. Dank je, Roberto. Dank je.'

'Je zult de mooiste vrouw op het bal zijn.' Hij glimlachte. 'En je komt vanavond ook kijken als ik Don José zing, toch?'

'Ja, natuurlijk.'

Hij kuste haar nek en begon de knoopjes die hij zojuist zo zorgvuldig had vastgehaakt weer los te maken.

Een uur later zat Rosanna zich op te maken en maakte Roberto zich klaar om naar het theater te gaan. 'O Roberto!' Ze bracht plotseling haar hand naar haar mond. 'Ik heb niet naar huis gebeld.' Ze pakte de telefoon en belde naar The Manor House.

'Ella, met Rosanna.' Er verscheen een frons op haar voorhoofd. 'Waarom hoor ik Nico huilen?'

'Hij is gewoon moe, denk ik. En hij heeft een beetje verhoging, Rosanna.' Ella's stem klonk gespannen.

'Is hij ziek?'

'Hij heeft vandaag niet veel gegeten. Volgens mij gaat het verder wel, maar hij is niet helemaal zichzelf. Ik wilde hem net naar bed brengen.'

'Dan kom ik nu meteen naar huis.'

'Wat?' fluisterde Roberto, die meeluisterde.

'Wacht even, Ella.' Rosanna legde haar hand over de hoorn en keek Roberto aan. 'Het gaat om Nico. Hij heeft verhoging. Ik...'

'Geef mij Ella maar even.' Hij pakte de telefoon. Hij praatte snel, in het Italiaans, en knikte af en toe. Toen beëindigde hij het gesprek en hing op voordat Rosanna hem kon tegenhouden.

'Wat doe je nou? Ik wilde haar nog even spreken, om te vragen of...'

'Rosanna, alsjeblieft. Ik heb met Ella gepraat en ze zei dat Nico inderdaad een beetje verhoging heeft, maar dat er verder niets aan de hand is. Je hoeft je geen zorgen te maken, cara. Het kan een tandje zijn dat doorkomt, misschien een verkoudheid, maar het zal hem niet helpen als jij halsoverkop naar Engeland terugkeert. Het zal morgenochtend vast en zeker alweer beter met hem gaan.'

Ze schudde haar hoofd. 'Maar wat als hij echt ziek is? Hij heeft bijna nooit verhoging.'

'Principessa, Nico heeft jou vierentwintig uur per dag. Nu heb ik je achtenveertig uur bij me en daarna ga je weer naar hem toe. Kun je je zoon alsjeblieft even uit je hoofd zetten en je aandacht aan mij geven zolang we samen zijn? Ik begin te denken dat je overdreven bezorgd bent om je kind.'

Ze aarzelde een ogenblik, vechtend tegen haar moederinstinct, dat haar luid en duidelijk vertelde dat er iets mis was. Maar ze wilde niet dat Roberto zou denken dat ze overbezorgd was. Uiteindelijk knikte ze. 'Je hebt gelijk. Het zal wel meevallen.'

'Kom,' fluisterde hij. 'Trek die schitterende jurk aan, dan laten we de wereld zien dat we weer bij elkaar zijn.'

Ella wreef over Nico's ruggetje tot hij eindelijk sliep. Toen sloop ze zijn kamer uit om hem vooral niet wakker te maken. Ze liep met de babyfoon in de hand de trap af naar de keuken en maakte voor zichzelf een sandwich klaar. Ze at zonder iets te proeven, ging naar haar slaapkamer en viel vermoeid in slaap.

Rosanna zat in de loge naar het betoverende spektakel te kijken. De Weense Staatsopera was een van haar favoriete operahuizen, misschien wel omdat de rijkversierde goudkleurige balkons haar aan La Scala deden denken. Ze keek omlaag naar de orkestbak, waar de musici hun instrumenten stemden. Ze voelde de gebruikelijke huivering van opwinding terwijl ze wachtte tot de voorstelling zou beginnen.

Vanavond werd de opera *Carmen* uitgevoerd. Don José was een rol die ze haar echtgenoot nooit had zien spelen en Carmen was een rol die zij nog niet kende. Na de ouverture zwaaiden de gordijnen open en kwam er een Spaans plein tevoorschijn. Rosanna ontspande zich, klaar om zich te laten vermaken.

De rol van de knappe, vurige Spanjaard was Roberto op het lijf geschreven. Zijn optreden was meeslepend en de toeschouwers zaten op het puntje van hun stoel.

'*Ah, Carmen! Ma Carmen adorée*!' zong Roberto aan het eind toen het dode lichaam van zijn minnares op de grond zakte.

Rosanna liet haar tranen de vrije loop. Ze stond op, samen met de rest van het publiek, dat stampte, klapte, bloemen op het toneel wierp en 'Bravo!' juichte. De zaal wilde Roberto en zijn prachtige Carmen niet laten gaan.

Roberto keek op naar Rosanna en wierp haar een kus toe.
Op dat moment wist ze wat ze wilde.
Het zou hard werken worden en ze zou er veel voor moeten opofferen, maar ze zou het doen, want ze kon niet anders.

'Principessa, je ziet er stralend uit. Ik heb je de laatste tijd nog niet zo gelukkig gezien.' Roberto zwierde met haar rond op de drukke dansvloer van de luisterrijke balzaal in het Hofburgpaleis.
'Zo voel ik me ook.' Ze keek hem glimlachend aan. 'Ik ben heel blij dat ik er ben.'
'Ik ook. Als we bij elkaar vandaan zijn, gaat het niet goed met ons, Rosanna. Dat weet je, hè?'
'Ja.' De muziek stopte en hij bleef even staan, met haar nog steeds in zijn armen. 'Roberto, voor we teruggaan naar onze tafel wil ik je vertellen dat ik... een besluit genomen heb.'
'Wat voor besluit?' Hij keek haar verwachtingsvol aan.
'Ik wil weer gaan zingen.'
'Rosanna, dat is het beste nieuws dat ik in tijden heb gehoord. Stel je voor! Niet meer weg van elkaar. Het wordt weer zoals het was.'
'Nee, dat wordt het niet, want we hebben Nico. Maar het zal ons vast wel lukken.'
'Dat zal het zeker. Kom, laten we champagne drinken en proosten op jouw terugkeer.' Hij pakte haar hand en trok haar mee over de dansvloer. 'Ik zal het Chris morgen vertellen. Ik ga ervan uit dat hij graag wil dat je in juli samen met mij Butterfly gaat zingen in The Met en...'
Rosanna luisterde naar Roberto's enthousiaste uitweiding, wetend dat hij te snel ging, maar dat kon haar niet schelen.
Ze had gedaan wat hij wilde en zichzelf volledig aan hem teruggegeven.

47

Ella werd de volgende ochtend vroeg wakker en lag te luisteren of er al geluid uit de babyfoon naast haar bed kwam. Ze hoorde niets.

Ze slaakte een zucht van verlichting. Ze hoopte dat de problemen van gisteren aan doorkomende tandjes hadden gelegen en dat Nico na een goede nachtrust weer beter was. Ze stond op, liep door de gang en duwde zijn deur open. Ze sloop naar binnen, liep naar het ledikantje en boog eroverheen. Nico's ogen waren gesloten, maar zijn haar was nat, zijn wangen waren vuurrood en zijn huid was vlekkerig. Ze legde een hand op zijn voorhoofd en voelde de hitte. Snel trok ze zijn dekentje van hem af en zag dat zijn pyjama doorweekt was. Ze kleedde hem uit, met bonzend hart, en hapte naar adem toen ze de rode uitslag over zijn hele lichaam zag. Nico deed zijn ogen open, kreunde even en sloot ze weer.

Ze rende door de gang, de trap af en zwaaide de keukendeur open. Ze zocht op Rosanna's lijst naar het nummer van het hotel. Ze belde naar het Imperial Hotel en wachtte tot er iemand opnam.

'Ja, hallo. Mag ik Rosanna Rossini alstublieft spreken?'

'Het spijt me, mevrouw, maar meneer Rossini heeft ons laten weten dat er tot nader order geen telefoontjes naar zijn kamer doorverbonden mogen worden.'

'Maar dit is een noodgeval! Zijn zoontje is ziek. Ik moet hem of mevrouw Rossini spreken.' Ella huilde bijna van frustratie.

'Goed, mevrouw. Ik zal proberen u door te verbinden.'

Ella wachtte gespannen.

'Het spijt me, maar er wordt niet opgenomen. Meneer Rossini heeft de telefoon op zijn kamer er misschien wel uitgetrokken. Ik zal iemand vragen om naar boven te gaan en op de deur van zijn suite te kloppen.'

'Alstublieft, meteen,' drong Ella aan. 'Vraag mevrouw Rossini om Ella te bellen. Zegt u maar dat Nico ziek is.'

Ze legde de hoorn op de haak en draaide Abi's nummer. Ook daar werd niet opgenomen. 'Laat het alsjeblieft goed komen,' kermde Ella terwijl ze het nummer van de huisarts belde.

'Hallo?'

'Kan ik dokter Martin spreken?'

'Ik ben bang dat hij op huisbezoek is. Ik ben zijn vrouw. Kan ik helpen?'

'Ja, ik pas op Rosanna Rossini's zoontje, Nico. Hij heeft koorts en uitslag over zijn hele lichaam. Ik... Ik weet niet wat ik moet doen.'

'Ik begrijp het. Nou, als het goed is, komt dokter Martin over een paar minuten thuis. Als je me je adres geeft, stuur ik hem meteen naar je toe.'

Ella gaf het adres.

'Goed, *my dear*, tot de dokter er is, spons je Nico af met lauw water. Dat helpt zijn temperatuur te verlagen. En kijk of hij wat water wil drinken. Als het erger wordt of als hij bewusteloos raakt, bel je meteen een ambulance.'

'Oké. Dank u.'

Ella legde de hoorn neer. Ze vulde een kom met lauw water en liep angstig de trap weer op, met heel haar hart wensend dat ze nooit had geopperd dat Rosanna naar Wenen zou gaan om Roberto te bezoeken.

De rit van Heathrow naar Gloucestershire kostte minder dan anderhalf uur. De wegen waren vrijwel leeg en Stephen stuurde de Jaguar van de snelweg af en reed richting The Manor House.

Luca zat zwijgend uit het raam te staren. Zijn hoofd tolde. Stephen had hem niet alleen verteld wat zijn bezoek aan New York had opgeleverd, maar hem daarna ook nog, kalm en zonder emotie, de reden gegeven waarom hij Rosanna niet meer zag.

Roberto was terug.

De consequenties van dit nieuws reikten zo ver dat Luca grote moeite had zijn gedachten op een rijtje te krijgen.

'Ben je blij dat ze weer samen zijn?' vroeg Stephen. 'Ergens wel, zou ik me kunnen voorstellen. Ik bedoel, hij is Rosanna's echtgenoot en Nico's vader.'

Luca schudde krachtig zijn hoofd. 'Nee, Stephen. Hij is dan wel Rosanna's echtgenoot, maar de dingen die Roberto heeft gedaan, ik...' Hij slaakte een diepe zucht terwijl ze de weg insloegen die naar The Manor House leidde.

Stephen bracht de auto tot stilstand op de oprit. 'Je begrijpt vast wel dat ik niet met je mee naar binnen ga, hè?'

'Ja, natuurlijk.' Luca merkte dat Stephen graag weg wilde. 'Goed dan. Dank je voor alles.'

'Graag gedaan. Ik ben in de galerie als je wilt praten.'

'Ciao.' Luca opende het portier en draaide zich nog even om. 'Het spijt me, Stephen. Rosanna weet niet wat ze met jou heeft verloren.'

Stephen haalde met een trieste blik zijn schouders op terwijl Luca het portier achter zich dichtsloeg.

Ella ijsbeerde door Nico's slaapkamer toen ze de deurbel hoorde. Ze rende de trap af in de verwachting dat de dokter op de stoep zou staan. Ze deed de deur met trillende handen open.

'Luca! O Luca!' Ze wierp zich hysterisch snikkend in zijn armen.

'Ella, Ella, wat is er? Wat is er aan de hand? Toe, kalmeer eens.'

'Nico, het is Nico. Hij is heel ziek. Ik denk dat hij misschien wel doodgaat! We mogen hem niet alleen laten.' Ella trok Luca mee naar binnen en haastte zich de trap weer op.

'Maar waar is Rosanna? En... Roberto?'

'In Wenen. Ik dacht dat jij de dokter was. Ik doe wat zijn vrouw heeft gezegd, maar zij zei ook dat ik een ambulance moest bellen als het slechter met hem zou gaan en...' Ella liep Nico's kamer in en wees naar het ledikantje. 'Zie je, hij heeft uitslag en hij wil niet goed wakker worden en... Help dan, Luca, help!' ratelde ze gejaagd.

Luca leunde over het bedje en zag meteen dat Nico's toestand inderdaad ernstig was. 'De dokter is dus onderweg?'

'Ja, maar het gaat al slechter met hem, dat weet ik zeker.'

'Dan mogen we geen risico nemen, vind ik. We moeten een ambulance bellen.'

Op dat moment ging de deurbel.

'Godzijdank,' zei Ella, die een snik onderdrukte. 'Dat zal dokter Martin wel zijn.'

'Doe jij maar open,' zei Luca. 'Ik blijf wel bij Nico.'

Ella knikte en holde de kamer uit. Luca streek over Nico's voorhoofd. 'Het komt goed, angeletto. Je wordt weer helemaal beter. Ik vind dat je mamma heel dom is geweest dat ze je alleen heeft gelaten, maar ze komt snel weer terug, dat beloof ik je.'

Terwijl de dokter Nico onderzocht, stonden Ella en Luca samen bij het raam in zijn slaapkamer.

'Dus Rosanna is met Roberto in Wenen?' vroeg Luca.

'Ja.'

'Heb je ze gebeld?'

'Ja, maar ze hebben nog niet teruggebeld.'

'Ze had je niet alleen mogen laten met Nico. Dat was heel verkeerd,' zuchtte Luca.

'Geef Rosanna alsjeblieft niet de schuld. Ik heb haar zowat gesmeekt om te gaan. Ze was zo ongelukkig, ze miste Roberto zo erg. Ik dacht... Ik dacht dat het geen probleem zou zijn. En dat zou het normaal gesproken ook niet zijn geweest...' Ella wrong haar handen wanhopig ineen en Luca legde een arm om haar schouders. 'Ze heeft gisteravond gebeld en ik heb haar verteld dat hij zich niet zo lekker leek te voelen en...'

'En toch kwam ze niet terug?'

'Nee, maar...'

Dokter Martin onderbrak hun gesprek.

'Ik bel een ambulance. Ik wil dat Nico wordt opgenomen in het ziekenhuis. Hij heeft hoge koorts en moet vocht toegediend krijgen om te voorkomen dat hij uitdroogt.'

'Wat is het? Wat heeft hij?' vroeg Ella met ingehouden adem.

'Hij heeft de mazelen. En ernstig. Het is een vrij veel voorkomende kinderziekte, maar sommige kinderen worden erg ziek en er kunnen complicaties optreden als we er niet snel bij zijn. Mag ik de telefoon gebruiken?'

'Natuurlijk.' Ella nam de dokter mee naar Rosanna's slaapkamer.

Luca staarde uit het raam van Nico's kamer, zich afvragend wat zijn zus – gewoonlijk zo'n toegewijde moeder – had bezield om haar zoon achter te laten met een onervaren vijftienjarig meisje. Hij schudde moedeloos zijn hoofd, want hij kende het antwoord.

'Oké, de ambulance komt eraan.' De dokter kwam weer binnen. 'En als ik u was, zou ik mevrouw Rossini vragen snel terug te komen van waar ze momenteel ook is. Ze wil nu ongetwijfeld bij haar zoontje zijn.'

Op dat moment ging de telefoon.

'Ik ga wel,' zei Luca, en hij rende naar Rosanna's slaapkamer om op te nemen.

'Ella?' zei een paniekerige stem.

'Rosanna, ben jij dat?'

'Luca? Wat doe jij daar? Ik wist niet dat je zou komen.'

'Het was kort dag, maar dat doet er nu niet toe. Je moet de eerste vlucht naar huis nemen, Rosanna. Het spijt me dat ik je dit moet vertellen, maar Nico is ernstig ziek. De dokter is hier inmiddels, en hij wordt straks naar het ziekenhuis in Cheltenham gebracht. Volgens de dokter heeft hij de mazelen.'

'O god, nee! Ik...' Er klonk een gesmoorde snik aan de andere kant van de lijn.

'Rosanna, hij wordt vast wel weer beter. De dokter is hier, dus Nico is in goede handen. Probeer nu maar zo snel mogelijk een vlucht terug te regelen.'

'Ja, en dan neem ik op Heathrow meteen een taxi naar het ziekenhuis. Luca, geef Nico alsjeblieft een kus van me en vertel hem dat zijn mamma snel weer bij hem zal zijn.'

'Zal ik doen. Probeer je niet te veel zorgen te maken. Dag, Rosanna.' Luca hing op terwijl de ambulance de oprit op kwam rijden.

Vijf minuten later waren ze met zijn drieën onderweg naar het ziekenhuis.

48

'Nou, mevrouw Rossini, ik kan u meedelen dat Nico er weer helemaal bovenop komt,' zei de kinderarts tegen Rosanna.

Ze legde haar hoofd in haar handen en snikte van opluchting. De afgelopen achtenveertig uur waren de ergste van haar leven geweest. Ze was vroeg op de zondagavond bij het ziekenhuis aangekomen, waar Nico aan een infuus bleek te liggen. Luca had de afgepeigerde Ella naar huis gebracht en Rosanna had de hele nacht bij haar kind gezeten gedurende wat de verpleegkundigen 'de kritieke uren' noemden. De volgende ochtend was de koorts gezakt en had Nico wat rustiger geslapen. En vandaag had hij zijn ogen geopend en naar haar gelachen. Het infuus was verwijderd nadat de artsen hadden vastgesteld dat Nico aan de beterende hand was.

Rosanna trok een zakdoekje uit haar mouw en snoot haar neus. 'Het spijt me. Na de afgelopen twee dagen is het zo'n opluchting.'

'Ik begrijp het, mevrouw Rossini. Het komt niet vaak voor dat een kind zo'n zware aanval van de mazelen krijgt, maar het kan gebeuren. Ik neem aan dat hij niet is gevaccineerd?'

'Nee.' Ze bedacht somber dat ze dat nooit had overwogen in die betoverende eerste maanden in The Manor House na Nico's geboorte.

'Nou, het is misschien een goed idee om anderen uit uw huishouden die geen prik gehad hebben alsnog te laten inenten. De mazelen kunnen een paar dagen na het verschijnen van de vlekjes nog besmettelijk zijn. Het is beter om het zekere voor het onzekere te nemen. Wat Nico betreft: die zal de komende weken wat extra zorg nodig hebben, maar hij is een taaie. Voor u het weet, is hij weer de oude. We houden hem hier nog een dagje ter observatie en dan mag hij naar huis. Goed, ik stel voor dat u naar huis gaat om wat rust te nemen. Komt u later vanmiddag maar weer. We willen vanochtend wat routineonderzoekjes doen.'

'Oké. Ik zal hem nog even een kus brengen. En dank u, dokter, dank u wel.'

'Geen dank. Het is ons werk. En maak uzelf geen verwijten, mevrouw Rossini. U had weinig anders kunnen doen als u bij hem was geweest.'

Rosanna schudde haar hoofd. 'Ik ben zijn moeder. Ik zou eerder hebben gezien hoe ziek hij was,' zei ze zacht terwijl ze het kantoor van de arts verliet.

Nico had een eigen kamer, waar hij in een bedje met zijn rug naar haar toe lag.

'Hallo, darling,' zei ze. 'Mamma is er weer.'

Hij reageerde niet. Rosanna liep naar hem toe, in de veronderstelling dat hij in slaap was gevallen. Ze leunde over het bedje heen en zag dat hij klaarwakker was. Toen hij haar zag, rolde hij naar haar toe en lachte.

Rosanna tilde hem op om hem een knuffel te geven. 'O, lieverd toch, ik zweer dat ik je nooit meer alleen laat.'

Een uur later kwam Rosanna thuis in een taxi en liep ze vermoeid naar binnen.

'Ella?' riep ze, maar er kwam geen antwoord.

'Ze ligt in haar kamer te rusten.' Rosanna keek op en zag Luca bovenaan de trap staan.

'Natuurlijk. Ze zal wel bekaf zijn.' Rosanna wreef over haar voorhoofd.

'Dat is niet zo gek na wat ze de laatste dagen heeft meegemaakt.' Hij liep langzaam de trap af. 'Hoe gaat het met Nico?'

'De dokter zegt dat het helemaal goed komt.'

'Dat is mooi.' Luca's stem had niet de gebruikelijke warmte. Hij voegde zich onderaan de trap bij haar. 'Wil je iets eten?'

'Nee, dank je. Ik neem alleen koffie. Dan ga ik even douchen en probeer ik wat te slapen. Ik moet vanmiddag weer naar het ziekenhuis.' Rosanna liep naar de keuken, gevolgd door Luca. Hij bleef in de deuropening staan en keek toe hoe ze de waterkoker vulde en aanzette.

'Rosanna, ik ga vanavond weg.'

'Oké. Dank je wel voor alle hulp.'

'Maar voordat ik ga, moet ik met je praten.'

Ze keek hem aan. Zijn gezicht was bleek, hij had donkere kringen onder zijn ogen en zijn mond vormde een gespannen streep.

'Ga zitten, dan. Wil je ook koffie?'

'Graag.'

Rosanna schepte wat oploskoffie in twee mokken en voegde kokend water en melk toe. Ze roerde en ging bij haar broer aan tafel zitten. 'Wat is er? Ik heb je zelden zo serieus zien kijken. Je maakt me bang.'

Luca legde zijn handen onder zijn kin en haalde diep adem. 'Ik heb er heel lang over nagedacht of ik dit tegen je zou moeten zeggen, Rosanna. Ik hou heel, heel erg veel van je, dat weet je, toch?'

'Ja, natuurlijk.'

'En ik zou me nooit bemoeien met je manier van leven of de beslissingen die je neemt als ik niet een grote verantwoordelijkheid voelde tegenover Ella. Ik heb Carlotta beloofd dat ik over haar zou waken...'

'Luca, voordat je verdergaat, alsjeblieft,' onderbrak Rosanna hem, 'ik weet wat je gaat zeggen. Het was verkeerd van me om Nico bij Ella achter te laten, heel verkeerd. Ik zal dat nooit meer doen, ik beloof het je. Ben ik nog niet genoeg gestraft?'

'Ik weet dat je een goede moeder voor Nico bent en hoe goed je voor Ella bent geweest, maar...' Luca schudde zijn hoofd. '... ik vrees dat je... obsessie, de liefde die je voor Roberto voelt, je beoordelingsvermogen soms in de weg staat.'

Rosanna's gezicht kleurde rood van verontwaardiging. 'Nee! Dat zie je verkeerd! Roberto is het beste wat me in mijn leven is overkomen, afgezien van Nico. Hij houdt van me en hij steunt me en...'

'Waarom is hij hier dan nu niet? Nu zijn kind in het ziekenhuis ligt? Nu zijn vrouw hem naast zich nodig heeft?'

'Je weet waarom, Luca! Roberto heeft verplichtingen. Hij kan niet zomaar alles laten vallen. Ik accepteer het feit dat hij zo'n leven leidt.'

'Maar hij had zondag- en maandagavond geen optreden. Dat heb je me zelf verteld, Rosanna. Hij had gemakkelijk met je mee terug kunnen vliegen en op tijd weer in Wenen kunnen zijn voor de dinsdagavond. Of misschien was hij bang dat hij zelf besmet zou raken en...'

'Hou op, Luca! Alsjeblieft zeg, dat is niet eerlijk. Tegen de tijd dat Roberto thuis zou zijn, had hij meteen weer terug gemoeten. Hij kan zijn publiek niet in de steek laten.'

'Maar zijn vrouw en zoontje dus wel?' wierp Luca tegen. Toen zuchtte hij. 'Het spijt me, ik wil geen oordeel vellen over anderen, en al helemaal niet over jou. Maar Roberto, nou ja, ik vind dat hij jou verandert, dat hij je beïnvloedt.'

'Ja, in positieve zin! Ik hou van hem, Luca. En hij houdt van mij en Nico en... het gaat jou helemaal niet aan! Je kent hem niet zo goed als ik hem ken.'

'Daar heb je ongelijk in, Rosanna. Ik ken hem veel beter dan jij denkt,' zei hij zacht. 'Geloof je echt dat hij je altijd de waarheid vertelt?'

'Ja.'

'En zijn affaire met Donatella in New York dan?'

'Waarom probeer je mij tegen hem op te zetten, Luca? Waarom?'

'Dat doe ik niet. Ik weet dat het geen zin zou hebben. Ik wil alleen maar zeggen dat we soms van iemand kunnen houden die niet het beste in ons naar boven haalt.'

Rosanna was nu kwaad. 'Luca, jij hebt het nu wel met veel overtuiging over de liefde tussen man en vrouw, maar je bent in opleiding om priester te worden. Hoe kun jij nou begrijpen wat ik voel als je zelf nooit dergelijke liefde hebt ervaren?'

Luca kreeg een vermoeide blik in zijn ogen. 'Rosanna, ik wil geen ruzie met je maken. Ik zeg deze dingen alleen maar omdat ik van je hou en omdat ik je graag wil beschermen tegen dingen die je niet weet – niet mág weten.'

'Wat voor "dingen"? Zeg dan wat je bedoelt.'

'Nee, vergeet maar dat ik dat heb gezegd. Ik stel me aan, ik ben alleen maar overbezorgd.'

'Luca, als er iets is wat ik moet weten, vertel het me dan. Ik ben geen klein meisje meer. Dus behandel me alsjeblieft niet als een kind.'

'Oké.' Hij zweeg even voordat hij weer wat zei. 'Roberto heeft in het verleden dingen gedaan waardoor ik me afvraag of hij een goed mens is. En hij oefent veel invloed op je uit – en niet ten goede, denk ik soms. Ben je er wel zeker van dat je alles over hem weet?'

'Ja, ik weet alles!' Ze had de afgelopen twee dagen al op de grens van haar emotionele kunnen geleefd en meer kon ze niet verdragen. 'Ik weet hoe hij was, hoe hij is! Jij hebt een hekel aan hem, Luca, je hebt altijd een hekel aan hem gehad. Nou, ik hou van hem en het maakt me niet uit wat je tegen me zegt, het kan me niet schelen wat je ervan vindt!'

'Rosanna, begrijp je het echt niet? Roberto heeft je je familie in Italië gekost, je carrière en ook je gezond verstand, denk ik weleens. En nu hebben *wíj* ruzie over hem! Besef je niet hoe destructief hij is?'

'Jij hebt niet het recht mij te vertellen hoe ik mijn leven moet leiden!' Ze schreeuwde nu onbeheerst en de tranen liepen haar over de wangen. 'Ga alsjeblieft weg!'

'Rosanna, het spijt me. Ik had niet moeten...'

'Ga weg!' Ze wees naar de deur.

'Laten we nou niet zo uit elkaar gaan.'

'Ik hoef je geen minuut langer in dit huis te hebben!'

Luca keek haar aan en haalde toen treurig zijn schouders op. 'Oké, als dit is wat je wilt.'

'Dat is het. En je hoeft je geen zorgen te maken, ik zorg wel voor Ella, niet omdat ik dat moet, maar omdat ik dat *wíl*! Ga nu maar!'

Rosanna stormde de keuken uit en rende de trap op naar haar slaapkamer. Ze sloeg de deur achter zich dicht.

Een half uur later kwam er een auto over de oprit aanrijden en ging de deurbel. Ze liep naar het raam en zag Luca in een taxi stappen. Nog wat opspattend grind en hij was weg.

'Ah, mevrouw Rossini, kom binnen, kom binnen.' De kinderarts loodste haar mee zijn kantoor in.

'Is er iets aan de hand? Ik was net bij Nico en het lijkt veel beter met hem te gaan.'

'Hij herstelt inderdaad goed, maar onze tests van vanochtend hebben een probleem aangetoond.'

'Wat voor probleem? Zeg het meteen maar.'

'Soms, bij ernstige gevallen van de mazelen, kan het gehoor van een kind worden aangetast.'

Rosanna keek de dokter met een verontruste blik aan. 'Wat probeert u me te vertellen?'

'Mevrouw Rossini, ik zal er niet omheen draaien. Ik weet nog niet hoe ernstig het precies is, maar ik ben bang dat Nico's gehoor zwaar is beschadigd.'

'O god... nee!' kreunde Rosanna.

'Ik begrijp dat het een schok voor u is, mevrouw Rossini, maar u zult sterk moeten zijn voor uw zoontje.'

'Ja.' Rosanna wist ergens diep vanbinnen de kracht vandaan te halen. De dokter had gelijk. Ze moest sterk zijn. 'Hoe erg is het? Zal hij volledig doof zijn?'

'Het is nog te vroeg om de balans op te maken, maar in zijn rechteroor waarschijnlijk wel. Zijn linkeroor is ook aangetast, maar zoals het nu lijkt minder ernstig. We gaan uiteraard meer tests doen. Ik zal u in contact brengen met dokter Carson, onze kno-specialist, en...'

De woorden van de dokter vervaagden tot achtergrondgeluid en Rosanna staarde langs hem heen. Ze kon maar aan één ding denken. Haar zoon was het kind van de beroemde tenor Roberto Rossini, zonder twijfel een van de mooiste stemmen ter wereld.

En nu zou Nico zijn papà misschien nooit kunnen horen zingen.

49

'Meneer Rossini?'

'Ja, spreekt u mee.'

'Telefoon voor u.'

'Dank u wel.' Roberto, nog druipend van de douche, ging op de rand van zijn bed zitten. 'Hallo?'

'Roberto.'

Zijn hart zonk hem in de schoenen. 'Donatella, hoe gaat het met je?'

'Goed.'

'Mooi.' Roberto wilde graag van haar af. 'Nou...'

'Het is mooi weer in Wenen voor de tijd van het jaar, nietwaar?'

'Hoe weet jij dat? Waar ben je?'

'Beneden in de lobby. We moeten praten. Ik kom wel naar je kamer.'

'Donatella, het komt nu niet uit. Ik moet rusten voor mijn optreden van vanavond. En ik geloof dat ik verkouden aan het worden ben.'

'Wat ik te zeggen heb, duurt maar een paar minuten.'

De verbinding werd verbroken. Roberto zuchtte, trok zijn zijden ochtendjas aan en kamde afwezig zijn haar.

Er werd op de deur geklopt en hij liep ernaartoe om open te doen.

'Ciao, Roberto.'

'Kom binnen, Donatella,' zei hij stroef.

'Dank je.' Ze liep langs hem heen en ging op de grote met chintz beklede bank zitten.

'Hoe gaat het met je?' vroeg hij.

'Het kan niet beter.' Donatella boog naar voren en pakte een druif van de volle fruitschaal die op de salontafel voor haar stond.

'Mooi zo. Je ziet er goed uit.' Roberto begreep er niets van. De vrouw sprankelde zowaar.

'Dank je, zo voel ik me ook.' Donatella beet wulps in de druif en wierp een blik op Roberto. 'Jij, daarentegen, ziet er uitermate slecht uit.'

'Onze zoon ligt in het ziekenhuis. Hij is erg ziek geweest.'

'Ja, Chris heeft me verteld dat er problemen in je gezin waren.'

'Dat klopt.' Roberto liep heen en weer door de kamer. 'Luister, wat wil je van me? Ben je hier om te schreeuwen en te krijsen, om me te vertellen wat voor klootzak ik ben? Zo ja, ga je gang, dan hebben we dat ook weer gehad.'

'Nee.' Donatella schudde haar hoofd en pakte nog een druif. 'Je bent inderdaad een klootzak, Roberto, maar je hebt mij niet nodig om je dat te vertellen. Ja, ik was kwaad op je omdat je niet terugkwam naar New York, omdat je met hangende pootjes was teruggegaan naar Rosanna zonder mij daarvan zelfs maar op de hoogte te stellen, maar...' Donatella haalde haar schouders op. '... jij bent de grote maestro, Roberto Rossini. Je hoeft je tegenover niemand te verantwoorden, toch?'

Haar stralende humeur bracht hem van zijn stuk. 'Luister, ik moet me verontschuldigen voor wat er is gebeurd, Donatella. Rosanna heeft me vergeven en ik ben naar haar teruggegaan. Ze is mijn echtgenote. En ik heb jou nooit iets beloofd.'

'Nee, dat is waar. En toevallig ben ik er sindsdien achter gekomen dat ik niet langer van je hou.' Ze gebaarde loom met haar hand. 'De verliefdheid is verdwenen. Als je het me nu zou smeken, nam ik je niet meer terug.'

'Nou, wat is dan het probleem?' Roberto bleef bij haar staan. 'Ik moet nu echt rusten, Donatella.'

'Natuurlijk. Niets mag jou in de weg staan voordat je voor je dwepende publiek verschijnt.' Donatella stond op en trok twee enveloppen uit haar handtas. Ze legde de eerste op de tafel. 'De sleutels van je appartement in New York. Ik heb mijn spullen al opgehaald.' Ze bevoelde de tweede envelop nog even voordat ze hem die toestak. 'O ja, en deze was daar recentelijk voor je bezorgd. Uiteraard heb ik kennisgenomen van de inhoud.'

Roberto griste de envelop uit Donatella's hand. 'Dat had je niet mogen doen.'

Ze haalde nonchalant haar schouders op. 'Nou, het is niet anders, ik heb het toch gedaan. Ik denk dat je hem maar beter kunt openmaken, Roberto. Om te ontdekken waarom je vrouw je opnieuw zal vragen te vertrekken.' Donatella glimlachte liefjes.

'Waar heb je het over? Rosanna en ik zijn heel gelukkig samen. Er is niets wat ze niet over me weet.'

'Dan is er misschien wel iets wat jíj niet over jezélf weet.'

'Wat het ook is, het maakt niet uit. We hebben geen geheimen voor elkaar. Ik vertel haar alles.'

'Goed, dan vind je het dus niet erg als ik een kopie van de brief naar je vrouw stuur, voor het geval jij vergeet haar dit te vertellen?' Donatella liep naar de deur. 'Ik zit in het Astoria Hotel. Ciao.'

Toen de deur zich achter haar had gesloten, ging Roberto met snel kloppend hart zitten. Hij opende de envelop.

Klooster Santa Maria, Pompeï

Beste Roberto,

Herinner je je die warme nacht lang geleden in Napels, toen we samen dansten in het eethuis van mijn papà, op de dertigste trouwdag van jouw ouders? Daarna hebben we langs de zee gewandeld. En later hebben we de liefde bedreven. Het was mijn eerste keer en het was een prachtige nacht, die ik nooit ben vergeten.

Ik ontdekte zes weken later dat ik zwanger was. De enige met wie ik erover kon praten was mijn broer, Luca. We besloten dat ik, in het belang van onze familie, zou beweren dat de baby van mijn vriendje was. Dus deed ik met hem wat ik moest doen om dat aannemelijk te maken. Een maand later vertelde ik mijn vriend en mijn vader dat ik zwanger was. Papà regelde onze bruiloft en ik trouwde met een man van wie ik niet hield om ons kind een kans te geven en mijn ouders een grote schande te besparen. Ik wist dat jij nooit met me zou trouwen, dat je destijds misschien niet eens zou hebben geloofd dat het kind van jou was. Ik zweer je nu dat het de waarheid is.

Ella, jouw dochter, werd vijf weken vroeger geboren dan verwacht.

Mijn huwelijk begon met een aaneenschakeling van leugens en ik had moeten weten dat het op de lange duur weinig kans maakte. Ik ben nog steeds getrouwd, maar ik heb mijn echtgenoot al meer dan tien jaar niet gezien, en je dochter kent hem ook niet.
Er zijn veel momenten geweest waarop ik je over Ella had willen vertellen, maar toen je met Rosanna trouwde, wist ik dat ik dat niet kon doen, in haar belang. Hoe dan ook: Luca heeft me verteld dat jullie binnenkort gaan scheiden en dat nieuws heeft de doorslag gegeven.
Ik laat je dit weten in de hoop en het vertrouwen dat Rosanna er nooit achter komt. Ik weet hoeveel ze van je hield en ik wil haar geen pijn doen.
Wat Ella betreft: ik smeek je om haar leven niet op zijn kop te zetten door haar met deze wetenschap te confronteren. Ik vraag alleen van je dat je over haar waakt, op discrete wijze, om haar te helpen als er in de toekomst een situatie ontstaat waarin ze je hulp nodig heeft. Dit zal eenvoudig zijn, want ik heb Rosanna gevraagd om haar in huis te nemen. Want weet je, Roberto, ze heeft een schitterende zangstem. Ik weet dat Rosanna zal weten hoe ze het talent van haar nichtje kan stimuleren, en dat ze zal denken dat ze het van haar geërfd heeft.
Luca weet niet dat ik je heb geschreven. Hij heeft me geadviseerd het niet te doen, hij vond het te riskant. Maar als je het hem vraagt, zal hij bevestigen dat ik de waarheid spreek. En als je Ella hoort zingen, zul je weten dat ik niet heb gelogen.
Vaarwel, Roberto
Carlotta

Roberto liet de brief uit zijn handen op de vloer dwarrelen. Hij leunde achterover op de bank en kreunde zacht. Was dit waar? Of kon het zijn dat Carlotta loog?

Hij sloot zijn ogen en hoorde weer hoe Ella op haar schoolconcert 'Silent Night' had gezongen. Hij herkende de diepe, milde klank als die van hemzelf, omgevormd tot de stem van het jonge meisje dat kennelijk zijn dochter was.

Zijn ogen schoten open toen zijn geest een duidelijk beeld van haar gezicht voor zich zag. Het zwarte haar, de lichte huid, de ogen. Mamma mia! Zelfs de glimlach was de zijne.

Hij stond op en begon door de kamer te ijsberen.

Geen wonder dat Donatella zo opgewekt was. Ze wist dat hij, als Rosanna achter de waarheid zou komen, waarschijnlijk niet alleen de vrouw van wie hij hield zou verliezen, maar ook zijn zoon én zijn nieuw gevonden dochter. Gezien zijn verleden zou Rosanna nooit geloven dat hij het niet wist van Ella. Bovendien was hij met haar zus naar bed geweest en had hij haar dat nooit verteld. Ze zou hem haten – en daar had ze alle reden toe.

Hij plofte weer op de bank en besefte dat hij alles zou opgeven om zijn vrouw te behouden: zijn carrière, zijn roem, zijn rijkdom. Dat was allemaal niet belangrijk. Hij had háár nodig.

Hij pakte de telefoon en belde naar de receptie. 'Wilt u het Astoria Hotel voor me bellen?'

'Ja, meneer Rossini.'

Roberto wachtte, misselijk van angst.

'Ik verbind u door, meneer.'

'Het Astoria Hotel. Waarmee kan ik u helpen?'

'De kamer van Donatella Bianchi, alstublieft.'

'Roberto, dat is snel,' zei Donatella poeslief. 'Ik loop net binnen.'

'Wat wil je van me? Wat het ook is, je mag het hebben. Geld, het appartement in New York, wat dan ook.'

'Nee, Roberto. Ik heb niets nodig op het materiële vlak; Giovanni heeft me een hoop geld nagelaten, weet je nog? Maar ik dacht bij mezelf dat een reisje naar Engeland dit weekend misschien wel leuk zou zijn. Misschien naar de Cotswolds. Daar heb ik altijd al eens naartoe gewild – ik heb gehoord dat het er erg mooi is. En natuurlijk kan ik de brief dan meteen even persoonlijk langsbrengen.'

'Donatella, wil je echt mijn leven verwoesten? En Rosanna dan? Zij heeft je niets misdaan. Je weet dat zij hier ook kapot van zal zijn.'

'Ach, je hebt dus tóch gevoelens,' mompelde ze. 'Het is vreselijk, hè, om intens lief te hebben en dan te ontdekken dat die liefde wordt bedreigd?'

'Ik zei het net al, Donatella, wát dan ook. Zeg het maar. Maar doe dit niet, ik smeek het je.'

Er viel een lange stilte voordat Donatella sprak.
'Dus nu begrijp je het eindelijk.'
'Wat begrijp ik?'
'Hoe het voelt om machteloos te zijn.'
De verbinding werd verbroken.

50

Rosanna deed de voordeur open en stommelde de gang in. Hoewel het nog maar half vijf was, werd het al donker. Zonder de lampen aan te doen liep ze de trap op naar Nico's kamer. Ze keek bedroefd naar zijn lege ledikantje in het bleke maanlicht.

Haar prachtige kind voor de rest van zijn leven gehandicapt. En het was allemaal haar schuld. Door haar egoïsme had ze ongewild haar zoontje hiertoe voor zijn leven veroordeeld. Ze kon het niet langer verdragen naar het lege bedje te kijken en verliet de kamer. Ze riep Ella, maar toen ze geen antwoord kreeg, herinnerde ze zich dat die bij een vriendin zou logeren. Ze was alleen thuis.

Ze wilde wanhopig graag met iemand praten, dus liep ze de trap weer af en de studeerkamer in. Ze nam de hoorn van de haak en belde Roberto's hotel. De receptioniste liet haar weten dat meneer Rossini al was vertrokken voor zijn optreden van vanavond. Rosanna legde de hoorn weer neer, dacht even na en draaide een ander nummer.

'Hallo?'

'Abi, o Abi, met Rosanna. Ik...' Ze begon te snikken en vertelde haar vriendin wat er met Nico aan de hand was.

'O mijn god, ik weet niet wat ik moet zeggen,' zei een geschokte Abi. 'Wat vind ik dat erg.'

'Hij is zo klein en zo weerloos. Waar heeft hij dit aan verdiend? Ik ben degene die hem heeft achtergelaten en niet terugkwam toen Ella me vertelde dat hij ziek was. Als ik er was geweest, had ik misschien eerder gezien hoe ernstig het was en had ik aan de bel getrokken voordat het zo erg werd. O Abi, Abi, hoe kan ik mezelf dit ooit vergeven?'

'Rosanna, probeer te kalmeren. Nico leeft nog en is verder herstellende, dat is het belangrijkste. Hij is nog steeds jouw lieve zoontje en hoewel hij nu misschien wat meer hulp nodig zal hebben, is hij heel slim. Hij redt het wel. En je weet nog niet hoe erg de schade is. Zijn gehoor kan op den duur nog verbeteren.'

'Misschien wel. Ik kan alleen maar bidden. Maar... O Abi, ik heb ook nog eens vreselijke ruzie met Luca gehad.'

'Ja, ik dacht al dat er iets tussen jullie was voorgevallen.'

'Hoe bedoel je?'

'Luca is me een paar uur geleden hier in Londen komen opzoeken,' zei Abi.

'O.' Rosanna beet op haar lip. 'Heeft hij iets gezegd?'

'Je kent Luca, tot nu toe heeft hij er met geen woord over gerept, maar ik wist dat er iets was. Hij logeert hier vannacht, maar wat belangrijker is, Rosanna, heb je Roberto al over Nico ingelicht?'

'Nee, hij is in het theater, maar komt daarna weer naar het hotel.'

'Nou, als ik jou was, zou ik hem vertellen dat hij als de sodemieter naar je toe moet komen,' zei Abi fel. 'Je hebt hem nodig, en Nico ook.'

'Je hebt gelijk, Abi, maar je weet hoe de situatie is,' zuchtte Rosanna.

'Ja, helaas wel. Luister, zal ik je gezelschap komen houden? Je moet nu niet alleen zijn. Ik kan morgenochtend meteen die kant op komen.'

'Nee, als ik Roberto heb gesproken, voel ik me vast beter, en Ella is er morgen weer, maar dank je voor het aanbod.'

'Oké. Nou, zorg ervoor dat je wat eet, Rosanna. En ga vroeg naar bed. Je bent vast bekaf.'

'Dat is ook zo. Dank je, Abi. Welterusten.'

Rosanna hing op, liep naar de keuken en ging verdoofd aan tafel zitten. Luca was naar Abi uitgeweken omdat zij hem haar huis uit had gezet. Luca, die al die jaren in papà's eethuis had gewerkt om voor haar zanglessen te betalen, omdat hij in haar geloofde, en daarna zijn eigen toekomst voor zich uit had geschoven om in Milaan voor haar te zorgen.

Roberto...

Luca had gezegd dat hij hier zou moeten zijn, bij zijn vrouw en zoontje... Zelfs zij had het lastig gevonden om te rechtvaardigen dat hij niet met haar mee was gegaan om bij zijn zieke zoontje te zijn terwijl hij niet eens een optreden had. Abi had al net zo ontstemd geklonken om het feit dat hij nu niet bij haar was. En Roberto had de telefoonlijn naar hun hotelkamer afgesloten, zodat het voor Ella onmogelijk was hen te bereiken, hoewel hij wist dat zijn zoontje zich de avond ervoor niet lekker had gevoeld.

Waren dat dingen die een 'goede' man deed, vroeg Rosanna zichzelf.

In haar hoofd begon zich een zweem van twijfel over haar perfecte liefde te vormen.

En had Luca gelijk gehad over haar eigen gedrag? Was ze geobsedeerd door Roberto? Was ze veranderd? Er ging een huivering door haar heen bij de herinnering aan het gemak waarmee ze was overgehaald om niet naar huis terug te gaan terwijl ze intuïtief wist dat haar zoontje ziek was.

Ze dacht terug aan het onschuldige meisje dat ze was geweest voor hun liefdesverhouding was begonnen. Ze dacht aan Paolo en alles wat hij voor haar had gedaan. En ze voelde zich letterlijk ziek om de manier waarop ze hem had verraden vanwege Roberto.

Dan was er nog haar carrière. Ze betwijfelde of er ooit een jonge operazangeres zo toegewijd en vastbesloten was geweest om de top te bereiken. Totdat Roberto in haar leven was gekomen. Ze had hem haar tegen laten houden om terug naar Milaan te gaan, en ze had hem vervolgens alle beslissingen laten nemen vanaf het moment dat ze getrouwd waren. Het was Roberto die had bepaald waar en wat ze hadden gezongen. En als ze meedogenloos eerlijk was, had haar echtgenoot de rollen gekozen die híj wilde zingen voordat hij aan haar dacht.

Ze had haar carrière opgegeven, niet alleen voor Nico, besefte ze, maar ook voor Roberto. Hij had een grote gave, maar zij zelf óók...

Rosanna's hart begon te bonzen bij de gedachte aan Stephen en wat ze hem had aangedaan. Zijn liefde, zijn geduld en zijn begrip, alles wat hij haar zo onzelfzuchtig had geschonken toen ze het nodig had – en wat had zij hem ervoor teruggegeven? Niets. Nee... Erger nog dan niets. Rosanna dwong zichzelf om de waarheid onder ogen te zien. Ze had hem gebruikt en afgedankt zonder ook maar even achterom te kijken. En ze had niet eens het fatsoen gehad om contact met hem op te nemen en hem haar beslissing persoonlijk uit te leggen.

En ten slotte – het allerergste – had ze haar kind achtergelaten terwijl haar instinct haar erop attent had gemaakt dat er iets mis was. Haar liefde voor Roberto had zelfs dat weten te overvleugelen.

Kijkend hoe de wolken voor de maan langs scheerden, aanvaardde Rosanna eindelijk dat Luca gelijk had. Haar liefde voor Roberto was inderdaad ongezond, onnatuurlijk. Ze was inderdaad door hem geobsedeerd; hij had haar veranderd, blind gemaakt voor al het andere om haar heen.

Waar was hij nu? Niet bij haar om samen over hun zieke zoontje te waken, maar op een podium om zijn publiek te plezieren.

En zo zou het altijd zijn.

Rosanna stond op en schonk zichzelf een glas water in om haar droge mond te bevochtigen. Er gebeurde iets met haar, dat voelde ze.

Wie was ze? Wat was ze?

Ze had een hekel aan de persoon die ze was geworden.

Roberto's gezicht verscheen haar voor de geest, zoals altijd. En zo zou het altijd blijven. Dat wist ze. De liefde zou voortbestaan. Desondanks had ze nu het gevoel dat ze ontwaakte uit een slaap die vijftien jaar had geduurd.

De wereld zou blijven ronddraaien. Haar leven zou verdergaan; ze zou gelukkig zijn.

Zonder Roberto.

Het was mogelijk.

Voor het eerst wist Rosanna dat het mogelijk was.

Een tijdje later ging de telefoon. Rosanna kwam langzaam overeind en liep ernaartoe om op te nemen.

'Principessa, met mij.'

'Hallo, Roberto.'

'Gaat het wel? Je klinkt vreemd.'

'Nee, met mij gaat het goed, maar met Nico niet.'

Ze vertelde hem rustig wat er met hun zoontje aan de hand was.
'O mijn god. Vertel me alsjeblieft dat het niet waar is.'
'Helaas is het dat wel. Ik had hem nooit moeten achterlaten, Roberto. En het was verkeerd van me om jouw gevoelens voorrang te geven. Ik neem het jou niet kwalijk, ik neem de verantwoordelijkheid op me.'
'Rosanna, we zullen samen voor Nico zorgen. Hij krijgt de beste dokters, alles wat hij nodig heeft.'
'Wanneer kom je thuis? Ik moet met je praten.'
'Ik zou willen dat ik nu bij je was. Ik beloof je dat ik binnen achtenveertig uur thuis ben. Er zijn wat... dingen die ik moet regelen.'
Het was de laatste keer dat ze zou wachten tot hij naar haar terug zou keren. 'Ik moet nu ophangen,' zei ze. 'Ik ben heel moe.'
'Rosanna, is Luca daar? Ik wil hem graag spreken.'
'Nee, hij is bij Abi in Londen.'
'Heb je haar nummer?'
Ze herhaalde het uit haar hoofd, zo geradbraakt dat ze niet eens vroeg waarom hij het wilde hebben.
'Rosanna, weet je wel zeker dat het goed met je gaat? Je klinkt... afstandelijk.'
'Ja, het gaat wel, heus.'
'Ti amo, mijn lieveling.'
'Dag, Roberto.'

Roberto keek naar het nummer dat hij had neergekrabbeld en draaide het met trillende vingers. Er werd meteen opgenomen en hij herkende haar stem.
'Hallo, Abi. Met Roberto Rossini.'
'Hallo, Roberto. Wat een verrassing. Rosanna is hier niet. Ze is thuis.'
'Dat weet ik. Ik wil Luca graag spreken. Het is dringend,' voegde hij eraan toe.
'Oké, momentje.' Ze legde de hoorn naast de haak. Twee minuten later pakte Luca die op.
'Ja?'
'Luca, het spijt me oprecht dat ik je stoor, maar ik moet je iets

vragen. Ik heb een brief ontvangen die is geschreven door je zus, Carlotta. Is het waar dat ik Ella's echte papà ben?'

Er viel een stilte aan de andere kant van de lijn voordat Luca antwoord gaf. 'Carlotta heeft je een brief geschreven om je dat te vertellen?'

'Ja, Luca. Ik begrijp dat het moeilijk voor je is om er nu over te praten, maar we moeten elkaar ontmoeten.'

'Ik zie niet in waarom,' reageerde Luca koeltjes.

'Iemand anders heeft de brief gelezen. En dreigt je zusje erover te vertellen. In Rosanna's belang, alsjeblíéft, Luca. Ik ben radeloos. Als jij deze persoon vertelt dat het niet waar is, gelooft ze je misschien.'

'Ik ga niet voor je liegen, Roberto.'

'Dat begrijp ik, maar ik ben aan de genade van deze persoon overgeleverd. Er moet een manier zijn. Als Rosanna erachter komt, zal ze niet geloven dat ik er niets van wist. Wat je ook van me vindt, Luca, ik hou van haar en ik wil haar niet nog meer pijn doen. Ik heb eerder tegen haar gelogen, snap je – ik was niet eerlijk over mijn verleden. Als ze de waarheid over Ella ontdekt, ben ik bang dat ze zal geloven dat ik haar opnieuw heb misleid. En dat zal voor ons dan het einde betekenen.'

Luca hoorde de wanhoop in Roberto's stem. 'Wanneer wil je afspreken?'

'Ik vlieg morgen naar Engeland. Kun je naar Heathrow komen? Het vliegtuig komt om elf uur aan bij terminal drie.'

'Oké, maar ik zie niet in wat ik kan doen om je te helpen.'

'Dank je, Luca, uit de grond van mijn hart. Tot morgen. Ciao.'

Roberto hing op en ging weer op het bed liggen.

Hij wist dat hij zich aan een strohalm vastklampte. Als Luca weigerde mee te werken, zou hij Rosanna zelf de waarheid moeten vertellen.

De volgende ochtend stond Luca onzeker in de aankomsthal te wachten en hoorde hij plotseling zijn naam omgeroepen worden via de intercom. Hij liep naar de informatiebalie, zoals hem werd verzocht, en werd door een beveiligingsbeambte door een doolhof van gangen meegenomen naar een kleine ontvangstkamer. Die was leeg op Roberto na, die door de ruimte ijsbeerde.

Luca liep naar hem toe. Roberto's arrogantie en zijn ongedwongen zelfvertrouwen waren verdwenen. Hij zag eruit als een doorsnee, enigszins te zware man van middelbare leeftijd met een probleem.

'Dank je, dank je voor je komst, Luca.' Roberto knikte naar de beveiligingsbeambte, die het vertrek verliet. 'Het leek me beter om onder vier ogen te praten. Ga zitten.'

Luca nam plaats en luisterde.

'Ik...' Roberto wreef over de stoppels op zijn ongeschoren kin. 'Allereerst wil ik zeggen dat ik begrijp dat je reden genoeg hebt om een hekel aan me te hebben. Je hebt al die jaren geweten dat ik de vader van Carlotta's kind was. Toen ik met Rosanna trouwde, moet dat voor jullie allebei moeilijk zijn geweest.'

'We wilden geen van beiden Rosanna pijn doen. We wisten dat ze van je hield,' antwoordde Luca koel.

'Ik zweer je dat ik het niet wist van Ella tot ik die brief gisteren kreeg. Donatella Bianchi, een vrouw die ik al heel lang ken, is in mijn appartement in New York geweest en heeft zonder toestemming Carlotta's brief geopend. En Donatella heeft me verteld dat ze Rosanna persoonlijk een kopie van de brief wil brengen.'

'Donatella Bianchi,' mompelde Luca.

'Ken je haar?'

Luca knikte. 'O ja, ik ken haar. Maar waarom zou ze Rosanna zoiets verschrikkelijks willen aandoen?'

'Om mij te straffen omdat ik haar heb verlaten. Ze beseft dat Rosanna de enige vrouw is van wie ik ooit heb gehouden. Het is de perfecte wraak. Donatella weet dat je zusje me hoogstwaarschijnlijk zal verlaten als ze dit nieuws hoort. Of dat het op zijn minst een enorme wig tussen ons zal drijven. En we hebben al genoeg problemen.'

'Roberto, heb je Rosanna ooit verteld dat je iets met Carlotta hebt gehad?'

'Nee, het leek me niet belangrijk. Rosanna was nog maar een kind toen het gebeurde en... ja, ik was bang voor haar reactie. Luca, help me alsjeblieft.' Roberto liet zich op zijn knieën vallen. 'Ik ben wanhopig. Ik smeek je, als je een manier kunt bedenken, beloof ik ten overstaan van God dat ik de beste, meest liefhebbende echtgenoot ter wereld zal zijn. Ik hou van Rosanna, ik kan niet zonder haar.' Roberto boog zijn hoofd en zijn schouders begonnen te schokken.

Luca keek naar de man die voor hem zat. Hij zag dat Roberto een gebroken man was, deemoedig door zijn wanhoop. Hij wist nu eindelijk dat deze man, egoïstisch of niet, in elk geval met heel zijn hart van zijn zusje hield.

En natuurlijk kende hij nu een manier om dit tegen te houden, om Donatella voor altijd het zwijgen op te leggen. Aan de andere kant, waren er niet al te veel leugens verteld? Was het niet beter dat Rosanna de waarheid zou weten? Die zou haar pijn doen, maar daar zou ze op den duur overheen komen.

Toen zag hij het gezicht van zijn kleine zusje voor zich, in het eethuis van hun ouders, voor het eerst starend naar Roberto.

Wat voor iemand hij ook was, ze hield van hem. Hoe hij zich ook gedroeg, ze wilde bij hem zijn. Hij was Nico's vader én, dacht Luca bij zichzelf, wie was híj om God te spelen? Het enige wat hij kon doen was integer handelen en Roberto de informatie geven die hij nodig had. Wat er dan verder gebeurde, was niet aan hem.

Luca keek Roberto aan en haalde diep adem.

'Roberto, ik weet hoe we een einde aan deze situatie kunnen maken.'

51

Donatella liep de lobby van Hotel Savoy in.

Toen Roberto haar in Wenen had gebeld met een smeekbede om hem hier in Londen te ontmoeten voordat ze naar Rosanna toe zou gaan, had ze de verleiding niet kunnen weerstaan. Het zou hoogst aangenaam zijn om hem zich in bochten te zien wringen en om hem te horen smeken om genade. Ze had absoluut niet de intentie om van gedachten te veranderen. Niets wat hij zou doen of zeggen kon hem nog helpen.

Hij wachtte op haar in de American Bar. Ze begroette hem met een kus op beide wangen.

'Hoe gaat het met je? Je ziet een tikje bleek, Roberto.'

'Wil je wat drinken?' vroeg hij, haar vraag negerend.

'Ja, een campari soda, alsjeblieft.' Donatella ging zitten en sloeg haar lange benen over elkaar terwijl Roberto drankjes bestelde. 'Goed, Roberto, waar wilde je me over spreken?'

'Ik wil je vragen om je te bedenken. Want als je die brief aan Rosanna laat zien, zal dat niet alleen mij treffen, maar ook haar. Zij heeft je niets misdaan. Waarom zou je haar straffen?'

'Verwacht je nou echt dat me dat iets kan schelen? Ik hield van je, Roberto, maar nu is de liefde weg.' Donatella maakte een wegwerpgebaar. 'Ik heb zelfs een nieuwe vriend. Ik verhuis terug naar Milaan en we denken erover te gaan trouwen.'

'Gefeliciteerd,' mompelde Roberto toen de drankjes arriveerden.

'Nou, waar zullen we op drinken? De vrijheid dan maar?' Donatella's groene ogen flonkerden boosaardig boven de rand van haar geheven glas.

'Je hebt hier echt plezier in, hè?' Roberto nam een slokje van zijn mineraalwater.

'Het werd tijd dat iemand jou zou behandelen zoals jij anderen steeds hebt behandeld. Besef je wel dat je nooit die eerste grote kans bij La Scala had gekregen als ik er niet geweest was?'

'Waar heb je het nu weer over, Donatella?' vroeg Roberto vermoeid.

'Ik heb Paolo de Vito een enorme cheque gegeven voor een studiebeurs aan die dierbare school van hem, op voorwaarde dat jij je eerste hoofdrol zou krijgen. Zie je, Roberto, ik gaf om jou, heb je geholpen. Het is jammer dat jij nooit om mij hebt gegeven.'

'Ik geloof je niet.'

'Maakt niet uit,' zei Donatella schouderophalend. 'Vraag het Paolo maar eens.'

'Nou, als het waar is, dank ik je bij dezen voor je hulp,' knikte hij.

'Een bescheiden Roberto,' merkte ze wrang op. 'Mijn god, je moet wel heel veel van haar houden.'

'Dat doet hij ook,' zei een stem achter haar.

Donatella draaide zich om en zag een slanke, donkerharige jongeman achter hen staan. Hij had iets bekends, maar ze kon hem niet plaatsen.

'Luca, kom erbij zitten.' Roberto maakte een hoofdgebaar naar een stoel.

'Dank je.' Hij nam plaats.

'O, natuurlijk, jij bent Rosanna's vrome broer. Ben je ingehuurd om mijn geweten wakker te schudden?' zei Donatella laatdunkend. 'Je bent wel heel diep gezonken, hè, Roberto?'

'Signora Bianchi, ik ben hier om een heel andere reden. Het is slechts toeval dat Roberto me heeft verteld dat u bekend bent met de inhoud van Carlotta's brief in een tijd dat ik sowieso al contact met u wilde opnemen.'

'En waaróm zou je mij willen spreken?'

'Het gaat hierom, signora Bianchi.' Luca haalde een envelop uit zijn zak, deed hem open en legde een polaroidfoto op tafel.

Donatella pakte hem op en keek ernaar. Beide mannen zagen alle kleur uit haar gezicht wegtrekken.

'Wat is dit?' vroeg ze.

'Ik denk dat u heel goed weet wat dit is,' zei Luca kalm. 'U hebt don Edoardo, il parroco van La Chiesa Della Beata Vergine Maria, er ooit drie miljoen lire voor betaald.'

‘Als jullie me willen verexcuseren, dan ga ik even naar buiten om een luchtje te scheppen.’ Roberto stond op, knikte naar Luca en verliet de ruimte.

‘Ik… Ja, natuurlijk. Nu herinner ik het me weer.’ Donatella wist duidelijk niet wat ze met de situatie aan moest.

‘Een vriend van me heeft deze foto recentelijk genomen in een appartement in New York.’ Luca sprak rustig, ongehaast. ‘Ene meneer John St Regent, de huidige eigenaar van de tekening, heeft mijn vriend verteld dat hij er enkele miljoenen dollars voor heeft betaald.’

‘Mamma mia! Nou, dat is een verbazingwekkend toeval. Er… er is bij ons in het palazzo ingebroken vlak nadat ik het werkje had gekocht, namelijk. Toen is het gestolen, samen met wat andere schilderijen. Ik had geen idee dat het zoveel waard was. Wat is het dan, een Leonardo?’ Donatella lachte nerveus.

‘Ja, dat is precies wat het blijkt te zijn, signora Bianchi. U zegt dat het uit uw huis is gestolen?’

‘Ja.’

‘Dat is dan wel heel merkwaardig, aangezien John St Regent mijn vriend heeft verteld dat uw echtgenoot het werkje aan hem heeft verkocht.’

‘Ik… nee.’ Donatella schudde haar hoofd. ‘Je vriend heeft het mis. Hij vergist zich.’

‘Ach, het is simpelweg een kwestie van één telefoontje, signora Bianchi. Ik weet zeker dat de Italiaanse politie de waarheid zal kunnen achterhalen.’ Luca haalde met een onbewogen gezicht zijn schouders op.

‘Mijn echtgenoot is dood. De autoriteiten kunnen hem moeilijk gaan verhoren.’

‘Nee, dat is waar. Maar ze kunnen u wel ondervragen. Ik denk dat u wist hoe waardevol die tekening was toen u don Edoardo er een schijntje voor betaalde. En als de politie erachter komt dat u met uw echtgenoot hebt samengespannen om een kunstwerk van nationaal belang uit Italië te laten verdwijnen, zou u in de gevangenis kunnen belanden.’

Er gleed een flikkering van angst over Donatella’s gezicht. ‘Luca, ik zweer je dat ik er niets van afwist. Mijn echtgenoot heeft mij kennelijk ook misleid,' antwoordde ze wanhopig.

'Volgens Roberto bent u goed bevriend met de St Regents. Het is onwaarschijnlijk dat ze u niet hebben verteld over hun kostbaarste bezit – dat ze het u niet hebben laten zíén.' Luca haalde zijn schouders op. 'Maar ik ben hier niet om uw onschuld of schuld aan te tonen. Zoals ik al zei, kan ik de politie eenvoudigweg vertellen wat ik weet, zodat zij achter de waarheid kunnen komen, of...'

'Ja?'

'U kunt van gedachten veranderen en Rosanna niet vertellen wie Ella's echte vader is. Dan kunnen we allemaal gewoon ons leven blijven leiden.'

Donatella keek hem woedend aan. 'Dat is chantage!'

'Ik geloof niet dat ik een misdrijf heb gepleegd, signora Bianchi, terwijl u zich daar duidelijk wel schuldig aan hebt gemaakt. Ik hou van mijn zus, dat is alles.'

Donatella leegde haar glas en zette het met een klap op de tafel. 'En dat houdt in dat je haar opzadelt met een kind waarvan ze niet weet dat haar echtgenoot het heeft verwekt? Noem je dat liefde?' zei ze spottend.

Luca zei niets, maar keek haar alleen maar kalm aan.

Donatella bleef zwijgend zitten en probeerde een manier te verzinnen waarop ze toch nog haar perfecte plannetje om Roberto's leven te verwoesten kon redden. Maar ze kon niets bedenken. Ten slotte zuchtte ze verbolgen en keek Luca aan. 'Oké, jij je zin. Ik wil een dergelijke beschuldiging niet riskeren, ook al omdat ik binnenkort naar Milaan ga verhuizen. Dus ik zeg toe dat ik jouw dierbare zus Rosanna niet zal vertellen over de onwettige dochter van haar echtgenoot.'

'Ik wil ook graag de kopie van de brief hebben.'

Donatella knikte nukkig en deed haar handtas open. Ze trok er een envelop uit en gaf die aan Luca.

'Is dit het enige exemplaar?'

'Ja, dat zweer ik.'

'Dank u.'

'Nou, Roberto is dus voor de zoveelste keer weggekomen met zijn wandaden. Maar je bent toch niet zo onnozel dat je denkt dat Ella's verwekking voor altijd een geheim zal blijven? Of dat dit betekent dat Roberto Rosanna voortaan trouw zal zijn? Als je dat denkt, hou je jezelf voor de gek.'

'Signora Bianchi, ik kan alleen maar doen wat ik nu het beste acht. De rest leg ik in Gods handen.'

Donatella stond op. 'Ik ga weg voordat Roberto terug is. Ik weet dat hij met zichzelf in zijn nopjes zal zijn, en daar kan ik nu niet tegen. Ik ken hem beter dan wie ook, zelfs die dierbare echtgenote van hem. Wij waren voorbestemd om samen te zijn, weet je,' mokte ze.

'Ik denk dat u gelijk hebt, signora Bianchi. Jullie twee verdienen elkaar. Goedendag.'

Luca zag Donatella met grote passen de bar verlaten, maar de opluchting om de overeengekomen uitruil bleef uit. In plaats daarvan werd zijn hart overspoeld door een golf van verdriet.

Roberto kwam met een hoopvolle blik in zijn ogen de hoek om lopen.

Luca knikte naar hem. 'Het is in orde, ze is weg,' zei hij rustig.

'Is ze akkoord gegaan?'

'Ja, hier.' Luca overhandigde hem de envelop.

'Godzijdank.' Roberto veegde het zweet van zijn voorhoofd. 'Luca, mag ik je een drankje aanbieden? Of wat dan ook, wát dan ook, om je te bedanken?'

'Nee.' Luca schudde zijn hoofd en stond op. 'Ik moet gaan. Zorg goed voor mijn zusje en jullie zoontje. Dag, Roberto.'

Drie kwartier later kwam Luca aan bij Abi's appartement. Abi liet hem binnen in haar ochtendjas; ze kwam net onder de douche vandaan.

'Hallo, darling,' zei ze glimlachend.

Luca bleef zwijgend en roerloos in de deuropening staan. Zijn gezicht was wit en hij keek haar gekweld aan.

'Wat is er in hemelsnaam aan de hand?' vroeg ze hem. 'Kom even zitten, Luca.' Ze liep naar hem toe en raakte zijn hand aan. Die was ijskoud. 'Luca, in godsnaam, vertel me waar je bent geweest. Wat is er toch?'

Zijn armen hingen slap langs zijn lichaam zoals hij daar stond. Abi zette een stap naar voren, sloeg haar armen om hem heen, reikte omhoog en streek over zijn haar. 'Alsjeblieft, Luca, wat het ook is, het is vast niet zo erg als je denkt.'

Ze loodste hem mee de woonkamer in, liet hem op de bank plaatsnemen en pakte zijn handen.

'Luister, darling, je moet me vertellen wat er is gebeurd, wat je zo van streek heeft gemaakt. Ik hou van je, dat weet je. Laat mij voor deze ene keer jóú de biecht afnemen.'

Luca keek haar aan. 'Abi, het is allemaal zo complex, het is zo'n wirwar in mijn hoofd. Ik kan, ik kan...'

'Nou, ík kan wel een cognacje gebruiken.' Abi stond op en liep naar de keuken om een fles en twee glazen te halen. Ze schonk wat in elk glas, gaf er een aan Luca en ging zitten. 'Goed, drink die maar op, dan praten we daarna, oké?'

Luca sloeg het glas cognac in één keer achterover. En hij begon te vertellen. Terwijl Abi luisterde, werden haar ogen groter en groter.

'Zie je wel, Abi, dat Roberto elke keer weer de boosdoener is? En wat heb ik vandaag gedaan? Hem teruggestuurd naar Rosanna, ook al was dit de perfecte gelegenheid om voor altijd van hem af te zijn.'

'Luca, ze houdt van hem. Wat hij ook heeft gegaan, of misschien nog zal doen, dat zal nooit veranderen. De liefde heeft niets te maken met gezond verstand.' Abi keek hem met een droevige glimlach aan. 'Dat weet ik beter dan wie ook. En je kunt – je mág – jezelf dit niet kwalijk nemen. Je hebt gedaan wat jou het beste leek om je familie te beschermen.'

'Ja, zo zou ik ernaar kunnen kijken, maar ik zou ook kunnen zeggen dat ik geen haar beter ben dan Roberto, aangezien ook ík Rosanna heb misleid. En opnieuw is Roberto de dans ontsprongen zonder ergens voor te hoeven boeten. Ik heb, net als iedereen, gedaan wat hij me heeft gevraagd. Ik heb voor hem gelogen.'

'Maar het was een leugen met de beste bedoelingen, Luca, en een leugen die onvermijdelijk was, denk ik. Ik moet toegeven dat er één aspect aan deze hele geschiedenis is dat ik grappig vind... Enkele miljoenen dollars voor een tekening die, hoe prachtig ook, vrijwel geen waarde heeft. Daar was Stephen dus zeker van?'

‘Nou, hij is renaissance-expert en hij heeft de tekening onderworpen aan een grondig authenticatieproces,’ zei Luca bevestigend. ‘Hij heeft me verteld dat hij begrijpt waarom Donatella’s echtgenoot ervan overtuigd was dat het om een Leonardo ging. Er zijn sterke overeenkomsten en hij denkt dat het werkje op een veiling altijd nog een paar duizend dollar zou opleveren omdat het heel oud en in zeer goede staat is.’

‘Wat heeft Stephen tegen de eigenaar gezegd toen hij de vraag kreeg of het authentiek was?’

‘Hij heeft besloten om meneer St Regent niet op de hoogte te stellen van zijn bevindingen; hij heeft hem verteld dat hij niet hoog genoeg gekwalificeerd was om een definitief oordeel te vellen en dat hij een second opinion zou moeten aanvragen bij ’s werelds meest vooraanstaande Leonardo-experts. Wat de heer St Regent natuurlijk nooit zal doen, aangezien de tekening op illegale wijze uit Italië is ontvreemd. En zoals Stephen tegen me zei, geniet de man er enorm van, dus waarom zou hij dat plezier voor hem bederven? Bovendien,’ voegde Luca eraan toe, ‘hoe minder Donatella weet over de echte herkomst, hoe beter.’

‘Maar al dat geld, Luca. Het lijkt me niet eerlijk tegenover onze meneer St Regent.’

‘Een paar miljoen dollar is voor hem hetzelfde als een paar pond voor ons, Abi, geloof me.’

‘Nou dan. Kom op, Luca, wees niet zo hard voor jezelf. Je had niet meer kunnen doen en je kunt jezelf geen verwijten blijven maken.’

‘Maar Roberto heeft zo’n slechte invloed op Rosanna. Zoals ze Ella en Nico alleen heeft gelaten… dat was niets voor mijn zusje. Ze wordt een ander iemand als ze met hem samen is. En nu kan ze me wel schieten omdat ik haar dat heb verteld.’

‘Het is haar leven, Luca, en je moet het dus aan haar overlaten.’

‘Dat weet ik, dat weet ik. Maar luister, Abi, ik ben hier vanavond niet alleen weer naartoe gekomen om je te vertellen over de uitkomst van het gesprek met Donatella, maar omdat ik ook over iets anders met je wil praten.’

‘O? En wat is dat dan?’ vroeg ze hem, op haar hoede.

‘Ik had verwacht dat de afgelopen zes maanden me de ruimte

zouden geven die ik nodig had om een beslissing over de toekomst te nemen. Maar ik heb weinig tijd gehad om over mezelf na te denken. Eerst Carlotta, toen Rosanna en Nico en nu Roberto en Donatella.' Luca schudde zijn hoofd. 'Ik ben zo in de war, over mezelf, over God. En jou natuurlijk.' Hij keek haar aan en glimlachte teder. 'Momenteel, met al mijn onzekerheid, zou het verkeerd zijn om terug te keren naar het seminarie, maar ik kan ook nog niet de verbintenis met jou aangaan die ik zou wensen tot ik er absoluut zeker van ben dat ik afscheid kan nemen van alles wat ik wilde en waar ik in heb geloofd sinds die dag dat ik meer dan tien jaar geleden La Chiesa Della Beata Vergine Maria in Milaan binnenging.' Luca zweeg even om moed te verzamelen voor wat hij haar ging zeggen. 'Dus heb ik met de bisschop gesproken en hij heeft een suggestie gedaan die volgens mij de oplossing kan zijn. Ik ga naar Afrika, Abi. Er wordt daar een kerkje gebouwd in een dorp bij Lusaka in Zambia, en daar zal ik de priester dan bijstaan. Misschien kan ik daar, weg van alles, eindelijk bepalen wat ik met mijn leven wil.'

'Aha.' Abi liet teleurgesteld haar schouders hangen.

'Ik zou het begrijpen als je boos bent. Ik besef dat ik niets heb gedaan om jouw liefde te verdienen, terwijl jij mij zoveel hebt gegeven. Maar, Abi, wacht alsjeblieft niet langer op mij. Ik kan je nu niets beloven omdat ik zelf de antwoorden niet eens ken.'

Abi nam een slok van haar cognac en likte langs haar lippen. Haar handen beefden een beetje.

'Luca, hou je nog wel van me?'

'Natuurlijk, amore mio. Daar heb ik geen controle over. Je weet dat ik heel veel van je hou.'

'Maar je houdt nog steeds meer van die God van je,' zei ze langzaam. 'Nou, ik zou kunnen trachten je over te halen te blijven, ik zou je kunnen vertellen dat je míj nodig hebt. Maar uit bittere ervaring weet ik dat het zinloos is, dus ik ga het niet proberen.'

'Haat je me nu? Heb ik je gebruikt? O Abi, de gedachte dat ik je pijn doe, vind ik verschrikkelijk.'

'Nee, ik haat je niet, Luca. Hoe zou ik dat kunnen? Ik hou van je. Ik heb vanaf het begin geweten dat je me niets beloofde, maar ik was bereid het erop te wagen. Ik heb verloren en God heeft alweer gewonnen. Wanneer ga je?'

'Ik moet morgen weg.'

Abi knikte zwijgend. Toen keek ze hem aan, haar ogen glinsterend van de tranen. 'Als je echt van me houdt, zoals je beweert, sta je me een laatste wens toe.'

'Wat je maar wilt, cara.'

'Geef me één nacht. Voor ons, voor de liefde die we voelen.'

Ze boog naar hem toe en drukte haar lippen vragend op de zijne. Deze keer protesteerde hij niet. In plaats daarvan nam hij haar gezicht tussen zijn handen en reageerde met dezelfde passie.

'Voor ons,' fluisterde hij met een tedere streek over haar wang. 'Zelfs God kan me dit niet weigeren.'

De volgende ochtend sloeg Abi Luca gade terwijl hij uit haar bed stapte. Toen hij de kamer verliet om te gaan douchen, bleef ze liggen en staarde naar het plafond.

Al die jaren had ze naar hem verlangd, gedroomd van zijn aanraking, en gisteravond was het er eindelijk van gekomen.

Vandaag zou hij bij haar weggaan en – dat moest ze accepteren – bijna zeker voor altijd. Ze wist dat ze niet kon blijven hopen. In haar eigen belang moest ze nu eindelijk verdergaan met haar leven.

Abi slikte en dwong zichzelf niet te huilen. Ze glipte uit het bed waarin ze de liefde hadden bedreven en begon zich haastig aan te kleden, waarna ze zich naar de veiligheid van de keuken begaf voordat Luca uit de douche tevoorschijn zou komen.

'Ik moet nu gaan.' Luca's ogen keken haar onderzoekend aan toen hij in de deuropening verscheen.

Ze stond op en liep naar hem toe, en hij wiegde haar in zijn armen.

'Heeft het verschil gemaakt?' vroeg ze. 'Ik dacht misschien...'

'Ja, het heeft verschil gemaakt. Ik hou van je en ik voel me niet schuldig over wat we hebben gedaan.'

'Blijf dan. Blijf bij me. Alsjeblieft, Luca, ik heb je nodig.'

Haar tranen drupten op de ruwe stof van zijn jas. 'Vraag me om op je te wachten, alsjeblieft. Ik zal...'

Ook Luca stond op het punt te breken. 'Nee, cara, ik kan en mag je geen valse hoop geven. Hoe graag ik je ook zou willen vragen om op me te wachten, moet ik nee tegen je zeggen. Ik heb al veel te veel van je gevraagd.'

'Ja, het spijt me, ik had mezelf nog zo beloofd dat ik er geen drama van zou maken. Je moet gaan, ik weet het.' Ze maakte zich van hem los, streek de tranen haastig weg en volgde hem naar de deur.

'Ciao, amore mio.'

Abi keek zwijgend toe hoe hij de trap af liep. Hij draaide zich om en glimlachte naar haar. Toen, na nog een keer zwaaien, was hij weg.

52

Rosanna hoorde de Jaguar over de oprit aankomen. Ze keek door het raam van de zitkamer terwijl hij over het grind liep. Toen ging ze de gang in om de voordeur open te doen.

'Principessa.' Zijn armen sloten zich om zijn vrouw en hij hield zijn hoofd zacht tegen zijn borst. 'Rosanna, cara, het spijt me, het spijt me zo.'

'Roberto, laten we gaan zitten. We moeten praten.'

'Wat is er? Is er iets met Nico?'

'Nee.' Rosanna leidde hem mee de zitkamer in en gebaarde naar de bank. 'Er is iets met mij.'

'Ben je ziek?'

'Misschien ben ik dat in zekere zin geweest, ja,' zei ze instemmend.

'Vertel me dan maar wat er aan de hand is.'

Ze ging naast hem zitten en nam zijn handen in de hare. 'Roberto, heb je enig idee hoeveel ik van je heb gehouden – hoe ik je heb aanbeden – sinds ik elf jaar oud was?'

'Dat weet ik, principessa. Ik ben de gelukkigste man op aarde. Ik verdien je niet, dat heb ik nooit gedaan. Maar ik ben veranderd, dat zul je zien. Nico's ziekte en... andere gebeurtenissen hebben me doen inzien wat voor iemand ik was. Ik ga al mijn verplichtingen voor de komende paar maanden afzeggen. Ik neem verlof om bij jou en Nico te zijn, om hem de kans te geven te herstellen.'

Rosanna glimlachte droevig, denkend aan de vorige keer dat hij een dergelijke belofte had gedaan. Toen schudde ze haar hoofd.

'Dit gaat niet over jou, Roberto. Het gaat over mij, over wat ik wil,' zei ze mild.

'Je wilt mij toch hier thuis, bij Nico?'

'Ik dacht voorheen inderdaad dat dat de oplossing zou zijn, en ja, je zou verlof kunnen nemen, maar na een tijdje zul je verlangen naar je andere wereld. Zo zit je in elkaar, dat zal altijd zo blijven. Wij... onze liefde, het kan niet goed gaan.'

'Wat probeer je me te zeggen, Rosanna? Dat je wilt dat ik wegga?' Hij keek ongelovig, half verwachtend dat het een grapje was.

'Ja, Roberto. Dat is wat ik wil. En als je van me houdt, doe je wat ik van je vraag.'

Hij streek met een hand door zijn haar. 'Nee, nee, Rosanna, dit meen je niet. Je houdt van me, je hebt me nodig. Je weet dat we voor elkaar bestemd zijn.'

'Misschien was dat ooit zo, maar niet nu, niet in de toekomst.'

Roberto stond op en begon door de kamer te ijsberen. 'Dit kun je niet menen, echt niet. Niet na wat ik zojuist...'

Hij schudde zijn hoofd en zakte neer op een stoel.

'Wat heb je zojuist gedaan?'

'Ik bedoel dat ik een beslissing heb genomen, de belangrijkste beslissing van mijn leven. Van nu af aan komen jij en Nico op de eerste plaats. Niets anders is voor mij van betekenis. Alleen jij, alleen Nico.'

Rosanna probeerde haar gedachten te ordenen, hem zo rationeel mogelijk uit te leggen wat ze voelde.

'Roberto, iedereen die om me geeft is altijd bezorgd geweest over onze relatie. Eerst dacht ik dat het jaloezie was, dat ze het niet konden verdragen om ons samen en gelukkig te zien.' Ze zuchtte zacht. 'Maar nu begrijp ik dat ze zagen hoe jij me veranderde, hoe egoïstisch ik werd, hoe mijn liefde voor jou al het andere overschaduwde. Dat was niet jouw schuld, het lag aan mij. Ik zag het zelf niet tot ik het leven van ons kind in gevaar bracht. Hij had wel dood kunnen gaan, Roberto, en dan was ik niet bij hem geweest.'

'Cara, je kunt onze liefde niet de rug toekeren om één stommiteit!'

'Roberto, zie je dan niet dat het alleen maar een symptoom was, en niet de oorzaak?' zei ze smekend. 'Als ik bij jou ben, ben ik niet mezelf. Ik verdrink in jou en de liefde die ik voor je voel. Probeer het alsjeblieft te begrijpen – de reden waarom we uit elkaar moeten gaan is niet dat ik niet van je hou, maar dat ik te veel van je hou.'

'Nee! Nee! Alsjeblieft, nee!' Roberto legde zijn hoofd in zijn handen en begon te snikken. 'Ik kan niet zonder jou leven. Ik kan niet zonder je!'

Ze wiegde hem in haar armen heen en weer. 'Caro, als je echt zoveel van me houdt, ga je weg, dan geef je me de kans op een toekomst als de persoon die ik denk te kunnen zijn, die ik wíl zijn. Roberto, als je om me geeft, begrijp je dat ik gelijk heb. Ik wil graag dat je voor één keer onzelfzuchtig bent. Maak dit niet nog moeilijker dan het al is.'

Hij keek haar aan met een blik van totale verslagenheid in zijn ogen. 'Is dit echt wat je wilt?'

'O ja, ik denk dat ik geen keuze heb.'

'Misschien heb je alleen maar wat tijd nodig, principessa. De schok met Nico heeft je in verwarring gebracht, daardoor reageer je zo heftig.'

'Nee, echt niet. Daardoor zie ik de dingen juist voor het eerst heel helder. Ik heb gezien wie ik ben geworden – en zij bevalt me niet. Mijn obsessie voor jou heeft de levens van veel mensen beschadigd. En nu wil ik mezelf weer zijn. Of voor het eerst uitzoeken wie ik eigenlijk ben.'

Langzaam begon hij te begrijpen wat ze probeerde te zeggen.

'En Nico? Ontzeg je hem zijn papà?'

'Roberto, ik heb lang en diep over Nico nagedacht, over de vraag of ik egoïstisch ben als ik je vraag om te vertrekken. Maar we zijn het hem verschuldigd om hem ten minste één ouder te geven die hem op de eerste plaats zet. En ik kan dat niet als jij bij me bent.'

'Mag ik Nico wel zien?'

'Uiteraard. Wanneer je wilt, zo vaak als je wilt. Dat valt allemaal te regelen.'

'Is dit... voor altijd?'

'Ik denk dat het niet anders kan.'

'Ik... Wanneer wil je dat ik ga?'

'Zo snel mogelijk. Hoe langer je hier bent, hoe moeilijker het wordt.'

Roberto slikte zijn tranen weg en stond op. 'Rosanna, als ik de woorden kon vinden om jou van gedachten te laten veranderen, zou ik alles daarvoor geven: mijn carrière, álles.'

'Dat denk je nu misschien, maar je weet net zo goed als ik, diep vanbinnen, dat dat niet het antwoord is. Het zou in de toekomst meer problemen creëren dan oplossen. En het zou van mij niet eerlijk zijn om dat van je te vragen. Zeg me dat je het begrijpt, Roberto. Dat is belangrijk voor me.'

Hij liep naar haar toe, stak een hand uit en zij stond op. Hij gleed met trillende vingers langs de contouren van haar gezicht.

'Ja, principessa, ik begrijp het. Ik begrijp nu dat ik jóú op de eerste plaats had moeten zetten. Onze liefde voor elkaar en voor Nico, die deed ertoe. En het tragische is dat ik deze dingen te laat heb geleerd. Verwijt het jezelf niet, Rosanna. Het is mijn schuld dat het zover is gekomen, helemaal mijn schuld.'

'We moeten allebei de verantwoordelijkheid nemen voor de fouten die we hebben gemaakt.'

'Rosanna, ik wil graag nog één ding zeggen. Als je er ooit anders over gaat denken, hoef je me dat alleen maar te vertellen, en dan sta ik weer aan je zijde.'

Ze liep met hem de zitkamer uit, naar de voordeur.

'Ik ga nu naar het ziekenhuis om afscheid te nemen van Nico,' mompelde hij.

'Oké.'

'Als er iets is... iets wat je nodig hebt voor hem of voor jezelf, vraag het dan gewoon. Ik zal mijn trots niet in de weg laten staan, zoals in het verleden.'

'Dank je, Roberto.'

'Ik wil je graag nog één keer in mijn armen voelen.'

Ze liep naar hem toe en ze hielden elkaar zo stevig vast dat het voor beiden onmogelijk leek om de ander los te laten.

Rosanna had het gevoel dat haar hart in tweeën zou breken. 'Dank voor je begrip. Ik zal altijd van je blijven houden. Altijd,' fluisterde ze.

'En ik van jou.' Hij trok zachtjes haar kin omhoog en ze kusten elkaar voor de laatste keer, terwijl hun tranen zich vermengden. 'Ik zal op je wachten, principessa. Voor altijd.'

The Metropolitan Opera House,
New York

Goed, Nico, zo verliet Roberto ons dus voor de tweede keer. Het zal heel moeilijk voor je zijn om te begrijpen dat je mamma iemand zo kon liefhebben als jouw papà, en hem toch moest laten gaan. Ik had hem weggestuurd na al die keren dat ik alleen was geweest en wanhopig naar hem had verlangd. Maar ik wist dat dit mijn enige optie was.
De twee jaren daarna zagen we elkaar af en toe. Ik was vastbesloten om jou niet het contact met je papà te onthouden, hoe zwaar het ook voor me was. Ik wist hoe fijn je het vond om hem te zien. Roberto stond erop je naar de beste specialisten te sturen om te kijken of je gehoor verbeterd kon worden, maar er was weinig wat ze eraan konden doen – de schade was onomkeerbaar. Het was ironisch, Nico, want als ik je vader zag, merkte ik echt dat hij ten goede was veranderd. Het leek alsof hij, na al die jaren dat hij zich als een kind had gedragen, eindelijk volwassen was geworden. Hij maakte een rustige, bijna melancholische indruk, heel anders dan de arrogantie die hij voorheen had tentoongespreid.
Op een dag, toen we toekeken terwijl jij in de tuin speelde, vertelde hij me dat hij zijn zware werkschema ging indammen. Hij zou blijven zingen, maar hij had een lichte hartaanval gehad en de dokters hadden hem een strikt dieet en een minder hectische levensstijl aanbevolen. Hij zou in de villa op Corsica gaan wonen, waar wij altijd mochten komen logeren. Ik wist natuurlijk dat ik jou er wel naartoe zou sturen, maar dat het verkeerd zou zijn om zelf ook te gaan. Meer dan een paar uur met hem en ik zou weer terug bij af zijn. Toch hadden we het nooit meer over scheiden. Dat was voor mij ook niet belangrijk. Ik wist dat ik nooit meer zou trouwen en hij wist dat voor zichzelf ook.
Ik zal niet beweren dat het een gemakkelijke tijd voor me was, maar ik had daarvoor zo lang voor Roberto geleefd, dat ik me

vast voornam om het beste te maken van elke seconde die ik in het heden had. Daarom vraag ik jou nu, Nico, om elk moment op waarde te schatten en te koesteren. Laat geen dag voorbijgaan zonder er alles uit te halen wat je kunt, want die dag komt nooit weer terug.
En ik bofte zo met jou. Ik was heel trots op je, Nico, op de manier waarop je met je handicap wist om te gaan. Met de hulp van de beste gehoorapparatuur lukte het je om een relatief normaal leven te leiden. Er was wel frustratie, maar er werd ook heel wat afgelachen. En wat je niet kon horen, ving je wel op met je ogen. Je miste niets.
En dan was Ella er nog, mijn lieve, dierbare Ella. De zomer nadat Roberto was vertrokken, ging ze naar de Royal Academy of Music. Roberto stond erop om het studiegeld te betalen, en we waren het er ook over eens dat ze ons huis in Kensington mocht gebruiken, waar hij haar opzocht als hij in Engeland was. Hij was heel zorgzaam en ze werden heel hecht met elkaar.
Wat mijn eigen carrière betreft… nou, na wat er met jou was gebeurd, kon ik de gedachte weer bij je weg te gaan niet verdragen.
Er was maar één ding dat me dwarszat. Ik had na onze ruzie niet meer rechtstreeks iets van Luca gehoord. Er waren alleen wat ansichtkaarten uit Zambia gekomen, allemaal aan jou gericht. Er zat nooit een adres van de afzender bij. En ook Abi was afstandelijk. In die tijd dacht ik dat dat kwam doordat ze zo bezig was met haar drukke carrière als romancier, waardoor ik er niet veel aandacht aan besteedde…

53

Gloucestershire, maart 1985

Rosanna verliet het kinderdagverblijf in het kerkgebouw. Ze had een hekel aan het moment dat ze Nico in de kleutergroep moest achterlaten, maar het was belangrijk voor hem om met andere kinderen om te gaan en een zo normaal mogelijk leven te leiden. Hij vond het heerlijk om ernaartoe te gaan en de leidster had haar ervan verzekerd dat het prima met hem ging.

Ze keek op haar horloge. Ze had drie uur. Normaal gesproken reed ze naar huis en gebruikte ze de tijd om huishoudelijke klusjes te doen. Maar vandaag besloot ze om te gaan winkelen.

Ze ging een kleine boetiek binnen en zocht een nieuwe outfit voor Nico en een mooie sjaal voor Ella uit. Ze liep met haar pakjes naar buiten en liep door de bedrijvige straat in Cheltenham. Ze wandelde langs een boekenzaak en stopte om in de etalage te kijken. Er stond een groot display met Abi's nieuwe boek.

Aria

De titel wekte haar nieuwsgierigheid. Ze had al een paar eerdere boeken van Abi gekocht en ze met plezier gelezen. Rosanna duwde de deur van de winkel open en liep naar de tafel waarop een stapel van Abi's boeken lag.

DOOR DE AUTEUR PERSOONLIJK GESIGNEERD, viel op de strookadvertentie erboven te lezen. Ze vroeg zich af waarom Abi, als ze voor een signeersessie in de buurt was geweest, niet langs was gekomen. Ze pakte een exemplaar en las de flaptekst.

Van de auteur van *Sometime Soon* en *Forever*: een prachtige nieuwe bestseller waar haar fans van zullen smullen – gebaseerd op een wereld die ze van dichtbij kent. Abigail Holmes neemt ons mee in een verhaal dat zich afspeelt in de operawereld, waar verboden liefdes, grote ambities en zonden uit het verleden een complex web van emoties weven.

Rosanna nam een exemplaar mee naar de kassa en rekende af. Toen slenterde ze verder naar een kleine theesalon waar ze graag kwam. Ze bestelde koffie, ging aan een tafeltje zitten, sloeg het boek open en begon te lezen.

'Hoi.'

Rosanna keek verschrikt op.

'Stephen, hallo.' Rosanna was zich ervan bewust dat ze bloosde.

'Hoe gaat het met je?'

'Heel goed.' Ze voelde zich ongemakkelijk en geneerde zich een beetje, maar bedacht dat Stephen kennelijk met haar wilde praten. Hij had ook gewoon verder kunnen lopen.

'Hoe gaat het met je gezin?' informeerde hij.

'Prima, hoewel ik Roberto niet vaak zie. Hij woont tegenwoordig op Corsica.'

'O? Daar had ik geen idee van. Ik dacht dat jullie weer samen waren.'

'Dat waren we ook, maar toen… nou ja, het is een lang verhaal,' zei ze schouderophalend. 'Kan ik je een kop koffie aanbieden?'

Stephen keek op zijn horloge. 'Ik heb hier over tien minuten een afspraak, maar ja, graag.'

Rosanna bestelde voor hen allebei koffie en Stephen ging zitten.

'Stephen, ik ben de afgelopen twee jaar van plan geweest om je mijn verontschuldigingen aan te bieden, maar om heel eerlijk te zijn, nou, heb ik nooit de moed kunnen vatten. Maar nu we elkaar spreken, moet ik het zeggen: ik heb me vreselijk slecht en zeer egoïstisch gedragen en het spijt me enorm, Stephen, echt. Al helemaal na alles wat je voor mij en Nico hebt gedaan.'

'Dank je, Rosanna. Dat betekent veel voor me.' Stephen nam een slok van zijn koffie. 'Ik was er kapot van toen Ella het me vertelde, en ik moet toegeven dat ik behoorlijk boos was dat je niet eens contact met me opnam om me persoonlijk uit te leggen wat er was gebeurd. Maar,' zei hij goedmoedig, 'wat gedaan is gedaan, zand erover.'

'Het spijt me zo, Stephen. Kun je het me vergeven?'

'Diep in mijn hart wist ik altijd dat je naar hem terug zou gaan. Ik wist dat ik geen partij was voor de grote Roberto Rossini. Maar ik heb geen spijt van onze tijd samen, en ik hoop dat voor jou hetzelfde geldt. En ja,' voegde hij eraan toe, 'ik vergeef het je.'

'Dank je. Ik kan alleen maar zeggen dat ik kort na Roberto's terugkeer tot bezinning ben gekomen.' Rosanna zuchtte. 'Jij bent niet de enige die ik pijn heb gedaan, Stephen, en ik schaam me voor mijn gedrag van toen. Ik heb meer mensen die om me gaven van me vervreemd.'

'Vertel eens, gewoon uit belangstelling, waarom zijn jullie toch weer uit elkaar gegaan, na je hereniging met Roberto?'

'O, dat ligt erg ingewikkeld, maar er is iets gebeurd waardoor ik me realiseerde dat ik een ongezonde obsessie voor hem had.'

'Goh, wat dan?'

'Nico werd ziek toen ik met Roberto in het buitenland was. Door een ernstige aanval van de mazelen is hij nu slechthorend.'

Stephen keek verbijsterd. 'O Rosanna, wat erg. Dat arme jochie.'

'Ja, het was zwaar voor ons allemaal. Maar het gaat nu gelukkig goed met hem.' Rosanna nam een slokje van haar koffie. 'En hoe gaat het met jou? En je galerie?'

'Prima, en de galerie loopt uitstekend. Ik heb net een oud huis gekocht, aan de andere kant van Cheltenham. Het wordt momenteel gerenoveerd, dus ik ben op antiekjacht. Misschien hebben jij en Nico zin om een keer langs te komen? Ik zou hem graag weer eens zien. Ik was heel erg op hem gesteld.'

'Dat is aardig van je, Stephen, maar...'

'Rosanna, er is geen reden waarom we geen vrienden kunnen zijn, toch?'

'Nee, natuurlijk niet,' zei ze instemmend.

'Ah, daar is ze.' Stephen keek op terwijl de deur van de theesalon openging. Er liep een slanke blondine naar hen toe en Stephen stond op. 'Rosanna, dit is mijn vrouw, Kate.'

'Rosanna Rossini! O, wat leuk om je te ontmoeten. Ik weet niet veel van opera, ben ik bang, maar Stephen heeft me veel over je verteld.' Er zat geen greintje scherpte in Kates stem, alleen oprechte warmte. Ze stak haar hand uit.

'Eveneens leuk om jou te ontmoeten,' antwoordde Rosanna.

'Ik heb je toch wel verteld dat Rosanna een schat van een zoontje heeft, darling? Ik heb ze uitgenodigd om een keer langs te komen voor een kop thee.'

'Mooi, jullie zijn van harte welkom,' glimlachte Kate. 'Nou, het spijt me dat ik hem nu ga meenemen, maar we moeten nog een heleboel spullen kopen. Een huis richt zichzelf helaas niet in.'

'Ja, darling, we moeten gaan.' Stephen stond op. 'Dank je voor de koffie, Rosanna. We bellen nog wel om een afspraak te maken. Pas goed op jezelf.'

'Dag, Stephen. Dag, Kate.'

Weemoedig keek ze hoe Stephen een liefhebbende arm om zijn vrouw sloeg terwijl ze de salon verlieten. Maar het had geen zin om stil te staan bij hoe het had kunnen zijn, en ze was blij dat hij gelukkig en gesetteld was. Ze wierp een blik op haar horloge en zag dat ze al tien minuten te laat was om Nico op te halen.

Rosanna rende het pad naar de opvang op. Nico stond in de deuropening naar buiten te kijken.

'Ah, mevrouw Rossini, we vroegen ons al af waar u bleef,' zei mevrouw Price, de groepsleidster.

'Het spijt me, ik kwam een oude vriend tegen en ben de tijd vergeten. Kom, lieverd.' Rosanna tilde Nico op en liep naar de parkeerplaats.

Om drie uur 's nachts had Rosanna Abi's boek uit. Ze had ervan genoten en voelde een nostalgisch verlangen naar de wereld die ze achter zich had gelaten. Ze knipte het licht uit en lag in het donker te denken hoezeer ze Abi miste. Ze besloot dat ze bij haar langs zou gaan als ze weer een keer in Londen moest zijn. Het was al veel te lang geleden.

Twee weken later, na een bezoek aan de kno-specialist in Londen, stond Rosanna op de stoep voor het ziekenhuis en wendde zich tot Nico.

'Zullen we een taxi nemen en een bezoek brengen aan tante Abi?' vroeg ze hem, de woorden overdreven gearticuleerd, want de specialist had gezegd dat het hem zou helpen bij het leren liplezen.

Nico knikte enthousiast bij de gedachte aan een rit in een grote zwarte taxi. 'Ja, mamma.'

Ze hield de eerstvolgende taxi die langskwam aan.

'Fulham Road, alstublieft,' zei ze terwijl ze instapten.

Rosanna belde aan bij het appartement van Abi, dat op de begane grond lag. Twee minuten later deed Abi open. Ze droeg een oude spijkerbroek en een groezelig T-shirt, en ze had zwarte vegen op haar gezicht.

'Wat doe jij hier nou?' zei ze perplex.

'O, dat is fraai, Abi. Je oude vriendin komt langs voor koffie en je bent duidelijk niet blij om haar te zien,' plaagde Rosanna haar.

'Nee, ik...' Abi keek beduusd. 'Het is gewoon niet zo'n goed moment. Ik ga morgen verhuizen.'

'We blijven niet lang, toch, Nico?' glimlachte Rosanna. 'Laat je ons tot in lengte van dagen voor de deur staan, Abi?'

'Nee.' Abi haalde berustend haar schouders op. 'Kom binnen.'

Rosanna en Nico volgden haar door de gang het appartement in. De woonkamer stond vol met kartonnen dozen en er lagen wat stapels oude kranten.

'Waar ga je naartoe verhuizen?'

'Een huis in Notting Hill. Ik heb plek nodig voor... nou ja, een groter huis.'

'Dan verkopen je boeken vast goed! Wat geweldig.' Rosanna keek hoe Abi bukte en een glas in krantenpapier begon te wikkelen. 'Abi.' Ze hurkte naast haar en legde een hand op haar arm.

'Ja?'

'Waarom heb je zo je best gedaan om mij de afgelopen twee jaar te mijden?'

Abi concentreerde zich op haar inpakbezigheden en keek niet op. 'O, je weet hoe dat gaat. We hebben het allebei druk gehad en… nou ja, het is nu eenmaal zo gelopen. Maar het is fijn om je te zien.'

'Je lijkt dat niet echt te menen. Ik heb je nieuwste boek gelezen, trouwens. Ik vond het prachtig. Het riep veel herinneringen op.'

Abi keek eindelijk op en glimlachte. 'Dank je. Luister, Rosanna, ik wil niet bot zijn, maar zullen we binnenkort eens samen gaan lunchen of zo? Ik heb vanmiddag nog heel veel te doen.'

'Oké.' Rosanna stond op. 'Kom, Nico,' zuchtte ze.

Abi volgde hen naar de deur.

'Het was fijn om je te zien, Abi. Ik hoop echt dat we gauw kunnen afspreken.'

'Ik ook… maar weet je…'

Er klonk een hoge kreet uit een van de kamers achter in het appartement.

'Ik moet gaan. Ze huilt weer.'

'Heb je een baby?' Rosanna keek haar verbijsterd aan.

'Ja, nou…'

'Abi, waarom heb je me dat niet verteld? O, mag ik haar zien?'

Voordat Abi haar kon tegenhouden, liep Rosanna terug door de gang. Ze leidde Nico mee door een deur naar een kleine maar schattige roze-met-witte kinderkamer. Daar zat, in een ledikantje, een kind van ongeveer anderhalf jaar oud.

'Hallo, kleintje, ik ben je tante Rosanna, we zijn bij jullie op bezoek.' Ze liep naar het raam, trok de gordijnen open en draaide zich weer om naar het ledikantje. 'Cara, kom eens…' Rosanna zweeg abrupt en staarde naar de baby.

Abi stond in de deuropening van de kamer, met een uitdrukkingsloos gezicht.

'Snap je nu waarom ik geen contact heb gehouden?' zei ze met een zucht.

Rosanna keek naar de olijfkleurige huid, het zwarte haar en de donkere ogen van de baby.

'Ik moet even zitten, geloof ik.'

Tien minuten later zaten ze tussen de dozen in de woonkamer thee te drinken.

'We zijn maar één keer intiem geweest, ik zweer het je, Rosanna. Het was Luca's laatste nacht in Engeland en we hebben ons voor één keer laten gaan. En ja, het was een grote schok toen ik ontdekte dat ik zwanger was, maar ik heb me sindsdien wel afgevraagd of ik onbewust wilde dat het zou gebeuren. Als ik Luca niet kon krijgen, dan kon ik tenminste een deel van hem bij me hebben, voor altijd.' Abi streek over de zachte haartjes van haar dochtertje en liet haar paardjerijden op haar knie.

'En heb je nooit geprobeerd om Luca te laten weten dat hij een dochter heeft? Hoe heet ze trouwens?'

'Phoebe. Ik heb haar genoemd naar de heldin uit mijn eerste boek,' grijnsde ze. 'Nee, Rosanna, ik wil niet dat hij het weet. Hij heeft me geschreven vanuit waar hij ook is, ergens in de rimboe in Afrika, maar ik heb niet gereageerd. Eerlijk gezegd ben ik bang dat ik het hem dan toch zou vertellen,' zuchtte ze. 'Het zou hem in een ontzettend lastig parket brengen en het zou zijn toekomst verwoesten als hij nog steeds priester wil worden. Zijn dierbare Kerk preekt vergeving van de zonden, maar die vlieger lijkt niet op te gaan voor de eigen clerus. Daarom heb ik het contact met jou ook vermeden. Het spijt me, ik had je hier eerder over moeten vertellen. Ben je erg geschokt?'

'Nee, Abi.' Rosanna schudde vermoeid haar hoofd. 'Het doet alleen wel pijn dat je me niet genoeg vertrouwde om het me te vertellen. Je weet dat ik er voor je geweest zou zijn.'

'Ik denk eigenlijk ook dat ik me schaamde,' bekende Abi. 'Tenslotte wist ik toen het gebeurde dat we geen toekomst samen hadden. En ik was degene die het initiatief nam, niet Luca.'

'Goede hemel, Abi, na wat er in mijn leven is gebeurd, heb ik toch zeker het recht niet om bekrompen te zijn,' berispte Rosanna haar. 'En het spijt me dat ik zo opging in mijn eigen wereldje dat ik geen aandacht had voor wat er tussen jou en Luca gebeurde.'

'Nou, tussen Luca en mij speelden zich misschien niet zulke drama's af als tussen jou en Roberto, maar op onze eigen bescheiden manier hielden we net zoveel van elkaar. Hij maakte een beter mens van me,' zei ze triest. 'Hoe dan ook…' Abi nam een slok van haar thee. '… ben ik heel blij dat je het nu weet, Rosanna.'

'En Luca moet het op een dag ook weten.'

'Misschien wel,' zei Abi schouderophalend. 'De tijd zal het leren.'

Nadat ze die avond waren thuisgekomen en Rosanna Nico naar bed had gebracht, ijsbeerde ze door de keuken. Ze keek door het raam naar het terras en dacht terug aan de zomer dat Abi en Luca zoveel samen waren. De grapjes die ze uitwisselden, zoals ze urenlang met elkaar praatten, lang nadat alle anderen al naar bed waren gegaan... Ze herinnerde zich dat Stephen eens had opgemerkt dat hij dacht dat ze verliefd waren.

Kon het zijn dat Luca zijn leven lang had gezocht naar iets wat al die jaren binnen handbereik had gelegen?

De volgende ochtend had Rosanna een besluit genomen. Ze had Abi gisteren om het postadres van Luca in Zambia gevraagd. En nu was het háár beurt om voor God te spelen. Ze zou hem vinden en naar huis halen.

De vlucht vanuit Lusaka landde op tijd. Rosanna stond nerveus te wachten en speurde de gezichten af van de mensen die door de schuifdeuren de aankomsthal binnenkwamen.

Ten slotte zag ze Luca, magerder dan ze zich hem herinnerde, zijn knappe gezicht door de zon gebruind. Rosanna liep naar hem toe om hem te begroeten en sloeg haar armen om hem heen. 'Luca, wat is het fijn om je te zien.'

'Rosanna.' Hij beantwoordde haar omhelzing, liet haar toen los en keek haar onderzoekend aan. 'Je ziet er erg goed uit voor iemand die midden in een of andere crisis zit. Ik ben blij dat je in je brief liet weten dat het niets met Nico te maken had, want dan had ik me vreselijk zorgen gemaakt. Hoe gaat het met hem, trouwens?'

'Hij is geweldig.' Rosanna glimlachte.

'En waarom ben ik nou eigenlijk helemaal van Afrika hiernaartoe gevlogen?'

'Dat vertel ik je in de auto wel,' zei ze, en ze pakte hem bij de arm. 'Weet je dat het wel twee weken heeft geduurd voordat je mijn brief kreeg? Ik was al bang dat ik geen antwoord zou krijgen,' zei ze, hem meeloodsend naar de parkeerplaats. 'Ik dacht dat je me misschien nooit meer wilde zien.'

'Rosanna, ik ga maar ongeveer een keer per week naar het dorp om mijn post op te halen. Ik heb je echt gebeld zodra ik je brief had gekregen. Ik heb je gemist, piccolina, heel erg.'

'Ik jou ook. Maar je bent er nu, daar gaat het om. Stap in.' Rosanna deed haar Volvo van het slot en Luca stapte in aan de passagierskant.

'Je hebt dus eindelijk je rijbewijs gehaald?' merkte hij op.

'Ja, als je op het platteland woont, met een klein kind, dan moet je wel. Maar goed, vertel me eens over Afrika. Het lijkt alsof je in geen weken iets hebt gegeten, Luca.' Rosanna startte de motor en reed achteruit de parkeerplek af.

'Dat is overdreven, maar je hebt gelijk. Ik geef toe dat ik de laatste tijd van pizza ben gaan dromen.'

'Heeft het je geholpen om zo ver weg te zijn?'

'Je bedoelt om uit te vinden of ik nog steeds priester wil worden?'

'Ja.'

'Nou, ik kan je nu wel vertellen wat er is gebeurd. Weet je, ik had Carlotta zien lijden, en er waren ook andere dingen die me in de war brachten. En toen ik aankwam in Afrika, was ik getuige van zoveel armoede en ziekte dat ik helemaal van gedachten veranderde over het priesterschap. Ik besefte dat God een ander plan voor me had. Ik moest mensen in nood helpen, ja, maar niet door voor te gaan in de mis, de biecht af te nemen en om te gaan met de bureaucratie van de Kerk. Ik heb de bisschop geschreven en hem verteld wat mijn overwegingen waren. Snel daarna heb ik mijn officiële positie binnen de Kerk opgegeven.'

'O, wat geweldig dat je eindelijk een besluit hebt kunnen nemen, Luca. Maar waarom ben je dan niet thuisgekomen?'

'Waar was mijn thuis, Rosanna? Ik had het gevoel dat ik geen thuis meer had. Ik kreeg geen antwoord van Abi toen ik haar in het begin mijn postadres stuurde, en ik wist dat ik jou enorm van streek had gemaakt. Dus ik besloot in Zambia te blijven en ben daar voor een Britse liefdadigheidsorganisatie gaan werken. Voor het eerst in mijn leven kreeg ik echt het gevoel dat ik nuttig bezig was, zowel in praktische als in spirituele zin.' Luca keek uit het raam. 'Als je eens zou weten hoe het daar is. De mensen en het landschap zijn ongelooflijk, maar de ontberingen, het lijden, ik...' Hij keek haar plotseling aan van opzij. 'Ben je teleurgesteld in mij, Rosanna?'

'Hoe kom je erbij? Ik weet maar al te goed hoeveel moed het vergt om toe te geven dat je ongelijk had,' antwoordde ze, terwijl ze haar best deed om haar opluchting over Luca's nieuws niet te laten merken.

'Maar genoeg over mij. Vertel me eens waarom ik hier ben?'

'Dat zal ik doen. Het is niets naars, echt niet,' zei Rosanna troostend. 'Maar laat me je eerst over Roberto vertellen.'

Luca zat sprakeloos te luisteren terwijl Rosanna uitlegde hoe en waarom ze twee jaar geleden uit elkaar waren gegaan. Toen ze klaar was, ademde hij langzaam uit. 'Rosanna, ik geloofde nooit dat je bij hem weg zou gaan. Als ik dit destijds had geweten, zouden veel dingen misschien anders zijn gelopen.' Luca staarde uit het raam en dacht terug aan die tijd. 'Weet je, piccolina, ik heb erg veel spijt van de ruzie die we toen gehad hebben. Ik had me er niet mee mogen bemoeien. Ik mocht Roberto misschien niet, maar ik had jouw gevoelens voor hem moeten respecteren.'

'Nee, Luca, je had gelijk met wat je zei. Ik werd erdoor gedwongen een besluit te nemen. Dankzij jou ben ik nu veel gelukkiger, al voel ik me soms wel wat eenzaam,' gaf ze toe.

'Eenzaamheid is soms de prijs die we betalen, Rosanna,' zei hij somber. 'Wie past er op Nico nu jij me ophaalt?'

'Een goede vriendin,' antwoordde ze luchtig. 'Vertel me nog eens wat meer over Afrika...'

Abi hoorde de auto op het grind. Ze tilde Phoebe op met de ene arm, hield Nico's hand vast met de andere en liep naar buiten om Rosanna te begroeten.

'Mamma, mamma!' Nico liet Abi's hand los en rende naar Rosanna toe terwijl ze uitstapte.

Abi zag het portier aan de passagierskant opengaan en een vertrouwde, slanke figuur verschijnen. Hij draaide zich om en zag haar, en ze staarden elkaar aan, allebei als vastgenageld aan de grond.

'Luca,' spoorde Rosanna hem zacht aan. 'Zeg Abi alsjeblieft gedag. En je dochtertje.'

'Mijn dochtertje? Ik...'

'Zíj is de reden waarom je thuis moest komen, Luca. Ik weet zeker dat Phoebe jouw liefde en bescherming meer nodig heeft dan wie ook ter wereld.'

'En Abi ook,' zei Luca met verstikte stem. Hij begon aarzelend naar hen toe te lopen.

'O god, Luca, o god,' fluisterde Abi, haar ogen glanzend van de tranen toen hij voor haar stond.

Rosanna gaf Nico een stevige knuffel; ook haar liepen de tranen over de wangen terwijl Luca zijn armen spreidde om zijn gezin te omhelzen.

The Metropolitan Opera House,
New York

Het was een gok, Nico, een grote gok, maar gelukkig heb ik die genomen. En misschien had ik het gevoel dat ik Luca eindelijk kon terugbetalen voor alles wat hij voor me had gedaan door hem te herenigen met Abi en hun baby. Daarna is Luca niet teruggegaan naar Afrika, maar heeft hij een baan gekregen in het Londense kantoor van de liefdadigheidsorganisatie, waar hij aan fondsenwerving deed alsof zijn leven ervan afhing. Het was fijn om ze bij elkaar te zien, nu al die jaren van pijn en zoeken eindelijk voorbij waren. Abi baarde – tussen de romans door – nog twee kinderen, en ze leefden in geordende chaos in het huis in Notting Hill.
Maar ik dan, Nico? Je mamma?
Toen jij zes jaar was, begon je op de particuliere school waar Ella ook op had gezeten. De leerkrachten daar waren geweldig. Ze hielden rekening met je beperking, maar zorgden ervoor dat je volledig deelnam aan alle activiteiten op de school. Je zult je vast wel herinneren hoe fijn je het daar had en hoeveel vriendjes en vriendinnetjes je maakte. Maar voor mij was het moeilijk. Ik was eraan gewend al mijn tijd aan jou te wijden, en de uren dat jij op school was, sleepten zich eindeloos voort.
Dus om de stilte te vullen begon ik mijn oude opnamen af te spelen en merkte ik dat ik graag meezong. Tot mijn verwondering was mijn stem er nog. Ik was tenslotte nog maar eenendertig jaar oud. Ik klonk wel milder, rijper. En de passie waar ik ooit zo door werd gedreven, begon diep in mij weer te groeien.
Ik vond een lieve jonge vrouw in het dorp die voor je zorgde wanneer ik twee keer per week lessen volgde bij een zangdocent in Londen, en na vier maanden hard werken pakte ik de telefoon en belde Chris Hughes, mijn oude agent.
Ik begon bescheiden en gaf kleine recitals om mijn zelfvertrouwen op te bouwen. Ik moest mijn talent opnieuw bewijzen, niet al-

leen tegenover een nieuw publiek, maar ook tegenover mezelf. En langzaam begonnen de aanbiedingen weer binnen te komen. De enige voorwaarden die ik stelde, was dat ik niet met Roberto zou zingen en dat mijn schema niet zo belastend mocht zijn dat ik lange periodes bij jou vandaan was.

Maar toen Paolo de Vito mij Mimi in La bohème *aanbood, aan het begin van het nieuwe seizoen van La Scala, kon ik, zoals je je wel kunt voorstellen, geen nee zeggen. Jij logeerde bij je geliefde oom Luca en tante Abi, en ik vloog naar Milaan. Paolo maakte me geen verwijten; hij verwelkomde me terug met open armen. En tien jaar later dan oorspronkelijk de bedoeling was, zong ik Mimi op het podium van La Scala. Ik bloos ervan dat ik het zeg, maar het was een sensatie. Zelfs je opa zat in het publiek, met signora Barezi, zijn vrouw, om zijn dochter voor het eerst live te horen zingen sinds de soiree bij Luigi Vincenzi.*

Achteraf is die onderbreking toen jij nog klein was een zegen gebleken. Toen ik naar de opera terugkeerde, was ik veel volwassener en kon ik beter omgaan met de roem en de aandacht die me omringden. En door mijn ervaring heb ik Ella kunnen begeleiden, zodat ze een aantal van de valkuilen kon vermijden waar ik zelf in was gevallen. Je weet hoe goed ze het doet in Covent Garden; haar rollen groeien, evenals haar zelfvertrouwen, maar zij is dan ook nog niet verliefd geworden…

Ik ben inmiddels acht jaar terug aan de top van mijn vak. Het leven dat ik met Roberto leidde lijkt een eeuwigheid geleden. Ik zal niet beweren dat ik de afgelopen jaren niet aan je papà heb gedacht, want dat zou een leugen zijn. Ik heb mezelf er ook nooit van weerhouden, want ik wist dat hij net zozeer deel van me uitmaakte als mijn armen of benen, en dat niets daar verandering in kon brengen.

En toen, twee weken geleden, werd ik gebeld. Het was een dokter uit Corsica. Roberto had weer een hartaanval gehad. Zijn toestand was zeer ernstig en hij had naar mij gevraagd…

54

Corsica, juni 1996

Rosanna kwam aan bij de verpleegpost en glimlachte nerveus naar de dienstdoende verpleegkundige.

'Ik ben hier voor Roberto Rossini,' zei ze. 'Ik ben zijn echtgenote.'

'Ik ben blij dat u er bent, mevrouw Rossini. Hij heeft weer naar u gevraagd. Maar ik moet u waarschuwen, hij heeft gisteravond nog een hartaanval gehad en sindsdien zweeft hij tussen bewustzijn en bewusteloosheid.'

'O god.' Rosanna slikte een snik weg. 'Gaat hij...? Is het...?' Ze kon de woorden niet uitspreken, maar de blik op het gezicht van de verpleegster vertelde haar alles wat ze moest weten.

'Ik zal u naar hem toe brengen. Bereid u zich er alstublieft mentaal op voor, mevrouw Rossini. En zeg wat u wilt zeggen als hij bij kennis komt. Het spijt me dat ik u dit moet vertellen, maar er is niet veel tijd.'

Rosanna probeerde al haar krachten bijeen te rapen en volgde de vrouw door de gang naar een privékamer. Er stond een batterij aan monitors en buisjes te piepen en te pompen. Tussen al die mechanische apparatuur lag Roberto. Zijn ogen waren gesloten, zijn huid was grauw.

De verpleegster schonk Rosanna een meelevende glimlach en liet haar alleen.

Ze liep naar het bed en keek hoe hij daar lag. Ze pakte zijn hand en streelde die teder. 'Roberto, Roberto, ik ben bij je,' zei ze zachtjes.

Ten slotte verroerde hij zich en deed zijn ogen open. De zon begon erin te schijnen toen hij haar zag.

'Rosanna, principessa... Ik...' Zijn ogen vulden zich met tranen. Zijn trillende vingers reikten naar haar wang. 'Laat me je aanraken, zodat ik zeker weet dat je er echt bent. O, mijn lief, mijn lief.'

Ze keken elkaar lang aan, namen elkaar diep in zich op.

'Ik heb je vaak horen zingen sinds je comeback. Je bent geweldig, geweldig. Je gave was altijd al uitzonderlijk, maar nu zing je met zoveel rijpheid en integriteit.'

'Dat heb ik dankzij jou geleerd, Roberto.'

'Meen je dat?' Zijn ogen lichtten op.

'O, zeker. Ik was nog een meisje toen ik jou leerde kennen. De afgelopen jaren ben ik volwassen geworden.'

'Ben je gelukkig, mijn Rosanna? Ik wil dat je gelukkig bent.'

'Niet op dezelfde manier als toen wij samen waren, maar ik ben tevreden met mijn leven, ja.'

'Ik was met jou gelukkiger dan ooit,' fluisterde hij. 'Alsjeblieft, lieveling, leef de rest van je leven niet alleen. Vind iemand die jou liefheeft, geef Nico een papà. Zeg hem dat het me spijt, oké?'

'Dat is nergens voor nodig, Roberto, maar ik beloof je dat ik zal proberen hem uit te leggen wat zijn ouders hebben gedeeld.'

'En wat was dat precies?' Er welden weer tranen op in zijn ogen.

'Liefde. Een liefde die zo sterk en obsessief was dat ze mij blind maakte voor al het andere. Maar ik zal voor altijd blij zijn dat ik die passie heb ervaren.'

'Ja, ik...' Rosanna zag een steek van pijn door Roberto's ogen schieten. Ze hield zijn hand steviger vast en probeerde haar vertwijfeling niet te tonen.

'Je hoeft nu in elk geval niet van me te scheiden,' zei hij een paar seconden later. 'Je kunt mijn weduwe worden. Dat is veel waardiger.' Hij grinnikte hees.

'Roberto, zeg dat alsjeblieft niet,' smeekte ze hem.

'Nee, cara, ik voel dat dit lichaam genoeg heeft geleefd. En nu ik jou heb gezien, kan ik rustig sterven.' Roberto wenkte haar dichter naar zich toe zodat ze hem goed kon horen. 'Rosanna, er is iets wat ik je wil vertellen, iets wat je niet weet. Ik kan de gedachte niet verdragen dat jij denkt dat ik je heb misleid of pijn heb willen doen. Ik wist het destijds niet. Alsjeblieft, je moet me geloven.'

Ze merkte dat hij onrustig werd. 'Zeg het maar, Roberto. Ik beloof je dat ik het zal begrijpen.'

'Het is... Het is...'

Ze zag zijn gezicht vertrekken van pijn terwijl hij haar hand vastgreep. 'Vertel Ella, vertel haar dat ze voor haar papà moet zingen. Vraag het Luca, hij weet wat ik bedoel. Ik... kus me, Rosanna.'

Ze boog haar hoofd naar hem toe en kuste hem liefdevol op zijn lippen.

'Er is nooit iemand anders geweest. Nooit. Zeg me dat je van me houdt, zeg me...' Zijn lichaam kwam schokkend omhoog en ontspande toen.

Rosanna sloeg haar armen om hem heen en de monitors brachten nog slechts één enkel monotoon geluid voort. Plotseling stond de kamer vol onbekenden, maar ze sloeg geen acht op hen.

'Ti amo, Roberto, ik hou van je, ik hou van je...'

The Metropolitan Opera House
New York, juli 1996

Rosanna veegde voorzichtig de tranen weg die op de pagina waren gedrupt die ze zojuist had geschreven. Het was bijna afgerond. Nog één pagina en dan zou ze eindelijk rust vinden. Het verhaal was verteld en ze hoopte dat Nico het op een dag zou begrijpen. Ze pakte haar pen en begon te schrijven.

Dus, Nico, sinds je vader drie weken geleden is gestorven, heb ik al mijn vrije uren gewijd aan deze lange brief voor jou. Ik heb je papà beloofd dat ik zou proberen onze liefde aan je uit te leggen en ik hoop dat je, als je dit leest, ons allebei zult vergeven. Ik hou heel veel van je en ik weet dat Roberto dat op zijn manier ook deed.

Na mijn laatste momenten met je vader heeft Luca me over Ella verteld, over het geheim dat hij en Carlotta zo lang hadden bewaard. Ik heb het Ella een paar dagen na Roberto's uitvaart verteld en ze aanvaardde het op de kalme, beheerste manier die haar eigen is. Ze hield erg veel van Roberto; in zijn laatste jaren had ze gezien hoe hij probeerde om fouten uit het verleden goed te maken.

Dus je papà is er niet meer, Nico, en over een paar uur sta ik op het podium van het Metropolitan Opera House in New York om een aria te zingen die speciaal ter nagedachtenis aan Roberto Rossini is gecomponeerd. In het laatste refrein zal Ella zich bij me voegen en mijn hand pakken – en dan zullen we samen zingen, voor hem. We zullen de slechte dingen vergeten en het goede gedenken, want we zijn mensen, en zo houden we ons staande.

Ik heb besloten dat alles was ik heb opgeschreven door mijn notaris bewaard zal worden tot ook ik er niet meer ben. Pas dan zul je de waarheid kennen over de passie waaruit je geboren bent.

De dood is niet iets om bang voor te zijn, Nico. Want nu wacht Roberto daar op mij. En een liefde zoals de onze sterft nooit.
Ik zie hem, ik zie hem overal.
Je liefhebbende mamma

Lees ook de betoverende roman
De nachtroos

Vlak voor het uitbreken van de Eerste Wereldoorlog vertrekt de Indiase Anahita naar Engeland. Daar maakt ze kennis met Donald Astbury, erfgenaam van het prachtige, afgelegen landgoed Astbury. Een eeuw later ontmoet actrice Rebecca Bradley op het inmiddels vervallen landgoed Anahita's achterkleinzoon Ari Malik, die naar Astbury is gekomen op zoek naar zijn familiegeschiedenis. Samen ontrafelen ze de duistere geheimen rond Astbury Hall en komen steeds dichter bij de waarheid die decennialang verborgen bleef.

***De nachtroos* is overal verkrijgbaar**